Kaari Utrio
Bronzevogel

SERIE PIPER

Zu diesem Buch

Die Zeit, in die das finnische Mädchen Terhen im Jahr 1020 hineingeboren wird, ist eine Zeit des Umbruchs – Heidentum und christlicher Glaube kämpfen um die Vormacht, und die Wege des Lebens sind voller Gefahren. Als Kind begegnet Terhen einem Zauberer, der sie das Wissen der Ahnen und der Magie lehrt. Als ihr Vater stirbt, wird sie vom Wirbel der Zeit mitgerissen: Ihr abenteuerlicher Weg führt sie über Gotland und Kiew bis nach Konstantinopel, wo sie einen byzantinischen Prinzen heiratet. Nach einer schicksalhaften Begegnung mit ihrem Ziehbruder Eirik dem Starken beginnt für Terhen erneut eine unruhige Zeit. Über Ungarn führt ihr Weg an den französischen Hof und später nach England. Hier findet Eirik sie nach Jahren erneut, und wieder nimmt ihr Leben eine überraschende Wende. »Bronzevogel« erzählt in wunderbar farbigen Tableaus aus der Welt der Wikingerschiffe, Burgen und Fürstenhöfe, in der die Entstehung Europas zum spannenden Drama wird. Ein historischer Roman in der besten Tradition Mika Waltaris und Noah Gordons.

Kaari Utrio, geboren 1942 in Helsinki, hat über dreißig Bücher geschrieben, die in sieben Sprachen übersetzt wurden. Zahlreiche Preise zeichnen die finnische Bestsellerautorin als kompetente Historikerin und hervorragende Erzählerin aus. Sie lebt mit ihrem Mann und ihren drei Kindern in Somero. Auf deutsch erschien außerdem »Sturmfalke«.

Kaari Utrio
Bronzevogel

Roman

Aus dem Finnischen von
Angela Plöger

Piper München Zürich

Ungekürzte Taschenbuchausgabe
Juni 2000 (SP 3067)
November 2002

Titel der finnischen Originalausgabe:
»Vaskilintu«, Kustannusosakeyhtiö Tammi,
Helsinki 1992

erschienen im Verlagsprogramm Kabel
Umschlag: ZERO, München
Umschlagabbildung: F. W. Burton (»The meeting on
the turret stairs«, National Gallery of Ireland)
Satz: Dr. Ulrich Mihr GmbH, Tübingen
Druck und Bindung: Clausen & Bosse, Leck
Printed in Germany ISBN 3-492-26044-6

www.piper.de

Da diese Geschichte – ebensowenig wie jede beliebige andere Geschichte – nicht allen gefallen kann, braucht niemand etwas anderes zu glauben, als was er will. Am besten und verdienstvollsten ist es jedoch zuzuhören, wenn die Geschichte erzählt wird, sich zu freuen und nicht zu maulen: Denn wahr ist, daß die Menschen, solange sie sich an Geschichten erfreuen, nicht auf schlimme Gedanken kommen.

Und es ist auch nicht gut, daß die Zuhörer die Geschichte nur deshalb schlecht finden, weil sie womöglich leicht oder ungeschickt erzählt ist. Nichts so Unbedeutendes wird jemals vollkommen getan.

Saga von Gongu Hrolf

Die Personen des Buches

Die historischen Personen sind mit einem Stern * gekennzeichnet. Am Ende des Buches gibt es ein Glossar und Stammbaumtafeln der königlichen Personen.

IN FINNLAND

Merikirja, alte Herrin des Gutshofs Arantila
Ari Fernfuß, Herr von Arantila, Kaufmann, der auf dem Ostweg Handel treibt
Suvivilja, seine Frau
Terhen, ihrer beider Tochter
Vallittu, Krieger von Arantila
Gilbert von Wildham, englischer Sklavenpriester auf Arantila

Nousia der Gesetzeskundige, alter Herr von Vanaja
Terhi, alte Herrin von Vanaja
Talpia der Zauberer, ihrer beider Sohn
Pihlava Schwarzbraue, seine Frau

AUF GOTLAND

Hailvi, alte Herrin von Rodarve
Rodair Rodmundsson, Herr von Rodarve, Kaufmannsbauer
Rodvildi, seine Schwester

*Olaf der Dicke, König von Norwegen

IN UPPLAND

Thorstein der Mächtige, Oberrichter auf den Roslagener Inseln
Eirik der Starke, sein Sohn
Gunnhild, Tochter des Oberrichters, Königin von Schweden
*Anund Jakob, König von Schweden, Sohn von Olaf Schoßkönig
Thorgerd, seine Schwester
*Emund, Sohn von Olaf Schoßkönig
Ida, polnische Fürstin, seine Frau

Holmfrid, ihrer beider Tochter
*Astrid, Tochter von Olaf Schoßkönig
*Stenkil, Jarl von West-Götaland
Gudmund der Kaufmann, Ziehvater von Stenkil und Eirik dem Starken
*Harald Sigurdsson der Harte, Bruder des norwegischen Königs Olafs des Dicken

IN KIEW

*Jaroslaw der Weise, Fürst von Nowgorod und Kiew
*Ingegerd, seine Frau, Tochter von Olaf Schoßkönig
*Jelisaweta, *Anastasia und *Anna, ihrer beider Töchter
Jewdokia von Pskow, Hofdame, Witwe
Jaropolk der Nachdenkliche, Krieger, ihr Sohn

IN BYZANZ

*Zoe, Kaiserin
*Theodora, ihre Schwester, Kaiserin
*Michael IV. Paphlagonios, Zoes Ehemann, Kaiser
*Michael V. Kalaphates, Zoes Adoptivsohn, Kaiser
*Maria Skleraina, Geliebte des Konstantin Monomachos
*Euprepia, Schwester des Konstantin Monomachos
Irene Monomachina, ihre Schwester
Leon Skleros, ihr Sohn, Höfling

Juvalos, Theodoras Sohn
Hyypiä der Farblose, finnischer Waräger

IN UNGARN

Heraklios Synadenos, byzantinischer Offizier
*Andreas, König von Ungarn
*Levente, dessen Bruder
Emöke, ihrer beider Mutter
Sarolta, Leventes Geliebte

*Edward Atheling, englischer Kronerbe
*Agatha, seine Frau
*Margareta, ihrer beider Tochter

IN FRANKREICH

*Heinrich, König von Frankreich
Roger le Morne Ernaudi, Herr von Meilhan
Odo und Adela, dessen Kinder
Thiedo, Priester von Meilhan
Thorgaut, militärischer Befehlshaber von Meilhan
Helena di Bari, Sklavin
Girard, Herr von Albas

IN ENGLAND

*Edward der Bekenner, König von England
*Lady Edith, dessen Frau
*Harold, Jarl von Wessex, ihr Bruder
*Eadgifu Pulchra, Harolds Geliebte
Sehild, Priorin des Klosters der Heiligen Werburga

IN SIGTUNA

Wassili, Priester aus Kiew

ERSTES BUCH

1020–1021

1. Kapitel

1020

»Komm hervor aus deiner Enge, Kindchen, aus dem tiefen Sumpfe!«

Zischelnd murmelte die Schwiegermutter den Geburtszauber. Ihre Stimme drückte Überdruß und ihr Gesicht Gleichgültigkeit aus. Das Lammen eines strammen Mutterschafs gab der Beschwörung der Schwiegermutter mehr Schwung als die mühsamen Versuche der blutarmen Schwiegertochter, ein lebendes Kind zur Welt zu bringen.

»Du bist eine schlechte Gebärerin, mager und mit schwachen Knochen. Stirb doch. Eine Frau aus Tavastland taugt nicht zur Herrin von Arantila. Wir suchen uns eine bessere.«

Die blauen Augen der Schwiegertochter starrten flehend, vom Schmerz umflort auf Merikirja. Vor Schmerzen streckte sie ihre Hand aus, suchte Berührung und Mitgefühl. Die Schwiegermutter zuckte die Achseln. Mitleid konnte dem Erben von Arantila nicht auf die Welt helfen.

Merikirja stand auf und trat aus der Sauna in das Licht der Hofstelle.

»Daraus wird nichts. Das hab ich von Anfang an gewußt. Feind bleibt Feind und bringt nur Unglück.«

Vor dem hohen Hallenhause saß ein hochaufgeschossener Mann mit weißem Haar und hohlen Wangen. Sein Körper war nach rechts gekrümmt: Er hinkte, war aber dennoch stark, ein Krüppel, aber gleichwohl ein Krieger. Vallittu von Arantila blickte seine Schwägerin mit derselben müden Hoffnungslosigkeit an, mit der er Merikirja die vergangenen zwanzig Jahre lang angesehen hatte.

»Schwägerin, an Suvivilja gibt es nichts auszusetzen. Sie ist eine gute Schwiegertochter, demütig und dienstwillig. Sie hat Eintracht gebracht, wo die Blutrache unsere Sippe ausgetrocknet hätte. Sie ist sofort von deinem Sohn Ari geschwängert worden. Was kannst du von einer jungen Frau sonst noch erwarten?«

»Einen Sohn«, sagte die alte Herrin von Arantila eigensinnig. »Den wird die verwöhnte Tochter von Vanaja nicht zustandebringen. Sie stirbt, und das ist gut so.«

Eine Gestalt in schwarzer Kutte, mager wie eine Spinne, sprang behende zwischen Merikirja und Vallittu. Der Mann hob die Arme zum strahlend hellen Himmel empor.

»In nomine Domini! Dieses Haus benötigt die Hilfe des Weißen Christus. Ich bete für die Schwangere zur Heiligen Jungfrau, der Gottesgebärerin.«

»Willst du die Peitsche, Sklave?« schnauzte Merikirja ihn an.

Vallittu zuckte zusammen.

»Laß den Priester es versuchen, Schwägerin. Deine Zaubersprüche haben der armen Frau nicht geholfen. Dieser Sklavenpriester hat eine Göttin, die durchaus von Suviviljas Leiden angerührt werden könnte. Ich würde es auch selbst versuchen, aber ich kenne keine Beschwörung, mit der man Allah und Mohammed um Hilfe für eine Gebärende bittet.«

»An deine Götter würde ich mich zuallerletzt wenden«, zischte Merikirja. »Du brauchst dir nur anzusehen, was sie dir selbst angetan haben, Schwager.«

»Das haben mir die Männer von Khan Muissed in Derbend angetan, und sie hätten mir noch Schlimmeres angetan, wenn ich ihnen nicht entwischt wäre«, sagte Vallittu stolz. »Ich hätte Schlimmeres verdient, denn ich habe das Bein der Lieblingsfrau des Khans gesehen, als sie unvorsichtig in die Sänfte stieg. Allah und sein Prophet haben mit meiner Verletzung nichts weiter zu tun, als ihre Frauen im Verborgenen halten zu wollen.«

Der Sklavenpriester bekreuzigte sich, so wie er es immer tat, wenn Vallittu anfing, von Allah zu sprechen.

»Er ist nicht nur ein Heide«, jammerte der Priester, »er ist nicht nur ein Heide, der trotz ihrer Grausamkeit an ihrem Heidentum unschuldig ist! Er ist ein ungläubiger Teufelsdiener! Ein Sarazene!«

Vallittu hatte seinen Spaß daran, den christlichen Priester zu ärgern. Er hätte sich gern wieder den Erinnerungen an die ruhmreichen Zeiten hingegeben, die er in der Leibgarde des Khans von Derbend am Kaspischen Meer verbracht hatte, wenn nicht aus der Sauna ein mattes Jammern herübergedrungen wäre.

»Beeil dich, Sklave. Sprich rasch deine Zaubersprüche, damit die Schwiegertochter nicht stirbt.«

Suvivilja trieb auf den Wellen. Die Schmerzen hatten wieder nachgelassen, ihr war kühl, aber sie fror nicht. Sie lag still im Dämmerlicht, matt und schläfrig.

Irgend etwas bewegte sich vor ihren Augen, ein Schatten verdichtete sich zu einem Gesicht. Das Gesicht gehörte dem Sklavenpriester von Arantila. Der Priester liebte Suvivilja so wie sonst niemanden in diesem fremden Hause.

»Ave Maria, mater Dei, ora pro nobis peccatoribus. Gegrüßt seist du, Maria, Mutter Gottes, bete für uns Sünder.«

Suvivilja verstand die Worte des Priesters nicht. Sie klangen vertrauenerweckend und beruhigend. So ähnlich hatte es geklungen, wenn Suviviljas Vater tagelang das Gesetz von Tavastland auswendig vorgetragen hatte: »Jetzt weidet das Vieh des Hauses auf der Wiese des Nachbarn. Wenn das Vieh absichtlich auf die Wiese gelassen wurde, soll als Entschädigung eine Färse gezahlt werden. Wenn es aus Versehen geschah und das Vieh sich selbst dorthin verirrte, soll der Nachbar sein Vieh ebenso viele Tage auf der Wiese des Hauses weiden lassen.«

Auf diese Weise war er den Diebstahl von Töpfen, die Tötung von Männern und die entlaufenen Pferde, die Erbrechte, das Schwendland und das Besitzrecht an den Kindern der Sklaven durchgegangen. Die kleine Suvivilja saß auf den Fellen, die über die Schlafpritsche des mächtigen Hauses gebreitet waren, und wiegte sich im Takt der Deklamation von Nousia, dem Gesetzeskundigen. Das Mädchen lernte Dutzende von Gesetzen, ohne irgend etwas davon zu verstehen.

»Je mehr Menschen das Gesetz auswendig kennen, desto besser. So kann es nicht vergessen werden. Das Gesetz darf nicht verlorengehen. Ohne Gesetz werden aus den Menschen Tiere, die ohne Arbeit und Ordnung leben.«

So sprach Nousia der Gesetzeskundige von Vanaja, Suviviljas Vater, den alle Männer aus Tavastland von Salzmeer zu Salzmeer verehrten. Auch die Finnen fragten ihn um Rat, wenn ihr Stolz das zuließ.

Der Vater sagte nicht, daß das Gesetz auch gebraucht wurde, um die Macht des Gutes Vanaja aufrechtzuerhalten, aber Suvivilja verstand es sehr wohl. Die Ehre des Hauses lag nicht in seinem Wohlstand, sondern in seinem Alter und in seiner überlieferten Gesetzeskenntnis.

In dem mächtigen Hause Vanaja von Tavastland wuchs die kleine Suvivilja auf wie eine Königstochter im Lande Svetiod. Sie hatte zwei Schwestern, Mielivilja und Viljakuu; beide starben am Fieber und an Halsschmerzen. Insgeheim war Suvivilja froh darüber. Sie wollte die Aufmerksamkeit ihrer Eltern, ihrer Brüder und der Gutsleute mit niemandem teilen. Die Bronzefibeln und Perlenschnüre gehörten nur ihr allein. Ihr gehörte der blaue Umhang und die Schürze mit den Bronzespiralen, ihr die aus Honig gebraute Sima und die moosweichen schwarzen Felle, die der Bruder aus den Einödwäldern von Tavastland mitbrachte. Alles gehörte Suvivilja, alles, denn sie war das Goldhaar, die Zierde des Gutes.

Bis die Blutrache, die schon in Vergessenheit geratene Pflicht der Väter, das satte Leben erschütterte.

Talpia, der älteste Sohn, der nach seinem Vater das Gesetz lernen sollte, kehrte von einem Jagdzug aus den Einödwäldern hinter Hauho zurück. Talpia kam allein, nur von den Sklaven begleitet. Er hatte seinen Bruder am Ufer eines namenlosen Sees bestattet und ihm ein Schwert mit silbernem Griff und einen Jagdspeer mitgegeben.

»Es ist freies Land, wo jedermann jagen und Schlingen legen darf. Der zuletzt Gekommene muß weichen. Es gibt für alle genug Jagdgründe.«

»Wer hat sich euch in den Weg gestellt?«

»Da war ein verwundeter Elch, der kam uns entgegengelaufen. Toivia tötete ihn, da sonst niemand zu sehen war. Dann kamen die Männer von Arantila. Wir waren ihnen drei Tage zuvor begegnet; da hatte es keinen Streit zwischen uns gegeben. Sie töteten Toivia, weil der ihnen den Elch weggenommen hatte. Ich hatte nur die zwei Sklaven bei mir; die Leute von Arantila rührten niemanden an außer Toivia, der den Elch getötet hatte. Sie hätten uns alle töten können. Es waren viele Männer.«

Nousia der Gesetzeskundige zauste seinen blonden Bart.

»Zwischen uns fließt Blut seit vielen Generationen. Sonst hätten sie deinen Bruder kaum getötet. Die Arantis sind hochmütige Leute, sie töten erst und fragen dann. Wer hat Toivia getötet?«

»Ari Fernfuß hat ihn mit dem Schwert zu Boden geschlagen.«

»Das war ein ehrenvoller Tod. Ein freier Mann tötet einen freien Mann. Jetzt mußt du Ari töten. So hat man es immer getan. Früher genügte es, irgendeinen der Männer von Arantila mit dem Speer zu töten. Aber das Gesetz sagt: Ein Hausherr für den Hausherrn, ein Sohn für den Sohn, ein Sklave für den Sklaven. Das Recht auf Rache liegt bei der eigenen Familie, bei den Brüdern und Schwestermännern und deren Kindern. Da verläuft die Grenze, und weiter reicht die Blutrache nicht.«

Talpia runzelte die Stirn.

»Gibt es kein anderes Mittel? Demnach muß Arantila Rache üben. Und ich für meinen Teil muß ins Grab. Für mich ist es noch zu früh zum Sterben. Aus mir wird der Zauberer von Tavastland, der große Geisterbeschwörer. Ich will nicht alles wegen eines Elches verlieren. Es war nicht einmal ein großer Elch, nur ein Kalb vom Vorjahr.«

Suvivilja, die schlanke Tochter von Vanaja, hörte diese Rede gelangweilt mit an. Der Bruder hatte kein Zobelfell mitgebracht. Alle waren ernst, die Gesichter finster, und niemand dachte daran, Suvivilja zu bewundern und zu verwöhnen.

Nach Vanaja kam ein Fremder, ein kräftig gebauter Edelmann mit prächtigen Waffen und kostbaren Kleidern. Die silberhellen Haare des Mannes reichten bis weit auf seinen Rücken herab. Hinten flatterten sie unbändig, an den Schläfen waren sie zur Umrahmung des Gesichts geflochten. Ein Mann mit kalten Augen, flink und knapp in seiner Rede. Es war Ari Fernfuß, der junge Herr von Arantila.

Ari Fernfuß kam in die Palisadenbefestigung von Vanaja geritten mit nur zwei Kriegern zu seinem Schutz. Zaudern oder Furcht zeigte er nicht und verspürte sie wohl auch kaum. Er benahm sich wie ein Mann, der eine Kleinigkeit in Ordnung zu bringen hatte, die ihn daran hinderte, in großen Dingen erfolgreich zu sein.

»Nousia der Gesetzeskundige?«

Der Herr von Vanaja und sein einziger Sohn standen vor der Tür des Hallenhauses. Die Schwerter steckten noch in der Scheide. Das Tor wurde von drei Männern bewacht, die ihren Wurfspieß in der Hand wogen. Mit einem Streich würden sie den Herrn von Arantila und seine Schwertmänner so töten, wie das Elchkalb getötet worden war, das die Blutrache verursacht hatte.

»Ich habe deinen Sohn getötet, Herr von Vanaja«, sagte Ari Fernfuß aus dem Sattel herab. »Das war eine Dummheit. Ich möchte meine Tat sühnen. Du kennst das Gesetz. Du weißt, was ich bezahlen muß.«

Auf das Gut Vanaja senkte sich verblüffte Stille.

»Ich bitte dich, mein Angebot anzunehmen«, sagte Ari Fernfuß. »Darf ich absteigen? Meine Männer werden euch ihr Schwert aushändigen, wenn du es verlangst.«

Der völlig verblüffte Nousia der Gesetzeskundige konnte nicht anders als nicken. Talpia musterte interessiert den Mann, der seinen Bruder getötet hatte.

Ari Fernfuß trug ein Panzerhemd, das gefertigt worden war, indem man quer über das Leder eiserne Gürtel befestigt hatte. Unter dem Panzerhemd hatte er ein Leinenhemd und breite, bis an die Knie reichende, gestreifte Pumphosen an. Solche Hosen trugen die Normannen auf ihren Fahrten nach Osten. Die Beine des Kaufmanns steckten in weichen Lederstiefeln, und über den Schultern lag ein pelzgefütterter Umhang. Der Umhang wurde von einer Silberfibel mit langer Nadel zusammengehalten.

Ari Fernfuß sah ganz anders aus als die in wollene Gewänder gekleideten Männer von Vanaja. Auch sein Wesen war anders: ungeduldig und eilig. Man hätte den Herrn von Arantila für hochmütig halten können, wenn er sich nicht so höflich benommen hätte.

»Dies ist eine Sache, die Blutrache erfordert«, sagte Nousia der Gesetzeskundige zögernd.

»Das weiß ich, und deshalb bin ich zu dir gekommen«, sagte Ari Fernfuß munter. »Ich habe Besseres zu tun, als mich mit deinem Sohn zu prügeln.«

»Was hast du denn zu tun?«

»Ich treibe Handel auf dem Ostweg. Ich segle die große Wolga entlang bis nach Bolgar und zu den Chasaren nach Itil. Ich werde reich. Ich bin der reichste Mann von Finnland. Bestimme für deinen Toten einen Preis. Ich werde ihn bezahlen. Silber habe ich so viel, daß ich dafür das Wergeld für hundert Männer zahlen könnte, aber ich habe keine Zeit, um sie mit kindischer Blutrache zu verschwenden.«

Nousia der Gesetzeskundige verstummte vor so viel sachlicher und höflicher Frechheit. Schließlich murmelte er fast unhörbar:

»Die Ehre kann man doch wohl nicht verkaufen?«

»Welche Ehre? Ich verstehe nicht, wie die Ehre von Vanaja daraus erwachsen kann, daß dein Sohn Talpia mich tötet und dann jemand von meinen Verwandten Talpia umbringt. Dann gibt es weder in deinem noch in meinem Gut einen erwachsenen Mann, der einen Erben zeugen könnte.«

»Vater, dieser Mann hat recht«, sagte Talpia der Zauberer neben seinem Vater. »Ich bin nicht einmal sicher, ob ich ihn töten könnte.«

Ari Fernfuß grinste. Seine Anspannung ließ nach, seine steife Haltung wurde freundlich. Er beugte sich leicht in Talpias Richtung und nickte.

»Die Blutrache hat unnötig lange eine nützliche Zusammenarbeit zwischen uns verhindert, Nousia. Das beste ist, wir schließen Frieden. Arantila ist eines der größten Häuser von Finnland: Die Ältesten von Finnlands Geiselgauen hören auf mein Wort, und in der Stadt Koroinen verbeugt man sich vor mir. Und Vanaja war immer das Herz von Tavastland. Der Gesetzeskundige von Vanaja wird in allen Geiselgauen von Tavastland verehrt.«

Die Männer von Vanaja hörten sich peinlich berührt diese Lobhudelei an, die gegen die guten Sitten verstieß. Ari Fernfuß kam aus einer anderen Welt. Mit voller Absicht gab er zu verstehen, daß für ihn die alten Regeln nicht verbindlich waren.

»Durch den Frieden werden wir beide reich. Du hast hier sogar zu viele Männer, weil du es nicht fertigbringst, die Kinder deiner Sklaven zu verkaufen. Ich wiederum brauche Männer auf meinen Handelsreisen. Schick deine überzähligen Sklaven auf die Jagd und gib die restlichen mir. Ich verkaufe deine Falken und Felle für dich auf dem Ostweg.«

Der Herr von Vanaja sah den Gast mißtrauisch an.

»Du kommst hierher als derjenige, der meinen Sohn getötet hat. Plötzlich verwandelst du dich in einen Geschäftsfreund. Wie können wir dir vertrauen?«

»Ich zahle dir den zwölften Teil von meinem Handel, Nousia,

wenn du auf die Blutrache verzichtest. Der zwölfte Teil von meinem Handel ist eine große Menge Silber.«

»Silber ist nicht dasselbe wie Vertrauen«, sagte Nousia der Gesetzeskundige steif. Er hielt nichts von überraschenden Vorschlägen und übereilten Entschlüssen.

Aber Talpia der Zauberer hatte die Sache schon entschieden.

»Hast du eine Ehefrau, Ari Fernfuß?«

Der Herr von Arantila schüttelte den Kopf.

»Es gibt kein stärkeres Vertrauen als die verwandtschaftliche Bindung«, sagte Talpia der Zauberer. Er wandte sich um und trat in das Hallenhaus, in dessen Dunkel die Frauen zu erspähen und zu erlauschen suchten, was draußen vor sich ging.

Talpia faßte seine Schwester Suvivilja bei der Hand.

»Komm. Wir haben einen Ehemann für dich gefunden.«

Suvivilja wollte vor dem Heiratskandidaten nicht in ihrem braunen Alltagsgewand erscheinen.

»Nein. Zuerst muß ich mich umziehen.«

Talpia sah das Mädchen gereizt an.

»Komm jetzt, er wartet.«

»Hörst du nicht, ich zieh mir einen Rock über!«

Talpia holte aus und schlug seine Schwester auf die Wange, nicht heftig, sondern nachlässig, so wie man einen ungehorsamen Hund bestraft.

»Na, Frau«, sagte er. »Sei nicht dumm.«

So endete Suviviljas Leben als goldene Blume auf dem Gut. Sie mußte die Aufgabe erfüllen, für die sie geboren war: das allseitige Wohlergehen ihrer Familie zu fördern.

Suvivilja hätte nicht von zu Hause fortgehen mögen. Sie war sechzehn Jahre alt und wußte nichts vom Mann. Ihre Mutter wurde schon nervös von dem allzu heftigen Geflenne ihrer Tochter.

»Es gehört zu den guten Sitten, daß die Braut ihren Auszug von zu Hause beweint. Das verlangt die Höflichkeit gegenüber den eigenen Eltern. Aber was zuviel ist, ist zuviel. Dein Gejammer ist unhöflich gegenüber deinem Bräutigam und den Schwiegereltern.«

Suvivilja wurde munter, als sie sah, was für großartige Geschenke sie in das Haus ihres Mannes mitnehmen sollte. Man hatte es an nichts fehlen lassen: Die Sippe von Vanaja konnte sich an Silber nicht mit dem berühmten Kaufmann messen, aber alles, was die Tochter mitbrachte, war schön und fein. Die Familie Vanaja besaß keine Reichtümer aus Handel, obwohl ihre Männer dann und wann ihr Glück auf dem Ostweg versucht hatten und das, was sie mitbrachten, in der Stadt Vanaja verkauften. Die Sippe besaß etwas anderes, teureres und schwerer zu beschaffendes als die Dirhams, die Silbermünzen von Arantila: den Ruf von Weisen und Zauberern, die Tradition von Generationen Gesetzeskundiger. Die Herren von Vanaja gehörten seit undenklichen Zeiten zu den Stammesführern von Tavastland.

Ein solches Erbe erwarb man nicht auf den Ostfahrten von einer oder zwei Generationen. Man konnte es nicht kaufen. Suvivilja ging als Schwiegertochter nach Arantila mit dem Wissen, daß ihre Familie unvergleichlich edler war als die ihres Ehemanns.

Es war überraschend festzustellen, daß die Leute von Arantila sich nichts aus dem uralten Wissen machten, weder aus dem Gesetz noch aus den Beschwörungen. Im Gegenteil: Die Schwiegermutter war sauer wie eine Moosbeere im Herbst, wenn Suvivilja vom Wettermachen sprach. Der Vater von Nousia dem Gesetzeskundigen war ein berühmter Windzauberer, die Familie von Suviviljas Mutter seit Menschengedenken eine Sippe von Wetterzauberern gewesen.

»Wahrscheinlich hat einer deiner Vorväter den Sturm heraufbeschworen, bei dem mein Mann Aranti ertrank. Und sein Vater wurde gelb und starb. Das war bestimmt die Hexerei der Zauberer von Vanaja. Von diesen Dingen hältst du dich fern.«

Im übrigen kam Suvivilja mit ihrer Schwiegermutter Merikirja recht gut aus. Im Grunde wußte Suvivilja nichts von den Gesetzen und den Zaubersprüchen und wollte auch gar nichts davon wissen. Was Suvivilja interessierte, waren glänzende Stoffe und Bronzeschmuck. Ari Fernfuß hatte sie von den Handelsstätten an der Wolga mitgebracht, die ein halbes Jahr Rudern entfernt lagen. In der Stadt Koroinen schmolz der Schmied die Schmuckstücke ein und goß daraus solche Fibeln und Ketten, wie die finnischen Frauen sie gern hatten.

Suvivilja hätte die Halsringe und den Ohrschmuck gern anprobiert. Sie hatte einen langen Hals und zierliche Ohren. Der Schmuck der östlichen Völker hätte ihr gut gestanden. Aber die

Schwiegermutter sagte nein: Die junge Herrin von Arantila mußte ebenso aussehen wie die anderen Herrinnen großer Häuser.

Merikirja wiederum zählte Dirhams. Sie drehte und wendete Pokale und Becher in der Hand, wog dicke Halsringe, von denen immer ein Stückchen als Zahlungsmittel abgebrochen wurde. Beide Frauen waren glücklich mit ihren Truhen. Sie vergaßen ihre Zwistigkeiten, die Gier verband Schwiegermutter und Schwiegertochter.

Für die junge Frau war die wichtigste Person im Hause die Schwiegermutter. Es gab zwar den Ehemann, aber Suvivilja dachte zunächst nicht an Ari Fernfuß. Natürlich würde der frischgebackene Ehemann seine entzückende junge Frau nach Art der Männer verwöhnen.

Suvivilja kokettierte und zwitscherte. Ari Fernfuß sah seine Frau mit kalten Augen an und setzte die Beratung mit dem Krieger Vallittu fort. Suvivilja verzog ihren weichen Mund. Niemand bemerkte es. Suvivilja schmollte. Alle fuhren mit ihren Beschäftigungen fort. Suvivilja ließ Tränen über ihre Wangen kullern.

»Fehlt dir etwas, Frau? Bekommst du nichts zu essen? Ist dein Speicher nicht voller Kleider? Enthält deine Truhe nicht Schmuck, der für drei Frauen reichen würde? Hast du keine Sklaven, die jede deiner Launen erfüllen?«

Suvivilja mußte zugeben, daß sie von allem in Hülle und Fülle hatte.

»Dann stör mich nicht.«

Suvivilja war gekränkt und begann nun wirklich zu schluchzen.

»Halte deine Schwiegertochter im Zaum, Mutter. Ich habe keine Zeit für Dummheiten.«

Suvivilja wurde bald schwanger. Ari Fernfuß war zufrieden und schenkte seiner Frau eine große, silberne Mantelfibel.

»Eine Silberkette bekommst du, wenn du mir meinen Sohn zeigst.«

»Und wenn das Kind ein Mädchen ist?«

»Mein Kind ist ein Sohn. Er wird ein Jahr alt sein, wenn ich von der Reise zurückkehre. Sorge dafür, daß er gesund und kräftig ist.«

Suvivilja verzog das Gesicht.

»Du fährst fort?«

Ari Fernfuß wunderte sich.

»Natürlich. Was sollte ich denn hier tun?«

»Dich um das Haus kümmern!« Suviviljas Stimme wurde schrill.

»Mein Onkel Vallittu betreut Arantila besser als ich. Die Angelegenheiten des Hauses langweilen mich.«

»Du könntest die Zeit mit mir verbringen.«

»Mit dir?«

Ari Fernfuß schüttelte den Kopf und ging fort.

Die Schwiegermutter fand, daß Suviviljas Geflenne eine eitle Laune war. Aris Handelsfahrten machten das Haus Arantila reich. Die Forderungen seiner Frau waren fehl am Platze, da es um das Wohl des Gutes ging.

»Du siehst doch, daß mein Sohn sich neben dir nicht wohl fühlt, Schwiegertochter. Ari mag dich nicht. Du bist die hochmütige Tochter von Vanaja, du hältst dich für etwas Besseres als wir anderen. So etwas gefällt einem großen Kaufmann nicht, der sich unter den bolgarischen Sklavinnen die schönsten und demütigsten aussuchen kann.«

Suvivilja schloß sich weinend in ihrem Speicher ein. Sie beschloß, den Speicher erst dann zu verlassen, wenn ihr Mann sie von dort herausschmeicheln würde.

Ari Fernfuß begab sich mit seinen Männern auf den Ostweg, ohne sich von seiner Frau zu verabschieden. Die Reise würde mindestens anderthalb Jahre dauern.

2. Kapitel

1020

»Adiuvare, Domine«, befahl der Priester mit harter Stimme. »Hilf, Herr!«

Merikirja kräuselte die schmalen Lippen.

»Hierbei haben die Männer auch früher nicht helfen können. Vielleicht schaden die fremden Götter sogar eher. Egal. Wenn dein Gott es nicht schafft, daß das Kind geboren wird, stirbt die Frau meines Sohnes. Schwiegertöchter drängen sich zuhauf am Tor von Arantila. Wenn dein Gott macht, daß das Kind lebend aus dem Mutterleib hervorkommt, ist alles so, wie es sein soll.«

Suvivilja fuhr aus dem Halbschlaf auf und wimmerte. Sie drehte sich schwerfällig um und versuchte, die Knie zum Schutz ihres großen Bauches anzuziehen. Merikirja drückte mit der Hand auf den Bauch ihrer Schwiegertochter. Er war hart und stramm wie das Fell einer Zaubertrommel.

»Sieh da«, sagte die Schwiegermutter. »Vielleicht ist dein Gott nicht ganz unfähig, Priester. Geh jetzt.«

»Ich will nicht«, keuchte Suvivilja. »Nehmt es weg. Ich will nicht hier sein.«

»Auf deinen Willen kommt es hier am allerwenigsten an«, sagte Merikirja. Ihr Gesicht wurde weich vor Mitgefühl. »Tu deine Arbeit und bring dein Kind zur Welt. Den Schmerz vergißt man, aber das Kind wird der Schutz deines Alters.«

Das Kind wurde gegen Abend geboren. Die Sonne stand noch am Himmel, aber die Erwartung der Abendruhe ließ den ausgeglühten Hof des Hallenhauses still werden. Die Menschen saßen vor den Speichern und hatten keine Lust schlafenzugehen, ehe das Kind der Hausherrin geboren war. Das Haus befand sich in einer gefährlichen Lage: Erdgeister und Elfen lauerten auf den Ankömmling, um ihn sich zu schnappen.

»Ein Mädchen!« sagte Merikirja verbittert, während sie das kleine, zappelnde Wesen entgegennahm. »So viel Aufhebens um nichts als ein jämmerliches Mädchen. So klein wie eine Maus.«

Die Schwiegermutter wartete darauf, daß die Nabelschnur aufhörte zu pulsieren, band sie mit einer Sehne ab, biß sie durch und übergab das Kind einer alten Sklavin zum Waschen. Die Nachgeburt kam fast sofort hinterher. Suvivilja wirkte überraschend munter, nachdem sie von dem Kind entbunden war. Mit lauter Stimme verlangte sie nach Bier. Ein kleines Sklavenmädchen brachte ihr einen hölzernen Becher.

»Mädchen oder Junge«, sagte die junge Mutter trotzig, »immerhin lebt es.«

Das Neugeborene schrie wütend.

»Gib es mir, liebe Schwiegermutter«, bat Suvivilja. »Es hat Sehnsucht nach mir.«

»Der Herr des Hauses sprach vor seiner Abreise von einem Sohn«, sagte Merikirja langsam. »Vielleicht meinte er damit, daß ein Mädchen im Hause nicht aufgenommen wird.«

»Nein!«

»Einen solchen Beschluß ohne Anhörung der Weisen zu fassen, ist schwierig«, überlegte die Schwiegermutter, so als wäre Suvivilja gar nicht da.

»Ich bin die Herrin«, keuchte Suvivilja von den Schwitzbänken her. »Ich entscheide über das Leben meines Kindes.«

»Ari Fernfuß ist mindestens ein Jahr lang fort.«

»Gib mir das Kind!«

»Wir müssen den Wahrsager holen«, entschied die Schwiegermutter. »Er soll entscheiden, was wir mit dem Kind machen.«

Merikirja legte das gewickelte Kind in einen Holzzuber.

»Der Wahrsager ist vom Alter verwirrt und tut, was du willst, Schwiegermutter«, behauptete Suvivilja. »Das Kind ist frei, gesund und aus guter Familie. Ein solches Kind setzt man nicht aus.«

Aber die Schwiegermutter hatte einen Beschluß gefaßt und ließ nicht davon ab. Der Wahrsager mußte geholt werden. Auf diese Weise konnte Merikirja die Verantwortung für das Schicksal des Kindes jemand anderem aufbürden. Ari Fernfuß konnte bei seiner Rückkehr unzufrieden sein, weil man das Mädchen am Leben gelassen hatte, oder er konnte böse sein, weil man ein brauchbares

Kind ausgesetzt hatte. So oder so, die Schuld lag bei dem Wahrsager und dadurch beim Schicksal, das der Mensch nicht beeinflussen konnte.

Suvivilja blieb in der Sauna allein. Das Kind lag im Bottich, es schlief wohl, denn es war still. Suvivilja hätte aufstehen und das Kind zu sich holen können. Aber sie tat es nicht. Dadurch, daß man den Wahrsager rief, rief man zugleich eine mächtige und unberechenbare äußere Kraft in das Leben des Kindes, vor der seine Angehörigen sich beugen mußten.

Gilbert von Wildham glitt wie ein Gespenst in die dämmerige Sauna. Auf den Schwitzbänken stand in einer Tonschüssel Seife, und deren angenehmer Kräuterduft vermischte sich mit dem Rauchgeruch. Aus dem Schatten war ein gleichmäßiges Schnaufen zu hören: Das Neugeborene atmete im Bottich. Gilbert der Sklavenpriester spähte nach dem Kind. Eine heftige Erregung wallte in ihm. War es nicht gerade sein Gebet gewesen, das die Geburt hatte gut verlaufen lassen? Hatte er nicht ein größeres Recht an diesem Kind als die elenden Heiden?

Auf den Schwitzbänken raschelte es, als Suvivilja sich anders hinlegte. Gilbert von Wildham trat zu der jungen Herrin. Suviviljas Haare schimmerten in der Ecke im eigenen Licht. Der Sklavenpriester griff nach der Hand der Frau, berührte ihren Arm und stöhnte.

»Erbarme dich meiner, Herr«, flüsterte er in seiner weichen Sprache. Suviviljas Hand ruhte unbeweglich in seiner Faust. »Ich bin schon tot. Warum führst du mich noch in Versuchung?«

Aber in seinem Herzen wußte Gilbert von Wildham, daß er nicht tot war. Er war ein Sklave, und man konnte ihn jederzeit töten. Aber sein magerer, zäher Körper lebte heftiger denn je. Gilbert hatte seine schreckliche Sünde fast vergessen, die, um deretwillen er hierher geraten und den hartherzigen Heiden der Ultima Terra ausgeliefert war. Neue Sünden, eine schwerer als die andere, verfolgten den einsamen Christen so begierig, daß er gar nicht dazu kam, die alten zu bereuen, da die Zeit damit hinging, gegen die neuen anzukämpfen.

Nach den Ebenen von Chester sehnte Gilbert von Wildham sich nicht mehr. Er war freiwillig aus England fortgegangen so wie zahllose Mönche und Priester. Docete omnes gentes! lautete das Gebot, und Gilbert von Wildham war auf das Gebot Gottes und König Knuts hin ausgezogen, um alle Welt zu Jüngern Christi zu machen.

Der Teil, der Gilbert von Wildham zufiel, war das Ende der Welt, das ferne Nordland. Gilbert rebellierte nicht; die peregrinatio pro amore Dei führte die missionierenden Mönche dorthin, wo Gott befand, sie zu brauchen. Einen besseren Ort als Arantila am Aurafluß konnte der Schöpfer dem elenden Brudermörder gar nicht gewähren. Jeder einzelne Tag war ein Kampf für den Glauben und gegen die bösen Kräfte.

Jeden Morgen, jeden Tag und jeden Abend betete Gilbert, der Sklavenpriester, für die Seele seines Bruders Alfric. Sicherlich war Alfric schon so fromm wie eine Seele nur sein konnte: Er war noch ein Kind gewesen, als Gilbert ihn ertränkt hatte, und noch gar nicht dazu gekommen, viele Sünden zu begehen.

Gilbert von Wildham war ein Edelmann, der einer Familie aus Mercia in England entstammte. Die Wurzeln der Herren von Wildham reichten weit in ferne heidnische Zeiten zurück, da die Angeln und Sachsen die blühende Insel Britannia eroberten. Chester war immer ihre Heimatgegend gewesen; sie waren verständige Leute, blieben, wo sie waren, kultivierten das Land und verteidigten ihr Eigentum ohne viel Worte gegen die Leute aus Wessex und gegen die Normannen, ohne Heldentum, aber wirkungsvoll.

Gilbert war der älteste Sohn von Wildham. Er hatte keine Lust, auch nur ein Stückchen von dem Gut seinem kleinen Bruder, dem Sohn der zweiten Frau seines Vaters, abzugeben.

Alfric war ein unerfreuliches Kind, eine blasse Schnupfnase, das die Frauen des Guts mit seinen weinerlichen Forderungen beherrschte. Gilbert, klug, gelehrig und energisch, blieb stets im Schatten dieses Schreckensherrschers. Es half nichts, daß Gilbert ebensogut lesen wie das Schwert zu führen verstand, daß er schön sang und seinen Eltern bei den Mahlzeiten gewandt aufwartete. Alfric war der Mittelpunkt, weil seine Mutter jung und drall war und verführerisch kicherte.

Da Gilbert sich für seine Eifersucht nicht an seiner Stiefmutter rächen konnte, stieß er seinen Bruder in die Tiefen des schwarzen Fischweihers.

Da sprach Gott zu Gilbert.

»Mein Zorn wird dich verfolgen, wohin du auch gehst!«

Gilbert floh vor dem Zorn Gottes. Er lief, bis er zu dem armen Kloster Lowmark kam, wo er Diener der fünf zerlumpten Mönche wurde. Er diente sich bis zum Benediktinermönch hinauf. Er lief von einem Kloster ins nächste, er lief nach Canterbury, studierte und wurde Priester, er lief von Kirche zu Kirche, von Altar zu Altar. Er war erschöpft, als Gott ihn endlich begnadigte.

Der große König Knut, der über England und Dänemark herrschte, war selbst ein Normanne, aber auch ein frommer Christ. Er wollte die Botschaft vom Weißen Christus in der Finsternis des Nordens verbreiten.

Gilbert von Wildham und seine begeisterten Freunde machten sich auf die Reise und träumten dabei von der Märtyrerkrone. Manch einer, zumindest Gilbert, ging dabei in Gedanken noch weiter: Von der Märtyrerkrone war es nicht weit zum Glorienschein des Heiligen. Diese Gedanken bekannte man nicht einmal in der Beichte. Aber man hatte sie im Sinn, und sie trieben die Entschlossensten immer weiter in die Länder der Heiden hinein.

Ein Wandel vom Brudermörder zum Heiligen war nicht unmöglich, wenn es grausame Heiden gab, bei denen man die Drecksarbeit machen konnte. Gilbert von Wildham begriff, daß Gott ihm eine einzigartige Gelegenheit bot.

Ein Teil der Prediger blieb in Norwegen, wo König Olaf der Dikke die Normannen taufte, indem er ihnen die Arme brach und die Augen blendete. Die mutigsten Priester wanderten gen Osten nach Svetiod, das heißt nach Schweden. Dort gab es zwar einen christlichen König, aber es gab noch reichlich Heiden, die getauft werden mußten. Die Schweden gehorchten ihrem König nur dann, wenn es ihnen paßte, und Odins Macht war in Svetiod am stärksten.

Gilbert von Wildham lernte in West-Götaland Dominus Turgot kennen, der eine Art Bischof war.

»In meinem Bistum dürfte es mehr Heiden als Christen geben«, sagte der Bischof traurig. »Jeder Prediger wird hier gebraucht.«

Gilbert begnügte sich nicht mit West-Götaland, wo viele christliche Güter, ein christlicher König und sogar ein Bischof einen gewissen Schutz boten.

»Herr, ich will dorthin, wo es am schwierigsten ist.«

»Auf dir lastet eine schwere Sünde«, erkannte der Bischof. »Geh nach Uppland. Dort gibt es die schlimmsten Heiden von ganz Svetiod, und im Herzen von Uppland haben sie ihren abscheulichen Tempel. Verbrenne ihn.«

Gilbert von Wildham dankte für den Rat. Aus demjenigen, der den Heidentempel verbrannte, würde sicherlich ein Märtyrer und wahrscheinlich ein Heiliger.

Gilbert war noch nicht weit von Skara, als man ihn überfiel und verprügelte. Er setzte die lange und mühsame Reise nach der Stadt Sigtuna fort, von wo man, wie es hieß, auf dem Wasserwege direkt zum Goldenen Tempel von Uppsala gelangte. Vor Sigtuna wurde er erneut überfallen, gebunden und in ein Schiff geworfen. Als er sich ein wenig erholt hatte, setzte man ihn an die Ruder. Er ruderte und betete tagelang, bis das Schiff einen unbekannten Fluß hinauffuhr und in einem fremden Hafen anlegte. Da floh Gilbert von Wildham; er schätzte, daß er Gott als Prediger mehr Nutzen denn als Ruderer bringen würde.

Gilbert war verblüfft, als er bemerkte, daß er in ein Land gekommen war, wo eine fremdartige Sprache gesprochen wurde. Für die englischen Priester war es leicht gewesen, den Normannen zu predigen, denn ihre Sprache war fast genauso wie die der Bewohner des Nordlandes; beide verstanden einander.

Gilberts Freiheit dauerte nur kurz. Er befand sich in einer kleinen Handelsniederlassung, die von einer Palisade eingefriedet war und auf einer Landzunge zwischen zwei Flüssen lag. Da Sommer war und die Zeit lebhaftesten Handels, herrschte in dem Ort ein regelrechtes Gedränge von Handwerkern und Händlern. Sie starrten Gilbert verwundert an, als er erst auf englisch zu singen und dann zu predigen begann. Niemand verhielt sich bedrohlich. Gilbert machte weiter, bis seine Stimme versagte. Da machte er sich auf die Suche nach etwas zu essen, trat in ein Loch in der Straße und verrenkte sich den Knöchel. Hilflos saß er auf der fremden Straße, bis er zum dritten Mal überfallen wurde.

Gilbert von Wildham war zwei Jahre lang Sklave in Nummi auf dem Gut Arantila am Aurafluß. Er versuchte nicht zu fliehen. Gottes Absicht war für ihn klar: Gilberts Aufgabe war es, dieses mächtige Haus zum Christentum zu bekehren. Wenn das gelänge, würden andere diesem Beispiel folgen.

Der Auraflußˆ strömte durch ein Land, das Suomi, Finnland, hieß. Die Menschen waren hellhäutig, sie hatten weiße Haare und fahle, gefährliche Augen. Vor ihnen fürchtete sich Gilbert der Sklavenpriester, denn aus diesen Augen konnte man nicht erraten, was ein Finne dachte. Die Finnen waren stattlich und kriegerisch, schweigsam und die grauenhaftesten Heiden, die man sich vorstellen konnte.

Gilbert wußte von den Abgöttern der Normannen, von Odin und Thor und der lüsternen Freya. In England hatte er es gar nicht vermeiden können, sie kennenzulernen. Im östlichen Teil des Landes, in Danelagh, wohnten Tausende von Normannen mit ihren Familien. Odin, so furchterregend und böse er auch sein mochte, war doch nur einer der Abgötter, die Christus wahrhaftig besiegt hatte.

Aber die Finnen verehrten ihre Toten, beschworen ganze Sippen von Toten aus ihren feuchten Gräbern herauf und pflegten Umgang mit ihnen wie mit ihren Nachbarn. Und was noch schlimmer war, sie verehrten Tiere, Raubtiere des Waldes, riefen sie zu sich und opferten ihnen. Die eine Hälfte der Finnen waren Zauberer, die die Zukunft vorhersagten und der anderen Hälfte Glück zauberten.

Das alles löste bei Gilbert von Wildham Entsetzen aus. Es war, als berührten die Beschwörungen etwas Geheimes und Entsetzliches in seinem eigenen christlichen Sinn; so als wäre irgendwo in Gilberts Innerstem ein verborgener Brunnen, aus dem die Schrekken der Urzeiten aufsteigen wollten. Der Brunnendeckel blieb durch das Gewicht endloser Gebete geschlossen. Die Finnen aber blickten direkt in die Tiefe ihres eigenen Brunnens und genossen das.

Gilbert der Sklavenpriester kämpfte gegen die Zauberei der Finnen an, indem er den Sieg des Weißen Christus verkündete. Er lernte die Sprache recht gut, da er sie ständig hören mußte. Sobald er es vermochte, begann er von Sünde und Rettung zu erzählen. Da widerfuhr ihm neues Entsetzen.

»Ach, ein christlicher Priester? Die gab es in Derbend kaum. Im Westen sollen sie den rechtgläubigen Kriegern Allahs viel Schaden zugefügt haben, damals, als ich in der Leibgarde des Khans von Derbend diente.«

Die Angelegenheiten von Arantila wurden eigentlich vom Bruder des Vaters des jungen Ari Fernfuß geführt, der den Namen Vallittu trug. Dieser Vallittu hatte die Welt durchwandert, so weit sie reichte, im Osten bis zur Mündung der Wolga und von dort bis zum Salzmeer der Chasaren, dessen Ufer von den wilden Sarazenen beherrscht wurden. Vallittu war ein Krüppel, sein Rücken war krumm, und er konnte nicht mehr in den Krieg ziehen. Aber er war sorgfältig und gewissenhaft und diente unermüdlich seinem Heimathause Arantila.

Gilbert von Wildham hatte noch nie einen Sarazenen gesehen. Er hatte jedoch von diesen Ungläubigen erzählen hören, die Jerusalem und das Grab des Erlösers beherrschten. Verzaubert betrachtete er Vallittu, und ihm kam ein sündig stolzer Gedanke: Wenn die Bekehrung der Heiden verdienstvoll war, war es dann nicht noch viel lobenswerter, Christus einen ungläubigen Sarazenen zuzuführen?

Vallittu schien die Gedanken des mit offenem Mund gaffenden Sklaven zu verstehen.

»Ich bin auch schon Jude gewesen«, prahlte Vallittu. »Die Chasaren hielten die Juden hoch in Ehren, und ihre Herrscher glaubten an Jahve, den Gott der Juden. Also habe ich damals in Itil auch Jahve verehrt.«

Gilbert zuckte nervös mit den Lidern.

»Im Land der Rus habe ich natürlich Perun und den Söhnen Svarogs geopfert«, fuhr Vallittu bösartig fort. »Das geschah, bevor Fürst Wladimir sein Volk zum Christentum zwang.«

Gilbert von Wildham verstand, daß es hier den Acker zu bestellen galt, den Gott für ihn vorgesehen hatte. Vallittu hörte Gilbert gern zu und fragte den Sklaven nach seinem Heimatland; im Westen war Vallittu niemals gewesen. Allmählich begriff Gilbert, daß seine Bekehrungsversuche vergeblich waren. Vallittu glaubte an keinen Gott und hielt nur die Toten seiner eigenen Familie für heilig. Aber Vallittu schützte Gilbert den Sklavenpriester vor der Mißgunst der anderen Sklaven und den Wutanfällen der alten Herrin Merikirja. Es war möglich, daß Vallittu den Sklaven regelrecht gern hatte. Zumindest sorgte er dafür, daß Gilbert immer zu essen und im Winter warme Kleider hatte.

In Suvivilja erblickte Gilbert von Wildham endlich den ersten Hoffnungsfunken. Die junge Herrin von Arantila war einsam und fühlte sich in ihrem neuen Zuhause nicht wohl. Die Frau war oberflächlich und leicht zu lenken. Gilbert der Sklavenpriester begann seine Bekehrungsarbeit, indem er ihr spannende Geschichten von Christus und den Heiligen erzählte, so wie man es ihm in Canterbury geraten hatte. Die einfachen Heiden liebten Geschichten mehr als jeden anderen Zeitvertreib, abgesehen vom Kriegführen.

Suvivilja war entzückend und weich, anders als die kalten und stillen Finnen. Der Sklavenpriester redete und redete. Während er sprach, sah er sie an, bis er begriff, daß er sie allzu leidenschaftlich ansah.

Das Kind im Bottich meldete sich. Gilbert von Wildham ließ eilig Suviviljas Hand los. Dieses einzige Mal hatte er Suvivilja berührt; das war ein Grund, den Sklaven zu töten, falls die Herrin es so wollte.

Gilbert wandte sich in der Sauna mit den vom Rauch rußigen Wänden hilflos hin und her. Ihm war ängstlich zumute. Irgend etwas mußte er tun, aus irgendeinem Grund war er in die Sauna gekommen, aber Suviviljas Anblick hatte ihn aus der Fassung gebracht.

Das Kind.

Gilbert von Wildham bückte sich und nahm den Säugling auf den Arm. Hell schimmerte das kleine Gesicht aus dem Leinentuch hervor. Gilbert sah die Herrin an. Suvivilja lag unbeweglich auf der Schwitzbank. Sie hatte die Augen offen, sagte aber nichts.

Der Sklavenpriester hob die Hand und segnete das Wasser in dem Zuber, der neben dem Saunaofen stand. Eilig löste er die lose Windel und tauchte das Kind ins Wasser, hob es heraus und wiederholte das noch zweimal, bevor es schreien konnte.

»Ich taufe dich auf den Namen Godgifu im Namen des Vaters und des Sohnes und des Heiligen Geistes.«

Es war getan. Nichts konnte dieses Kind mehr Gott rauben. Die Mutter des Kindes sagte immer noch nichts.

»Godgifu ist meine Sprache und bedeutet Gottesgeschenk«, erklärte der Priester. »Das war der Name meiner Mutter.«

Das Kind nieste. Von draußen hörte man Stimmen, und Suvivilja bewegte sich unruhig. Gilbert wickelte das Kind ungeschickt wieder in seine Windel. Er legte es zurück in den Bottich und schlug noch das Kreuz über ihm.

»Dominus tecum, filia mea. Der Herr sei mit dir, meine Tochter.«

Danach war Gilbert der Sklavenpriester bereit, den Märtyrertod zu sterben.

Zusammen mit dem Wahrsager betrat viel Volk die Sauna. Alle drängten sich in das geräumige Gebäude, um bei der Namensgebung dabeizusein. Neugier erweckte bei ihnen außerdem die Ahnung, daß etwas Außergewöhnliches geschehen könnte: Die alte Herrin hatte davon gesprochen, daß das Kind ausgesetzt werden könnte. Niemand konnte sich daran erinnern, daß in Arantila jemals so etwas getan worden wäre. Vielleicht hatten die Ärmsten in ihrer Not mal ein Neugeborenes in den Sumpf gebracht, aber auch für sie war es vernünftiger, ihre überzähligen Kinder als Sklaven zu verkaufen. In den mächtigen Häusern waren die Kinder ein teures Gut, das die Kraft der Familie stärkte.

Der Wahrsager war ein alter Mann und trotz der Hitze prächtig in ein Pelzgewand gekleidet. Er war mager, hochgewachsen und geradrückig und strahlte eine Würde aus, die die Leute von Arantila dazu brachte, sich demütig vor ihm zu verneigen.

Merikirja tat so, als wäre der Wahrsager ihr Eigentum. Die alte Herrin nahm das Kind aus dem Bottich auf, zeigte es dem Wahrsager und sagte, daß der Herr von Arantila bei seiner Abreise von einem Sohn gesprochen habe.

»Ich hätte befohlen, dieses wertlose Wesen fortzuschaffen, aber es ist gut, wenn du das bestätigst für den Fall, daß es mit der Familie der Schwiegertochter einmal zum Streit darüber kommt.«

Der Wahrsager besah sich das Kind, dem man einen in Brei getauchten Lappen zum Saugen gegeben hatte.

»Dies ist ein ungewöhnlich schönes Kind«, sagte der Wahrsager. Man konnte seiner Stimme anhören, daß es ihm nicht gefiel, wie Merikirja mit ihm umsprang.

»Aber ein Mädchen«, sagte Merikirja eigensinnig.

Der Wahrsager schüttelte heftig den Kopf.

»Sei still, Frau.«

Der Wahrsager nahm ein Ledersäckchen, das er um den Hals trug, hielt es in der Hand und begann, Zaubersprüche herzusagen. Er hatte eine gewaltige, schallende Stimme; es war seltsam, daß aus einem so mageren Mann eine Stimme kam, die wie das Dröhnen einer großen Trommel klang. Das Zaubern dauerte lange. Währenddessen schüttete der Wahrsager mehrmals den Inhalt des Ledersäckchens aus und betrachtete die zu Boden gefallenen Gegenstände: Steine, Knochen, kleine Holzskulpturen und Lederstückchen, steckte sie zurück in den Beutel und schüttete sie wieder aus.

Die Menschen verfolgten die Handlung voller Ehrfurcht. Das unberechenbare Schicksal bestimmte die Anordnung der Zaubermittel. Der Wahrsager las daraus die Zukunft des Kindes.

Das Kind im Bottich begann zu schreien. Endlich legte sich der Wahrsager das Riemchen des Beutels wieder um den Hals.

»Das Kind ist ein Nachkomme zweier mächtiger Familien. Es hat besondere Fähigkeiten, die beiden Familien Nutzen bringen werden.«

Suvivilja hatte sich auf der Schwitzbank aufgesetzt.

»Mein Vater stammt aus der Familie der Gesetzeskundigen von Tavastland.«

»Das Gesetz lernt man«, sagte der Wahrsager. »Dazu ist jedermann in der Lage.«

»In der Familie meiner Mutter gibt es Wind- und Nebelmacher.«

Der Wahrsager nickte.

»Das Kind soll seinen Namen nach deiner Mutter bekommen.«

»Meine Mutter ist Terhi aus Viljattula von Tyrväntö.«

»Deine Tochter soll Terhen, Nebelmädchen, heißen. Mit ihrem Nebel soll sie ihre Familie vor neidischen Blicken und bösem Willen schützen. Gebt das Kind seiner Mutter.«

Die Worte des Wahrsagers wurden immer befolgt, denn der Wahrsager war derjenige, der den höchsten Willen, den Willen der Ahnen, auslegte. Mit saurer Miene nahm Merikirja das Kind aus dem Bottich und brachte es Suvivilja.

Suvivilja sah ihre Schwiegermutter hochmütig an. Sie hatte gesiegt, und sie würde dafür sorgen, daß die Schwiegermutter das niemals vergaß.

3. Kapitel

1021

»Ein Schiff! Der Herr kommt vom Ostweg zurück!«

Suvivilja wandte sich sofort vom Webstuhl ab. Sie reckte ihre schmerzenden Arme.

»Ilo, ich muß mich ankleiden.«

Die Sklavin half der Herrin, ihr braunes Alltagsgewand auszuziehen. Über das weiße Leinenhemd zog sie ein grünes, langärmliges Wollkleid. Um das Kleid wurde unter den Achseln ein dunkelblauer Überrock mit kunstvoll gewebten Rändern gewickelt, der nur aus einem rechteckigen Stoffstück bestand. Der Überrock wurde auf den Schultern mit zwei Bronzefibeln befestigt. Die Fibeln waren durch eine doppelte Bronzekette miteinander verbunden, die auf die Brust hinabhing. Sie klirrte, wenn Suvivilja sich bewegte. Von beiden Fibeln hingen neben den Achseln zwei Ketten, die bewirkten, daß der steife Stoff am Körper anlag. An den Ketten waren kleine Gegenstände, Schellen, Bronzevögel, eine kleine Schere und ein Nadelbehälter aus Bronze befestigt.

Um die Taille wurde Suvivilja mit einem blaugemusterten Band eine weiße Schürze gebunden, in deren Saum Bronzespiralen eingewebt waren. Am Gürtelband befestigte Suvivilja ein Eßmesser in einer Bronzescheide sowie einen kleinen Beutel mit Feuersteinen. Suviviljas Schultertuch war dick und hatte lange Fransen. Sie legte es sich auf verschiedene Weise um: so, daß es ihr gleichmäßig über den Schultern lag und mit einer Silberfibel, die Ari ihr geschenkt hatte, unter dem Kinn zusammengehalten wurde; über nur eine Schulter gelegt und am Kleid befestigt, über dem Kopf und mit einer Fibel auf der Schulter befestigt. Die Sklavin Ilo hielt Suvivilja einen polierten Kupferspiegel vor und wimmerte, als die Herrin ihr nervös eine Maulschelle gab.

»Das ist nicht gut so. Gib mir meine Armreifen.«

»Herrin«, fragte Ilo vorsichtig, »sollten wir nicht das Kind ankleiden? Der Herr will es bestimmt sehen.«

Suvivilja steckte sich neunfach gewundene Armreifen an die Arme.

»Ja ... Sag Hermelin, sie soll ihm ein sauberes Hemd anziehen. Gib mir meinen Stirnschmuck ... Binde ihn nicht so stramm! Den Schleier ...«

Merikirja kam geschäftig in den hinteren Teil des Hallenhauses, wo Suvivilja mit ihrer kleinen Tochter auf der Seite der Herrenbank wohnte. Die Schwiegermutter hatte ihre besten Kleider angelegt, rote Wolle und vielfache Ketten – Suvivilja sah voller Bitterkeit, daß die Ketten der Schwiegermutter von Silber glänzten. Auch sie würde eines Tages ... aber sie hatte nichts anderes vorzuweisen als ein kleines Mädelchen, so zerbrechlich und zart, daß es anderthalb Jahre jünger wirkte.

Zum Glück war das Kind schön. Suvivilja betrachtete es mit Wohlwollen, als Hermelin es auf dem Arm zu seiner Herrin brachte. Das Kind war mit einem weißen Leinenhemd bekleidet. Seine Haut war fast ebenso hell wie das Kleidungsstück, sein üppiges, geschmeidiges Haar war silberweiß, und auch seine Brauen und Wimpern waren weiß. Die einzigen Farben in der klaren, durchscheinenden Helle des Kindes waren der rote Mund und die himmelblauen Augen. Die Augen blickten ernst aus dem feinen Gesicht. Es war ein unkompliziertes Kind, weinte nie, lachte aber auch kaum.

»Komm schon, Schwiegertochter«, drängte Merikirja. »Du mußt auf dem Hof sein, wenn Ari Fernfuß zum Tor hereinkommt.«

Das Schiff hieß ›Kreuzotter‹. Ein Schlangenname paßte gut zu dem Schiff und brachte Glück. Das Schiff hatte ein geflochtenes Segel, viel Laderaum und dreizehn Mann Besatzung. Es war gemeinsames Eigentum von Ari Fernfuß aus Arantila und Gudmund dem Kaufmann aus West-Götaland.

Die Freundschaft der Männer ging noch auf die Zeiten von Ari Fernfuß' Vater Aranti zurück. Sie war nützlich für beide. Gudmund kam vom Logen, der auch Mälaren hieß, mit fränkischen Waffen, schwedischem Eisen und Butter. Er segelte den Aurafluß hinauf bis zu der Stadt Koroinen, wo er einen Teil seiner Waren verkaufte. Einen Teil davon kaufte Ari Fernfuß, um sie in der Stadt Vanaja in

Tavastland weiterzuverkaufen; dorthin unternahm er alle zwei Jahre eine Handelsreise. Aus Vanaja brachte Ari Fernfuß Pelze, Wachs, Honig und, das Kostbarste von allem, Bibergeil mit, das auch dem ältesten Mann wieder zu seiner Manneskraft verhalf.

Gemeinsam machten sich die Männer auf die Reise, die sie auf den Großen Ostweg führte und anderthalb Jahre dauerte. Die Reise war schwierig und gefährlich. Als Entschädigung für ihre Mühe pflegten die Kaufleute im Land der Slawen Sklavinnen zu rauben, wenn sie am Ufer geeignete junge Frauen sahen.

Wenn sie sich gemächlich vorwärtsbewegten, ruderten sie vier Monate oder ein halbes Jahr bis Bolgar, zu dem einst so mächtigen Handelsplatz an der Wolga, und ein halbes Jahr zurück; wenn das Schiff ›Kreuzotter‹ die Wolga hinab bis zum Delta in die ehemalige Chasarenstadt Itil fuhr, verlängerte sich die Reise noch um gut ein halbes Jahr. Nach Hause kamen die Kaufleute nur jedes zweite oder dritte Jahr, verbrachten einen Winter in ihrem Haus, erzählten erstaunliche Geschichten von den Schätzen des Ostens und machten sich im Frühjahr auf eine neue Reise.

Ari Fernfuß betrat den Hof des Gutes Arantila durch das Wassertor. Das durch eine Palisade geschützte Gut war von Feldern umgeben, und hinter den Feldern umrahmte dunkelgrüner Wald die Landschaft. Goldfarbene Herbstbirken brachten Farbtupfer in den Waldgürtel, der nur von dem träge dahinströmenden Fluß unterbrochen wurde.

Ari Fernfuß' kalte Augen wanderten abschätzend über das Gut. Alles war in Ordnung, das Schilfdach des hohen Hallenhauses repariert, ein auf einem Pfahl stehender Speicher erneuert, in der Palisadenbefestigung sah man hier und da einen Pfahl, der heller war als die anderen. Alles war, wie es sein sollte; Vallittu war also am Leben und kümmerte sich um das Gut.

»Jetzt hätte ich gern ein gutes finnisches Bier«, sagte Gudmund der Kaufmann hinter Ari Fernfuß. Ari nickte, obwohl seiner Ansicht nach weder das finnische Bier noch sonst irgend etwas in Finnland gut war.

»Bier«, sagte Ari zu den Leuten, die ihnen entgegengeeilt kamen. Er wurde immer gereizter. Die Heimkehr war an sich schon unangenehm und bedrückend, und dann wurde dem Hausherrn und seinem Gefährten nicht einmal ein Krug Bier gereicht.

Unterwegs war alles besser. Die endlose Fahrt den Strom hinab und dann hinauf, die fremden Menschen, die eigenartigen Gebäude, die unverständlichen Sprachen, die Völker, die wie der Wind aus der Unendlichkeit der Steppe angeritten kamen; alles war groß und weiträumig, der Blick reichte bis zum Horizont, ringsumher war nicht der ewige Wald, der einen bedrängte und in dem die Finnen wie Ameisen in ihren Haufen lebten.

Vallittu schob sich ihm entgegen, den Körper krummgezogen, aber mit einem erfreuten Lächeln auf den Lippen.

»Willkommen zu Hause, Herr. Bist du mit deiner Reise zufrieden?«

Ari Fernfuß verzog den Mund.

»Silber hab ich nicht«, gab er zur Antwort. »Von einer Reise zur nächsten werden die Dirhams immer weniger. Jetzt muß man ihnen nachjagen wie Eichhörnchen im Baum.«

»Wo sind sie denn hingekommen? Wer stiehlt die Dirhams des Ostwegs?«

»Niemand stiehlt sie, denn es gibt keine. Die großen Silberbergwerke des Landes Baktria sind erschöpft.«

Vallittus Gesicht wurde lang.

»Als ich noch in der Leibgarde des Khans von Derbend diente, gab es in Baktrien so viel Silber, daß man es nur so in die Satteltaschen der Kamele hineinschaufelte.«

»Das ist fast drei Jahrzehnte her. Alles hat sich verändert. Die Leute in der Rus machen den ganzen Handel bald unmöglich«, knurrte Ari Fernfuß noch wütender. »Zuerst eroberte Swjatoslaw, der Fürst von Kiew, das mächtige Bolgar, und dann mußte er gehen und die Chasarenstadt Itil vernichten. Und was war die Folge? Die Städte haben sich nie wieder richtig erholt. Jetzt können die Steppenvölker ungehindert das Russenland ausrauben. Sich selbst haben die Fürsten in ihrer Gier geschadet, als sie die blühenden Handelsvölker vernichteten.«

Vallittu begann Ari zu besänftigen.

»Auch das ist Jahrzehnte her. Gleichwohl gibt es für einen guten Kaufmann auf dem Großen Ostweg immer noch genug Verdienstmöglichkeiten. Pelze, Tran, Wachs und Honig werden immer gebraucht.«

»Ja. Aber wie soll der Kaufmann verkaufen, wenn der Käufer

kein Silber zum Bezahlen hat?« versetzte Ari sauertöpfisch. »Es hat kaum noch Sinn, in die Länder Allahs zu reisen. Auf der Dnjepr-Route verlangen die Diener des Fürsten von Kiew ungeheure Abgaben und Zölle. Bald müssen wir Richtung Westen fahren, aber da müssen wir mit den Norwegern konkurrieren.«

Vallittu lauschte zufrieden.

»Du jammerst genauso wie seinerzeit dein Vater. Das bedeutet Erfolg.«

Ari Fernfuß hob den Blick. Aus dem Hallenhaus trat eine prächtig gekleidete Frau auf den Hof. Ari fiel ein, daß er eine Frau hatte. Seine schlechte Laune besserte sich bei diesem Gedanken kein bißchen.

Seine Frau hieß Suvivilja. Das fiel Ari gleichzeitig mit allem anderen ein.

Die Frau war nach Arantila verheiratet worden als Preis dafür, daß man im Hause Vanaja in Tavastland die Blutrache vergaß. Eine uralte Sache, irgendwann hatte einer in der Stadt Vanaja einen Mann erschlagen, wahrscheinlich im Bierrausch. Das wurde dann jahrzehntelang wiedergekäut. Vallittu, der vierzig Winter gesehen hatte, wußte alles darüber. Ari interessierte sich für das, was in der Zukunft lag, die Vergangenheit war ihm gleichgültig. Er fand, daß man die Rache vergessen konnte, obwohl Merikirja immer sagte, daß die Leute von Vanaja seinen Vater Aranti ertränkt hätten. So konnte es ja durchaus sein – das störte Ari nicht, er hatte seinen Vater kaum gekannt. Er war von klein auf mit den Kaufleuten den Großen Ostweg entlanggesegelt, aber niemals mit seinem Vater: Es war nicht klug, den Herrn und seinen einzigen Sohn denselben Gefahren auszusetzen.

Aber Ari Fernfuß konnte es nicht dulden, daß ein anderer seinen Elch tötete. Was ihm gehörte, das gehörte ihm, ob es sich nun um Silber oder um ein Elchkalb handelte. Die Jagd war Ari Fernfuß' großes Vergnügen, das einzige, was ihm den finnischen Herbst und Winter erträglich machte, bevor er sich auf die nächste Reise begab. So hatte er, ohne weiter darüber nachzudenken, den Mann erschlagen, der seinen Elch getötet hatte – und dann sofort verstanden, daß der Erschlagene kein Sklave gewesen war, dessen Leben man für Silber kaufen konnte.

»Deine Frau«, sagte Gudmund der Kaufmann respektvoll, »ist schöner als der Mondschein im August, Ari Fernfuß.«

Ari lächelte. Das geschah selten.

»Ich hatte sie vergessen«, erwiderte er.

Gudmund der Händler erinnerte sich an all die Hunderte von Frauen, mit denen er im Laufe seines Lebens geschlafen hatte. Er zischte mißbilligend.

»Aber an ihr ist wohl nichts auszusetzen«, fuhr Ari fort, als seine Frau näherkam und sich verneigte.

Natürlich war es gut, daß seine Frau reizvoll war, da er sie nun einmal als Unterpfand für den Frieden hatte heiraten müssen. Jedenfalls hatte sie sich so gekleidet, wie es sich für die Herrin eines mächtigen Hauses geziemte. Auf der weißen Stirn baumelten die Silbermünzen des Kopfschmucks, und die wassergrünen Perlen am Hals veränderten im Sonnenlicht ihre Farbe.

Seine Frau näherte sich schüchtern und lächelte einschmeichelnd. Sie war wirklich schön, wenn man weiße Haut und einen schlanken Körper mochte. Eigentlich war seine Frau mager. Und sie war nicht nur mager, sondern auch eine weinerliche Nörglerin. Ari Fernfuß nahm sich lieber die dunklen, üppigen Frauen des Ostwegs, und auch die nur selten. Er hatte Besseres zu tun als seine Zeit an Frauen zu verschwenden, die ihm nichts brachten, es sei denn, er verkaufte sie an die Steppenkrieger des Ostwegs.

Da fiel Ari Fernfuß noch etwas ein.

»Das Kind? Zeig mir meinen Sohn, Frau.«

Suvivilja rang nervös die Hände.

»Es kann nicht immer ein Junge geboren werden, Herr.«

Ari Fernfuß knurrte. Merikirja sah schadenfroh zu. Vallittu eilte Suvivilja zu Hilfe.

»Ari, du hast eine gesunde und schöne Tochter.«

Vallittu winkte mit der Hand, und das Kindermädchen Hermelin brachte das Kind, damit der Hausherr es ansehen konnte.

Ari Fernfuß besah es, ohne zu lächeln. Auch das Mädchen lächelte nicht, es reckte nicht seine Arme und lallte nicht, wie Kinder es zu tun pflegen. An den Fingern und den Zehen trug es winzige Ringe als Schmuck.

»Es ist ein ernstes Kind«, sagte Vallittu. »Es wird ein kluges Mädchen. Der Wahrsager hat ihm den Namen Terhen gegeben. Er vermutete, aus dem Mädchen könne eine Wetterzauberin werden. In Suviviljas Verwandtschaft gibt es berühmte Wetterzauberinnen.«

Vallittu blickte den Herrn aus dem Augenwinkel an.

»Eine solche Fähigkeit kann für das Haus von großem Nutzen sein.«

Suvivilja legte Ari die Hand auf den Arm.

»Das nächste wird sicherlich ein Junge.«

Die Stimme der Frau war schrill und flehend. Ihre Hände waren wie Adlerklauen, die Ari Fernfuß umklammerten.

»Falls noch eins kommt«, sagte Ari böse.

Suvivilja sah ihn entsetzt an und begann zu schluchzen. Das war mehr als er ertragen konnte.

Ari Fernfuß gab seiner Frau eine Ohrfeige. Er hörte ein erschüttertes Stöhnen vom Hof her – die Herrin eines großen Hauses ohrfeigte man nicht. Er wurde noch wütender, weil er sich nicht hatte beherrschen können.

Suvivilja hockte am Boden und schluchzte. Wenn sie wenigstens aufgestanden und sich würdig verhalten hätte. Ari brüllte die Sklaven an.

»Helft eurer Herrin hinein!«

Die Augen des Hausherrn wandten sich dem Kind zu, das den Auftritt ungerührt verfolgt hatte. Man hätte meinen können, daß das arme Ding schon bei geringerem Anlaß in Tränen ausbrechen würde, wo sogar die Mutter schon heulte. Die Feierlichkeit des Kindes erzürnte Ari Fernfuß noch mehr.

»Das Kind kommt nach Vanaja. Sollen die Großeltern es aufziehen und auch unterrichten, wenn das Mädel schon eine Wetterzauberin ist.«

»Ich bleibe nicht den ganzen Winter über«, sagte Ari Fernfuß, während er Vallittu und Gudmund dem Kaufmann aus seinem Bierhumpen zutrank. »Alles ist hier so klein und eng.«

»Deinen Vorfahren war Arantila groß genug«, sagte Vallittu gekränkt. »Im Geiselgau Lieto findest du kein größeres Anwesen, und auch sonst kaum irgendwo in Finnland.«

»Der Geiselgau Lieto ist so groß wie das Weideland eines einzigen Petschenegenpferdes«, brummte Ari Fernfuß verächtlich, »in

Paimio läßt es seine Äpfel fallen und in Halikko deckt es eine Stute.«

»Deine Seele ist in den Steppen geblieben«, sagte Vallittu bekümmert.

»Du wärst auch selbst im Dienst des Khans geblieben, wenn du nicht nach dem Fußknöchel der Frau geschielt hättest.«

»Nein«, Vallittu schüttelte den Kopf. »Ich hatte immer Sehnsucht nach den großen Wäldern. Der Staub der Steppen brannte mir in den Augen, und die Hitze des Salzmeers versengte mir die Haut. Ich sehnte mich nach Regen und Nebel und nach dem Duft des Waldes.«

Gudmund der Kaufmann legte dem Gefährten die Hand auf die Schulter.

»Komm mit mir nach West-Götaland, wenn dein Herz nun einmal mit der Stätte deiner Geburt so unzufrieden ist. Verbring den Winter mit mir. Wir fahren nach Dalarna und kaufen dort Eisen. Wir segeln nach Nidaros und kaufen Walroßzähne. Wir sind die ganze Zeit unterwegs, und du kommst gar nicht dazu, unruhig zu werden. Wir gehen auf die Jagd, machen einen Abstecher nach Husaby und besuchen den König der Schweden.«

»Gibt es an ihm irgend etwas zu sehen?«

»Aber ja«, lachte Gudmund der Kaufmann. »Er hat weiße Haut und rote Augen.«

»König Olaf hat seine Macht in Svealand verloren«, erzählte Vallittu. »Die Bauern von Uppland wurden böse, als der König befahl, sie zu taufen, und jagten ihn fort. In Svetiod ist jetzt Olafs Sohn Anund König, den die Christen Jakob nennen.«

»Kommendes Frühjahr ist das Jahr des Nationalopfers der Schweden«, überlegte Gudmund der Kaufmann. »Wir fahren nach Uppland und opfern, bevor wir uns auf den Weg nach Osten machen.«

»Glaubst du, die Dirhams vermehren sich auf Odins Befehl?«

»Es kann aber auch nichts schaden. Auf dem Ladogasee opfern wir dem Weißen Christus, weil Jarl Ragnvald von Aldeigjuborg, mein Bruder, getauft ist wie ich. Wenn wir aus dem Onegasee auf die Vytegra kommen, opfern wir dem Herrscher des Waldes. Und dort, wo Wolga und Kama sich vereinigen, opfern wir nach alter Sitte Perun und Mokosch. So bekommen alle, was ihnen zusteht, und behindern unsere Fahrt nicht.«

»Bald geht der zehnte Teil von unseren Waren auf dem Hin- und Rückweg für die Opfer drauf«, murrte Ari Fernfuß.

Gudmund der Kaufmann hob abwehrend die Hände.

»Am Opfer soll man niemals geizen«, sagte er ernst. »Wenn du die Götter nicht besänftigst, verlierst du alles.«

Suvivilja schmollte im Kleiderspeicher zwischen den duftenden Stoffen. Sie hatte Ari Fernfuß nicht mehr gesehen, seitdem die Sklaven sie in den Speicher geleitet hatten. Es war offenkundig, daß ihr Mann für sein Verhalten keine Abbitte leisten würde. Suvivilja hatte es satt, im Speicher zu sitzen, konnte aber auch nicht fortgehen. Bald würde es dunkel werden, und dann mußten alle im Hallenhaus sein.

Suvivilja war traurig. An Silberketten war kein Gedanke. Die Schwiegermutter würde sich dazu versteigen, sie herumzukommandieren, da ihr Mann seinen Unwillen bekundet hatte. Das Kind würde nach Tavastland in das Gut Vanaja gebracht werden. Das machte Suvivilja nicht viel aus. Nach der Geburt ihrer Tochter war es ihr so vorgekommen, als sei sie irgendwie betrogen worden, und das Kind war schuld daran.

»Herrin.«

Suvivilja fuhr zusammen. Ihr war auch kalt. Die Feuchtigkeit des Herbstabends wurde nicht einmal von dem doppelten Wollrock ferngehalten.

Die Tür knarrte, und Gilbert der Sklavenpriester schlüpfte wie ein Schatten herein. Die Fähigkeit des Sklaven, sich auf dem Gut geräuschlos zu bewegen, machte Suvivilja regelrecht angst.

»Herrin, du mußt ins Haus kommen. Man wird dich bald vermissen.«

»Sollen sie mich doch vermissen.« Suvivilja warf die Lippen auf.

»Dann wird der Herr noch wütender.«

»Na und?«

Der Sklavenpriester hockte sich hin und begann wieder einmal, geduldig zu erklären.

»Du mußt dich mit deinem Mann versöhnen, meine Tochter. Es ist deine Pflicht vor Gott, deinem Ehemann zu gehorchen.«

»Obwohl er ein Heide ist?«

»Obwohl er ein Heide ist. Denk daran, daß du einen männlichen Erben für Arantila gebären mußt.«

»Ich will nie wieder gebären.«

Gilbert von Wildham schlug hastig das Kreuz.

»Das sind gottlose Reden, meine Tochter. Die Aufgabe einer Frau ist es, Kinder zu gebären. Wozu sonst gäbe es die Frauen?«

Darauf wußte Suvivilja nichts zu antworten.

»Deine Stellung im Hause wird stärker, wenn du einen Jungen bekommst. Als Mutter des künftigen Hausherren kannst du den Leuten von Christus erzählen.«

»Das könnte ich schon jetzt ...«

»Nein«, verbot der Priester ihr rasch. »Man würde dich vielleicht umbringen. Erzähle Ari Fernfuß auf keinen Fall, daß ich dich getauft habe. Für diese Sache muß man den richtigen Augenblick wählen. Geh jetzt und diene deinem Mann, so wie es der Frau zukommt.«

Suvivilja ging. In letzter Zeit gehorchte sie demütig Gilbert dem Sklavenpriester.

Gilbert von Wildham sah der Frau versonnen nach.

Welchen Anteil nahm bei seiner Bekehrungsarbeit der Kampf für das Reich Gottes ein, und welcher Anteil war Sünde, verbrecherische Leidenschaft des Leibes? Wie groß war der Anteil aufopferungsvoller Missionsarbeit und wie groß derjenige, der der eigenen Sicherheit galt?

Die heimliche Taufe gehörte nicht zu den Anweisungen, welche die in die Missionsländer reisenden Priester bekommen hatten. Die Gottesarbeit war öffentlich.

Die Stellung von Gilbert dem Sklavenpriester in Arantila hatte sich nach den ersten qualvollen Jahren grundlegend verändert. Vallittu behandelte ihn wie einen Freund, er durfte auch am Tisch des Hauses essen wie ein freier Mann. Und die junge Hausherrin lief völlig am Gängelband des Sklavenpriesters.

Kein Gedanke an die Märtyrerkrone. Gilbert der Sklavenpriester bekam genügend und gut zu essen. Er hatte eine warme wollene Kutte und darüber noch einen wollenen Umhang. An den Füßen trug er Lederschuhe, wie er sie in England niemals besessen hatte – aber im hohen Norden war es zu kalt zum Barfußgehen.

Nachts schlief der Sklavenpriester auf der Pritsche des Hallenhauses in der Wärme der Feuerstelle. Am Tage unterhielt er sich mit Vallittu über die Welt, die Götter und die Menschen. Abends erzählte Gilbert von Wildham Suvivilja von Christus und betrachtete verstohlen die Schönheit dieser Frau im Licht der Glut.

Sein Leben in Arantila am Aurafluß war ebenso angenehm wie in seinem heimatlichen Gut in Chester. Es war erheblich angenehmer, als in Lumpen in dem armen Kloster zu frieren. In der Schule von Canterbury gab es mehr Arbeit und weniger Essen.

Aber mußte denn ein Missionar unbedingt leiden? War es nicht das wichtigste, daß er aus Heiden Christen machte? Gilbert von Wildham hatte schon eine Christin gewonnen, allerdings eine heimliche. War es nicht klug und nützlich, daß der Priester für sich selbst sorgte, so daß er die Gottesarbeit so kraftvoll wie nur möglich tun konnte? Das reichhaltige Essen und die Lederschuhe taten wohl nichts zur Sache, wenn der Priester nur nicht direkt sündigte.

ZWEITES BUCH

1025–1028

4. Kapitel

1025

»Du gehst nicht! Deine Pflicht ist es, den Hof zu verteidigen und das Gesetz zu lernen.«

»Vater, die Toten müssen besänftigt werden.«

»Ja, aber nicht von früh bis spät. Du tust nichts anderes, als zu den Gräbern zu laufen. Die Lebenden brauchen dich mehr als die Toten.«

»Das Wohlwollen der Toten ist das Glück des Hauses.«

»Und das Unglück des Hauses ist ein dummer Sohn, der lieber mit den Geistern der Unterwelt spricht als mit den Verwandten! Auch das Gesetz kannst du noch nicht auswendig, du, ein erwachsener Mann!«

Die Stimmen der Männer steigerten sich zu Geschrei. Die Hausleute wichen vom matschigen Hof auf die Stufen der Speicher zurück. Pihlava Schwarzbraue stand an der Tür des Hallenhauses von Vanaja mit dem kleinen Mädchen am Rocksaum.

»Ach, hört doch auf! Dieser Lärm ist unerträglich!«

Die alte Hausherrin von Vanaja, Terhi von Viljattula, kam an Schwiegertochter und Tochterstochter vorbei auf den Hof des Gutes gerauscht. Ihre Stimme war kaum mehr als ein Flüstern, aber dennoch in jeder Ecke des Gutes zu hören. Terhi war klein und zerbrechlich wie eine Libelle, aber es gab in Vanaja keinen Krieger, der sich nicht vor ihr fürchtete.

»Der Ruf und die Ehre dieser Familie gehen verloren, wenn Talpia mir nicht gehorcht«, sagte Nousia der Gesetzeskundige und dämpfte vor dem leidenden Blick seiner Frau die Stimme.

»Und hat man je gehört, daß sich der Sohn gegen seinen Vater auflehnt?«

»Talpia lehnt sich nicht gegen dich auf«, flüsterte Terhi, und alle beugten sich vor, um ihr zu lauschen. »Die Verstorbenen haben ihn zum Zauberer erwählt. Das ist Schicksal, und dem kann man sich nicht widersetzen.«

»Talpia kann die Geister beschwören, soviel er will. In Vanaja sind die Vorfahren immer verehrt worden, man hat ihnen geopfert und war gut zu ihnen«, knurrte Nousia der Gesetzeskundige. Der alte Hausherr von Vanaja widersprach seiner Frau niemals. »Aber Talpia muß auch das Erbe seines Geschlechtes pflegen.«

So wie die Mutter bei diesem Streit, der das Gut entzweite, immer auf seiten ihres Sohnes stand, so ergriff die Schwiegertochter Pihlava Schwarzbraue die Partei ihres Schwiegervaters.

»Talpia würde sich sogar ins Bett eine Tote nehmen, wenn er könnte«, giftete Pihlava Schwarzbraue.

Pihlava hatte es nicht gelernt, so wie ihre Schwiegermutter, durch vermeintliche Schwäche zu herrschen. Sie verstand es nicht, mit schmachtender Stimme Bosheiten zu sagen; sie machte ihrem Ärger durch giftiges Keifen Luft.

»Ich bin Zauberer«, sagte Talpia von Vanaja müde. »Ich bin der größte Zauberer, der jemals in Tavastland gelebt hat. Und ihr verlangt von mir, daß ich Kindergeplapper auswendig lernen soll.«

»Das Gesetz«, sagte Nousia der Gesetzeskundige drohend, »ist kein Kindergeplapper. Das Gesetz ist die Grundlage des Lebens. Ohne Gesetz gibt es nichts.«

»Die Toten scheren sich nicht um die Gesetze und sonstiges Gefasel alter Männer.«

»Die Toten haben uns die Gesetze hinterlassen«, zischte Nousia der Gesetzeskundige, und sein Gesicht war rot vor Wut.

»Und jetzt stehen sie über dem Gesetz«, sagte Talpia der Zauberer spöttisch. »Bis ins Totenreich ist dein Vortrag nicht zu hören, und wenn er zu hören ist, dann wird darüber gelacht.«

»Niemand steht über dem Gesetz!«

Plötzlich hatte der alte Mann ein Messer in der Hand. Es war nur ein Eßmesser mit kurzer Klinge, aber Nousia der Gesetzeskundige riß es blitzschnell von unten nach oben, nicht um Talpia zu töten, sondern um sein prächtiges Ledergewand aufzuschlitzen. Der Hof erbebte, stöhnte auf, obwohl dies nicht das erste Mal war, daß der alte Hausherr von Vanaja seinen Sohn strafte.

Talpia wich aus, er verbeugte sich, um zu zeigen, daß er sich dem

Zorn seines Vaters unterwarf. Das Messer schnitt Talpia in den Hals, glitt in den Nacken und flog dem alten Mann aus der Hand.

Das Blut spritzte in den vom Frühlingsschnee matschigen Hof von Vanaja. Die Mutter stürzte herbei, der Vater griff nach dem zu Boden sinkenden Körper seines Sohnes. Pihlava schrie gellend auf.

Das kleine Mädchen fuhr zusammen. Es kauerte sich zu Boden, sah das rote Blut an. Ihr Körper wurde glühendheiß. Terhen spürte, wie Talpias Leben davonströmte, und ihr Geist strengte sich aufs äußerste an, um dem Strom Einhalt zu gebieten. Sie ließ die Adern trocken werden, hemmte den Blutfluß, setzte all ihre Kraft dagegen, als das Blut hervorsprudeln wollte. Der Strom ließ nach, wurde schwächer, beruhigte sich, ebbte ab. Das kleine Mädchen in dem rotgefärbten Schneematsch keuchte vor Erschöpfung.

Talpia der Zauberer lag im schmutzigen Schnee und holte tief Luft. Terhi hatte sich den Schleier vom Kopf gerissen und versuchte, damit den Blutfluß zu stillen. Nousia der Gesetzeskundige stand erstarrt, mit ausgebreiteten Händen neben dem Körper seines Sohnes. Talpias Blut hatte sein Gewand von oben bis unten durchnäßt.

Terhi nahm verwundert den Schleier hoch. Sie vergaß zu flüstern.

»Die Blutung hat aufgehört.«

Nousia der Gesetzeskundige beugte sich herab.

»Da kommt nichts mehr ... nichts.«

Er richtete sich auf und schüttelte verwundert den Kopf.

»Nichts.«

Pihlava Schwarzbraue kam zu sich und rief die Sklaven zu Hilfe. Sie verband mit ihrem eigenen Schleier die blutlose Wunde, die an Talpias Hals klaffte. Vier Sklaven hoben Talpia den Zauberer vom Boden auf. Pihlava hielt seinen Kopf, und so trug man ihn vorsichtig in das Hallenhaus und bettete ihn auf ein Bärenfell auf der breiten Wandpritsche.

Terhi lag immer noch auf den Knien im Hof.

»Ich schaffe es schon alleine. Ich will doch niemandem zur Last fallen ... Möchte nur an das Bett meines einzigen Sohnes ...«

Einer der Krieger war sofort bei der alten Herrin und stützte sie, als sie mit traurigen Schritten über den Hof wankte.

Nousia der Gesetzeskundige blieb mit den Kriegern von Vanaja im Gutshof. Der alte Hausherr erwähnte sein Aufbrausen mit keinem Wort, das war eine Sache zwischen seinem Sohn und ihm. Es ging die anderen nichts an, selbst wenn er sein eigen Fleisch und Blut töten würde. Nousia der Gesetzeskundige hatte zu seinem Sohn, der die Geister beschwor, noch nie ein gutes Verhältnis gehabt. In Vanaja war man an ihre Zusammenstöße gewöhnt.

Doch jetzt war ein neuer und interessanter Umstand ins Spiel gekommen.

»In diesem Haus gibt es einen Blutstiller. Früher hatten wir keinen, aber jetzt ja. Es kann nicht anders sein.«

»Wer mag das sein?« Die Männer sahen einander an. »Warum sagt er nichts?«

»Vielleicht weiß er es nicht.«

»Wie kann das möglich sein?« wunderten sich die Männer. »Warum weiß er es nicht?«

Nousia der Gesetzeskundige schüttelte den Kopf.

»Ich kenne das Gesetz, nicht die Heilungszauber. Aber für das Haus ist das eine gute Sache.«

Die Männer gingen hinein, um Talpia den Zauberer zu bestaunen, der auf seiner Bank lag und sich auch wunderte. In der Türöffnung wäre einer der Krieger beinahe über ein kleines Bündel gestolpert.

»Seht mal, das kleine Mädchen ist zu Tode erschrocken. Komm herein, alles ist wieder gut«, sagte der Mann freundlich. Er nahm das Kind auf den Arm und brachte es der alten Herrin.

»Deine Tochterstochter ist so erschrocken, daß sie das Bewußtsein verloren hat.«

Terhi nahm das Kind auf den Schoß und streichelte ihm über das weiße Haar.

»Ist das ein Wunder, wenn der Familienfrieden gebrochen wird«, sagte Terhi von Viljattula mit ihrer kleinen Stimme. »Wie kann das Kind in einem Haus leben, wo der Hausherr wütet wie ein wildes Tier.«

Terhi beugte sich hinab, preßte ihre Wange gegen die des Kindes, und alle bedauerten es.

Pihlava Schwarzbraues Vater war Schmuckschmied, ihre Mutter Gießerin. Sie hatten ihr Haus und ihre Werkstatt in Janakkala, aber in der Stadt Vanaja hatten sie eine kleine Hütte, in die sie zum Frühjahr gingen, um ihre Waren zu verkaufen.

Pihlava Schwarzbraue ging jedes Frühjahr zu Fuß vom Gut Vanaja in die Stadt. Sie ging ihre Eltern besuchen und nachsehen, welche Fibeln, Ketten, Anhänger und Dosen ihre Eltern hergestellt hatten.

In der Stadt Vanaja wanden sich die Straßen zwischen den Häusern hindurch. Ein Teil der Häuser war aus Balken errichtet, ein anderer Teil aus Rutenflechtwerk und Ton. Die Häuser öffneten sich zur Straße hin, und in der Türöffnung war ausgestellt, was in dem jeweiligen Haus verkauft wurde. Pihlava Schwarzbraue war weniger an den Waren als an den Menschen interessiert, die die Waren verkauften. Sie war gelangweilt und hatte ihr Leben auf dem Gut Vanaja satt. Die zwei Tage in der Stadt als Gast ihrer Eltern ließen Pihlava ihren Mann vergessen, der sich im Totenreich wohler fühlte als auf dem Lager seiner Frau; die Schwiegermutter, die Bosheiten wie Höflichkeiten flüsterte, und den Schwiegervater, der von früh bis spät seine unverständlichen Regeln murmelte.

Der lange Fußweg erfrischte Pihlava nach dem schweren und zänkischen Leben von Vanaja. Pihlava ritt niemals: Sie hatte Angst vor Pferden und ging nicht einmal in deren Nähe. Sie wollte auch keinen Wachmann mitnehmen, der ihre Schritte überwacht hätte: Wer würde es wagen, die Schwiegertochter des mächtigen Vanaja zu bedrohen?

Der Frühlingstag strahlte heiter und heiß, als Pihlava Schwarzbraue und die kleine Terhen von Arantila auf dem Rückweg von der Stadt den Uferpfad am See entlang in Richtung Vanaja wanderten. Rechts von ihnen erhob sich ein Landrücken in zartem Grün. Die Blattknospen der Bäume standen kurz vor dem Aufbrechen, die Vögel zwitscherten trunken vor Frühlingsfreude, und der Wind spielte in Terhens Haaren.

Terhen schritt in ihren Lederschuhen vorsichtig und mit gesenktem Kopf dahin: Sie konnte den kleinen Kettenschmuck, den Pihlavas Vater für sie angefertigt hatte, gar nicht genug bewundern. Auf beiden Schultern hatte sie eine runde Fibel, und dazwischen hing eine feine Kette. Von der rechten Fibel hing außerdem eine gerade Kette herab, an deren Ende ein Nadelbehälter befestigt war, der zwei Nadeln enthielt. Pihlava hatte gesagt, daß heute der Nadelunterricht für Terhen beginnen würde. Zuerst würden sie für das Mädchen ein Kleid aus dem grünen Stoff nähen, den Pihlava im Frühjahr gewebt hatte.

Auf dem Pfad schlossen sich den Reisenden bisweilen andere Wanderer an, die irgendwann wieder abbogen. Die Erwachsenen bewunderten Terhens Kette und plauderten mit ihr. Das Mädchen antwortete mit einem kleinen, ernsten Lächeln. Auch Pihlava schwatzte und sang wie eine freigekommene Gefangene. Sie war selbst noch fast ein Kind und konnte nicht so wie ihre Schwiegermutter ständig wegen irgend etwas in Sorge sein.

Die anderen Wanderer blieben zurück, als Pihlava und Terhen sich dem Gut Vanaja näherten. Wie von selbst blieb Pihlava stehen, als der kahlgeschlagene Teil des Abhangs mit der Palisadenbefestigung in Sicht kam. Keine von beiden hatte Lust, schon gleich wieder hinter die Tore zurückzukehren.

»Ich winde dir einen Kranz aus Huflattichblüten«, schlug Pihlava vor.

Terhen war ein bezaubernd schönes kleines Mädchen und wäre auch lebhafter gewesen, wenn jemand Zeit gehabt hätte, sich für sie zu interessieren. Aber auf dem Gut Vanaja drehte sich das ganze Leben um Nousia den Gesetzeskundigen und Talpia den Zauberer; die Leute erwachten jeden Morgen in Erwartung eines neuen Streits, und die Krieger entschieden jeden Tag aufs neue, auf wessen Seite sie standen.

Für Terhi, die alte Herrin, war nur ihr Sohn Talpia wichtig; ihre Tochter Suvivilja hatte ihr selbst damals nichts bedeutet, als sie noch ein Kind war, und ihre Enkelin nahm sie kaum wahr. Die Sklavinnen, die sich nicht in die Angelegenheiten der Männer einmischen konnten, kümmerten sich um die alte Herrin und bedauerten sie. Pihlava war von ihrem Mann enttäuscht, der sie wie eine Fremde ansah und gar nicht darauf kam, mit ihr zu schlafen, wenn sie ihn nicht daran erinnerte.

Alle hatten mit ihren eigenen Angelegenheiten genug zu tun, als daß sie sich um sie kümmerten. Terhen von Arantila war ein überzähliges Geschöpf: Man ließ sie teilhaben, aber es wurde nichts um ihretwillen getan. Wenn das kleine Mädchen lautlos verschwunden wäre, hätte es lange gedauert, bevor man ihre Abwesenheit bemerkt hätte.

»Halt mal deinen Kopf her, Terhen, dann bekommst du deinen Kranz.«

Pihlava drückte Terhen den gelben Reif auf die weißen Haare. Das Mädchen neigte ein wenig den Kopf, als würde sie kokettieren. Jetzt hatte sie einen Kettenschmuck und einen Kranz. Plötzlich hielt sie wie erstarrt inne und lauschte. Hinter ihnen, oben auf dem Landrücken, knarrte Leder und klirrte Eisen.

Männer von Vanaja konnten das nicht sein, sie hätten die junge Herrin von Vanaja schon begrüßt. Wenn die Kriegerschar keine eigenen Leute waren, dann waren es Feinde.

»Komm!« Pihlava stand auf und nahm Terhen bei der Hand. »Wir müssen jetzt so schnell laufen, wie wir nur können!«

Im selben Augenblick hörten Pihlava und Terhen ein lautes Knarren. Das konnte nur eines bedeuten: Die Tore des Gutes Vanaja, die landeinwärts gingen, wurden geschlossen. Man hatte sie ausgesperrt.

»Aber...«, flüsterte Pihlava mit blassen Lippen, »der Wachmann hat uns gesehen... schon, als wir den Kranz machten...«

Terhen sah Pihlava mit ernsten Augen an. Pihlava verstand, was gerade geschah.

Die Kriegerschar, die sich oberhalb von ihnen bewegte, war so groß und so nahe, daß sich das Gut auf einen Kampf vorbereiten mußte.

Freygeir betrachtete die vor ihm liegende Landschaft mit Wohlgefallen.

»Von hier ist es nicht weit bis zur Stadt Vanaja«, sagte er. »Sie erwartet uns mit ihren Reichtümern. Niemand hat uns gesehen oder Alarm geschlagen. Wir kommen nachts dorthin, wenn die Städter schlafen.«

»Es wird überhaupt nicht dunkel«, bemerkte jemand.

»Trotzdem müssen die Städter schlafen«, sagte Freygeir, und die Männer lachten angespannt. Freygeir war mit der Stimmung der Männer zufrieden.

Sie waren mit einem langen Schiff von Gästrikland aufgebrochen, als das Wasser wieder offen war, ein halbes Hundert starke Männer. Sie wollten einen Raubzug machen und ihr Schiff so voll beladen, daß das Wasser über Bord schwappte.

Alles war genau geplant. Heutzutage konnte man es nicht mehr so machen wie früher, als man von einem Ufer zum nächsten fuhr, landete, Schätze und Sklaven einsammelte und davonsegelte. Die guten alten Zeiten waren vorbei. Auch das schäbigste Wendendorf war heute von einer hohen Palisade umgeben, hinter der die Bewohner Pfeile und Speere bereithielten, so daß es für die Normannen schwierig wurde, überhaupt in die Nähe der Palisade, geschweige denn hineinzugelangen.

Zunächst hatte Freygeir vorgehabt, nach Westen zu segeln. Die Großväter hatten verlockende Geschichten von den Silberschätzen der englischen Könige erzählt. In England trat man auf Silber so wie zu Hause in Gästrikland in einen Kuhfladen.

Aber Freygeir war ausgelacht worden: In England herrschte jetzt der dänische König Knut, der, ohne zu überlegen, jeden Räuber aufhängte, egal, woher er kam.

»So etwas kann man von einem Dänen auch erwarten«, sagte Freygeir mit sauerer Miene. »Die verstehen nichts von Verwandtschaft.«

Auch ins Land der Franken zu reisen lohnte sich nicht, seitdem Rolf von Dänemark die Herrschaft über die Normandie angetreten hatte. Das war schon hundert Jahre her, und Rolfs Nachkommen hatten für Räuber ebensowenig übrig wie König Knut von England.

Wohin man sich auch wandte, überall traf man auf Dänen. Es verdroß einen wackeren schwedischen Mann gewaltig, wenn auch noch die eigenen Nachbarn meinten, daß die Zeit der großen Wikingerfahrten vorüber war. Zum Glück gab es in Gästrikland zahlreiche landlose Männer, die bereit waren, überallhin zu fahren, wenn sie nur nicht auf den Feldern schuften und auf dem Schwendland Holz fällen mußten.

Freygeir hatte von der Stadt Vanaja in Tavastland einen Mann aus Roslagen erzählen hören, dessen Bruder eine Frau aus Finnland geheiratet hatte und als Herr dorthin gezogen war. Dieser Mann aus Roslagen wußte zu erzählen, daß die Stadt Vanaja mitten in Tavastland reich war, denn sie war noch von niemandem ausgeraubt worden. Die Stadt lag tief im Binnenland. Die an Küstendörfer gewöhnten Wikinger hatten keine Lust, einen so weiten Weg in fremdem Land zu Fuß zurückzulegen. Die Stadt wurde von einem Wall geschützt, der nicht besonders hoch war, und auf der gegenüberliegenden Insel gab es eine kleine Festung.

Freygeir nahm an, daß die Befestigungen der Tavastländer für ein halbes Hundert kräftiger Krieger kein Hindernis sein würden. In seiner Vorstellung waren die Häuser in der Stadt Vanaja aus Silber und die Straßen aus Bronze gegossen. So hatte er den Mann aus Roslagen mitgelockt und seinen eigenen Bruder als Führer gewonnen.

Freygeirs Schiffe waren einen namenlosen Fluß so weit nach Norden hinaufgefahren, wie es möglich war. Dann hatten sie ihren Weg zu Fuß fortgesetzt. Die Kriegerschar konnte sich unbemerkt bewegen, denn Tavastland war unendlich groß und nahezu unbesiedelt.

Manch einer der Männer betrachtete die Wälder voller Bewunderung und sagte, daß solches Land auch den Gästrikländern zum Schwenden recht wäre. Aber Freygeir brüllte, sie seien nicht hier, um im Boden zu wühlen, sondern um zu rauben und zu vergewaltigen.

Jetzt sah Freygeir mit einem Auge das Gewässer, an dessen Ufer die Silberstadt lag, die Palisadenfestung, hinter deren Schutz sich ein reiches Gut verbarg, und eine schutzlose junge Frau, an der viele seiner Krieger ihren Spaß haben würden. Alles war genau so, wie er es sich vorgestellt hatte. Freygeir gab seinen Männern ein Zeichen und begann mit großen Schritten den Abhang hinunterzusetzen.

Der Wachmann im Gut Vanaja sah, wie Pihlava Schwarzbraue am Ufer saß und die kleine Terhen den üppig blühenden Huflattich pflückte. Es machte dem Mann Spaß, die Schwiegertochter des Hauses endlich einmal nach Herzenslust betrachten zu können; für einen gewöhnlichen Krieger ziemte es sich nicht, die Augen zur Frau des Herrn zu erheben, das konnte einen leicht Kopf und Kragen kosten. Der Wächter musterte Pihlava Schwarzbraues anmutige Gestalt so hingebungsvoll, daß er das in der Sonne aufblitzende Metall am Abhang des Landrückens erst bemerkte, als die fremde Kriegerschar schon fast bis auf einen Pfeilschuß ans Gut herangekommen war.

Der Mann schrie Alarm mit vor Schreck schriller Stimme. Er

schrie und schrie. Die entsetzte Stimme genügte, um das Gut aus der Schläfrigkeit des Nachmittags aufzuschrecken.

Auf Vanaja waren nur wenige Männer anwesend, denn die anderen befanden sich auf dem Schwendland. Der Feind hatte eine mehrfache Übermacht. Es gab keine andere Möglichkeit, als die Tore zu verrammeln und sich hinter dem wackeligen Zaun so gut es ging zu verteidigen. Nousia der Gesetzeskundige und Talpia der Zauberer standen mit ihren Männern auf der Schießplattform hinter der Palisade, Bögen und Speere neben sich. Unten warteten die Frauen und Kinder mit Pfeilbündeln, bereit, die Pfeile hochzureichen, wenn der Angriff beginnen würde.

Die Verteidiger waren wie betäubt; alles war so schnell gegangen, daß noch niemand begriff, was da geschah. Vanaja war eine ruhige Gegend ebenso wie die Wildnis von Tavastland. Die Kämpfe zwischen den Familien wurden in den Jagdgebieten und auf den Schwendländern ausgetragen. Nur wenige Familien waren stark genug, um ein befestigtes Gut zu bedrohen.

Manchmal zogen Karelier bis tief ins Tavastland und hinterließen dort schlimme Spuren; deshalb war die Stadt Vanaja von niedrigen Wällen umgeben, und die Wasserstraße des Ochsenwegs wurde von der kleinen Burg Vanaja auf ihrer Insel gegenüber der Stadt geschützt. Die Häuser waren meistens nicht einmal von einem niedrigen Palisadenzaun umgeben wie das Gut Vanaja. Einige mächtige Dörfer schutzten sich mit einem Verhau aus Zweigen und Balken. Selbst einen schwachen Zaun instandzuhalten war teuer und mühsam. Besser war es, auf dem Burgberg Zuflucht zu suchen, wenn es nötig war. Aber nicht immer schaffte man es bis zum Burgberg; das war Schicksal, und damit mußte man sich abfinden.

Aber diese Krieger waren keine Karelier. Die Ausrüstung der Männer war seltsam. Nousia der Gesetzeskundige beschirmte die Augen mit der Hand und musterte die Fremden. Seine Hand erzitterte in plötzlicher Erschütterung.

»Kann denn das möglich sein ... Talpia, das sind Normannen!«

»Die Normannen rauben doch nicht Finnland aus, zumindest nicht Tavastland.«

»Spitze Helme mit Nasenschutz ... runde Schilde ... Wer könnte das sonst sein?«

Talpia der Zauberer ächzte.

»Vater ... Vater, Pihlava ist dort!«

Ohnmächtig verfolgten die Männer vom Bollwerk her, wie die behelmten Männer sich der Frau und dem kleinen Mädchen näherten. Die Frau versuchte nicht mehr fortzulaufen: Es gab keinen Ort, wohin sie hätten fliehen können. Sie stand unbeweglich, und das kleine Mädchen stand vor ihr. Die Angst hatte sie gebannt. Das alles war in dem grellen, strahlenden Sonnenschein deutlich zu sehen. Terhens verzerrtes Gesicht war bis zu der Palisade hin zu erkennen.

Dann begann die Luft um die Frau und das Kind herum zu zittern.

Freygeir wischte sich mit der Hand die Stirn unter dem Rand des Helms.

Wahrscheinlich machte der Schweiß die Augen blind. Aber der Handrücken blieb trocken. Freygeir spürte, wie die Männer hinter ihm ihren Schritt verlangsamten. Die Luft vor ihm wogte, die Landschaft zerfiel.

Die Frau und das Kind verschwanden im Nebel. Wie kann an einem so klaren Tag Nebel aufsteigen? Freygeir schnupperte in die Luft. Der Nebel roch dumpf. Seine Haut wurde kalt und feucht.

Der Dunst war gelb und giftig. Jetzt stieg er überall dick und ekelhaft auf. Er umgab Freygeir wie eine erstickende Haut. Aus dem Nebel hörte man die erschreckten Stimmen der Männer.

Freygeir versuchte, den Nebel vor sich fortzuwedeln. Seine Füße waren naß; irgendwo plätscherte es, und er begriff, daß er im Wasser stand. Er wandte sich zurück, um wieder ans Ufer zu gelangen. Die Männer ringsum weinten und schrien und schnappten nach Luft. Freygeir brüllte, aber der Dunst verwandelte auch seine Stimme in Schluchzen.

Aus dem Nebel tauchte eine Hand auf, eine zarte Frauenhand, und die Hand hielt ein Messer. Es war ein kleines Messer, so eins, das Frauen bei ihren Arbeiten benutzten. Das Messer schnitt Freygeir die Kehle ebenso mühelos durch wie einem Birkhuhn.

Das kleine Mädchen hockte mitten auf dem Hof des Gutes Vanaja. Ringsherum standen die Leute in furchtsamem Abstand.

»Drei sind ertrunken, und einen hat Pihlava getötet«, sagte Nousia der Gesetzeskundige verwundert. »Einer hat sich das Bein gebrochen und wurde getötet. Drei haben wir gefangengenommen; dafür bekommen wir auf dem Ostweg einen guten Preis. Die übrigen fliehen halsüberkopf. Einige werden ihr Schiff erreichen, die anderen in den Wäldern umkommen.«

»Alles wegen des Nebels«, sagte Talpia der Zauberer und sah das kleine Mädchen abschätzend an. »Wegen des gelben, giftigen Dunstes, der am hellichten Tage aufstieg.«

»Du hast den Nebel gemacht«, sagte Nousia der Gesetzeskundige zu dem kleinen Mädchen. »Und du hast Talpias Blut gestillt. Das kann niemand anders gewesen sein.«

Terhen starrte ihren Großvater mit runden Augen an und konnte nicht entscheiden, ob man böse auf sie war oder nicht.

»Sie hat die Fähigkeit von meiner Familie geerbt«, flüsterte Terhi, die alte Herrin. »Bei uns wurde immer Nebel gemacht. Freilich hat das nichts genützt.«

»Jetzt hat es genützt.« Nousia der Gesetzeskundige zupfte sich am Bart. »Der Nebel hat uns zwei Sklaven, die Ausrüstung von vier Männern und unser Leben geschenkt.«

Talpia der Zauberer nahm das kleine Mädchen auf den Arm.

»Aus diesem Kind wird eine mächtige Zauberin.«

»Suviviljas Tochter bringt der Familie Glück.«

»Welcher Familie? Sie ist die Tochter von Arantila.«

»Es besteht wohl kaum ein Anlaß, eine Botschaft nach Arantila zu senden. Dem Kind ist ja kein Unglück widerfahren.«

Terhi von Viljattula nickte.

»Meine Tochter Suvivilja ist eine dumme und eitle Frau. Sie interessiert sich für nichts anderes als für ihre Kleider. Vielleicht erinnert sie sich nicht einmal mehr daran, daß sie ein Kind geboren hat.«

»Ari Fernfuß kommt auf seinen Handelsreisen in die Stadt Vanaja, will aber von seinem Kind nichts wissen. Dann soll er auch nichts wissen.«

5. Kapitel

1028

Aus dem Speicher ertönte das Gemurmel einer tiefen Männerstimme, und daneben die hellen Beschwörungen eines Kindes. Nousia der Gesetzeskundige blieb stehen, um zu lauschen und preßte die Faust gegen die Stirn. Die Stimmen bedrängten ihn; er hätte sie gern zum Schweigen gebracht, Schluß gemacht mit all dem, den Mann auf das Schwendland gejagt und das Mädchen an den Spinnrocken.

Aber er konnte nichts tun, jetzt nicht mehr.

Er hätte es wissen müssen, hätte es verstehen müssen vor drei Jahren, als der Zauberer das Kind, das Nebel machen konnte, auf den Arm nahm ...

Das leise Dröhnen der Trommel klang wie unterirdischer Donner.

Talpia war jetzt der mächtigste Zauberer in Tavastland, und als Werkzeug für seine Zauberei benutzte er die Tochter seiner Schwester. Von nah und fern kamen die Menschen in das Gut Vanaja gewandert, um Rat und Heilung zu suchen, um von den Verstorbenen ein Zeichen zu erbitten, um die zornigen Vorväter zu besänftigen und ihre Gunst zu gewinnen.

Nousia der Gesetzeskundige mußte widerwillig mitansehen, wie Talpia die Ehre genoß, die der Ruf des großen Zauberers ihm eintrug, wie er in der Macht schwelgte, die er über Lebende und Tote besaß. Wenn er nicht selbst zu den Bewohnern der Unterwelt reiste, zwang er das Kind, sich allein dorthin zu begeben, in die nasse Heimstatt der Toten hinabzusteigen und Botschaften für die Menschen heraufzuholen. Nousia der Gesetzeskundige sah, daß das Mädchen völlig erschöpft war. Das Kind war so mager, daß man es mit zwei Händen hätte zerbrechen können.

Talpia der Zauberer ging mit dem Mädchen tief in den Wald hinein, opferte am Bärenschädelbaum, sprach Tag und Nacht mit den mächtigen Waldgeistern, ohne den Hunger und die Erschöpfung des Kindes zu bemerken. Er zwang es, die Sprüche und Ursprungszauber auswendig zu lernen, wie man ihn gezwungen hatte, das Gesetz von Tavastland zu lernen.

Talpia der Zauberer hatte das Mädchen vollständig in seine Gewalt gebracht und aus ihm eine willenlose Sklavin gemacht. Bald würde das Kind sterben, und niemand konnte ihm helfen, denn es hörte nur auf den Zauberer, und der hörte auf niemanden. Vanaja würde eine nützliche Wetterzauberin verlieren. Das ärgerte Nousia den Gesetzeskundigen. Die Fähigkeiten des Mädchens sollten doch dem Haus und der Familie Nutzen bringen.

Vanaja war für die Geiselgaue von Tavastland immer ein wichtiger Ort gewesen. Der Gesetzeskundige von Vanaja trug an den Gerichtstagen von Tavastland, die alle drei Jahre stattfanden, mit lauter Stimme das Gesetz vor. Es dauerte einen ganzen Tag und wurde stets mit dem Gesetzesvortrag beendet. Auf diese Weise bekamen alle Einwohner von Tavastland eine Vorstellung davon, was das Gesetz besagte. So blieb das Wissen um das Gesetz erhalten; es war ewig und unwandelbar und für alle verpflichtend.

Obwohl jeder Geiselgau seinen eigenen Gesetzeskundigen hatte, war es die Sippe von Vanaja, an die sich die Menschen wandten, wenn die Gesetzeskundigen von Hattula, Hauho, Hollola und Sääksmäki mit ihrer Weisheit am Ende waren. Denn der Gesetzeskundige von Vanaja konnte das Gesetz nicht nur auswendig, er begriff auch, was es bedeutete und wie es in schwierigen Fällen anzuwenden war. Der Herr von Vanaja war mehr als ein Gesetzeskundiger: Er war Richter.

So war es immer gewesen, von Generation zu Generation. Was früher war, galt auch jetzt, denn zwischen Vergangenheit und Gegenwart gab es keinen Unterschied. Die Welt blieb gleich, nur die Menschen wechselten, und an die Stelle eines jeden, der fortgegangen war ins Totenreich, kam ein neuer, gleichartiger. Diesen Kreislauf durfte man nicht unterbrechen.

Aber der junge Herr von Vanaja wollte nicht Gesetzeskundiger werden wie sein Vater. Er war Zauberer auf eigenen Wunsch, ohne die Überlieferung und Lehre seines Geschlechts, ohne vorausgegangene Generationen von Zauberern. Talpia von Vanaja verletzte die Ordnung. Das war furchterregend und gefährlich.

Furchterregend und gefährlich waren auch die Toten, die Talpia wie ein Handelsmann auf jedermanns Bitten beschwor. Das durfte man nicht tun: Das Beschwören war eine unheimliche und aufwühlende Handlung, nur wenigen erlaubt und genau geregelt. Nousia der Gesetzeskundige, der Weise aus Tavastland, hatte Angst um seinen Sohn und um die ganze Sippe. Denn die Verstorbenen aus ihren Ruhestätten im Wasser herauszukommandieren – war das nicht törichter Stolz, der dreiste Wunsch eines jungen Mannes, seine eigene Macht zu zeigen?

»Hast du schon deine Arbeit getan, Schwiegertochter, daß du müßig herumsitzt?«

Pihlava Schwarzbraue sah zu ihrem Schwiegervater auf. Sie erschrak nicht so wie früher, sie schämte sich ihrer Faulheit nicht, obwohl sie weder webte noch nähte. Was es zu spinnen gegeben hatte, war in der Dunkelheit des Winters gesponnen worden, jetzt, wo es hell war, mußte man die Stoffe weben und Kleider daraus nähen. Aber Pihlava Schwarzbraue, die es früher geliebt hatte, zu sticken und Bronzeschmuck an der weichen Wolle zu befestigen, nähte seit einiger Zeit nichts mehr.

»Ich versuche ja, das zu nähen, was im Gut an Kleidern gebraucht wird«, sagte Terhi von Viljattula mit ihrer kleinen, gebrochenen Stimme. »Ich versuche es, damit die Schwiegertochter sich nicht anzustrengen braucht. Nur schmerzen mir die Hände so, daß mir die Nadel aus der Hand fällt. Aber ich werde es schon schaffen ...«

Pihlava Schwarzbraue verzog das Gesicht vor Überdruß zu einer Grimasse. Einst hatte sie ihre Schwiegermutter bewundert, ihre Freundlichkeit und Geduld inmitten all der Männer mit ihrem harten Wesen. Die Zeiten waren vorbei: Pihlava Schwarzbraue war selbst so oft Zielscheibe der Freundlichkeit ihrer Schwiegermutter geworden, daß sie die Reden der alten Herrin schon auswendig kannte und wußte, was als nächstes zu erwarten war.

»Die Schwiegertochter muß sich doch ausruhen, vielleicht ist sie ja schwanger... Das wäre ein Freudentag... Dann bekämen wir endlich einen Erben in Vanaja ...«

Die Schwiegermutter wußte sehr wohl, daß Talpia der Zauberer seine Frau seit ein, zwei Jahren nicht mehr angesehen hatte.

»Dein Sohn taugt nicht zum Zeugen, Schwiegermutter«, sagte Pihlava Schwarzbraue kalt. »Du solltest versuchen, Talpia dazu zu bringen, daß er auch an andere Mächte denkt als an die des Totenreichs und des Waldes.«

Aus Terhis Auge kullerte eine Träne. Sie lief ihr über die Wange, die noch glatt und rosig war, obwohl Terhi schon auf die Fünfzig zuging. Dasselbe hatte Pihlava Schwarzbraue schon viele Male erlebt; auf sie machte die Träne keinen Eindruck mehr, sie konnte auch selbst weinen, aber Nousia den Gesetzeskundigen und Talpia den Zauberer brachte eine Träne allemal zum Verstummen.

»Vielleicht würde es die Sache mit dem Erben befördern, wenn dein Sohn Talpia seinen Blick statt auf das kleine Mädchen auf eine erwachsene Frau richtete.«

Pihlavas Stimme klang giftiger, als sie es gewollt hatte. Irgendwie sammelten sich darin Wut, Einsamkeit und die Verbitterung darüber, daß sie verschmäht wurde. Da sah Pihlava den Gesichtsausdruck der Schwiegermutter und erschrak wirklich. Terhi von Viljattula konnte die hilflose Angst auf ihrem Gesicht nicht verbergen, vermochte es nicht, die Furcht in selbstgefällige Freundlichkeit zu verwandeln. Pihlava Schwarzbraue verstand, daß die Schwiegermutter hinter ihrer weinerlichen Maske voller Entsetzen war.

Der Anblick der Angst ihrer Schwiegermutter ließ Pihlava das Blut in den Adern erstarren. Die Ahnung, die in ihren Gedanken wie ein kleines Sandkorn gescheuert hatte, wuchs zur unausweichlichen Gewißheit eines bevorstehenden Unglücks.

Die Angst rührte von dem armseligen kleinen Mädchen her. Suviviljas Tochter war vor sieben Jahren nach Vanaja gebracht worden. Pihlava war damals gerade als Schwiegertochter ins Haus gekommen. Sie glaubte, daß sie sehr bald ihr eigenes Kind wiegen würde. Während sie darauf wartete, war sie bereit, die Kleine ihrer Schwägerin zu pflegen und zu hätscheln. Pihlava empfand Mitleid für die Schwägerin. Suvivilja hatte dem mächtigen Kaufmannshaus als erstes Kind eine Tochter geboren. Das war ein Unglück, das man nur durch einen strammen Jungen wieder gutmachen konnte. Pihlava Schwarzbraue würde dem Haus ihrer Schwiegereltern natürlich sofort einen Jungen schenken.

Suvivilja hatte kein weiteres Kind geboren, und Pihlava überhaupt keines. Beide lagen einsam in ihrem Bett: Suvivilja mußte ihren Mann an den Großen Ostweg abtreten, Pihlava Schwarzbraue ihren an die stillen Geister der Wälder und Friedhöfe.

Pihlava hatte Terhen von Arantila als Ersatz für ein eigenes Kind betrachtet, als Puppe, mit deren Pflege sie ihre Sehnsucht nach einem Kind lindern konnte, das sie aber doch nicht so liebte wie ein eigenes. Terhen war ein leicht zu pflegendes, schweigsames und bescheidenes Kind. Sie war nicht launisch und niemals krank. Man bemerkte sie gar nicht, wenn man an anderes zu denken hatte.

Eines Tages dann änderte sich das alles. Terhen wurde Gegenstand der Neugier und Bewunderung. Die Menschen baten sie, nur so aus Spaß Wind und Nebel aufkommen zu lassen. Das Kind wunderte sich, es verstand weder seine eigenen Fähigkeiten noch überhaupt die ganze Sache. Sie suchte Zuflucht bei Pihlava Schwarzbraue. Pihlava, die sich bewußt war, daß sie dem Kind ihr Leben verdankte, bemühte sich, es vor den zudringlichsten Gaffern zu beschützen.

Zu dieser Zeit hatte es den Anschein gehabt, als käme Talpia der Zauberer seiner Frau näher. Er saß abends mit Pihlava zusammen und plauderte mehr als jemals zuvor. Es dauerte zwei Monate, bevor Pihlava Schwarzbraue begriff, daß der Zauberer zu Terhen sprach und nicht zu ihr. Er erzählte von den Geistern der Luft und von den Geistern des Waldes und des Totenreichs, vom Ursprung der Dinge, von Zaubersprüchen und Opfern: von der Welt, außerhalb derer die Menschen wie Schatten ihren Beschäftigungen nachgingen.

Pihlava hatte das bald satt; das war doch nur Gerede, und sie wollte ein Kind, das sie an der Brust halten konnte. Eines Tages nahm der Zauberer das kleine Mädchen auf den Arm und ging mit ihm auf den Hof des Gutes. Pihlava blieb im Hallenhaus, spann und nähte. Allmählich lief es darauf hinaus, daß der Zauberer Terhen mitnahm und Pihlava wieder allein blieb.

Terhen hörte ganz auf zu sprechen, obwohl sie auch bisher nicht viel gesagt hatte. Pihlava wußte, daß die Leute von Vanaja das kleine Mädchen bedauerten: Terhen war zart wie eine Waldelfe, zierlich und großäugig, sie wirkte zerbrechlich und erschien ihnen als hilfloses Opfer der Machtgier Talpias des Zauberers.

Aber Pihlava wußte es besser.

Sie hatte gesehen, wie die Hand des kleinen Mädchens sich in die des Zauberers schob und ihn in den Wald führte. Es war schwer zu sagen, wer von beiden den anderen beherrschte. Selbst wenn es den Anschein hatte, als erteilte der Zauberer dem Mädchen Befehle, hatte Pihlava den Eindruck, als gingen die Befehle von dem Kind aus. Sie wurden von dem Zauberer nur zurückgegeben.

Talpia der Zauberer hatte mit den gemeinsamen Beschwörungen begonnen, aber das Mädchen zog ihn immer tiefer in den dunstigen Wald hinein. Der Zauberer konnte nicht mehr zurückkehren; er und das Mädchen entfernten sich immer weiter von der alltäglichen Welt von Vanaja.

Terhen hatte Talpia den Zauberer verzaubert. Nach außen hin machte sie den Eindruck, das Opfer zu sein. In Wirklichkeit hielt sie den Zauberer in ihrem Bann, zehrte seine Lebenskraft langsam auf, umgarnte ihn mit ihrem Netz wie eine Spinne. Das Mädchen war eine Hexe, ein böser Luftgeist, der in den schwachen Körper des Kindes gefahren war.

Pihlava stand in der Tür des Hallenhauses, als das Paar wieder einmal durch das Tor von Vanaja hinausschritt. Talpia der Zauberer ging vornübergebeugt, hatte hohle Wangen und wilde, rotgeränderte Augen. Er trug keine Waffe, aber die Kraft seines Geistes war so stark, daß alle, die ihnen begegneten, zusammenschreckten.

Hinter dem Zauberer schlurfte das Mädelchen, dessen weit aufgerissene Augen irgendwohin in eine andere Welt starrten. Das Mädchen stolperte, hielt sich kaum auf den Beinen. Doch Talpia der Zauberer stürmte mit langen Schritten voran, als müßte er eilig zu einer Verabredung. Als das Mädchen zurückblieb, nahm der Zauberer es bei der Hand und schleifte es hinter sich her. Sie eilten einen alten Pfad entlang in südwestlicher Richtung, vorbei an den Feldern des Gutes und in den Wald hinein. Der Wald schloß sich hinter ihnen wie eine Tür.

Pihlava wußte, daß sich dort irgendwo, am Ende des Weges, heilige Opferstätten befanden. Pihlava selbst war niemals im tiefen Wald gewesen. Ihr genügte es, auf dem Schalenstein des Gutes zu opfern. Die Toten von Vanaja waren nicht ihre eigenen Verwandten, und die Viehzauber vollzog sie im Kuhstall gemeinsam mit der Schwiegermutter.

Pihlava sah dem Mann und dem Kind voll Bitterkeit nach. Der

Mann hätte ihr Mann, das Kind ihr Kind sein können, aber sie hatte die Hoffnung auf Mann und Kind an die Geister des Waldes und der Unterwelt verloren.

Pihlava wandte sich wieder der dämmerigen Kühle des Hallenhauses zu. Eine plötzliche Müdigkeit überwältigte sie. Pihlava ließ sich auf die bunte Decke sinken und schloß die Augen. Sie träumte von der Stadt Vanaja, wo heitere Menschen plaudernd und lachend mit klirrendem Schmuck und einem Krug Sima in der Hand umhergingen, einander grüßten und auf die Freude und das Licht tranken.

Talpia keuchte beim Laufen. Er zerrte das Kind hinter sich her, das schweigsam war und schwer wie ein Koloß.

Geflüster erfüllte die Luft, Getuschel und Blättersäuseln, da die Waldgeister um den Zauberer herumschwebten. Sie störten Talpia; er versuchte, sie zu verscheuchen, in ihre Höhlen unter der Erde, aber sie gehorchten ihm nicht mehr.

Das Kind war so schwer, daß der Zauberer stehenbleiben mußte. Wie konnte das Kind ein solches Gewicht haben, da man es doch kaum von einem Grashalm unterscheiden konnte?

Die Haare des Mädchens breiteten sich wirr über Gesicht und Schultern aus. Eine kleine, eckige Schulter, so zerbrechlich, daß sie bei einer Berührung zersplittern würde, war hinter dem Vorhang aus Haaren zu sehen. Die Haare waren dick wie verdorrtes Gras. Talpia der Zauberer betrachtete das Kind gierig und schluckte seine Freude und seine Angst hinunter. Er liebte das Kind so, daß ihm die Tränen in die Augen traten.

Dem Zauberer tat der Kopf weh, er tat ihm schon seit mehreren Wochen weh, ein gräßlicher Schmerz, der ihm den Nacken wie mit Zähnen zu zerreißen drohte. Die Unterirdischen, die die Leiden anderer heilten, halfen dem Zauberer selbst nicht. Er verstand, daß er leiden mußte: Der Schmerz hielt ihn ständig wach, so daß er die Stimmen aus den fernen Kammern hören konnte.

Der Hunger hatte den Magen des Zauberers verbrannt: Er hatte aufgehört zu essen, nachdem er bemerkt hatte, daß die Toten ihn nach dem Fasten freundlicher empfingen. Jetzt war das Hungergefühl verschwunden – übriggeblieben war nur die Leichtigkeit, die dem Zauberer ins Wasser folgte, wenn er sich zu den Toten hinabbegab. Er schwebte ebenso mühelos und ruhig zwischen dem Grund und der Oberfläche wie die Toten selbst.

Vor einiger Zeit hatte der Zauberer das Gefühl gehabt, langsam in die Tiefen des moderigen Wassers zu sinken. Aber dann war ein Ruf gekommen, der sehnsüchtige Ruf aus der Unermeßlichkeit des Waldes, aus der hellen Leere des Himmels.

Aber das Mädchen war immer noch schwer... Man mußte den Frauen im Hallenhaus verbieten, ihr zu essen zu geben. Das Mädchen mußte ebenso leicht werden wie der Zauberer.

Dann begriff er, daß das keine Bedeutung mehr hatte. Er stand von dem Stein auf, nahm das Kind bei der Hand und zerrte es weiter in den Wald hinein. Das Mädchen beklagte sich nicht, obwohl die Reiser ihr die Beine aufrissen. Vielleicht hatte auch das Mädchen den großen Ruf vernommen.

Terhens Fußsohlen waren blutig und ihre Knie zerschrammt. Sie hatte das Gefühl, als risse die Hand des Zauberers ihr den Arm aus der Schulter. Zweige und Reiser huschten an ihren Augen vorüber und schlugen ihr auf dem eiligen Weg durch den Wald ins Gesicht.

Terhen war erschöpft; innerhalb von zwei Tagen hatte sie dreimal unbekannte Tote in der Unterwelt besucht. Wenn sie zitternd und von den Krämpfen erschöpft zurückkehrte, hatte sie vor sich das liebe Gesicht des Zauberers gesehen. Das Gesicht war gütig, aber auch fordernd: Der Zauberer erlaubte Terhen, ein wenig Wasser zu trinken, und begann dann wieder, seine Trommel zu streicheln, während er seine glänzenden Augen befehlend auf Terhen richtete. Das Mädchen legte sich auf die Felle und lauschte der Trommel. Lieber hätte sie im Hallenhaus ein wenig geschlafen, in der wohligen Wärme von Pihlava Schwarzbraue auf der mit einem Elchfell bedeckten Pritsche.

Dem Zauberer konnte sie sich jedoch nicht widersetzen. Es kam Terhen nicht in den Sinn, sich zu verweigern, wenn der Zauberer sie wieder auf die Reise schickte.

Es war leichter, sich allein zu den Hütten der Unterwelt zu begeben: Die Heftigkeit und Leidenschaft des Zauberers störten die Geister, machten sie unruhig. Terhen sprach freundlich zu ihnen, und sie ihrerseits waren Terhen wohlgesonnen. Terhens Reisen waren anders als die anderer Geistesbeschwörer: Kein Knurren und kein Bellen war zu hören, kein Stöhnen und keine Drohungen. Terhens Kräfte waren noch so schwach, daß die Toten sie nicht fürchteten. Die grauenerregenden Stimmen entstanden dadurch, daß die Geister gegen die Macht des Beschwörers ankämpften und der Beschwörung nicht folgen wollten.

Terhen selbst dachte, daß die Toten gar nicht kämpfen wollten. Sie waren still und sanft, wenn man sie nicht von ihren feuchten Ruhestätten hochzerrte, sondern ihnen freundlich zusprach und seine Bitte geziemend vortrug, so als hätte sie die kleine Großmutter Terhi oder Pihlava Schwarzbraue um eine Kleinigkeit gebeten.

Aber die Reisen machten sie müde, ja, sie strengten Terhen so an, daß ihr kleiner Körper überall schmerzte und empfindlich war. Sie hatte keine Zeit mehr, um sich zu erholen, bevor die nächste Reise begann. Terhen war von Anfang an erschöpft, und der Zauberer forderte von ihr immer mehr und mehr. An der äußersten Grenze ihrer Kräfte bemühte sich Terhen, die Befehle des Zauberers auszuführen. Ihre Liebe erlaubte ihr keinerlei Widerstand. Am Ende dieser Qual würde der Tod stehen, und er war ihr willkommen, falls der Zauberer es so wollte.

»Komm, komm«, drängte der Zauberer, und Terhen bezwang im Gezweig ihre schmerzenden Glieder. Sie wußte nicht, wohin sie gingen, und es war ihr auch egal, solange sie den Zauberer für sich allein haben durfte.

6. Kapitel

1028

Der Erdboden um die heilige Stätte herum war kahl. Die Bäume hatte man vor Generationen gefällt, der Pflanzenwuchs war von unzähligen Schritten zu einer Mischung aus Sand und Humus zertreten worden.

Die Bärenschädelkiefer stand grau und schwer allein auf dem Platz. Sie war nicht hoch, dafür aber um so breiter. Die Äste ragten nach allen Seiten wie Hände, die sich gegen die Winde stemmen wollten.

Oben am Stamm der Kiefer war ein gewaltiger Bärenschädel befestigt. Die leeren Augen blickten nach Osten, gen Sonnenaufgang. Unterhalb des großen Schädels gab es viele kleinere, und kleinere hingen auch in den Zweigen der Bärenschädelkiefer. Zeit und Wind hatten einen Teil der Schädel bis zur Unkenntlichkeit, zu weißen Knochenstücken, zernagt, die am Baum baumelten und sich klappernd aneinander rieben.

Diesen Ort kannte Terhen. Bei der Bärenschädelkiefer hatte ihr Unterricht begonnen. Der Zauberer hatte sie zum ersten Mal hierher mitgenommen, als sie fünf Jahre alt war. Er hatte sie die Opfersprüche gelehrt. Dann hatte sie die Familien der Tiere gelernt, sie hatte gelernt, Käreitär und Lukutar, Juonetar und Tuheroinen und all die anderen Göttinnen zu rufen und ihnen zur richtigen Jahreszeit zu opfern.

Terhen war beim Lernen willig und demütig, eifrig und rasch. Da kam dem Wahrsager der Gedanke, das Kind in Trance zu versetzen.

Blutstillen und Nebelmachen waren nichts Besonderes, fand der Wahrsager: Solche Dinge geschahen von allein, ohne die Kenntnis und Beschwörung ihres Ursprungs. Von Wert war nur das geheime und verborgene Wissen, das der Mensch nur unter äußerster Anspannung erwerben konnte. Mit Hilfe solchen Wissens konnte der

Wahrsager die Toten aus ihrem kühlen Heim hervorrufen. Die Toten mußten dem Wahrsager gehorchen, weil er die richtigen Worte kannte. Die Worte waren wichtig, und deshalb mußte Terhen sie zu Hunderten, ja zu Tausenden lernen.

»Wir beide«, sagte der Zauberer, während er sich ehrerbietig der Bärenschädelkiefer näherte, »wir beiden großen Geisterbeschwörer haben einen hohen Ruf bekommen.«

Terhen verstand nicht, was der Zauberer meinte, nickte aber. Am liebsten wäre sie zu Boden gesunken. Ihre Glieder zitterten vor Müdigkeit, aber sie hatte Angst, sich an einem so achtunggebietenden Ort hinzusetzen.

»Wir dürfen Hongotar, der Bärin, ein wirkliches Opfer darbringen«, sagte der Wahrsager leise. Er sah ruhiger aus als sonst, rollte nicht mit den Augen und knirschte nicht mit den Zähnen, er keuchte nicht und zuckte nicht.

Auch Terhen beruhigte sich, ihr Atem ging gleichmäßiger, und sie spähte durch ihre Haare hindurch zu dem Bärenschädelbaum hinüber. Einmal hatte sie in einem der Schädel, der an einem der unteren Äste befestigt war, eine Maus gesehen. Sie hatte über die Freundschaft zwischen der Maus und Hongotar nachgedacht; auch sie selbst hätte gern eine Freundin gehabt.

Heute war keine Maus zu sehen. Terhen stand hinter dem Zauberer und wartete darauf, daß er zu zaubern anfing. Aber der Zauberer sprach nicht. Er schien zu warten, auf etwas zu lauschen, obwohl nur das Rauschen des Windes in den Bäumen zu hören war.

Es war immer angenehm, im Wald zu sein. Der Wald war ein Zuhause und eine Kultstätte. Das Kind erschlaffte an der heiligen Stätte, setzte sich trotz seiner Zweifel am Boden des Gottes nieder, sog schnuppernd den Duft des Erdbodens und des Waldes ein, spürte die bekannten Gerüche von Borke, Nadeln und Heidekraut.

»Hongotar«, rief der Zauberer weich. »Erbin des Urgottes. Hier bin ich. Ich warte.«

Der Zauberer wandte sich zu Terhen um.

»Und du wartest mit mir, Kind. Wir bringen ein großes Opfer.«

Terhen konnte ein Gähnen nicht unterdrücken. Sie bedeckte das Gesicht mit den Händen und hoffte, daß der Wahrsager das Opfer rasch vollzog. Der Wahrsager kniete neben ihr nieder.

»Sieh her. Dies bekommst du mit auf die Reise. Es ist dein Glück.«

Der Mann hatte ein kleines, fast schwarz gewordenes Holzstück in der Hand. Wenn man es genauer betrachtete, erkannte man darauf ein menschliches Gesicht. Terhen streckte die Hand aus.

»Das ist ein Urgott«, sagte der Wahrsager weich.

Das Holzstück lebte in Terhens Hand. Es war alt, unvorstellbar alt, ein Gott unzähliger Generationen, der Tausende von Jahren gelebt hatte. Er war glatt und warm und fühlte sich gut an. Terhen spürte die Kraft des Holzstücks im ganzen Körper, so als hätte sie auf ihren auszehrenden Durst schäumende Honigsima getrunken. Blinzelnd blickte sie den Wahrsager an und lächelte.

Der Mann streckte den Arm aus und streichelte Terhen den Hals. Dann preßte er die Hände an die Schläfen, stand plötzlich auf und wandte sich der Bärenschädelkiefer zu.

»Hongotar, Schatz des Waldes, komm bald.« In der Stimme des Wahrsagers lag ein angstvolles Flehen. »Komm bald und hole mich.«

»Urgott«, flüsterte Terhen dem Holzstück zu.

Der Wahrsager erstarrte und lauschte. Auch Terhen spürte es: Der Wald öffnete sich, damit Hongotar kommen konnte.

Der Wahrsager breitete die Arme aus. Der Rücken streckte sich, der Kopf bog sich nach hinten, die Augen schlossen sich.

Als die Vögel das Brummen hörten, verstummten sie. Der Wald atmete leise. Das Kind stand auf und streckte seine kleine Hand aus, um das braune Tier abzuwehren.

Der Bär erhob sich auf die Hintertatzen. Der Wald rauschte, das Kind schrie gellend.

Der Zauberer ging der Bärin offen entgegen. Er trat ihr gegenüber, schlang seine Arme um den schrecklichen Körper und öffnete den Mund zu einem gewaltigen Zauberspruch.

Der Wald sang den Zauberspruch, die Heide erschallte. Der Zauberspruch wurde zum Schrei, endete röchelnd in sprudelndem Blut. Das Brummen der Bärin erstickte die Worte. Das Entsetzen des kleinen Mädchens durchdrang Luft und Boden.

Die Kiefernheide schwieg, der Bär zertrampelte die Fetzen, schwenkte seinen Kopf vor dem Mädchen. Das Mädchen stand steif wie eine Tanne, aus der Brust drang ihr eine Stimme, so dumpf wie die des Bären. Von dem Mädchen ging der Geruch des Todes aus, feucht und muffig, dem Raubtier widerlich. Hongotar brummte, der Wald erbebte, der Wind erhob sich und rauschte in den Kiefern, ein Vogel zwitscherte vorsichtig. Das Tier wandte sich um und trottete träge in den Wald.

Zusammen mit dem Zauberer eilte das Mädchen unter der Erde, durch die Höhlen der Finsternis, ihrer endgültigen Wohnstatt entgegen. Der Zauberer sang ein jubelndes Todeslied. Das Mädchen strahlte vor Freude und Wärme, der Urgott in ihrer Faust brannte wie glühende Kohle. Jetzt würden sie für immer vereint sein, der Zauberer und sie. Hand in Hand eilten sie, die mächtigen Geisterbeschwörer von Tavastland, den Wassern von Tuonela entgegen.

»Das Mädchen atmet«, flüsterte der Sklave. Er sah sich furchtsam um, sein Blick verweilte auf dem dunkelroten, zerfetzten Haufen am Fuß der Bärenschädelkiefer.

»Der junge Herr sieht mindestens seit einem Tag und einer Nacht so aus.«

Der Krieger versuchte, keck zu sein, hütete sich aber, dem heiligen Baum den Rücken zuzuwenden.

»Glaubst du, daß er das getan hat?« Der Sklave wies zitternd auf den Bärenschädel, der in der Dämmerung über ihnen leuchtete.

»Mein Sohn hat sich selbst mit den Göttern auf eine Stufe gestellt«, sagte Nousia der Gesetzeskundige von Vanaja schroff. »Das dulden sie nicht.«

Schweigend sah der Wald zu, wie der alte Mann die Überreste seines einzigen Sohnes in seinem Umhang zusammensammelte. Der Umhang wurde an den Ecken zusammengebunden und über zwei Stangen gehängt, die von Sklaven getragen wurden. Nousia der Gesetzeskundige nahm das bewußtlose Mädchen auf den Arm. Er verbeugte sich würdevoll vor dem Kultbaum.

»Ich bitte für meinen Sohn um Verzeihung. Sein Stolz war übermäßig. Ich hege keinen Groll dir gegenüber, Hongotar, gute Herrin, und sinne nicht auf Rache.«

Der traurige Zug wanderte im Dämmerlicht der Mitternacht zum Tor des Gutes Vanaja hinein. Die Leute standen schweigend auf dem Hof, musterten die heimkehrende Schar, seufzten erschüttert. Irgend etwas Schlimmes hatten sie schon erwartet, als der Wahrsager einen ganzen Tag und noch einen ausgeblieben war, aber das Schicksal des Gutes war noch schrecklicher, als man es sich vorgestellt hatte, da der junge Herr in Stücke gerissen in einem Bündel heimgebracht wurde.

Drinnen im Hallenhaus lehnte Pihlava Schwarzbraue an einem Träger, der das Dach trug und mit Schnitzereien verziert war. Sie wollte dem Schwiegervater nicht entgegengehen. Sie wollte nicht sehen, was die Männer aus dem Wald mitgebracht hatten. Sie wollte nichts von ihrem Mann wissen; auch er hatte sich nicht um sie gekümmert. Als aber Nousia der Gesetzeskundige das kleine Mädchen hereinbrachte und ihren schlaffen Körper auf die Pritsche bettete, verlor Pihlava die Beherrschung.

»Die ist an allem schuld!«

Nousia der Gesetzeskundige sah seine Schwiegertochter ausdruckslos an.

»Das Mädchen hat Talpia mit ihrer Hexerei verführt«, zischte Pihlava Schwarzbraue. Ihr Schwiegervater richtete sich auf und stieß Pihlava mit seinem ausgestreckten Arm beiseite.

»Trotzige Verrücktheit hat meinen Sohn vernichtet«, sagte Nousia der Gesetzeskundige gelassen. »Du, Schwiegertochter, hast es nicht geschafft, seinen Hochmut zu dämpfen. Du hast dich beklagt und anderen die Schuld an deinem Unglück gegeben. Du hast kein Kind, und jetzt hast du auch keinen Mann mehr. In diesem Hause bist du ein Nichts.«

»Gäste! Männer und Pferde! Lastpferde!«

Der Ruf des Wächters erschallte an dem Morgen, der auf eine schlaflose Nacht gefolgt war.

Die Krieger griffen zaudernd nach ihren Streitäxten. Ein Feind ließ sein Kommen nicht ankündigen, und Lastpferde schon gar nicht. Die Ankömmlinge waren sicherlich friedliche Kaufleute aus der Stadt Vanaja, vielleicht auf der Reise nach Turkhauta.

Die Reisenden hielten an, erhoben die Hände zum Zeichen des Friedens und riefen etwas in einer fremden Sprache.

»Aus Svetiod«, sagte Nousia der Gesetzeskundige. »Sie sprechen die Sprache der Schweden.«

In der Gruppe fand sich ein Dolmetscher, der die Hände wie einen Trichter an den Mund legte.

»Befindet sich hier auf dem Gut die junge Tochter des Herrn von Arantila zur Erziehung?« rief der Mann in der Sprache der Tavastländer. »Das Kind heißt Terhen.«

Nousia der Gesetzeskundige runzelte die Brauen.

»Was können die Männer vom Logen von dem kleinen Mädchen wollen? Ari Fernfuß ist nicht unter ihnen. Männer, laßt die Gäste ins Gut.«

Die Ankömmlinge waren reiche Leute, das sah man an ihren Pferden, ihren Kleidern und an ihrer Ausrüstung. Der Anführer war ein breitschultriger Mann, stämmig und voller Kraft. Sein Gesicht machte einen gutgelaunten Eindruck, bis man ihm in die Augen sah. Sie waren flink und aufmerksam, die Augen eines Kaufmanns: Sie suchten mit niemandem Streit, vertrauten aber auch niemandem. Der Aufzug des Anführers mit seinem silberglänzenden Eisenpanzerhemd und den rotgestreiften Pumphosen war prächtig.

»Wer bist du, der du wie ein König in einem Hemd mit Bronzeplatten hier angeritten kommst und nach einem unbedeutenden Mädchen fragst?«

»Ich bin Gudmund der Kaufmann«, sagte der Anführer. »Mein Bruder ist Jarl Ragnvald von West-Götaland, obwohl er im Augenblick nicht auf seinem eigenen Land wohnt, sondern in Aldeigjuborg im Lande Rus das Kommando führt.«

Das Erstaunen war groß, als man verstand, daß der Gast die Sprache der Finnen benutzte, eigenartig und falsch, aber doch verständlich. Jarl Ragnvald wiederum kannte man sogar in Tavastland. Über sein Schicksal erzählte man sich in der Abenddämmerung Geschichten: Er hatte West-Götaland verlassen müssen, weil der schwedische König Olaf Schoßkönig ihm zürnte. Diesen Zorn hatte er deshalb auf sich gezogen, weil er Astrid, die Tochter des Königs, ohne Erlaubnis an den König von Norwegen verheiratet hatte. Die Geschichte war in jeder Hinsicht aufregend, und sie war noch nicht zu Ende, denn alle Beteiligten mit Ausnahme des Königs der Schweden waren noch am Leben.

Dieser Mann hier war also der Bruder eines hohen Herrn. Das konnte man bei seinem Wesen und seiner Haltung wohl glauben.

Vor sehr vielen Männern brauchte sich der Bruder des Jarls von West-Götaland nicht zu verbeugen. So vornehme Leute hatten schließlich von Geburt an einen steifen Hals. Andererseits brach der aber auch leichter als der biegsame Hals eines gewöhnlichen Sterblichen.

»Du kommst in einem traurigen Augenblick in dieses Haus, Gudmund«, warnte der alte Herr von Vanaja den Gast höflich, damit dieser sich nicht unziemlich benahm. »Mein Sohn Talpia der Zauberer ist gestern ums Leben gekommen.«

Gudmund der Kaufmann verbeugte sich im Sattel.

»Auch ich bringe dir eine Trauernachricht, Herr. Erlaubst du, daß wir absitzen? Wir sind hierhergekommen, um die Tochter von Arantila zu besuchen.«

Nousia der Gesetzeskundige gab mit der Hand ein Zeichen, und die Sklaven kamen, um für die Pferde zu sorgen. Es waren acht Männer und die doppelte Anzahl Pferde, schwer beladen. Die Männer waren bis an die Zähne bewaffnet, so wie es notwendig war, wenn man kostbare Waren mit sich führte.

»Dies hier sind meine Ziehsöhne. Sie begleiten mich auf den Reisen nach Osten und bedienen im Schiff auch die Ruder, wenn man es ihnen deutlich genug befiehlt.«

Gudmund der Kaufmann wies auf zwei junge Männer.

»Dieser Faulpelz ist Stenkil, der Sohn meines Bruders Jarl Ragnvald«, sagte Gudmund der Kaufmann, sichtlich stolz darauf, daß er den blonden Burschen vorstellen konnte. »Er nimmt an seiner ersten und letzten Ostreise teil und wird jetzt Nachfolger seines Vaters als Jarl von West-Götaland.«

Stenkil Ragnvaldsson war hochgewachsen und stämmig, fröhlich und gutaussehend. Seine blauen Augen lächelten träge, bereit zu gemütlicher Freundschaft. Die langen blonden Jarlslocken, Zeichen des Edelmanns, waren sorgfältig über den Rücken der grünen Wolljacke gekämmt. Die Vorderseite der Jacke war mit Bronzetressen verziert. Stenkil legte offenkundig Wert auf sein Aussehen.

»Und dies hier«, sagte Gudmund der Kaufmann in verändertem, nahezu um Verzeihung bittendem Tonfall, »ist mein Ziehsohn Eirik. Sein Vater ist der Oberrichter Thorstein der Mächtige.«

Der Blick Nousias des Gesetzeskundigen kletterte am Körper des

Burschen entlang immer höher und höher hinauf, bis er den Kopf erreichte.

»Der Junge hat ordentlich zu essen bekommen«, sagte der alte Herr von Vanaja höflich.

Hoch über den anderen schwankten an mächtigem Stiel ein feuerroter Haarschopf und das häßlichste Gesicht, das Nousia der Gesetzeskundige je gesehen hatte. Unter buschigen roten Augenbrauen waren als Strich lächelnde graue Augen zu erkennen, eine Nase so groß wie eine Rübe und ein derbes Kinn. Auch er stammte aus edler Familie, sah aber aus wie ein Schwachsinniger.

»Der arme Eirik ist von schlichter Natur«, erklärte Gudmund der Kaufmann gleichsam zum hundertsten Mal. »Der Junge ist langsam in seinen Handlungen und kindisch von Sinn. Aber er ist stärker als jeder erwachsene Mann. Deshalb nennt man ihn Eirik den Starken.«

»Man nennt mich auch Eirik den Dummen«, erzählte der Bursche offenherzig. Nousia der Gesetzeskundige verbarg ein Lächeln.

»Eirik ist ein so gutherziger und geduldiger Junge, daß er noch niemals böse geworden ist«, sagte Gudmund der Kaufmann, so als hätte er die Worte des Einfältigen gar nicht gehört. »Eirik ist jahrelang mit mir auf dem Großen Ostweg unterwegs gewesen. Er ist der Erbe von Thorstein dem Mächtigen, des Oberrichters der Roslagener Inseln, aber da er nicht selbst für sich sorgen kann, geht er mir als Kaufmann zur Hand. Der Oberrichter hält wieder Ausschau nach einer neuen Frau, um einen besseren Erben zu zeugen.»

»Du sprichst finnisch.« In der Stimme von Nousia dem Gesetzeskundigen lag eine Frage. »Und der Junge auch?«

»Wir haben die Sprache von Ari Fernfuß, dem Herrn von Arantila am Auraflüß, und seinen Männern gelernt.« Gudmund der Kaufmann wurde ernst. »Und meine Nachricht betrifft gerade Ari. Ich muß sie seinem einzigen Kind überbringen.«

Das kleine Mädchen lag im hinteren Teil des Hallenhauses im gemeinsamen Bett von Nousia dem Gesetzeskundigen und Terhi von Viljattula. Gudmund der Kaufmann näherte sich vorsichtig dem Mädchen. Nousia der Gesetzeskundige hatte ihm eine schreckliche Geschichte von Zauberei, einer Bärin und vom Tod erzählt. Das

Kind war erschüttert, und jetzt sollte es noch eine weitere Trauernachricht entgegennehmen.

Das Mädchen war geradezu unnatürlich zart und kleiner, als eine Achtjährige sein sollte. Unter weißen Haarsträhnen hervor sahen ihn erstaunlich blaue Augen an. Das Mädchen sagte nichts.

»Mein Name ist Gudmund. Ich bin der Freund deines Vaters – und auch deiner Mutter«, fügte Gudmund der Kaufmann hinzu, denn die blauen Augen des Mädchens erinnerten ihn an Suvivilja. »Terhen, dein Vater Ari Fernfuß ist tot.«

Das Mädchen rührte sich nicht. Über das Hallenhaus senkte sich Stille.

»Wie ist mein Schwiegersohn gestorben?« fragte Nousia der Gesetzeskundige.

»Er fand den Tod, als er uns verteidigte.« Gudmund der Kaufmann neigte das Haupt gegen seine Ziehsöhne und die Diener. »Wir alle verdanken Ari unser Leben. Eine solche Schuld vergesse ich nicht.«

»Weiß man in Arantila Bescheid?«

»Kaum. Es geschah am Oberlauf der Wolga. Wir kamen von Bolgar und fuhren die Wolga hinauf zu der Stelle, wo die Kama in die Wolga mündet. Mordwinen nahmen uns gefangen. Die Mordwinen sind ein wildes und grausames Volk, das dort siedelt. Alle Kaufleute fürchten sie.«

»Ich habe noch nie von den Mordwinen gehört«, sagte Nousia der Gesetzeskundige.

Gudmund der Kaufmann zuckte die Achseln.

»Bis zu ihren Siedlungsstätten ist man fast ein halbes Jahr unterwegs. Ein mordwinischer Bursche darf sich keine Frau nehmen, solange er keinen Mann getötet hat. Deshalb gehen sie auf jedermann los. Wir konnten fliehen, aber Ari war verwundet. Es war eine tödliche Wunde. Er hielt die Verfolger auf. Das geschah vor einem Jahr.«

»Bist du sicher, daß er gestorben ist?«

»Er hatte einen Pfeil im Bauch«, sagte Gudmund der Kaufmann kurz. Er wandte sich dem kleinen Mädchen zu. »Trauere nicht um deinen Vater, Kind. Er starb genau den Tod, den er sterben wollte, und starb auch dort, wo er sterben wollte.«

»Terhen hat ihren Vater niemals gesehen«, jammerte die dünne

Stimme von Terhi. »Mein Schwiegersohn hatte keine Zeit, uns zu besuchen, obwohl er die Stadt Vanaja besuchte.«

»Das Mädchen hat auch die Mutter nie gesehen«, sagte Nousia der Gesetzeskundige.

»Suvivilja weiß vielleicht gar nicht, daß sie Witwe ist«, sagte Gudmund der Kaufmann. »Wir kamen nur mit Mühe zusammen mit anderen Kaufleuten nach Beloozero und von dort nach Aldeigjuborg. Dort überwinterten wir und segelten sofort auf den Finnischen Meerbusen hinaus, als die Gewässer eisfrei waren. Wir haben Handelsware für die Stadt Vanaja. Von dort reisen wir über den Ochsenweg nach Koroinen. Unterwegs will ich in Arantila hineinschauen und Suvivilja alles erzählen. Sie braucht sicherlich Hilfe, um ihre Angelegenheiten zu regeln.«

»Von uns braucht sie keine Hilfe zu erwarten«, sagte Nousia der Gesetzeskundige trocken. »Suvivilja hat ihres Vaters Haus seit der Hochzeit nicht mehr betreten. Das ist kränkend.«

»Vielleicht hat Ari Fernfuß sie nicht weggelassen«, sagte Gudmund der Kaufmann vorsichtig. »Ari war ein strenger und kalter Mann.«

Nousia der Gesetzeskundige machte eine Gebärde der Gleichgültigkeit.

»Wir haben genug mit unseren eigenen Schwierigkeiten zu tun. Uns ist gerade der Hausherr gestorben. Wer soll die Arbeit der Familie fortführen? Ari hat meinen zweiten Sohn getötet. Jetzt ist niemand mehr da.«

»Und Ari ist auch tot, und in Arantila gibt es keinen anderen Erben als dieses Mädchen«, bemerkte Gudmund der Kaufmann.

»Wenigstens ist die Blutrache zu Ende«, sagte Nousia der Gesetzeskundige müde. »Es ist niemand da, der sie am Leben erhalten könnte. Und am Ende ist auch die Sippe von Vanaja.«

»Da ist doch noch das Kind.« Gudmund der Kaufmann wies auf das kleine Mädchen. »Sie ist deine Tochterstochter.«

»Das Mädchen gehört nach Arantila. In dieses Haus hat sie nur Trauer gebracht. Ihr Vater hat meinen Sohn getötet. Sie selbst hat den Tod meines zweiten Sohnes mitverschuldet.«

»Das Kind ist wohl kaum an all dem schuld«, zweifelte Gudmund der Kaufmann.

»Das ist es auch nicht, aber das alles hat keine Bedeutung. Das

Mädchen bringt Unglück. Du kannst sie wieder mitnehmen nach Arantila zu ihrer Mutter, soll die dann tun, was sie will. Hier will ich sie nicht haben.«

Das kleine Mädchen lag unbeweglich auf dem Fell und lauschte aufmerksam den Reden der Männer.

7. Kapitel

1028

Das kleine Mädchen schaukelte in einem weichen Nest durch den lichten Frühlingsabend. Das heftige Gezwitscher der Vögel drang durch den dicken Wollumhang herein. Das Mädchen wühlte sich ein Guckloch in die Falten des Umhangs.

Vor ihr wand sich der Reitpfad vom Tal einen niedrigen Hügel hinan. Blattlose Bäume und Büsche säumten den Pfad zur Rechten. Links strömte träge ein ruhiger, lehmiger Fluß. Weit vorn ritt ein Mann in einem silberglänzenden Hemd aus Eisen. Die Strahlen der tiefstehenden Sonne spiegelten sich in dem Hemd und in den Speerspitzen der Männer.

Das Mädchen betrachtete den Nestbaum, in dessen Schutz sie sich zusammengekuschelt hatte. Der Arm, der das in den Umhang gewickelte Bündel hielt, war stark wie ein Ast. Die von einem Ringpanzer bedeckte Brust war breiter als der mächtigste Kiefernstamm.

»Na, Kleine. Du bist wohl aufgewacht. Gleich rasten wir. Dann bekommst du etwas zu essen.«

»Du bekommst etwas zu essen«, berichtigte ihn das Mädchen. »Ich hab keinen Hunger.«

»Aber ich hab Hunger«, sagte Eirik der Starke. »Ich hab den ganzen Tag an einen Schweineschinken gedacht.«

»An dir ist viel, was ernährt werden will.«

Das Mädchen sah vertrauensvoll hinauf. Sie war im Schutz dieses Arms schon viele Tage lang den Ochsenweg von Tavastland entlanggezogen. In der Gesellschaft gab es überhaupt keine Frau. Man hatte Terhen dem geistesschwachen Eirik zur Betreuung übergeben. Für sich selbst konnte der dumme Eirik nicht sorgen, sagte Gudmund der Kaufmann, aber dem Kind fehlte es bei ihm an nichts.

Wirklich: Eirik war ein langsamer und geduldiger Wallach, aber er war lieb und freundlich. Terhen hatte noch keinen Menschen kennengelernt, der so liebenswürdig gewesen wäre.

Anfangs war alles traurig. Terhen preßte in ihrer Faust den hölzernen Urgott zusammen und antwortete auf niemandes Fragen. Sie begriff nicht, was die Erwachsenen dachten. Eine Bärin hatte den Zauberer zerfleischt, aber im Totenreich war er zufrieden. Die Erwachsenen verstanden nicht: Sie glaubten, Terhen habe den Zauberer getötet. Deshalb vertrieben sie Terhen aus Vanaja, dem einzigen Zuhause, das sie kannte.

Anfangs hatte Terhen auch vor Eirik Angst, weil der Junge so entsetzlich häßlich war. Sein feuerrotes Haar war dick wie ein Tierpelz. Auch die Augenbrauen waren rote Heubüschel, die bis an die Schläfen reichten. Die Ohren ragten seitlich aus diesem Feuerbrand heraus.

»Eiriks Helm wird von den Ohren gehalten und schützt die Leere«, spottete Stenkil von West-Götaland gutmütig.

Eirik lächelte wie ein Schaf. Es war doch nur gut, daß die Menschen fröhlich waren.

Eiriks Nase war so groß, daß Stenkil damit seinen Schabernack trieb und sagte, er werde sie abschneiden und als Axt verwenden. Eiriks Nasenlöcher waren breit, aber sein Mund war noch breiter, und das Kinn war wie ein Steinbrocken, den man ihm aus Versehen ins Gesicht gesetzt hatte. Die Männer lachten, sie brauchten auf dem Ostweg nicht zu kämpfen, weil sie Eirik den Dummen zur Abschreckung benutzten.

Terhen blieb stumm in der Reisegesellschaft von Gudmund dem Kaufmann. Tagsüber schlief sie im Arm von Eirik dem Starken – sie hatte gewacht bis zur Erschöpfung, als sie bei dem Zauberer in der Lehre gewesen war, und schien gar nicht genug Schlaf bekommen zu können. Terhen bemerkte, daß Eirik ungeschickte Hände hatte; es dauerte hoffnungslos lange, bevor er abends sein Bündel geöffnet und seinen Proviant hervorgeholt hatte. Die ganze Zeit über mußte Terhen warten.

»Ich kann nichts anderes schnell tun als laufen«, sagte Eirik zu Terhen, als er sich mit den Schnüren abplagte.

Terhen hatte kleine, flinke Finger. Die Riemen lösten sich im Nu, und sie schnürte sie auch am Morgen, ebenso wie Eiriks Wadenbänder. Der größte Teil der Zeit verging damit, die Knoten, die Eirik gemacht hatte, wieder zu entwirren.

Eirik der Starke war aufrichtig dankbar.

»Ich komme immer erst zum Essen, wenn die anderen schon fertig sind. Früher bekam ich das, was die anderen übriggelassen hatten. Jetzt, wo du mir hilfst, sind wir rechtzeitig am Lagerfeuer.«

Oft aber nahm Eirik in seiner Gier zu viel Essen und konnte nicht alles schaffen. Terhen mußte den Rest aufessen, denn Eirik fürchtete, daß die anderen ihn ausschimpfen würden, wenn sie seine Gier bemerkten. Gudmund der Kaufmann lobte das Mädchen dafür, weil sie zunahm und schöner wurde, seitdem sie Vanaja in so schlechtem Zustand verlassen hatte. Terhen sah heimlich zu Eirik hin, und der Bursche lächelte sein kindisches Lächeln.

»Arantila«, sagte Gudmund der Kaufmann. »Hier bleiben wir einige Zeit. Ich muß die Witwe trösten.«

Der Gedanke war nicht unangenehm. Gudmund der Kaufmann hatte Suvivilja in Arantila gesehen und sich über Ari Fernfuß' Dummheit gewundert. Nur an Silber hatte Ari seine Freude; deshalb wurde er auch getötet, und um Suvivilja von Arantila konnte jetzt jeder ehrenhafte Mann freien.

Arantila war stark befestigt. Die Gegend am Auraufluß war unruhiger als das Innere von Tavastland. Das Meer brachte alle möglichen Vagabunden heran, obwohl die direkte Räuberei zurückgegangen war, nachdem die Geschichte von der Wikingerfahrt Olafs des Dicken an die finnische Küste, die so jämmerlich geendet hatte, im Ostseeraum bekanntgeworden war. Dennoch kamen bisweilen versprengte Räuber und Sklavenhändler den Aurafluß heraufgesegelt. Die Wikinger versuchten, den Handelsplatz Koroinen niederzubrennen und sonstiges Unheil anzurichten, aber sie waren an Zahl zu gering, um die Finnen zu schlagen. Einige konnten sich zurückziehen, die meisten wurden getötet oder als Sklaven genommen.

Gudmund der Kaufmann ritt in Arantila ein, auf dem Gesicht den ernsten Ausdruck eines Menschen, der eine Trauernachricht überbringt. Sein Blick wanderte über den Hof, und ihm klappte der Kiefer herunter.

Neben dem Hallenhaus von Arantila kauerte eine kleine Hütte, aus Ruten geflochten und mit Lehm verstärkt, ein Gebäude mit Schilfdach, noch hell und neu. Im Westgiebel befand sich eine niedrige Türöffnung.

Oberhalb der Türöffnung auf dem Dachfirst war ein Kreuz errichtet.

Während Gudmund der Kaufmann mit weit geöffneten Augen das Gebäude anstarrte, trat aus dessen Tür ein schmächtiger Mann in einem langen, dunklen Gewand. Der Schädel des Mannes war kahlrasiert. Der Mann wirkte zornig.

»Eine Kirche«, sagte Gudmund der Kaufmann und traute seinen Augen nicht. »Und ein Priester.«

Der Mann kam den Gästen entgegen. Er schlug das Kreuz. Gudmund der Kaufmann, Stenkil von West-Götaland und Eirik der Feuerbrand bekreuzigten sich. Auf den Priester hatte die Tatsache, daß die Männer sich bekreuzigten, eine erstaunliche Wirkung: Mit lauter Stimme begann er zu loben und zu preisen.

»Christen! Seit zehn Jahren habe ich keine Gotteskinder mehr gesehen!«

»Ich aber habe dich gesehen, Sklave«, sagte Gudmund der Kaufmann streng. »Ich bin immer ein Christ gewesen, aber auf deinem Kopf hatte ich bislang noch nicht die Tonsur gesehen.«

»Ich bin kein Sklave«, sagte der Priester würdevoll. »Frau Suvivilja hat mich freigelassen. Einer christlichen Frau geziemt es nicht, einen christlichen Sklaven zu besitzen.«

Gudmund der Kaufmann hielt den Atem an.

»Einer christlichen Frau?«

Suvivilja von Arantila kam zur Tür des Hallenhauses. Wiederum schnaufte Gudmund der Kaufmann verblüfft, als er Suviviljas strahlende Schönheit sah.

Suvivilja war in ein dunkelblaues, langärmliges Gewand gekleidet. Um die Taille trug sie eine grüne, mit schweren Bronzespiralen verzierte Schürze. Um den Hals lag ein silberner Halsschmuck, von dem Dutzende von fischkopfförmigen Anhängern herunterhingen. Gudmund der Kaufmann wußte, daß die Gotländer solche Halsketten trugen und verkauften. Er konnte sich nicht erinnern, daß Ari Fernfuß jemals eine solche Kette gekauft hätte.

Hinter Suvivilja erschien ein hochgewachsener, gebeugter Mann.

Vallittu von Arantila lebte also noch; sein übel zugerichteter Körper war unglaublich zäh. Mit Vallittu würde es keine Schwierigkeiten geben, obwohl er als Bruder des Hausherrn bei der neuen Ehe der Witwe ein Wort mitzureden hatte.

»Suvivilja«, sagte Gudmund der Kaufmann, stieg ab, übergab die Zügel einem Sklaven und verbeugte sich. »Ich habe eine traurige Nachricht für dich.«

»Willkommen, Gudmund«, begrüßte ihn Suvivilja und trat stolz wie eine Königin auf den Hof. »Deine Nachricht ist hier seit dem Herbst bekannt. Darüber, wie traurig sie ist, kann man streiten. Ari Fernfuß' Tod bedeutet den Sieg Christi auf Arantila. Ari war Heide, und sein Tod ist eine unbedeutende Sache; nur seine Folgen sind von Bedeutung.«

Gudmund der Kaufmann wandte sich um und sah den Priester an, der mit wichtiger Miene im Hintergrund stand.

»Der da?« fragte Gudmund der Kaufmann. »Diese Maus hat dich getauft, Suvivilja?«

»Das ist Gilbert von Wildham. Jetzt ist er der Priester von Arantila.«

»Ein Engländer.« Gudmund der Kaufmann strich sich den kurzgestutzten Bart. »Ich bin in Nowgorod in Rußland getauft worden.«

»Du bist getauft, Gudmund«, sagte Suvivilja erfreut. »Das hast du hier noch nie erzählt.«

Gudmund der Kaufmann mochte nicht sagen, daß es Streit mit Ari Fernfuß gegeben hätte, wenn er sein Christentum herausgestellt hätte. Außerdem diente Gudmund der Kaufmann flexibel dem Gott, dem er im Interesse seiner Geschäfte jeweils dienen mußte. Das verletzte sein Christentum nicht, denn im Herzen wußte er, daß Christus der stärkste aller Götter war. Wenn er gerade einem der zahllosen Götter des Ostwegs opferte, erinnerte Gudmund der Kaufmann in Gedanken Christus immer daran, daß er das Opfer sich selbst zuschreiben konnte, weil es Abgötter eigentlich nicht gab und weil sie deshalb das Opfer auch nicht entgegennehmen konnten.

»Und Vallittu? Hast du dich auch taufen lassen, Freund?«

»La ilaha ill'Allah, Mohammed rasu'l Allah«, sagte Vallittu. »Allah ist groß, und Mohammed ist sein Prophet.«

»Recede, diabole!« schrie der Priester zornig. »Weiche, Satan!«

»Der Priester macht zuviel Lärm«, bemerkte Vallittu. »Aber sonst ist er erträglich.«

Gudmund der Kaufmann runzelte die Brauen.

»Viel hat sich auf Arantila verändert.«

»Mehr als du ahnst, mein Freund«, sagte Vallittu freundlich. »Und die größte Veränderung ist dort.«

Hinter Suvivilja trat ein Mann aus dem Hallenhaus. Er hatte eine mit Brusttressen verzierte grüne Jacke an und trug einen Gürtel aus Kupferplatten. Er trat auf den Hof wie der Herr des Hauses und reckte die Arme.

»Haben wir Gäste? Mir war, als hörte ich fremde Stimmen.«

Gudmund der Kaufmann war über das Auftreten des Mannes so verblüfft, daß er nicht einmal grüßen konnte.

»Ein Gotländer«, sagte Stenkil hinter Gudmund.

Der Mann war von mittlerem Wuchs und sah angenehm aus: Er hatte feine, scharfe Züge, einen kleinen, hellbraunen, sorgfältig gepflegten Kinnbart, der entschlossen vorstand, hohe Wangenknochen und eine lange, gerade Nase. Die Augen des Mannes waren hellblau und aufrichtig.

Auch Gudmund der Kaufmann erkannte sofort, daß das ein Gotländer war. Die Leute von den Inseln waren ein eigenes Volk: Sie hatten keine Edelleute, aber jeder Handel treibende Bauer hielt sich selbst für gleichwertig mit den Edlen aus Svetiod und machte kein Geheimnis daraus. Die Gotländer waren die reichsten Leute der Ostsee und auch die klügsten. Sie kleideten sich altmodisch, aber prächtig, verhielten sich höflich, aber blieben unter sich.

Die Gotländer waren Kaufleute. Sie verachteten die Wikinger, die mit ihren Schwertern und Streitäxten wüteten und die guten Handelsplätze zerstörten. Ein Gotländer raubte nur, wenn die Beute kostbar genug war – zum Beispiel eine junge Sklavin – und Widerstand nicht zu erwarten war.

Um die Ostsee herum wurden die Gotländer – wenn auch widerwillig – für bessere Menschen gehalten. Die Gotländer dachten selbst genauso, obwohl sie das nach Art der Kaufleute niemals laut sagten. Aber in den Beziehungen zwischen den Gotländern und

Svetiod bewirkte dieser Umstand eine gewisse Kälte. Man stritt nicht, war sich aber auch nicht grün.

Gudmund der Kaufmann war vorbereitet. Der Gotländer trat ihm sonnig entgegen.

»Du bist sicherlich der Geschäftsfreund von Ari Fernfuß. Du bist Gudmund, der Bruder von Ragnvald aus West-Götaland. Du bist hier sehnsüchtig erwartet worden«, sagte der Gotländer munter. »Ich hatte Angst um dich, Gudmund. Die letzten Nachrichten besagten, daß du mit deinen Wunden krank bei deinem verehrten Bruder in Aldeigjuborg darniederlagst. Anscheinend bist du wieder wohlauf. Das freut mich.«

Gudmund der Kaufmann verstummte fast vor diesem höflichen Wortschwall.

»Ich bin völlig gesund.«

Der Gotländer nickte erleichtert, so als hätte er die Verletzung Gudmunds des Kaufmanns wochenlang betrauert.

»Ich bin Rodair Rodmundsson«, sagte der Mann. »Herr von Rodarve in Bogeviken auf Gotland und Handelsbauer.«

»Angenehm, dich kennenzulernen, Rodair Rodmundsson«, murmelte Gudmund der Kaufmann, bemüht, ebenso höflich zu sein wie der Fremde. »Ari Fernfuß wäre glücklich gewesen, dich als seinen Gast in Arantila zu sehen.«

»Zweifellos.« Rodair Rodmundsson genoß es, gute Neuigkeiten zu erzählen. »Ari Fernfuß hätte es zu schätzen gewußt, daß ich mich um seine Witwe kümmere. Ich vermute, daß auch du froh bist zu wissen, daß Suvivilja in Sicherheit ist. Die Sache hat dich vergangenen Winter in Aldeigjuborg sicherlich bedrückt.«

Gudmund der Kaufmann schluckte und sah Vallittu aus dem Augenwinkel an. Der alte Krieger hörte sich Rodair Rodmundssons Worte an wie einen großartigen Spaß.

»Findet sich in Arantila für einen alten Freund ein Krug Bier?« fragte Gudmund der Kaufmann schwach.

»Die Freunde von Ari Fernfuß sind auf Arantila immer willkommen«, sagte der Gotländer großzügig.

Rodair Rodmundsson saß selbstverständlich auf der Bank des Hausherrn von Arantila. Er bot Gudmund dem Kaufmann freundlich den Platz neben sich an, damit er dort sein Bier trank. Vallittu schob sich auf die Bank neben sie, ohne irgend jemanden etwas zu fragen, und der Gotländer mischte sich nicht ein.

Der Priester Gilbert strich um Tisch und Bank herum, hörte zu, sagte etwas dazwischen und erschrak selbst. Von seiner Stellung her war er etwas zwischen Sklave und vertrautem Diener. Der Priester mochte den Gotländer nicht, das sah man seinem Gesicht an.

Suvivilja saß auf der Pritsche der Hausherrenbank gegenüber. Sie tat, als nähte sie etwas. Die Giebeltür stand offen, und die große Dachluke war geöffnet, aber das Licht des Frühlingsnachmittags vermochte das ewige Dämmerlicht des Hallenhauses nicht zu vertreiben.

»Wo ist die alte Herrin Merikirja?« fiel Gudmund dem Kaufmann plötzlich ein zu fragen. »Ist sie tot?«

»Sie lebt«, sagte Suvivilja von ihrem Platz her. Ihre Stimme war hart. »Merikirja!«

Die Alte kam aus dem hinteren Teil des Hallenhauses angetrottet und sah die Hausfrau furchtsam an.

»Da«, sagte Suvivilja. »Du kannst gehen, Schwiegermutter.«

Gudmund der Kaufmann blinzelte.

»Ich habe mich mit Suvivilja verlobt«, erklärte der Gotländer. »Das haben wir sofort vereinbart, als die Nachricht von Aris Tod kam.«

»Nur daß du schon eine Frau hattest, Rodair Rodmundsson«, bemerkte Vallıttu.

Der Gotländer wandte sich dem alten Krieger zu.

»Ja, tatsächlich. Helga«, sagte er. »Suvivilja wollte nicht meine Nebenfrau werden – natürlich nicht, als Herrin und Witwe eines so großen Hauses.«

Suvivilja nickte energisch. Gudmund der Kaufmann bemerkte, wie sie den stattlichen Gotländer ansah. Gudmund verstand, daß ein ergrauter und rundlicher West-Götaländer in diesem Wettbewerb keine Aussicht auf Erfolg hatte.

»Ich habe gesagt, daß die Herrin von Arantila die einzige Frau ihres Mannes ist«, prahlte Suvivilja.

Gudmund der Kaufmann wunderte sich über die Veränderung, die mit der Frau vor sich gegangen war. Hatte sich unter dem von Ari Fernfuß gedemütigten, weinerlichen Mädchen schon immer dieses hochmütige Frauenzimmer verborgen?

»Diese Sorge hat sich erledigt«, sagte Rodair Rodmundsson gutgelaunt. »Helga ist mit Seeleuten auf und davongegangen, oder sie ist entführt worden. Jedenfalls ist sie verschwunden.«

»Und du hast nicht allzu eifrig nach ihr gesucht«, sagte Vallittu trocken.

Der Gotländer zuckte die Achseln.

»Wer kann auf den Sklavenmärkten des Großen Ostweges suchen?«

»Die Gotländer«, erwiderte Vallitttu. »Die sind überall.«

»Falls Helga gefunden wird«, sagte Rodair Rodmundsson glatt, »wird für sie gesorgt werden. Aber die Herrin von Rodarve kann sie nicht mehr sein.«

Suvivilja lächelte zufrieden. Gudmund dem Kaufmann wurde es plötzlich eiskalt.

»Bist du getauft, Rodair Rodmundsson?«

Der Gotländer schüttelte den Kopf.

»Der Weiße Christus ist auf unserer Insel noch nicht genug bekannt. Aber ich will einen Priester beschaffen und mich taufen lassen und für Suvivilja eine Kirche bauen.«

Suvivilja nickte energisch.

»Rodair wird ganz Gotland taufen.«

Gudmund der Kaufmann sah den Gotländer zweifelnd an.

»Olaf Schoßkönig versuchte, ganz Uppland zu taufen, und scheiterte damit. Und er war immerhin König.«

»Und die Uppländer sind Uppländer«, lächelte Rodair Rodmundsson höflich. »Als Westgötaländer weißt du, mein Freund, daß man gerade in Uppland die dümmsten und eigensinnigsten Leute von Svetiod findet.«

Insgeheim war Gudmund der Kaufmann mit dem Gotländer einer Meinung, aber er mochte das nicht zugeben.

»Und Gilbert der Sklavenpriester soll Gotland taufen?«

»Das schafft er nicht«, winkte Rodair Rodmundsson ab. »Er hat nicht einmal Vallittu bekehren können. Ich werde einen richtigen deutschen Priester auftreiben, einen ordentlichen. Man sagt, das sind die besten, fleißig und reden tüchtig für ihr Essen.«

»Nach Norden gibt es jetzt einen richtigen Wettlauf«, sagte Gudmund nachdenklich. »Hierher kommen die russischen Priester von Fürst Jaroslaw, die englischen Priester von König Knut und die deutschen Priester von Kaiser Konrad, ein Schwung nach dem andern.«

»Da kannst du ja auswählen«, sagte Rodair Rodmundsson. »Dergleichen schätzt ein ordentlicher Kaufmann.«

Gudmund der Kaufmann wandte sich um und sah den englischen Sklavenpriester an. Solch ein Hänfling taugte wahrlich nicht dafür, die strammen Gotländer zu bekehren.

»Und Arantila?«

Rodair Rodmundsson wirkte ein wenig verwundert.

»Was soll mit Arantila sein? Vallittu kümmert sich wie bisher um das Haus. Ich werde hierherkommen, sooft ich Zeit habe. Von Bogevik ist es nicht so weit zum Aurafluß wie vom Ostweg.«

Das mußte Gudmund der Kaufmann zugeben.

»Und früher oder später«, lächelte Rodair Rodmundsson Suvivilja zu, »wird meine Frau mir eine Schar stolzer Jungen schenken. Einstweilen hat Arantila keinen Erben, aber bald wird es einen geben.«

Gudmund der Kaufmann fuhr zusammen.

»Darin irrst du, Rodair Rodmundsson«, sagte Gudmund der Kaufmann. Er warf einen raschen Blick auf Suvivilja.

»Was meinst du damit?«

Die Stimme des Gotländers war aufrichtig verwundert. Vielleicht hatte Suvivilja vergessen, es ihm zu erzählen.

»Eirik!« rief Gudmund der Kaufmann scharf. Er schwitzte, und ihm war übel. »Eirik der Starke, bring das Kind her.«

Der struppige Riese führte ein kleines Mädchen zum Tisch. Das Mädchen sah Gudmund den Kaufmann mit ihren tiefblauen Augen so verwundert an, daß es Gudmund ins Herz schnitt.

»Dies ist Terhen, Tochter von Ari Fernfuß und Suvivilja und die Erbin von Arantila.«

»Terhen?«

Suvivilja sah das Mädchen mit grenzenloser Verblüffung an.

»Bist du meine Tochter Terhen? Wie bist du hierher gekommen?«

»Ich habe sie aus dem Gut Vanaja mitgebracht«, antwortete Gudmund der Kaufmann anstelle des Mädchens. »Dein Bruder Talpia der Zauberer ist tot. Deine Eltern wollten das Mädchen nicht länger in Vanaja behalten.«

Das ganze Hallenhaus verstummte und musterte das Mädchen. Das Kind faßte die gewaltige Pranke von Eirik dem Dummen fester, und der Einfältige legte ihm die andere Hand auf die Schulter, wie um es zu beschützen.

»Ja, sie ist deine Tochter«, sagte Rodair Rodmundsson schließlich. »Sie ähnelt dir.«

Suvivilja schüttelte erstaunt den Kopf.

»Ich habe wohl gedacht, daß sie tot ist. Niemals hat jemand von ihr gesprochen. Ari richtete keine Grüße aus, obwohl er in Vanaja war... Man hat die Erinnerung an sie bei mir zerstört...«

Suvivilja begann plötzlich zu weinen. Sie streckte die Arme aus. Terhen rührte sich nicht. Schließlich schob Eirik der Starke das Kind Suvivilja in die Arme.

»Deine Mutter hat Sehnsucht nach dir gehabt«, sagte der Einfältige freundlich.

Ari Fernfuß war kälter gewesen, als Gudmund der Kaufmann geglaubt hatte. Aber: Ari war ein treuer Gefährte und ein freigebiger Freund gewesen, und zuletzt hatte er sein Leben für die Gefährten geopfert. Würde Aris Tochter genauso werden: ein Mensch, der alles gab für die, die er gern hatte, und alles verweigerte denen, die ihm gleichgültig waren?

Das Gesicht des Gotländers verzog sich zu einem breiten Lächeln.

»Jetzt ist ja alles gut. Suvivilja hat ihr Kind wiederbekommen, ich habe eine Tochter und Arantila eine Erbin bekommen.«

Und das Kind hat seine Mutter gefunden, dachte Gudmund der Kaufmann. Zufällig sah er zu Eirik dem Starken hinüber. Der Bursche stand wie festgewachsen auf dem Fußboden des Hallenhauses. Die breiten Hände hingen wie Schaufeln herab. Der Einfältige betrachtete niedergeschlagen das kleine Mädchen, das seiner Mutter auf den Schoß kletterte. Er sah aus wie ein ausgesetzter Hund.

DRITTES BUCH

1028–1029

8. Kapitel

1028

Rodair Rodmundssons Schiff glitt durch die schmale Einfahrt in die Bucht Bogevik. Den Klippen ausweichend nahm es Kurs auf das Westufer der Bucht.

Rodair Rodmundsson stand aufrecht, die Hand am Seitenruder, und ließ die Blicke stolz über seine Heimat gleiten.

»Rodarve liegt direkt vor uns.«

Suvivilja von Arantila sah sich im Glanz der Sonne um. Am liebsten hätte sie laut gelacht, so glücklich war sie.

In der weiten Bucht von Boge lagen mehr Schiffe und Boote, als Suvivilja in ihrem ganzen Leben gesehen hatte. Sie hatte sich einen so fröhlichen und lebendigen Ort überhaupt nicht vorstellen können. Am Ufer sah man Felder und Gebäude. Die Verladekais des Hafens von Slite reichten weit ins Wasser hinaus. Auf diesen glitzernden Wellen erschienen Suvivilja ihre eigenen Zweifel und die Warnungen Gudmunds des Kaufmanns töricht, ganz zu schweigen von den finsteren Prophezeiungen Gilberts des Sklavenpriesters. Gudmund und Gilbert waren eifersüchtig und neidisch.

Vallittu von Arantila hatte gesagt, daß Suvivilja mancherlei Überraschungen erleben werde. Vallittu hatte recht gehabt. Das ganze Leben mit Rodair war eine einzige wunderbare Überraschung.

Suvivilja drückte die kleine Terhen an sich und blickte sich mit dem Stolz einer Besitzerin um. Ihre Schatztruhe lugte unter ihrem dünnen, blauwollenen Kleid hervor. Suvivilja saß auf ihrem Schatz und hielt ihre Tochter auf dem Schoß – kann eine Herrin prächtiger in ihrem neuen Heim Einzug halten? Sie brachte ein Kind mit als Beweis ihrer Fruchtbarkeit und den Schatz von Arantila als Zeichen für Reichtum, und sie trug den kostbaren Schmuck des Hauses – ihre Schwiegermutter Merikirja hatte ihre silbernen Ketten,

Spangen, Armreifen, Ringe und ihren Kopfputz hergeben müssen, damit die Schwiegertochter sich prächtig ausstatten konnte. Was hätte die Greisin auch in dem leeren Arantila damit anfangen sollen?

Das Schiff wurde unterhalb von Rodarve an Land gerudert. Die Ruderer, Söhne der Nachbarn von Rodarve – das Schiff gehörte Rodarve und zwei weiteren Höfen gemeinsam, wenn auch Rodarves Anteil der größte war –, näherten sich in einem sinnlos erscheinenden Zickzackkurs dem Ufer. Rodair zeigte Suvivilja, wie das Ufer durch Pfähle und Unterwasserhindernisse geschützt war. Denen mußte man auszuweichen verstehen, wenn man am Ufer anlegen wollte.

Suvivilja schaute jedoch mit größerem Interesse zum Ufer hinauf und war mehr an dem Haus dort interessiert als an den Verteidigungsanlagen. Sie mußte der Schwiegermutter und der übrigen Familie gegenübertreten; ein wenig fürchtete sie sich davor, weil sie Rodairs Sprache nicht so gut sprach, wie sie es gern gekonnt hätte. Aber im übrigen gab es nichts, dessen sie sich hätte schämen müssen.

Rodarve lag zwischen dem Wald und dem Ufer der Bogevik-Bucht. Zum Wald hin gab es einen Zaun, zum Ufer führte ein Tor. Die Gebäude von Rodarve waren kleiner, als Suvivilja es aus Finnland gewöhnt war, aber es waren viele. Ein Holzzaun umgab Häuser und Felder. Die reetgedeckten Häuser waren in gutem Zustand, nichts hing herunter oder war kaputt. Kieswege führten von einem Haus zum anderen. Stimmen von Menschen und Tieren schwirrten durch die Luft: Hühner gackerten, Schweine grunzten, Schafe blökten, und von irgendwo klangen das Lachen einer Frau und Kinderschreie herüber.

Mit leuchtenden Augen wandte Suvivilja sich Rodair Rodmundsson zu.

»Alles ist so, wie du erzählt hast, Mann. Dies ist ein reiches Land.«

Dann sprudelte die Freude der neuen Herrin über. Vor dem Hause von Rodarve stand ein hohes, steinernes Ringkreuz.

»Du hast ein Kreuz hier, mein lieber Mann! Da bist du ja fast ein Christ.«

Rodair Rodmundsson lachte auf.

»Das kannst du ja gern glauben, wenn es dich freut, Frau.«

Aus den Häusern traten Menschen hervor. Man hatte die Ankunft des Herrn schon bemerkt, als das Schiff in die Bucht von Boge hereingerudert kam. Man wußte, daß an Bord die neue Herrin war, eine Frau aus fremdem Land. Das war nicht ungewöhnlich; die Gotländer verheirateten ihre Töchter kaum von der Insel weg, aber die Männer brachten von ihren Handelsreisen Herrinnen aus Schweden, Kurland und auch aus Finnland mit.

Die neue Herrin war reich und schön und gehörte zu den Vornehmen ihres Landes, so hatte Rodair Rodmundsson erzählt. Und das entsprach der Wahrheit, jetzt, wo man die Frau mit eigenen Augen sehen konnte. Sie hatte weiße Haut, große, himmelblaue Augen und prächtige, wenn auch fremdartige Kleider.

Hailvi, die alte Herrin von Rodarve, stand vor ihrem Haus und wartete. Hailvi würde ihrer Schwiegertochter keinen Schritt entgegengehen. Das hatte sie nicht nötig, denn sie war es, die in Rodarve herrschte, und hätte es im Hause auch fünf Schwiegertöchter gegeben, eine reicher als die andere. Hailvi hatte niemals auch nur ein Quentchen von ihrer Macht an eine andere Frau abgegeben, und das würde sie auch jetzt nicht tun. Nach dem Tod ihres Mannes hatte Hailvi sich um Ackerbau und Fischfang von Rodarve gekümmert: Die Handelsreisen brachten Schätze ein, aber die Nahrungsmittel kamen aus dem Boden und aus dem Meer.

»Willkommen, Frau meines Sohnes«, sagte Hailvi mit tiefer Stimme. Die Schwiegertochter verneigte sich, aber nicht so tief, wie es hätte sein dürfen. Hailvi verstand sofort, daß die Frau unsicher war. Eine Schwiegertochter, die sich ihrer Stellung bewußt war, hätte der Schwiegermutter all den Respekt bezeigt, der der alten Herrin zukam, und ihrerseits erwartet, daß die Schwiegermutter sie in der fremden Umgebung unterstützte. Diese finnische Frau wußte nicht, was sie eigentlich war, die Herrin von Rodarve oder ein unangenehmer Ankömmling. Und Suvivilja würde nicht die Kraft haben, sich in ihrem neuen Heim eine Position zu schaffen.

Hailvi war zufrieden mit dem, was sie sah. Alles würde so weitergehen wie bisher. In den Konflikten zwischen der alten und der jungen Herrin würde Rodair Rodmundsson sich immer auf die Seite seiner Mutter stellen. So hatte er es auch bei seiner Frau Helga getan … Aber das beste war es, Helga von Hejnum und alles, was mit ihr zu tun hatte, zu vergessen.

Die alte Herrin Hailvi in ihrem besten Staat bot einen eindrucksvollen Anblick. Die Fibeln, die die Schultern des Kleides zusammenhielten, hatten die Form von Tierköpfen und waren aus Silber. Die große, vergoldete Spange an dem weißwollenen Schultertuch wirkte eher wie eine kleine Dose und nicht wie eine Spange. Hailvis Hals zierte eine mit Nadeln befestigte Perlenschnur, von der runde Goldplatten, in Silber eingelassene Kristallkugeln und Bernsteinperlen herabhingen. Hailvis Kopf war von einem feinen Tuch bedeckt, das im Nacken so gebunden war, daß die Zipfel bis weit auf den Rücken herunterhingen. Das von dem Tuch umgebene Gesicht war schmal und scharf; man konnte sich vorstellen, wie ihr Sohn Rodair in zwanzig Jahren aussehen würde.

»Ich grüße dich, Schwiegermutter«, sagte Suvivilja mit leiser Stimme. Die Leute spitzten die Ohren. Die neue Herrin sprach so schlecht Schwedisch, daß man sie kaum verstand.

Hailvi nickte steif.

»Ich habe dir Geschenke mitgebracht.«

Auf einen Wink von Suvivilja trugen Rodairs Männer einen Deckelkorb herbei. Der Korb wurde geöffnet: Darin lag ein in Stoff eingewickelter Pelzumhang. Der Pelz war ein weißer Fuchs, er glänzte in der Sonne wie Eis. Einen Augenblick lang stand Hailvi ihre Verblüffung ins Gesicht geschrieben; obwohl die Gotländer umfangreichen Pelzhandel trieben, trugen sie selbst nicht sehr viel Pelze.

»Das ist ein üppiges Geschenk«, sagte Hailvi widerstrebend. Suvivilja nahm aus dem Korb ein kleineres Stoffbündel und öffnete es. In ihren Händen funkelten zwei runde, gewölbte Silberfibeln.

»Die habe ich für meine Schwägerin mitgebracht.«

»Rodvildi«, rief die Schwiegermutter in Befehlston hinter sich, »komm deine neue Schwester begrüßen.«

Eine kleine, braunhaarige Frau kam neben die Schwiegermutter geschlichen. Die Frau war jung und verneigte sich demütig. Sie mußte alle von unten ansehen, denn ein Buckel hatte ihren Körper zu einem Haken gekrümmt.

»Ich danke dir, Schwester«, lächelte Rodvildi lieb. »Und wer ist das?«

Suvivilja schob das zartgebaute kleine Mädchen vor sich hin.

»Das ist meine Tochter Terhen, die Erbin von Arantila.«

Die Schwiegermutter Hailvi biß die Zähne zusammen, daß es

knirschte. Man konnte die Schwiegertochter nicht einschüchtern, nicht wie ein halbwüchsiges, dummes Mädel behandeln. Die neue Frau des Sohnes war die Herrin eines großen Hauses, gewohnt, zu befehlen und Verantwortung zu tragen. Das hatte sie klargemacht, indem sie ihre Tochter als Erbin von Arantila vorgestellt hatte. Trotz ihrer Unsicherheit würde die Schwiegertochter versuchen, das Kommando zu führen. Das würde man ja sehen.

Rodair Rodmundsson näherte sich mit großen Schritten den Frauen. Er hatte sich nach den wichtigsten Arbeiten des Hauses erkundigt und war jetzt bereit, sich die Angelegenheiten der Frauen anzuhören.

Rodair war strahlender Laune: Seine Brüder Rodbjärn und Rodvar waren gerade mit viel Waren zu einer Handelsreise nach Süden abgefahren, nach Wollin. Die Schafe hatten wunderbar gelammt. Eine wendische Sklavin hatte Zwillingsmädchen geboren und eine andere einen gesunden Jungen. Rodair hatte gerade beschlossen, einige Jahre lang nicht auf Handelsreise zu gehen. Die Brüder waren jetzt in dem Alter, in dem sie die Handelsgeschäfte von Rodarve erledigen konnten.

Und auf dem Hof von Rodarve stand die Frau, die Rodair Rodmundsson seit einem Jahr begehrt hatte. Da war Suvivilja von Arantila jetzt also, und mit ihr ihre Schatztruhe. Suvivilja war in Rodairs Händen weich wie duftendes Wachs, demütig und gehorsam.

Alles würde ausgezeichnet laufen. Es gab keinen Grund, unruhig zu werden.

Rodair sah in den Augen seiner Mutter und seiner Schwester die Verehrung, an die er seit seiner Kindheit in seinem Elternhaus gewöhnt war. Eine solche Liebe, die nach nichts fragte, war nicht so leicht zu erschüttern.

Suvivilja wandte sich mit strahlenden Augen an ihren Mann.

»Wo willst du die Kirche bauen, Mann?«

Der Hof von Rodarve erbebte und schwieg.

Rodair lachte entzückt.

»Nur nichts übereilen, mein Vögelchen. Wir haben ja auch noch keinen Priester.«

Terhen saß auf dem abgetretenen Rasen auf dem Hof von Rodarve. In der Hand hielt sie eine hölzerne Puppe. Sie legte der Puppe eine

Perlenkette um den Hals. Die freundliche Rodvildi, die Bucklige, hatte ihr die Puppe gegeben, nachdem sie bemerkt hatte, daß Terhen überhaupt kein Spielzeug besaß. Eigentlich fehlte es Terhen nicht an Puppen, denn Rodgunn hatte zwei, und sie lieh ihrer neuen Schwester gern eine.

Die fünfjährige Rodgunn und der dreijährige Rodald waren die Kinder von Rodairs verschwundener Frau Helga von Hejnum. Sie waren drall, hatten runde Augen und braunes Haar, gingen immer zusammen und mieden die Erwachsenen. Rodvildi die Bucklige war der einzige Mensch, zu dem sie überhaupt etwas sagten. Die Sklaven gaben ihnen zu essen und hielten ihre Kleider in Ordnung. Sie schliefen auf einem mit Fellen bedeckten Strohhaufen in der Ekke des Hauses, in dem Rodvildi und zwei Sklavinnen wohnten und dessen Wände von Ruß geschwärzt waren, und störten niemanden.

Terhen von Arantila hatte gleich nach ihrer Ankunft in Rodarve die Kinder entdeckt und bemerkt, daß sie genauso einsam waren wie sie selbst. Rodgunn und Rodald waren kleine Kinder im Vergleich zu der achtjährigen Terhen und ihren Erfahrungen. Aber Terhen hatte in der furchteinflößenden Welt dankbar ihre Gesellschaft und ihren Strohhaufen angenommen.

Kaum ein Monat war vergangen nach dem Tod des Zauberers, und in ihrem Leben hatte sich das Unterste zuoberst gekehrt. Lange Zeit wußte Terhen nicht einmal, wo sie war. Niemand hatte sich die Mühe gemacht, ihr das zu erzählen.

Terhen fühlte sich völlig fremd in dieser neuen Welt. Wohl waren alle freundlich, es gab genug zu essen, und niemand schlug sie. Das Essen bestand aus Fisch, den Terhen im Gut Vanaja nicht oft gegessen hatte: Die Tavastländer waren keine besonders guten Fischer. Der Barsch war ihr bekannt, der Strömling ziemlich fremd, Dorsch und Scholle ganz unbekannt. Die Sprache war ihr fremd, aber Terhen lernte sie rasch, während sie mit den Kindern spielte. Suvivilja wohnte mit Rodair in einem anderen Haus, befehligte die Leute und zankte sich in ihrem schlechten Schwedisch mit Hailvi. Terhen war das egal; sie hatte ihre Mutter nie gekannt.

Terhen fühlte sich eher unbehaglich, wenn Gäste nach Rodarve kamen und Suvivilja sie bei sich haben wollte. Dann putzte Rodvildi das Mädchen hübsch heraus. Auch die Kleider waren hier anders als in Tavastland. Zuunterst trug man ein dünnes, weißes, langärmliges Leinenhemd, das dicht gefältelt und erstaunlich leicht war. Darüber zog man zwei gerade Stoffstücke, eines auf den Rücken und eines vorn. An den Stoffstücken befanden sich Schlaufen, die bis auf die Schultern hinaufreichten. Rodvildi nahm Terhens eigene kleine runde Fibeln und befestigte damit die Stoffe. Die Fibeln waren denn auch das einzige an Terhens Kleidern, was ihr bekannt war. Der Aufzug war eigenartig, aber Terhen fand ihn schön. Die wollenen Stoffstücke waren braun und blau und kunstvoll gemustert.

Rodgunn berührte Terhen an der Hand.

»Großmutter geht die Toten füttern.«

Interessiert sah Terhen Hailvi nach. Die Toten? Terhen hatte die Toten eines ganzen Geschlechts verloren, als man sie von Tavastland nach Finnland führte, eilends ins Schiff verfrachtete und nach Gotland brachte. Die Toten waren ihr vertrauter und lieber als jedes lebende Wesen.

Terhen preßte den hölzernen Urgott in der Faust, stand auf und folgte Hailvi in gebührendem Abstand.

In Arantila hatte Terhen es instinktiv vermieden, über den Zauberer, die Toten, den Nebel und das Blutstillen zu sprechen. Gudmund der Kaufmann hatte von dem Zauberer und von der Bärin gehört, und auch Stenkil von West-Götaland und Eirik der Starke hatten die Geschichte vernommen. Aber sie hatten nicht verstanden, daß die Bärin Hongotar gewesen war, und sie hatten keine Ahnung von Terhens Reisen in die Unterwelt. Vom Nebel und vom Blutstillen hatte ihnen niemand etwas erzählt.

Es war auch gut, daß Terhen ihren Mund halten konnte und ihrer Mutter den hölzernen Urgott verheimlichte; sie hatte bald verstanden, daß Suvivilja den Toten ihrer Familie abgeschworen und sich einem neuen Gott zugewandt hatte. Terhen war entsetzt. Wie würde es ihrer Mutter ergehen, wenn die Geister böse würden? Zum Glück konnte Terhen die Geister der Unterwelt besänftigen, ja, sie auch beherrschen, so wie der Zauberer es sie gelehrt hatte.

Doch nicht genug damit, daß die Mutter diesem neuen Gott diente, der das Kreuz als Zauberzeichen verwendete. In Rodarve, in ganz Gotland, gab es noch mehr Götter; es gab sie scharenweise, und man nannte sie Asen.

Terhen hatte Rodvildi die Bucklige nach diesen Göttern gefragt.

»Der größte von ihnen ist Odin«, sagte Rodvildi. »Er hat in Uppsala einen Hof, der von einer goldenen Kette umgeben ist.«

»Was ist ein Hof?«

»Ein Hof? Das ist ein Tempel – der Ort, wo der Gott wohnt.«

Terhen dachte an den Wald, wo Hongotar wohnte. Das war also ein Tempel.

»Thor ist der Gott des Gewitters und der Krieger.«

»Wer ist der Freund des Menschen?«

Rodvildi die Bucklige wirkte verdutzt.

»Meistens sind die Götter böse, und man muß sie besänftigen.«

Terhen vermißte schmerzlich ihre unterirdischen Verwandten. Überall waren fremde Götter, und zwar böse, und nirgendwo ein Freund. Und der schlimmste von allen war Suviviljas Gott, der alle anderen verbot.

Hailvi schritt, den Korb am Arm, munter den tief ausgetretenen Pfad entlang. Die Opferstätte war ein Gebiet, das von einer niedrigen Steinmauer eingefriedet war, ebenso groß wie das Hallenhaus von Vanaja in Terhens Erinnerung. Das Gebiet war eben, und es wuchsen Gras und Bäume darauf. Innerhalb der Mauern hätte ein großes Schiff Platz gefunden.

Hailvi kauerte sich zwischen zerbrochenen Krügen, Schüsseln, Knochen und Stofflappen hin. Über diesem Sammelsurium erhoben sich furchtgebietende Pfähle: Grausame Gesichter waren da hineingeschnitzt, und vermoderte Stoffetzen und Fäden hingen herunter. Ein Teil der Standbilder stand aufrecht da, einige hatten sich geneigt und andere waren zu Boden gestürzt.

Terhen fand, die Stätte war genauso, wie sie sein sollte. Sie fühlte sich zum erstenmal nach ihrer Ankunft in Rodarve ruhig und zufrieden. Das Dämmerlicht unter den Haselsträuchern, der festgetretene Boden, die fratzenhaften Standbilder, der Geruch nach moderndem Holz und faulenden Blättern, die Stille: Dies war die Wohnstatt der Toten, hier gab es Freunde.

Als Hailvi gegangen war, schlüpfte Terhen durch die Öffnung in der Mauer in den Opferhain. Sie kauerte sich am Fuße eines Holzstandbilds hin, preßte mit der Hand den hölzernen Urgott und drückte die Stirn gegen das Standbild. Am ganzen Körper spürte sie, wie der Urgott Wärme und Kraft auf sie abstrahlte.

Terhen brauchte sich nicht einmal in Trance zu trommeln. Es genügte, daß sie sich ganz klein zusammenkauerte, die Augen fest zumachte, den Urgott an die Brust drückte und sich gleichmäßig hin und her wiegte. Vertraute warme Dunkelheit umgab sie; zielstrebig wie ein Falke flog sie durch die finsteren Höhlen der Unterwelt. Sie hatte diese Reise unzählige Male allein gemacht. Damals war der Zauberer allein im Licht, in der Menschenwelt, zurückgeblieben. Jetzt war Terhen unterwegs, um den Zauberer in den Räumen des Totenreichs zu besuchen.

Er ruhte im klaren Wasser. Unter ihm zeichnete sich der dunkle Grund ab, und über ihm befand sich die Oberfläche, von der mattes Licht gespiegelt wurde. Das Weiß seiner Augen hob sich vom Dämmerlicht der Kammer ab, aber sein Gesicht lag im Schatten.

Auch andere Tote trieben, friedlich schaukelnd, im Wasser. Sie schliefen, und Terhen wollte sie nicht bemühen. Es war still und kühl. Terhen seufzte vor lauter Wohlbehagen. Dieser Ort war ihr ein Zuhause, weit mehr als das Lehmhaus von Rodarve.

»Zauberer. Antworte mir.«

Die Augen wandten sich ihr zu.

»Kind. Ich habe auf dich gewartet.«

Die Stimme dröhnte in der nassen Höhle. Terhen achtete darauf, den Zauberer nicht zu berühren. Das war die wichtigste Regel, die der Zauberer sie gelehrt hatte, als sie zum erstenmal gemeinsam durch die Wohnstatt der Unterirdischen geeilt waren. Die Toten durfte man nicht berühren. Das verursachte ihnen Schmerzen. Terhen wollte ihren lieben Freunden nicht weh tun.

»Zauberer, meine Mutter dient einem neuen Gott. Hier auf Gotland gibt es viele fremde Götter. Hongotar gibt es nicht, und Tapio und Tursas auch nicht.«

»Alle Götter sind heilig.«

»Aber Suviviljas Gott verbietet die anderen. Er verbietet auch die Toten, Zauberer.«

Terhen zitterte vor Qual. Die Stimme des Zauberers war freundlich.

»Du brauchst dich um die Götter der anderen nicht zu kümmern, Kind. Laß sie ihre Götter verehren. Du hast den Urgott, trage ihn immer bei dir. Diene deiner eigenen Familie. Ein Krümchen genügt als Speiseopfer. Die Toten brauchen nicht viel.«

»Du vergißt mich doch nicht, Zauberer?«

»Ich bin immer hier. Deine Sippe hilft dir. Du bist in Sicherheit, Kind.«

Suvivilja betrachtete sich in dem blankpolierten Bronzespiegel. Sie hob kritisch das Kinn, lächelte, verzog den Mund nach der einen und nach der anderen Seite. Sie war schön, vielleicht schöner als je zuvor, obgleich sie nicht mehr ganz jung war.

Aber gab es da am Mund eine gewisse Spannung? Die Furchen von der Nase zu den Mundwinkeln – waren sie schärfer geworden?

Suvivilja legte den Spiegel aus der Hand. Die Frau im Spiegel war schön, das stimmte, aber sie war auch gereizt und nervös. Zwischen den Augen war eine Falte, und der Mund preßte sich leicht zu einem harten Strich zusammen.

»War dein erster Mann genauso angenehm wie Rodair?«

Rodvildi die Bucklige hockte neben Suvivilja und betrachtete bewundernd ihre Schwägerin. Obwohl Suvivilja Rodvildis Verehrung genoß, hatte sie es allmählich satt, daß die Schwägerin ihr immer und überall hin folgte, ihre neugierigen Fragen und das vergötternde Gezwitscher.

»Ari Fernfuß? Den hab ich kaum gesehen.«

Suvivilja nahm wieder den Spiegel zur Hand, nahm mit dem spitzen Ende eines Stäbchens schwarze, aus Tran und Asche gemischte Farbe auf, zog damit einen geraden Strich vom Augenwinkel zur Schläfe und machte danach dasselbe am anderen Auge.

»Hat dein Mann dir teure Geschenke mitgebracht?«

»Natürlich. Das war doch seine Pflicht.«

Suvivilja zeichnete mit dem Stäbchen eine zarte Linie unter die unteren Wimpern. Hier mußte man vorsichtig sein. Wenn man Farbe ins Auge bekam, scheuerte sich das Auge wund, und man konnte lange Zeit nichts mehr sehen.

Suvivilja dachte an ihr früheres Leben in Arantila und an ihr neues Leben in Rodarve. Es schüttelte sie, wenn sie an Ari Fernfuß dachte. Gut, daß der Mann gestorben war.

Die Schwiegermutter hatte am eigenen Leib erfahren müssen, daß in Arantila eine andere Ordnung eingekehrt war. Suvivilja hatte laut gelacht, als sie Merikirja aus dem warmen, geschützten hinteren Teil des Hallenhauses auf die zugige Pritsche des vorderen

Teils vertrieb. Vallittu anzurühren wagte Suvivilja nicht. Die Leute hatten Vallittu gern und verehrten ihn, während niemand die alte Herrin mochte. Auch Suvivilja selbst mochte Vallittu. Der alte Krieger hatte sich gegen Ari Fernfuß auf Suviviljas Seite gestellt.

Und ihre jetzige Schwiegermutter? Suvivilja verstand undeutlich, daß Hailvi von Rodarve aus anderem Holz geschnitzt war als Merikirja von Arantila. Merikirja war biegsam wie eine junge Birke, Hailvi dagegen hart wie eine Eiche. Gegen Hailvi zu rebellieren wagte Suvivilja nicht. Sie fürchtete, Rodair Rodmundsson würde sich trotz seiner Vernarrtheit auf die Seite seiner Mutter stellen. Suvivilja hoffte, Hailvi werde bald sterben.

»Wie hat mein Bruder dich gefunden, Suvivilja?«

Rodvildi die Bucklige, das arme Mädchen, versuchte, das Leben einer anderen zu leben. Suvivilja lächelte ihr geduldig zu, fragte sie doch nach Rodair, der Mittelpunkt des Lebens von Rodarve war.

»Es war Rodair, der uns mitteilen sollte, daß Ari Fernfuß ums Leben gekommen war. Rodair hatte die Nachricht in Aldeigjuborg bekommen, und da er in Koroinen zu tun hatte, ruderte er bei dieser Gelegenheit nach Arantila.«

Suvivilja erinnerte sich noch immer an die aufsteigende Freude in ihrer Brust, als der Gotländer erzählte, daß Ari Fernfuß niemals vom Großen Ostweg zurückkehren würde. Rodair Rodmundsson hatte die Witwe zweimal angeschaut und dann um Quartier in Arantila gebeten: Seine Männer seien von dem anstrengenden Rudern müde und brauchten Ruhe.

Suvivilja lächelte erfreut.

»Dein Bruder handelte kurzentschlossen.«

Rodair hatte ihr zu verstehen gegeben, daß sie die schönste Frau der Welt sei und daß er sie heftiger begehre als sonst irgend etwas. Niemand hatte Suvivilja jemals begehrt, sie gierig angestarrt oder vor aller Ohren sinnloses Zeug geredet.

Suvivilja war über die Maßen geschmeichelt. Ganz unmerklich erlaubte sie Rodair, sie zu küssen. Dann hatte Rodair ihre Brüste gedrückt, war heiser und feuerrot geworden. Für Suvivilja war das alles neu und zauberhaft: Bei seinen seltenen Besuchen zu Hause hatte Ari Fernfuß seine Frau beiläufig genommen, so als erledigte er eine unangenehme Pflicht.

»Rodair ist rasch und stark«, sagte Rodvildi wehmütig. »Wenn ich heiraten könnte, würde ich einen Mann wie meinen Bruder haben wollen.«

Suvivilja hatte sich Rodair gewünscht. Und ihn bekommen.

»Rodair ist ein großartiger Mann«, sagte Rodvildi und wurde plötzlich blaß. »Und gefährlich. Denk daran, Schwägerin.«

Suvivilja hatte schon im vergangenen Herbst mit Rodair nach Gotland ziehen wollen. Aber irgendwie hatte der alte Vallittu von Rodair erfahren, daß der schon eine Frau hatte. Rodair hatte gesagt, daß das keine Rolle spiele. Suvivilja könne seine Nebenfrau werden. Oder Rodair könne Helga von Hejnum zu seiner Kebse machen.

Suvivilja war selbst dazu bereit, so vernarrt war sie in Rodair. Aber Vallittu hatte sie zur Vernunft gebracht.

»Wenn es dir schon schwerfällt, mit deiner Schwiegermutter auszukommen, wie kannst du dann deinen Mann mit einer anderen Frau teilen?«

Außerdem, hatte Vallittu gesagt, sei es durchaus nicht üblich, daß ein Kaufmann zwei Frauen hat. Die Könige machten so etwas, und sie mußten das auch tun, um ihren königlichen Samen möglichst breit auszustreuen und Söhne als Krieger zu zeugen. Allahs Diener im Land des Khans von Derbend hatten viele Frauen; der Prophet Mohammed hatte jedem vier Frauen versprochen, aber zum Ausgleich durften Allahs Krieger kein Bier trinken. Auch die früheren Fürsten der Rus wie Swjatoslaw und Wladimir hatten viele Frauen gehabt, damals, als sie noch Heiden waren. Für sie war die Zahl der Frauen ein Zeichen ihrer Macht.

»Du aber, Rodair Rodmundsson, bist kein König und kein Moslem, und Gotland ist nicht Derbend und auch nicht die Rus.«

Rodair sagte fröhlich, man brauche sich wegen dieser Sache keine Sorge machen: Er werde Helga nach Hejnum zurückschicken und ihr eine Abfindung zahlen.

Rodair Rodmundsson fuhr mit seinem Segelschiff davon. Suvivilja am Ufer des Auraflusses starb fast vor Sehnsucht. Ohne Gilbert den Sklavenpriester wäre sie in der Dunkelheit des Winters umgekommen.

Schließlich bekam Suvivilja Streit mit Gilbert von Wildham. Der Priester wollte Suvivilja nicht nach Gotland lassen. Sie wurde in

Arantila gebraucht; außerdem war außer der Herrin noch niemand bekehrt. Zuletzt schrie Gilbert, Suvivilja wolle nicht nach Gotland, um die Heiden zu bekehren, sondern um die Begierde ihres Leibes zu befriedigen.

Da mischte Vallittu sich in ihren Streit ein.

»Du hältst am besten deinen Mund, wenn es um Bettgeschichten geht, Priester, denn du selbst begehrst Suvivilja mindestens ebenso heftig wie der gotländische Kaufmann.«

Das brachte den Priester zum Schweigen. Suvivilja war noch freundlicher zu Gilbert. Es machte ihr Spaß, sich vorzustellen, daß der arme Priester sich jahrelang vor Sehnsucht verzehrt hatte. Während sie darüber nachdachte, bekam sie gute Laune, und die unangenehmen Dinge gerieten in Vergessenheit.

In Rodarve lebte es sich gut. Auch Terhen mochte anscheinend ihr neues Zuhause. Zumindest erinnerte sich Suvivilja nicht, daß sie sich über irgend etwas beklagt hätte. Eigentlich erinnerte sie sich nicht einmal daran, wann sie das Mädchen zuletzt gesehen hatte. Wahrscheinlich spielte sie irgendwo mit Helgas Kindern.

Rodair war sich selbst und all dem, was er mit Suvivilja im Bett ihres eigenen Hauses hinter den rotgestreiften Vorhängen tat, am wichtigsten. Suvivilja wünschte sich, es möge immer Nacht sein. Andererseits, dachte Suvivilja, während sie mit den Händen ihr Haar anhob, andererseits kam die Sache des Christenglaubens nachts überhaupt nicht voran. Im Gegenteil, in Rodairs Armen vergaß sie alle Götter.

»Tatsächlich«, sagte Suvivilja plötzlich laut, »Rodair ist mein Gott.«

»Gott?« fragte Rodvildi die Bucklige überrascht. »Ist Rodair ein Gott?«

Suvivilja flocht das Haar zu einem dicken Zopf und legte es oben auf dem Kopf in einen Knoten.

»Ich habe versagt. Rodair hat noch immer keinen Priester besorgt.«

Rodvildi runzelte die Stirn.

»Warum glaubst du, daß Rodair einen christlichen Priester nach Rodarve holen sollte?«

»Weil ich ihn darum gebeten habe.«

Rodvildi stöhnte auf. »Wozu sollte er einen Priester brauchen?«

»Rodair will sich taufen lassen.«

Rodvildi schüttelte zweifelnd den Kopf.

»Rodair würde sich taufen lassen? Das glaube ich nicht.«

»Warum nicht? Er hat es mir versprochen.«

»Letztes Jahr hat Botair von Akebäck auf seinem Anwesen eine Kirche errichten lassen«, sagte Rodvildi langsam. »Vielleicht wollte er auch einen Priester besorgen, aber dazu kam er nicht. Die Kirche wurde letzten Sommer verbrannt. Rodair hat dabei mitgeholfen.«

»Aber«, sagte Suvivilja verblüfft, »mir hat Rodair erzählt, in Gotland wisse man nichts vom Christenglauben.«

Suviviljas Hände zupften am vorderen Teil des blaugrünen Gewandes. Die Ketten klirrten und klingelten, weil Suvivilja nicht stillsitzen konnte. Ihre Augen suchten Rodair Rodmundssons Blick. Rodair saß mit seinen Freunden beim Trinkhorn, da konnte er nicht einfach aufstehen und den Frauen nachgehen.

Andererseits war Suvivilja die Herrin von Arantila und eine bedeutende Frau.

»Mann, jetzt wäre die richtige Zeit, einen Priester aus dem Deutschenland zu holen. Der Priester sollte geholt werden, bevor die Segelzeit zu Ende ist.«

Rodair lächelte wohlwollend. Er wollte seinen Freunden zeigen, daß er eine großartige Hausfrau hatte, so reich, schön und vornehm, daß sie die Reden der Männer unterbrechen konnte. Aber seine Frau mußte auch ihren Platz kennen.

»Darüber sprechen wir später, Frau.«

»So sprichst du immer«, klagte Suvivilja, und Rodairs Mund preßte sich zusammen. »Du hast versprochen, einen Priester zu beschaffen und in Rodarve eine Kirche zu bauen.«

Die Männer, die aus dem Augenwinkel verschämt die Schönheit der Herrin von Rodarve bewundert hatten, begannen sich offen zu wundern.

»Weibergeschwätz«, sagte Rodair Rodmundsson eilig.

»Gegen dieses Versprechen bin ich deine Frau geworden«, sagte Suvivilja, und ihre Stimme hatte einen gefährlich schrillen Ton.

»Willst du eine Kirche bauen, Rodair von Rodarve?«

»Ja, das will er, und wenn er sich taufen läßt, werden auch alle anderen Christen«, sagte Suvivilja stolz.

»Da dürfte Likair ein Wörtchen mitzureden haben. Oder bist du jetzt der Anführer des nördlichen Gotlands?«

Die Blicke der Männer waren unentschlossen. Rodair schwitzte und zürnte.

»Frauen gibt man allerlei Versprechungen, wenn man neben sie kommen will«, murmelte Rodair. »Das wißt ihr doch selbst.«

»Man kann ja eine Fibel und eine Duftflasche versprechen«, sagte einer der Männer versonnen. »Aber das muß schon eine sehr heftige Brunst sein, wenn man deshalb auf Odin verzichten soll.«

Rodair lachte laut.

»Versprechen ist eine Sache und Halten eine andere.«

»Bei uns herrscht die Sitte, das, was man verspricht, auch zu halten.«

Rodair war verzweifelt. Er spürte die zweifelnden Blicke der Männer im Gesicht und vernahm das dunkle Murren. Er war daran gewöhnt, daß man ihn gern hatte. Rodair war der Liebling seines Heimathauses, und er hatte Freunde in jedem Hause Nord-Gotlands. Wohin er auch ging, begrüßten ihn Lächeln und Scherze. Rodair Rodmundsson war ein angenehmer Mann, der mit allen gut auskam. Jetzt bröckelte seine Beliebtheit.

Rodair wurde ebenso kalt wie damals, als er Helga von Hejnum loswerden mußte.

»Bist du wahnsinnig, Frau? Die einzige Kirche von Gotland ist verbrannt worden, und ich soll eine neue bauen. Dafür wird man mich noch umbringen.«

»Hast du mich durch Betrug hierhergebracht?« keifte Suvivilja. »Meine Schätze sollen dem Bau einer Kirche dienen! Das Silber von Arantila wird für einen Priester und eine Kirche und für nichts anderes verwendet!«

Das reichte. Mit großen Schritten durchquerte Rodair den Raum und schlug Suvivilja ins Gesicht. Alle fuhren zusammen, denn Rodair Rodmundsson war kein gewalttätiger Mann.

»Den Frauen geziemt es, ihr Mundwerk im Zaum zu halten!« brüllte Rodair. Er kehrte zu seinem Hausherrenstuhl zurück und war äußerst zufrieden, daß er den Gästen seine Macht vorgeführt hatte.

9. Kapitel

1029

Ein Bursche stand auf dem Hof von Rodarve, der vom Sommerregen durchnäßt war.

»Der König! Ich sage doch, König Olaf von Norwegen.«

»Red keinen Unsinn, Junge. Wozu sollte wohl ein König nach Gotland kommen, außer um zu räubern, und dann wäre er schon mit seinen Kriegern da!«

»Die Norweger haben König Olaf aus dem Land gejagt«, wußte der Bursche. »Er hat den Kampf gegen die Freunde von Englands König Knut verloren, und jetzt ist er mit seinen Männern unterwegs nach Nowgorod.«

»Ach, König Olaf der Dicke ist also aus seinem Reich vertrieben worden.« Rodair Rodmundsson wurde nachdenklich. Er fuhr sich mit den Fingern über den kleinen Kinnbart und versuchte herauszufinden, wie man diese Nachricht nutzen konnte. Aber der Kaufmannsbauer hatte nicht viel Verwendung für den früheren König.

»Er wird ja wohl bald weiterziehen.«

»Die Absicht hat er nicht, denn sein Schiff ist voller Handelswaren. Er ist mit seinem Schiff in Akergarn und bleibt da auch.«

»Für uns ist es das beste, uns von diesem König fernzuhalten«, überlegte Rodair laut. »Wenn er einen großen Zwist mit Knut dem Mächtigen von England hat, dann ist er verloren. Mit König Knut sollte man sich gut stehen, auch wenn England weit ist. Wie ich höre, ist dieser Olaf der Dicke ein zänkischer Mann und besonders grausam zu denjenigen, die sich dem Christenglauben widersetzen.«

»Ist König Olaf getauft?« Die das fragte, war Rodvildi die Bucklige. Hinter ihr wartete gespannt Suvivilja.

»Ja, das ist er«, antwortete Rodair. »Er hat die Norweger mit aller Gewalt getauft. Die Norweger sind so widerspenstige Leute, daß sie sich erst dann taufen lassen, wenn sie halbtot sind. König Olaf hat anscheinend zu viele am Leben gelassen, wenn er jetzt hier ist.«

Rodair Rodmundsson lächelte seiner Schwester und seiner Frau gnädig zu. Rodvildi sah ihren Bruder wie immer mit abgöttischer Verehrung an, und Suvivilja hatte im Verlauf eines Jahres eine demütige Haltung gelernt.

»Uns wird Olaf der Dicke nicht stören«, versicherte Rodair. »Ihm ist es übel ergangen, und niemand will mit solch einem Mann zu tun haben.«

Rodair Rodmundsson mußte sein Wort am nächsten Tag zurücknehmen, als sein früherer Schwiegervater Ormika von Hejnum nach Rodarve geritten kam. Und Ormika kam nicht allein; mit ihm kam eine Schar von Herren, auf deren guten Willen Rodair viel Wert legte.

»König bleibt König, auch in der Verbannung«, beeilte sich Rodair Rodmundsson einzuräumen. »Es gehört zum guten Ton, ihn zu besuchen.«

Hailvi bat um die Erlaubnis, daß die Leute von Rodarve dem Hausherrn zu Fuß nach Akergarn folgen dürften, um den König zu sehen. Niemand hatte bisher einen König gesehen, und die Neugier war groß. Rodair ging wohlwollend auf die Bitte seiner Mutter ein. Er verbot niemals etwas, was keinen Schaden anrichten konnte und nichts kostete. Deshalb war er ja ein angenehmer Mann. Einer der Herren bedauerte schon, daß er nicht darauf gekommen war, seine Frau und die Kinder zu dem Besuch beim König mitzunehmen.

Akergarn war eine Insel, an deren Westseite es eine große, geschützte Bucht gab. Die benutzten die Fischer und die ausländischen Kaufleute, die von den Gotländern in ihren eigenen Häfen nicht immer mit freundlichen Blicken bedacht wurden, als Hafen. Jedes Sechstel von Gotland hatte seinen eigenen Hafen, und viele Bauern verwendeten außerdem eigene Anleger, wenn sie ein geschütztes Ufer besaßen. In Akergarn landeten die Kaufleute von der Küste Rußlands und Kurlands, bevor sie auf das gefährliche offene Meer in Richtung Osten hinausfuhren.

Akergarn war durch eine schmale Meerenge von der Küste getrennt. Sie war voller Boote; Leute, die den König sehen wollten, strömten von allen Enden Nord-Gotlands auf die kleine Insel, und die Fischer ruderten im Schweiße ihres Angesichts die Menschen hin und zurück.

Als die Leute von Rodarve endlich in die Nähe des Hafens kamen, sahen sie sofort, daß der König der Norweger auf der Insel Handel treiben wollte, denn die Rahe seines Schiffs war für das Ausladen der Waren und die Beladung hochgezogen. Sie hörten gerade, wie Ormika von Hejnum den König und seine Gesellschaft zu sich nach Hejnum einlud, damit der König dort die Zeit mit Essen und Trinken und Geschichtenerzählen verbrachte.

»In einer so glänzenden Gesellschaft gibt es sicherlich mehrere gute Geschichtenerzähler«, vermutete Ormika.

»Ich danke dir für deine Einladung«, erwiderte König Olaf der Dicke. »Und Geschichtenerzähler gibt es unter meinen Leuten genug, so wie es auch genug Geschichten von meinen Heldentaten gibt. Aber meinen Skalden Sigvat habe ich in Norwegen zurückgelassen, denn irgend jemand muß dafür sorgen, daß meine Kämpfe während meiner Abwesenheit nicht vergessen werden.«

Seinem Spitznamen entsprechend war König Olaf dick: Sein Nacken war breit, seine Hände waren wie Bärentatzen, seine Beine wie zwei senkrechte Balken. Groß war er nicht, aber beeindrukkend. Seine Augen waren schmal, ihr Blick scharf, die Haut war rot und das Haar hell. Ormika von Hejnum überragte Olaf den Dicken um Haupteslänge; wenn Ormika der Rede des Königs zuhörte, mußte er den Kopf etwas neigen. Olaf stand da, ohne den Hals zu recken. Es sah so aus, als verbeugte Ormika sich vor dem König.

Olaf der Dicke trug ein Panzerhemd, das ihm bis an die Knie reichte. Um den Bauch hatte er einen breiten Ledergürtel gelegt, an dem in einer Scheide ein Schwert hing, das über den Boden schleifte. Der Griff des Schwertes glänzte golden, und die Scheide war mit Goldstickerei verziert. Unter dem Arm hielt der König einen Helm mit einem versilberten Augenschutz und einer schmalen goldenen Krone.

Die mit offenem Mund glotzende Menge war der festen Überzeugung, daß der König Olaf der Dicke noch mehr wie ein König aussah, als man das erwartet hatte. Viele meinten, die Norweger hätten eine Dummheit begangen, als sie einen so stattlichen König aus dem Reich vertrieben; es konnte schwierig werden, an seine Stelle einen anderen, ebenso ehrfurchtgebietenden Mann zu bekommen.

Zu beiden Seiten des Königs stand je ein goldgelockter Jüngling. Viele vermuteten, daß dies eigene Söhne des Königs seien, aber bald stellte sich heraus, daß es Engländer waren. Es waren die richtigen Kronerben Edmund und Edward, die König Knut, nachdem er England erobert hatte, als Schoßkinder aus dem Lande vertrieb, damit die englischen Edelleute sie nicht als Vorwand für einen Aufruhr benutzten. Der norwegische König Olaf hatte die Knaben zum Ärger von König Knut in seine Obhut genommen. Die Jünglinge waren schön wie der Gott Balder; sie gehörten dem uralten englischen Königsgeschlecht der Cerdinga an, dessen gesamte Sippschaft schön war und früh starb. Man rechnete es König Olaf zur Ehre an, daß er die Knaben und deren Vormund Walgar mitgenommen und nicht Knut dem Großen überlassen hatte.

Das Wohlwollen nahm noch zu, als hinter dem König eine junge Frau und ein kleiner Junge sichtbar wurden. Die Frau hatte ein rundes Gesicht und einen Schmollmund. Ihr Kleid war aus hellem, schillerndem Stoff; Hailvi von Rodarve sagte, das sei Seide, und sie wußte es, denn Rodair Rodmundsson hatte ihr aus Rußland einen Seidenstoff mitgebracht. Hailvi brachte es nicht übers Herz, aus ihrer Seide etwas zu nähen, sondern bewahrte sie in ihrer Truhe auf und zeigte sie dann und wann ihren Gästen.

Die junge Frau war Alfhild, die Nebenfrau des Königs, und der Knabe hieß Magnus. Er war der einzige Sohn König Olafs des Dikken und erst vier Jahre alt. Bei seiner Flucht hatte der König seine Frau, Königin Astrid, und seine Tochter Ulfhild in Schweden am Hof seines Schwagers, des Königs Anund, zurückgelassen. Das galt als kluges Verfahren: Der Sohn und Erbe würde in Nowgorod bei Fürst Jaroslaw in Sicherheit sein, und die Königin konnte in Schweden die Interessen von Olaf dem Dicken während dessen Abwesenheit wahren.

Suvivilja faßte Terhen im Hof von Rodarve fest bei der Hand.

»Er ist ein christlicher König. Ich muß mit ihm sprechen. Ich habe seit über einem Jahr keinen Christen gesehen.«

Terhen fand es gut, daß die Mutter mit Christen nichts mehr zu tun hatte. Terhen hatte schon geglaubt, Suvivilja habe ihren Gott vergessen, der alle anderen Götter und sogar die toten Verwandten verbot. Jetzt begriff sie, daß die Mutter sich die ganze Zeit insgeheim nach ihrem bösen Gott gesehnt hatte.

»All seine Leute sind getauft«, sagte eine leise Stimme hinter ihnen. Das war Rodvildi die Bucklige. Für Rodvildi wäre es zu anstrengend gewesen, den König anschauen zu gehen. Deshalb hatte man ihr jede Einzelheit genau erzählt. »Ein christlicher König hat keine Heiden in seinen Diensten.«

»Ich gehe nach Hejnum«, sagte Suvivilja entschlossen. »Und spreche mit dem König. Er hat auch einen Priester in seinem Gefolge. Ich habe die Vergebung der Sünden zuletzt von dem Sklavenpriester von Arantila bekommen.«

»Ich möchte auch mehr vom Christenglauben hören«, flüsterte Rodvildi. »Davon, wie die bösen Taten vergeben werden.«

»Das ist ganz leicht, wenn man getauft ist«, sagte Suvivilja selbstbewußt. »Man braucht nichts weiter zu tun, als alles dem Priester zu bekennen. Der Priester erzählt es niemandem weiter, er hat einen solchen Eid geschworen. Und wer würde außerdem schon einem Priester glauben. Dann lebt man einige Tage von Wasser und Brot. Das ist alles.«

»Einen solchen Segen brauchte ich«, seufzte Rodvildi.

»Was für eine Sünde könnte dich schon bedrücken?« Suviviljas Blick und ihre Stimme verrieten, daß sie der Buckligen nicht einmal eine ordentliche Sünde zutraute.

»Eine schrecklichere als du ahnst«, sagte Rodvildi leise.

Terhen biß sich auf die Lippe. Nicht genug damit, daß ihre Mutter nach ihrem stolzen Gott schmachtete. Sie hatte auch Rodvildi überredet, an diesen Gott zu glauben, der nicht bereit war, einer unter anderen zu sein, sondern behauptete, der einzige zu sein.

Den ganzen Herbst, Winter und Frühling hatte Terhen das getan, was der Zauberer ihr befohlen hatte: Sie hatte den Urgott immer bei sich gehabt, den Toten zu essen gebracht und dann und wann den Zauberer in der Unterwelt besucht. Sie fühlte sich wohl in Rodarve und nahm an, daß auch ihre Mutter sich wohl fühlen würde, wenn sie nur auf ihren Gott verzichtete und den Toten vertraute.

Aber die Mutter war selten fröhlich; meistens schalt und nörgelte sie. Den Priester und die Kirche erwähnte sie nie wieder. Rodair

Rodmundsson und Suvivilja sprachen nicht viel miteinander. Rodair begann sich für seinen kleinen Sohn Rodald zu interessieren, als es so aussah, daß Suvivilja nicht so leicht schwanger würde. Suvivilja war schon seit über einem Jahr Herrin auf Rodarve, erwartete aber immer noch kein Kind.

»Wie kommen wir nach Hejnum?« fragte Rodvildi. »Wir können nicht sagen, daß wir den König und den Priester hören wollen.«

Suvivilja verzog unglücklich den Mund. Terhen wollte ihre Mutter nicht traurig sehen. Sie haßte den christlichen König und seinen Priester, aber mehr noch war ihr das schrille Keifen der Mutter zuwider.

»Du kannst Rodgunn und Rodald zu ihrem Großvater bringen«, schlug Terhen vor.

»Die Kinder der Helga von Hejnum? Rodvildi, wir nehmen die Kinder und ein Pferd und machen uns auf den Weg nach Hejnum.«

Rodvildi wirkte ängstlich.

»Ich weiß nicht, was die Leute auf Hejnum denken … von Helga.«

Suvivilja zuckte die Achseln.

»Wer erinnert sich denn noch an sie.«

»Ich erinnere mich an sie«, sagte Rodvildi so leise, daß nur Terhen es hörte.

Für gewöhnlich hatte der norwegische König Olaf der Dicke seine Freude an der Gesellschaft von Menschen, an Bier, reichlichem Essen, Lärm, Gelächter, Schlägereien und den schmeichelnden Versen der Skalden. Im Hause Ormikas von Hejnum gab es Speise, Trank und Trubel, aber König Olaf war abwesend und schweigsam. Man störte ihn kaum; seine eigenen Leute verstanden seine Lage, und die Gotländer schätzten sein Schweigen mehr als seine Redseligkeit. Sie nahmen an, er habe große Gedanken und plane Kämpfe, um sein verlorenes Reich zurückzugewinnen.

Olaf von Norwegen dachte an nichts. Er war so müde, daß er kaum die Hand heben konnte.

Olaf der Dicke war fünfzehn Jahre lang König von Norwegen gewesen. Fünfzehn Jahre Mühe und Verantwortung, fünfzehn Jahre widerspenstige Landvögte und betrügerische Heiden. Fünfzehn

Jahre Bedrohung durch die Jarls der Provinz Lade, die mißtrauischen Einwohner von Tröndelag und hinter allem der große Schatten König Knuts von England.

König Olaf hatte Zucht und Ordnung unter den mächtigen Bauern von Norwegen geschaffen, von denen jeder einzelne sich einbildete, dem König ebenbürtig zu sein. Er hatte den Söhnen der Landvögte und Bauern, die in Norwegen wie in Feindesland wüteten, Arme und Hälse gebrochen. Und er hatte beschlossen, Norwegen zu einem ebenso mächtigen Reich wie England zu machen. Das war nur dann möglich, wenn er aus Norwegen ein christliches Land machte. Auch dafür hatte der König sein Bestes getan.

Nach Ansicht der Norweger war es die Aufgabe des Königs, sie zum Plündern in reiche Länder zu führen, und keineswegs, sie zu strafen und ihnen zu verbieten, daß sie sich prügelten. Für den Ruf des Königs war es nicht gut, daß er einem Gott diente, der sich demütig hatte ans Kreuz schlagen lassen. Aber unmöglich wurde es, als der König auch von seinen Mannen verlangte, sich vor Christus zu verneigen, der befohlen hatte, nicht zu töten. Was hätten die Norweger denn dann noch zu tun?

Trotz allem hielt man Olaf den Dicken so lange in Ehren, wie allgemein anerkannt wurde, daß er erfolgreich war, und zwar mehr als irgend jemand sonst. Er selbst schaffte es wieder und wieder, kleineren Aufruhr zu unterdrücken, die heimlichen Heiden zu überwachen, mächtige Männer zu besänftigen. Er konnte sich auch damit abfinden, daß seine Königin Astrid nur eine einzige lebende Tochter geboren hatte und überhaupt keinen Jungen.

»Was gedenkst du jetzt zu tun, König?«

Ormika von Hejnum hatte seinem Gast zwölf stattliche Böcke geschenkt. König Olaf hatte seinerseits Ormika eine Streitaxt mit breiter Klinge und zwei silberne Trinkschalen überreicht. Die Schalen waren jetzt in Gebrauch, in ihnen schäumte mit Hopfen gewürztes Bier. Das Bier war stark, so wie anscheinend alles hier auf Gotland: die Schiffe und der Handel, die Ernte vom Feld und die Nahrung aus dem Meer, Männer und Frauen. Alles war wohlhabend und stattlich. Die Menschen waren mit sich selbst zufrieden und vermehrten ihr Eigentum mit der stillen Sicherheit, die von jahrhundertealtem Reichtum herrührte. Das machte Olaf den Dikken noch trauriger.

»Ich segle nach Rußland. Ingegerd, die Schwester meiner Frau, ist dort Fürstin. Ihr Mann, Fürst Jaroslaw, hat immer sehr gern Normannen in seine Truppen aufgenommen.«

»Willst du bis ans Ende deines Lebens dort bleiben, König?« Olaf der Dicke seufzte, und sein Seufzer war voller Kummer und Überdruß.

»Ich hab mir alles Mögliche überlegt. Ich könnte mein Leben als frommer Mönch verbringen. In Fürst Jaroslaws Reich gibt es Klöster, und wenn sich dort kein Platz für mich findet, geh ich nach Konstantinopel.«

»König, viel weiß ich nicht von den Mönchen, nur das, was ich auf meinen Handelsreisen gehört habe. Aber es fällt mir schwer, dich als Mönch zu sehen«, sagte Ormika von Hejnum zweifelnd.

»Ich bin Krieger«, räumte König Olaf ein. »Ich habe auch daran gedacht, nach Jerusalem zu reisen. Dort könnte ich gegen die Ungläubigen kämpfen.«

Aber der Gedanke an Kampf bewirkte, daß der König sich noch erschöpfter fühlte. Sein dicklicher Körper schmerzte überall, und der Lärm in der Stube quälte seinen Kopf.

»Hast du nicht vor, nach Norwegen zurückzukehren?«

Der König schwieg lange. Und auch die anderen schwiegen, Olafs eigene Männer. Sie waren begeistert, als sie die Antwort des Königs hörten.

»Mein Glück hat sich gewendet«, sagte Olaf der Dicke schließlich langsam. »Ohne mein Glück kann ich nichts beschließen. Egal, welche Lösung ich mir auch vorstelle, immer scheint es mir, daß sie mich ins Unglück führt. Das beste wäre, alles Gott anzubefehlen.«

Das Haus Hejnum stöhnte auf wie aus einem Mund. Schrecklich war es, einen starken und berühmten Herrn so verzweifelt zu sehen.

»Amen«, sagte eine helle Frauenstimme.

Verblüfft blickte der König auf. Hejnum war ein heidnisches Haus, obwohl Ormika geneigt zu sein schien, sich die Predigten des Priesters Elfric anzuhören.

Aus der Schar der Gäste löste sich eine Frau. Sie war so schön, daß König Olaf aus seinen finsteren Überlegungen auffuhr; die Dinge standen niemals so schlecht, daß Olaf der Dicke nicht einen hohen Busen und einen langen Hals bewundert hätte.

»Bist du eine Christin, gute Frau?«

Die Frau schluchzte und sank vor dem König auf die Knie.

»Gnädiger Herr, ich bin Christin und lebe in einem heidnischen Hause. Herr, du hast einen Priester bei dir. Erbarme dich meiner! Laß mich mit deinem Priester sprechen!«

Ein hochgewachsener, dunkler Priester drängte sich vor. Er trug eine schwarze Kutte und auf der Brust einen kostbaren silbernen Anhänger in Form eines Kreuzes.

Im selben Augenblick kam eine Schar Männer zur Tür hereingepoltert, staubig und aufgeregt. Die Männer schubsten sich gegenseitig, um ihre Nachricht loszuwerden.

»König, König!«

Es waren Olafs eigene Männer und einige Gotländer. Als erster kam Botair von Akebäck, ein mächtiger Mann, der die erste Kirche auf Gotland gebaut und sie gleich darauf hatte brennen sehen.

»König Olaf, jetzt geht es aufwärts mit deinem Glück, denn wir haben einen deiner Feinde gefangengenommen. Im Handelshafen von Vi ist ein Schiff eingelaufen, dessen Führer behauptet, das Schiff habe früher dir gehört, König. Der Mann wartet jetzt dort draußen.«

Alle stürzten auf den Hof, so daß der König und Ormika fast umgerannt worden wären. Im Hof stand ein schmutziger Mann, barhäuptig und mit auf dem Rücken zusammengebundenen Händen.

»Wer bist du?«

»Das sag ich dir nicht, solange du nicht sagst, wer du bist.«

»Es ist recht und billig, daß du erfährst, wer dich in den Tod schickt. Ich bin König Olaf von Norwegen.«

»Mein Name ist Jokul, und ich stamme aus Island. Es wird dich interessieren zu erfahren, König, daß ich zur Zeit dein Schiff Visund führe. Ich habe es von Jarl Haakon bekommen.«

»Du führst kein Schiff mehr, Jokul.«

»Und du bist nicht mehr König, Olaf.«

»Dann sind wir gleichrangig, abgesehen davon, daß ich dich töten kann, du aber nicht mich.«

»Es soll so kommen, wie es kommen muß«, sagte der Mann ruhig. »Odins Rabe ist ja auch an meinem Schiff vorbeigeflogen am Ufer dieser elenden Insel.«

»Die Isländer sind Christen«, sagte König Olaf. Man sah, daß die Rede über Odin ihn erzürnte.

»Einige sind es, einige nicht.«

König Olaf nickte, und man zwang Jokul, sich auf den Boden zu setzen. Einer der Männer nahm Jokuls lange Haare und wand sie um einen Stock. Ein anderer hob seine Axt und schlug zu. Aber Jokul fuhr zusammen, als er die Klinge der Axt durch die Luft sausen hörte. Er schwenkte den Kopf, und die Axt hieb ein wenig daneben. Jokul bekam eine gewaltige Wunde am Kopf, aber er starb nicht sofort.

»Ich habe schon bequemer gesessen«, sagte Jokul, der verwundert wirkte, als das Blut auf seinen Henker spritzte. »Ich werde wohl verbluten. Aber denkt nicht, daß mein Mut damit verlorengeht.«

Jokul sank langsam auf die Seite. Er hatte noch die Kraft, König Olaf anzusehen.

»Du bist ein ziemlich unfreundlicher Mann, wenn man bedenkt, daß du ein so berühmter Kriegsheld bist.«

Endlich brachen Jokul die Augen.

Alles war schneller gegangen als das Leeren eines Bierkrugs. Im Hof von Hejnum erhob sich bewunderndes Raunen. Man fand, daß beide Männer ihre Sache gut gemacht hatten. Jokul hatte angesichts des sicheren Todes den König so schwer gekränkt, wie er nur konnte, und der König hatte die Schmähungen umgehend gerächt. Alle waren zufrieden: Man hatte unerwartet etwas Spannendes erlebt, und das würde für lange Zeit Gesprächsstoff bieten.

In der Herrenstube von Hejnum kauerte, gegen die Wand gelehnt, ein zartes Mädchen mit goldenen Zöpfen. Das Kind hatte die Arme um sich geschlungen und versuchte, seine Krämpfe zu bezwingen. In ihrem Kopf schäumte eine rote Flut, ein überwältigender Schwall. Es war unmöglich, ihn zu stillen. Es war der Strom der Unterwelt, ein reißender Fluß, an dessen jenseitigem Ufer das Totenreich wartete. Terhen die Blutstillerin lernte die Unausweichlichkeit des Todes.

Der Vorfall hatte König Olaf spürbar aufgemuntert. Das Glück hatte ihm einen Feind in die Hände gespielt. Er hatte, wie es seine Gewohnheit war, den Mann rasch und gnadenlos bestraft. Der König spürte die alte Kraft in sich aufflackern. Er wandte sich um und schritt energisch in das Haus Hejnum zurück.

»Laß uns dein gutes Bier trinken, Ormika. Und die Christenfrau soll vortreten, die um die Hilfe des Priesters gebeten hat.«

Die Frau stand da mit einem blassen kleinen Mädchen an der Hand. Sie hatte das Haupt hoch erhoben und sah dem König direkt in die Augen.

»Ich bin Suvivilja von Rodarve, gnädiger König.«

»Seltsamer Name.«

»Ich stamme aus Finnland.«

Olaf der Dicke schürzte die Lippen. Er wußte, wie es in Finnland war. Er war einmal mit seinem Schiff dort gewesen und erinnerte sich nicht gern daran. Damals war er ein junger Mann gewesen und auf einem Raubzug mit den Wikingern die Ostseeküsten entlanggesegelt.

Die finnische Küste hatte nur aus Wald bestanden. Die Einwohner hatten ihre Schätze fortgebracht und waren in die Wälder geflohen. Es hieß, die Finnen hätten die prachtvollsten Waffen im Ostseegebiet; die wollte Olaf erbeuten und machte sich deshalb daran, mit seinen Männern die Finnen zu verfolgen. Die zogen sich immer weiter in ihre Waldverstecke zurück. Als es Abend wurde, bemerkten die Norweger, daß sie sich an einer üblen Stelle, mitten im undurchdringlichen schwarzen Wald, befanden. Die Norweger waren Männer der Fjorde und der Berge, sie konnten die Wälder, die voller Geister und Trolle und überdies voller wütender Finnen waren, nicht besonders gut leiden.

Olaf trat mit seinen Männern den Rückweg an. Sie beeilten sich, ihre Schiffe zu erreichen, bevor es ganz dunkel wurde. Aber alles wurde nur immer schlimmer. Die Finnen begannen aus dem Walde heraus Pfeile abzuschießen, Speere zu werfen und sich mit ihren Schwertern auf die Wikinger zu stürzen. Sie töteten einen großen Teil von Olafs Männern mit genau den prächtigen Schwertern, die Olaf hatte rauben wollen.

Die erschrockenen Wikinger gelangten mit Mühe auf ihre Schiffe und ruderten nach Westen, um einen besseren Landeplatz zu finden. Aber die Finnen folgten den Schiffen am Ufer entlang, und Olaf wagte nicht mehr zu landen, denn er hatte schon zu viele Männer verloren.

Als wäre das nicht schon ärgerlich genug, ließen die Finnen auch noch einen starken, hohen Wellengang aufkommen. Die Mannschaft hatte alle Hände voll zu tun, um die Schiffe in der eigenartigen Kreuzsee vor dem Kentern zu bewahren. Die ältesten der Männer sagten verärgert, daß die Wikinger aus eben diesem Grunde die Küsten Finnlands nicht zu plündern pflegten und daß der junge Olaf Haraldsson jetzt vielleicht verstand, wohin man segeln konnte und wohin nicht.

Ja, an Finnland erinnerte sich König Olaf nicht gern. Die freudige Stimmung, die durch den Vorfall von vorhin aufgekommen war, ließ nach, und der König fühlte sich wieder todmüde. Aber hier war eine christliche Frau, die Rat und Trost brauchte.

»Mein Priester Elfric wird mit dir sprechen, Herrin. Ich möchte dich segnen.«

Die Frau kniete vor dem König nieder. Neben ihr stand ein bezaubernd schönes kleines Mädchen, ein zartgliedriges Wesen mit großen Augen. König Olaf betrachtete das Mädchen erstaunt: Die Augen des Kindes glühten vor unverhohlenem Haß.

Der König hob die Hand und schlug über der Frau das Kreuz. Das Kind kniete nicht und neigte nicht einmal das Haupt. Vielleicht war es zu jung, um den Segen zu verstehen.

»Dominus tecum, filia mea.«

Das Mädchen sagte etwas mit tiefer Stimme. Der König verstand nicht, was sie sagte. Aber den Ton verstand er sehr wohl. Das Kind verbannte den Segen des Königs. Olaf der Dicke schüttelte verwundert den Kopf. Wenn es sich um eine erwachsene Person gehandelt hätte, dann hätte er mit ihr ebenso kurzen Prozeß gemacht wie mit Jokul dem Isländer. Aber mit der Würde des Königs war es unvereinbar, auf Kindergeplapper einzugehen.

Die Nächte begannen schon dunkler zu werden, als König Olaf beschloß, seine Reise nach Rußland fortzusetzen. Er verabschiedete sich von Ormika von Hejnum, und zusammen mit seinem Segen ließ er den englischen Priester Elfric zurück, denn Ormika hatte beschlossen, zum Christentum überzutreten. Ormika brauchte den Priester mehr als König Olaf. In Rußland gab es viele Priester, während es auf Gotland überhaupt keinen gab.

Die Reise des Königs zum Hafen von Akergarn führte über das

Gut Rodarve. Der König beschloß, sich bei dieser Gelegenheit von den Leuten von Rodarve zu verabschieden und die Herrin Suvivilja zu segnen. Olaf der Dicke hatte Rodair von Rodarve kennengelernt und festgestellt, daß er ein großartiger Gefährte war. Zum Christentum überzutreten hatte Rodair noch nicht versprochen, aber König Olaf nahm an, daß die Bekehrung bei ihm einen guten Anfang genommen hatte und bald Ergebnisse zeitigen würde. Die Herrin des Hauses verehrte den Weißen Christus, und der ehemalige Schwiegervater Ormika von Hejnum war schon bekehrt. Freilich war der König sich nicht sicher, wie die Beziehungen zwischen Ormika und Rodair aussahen. Ormikas Tochter war, wie es hieß, in schändlicher Weise ihrem Mann davongelaufen; ein solches Verhalten einer Frau war nicht gerade geeignet, die Liebe zum Schwiegervater zu vergrößern.

Es war drückend heiß. Das Wik von Boge lag still da wie ein Bronzespiegel. Die Seeschwalben flitzten wie Weberschiffchen durch die schwere Luft. Unter seinem Leinenhemd, dem Seidengewand, der Lederweste und dem Panzerhemd war der König klitschnaß. Sein Kopf unter Helm und Mütze kochte, aber er wollte bei den Inselbewohnern einen nachhaltigen Eindruck hinterlassen und legte seine Ausrüstung nicht ab.

Die Leute von Rodarve standen vor den Speichern und auf den Treppen und starrten König Olaf an. Die Bewunderung der Gotlander vermochte den König noch zu erfreuen, der in seinem eigenen Reich so ganz anders behandelt worden war. Der König lächelte den Hausleuten freundlich zu und begrüßte Rodair Rodmundsson mit Handschlag. Dann wandte er sich an Suvivilja, um sie vor der Abfahrt zu segnen.

»Im Namen Gottes, gute Frau.«

Suvivilja schrie mit schrecklicher Stimme auf und warf sich dem König zu Füßen.

»Herr, nimm mich mit fort von hier! Gnädiger König, nimm mich mit nach Nowgorod zu christlichen Menschen! Erbarme dich!«

König Olaf blieb inmitten der Segnung der Mund offen stehen. Seine Lippen preßten sich zu einem drohenden Strich zusammen.

Die Frau brachte den König in eine unangenehme Lage. Eine Christin... Tatsächlich war es die Pflicht des christlichen Königs, der armen Frau zu helfen. Unter anderen Umständen hätte der

König ihr die Hand gereicht. Die Frau war so schön, daß er sie als Nebenfrau hätte nehmen können. Auch fruchtbar war sie, denn sie hatte eine Tochter.

Aber neben der Frau stand ihr Mann und wirkte gar nicht zufrieden. Nicht einmal der König – auch wenn er sein Reich noch gehabt hätte – hatte das Recht, eine Frau ihrem Ehemann wegzunehmen.

Außerdem konnte der König unmöglich mit einer entlaufenen Ehefrau in Rußland bei seiner Schwägerin Ingegerd und deren Mann, Fürst Jaroslaw, erscheinen. Beide waren für ihre Frömmigkeit berühmt und würden keinerlei Unsittlichkeit dulden. Fürst Jaroslaw billigte es nicht einmal, daß der König mehrere Frauen hatte, obwohl das bei den Königen des Nordens eine uralte Sitte war. König Olaf sah keinen Hinderungsgrund, mehrere Frauen zu haben, obwohl er Christ war.

Die Frau wimmerte am Boden, und für Olaf den Dicken war das außerordentlich peinlich. Hatte er nicht schon genug Ärger auch ohne verrückte Frauen? Der König bückte sich und zerrte Suvivilja auf die Beine.

»Frau, deine christliche Pflicht ist es, deinem Mann zu dienen und deine Kinder zu versorgen. In Hejnum ist ein Priester, falls du einen brauchst«, sagte der König kurz und stieß die Frau beiseite.

Suvivilja weinte mit lauter Stimme, bis die Frauen von Rodarve sie fortführten. König Olaf lächelte Rodair Rodmundsson schief zu.

»Mein Priester Elfric wird sich um die geistlichen Bedürfnisse deiner Frau kümmern.«

Rodair zuckte die Achseln. Er machte den Eindruck, sich beruhigt zu haben, nachdem der König so deutlich Suviviljas Verhalten mißbilligt hatte.

»Frauen haben ihre Launen. Ich kann meiner Frau wohl beibringen, ihre zu zügeln.«

»Du hast vor meinen eigenen Leuten Schande über mich gebracht. Und dabei haben nicht nur Leute von Rodarve zugesehen, sondern auch Leute von Hejnum.«

Rodairs Gesicht war fremd, sein Blick eiskalt.

»Bruder.«

Rodvildis Stimme war erstaunlich hell und stark. Rodair ließ die Hand sinken.

»Kommst du, um Gnade für deine Schwägerin zu erbitten? Sie hat sie nicht verdient.«

Rodvildi wurde nicht verabscheut und verspottet so wie die Verwachsenen sonst. Rodvildi hatte geschickte Hände, sie konnte Wunden verbinden, Splitter ziehen und müde Nacken massieren. Rodvildi war auch klug, und die Menschen wandten sich mit ihren Schwierigkeiten an sie; es war seltsam, daß die Bucklige, die niemals einen Mann und Kinder haben würde, die Handlungen und Gedanken der Menschen so gut verstand.

»Suvivilja ist eine jämmerliche Ehefrau. Sie schafft es nicht einmal, ein Kind zu bekommen.«

»Das weißt du noch nicht.«

»Ich habe jede Nacht mit ihr geschlafen, obwohl ich sie nicht mehr so heftig begehre wie früher.«

»Bruder, du selbst hast Suvivilja hierhergebracht. Du hast einen fürchterlichen Preis für sie bezahlt«, flüsterte Rodvildi.

»Aber Suvivilja ist immer launisch.«

»Du hast sie aus ihrem eigenen Hause fortgelockt. Du hast ihr einen Priester und eine Kirche versprochen. Es ist nicht Suviviljas Schuld, daß du dein Versprechen nicht gehalten hast.«

Rodair maulte.

»Es ist gut für das Haus, wenn die Hausherrin in Ehren gehalten wird. Die Sklaven werden unverschämt, wenn sie sehen, daß der Hausherr seine Frau verachtet. Willst du, daß die Sklaven dir nicht mehr gehorchen?«

»Soll Suvivilja sein, wie sie ist«, brummelte Rodair. »Aber nach Hejnum darf sie nicht gehen und nicht den Priester treffen. Die Reden der Christen haben sie außer Rand und Band gebracht.«

»Ich werde mich um Suvivilja kümmern«, sagte Rodvildi. »Du wirst ihr die Achtung erweisen, die der Herrin des Hauses gebührt. Es kann nicht sein, daß noch eine weitere Frau aus dem Haus verschwindet.«

Rodvildi sah ihren Bruder fest an. Rodair Rodmundsson erschauerte und wandte seinen Blick ab.

10. Kapitel

1029

Das Schiff von Rodarve lief Ende September in den Hafen von Vi ein, nachdem es bei gutem Wetter die Nordspitze von Gotland umrundet hatte. In der Hafenbucht lagen dicht bei dicht Schiffe nebeneinander, fast aufeinander. Es war die Zeit des großen Herbstopfers von Vi. Alle, die ihre Ernte eingebracht hatten, rüsteten sich zum Opfern, um im nächsten Jahr erfolgreich zu sein.

Das Opfern war freilich nicht der einzige Grund, warum die Leute nach Vi kamen. Neuigkeiten austauschen und sich sehen lassen waren ebenso wichtig. In Verbindung mit dem Opfer fand üblicherweise auch der große Gerichtstag statt, und natürlich wurde Handel getrieben.

Der Hafen von Vi war nicht nur zur Sommerzeit Handelsplatz. Dort wohnte man das ganze Jahr über: Die schwarzbraun geteerten Stabhäuser und die grauen Lehmhäuser liefen in Reihen die schmalen Gassen entlang von der Hafenbucht bis auf den hohen Uferhang hinauf. In den rauchigen Häusern von Vi wurden Schmuckstücke gegossen, Schwertklingen aus dem Frankenland an verzierten Griffen befestigt, Glasperlen hergestellt und zierliche Kämme aus Knochen geschnitzt. Vi war das große Zentrum der Insel. Dort mußte sich zeigen, wer seinen guten Ruf behalten wollte.

Rodair Rodmundsson von Rodarve konnte jetzt in Vi nicht fehlen. Über seine Familie waren böse Gerüchte im Umlauf, die seinem Handel vielleicht schaden würden. Deshalb hatte er Erwachsene und Kinder von Rodarve in ihrem besten Staat drall und gesund wie die Ferkel in das Schiff gesetzt, um zu zeigen, daß in dem blühenden Rodarve von Bogevik ungeachtet der Christusreden alles beim alten war.

Die alte Herrin Hailvi freute sich über die Reise. Der frische Seewind, die unerschütterliche Gestalt ihres ältesten Sohnes am Seitenruder und die Bündel und Truhen im Schiff, die vom Wohlstand sprachen, beruhigten ihre Gedanken, die nach der Abfahrt von Olaf dem Dicken irgendwie rastlos gewesen waren.

»Reich mir die Fische, Rodvildi.«

Die Bucklige hatte den Rost voll belegt, und der nächste Schwung Fische wartete darauf, an die Reihe zu kommen.

»Suvivilja, gib mir die Salzbüchse.«

Auf der Opferfahrt bereitete Hailvi das Essen für die Leute eigenhändig zu. Während der Schiffsreise wurde nur Fisch und Brot gegessen. Hailvi befestigte am Bugrand ein dreibeiniges eisernes Gestell, an dem ein Kessel herunterhing. Darin brannte ein Feuer; der Rauch wurde vom Rückenwind nach vorn geblasen und störte die Mannschaft nicht. Über dem Feuer lag der Rost mit den Proviantfischen. Wenn das Schiff schaukelte, hielt Hailvi den Kessel und den Rost mit einem Eisenhaken gerade, so daß die Fische nicht herunterfielen.

Suvivilja reichte der Schwiegermutter den Reisesalzbehälter von Rodarve. Es war eine schön bemalte Tonschale mit Deckel, die in einem Holzkästchen aufbewahrt wurde. Trotz der sorgfältigen Aufbewahrung klumpte das Salz zu dicken Brocken zusammen, von denen die notwendige Menge für das Essen abgeschabt wurde. Suvivilja war die Herrin von Rodarve; deshalb gehörte ihr der Salzbehälter – mehr hatte sie auch nicht.

Suvivilja war vielleicht schöner denn je, seit sie nach Rodarve gekommen war. Sie war schmal und blaß geworden wie ein Schwan. In ihrem weißen Kleid und dem blauen Überrock, mit ihren goldenen Haaren und dem Silberschmuck wirkte Suvivilja von Rodarve mehr wie ein von den Göttern gesandter Geist als eine stattliche Herrin eines großen Kaufmannshauses.

Rodair Rodmundsson behielt seine Frau wegen ihrer Schönheit und seiner Begierde bei sich. Ein anderer hätte die Frau verjagt, die darum gebeten hatte, mit einem christlichen König auf die Reise gehen zu dürfen, aber Rodair begehrte Suvivilja ebensosehr wie er sie haßte.

Am Ufer der Hafenbucht von Vi hatte es den Anschein, als wüßte niemand vom Glauben der Herrin von Rodarve oder als wäre das den Leuten zumindest gleichgültig. Man bewunderte Suviviljas Schönheit. Rodair Rodmundsson, dessen Stimmung von den Reden der Leute abhing, lächelte stolz und führte Suvivilja wie eine Trophäe den Gästen vor.

»Habt ihr sie schon gesehen?«

Rodair begriff zunächst nicht, was der Mann meinte, und sah seine Frau erstaunt an. Dann lachte er. Sein Lachen war freundlich und ansteckend, darauf verstand er sich gut.

»Wahrscheinlich, denn ich habe schon so viele verschiedene Dinge gesehen«, witzelte Rodair. »Oder kann es in Vi etwas geben, das mir neu ist?«

Der Mann, dem der Sinn nach Unterhaltung stand, ein Bauer aus dem im Süden gelegenen Ardre, sah Rodair Rodmundsson schief an.

»Aber ja doch, und besonders interessant ist das für deine Frau – falls ich richtig gehört habe.«

Rodair schwante etwas. Er sah sich genauer um, sah den Hafenspeicher, den hohen Felsen des Uferhangs. Die Menschen eilten unter lautem Stimmengewirr den Berg hinab; der Opferhof und die Gerichtsstätte lagen unterhalb des Felshangs über dem Hafen.

Aber die Leute waren erregt. Wie weggeblasen waren die Gemütlichkeit des Plauderns und des Feilschens. Viele wirkten zornig.

»Gehen wir«, sagte Rodair zu seinen Leuten.

Auf der einen Seite des Gerichtsplatzes, fast gegenüber dem Opferhof, war ein neues Gebäude entstanden, ebenso groß wie der Opferhof, und es sah auch fast genauso aus, ein kleines Stabhaus mit steilem First. Aber auf dem First des neuen Gebäudes ragte ein hölzernes Kreuz auf. Das Holz war noch ganz neu und leuchtete im Schein der Herbstsonne heller als der rot angestrichene Drachenkopf des Opferhofs.

»Das ist doch wieder das Werk von Botair von Akebäck«, stieß Rodair Rodmundsson zwischen den Zähnen hervor.

»Er hat an der heiligen Stätte eine Kirche gebaut!« zischte Hailvi.

Auf dem Gerichtsplatz hatte sich viel Volks versammelt. Die Leute machten ungewöhnlich viel Lärm; im allgemeinen waren die Gotländer besonnene Leute, die sich nicht so leicht aus der Ruhe bringen ließen. Wie von selbst bildeten sich zwei Parteien. Die einen standen in Grüppchen vor dem alten Opferhof, die anderen verteidigten die neue Kirche. Die Kirchenschützer waren deutlich in der Minderzahl. Unter ihnen befand sich auch Ormika von Hejnum, der frühere Schwiegervater von Rodair Rodmundsson.

»Am besten wäre es, auch die da zu verbrennen«, sagte Rodair von Rodarve fast sorglos. »Ich glaube nicht, daß Odin einen solchen Nachbarn mag.«

»Odin, Odin!«

»Botair von Akebäck bildet sich ein, etwas Besseres zu sein als die anderen. Er denkt, er kann tun, was er will.«

»Verbrennt die Kirche!«

»Verbrennt Botair zusammen mit der Kirche!«

»Das könnt ihr ruhig tun!« erschallte eine Stimme über den Köpfen der Leute vom Dach der Kirche herab. Auf dem Dachfirst stand ein hochgewachsener Mann und lehnte sich gegen das Kreuz.

Rodair Rodmundsson fletschte die Zähne wie ein Wolf.

»Botair versucht, seinen Gott zu schützen.«

»Er ist bereit, sein Leben für den Weißen Christus zu opfern«, sagte eine leise Stimme hinter Rodairs Ellbogen. Rodvildi die Bucklige starrte verzückt auf das Kreuz und den Mann.

»Er wird schon herunterkommen, wenn erst die Flammen ihm die Zehen lecken«, sagte die alte Herrin Hailvi giftig.

Rodair Rodmundsson verzog den Mund. Es war etwas anderes, ein lumpiges Haus oder einen der geachtetsten Bauern der Insel zu verbrennen.

»Leute! Hört mal her! Es schickt sich nicht, an einer heiligen Stätte Haß und Gewalt zu schüren!«

Zwischen die beiden Gruppen, die einander beschimpften, trat ein Mann, eher klein als groß, stämmig, von würdigem Gang und Aussehen. Die Schreihälse verstummten. Es war Likair, der Richter und Wortführer des Gerichtstages und der mächtigste Mann auf Gotland.

»Hier ist ein Gast, und ich möchte, daß ihr seine Rede anhört. Wir beschließen, was wir tun, wenn er sein Wort gesprochen hat.«

Jemand murrte, aber Likairs Rede wurde kaum unterbrochen. Neben Likair trat ein Mann, seinem Äußeren nach Seemann, und reich gekleidet.

»Mein Name ist Geirmund Gellirsson, und ich stamme aus Krossavik in Island. Ich werde euch jetzt erzählen, wie wir es in Island mit dem Christenglauben gemacht haben.«

»Kein Isländer kann der Gelegenheit widerstehen, die eigene Stimme zu hören«, brummte Rodair Rodmundsson.

»Zur Zeit von Olaf Tryggvason stand Island kurz vor einem Krieg zwischen Christen und Heiden. Aber man übergab die Sache beim Gerichtstag einem einzigen Mann zur Entscheidung, und das war Thorgeir der Gesetzesleser, der ein Heide war und der weiseste Mann von Island. Einen Tag und eine Nacht bedachte Thorgeir unter seinem Umhang die Sache, und niemand durfte mit ihm sprechen.«

Unmittelbar nachdem er begonnen hatte, bekam der Isländer den bekannten Rhythmus des Geschichtenerzählers in seine Stimme. Das verzauberte die Menschen, dämpfte ihre Leidenschaft und versetzte die Zuhörer in das Gefühl weichen Wohlbehagens.

»Nach der Nacht kam der Morgen, und das war der 24. Juni, der Mittsommertag. In Thingvellir, wo sich unser Gericht versammelt, warteten viertausend Menschen schweigend auf die Entscheidung von Thorgeir dem Gesetzesleser.«

So warteten auch die Gotländer vor der Kirche von Vi und dem Opferhof.

»Thorgeir der Gesetzesleser beschloß, daß die Isländer von diesem Tag an Christen seien und einem einzigen Gott gehorchen sollten. Niemand durfte mehr den Asen dienen, Kinder aussetzen und Pferdefleisch essen, es sei denn, heimlich.«

Die Zuhörer seufzten schwer.

»Das geschah an demselben Tag, an dem ich geboren wurde. Das ist jetzt neunundzwanzig Jahre her. Ihr seht, daß ich kein armer Mann bin, und ihr wißt, daß Island blüht und gedeiht. Wir hatten von Christus keinerlei Nachteil. Er war uns gnädiger als der alte, launische Odin, denn Christus ist ein gutmütiger Gott und immer bereit zu helfen. Ich bin jetzt unterwegs, um am Grabe Christi in der heiligen Stadt Jerusalem zu beten. Ich nehme an, daß mein Glück sich durch diese Reise noch bedeutend vermehren wird.«

Jemand nickte verständnisvoll. Man besänftigte ja auch die Toten an ihren Gräbern.

»Auch Gotland ist eine Insel«, sagte Likair bedeutungsvoll.

»Wer wird mit euch Handel treiben, wenn alle anderen schon Christen sind?« fragte Geirmund Gellirsson aus Krossavik.

Ratlos traten die Leute von einem Bein aufs andere.

»Wie es heißt, findet Fürst Jaroslaw von Rußland es befremdlich, daß die heidnischen Gotländer in seine christlichen Städte gesegelt kommen«, sagte Geirmund Gellirsson unheilverkündend.

In der Menge entstand Bewegung. Jemand fragte, ob es im Schiff des Isländers auch für einen Gotländer Platz gebe, damit er in die heilige Stadt Jerusalem mitreisen könne.

Rodair Rodmundsson blickte zur Seite. Suvivilja hatte die Hand zum Kirchendach hin ausgestreckt.

»Auf deinen Platz, Frau.«

Suvivilja hörte nicht, wie ihr Mann sie anschnauzte. Eine andere Frau hinter ihr schob sie vorwärts. Rodvildi die Bucklige schubste Suvivilja vor sich her quer über den Platz, bis beide Frauen von Rodarve bei den Kirchenverteidigern standen.

»Lassen wir Likair beschließen«, sagte jemand. »Likair ist Richter und der weiseste Mann von Gotland.«

»Likair von Gotland ist mindestens ebenso klug wie Thorgeir der Gesetzesleser von Island!«

»Likair, entscheide! Entscheide du!«

Likair hatte schon entschieden – er hatte entschieden, als er seinem Schwiegersohn Botair von Akebäck erlaubte, seine Kirche auf dem Gerichtsplatz von Vi zu erbauen, und als er den isländischen Schiffer am Tag des Herbstopfers nach Vi brachte.

Terhen von Arantila – das Mädchen wurde niemals Terhen von Rodarve genannt – ging mit den Kindern der Helga von Hejnum die Toten von Rodarve besuchen. Terhen meinte, das sei nötig; die Toten liefen Gefahr, ihre Opfer und ihre Freunde zu verlieren, obwohl im Hause Rodarve Christus nicht eigentlich verehrt wurde.

Nach dem Beschluß, der in Vi an der Westküste gefaßt worden war, galt Christus als der wichtigste Gott von Gotland. Die Verehrung der Asen wurde nicht eigentlich verboten, wenn deshalb nur keine Schlägerei begonnen wurde. Über die Toten war nichts gesagt worden; ihre Verehrung war Sache jeder einzelnen Familie.

Den Götterhain mußte man fast heimlich aufsuchen. Der Hausherr Rodair Rodmundsson hielt es für entwürdigend, sich irgendwohin zu schleichen. Die alte Herrin Hailvi war so erschüttert, daß sie nur auf der Pritsche lag und seufzte. Suvivilja und Rodvildi waren Christinnen. Es war niemand mehr übrig außer den Kindern Rodgunn und Rodald.

Die Bäume wurden schon gelb. Das geheimnisvolle, grünliche Licht des von der Steinmauer umgebenen Hains war zu einem hellen Schein geworden. Terhen verneigte sich vor den Holzstandbildern und ließ auch die Kleinen das tun.

»So müßt ihr es immer machen, wenn ihr hierher kommt.«

Terhen brach ein Stückchen Brot ab und gab Rodgunn und Rodald etwas davon.

»Steckt euer Brot in die Mauerlöcher. Das ist ein Totenopfer.«

Die sechsjährige Rodgunn folgte feierlich dem Beispiel der neunjährigen Terhen.

»Für Mutter? Darf auch Mutter kommen und von diesem Brot essen?«

»Wenn sie tot ist«, antwortete Terhen. »Die Lebenden dürfen das Brot der Toten nicht anrühren. Eure Mutter ist mit den Schiffen nach Osten gefahren.«

»Mutter ist tot«, sagte der vierjährige Rodald deutlich.

»Woher weißt du das?«

»Mutter ist eine Leiche«, erklärte Rodgunn.

Terhen sah die Kinder erstaunt an. Sie sahen ihrem Vater Rodair nicht ähnlich: Bei beiden zeigten sich stark die kantigen Züge der Leute von Hejnum. Die Kinder sahen einander an. Plötzlich sagte Rodgunn: »Komm, wir zeigen sie dir.«

Die Kinder schritten zielstrebig nach Südwesten. Zuerst folgten sie einem Pfad, der von Bogevik quer über die Insel nach Vi führte, bogen dann aber nach rechts direkt in den Wald ab. Sie bewegten sich so sicher, daß Terhen vermutete, sie folgten einem wohlbekannten Weg.

Der Weg war weit, aber die Kinder gingen erstaunlich schnell. Sie waren irgendwie anders geworden, wie Erwachsene. So als spielten sie zu Hause die stillen, ein wenig dummen Blagen der Helga von Hejnum, damit niemand bemerkte, wie sie in Wirklichkeit waren: entschlossen, zäh und selbstbewußt.

»Hierher.«

Hier und dort wuchsen kleine Fichten. Der Sumpf war herbstlich öde und still.

»Ich zeige dir unsere Mutter.«

Die Haare waren über eine Sumpfbülte gebreitet. Sie waren rötlich, lang und glatt. Rodgunn holte einen zweiseitigen Kamm aus Knochen hervor. Rodair Rodmundsson hatte ihn in Vi seiner Tochter als Geschenk gekauft.

»Ich habe Vater um einen solchen Kamm gebeten, damit ich Mutter ordentlich die Haare kämmen kann.«

Das Mädchen nahm ein Haarbüschel in die Hand und zog den Kamm mit äußerster Vorsicht hindurch.

»Wenn man zu stark zieht, gehen sie aus«, erklärte Rodgunn.

Ein Teil der Haare war auch ausgegangen. Man sah im Sumpf die helle Oberfläche des Schädels.

Terhen kniete nieder und sah genauer hin.

»Helga von Hejnum.«

Rodald nickte mit Nachdruck.

»Meine Mutter. Vater hat sie hierhergebracht.«

»Wir haben gesehen, wie Vater die Mutter in den Sumpf geschoben hat. Später sagte er, wir würden eine bessere Mutter bekommen. Dann kam Frau Suvivilja.«

Helga von Hejnum stand im Sumpf, den Kopf zwischen Moosblüten. Rodair Rodmundsson hatte seine Frau vielleicht tief versenkt, aber der Winter war kälter als gewöhnlich, und der Sumpf war zugefroren. Das Wintereis und der Bodenfrost des Frühjahrs hatten die Leiche hochgedrückt. Die Kinder hatten dafür gesorgt, daß die Haare der Toten auf dem Moos ausgebreitet dalagen. Etwas anderes war nicht zu sehen.

Die Kinder kauerten sich am Sumpf nieder. Ringsumher lastete eine schwere Stille, die Wolken hingen so tief, daß sie den nassen Erdboden berührten.

Terhen trieb durch die düsteren Kammern des Totenreichs. Leere. Der Zauberer...

Terhen schaffte es nicht bis zu dem freudigen Talpia. Die Reise war schwer. Der Zauberer trieb in dem grauen Wasser. Er schlief. Terhen wagte es nicht, ihn zu berühren, sondern wandte sich zurück. Sie wußte nicht, wo sie suchen sollte. Das dunkle Wasser bedrückte sie.

»Ich finde sie nicht...«

Die Kinder blickten auf. Terhen verstand, daß sie Helga von Hejnum nicht finden konnte. Helga war nicht ihre eigene Tote. Diejenigen, die gegen ihren Willen gestorben waren, wollten vielleicht gar nicht die Lebenden treffen.

»Kommt. Wir müssen zurückgehen.«

Suvivilja von Rodarve beendete ihr Mahl. Sie hatte gekochten, mit Fett übergossen Hecht gegessen, ein Ei und Nüsse. Das war die Mahlzeit der Herrschaft; Diener und Sklaven bekamen Brei aus Gerste oder Erbsenmehl.

Auch Rodair Rodmundsson hatte eine köstliche Mahlzeit eingenommen, aber das schien seine üble Laune nicht zu bessern. Früher hätte Rodair von Rodarve mit lauter Stimme das gute und reichliche Essen gelobt. Jetzt hockte er schweigsam in seinem Hausherrenstuhl und schaute mißmutig unter seinen Augenbrauen hervor.

Suvivilja hatte zwei Tage lang nicht gesprochen. Warum hätte sie es auch tun sollen? Ihr Mann war unterlegen, der Weiße Christus hatte gesiegt – also hatte Suvivilja gesiegt, so wie ihr das auch in Arantila gelungen war. Morgen würde sie anfangen, von der Kirche zu sprechen. Wenn sie ihrem Mann gegenüber lange genug quengelte, würde sie ihren Willen durchsetzen. Suvivilja hatte recht gehabt, als sie verlangte, daß Rodarve sich bekehren und ein christliches Haus werden sollte.

Suvivilja grollte, wenn sie an den vergangenen Winter dachte. Damals hatte sie es nicht gewagt, von Christus zu sprechen: Der neue Gott hatte Rodair so nervös gemacht, daß er Suvivilja geschlagen hatte. An so etwas war sie nicht gewöhnt. Wer hätte sie in Arantila gestraft, wenn Ari Fernfuß nicht da war?

Dann kam König Olaf der Dicke – ein echter christlicher König mit Priester und allem Drum und Dran. Gut, daß der König sich geweigert hatte, Suvivilja mitzunehmen. Was hätte sie dargestellt, wenn sie dem König nach Rußland gefolgt wäre? Eine elende Bettlerin in irgendeinem Winkel bei Fürst Jaroslaw. Statt dessen war Suvivilja Herrin in einem großen Hause, das bald eine eigene Kirche und einen Priester haben würde, der die Messe feierte.

Suvivilja richtete den Blick auf ihren Mann. Bisweilen verstand sie, daß Rodairs Haß gefährlich sein konnte. Aber daran zu denken hatte keinen Sinn. Rodair war eigentlich ein unbedeutender Mann. Seine Fröhlichkeit und seine Neigung zu Späßen waren eine Maske, hinter der er seine kindische Launenhaftigkeit verbarg. Rodair hatte versprochen, eine Kirche zu bauen, und das würde er jetzt tun müssen. Es war richtig, daß seine Unehrlichkeit vor den Freunden offenbar geworden war.

Jetzt mußte man einen demütigen Priester finden, am besten einen, den man lange hatte hungern lassen. Dann würde in Rodarve alles so sein, wie Suvivilja und Christus es wollten.

Die Tür knallte, und von der Feuerstelle stob ein Schwall Rauch ins Zimmer. Suvivilja sah mit gerunzelten Brauen auf: Terhen und die Kinder der Helga von Hejnum. Sie kamen selten ins Haupthaus.

Terhen wirkte erregt. Ihre Wangen waren gerötet, ihre Lippen bebten und sie trat ganz nahe vor ihre Mutter und ihren Stiefvater hin. Im allgemeinen hielt das Mädchen sich fern, ein blasser Geist im Winkel, der keine Mühe machte – man konnte sie leicht vergessen.

»Helga von Hejnum läßt grüßen!«

Terhen sagte es mit lauter Stimme. Alle horchten auf. Hailvi setzte sich auf ihrer Pritsche auf, und Rodvildi kam neben ihren Bruder gehinkt.

»Ist Helga zurückgekehrt?« fragte Suvivilja interessiert. »Hat die Seemannsbraut genug bekommen?«

»Nein«, Terhens Stimme zitterte. »Sie ist nicht zurückgekehrt. Sie ist immer noch dort, wo Rodair sie versenkt hat.«

In der Stube wurde es totenstill. Rodair Rodmundsson starrte die drei Kinder an.

»Rodgunn und Rodald haben für ihre Mutter gesorgt.«

Terhen streckte die Hand aus und öffnete die Faust. Darin hatte sie lange, rötliche Haarsträhnen.

Die Stille dröhnte in den Ohren. Suvivilja wandte langsam den Kopf und sah sich um. Hailvi begegnete ausdruckslos ihrem Blick. Rodvildi schlug die Augen nieder. Suvivilja verstand, daß alle es wußten. Sie hatten es die ganze Zeit gewußt, oder zumindest vermutet.

»Rodvildi?«

Die Bucklige schlug die Hände vor das Gesicht.

»Die Ehre der Familie?«

Suvivilja sah ihren Mann an. Nichts war mehr übrig von dem

gutmütigen Rodair Rodmundsson, dem angenehmen Mann, der alles, was er wollte, so leicht und ohne Anstrengung bekam. Zum erstenmal in ihrem Leben verspürte Suvivilja wirkliche Angst.

Rodair Rodmundsson stand von seinem Stuhl auf. Er war nicht zornig – das wäre weniger schrecklich gewesen. Sein Gesicht drückte eher Überdruß aus.

»Du hast deine erste Frau umgebracht«, flüsterte Suvivilja. Rodair zuckte die Achseln.

»Du wirst wohl auch mich noch töten!«

Suviviljas Stimme steigerte sich zu einem Schrei. Er erstickte, als Rodairs Hände ihren Hals umschlossen.

Terhen stürzte sich lautlos auf die Beine ihres Stiefvaters. Sie schlug die Zähne in Rodairs Hüfte, schaffte es aber nicht, durch das dicke Wollgewand hindurch zu beißen. Niemand sonst rührte sich.

Rodair Rodmundsson ließ Suviviljas schlaffen Körper auf den Erdboden gleiten. Er schüttelte Terhen von sich ab.

Rodvildi sank auf die Knie und weinte.

»Helgas Leiche muß woanders hingebracht und neu versteckt werden«, sagte Rodair kalt. »Sie muß so tief vergraben werden, daß sie niemals gefunden wird. Niemand glaubt den Worten der Kinder, wenn die Leiche nicht gefunden wird.«

»Jetzt gibt es noch eine zweite Leiche, mein Sohn. Du wirst den Leuten kaum einreden können, daß dir zwei Frauen davongelaufen sind.«

Rodair sah seine Mutter nachdenklich an.

»Nein. Ich habe Suvivilja getötet. Ich werde das zunächst Ormika und dann Likair mitteilen.«

»Dann mußt du einen Grund haben.«

»Ich habe einen«, sagte Rodair schlau. »Einen Grund, den alle verstehen.«

»Und die da?« wies Hailvi auf Terhen, die neben der Leiche ihrer Mutter kauerte.

»Die verkaufe ich als Sklavin auf dem Ostweg, sobald sich die Gelegenheit dazu bietet.«

Gudmund der Kaufmann schämte sich fast, als er das Ufer von Bogevik hinauf und auf das Haus Rodarve zuging. Schickte es sich denn für einen ehrenwerten Kaufmann, der Frau eines anderen Mannes nachzulaufen?

Aber darum ging es ja nicht. Gudmund machte einen Besuch, um zu erfahren, wie es der Witwe seines Geschäftsfreundes ging – da er zufällig durch diese Gewässer segelte. Seit Ari Fernfuß' Tod waren mehr als zwei Jahre vergangen. Suvivilja von Arantila war seit fast anderthalb Jahren Herrin auf Rodarve.

Außerdem trieben die Gotländer Handel. Es war nur natürlich, daß ein Kaufmann, der vom Ostweg über die Düna in den Mälaren segelte, in Gotland anlegte. So machten es alle.

Rodair Rodmundsson freute sich, als er seinen alten Freund in Boge sah. Gudmund der Kaufmann hielt Rodair nach einer einzigen Begegnung nicht für einen alten Freund, aber das sagte er nicht.

»Hoffentlich hast du jetzt mehr Zeit als bei unserer letzten Begegnung, Gudmund.«

Gudmund schüttelte den Kopf. Jeder Inselbewohner wußte, daß die Herbststürme unmittelbar bevorstanden und daß es für alle Seefahrer das klügste war, ihre Fracht an Land zu bringen.

»Ich habe Waren, die dich vielleicht interessieren, Rodair.«

»Die Sachen vom Ostweg interessieren mich immer«, sagte Rodair Rodmundsson höflich. »Trinken wir ein Bier.«

Gudmund der Kaufmann schenkte Rodair ein rundes Trinkglas mit ebenem Boden. Seitlich waren in das Glas Darstellungen von Blumen und Vögeln eingeritzt, die mit Silbermasse ausgelegt waren. Das Glas war in Konstantinopel hergestellt und erregte im Herrenhaus von Rodarve großes Entzücken. Rodair schenkte Gudmund einen Gürtel, an dem drei bronzegeschmückte Riemen herunterhingen. Nach dem Austausch der Geschenke ging man zu den Geschäften über. Rodair kaufte von Gudmund dem Kaufmann Farben. In Rodarve gab es einen kleinen Glasofen, in dem farbige Glasperlen hergestellt wurden. Rodair bezahlte seine Einkäufe mit Silber. Gudmund kaufte für seinen eigenen Bedarf Dörrfisch und getrocknete Erbsen.

Die ganze Zeit über folgte Gudmund der Kaufmann mit seinem Blick den Leuten, die aus und ein gingen. Schließlich mußte er fragen.

»Und deine Frau? Wie geht es Suvivilja von Arantila?«

Rodairs freundliches Gesicht erstarrte und wurde ausdruckslos. »Es geht ihr überhaupt nicht.«

Gudmund der Kaufmann neigte fragend das Haupt.

»Suvivilja ist tot. Ich habe sie getötet.«

Gudmund ächzte überrascht.

»Meine Frau hat mit Olaf dem Dicken geschlafen. Mit dem Mann, der König von Norwegen war, bis die Norweger genug von ihm hatten. Suvivilja wollte mit Olaf dem Dicken nach Rußland gehen, aber der König wollte sie nicht mitnehmen.«

Gudmund der Kaufmann schüttelte entsetzt den Kopf.

»Ich habe die Nachbarn von der Tötung in Kenntnis gesetzt und auch Likair, der Vorsteher des Gerichts ist.«

Darauf konnte Gudmund nichts erwidern. Rodair hatte so gehandelt, wie man es von einem Ehemann erwartete: Er hatte seine treulose Ehefrau getötet und das dem Gericht mitgeteilt, damit es die Geldstrafe festsetzte.

Gudmund ließ sich schwer auf der Bank nieder.

»Das tut mir leid.«

»Mir auch« sagte Rodair Rodmundsson. »Reden wir nicht mehr darüber. Suvivilja hat dem Haus Rodarve keine Ehre gemacht.«

Gudmund dem Kaufmann fiel etwas ein. »Und das Kind? Die kleine Tochter von Ari Fernfuß und Suvivilja?«

Rodair Rodmundsson zuckte die Achseln.

»Die ist hier irgendwo.«

»Ich möchte mit ihr sprechen, wenn du nichts dagegen hast.«

»Du kannst es versuchen, aber es wird dir nicht gelingen. Seit dem Tod ihrer Mutter ist das Mädchen stumm. – Holt Terhen her!«

Es dauerte eine Weile, bevor das Mädchen kam. Ihr Haar war hübsch gekämmt, und sie hatte so saubere Kleider an, daß man sie ihr bestimmt gerade erst angezogen hatte. Ihr Gesicht war dreieckig, die Wangenknochen hoch und die Augen strahlend blau wie die ihrer Mutter, aber Brauen und Wimpern waren dicht und hell wie die von Ari Fernfuß.

Gudmund der Kaufmann seufzte.

»Armes Kind.«

Das Mädchen kam ganz nahe zu Gudmund heran, gab ihm die Hand und öffnete hilflos den Mund. Gudmund tätschelte dem

Mädchen mitleidig die Wange. Zufällig fiel sein Blick auf Rodair Rodmundsson.

Rodair starrte Terhen mit einem seltsamen Ausdruck im Gesicht an. Rodair von Rodarve war zufrieden, daß seine Stieftochter nicht sprechen konnte. Terhens Augen in dem kleinen Gesichtchen waren weit aufgerissen.

Hier stimmte irgend etwas nicht.

Gudmund der Kaufmann hatte Rodair Rodmundsson schon in Arantila für einen unzuverlässigen Mann gehalten. Rodair war allzu einnehmend, so höflich, daß man sein Wesen nicht durchschaute.

Aber viel konnte man nicht machen, wenn bei Suviviljas Tod in der vom Gesetz vorgesehenen Weise verfahren worden war. Gudmund wurde unsicher. Dann lächelte er plötzlich. Ein Geschäft konnte man in jedem Fall machen.

»Das Mädchen wird ja wohl zu nichts taugen? Sie wirkt dumm. Und ist auch noch stumm. Für dich kann es schwierig werden, sie zu verheiraten, wenn es so weit ist.«

»Ich habe nicht daran gedacht, das Mädchen zu verheiraten. Ich verkaufe sie an einen Händler auf dem Ostweg. Die Sarazenen von Särkland zahlen eine Menge für ein blondes Mädchen.«

Rodair sah seinen Gast fest an. Gudmund der Kaufmann verstand, daß Rodair auf ein Angebot von ihm wartete. Er schluckte seinen Widerwillen herunter. Hatte er doch auch selbst Sklaven geraubt und verkauft. Aber es gereichte einem freien, wohlhabenden Mann nicht zur Ehre, wenn er die Tochter einer freien Frau verkaufte, die noch zudem seine Stieftochter war.

Hier in Schweden an der Ostküste waren Sklaven teurer als weiter westlich in Norwegen. Gudmund beschloß, einen guten Preis zu bieten.

»Silber«, murmelte Gudmund. »Möchtest du Dirhams? Ich habe einige, obwohl sie allmählich knapp werden.«

»Ich will einen Halsring«, verlangte Rodair Rodmundsson. »Abgewogen. Und denk daran, daß sie Jungfrau ist.«

Gudmund der Kaufmann zwang sich zu einem Lächeln.

»Eine stumme Jungfrau. Vielleicht möchte jemand eine stille Magd«, sagte er und holte einen dicken silbernen Halsring hervor. Die Frauen der Tschuden und der Wenden hatten solche Halsringe gern, aber Finnen und Schweden verwendeten sie nicht. Die Ringe ließen sich jedoch gut transportieren, und man konnte leicht von ihnen die notwendige Menge Silber abbrechen. Gudmund der Kaufmann hatte selbst eine Waage, und Rodair Rodmundsson eine andere. Die vereinbarte Menge Silber im Gewicht von etwa fünf Eiern wurde mit beiden Waagen abgewogen.

Gudmund der Kaufmann wußte, daß er zu viel bezahlte für das armselige Mädchen, das nicht einmal so aussah, als würde es lange leben. Aber Ari Fernfuß hatte Gudmund das Leben gerettet und war dabei umgekommen. Gudmund der Kaufmann war seiner Tochter mehr schuldig als ein Stückchen Silber.

VIERTES BUCH

1029–1030

11. Kapitel

1029

»Es wird Zeit, daß wir für dich eine Frau suchen, mein Sohn.«

Thorstein der Mächtige, Oberrichter der Roslagener Inseln, bemühte sich, seine Stimme sorglos klingen zu lassen. Aber seine Stirn lag in Falten, als er seinen einzigen Sohn ansah.

»Herr, ich bin erst fünfzehn Jahre alt«, sagte Eirik der Starke. Die grauen Augen reagierten auf das finstere Starren des Vaters mit einem freundlichen Blick. »Mir wächst noch nicht einmal ein Bart.«

»Du brauchst nicht gleich anfangen, Kinder zu zeugen«, brummte der Oberrichter. »Obwohl das auch nicht übel wäre.«

Der Oberrichter versank in Gedanken und beobachtete das Lodern der Flammen in der viereckigen, mit Steinen eingefaßten Feuergrube des Oberrichterhauses.

»Das Geschlecht stirbt aus«, sagte er dann schwer. »In jeder Hinsicht hatte ich Glück außer in dieser. Ich kann wohl sagen, daß kaum ein anderer Mann in Svetiod so viel Glück hatte wie ich.«

Eirik der Starke saß auf der Pritsche und wirkte noch dummer als sonst. Seine gewaltigen Pranken ruhten auf den Knien wie Steinbrocken. Er war barhäuptig, und sein rotes Haar ragte wild nach allen Seiten.

Oberrichter Thorstein hob die Hand und strich sich über seine eigenen blonden Jarlslocken. Wie war es möglich, daß der Sohn, dessen Eltern vornehm blond und blauäugig waren, rotes Haar und graue Augen hatte wie ein gewöhnlicher Bauer? Wenn Oberrichter Thorstein seine Frau Hildigunn Hallgrimsdotter seinerzeit nicht so aufrichtig geliebt und verehrt hätte, dann hätte er sich noch mehr gewundert. Aber auf den Ruf seiner toten Frau fiel auch nicht der leiseste Schatten. Auch Eiriks Schwester Königin Gunnhild hatte rotes Haar. Irgendein Zufall; es hing damit zusammen, daß Thorstein der Mächtige mit seinem Nachwuchs kein Glück hatte.

»Auch was das Zeugen betrifft, kann ich mich nicht beklagen«, überlegte der Oberrichter. »Meine erste Frau Hildigunn Hallgrimsdotter war eine tüchtige Gebärerin. Doch groß ist Hels Macht: In ihre kühlen Säle mußten alle meine Kinder außer meiner Tochter Gunnhild und dir. Und meine zweite Frau Sigrid aus West-Götaland wurde nicht von mir schwanger, aber das war nicht mein Fehler.«

Eirik der Starke erschauerte, als seine Stiefmutter erwähnt wurde. Der Bursche schüttelte seinen klotzartigen Kopf.

»Schlecht hat Hel die Ihrigen ausgewählt. Jedes meiner Geschwister wäre klüger gewesen als ich.«

Der Oberrichter nickte traurig.

»Alle starben, bevor man von ihnen dieses oder jenes sagen konnte. Dennoch hätten sie kaum einfältiger sein können als du, armer Eirik. Aber wenn alles gut geht, zeugst du klügere Kinder als du eines bist.«

Eirik Thorsteinsson glotzte ungläubig unter seinen Augenbrauenbüscheln hervor.

»Das ist möglich«, versicherte der Oberrichter. »Der Onkel meines Großvaters mit Namen Reidar war dumm wie Bohnenstroh. Man nannte ihn auch Reidar den Dummkopf. Du kommst nach ihm, Junge. Aber trotz seines langsamen Verstandes hatte Reidar der Dummkopf immer ganz besonderes Glück. Er plünderte das Land der Wenden und fand immer die besten Schätze. Die Schnelleren stürmten vorwärts, an den Verstecken vorbei. Reidar der Dummkopf starb als reicher Mann und hinterließ viele muntere Kinder.«

Eirik blickte sehnsüchtig nach dem großen Trinkhorn des Oberrichters. Der sah den Blick, ließ sich aber nicht erweichen. Irgendwann hatte man Eirik aus lauter Mitleid Bier gegeben. Zwei kleine Häuser von Thorshof waren zerstört, bevor es gelang, Eirik zu fesseln, und auch dann noch war es fast unmöglich, ihn festzuhalten, bevor man auf die Idee kam, ihn ins Meer zu tauchen.

»Aber es wird teuer werden, dich zu verheiraten«, seufzte Thorstein der Mächtige. »Wer möchte dich schon als Schwiegersohn haben?«

»Niemand«, sagte Eirik ungewöhnlich vernünftig.

»Außer einem Mann, der viel Silber braucht«, sinnierte der

Oberrichter. »Wer braucht im schwedischen Reich am meisten Silber?«

Eirik wandte vergnügt den Kopf hierhin und dorthin, und die roten Haarbüschel leuchteten im Dämmerlicht. Aus der großen Halle des Thorshofes tönte dumpfes Stimmengewirr in die Oberrichterstube herüber. Von der Stube führte eine Türöffnung in die Halle, durch die der Schein des lodernden Feuers fiel. Um das Feuer herum eilten Schatten: In der Halle wurde das Essen für die vieldutzendköpfige Schar der Leute vom Thorshof zubereitet.

Die Wände der Oberrichterstube entlang liefen mit Fellen bedeckte Bänke. Vor der Feuerstelle befand sich der Ehrensitz des Oberrichters, ein schwerer Stuhl, der mit geschnitzten Ziermustern bedeckt war: sich selbst auffressenden Schlangen und unnatürlich langgezogenen Tieren, von denen man nicht wußte, ob sie Bären, Wölfe oder Füchse waren, manch eines erinnerte auch an einen Elch. Von der Feuerstelle stieg der Rauch bis unter den schwindelnd hohen First auf und zog dann durch die Öffnung im Giebelfirst ab.

»Wer braucht das meiste Silber in Svetiod?« fragte Thorstein der Mächtige und antwortete selbst: »Mein Schwiegersohn König Anund natürlich. Niemand braucht so viel Silber wie der König, der ständig an seine Krieger Geschenke verteilen muß.«

»Soll ich den König heiraten?« fragte Eirik der Starke verwundert.

Der Oberrichter hörte nicht zu.

»König Anund hat eine Schwester namens Thorgerd. Sie ist noch ein Mädchen, die jüngste Tochter von Olaf Schoßkönig und Königin Estrid. Meines Wissens hat König Anund Thorgerd noch nicht verlobt.«

»Die Königstochter? Mit mir?«

»Deine Schwester Königin Gunnhild muß uns in dieser Sache helfen. Ich werde mit dem König über die Verlobung sprechen, wenn der Hof zum Weihnachtstrinkgelage hierherkommt.«

Das felsbrockenartige Gesicht Eiriks des Starken spiegelte Entsetzen.

»Herr... ich weiß nichts von Frauen.«

»Das lernst du.«

»Herr, für mich solltest du keine so gute Frau suchen. Ein so dummer Mann würde die vornehme Königstochter nur erzürnen. Das könnte der Familie mancherlei Schwierigkeiten machen.«

Der Oberrichter runzelte die Stirn.

»Du brauchst nichts anderes zu tun als still zu sein und zu tun, was ich sage. Dann wäre meine Tochter Königin und mein Sohn Königsschwager. Mein Schwiegersohn Anund ist ein Mann von trägem Wesen und längst nicht so kriegerisch, wie ein König es sein sollte. Es ist leicht, ihn zu beherrschen; jetzt kommandieren die deutschen Priester, was ganz falsch ist, weil der König lieber Odin dienen würde als ein Christ zu sein. Er hat sich immer dem Willen des Stärkeren gebeugt.«

Am Hals des Oberrichters Thorsteins des Mächtigen hing ein Thorhammer. Seine Vorväter waren die Herren des Thorshofs auf der Insel Vätö und Opferträger für Thor gewesen. Sie hatten immer mit dem Odinstempel von Uppsala gewetteifert und immer verloren. Es gab jedoch keinen Grund zur Sorge: In Uppland hatten viele Götter Platz. So hatte man jedenfalls geglaubt.

Jetzt sah es so aus, als könnte der lumpige Christus mit seinen Priestern den klugen Odin und den starken Thor niederringen. Oberrichter Thorstein machte sich keine Sorgen; man konnte sich unmöglich vorstellen, daß ein Mann, der am Kreuz hing, den Goldenen Tempel von Uppsala bedrohte. Aber es war ärgerlich, daß der König von Schweden einem so erbärmlichen Gott diente. Das störte das Leben des Oberrichters. Es war, als lauerte am Horizont eine finstere Wolke, von der man nicht sicher sein konnte, ob sie heraufziehen und sich über das Land ergießen oder leise verschwinden würde.

Der Sohn von Olaf Schoßkönig war am Tag des Apostels Jakob geboren und auf dessen Namen getauft worden. Aber eine solche Wasserpantscherei war den Männern aus Uppland zu viel. Im schwedischen Reich gab es keinen König dieses Namens, und es würde auch keinen geben. Der zweite Name des Königsohns war Anund, und unter diesem Namen kannte man ihn im Reich. König Anund fühlte sich zu den Sitten seiner Vorväter hingezogen und zum Tempel von Uppsala, obwohl er Christ war und an seinem Hof mehrere Priester hielt.

»Als Schwiegervater des Königs und seiner Schwester wäre ich ein Mann von ebenso umfassender Macht wie die Jarls der Provinz Lade in Norwegen.«

»Die Lade-Jarls werden nicht alt«, platzte Eirik der Starke heraus.

Thorstein der Mächtige wunderte sich, wie der Junge genau das aussprechen konnte, was man nicht sagen sollte. Aber es stimmte, daß Jarl Haakon aus der Provinz Lade unehrenhaft in einer Rübengrube von der Hand seines Sklaven gestorben war.

»Herr, könntest du nicht selbst diese Königstochter heiraten?« Eirik sah seinen Vater eindringlich an. »Du würdest bessere Kinder zeugen als ich. Du kannst ja nicht immer Pech haben.«

»Ich habe zwei Frauen gehabt«, sagte Thorstein der Mächtige streng. »Hildigunn Hallgrimsdotter, deine Mutter, war eine so gute Ehefrau, daß es unmöglich ist, eine zweite, ebensolche zu finden. Und Sigrid von West-Götaland war eine so schlechte Hausherrin, daß ich nicht wage, es noch einmal zu versuchen.«

Zum Gefolge des Königs gehörten Dutzende von Schlitten, über hundert Reiter und eine unzählige Schar von Dienern und Sklaven. Das Gefolge kam aus Sigtuna über Uppsala. Krieger, Frauen und Bedienstete hatten die Reise bei dem prickelnden Frostwetter genossen. Waren die Tage auch kurz, so war die Luft doch klar, und im Mondlicht sah man genug, um bis spät in die Nacht hinein reisen zu können. Auch die Wölfe bildeten für die große Reisegesellschaft keine Gefahr.

Nicht alle fanden Platz im Haus des Thorshofs, das doch gewaltig groß war, und in den ihn umgebenden kleinen Häuschen. Auch in den Nachbarhäusern des Thorshofes wurden Leute untergebracht, und die Sklaven mußten, wie üblich, in den Pferde- und Kuhställen übernachten. Abgesehen von einer Person beklagte sich niemand, denn Weihnachten stand vor der Tür: Bier und Speisen für jedermann, soviel er nur in sich hineinbekam.

Die einzige, die sich beklagte, war diejenige, der es am allerbesten ging. Königinwitwe Estrid, König Anunds Mutter, wurde vorsichtig aus dem Schlitten gehoben und in ein für sie vorbereitetes Häuschen auf eine weiche Matratze getragen. Kaum hatte Estrid ein festes Kissen in den Rücken und vorgewärmte Decken um sich herum bekommen, als sie auch schon feststellte, daß es in der großen Halle des Thorshofes besser wäre: Da waren auch die anderen und freuten sich, daß sie aneinander Gesellschaft hatten.

»Der Bankert Emund soll mit seiner Frau in diese erbärmliche Hütte ziehen.«

Das empörte die Dienerinnen, denn das Häuschen war nicht erbärmlich, sondern für die Gäste mit Fellen und bunten Geweben ausgestattet worden. Emund, der ältere Bruder von König Anund, war, obwohl er von einer Nebenfrau stammte, kein bloßer Bankert, sondern sehr wahrscheinlich der künftige Herrscher von Svetiod. König Anund hatte weder mit seiner Königin noch mit seinen Sklavinnen, die er doch in gewaltiger Zahl sein eigen nennen konnte, Kinder gezeugt.

Die oberste Magd ging ins Haupthaus hinüber, um den Willen der Königinwitwe bekanntzugeben. Emund, der es von klein auf gewohnt war, sich seiner Stiefmutter gegenüber demütig zu verhalten, stand sofort auf. Auch seine Ehefrau Ida, eine polnische Fürstin, wußte, wo ihr Platz war; sie tauschten doch gern das Quartier mit der Königinwitwe. Das kleine Häuschen war ihnen und ihrem einzigen Kind Holmfrid sehr recht.

Die Königinwitwe Estrid wurde wiegenden Schritts auf die Pritsche des Hallenhauses von Thorshof getragen. Mit ihr zusammen kam ihre einzige unverheiratete Tochter Thorgerd, auf der der Hausherr von Thorshof sinnend seinen Blick ruhen ließ. Thorgerd war vielleicht zehn Jahre alt, dicklich und von gewöhnlichem Aussehen. Sie sprudelte unaufhörlich Forderungen und Klagen heraus.

Oberrichter Thorstein der Mächtige zupfte nachdenklich an seinem hellen Bart. Eirik der Starke tat, was man ihm befahl, und würde selbst einen Dorsch heiraten, wenn das der Wille seines Vaters war. Aber wollte der Oberrichter selbst eine unangenehme Person in sein Haus holen? Die Königstochter Thorgerd kommandierte anscheinend gern; andererseits war ein solches Verhalten von einer Königstochter auch zu erwarten.

Neben die Königinwitwe Estrid kam ein anderes kleines Fräulein. Sie trug einen silbernen Becher, der anscheinend Wein für die vornehme Dame enthielt, die hier ruhte. Der Oberrichter wurde aufmerksam.

Das Mädelchen war jünger als die Königstochter Thorgerd und um die Hälfte schmaler. Sie hatte ein dreieckiges kleines Gesicht, ovale himmelblaue Augen und mondscheinhelles Haar, das bis zur

Taille reichte. Oberrichter Thorstein konnte sich nicht erinnern, jemals ein so schönes Kind gesehen zu haben.

»Mit weniger als einer Königstochter gibt mein Vater sich nicht zufrieden.«

Das war die kindlich-fröhliche Stimme von Eirik dem Starken. Dem Oberrichter gefiel der Stolz, der darin mitschwang.

»Hältst du Ausschau nach einer Braut für dich, Schwager?«

Hinter Thorstein dem Mächtigen stand Gudmund der Kaufmann, Bruder seiner zweiten verstorbenen Frau Sigrid aus West-Götaland, zusammen mit Eirik.

»Wer ist das kleine Mädchen, das von der Königinwitwe Estrid herumkommandiert wird?«

»Allerliebst, nicht wahr?« Gudmund der Kaufmann wirkte zufrieden. Seine Faust preßte gebieterisch den Arm Eiriks des Starken. »Sie ist meine Tochter. Ihr Name ist Terhen.«

»Deine Tochter?«

»Ich habe sie aus Finnland geholt. Eirik kannte sie schon. Terhens Mutter ist bei einem Unglück ums Leben gekommen. Das arme Mädchen bekam einen so fürchterlichen Schreck, daß es stumm geworden ist.«

Gudmund der Kaufmann sagte das so selbstverständlich, daß der Oberrichter nicht weiter zu fragen wagte. Na und? Wenn ein steinreicher Witwer die Tochter seiner finnischen Nebenfrau anerkennen wollte, dann war das seine Sache.

»Schön wie ein weißer Fuchs«, flüsterte Eirik der Starke. Er sah seinen Ziehvater an, die redlichen Augen weit aufgerissen. Gudmund der Kaufmann erwiderte den Blick mit einem ernsten Lächeln.

»Wie hast du das Mädchen als Zögling in den Haushalt des Königs bekommen?« fragte der Oberrichter.

Gudmund der Kaufmann grinste breit.

»Ich hab mich immer gut mit Königin Estrid gestanden.«

Königin Estrid war eine leidenschaftliche Christin und begünstigte deshalb Gudmund den Kaufmann. Gudmund hatte der Königin aus Konstantinopel Heiligtümer für die Kirche des Königsguts im westgötaländischen Husaby mitgebracht. Nachdem die Beziehungen zwischen Olaf Schoßkönig und den Uppländern abgekühlt waren, hatte er sich für seine letzten Jahre ganz in Husaby niedergelassen.

Auch einen Priester hatte Gudmund der Kaufmann einmal an den Hof von Olaf Schoßkönig geliefert. Der König sah die englischen Priester nicht gern, die über Norwegen ins Land kamen: Olaf Schoßkönig konnte nichts von dem leiden, was aus Norwegen kam, und am allerwenigsten seinen Schwiegersohn, den norwegischen König Olaf den Dicken. Deshalb hatte Gudmund der Kaufmann einen Priester aus Kiew, das die Normannen Könugaard nannten, nach Schweden gebracht. Vater Methodios war ein guter Priester gewesen, abgesehen davon, daß er plötzlich starb, als die Fröste einsetzten. Vater Methodios war ursprünglich Grieche, so daß seine Schwäche verständlich war und man Gudmund dem Kaufmann keine Vorwürfe wegen der Qualität der Ware machte.

»Die Königinwitwe macht aus deiner Tochter ein Christenfräulein«, lächelte Oberrichter Thorstein.

»Terhens Mutter war getauft, und auch die Tochter ist es«, wollte Gudmund der Kaufmann das Gespräch in andere Bahnen lenken. »Hast du die Schwester von König Anund für dich ausersehen? Sie ist noch zu jung, um einen Mann in der Blüte seiner Jahre zu heiraten.«

Das fand auch König Anund, als die Gäste endlich zu Bier und Geplauder an den langen Tisch kamen. Die Stimmung war gemütlich. Man hatte nur einen leichten Imbiß zu sich genommen, da man sich den Appetit für das eigentliche Weihnachtsessen aufsparen wollte: gekochten Hecht, geräuchertes Lamm, Erbsenbrei, weiße Rüben in Butter, Elchfleisch, auf dem Rost gegarte Heringe, Auerhahnbrust mit Honig und Ingwer und dreierlei Käse.

»Für meine Schwester Thorgerd habe ich an eine andere Ehe gedacht«, sagte König Anund. Seine Stimme war freundlich und vielleicht ein wenig bedauernd, damit Thorstein der Mächtige nicht gekränkt war. »Ich will sie zu meiner Schwester Ingegerd nach Nowgorod schicken. Ingegerd hat um Gesellschaft für ihre eigenen Töchter gebeten: Mein Schwager, Fürst Jaroslaw, wünscht, daß seine Kinder die Sprache des Nordens sprechen lernen.«

Die mächtigen Männer nickten: Es war eine bekannte Sache, daß

Fürst Jaroslaw gern Adelige aus Dänemark, Norwegen und Schweden aufnahm, die aus dem Land hatten fliehen müssen. Er behandelte sie wie Verwandte, denn seine eigenen Wurzeln reichten weit bis zu Rörek zurück, der den Staat Rus, Rußland, begründet hatte. Fürst Jaroslaw nahm auch Normannen in seine Drushina auf, wenn sie von ehrenhafter Herkunft und bereit waren, sich taufen zu lassen.

»Meine Schwester Ingegerd wird für Thorgerd sicherlich eine gute Ehe arrangieren. Der Mann muß ein Fürst sein. Mit weniger werde ich mich schwerlich begnügen, da die eine meiner Schwestern Königin von Norwegen und die andere Fürstin in Rußland ist. Und ich selbst bin König von Schwedenland.«

Oberrichter Thorstein der Mächtige wurde allmählich dunkelrot im Gesicht, als er verstand, daß er nicht gut genug war, um Schwager eines Königs zu werden, dessen tatsächliche Macht kaum über West-Götaland hinausreichte. Dabei war seine eigene Tochter die Gemahlin eben dieses Königs.

Aber König Anund verstand es, den Streit abzubrechen, bevor er begonnen hatte.

»Pläne kann man natürlich ändern, wenn ein Freier erscheint, der verlockend genug ist – so einer wie du, Schwiegervater. Aber das Problem liegt anderswo: Ihr seid zu nahe verwandt.«

Der Oberrichter prustete wegwerfend.

»Priestergeschwätz!«

»Wohl wahr«, wiegelte der König ab. »Wenn aber die Legitimität deiner Erben deshalb fraglich wird?«

Thorstein der Mächtige hatte so viel von dem guten Festbier in sich hineingeschüttet, daß seine Gedanken etwas langsamer arbeiteten. Aber daran erinnerte er sich noch, daß König Olaf der Dicke von Norwegen verärgert war, weil die Priester behaupteten, der Sohn Magnus seiner Nebenfrau Alfhild könne nicht die Krone erben. Leeres Gerede – aber der Erbe eines großen Besitzes mußte unumstritten sein.

König Anund fuhr fort, ohne zu verschnaufen.

»Doch jedermann möchte einen bedeutenden Mann mit vielerlei Banden an seine Familie binden. Deshalb habe ich als Gemahlin für dich eine Frau ausersehen, die eine nahe Verwandte von mir, mit dir aber nicht einmal verschwägert ist.«

»Hmm.« Der Oberrichter bemühte sich, der westgötaländischen Rede des Königs zu folgen. »Mein Sohn …«

»Diese Frau hat hinsichtlich Alter, Größe und Aussehen mehr zu bieten als meine Schwester Thorgerd«, redete der König dem Oberrichter gut zu. »Ehrlich gesagt, wenn Thorgerd nicht eine Königstochter wäre, würde ich es nicht wagen, ein so unbedeutendes Mädchen irgend jemandem anzubieten. Aber meine Nichte Holmfrid wird dir gefallen, Thorstein.«

Oberrichter Thorstein war so betrunken, daß er nicht mehr sprechen konnte, obwohl er hochaufgerichtet in seinem prächtigen Hausherrenstuhl saß. Irgendwo in seinem benebelten Kopf schlug die Verwunderung Funken. Hier war es doch darum gegangen, für seinen Sohn Eirik den Starken eine Frau zu finden … und nun sah es so aus, als landete er selbst, der Oberrichter, im Ehebett. Wie war es dazu gekommen?

Terhen von Arantila kauerte sich ans Fußende des Betts der Königinwitwe Estrid. Estrid ruhte auf einem Strohsack, über den man Schaffelle gebreitet hatte, und war mit einem Elchfell zugedeckt, an dessen anderer Seite eine rotgestreifte Wolldeke festgenäht war.

Estrids Bett war wie ein kleines Zimmer in der großen Halle. Es befand sich auf der breiten Pritsche, die zwischen Dachträgern und Außenwänden um die ganze Halle herumlief. Das Bett war von den anderen Schlafstellen durch bunte Vorhänge abgeteilt. Jetzt war der Vorhang zwischen Halle und Bett beiseite gezogen, so daß die vornehmen Frauen am Weihnachsfest des Thorshofes teilnehmen konnten.

Terhen wickelte sich in den wollenen Umhang, den Gudmund der Kaufmann ihr geschenkt hatte. Seit sie aus Gotland fortgegangen war, hatte Terhen ständig gefroren: Auch jetzt zitterte sie vor Kälte, obwohl es in der Halle des Thorshofes von dem lodernden Weihnachtsfeuer und den vielen Menschen geradezu heiß war.

Terhen war von allen Seiten von einer kalten Hülle umgeben, einer durchsichtigen Schicht aus Eis, aus deren Innerem heraus sie versuchte, den Menschen etwas zuzurufen – aber ihre Stimme war außerhalb der Hülle nicht zu hören. Die Menschen glaubten, sie sei stumm.

Terhen hatte viel zu sagen. Sie hatte von dem Mord an Helga

von Hejnum zu erzählen, sie mußte beteuern, daß Suvivilja von Arantila keinen Ehebruch begangen hatte und daß Rodair von Rodarve sie aus reiner Bosheit erwürgt hatte. Sie mußte eine ehrenhafte Rache an Rodair Rodmundsson verlangen. Aber niemand hörte es.

Die Königstochter Thorgerd saß neben Terhen. Thorgerd war ein dummes Mädchen, aber sie hatte die überraschend aufgetauchte finnische Tochter von Gudmund dem Kaufmann liebgewonnen.

»Benedicamus Domino!«

König Anunds deutscher Priester Rudpert von Paderborn versprengte Wasser um sich herum und schwenkte sein silbernes Kreuz, das auf das Ende eines Holzstiels gesteckt war. Er feierte die Messe mit lauter Stimme und in einer fremden Sprache.

»Deo gratias!« riefen die anwesenden Christen, um den Heiden zu zeigen, wie ein gebildeter Mensch sich zu verhalten hatte.

Oberrichter Thorstein der Mächtige beobachtete verdrossen das Spektakel, das der Priester veranstaltete. Um des Königs willen hatte er erlauben müssen, daß seine eigene große – Thor geweihte – Halle im Namen des kleinen widerlichen Gottes gesegnet wurde; Christus war angeblich genau am Weihnachtstag zur Welt gekommen, obwohl es Thorstein dem Mächtigen unmöglich war, eine solche Geschichte zu glauben.

Andererseits hatte der König sich auch bereiterklären müssen, sowohl Odin als auch Thor zu opfern. Anund hatte nichts gegen das Opfern, obwohl seine Mutter Estrid ebenso schrill protestiert hatte wie beim Schlachten das Schwein, das man jetzt gleich als Weihnachtsessen verzehren würde. Dem Schwein war Pferdefleisch beigesellt, das traditionelle Weihnachtsessen der Normannen, das der Priester Rudpert streng verboten hatte. König Anund ließ sich viel bieten von seinem Priester, aber dies ging doch zu weit. Der König hatte dem Priester eine Ohrfeige gegeben. Rudpert von Paderborn hörte auf, von Pferdefleisch zu sprechen.

Terhen von Arantila betrachtete das finstere Gesicht des Oberrichters im Rauch der Fackeln des Hallenhauses. Sie war mit dem Oberrichter der Inseln einer Meinung, obwohl ihre Gedanken keine Bedeutung hatten. Ihres christlichen Glaubens wegen ruhte Suvivilja von Arantila nicht in den Kammern des Totenreiches, und

Terhen konnte sie bei ihren Reisen in die Unterwelt nicht finden, sie nicht besänftigen oder mit Speiseopfern erfreuen.

»Kleines Mädchen, möchtest du ein paar leckere Happen?«

Die Bettkammer der Königinwitwe Estrid verdunkelte sich, als Eirik der Starke, Sohn des Oberrichters der Inseln, sich zu Terhen von Arantila hinabbeugte. Die Worte des Burschen waren in dem Lärm kaum zu hören. Die Königinwitwe Estrid, die ihre Frömmigkeit bewies, indem sie in Salzwasser gekochten und mit Nußschrot gewürzten Fisch aß, warf einen verächtlichen Blick auf den schwachsinnigen Dummkopf, und die Königstochter Thorgerd schnaufte hochmütig. Keiner von ihnen verstand auch nur ein Wort von dem, was Eirik der Dummkopf sagte; ob der Unglückliche überhaupt ordentlich sprechen konnte?

Aber das stumme kleine Mädchen hob sein seerosenweißes Gesicht und lächelte vertrauensvoll. Sie zeigte mit dem Finger auf ihren Mund und schüttelte den Kopf. Der Bursche nickte eifrig und trottete seines Wegs; es sah so aus, als tobte er ohne Sinn und Verstand durch die Menschenmenge wie ein losgelassener Stier. Die Königstochter Thorgerd kicherte spöttisch.

Eirik erschien jedoch bald wieder und brachte eine Schüssel voller dampfender Blutwürste mit. Thorgerd war begeistert: Nur der Anblick von Eßbarem brachte sie dazu, mit ihrem leisen, aber hartnäckigen Gequarre aufzuhören.

»Hast du die gestohlen, Verrückter? Du bist ja ganz brauchbar.«

Thorgerd hieb gierig ihr Messer in eine pralle Wurst und schlang so heißhungrig, daß ihr die Wurstfüllung aus den Mundwinkeln quoll. Terhen von Arantila holte ihr kleines, scharfes Eßmesser hervor – es war ein Geschenk von Gudmund dem Kaufmann und hatte einen weißen Griff aus Walroßzahn. Eirik der Starke nahm das Messer, spießte eine Wurst auf und schnitt sie ungeschickt in Stükke. Dann bot er Terhen ein Stück nach dem andern an.

Die Königinwitwe Estrid beobachtete mit Abscheu, wie leidenschaftlich die Leute sich dem Fleischverzehr widmeten. Sie bemerkte den hingebungsvollen Gesichtsausdruck des schwachsinnigen Riesen, während er das stumme kleine Mädchen fütterte.

»Man könnte meinen, der Verrückte will das Mädchen für sich haben. Igitt!«

Die große Halle des Thorshofes war voller Leute und Lärm, so daß man das Gefühl bekam, das Strohdach hebe sich in die Lüfte. Die Sklaven schleppten Bier für Männer und Frauen herbei; die Männer saßen an den Tischen, die Frauen auf den Pritschen zwischen den schweren Holzpfeilern, die das Dach trugen.

Ab und zu öffnete sich die Tür in die dunkle Frostnacht, weißer Rauhreif stiebte herein und mit ihm Sklaven, die Kessel, Roste und Schüsseln voller großer Fleischstücke, ganze gebratene Lämmer und Ferkel, Vögel, geräucherte Schweineschinken, gekochten und gewürzten Lachs und in zerlassener Butter schwimmende Schollen hereinschleppten – der Fisch war vor allem für die Priester und andere feinfühlige Christen bestimmt.

»Ich habe dir eine Frau versprochen, Thorstein.«

König Anund war erfreut über die Ehrung, die der Oberrichter der Inseln ihm erwies, indem er ein großes Weihnachtsmahl veranstaltete. Anund war gerade so freigiebig, wie ein König es sein sollte, kein bißchen mehr, und überhaupt nicht verschwenderisch; er konnte sich ausrechnen, wie teuer ein solches Festmahl war und wieviel Nutzen es ihm brachte, daß die Männer seines Gefolges auf Kosten von Thorstein dem Mächtigen aßen und nicht auf seine eigenen.

Auf der einen Seite von König Anund döste Thorstein der Mächtige, der sich so vollgegessen hatte, daß ihm nicht einmal der Kopf auf die Brust fallen konnte. Auf der anderen saß Emund der Wende, Halbbruder des Königs, der nicht zum Essen gekommen war, weil er versucht hatte, sich mit den am Tisch sitzenden Anführern zu unterhalten.

»Wo ist Königin Gunnhild? Holt die Königin! Holt auch Fürstin Ida.«

Die Königin saß auf der Pritsche direkt gegenüber vom Tisch des Königs. Mit ihr befanden sich in der durch prächtige Vorhänge abgeteilten Pritschenkammer ihre Schwägerin Ida und deren Tochter Holmfrid.

Als Emund der Wende den Namen seiner Frau hörte, sah er rasch seine Frau über den Tisch hinweg und zwischen den Männern hindurch an. Fürstin Ida nickte still. Sie erhob sich zu Königin Gunnhild und führte ihre Tochter Holmfrid ans Ende des Tisches, wo der König saß.

»Hier, mein Herr König, ist Holmfrid, die Tochter deines Bruders, dreizehn Jahre alt und Jungfrau.«

König Anund setzte krachend seine Bierschale auf den Tisch.

»Sieh her, Schwiegervater. Kann eine Braut noch besser werden als diese hier?«

Oberrichter Thorstein fuhr zusammen. Er hatte das Gefühl, als gleite er in einen erstickenden Sumpf, aber er war zu selbstbewußt, als daß er ein Wort herausbekommen hätte. Mit den Augen suchte er seinen Sohn Eirik, aber der Einfältige war nirgends zu sehen.

Die angebotene Braut war ein hochaufgeschossenes Mädchen, für ihr Alter hochbusig, dunkelhaarig und nach Art der Wenden mit baumelnden Ohrgehängen und einem Halsring geschmückt. Holmfrid hatte hohe Wangenknochen und eine breite, runde Nase.

Sie lächelte und knickste unaufhörlich. Bevor er in den vom überreichlichen Essen verursachten Erstarrungszustand zurückversank, kam dem Oberrichter noch der Gedanke, daß die Frau, die er fast aus Versehen drauf und dran war zu heiraten, immerhin von demütiger Natur und höchst begehrenswert war.

Fürstin Ida nickte energisch.

»Wir sind zufrieden mit dieser Verbindung, mein Mann und ich.«

Dazu hatte Ida auch allen Grund, denn Emund war nichts weiter als ein Kostgänger seines Halbbruders, dessen ständige Aufgabe es war, sich die mächtigen Männer des Reiches gewogen zu halten, während er auf den Tod des unfruchtbaren Königs wartete. Anund war noch keine dreißig Jahre alt, so daß dieses Ereignis ohne einen ordentlichen Krieg nicht zu erwarten stand.

»Holmfrid ist noch ein Kind«, bemerkte Königin Gunnhild schroff. Ihr behagte der Gedanke, daß die halbwüchsige Tochter ihrer willensstarken Schwägerin ihre Stiefmutter werden würde, überhaupt nicht.

»Das ist wahr«, begütigte Fürstin Ida. »Holmfrid hat noch nicht die Monatsblutungen bekommen. Am besten ist es, noch eine Zeitlang zu warten.«

»Eine lange Zeit«, versetzte Gunnhild mit Nachdruck.

»Holmfrid kann allerdings hier in ihrem künftigen Gut wohnen, bis die Ehe geschlossen wird«, schlug Fürstin Ida vor.

Königin Gunnhild dachte, daß die Schwägerin dem Witwer ihre Tochter ins Bett schob, bevor er es sich anders überlegte. Es war klar, daß, wenn der Oberrichter einen Winter lang seine prallbrüstige junge Braut vor Augen hatte, sein Wunsch zu warten schnell vergehen würde. Aber es war auch schwierig, etwas dagegen zu sagen; es war gang und gäbe, daß ein junges Mädchen im Hause des künftigen Schwiegervaters erzogen wurde, und überdies brauchte Holmfrid keine Erziehung mehr. Königin Gunnhild schätzte, daß das Mädchen in das erstbeste Bett springen würde, sobald man ihr die Zügel ein wenig locker ließ.

»Das arme Kind braucht Gesellschaft«, fiel Königin Gunnhild ein. »Soll die Königstochter Thorgerd den Winter über in Thorshof bleiben.«

Fürstin Ida blinzelte.

»Holmfrid wird sich freuen. Sie hat Thorgerd immer gern gehabt. Ich selbst bleibe hier, um meine Tochter zu unterweisen, bis sie die Hausherrin von Thorshof wird.«

12. Kapitel

1030

Auf Holmfrids gellendes Gelächter hin wandten die Frauen den Blick vom Webstuhl ab. Jemand rümpfte mißbilligend die Nase. Fürstin Ida blickte besorgt auf ihre Tochter. Königstochter Thorgerd verzog verächtlich das Gesicht.

»Dummer Eirik, blöke! Sag mal määh!«

Eirik der Starke blökte gehorsam, und Holmfrid Emundstochter kreischte vor Lachen. Das junge Mädchen kletterte neben Eirik auf die Pritsche.

Holmfrid zauste Eirik den Starken an seinem roten Haarschopf und stieß jedesmal einen schrillen Schrei aus, wenn sie ihm ein paar Haare ausgerissen hatte. Eirik saß auf der Pritsche und lächelte geduldig über den Spaß seiner Stiefmutter.

»Holmfrid! Du sollst weben und nicht den Dummen ärgern!«

Aus Fürstin Idas Stimme konnte man den Abscheu heraushören. Sie ging zu Holmfrid und zerrte sie mit raschem Griff von der Pritsche herunter. Holmfrid begann zu heulen. Fürstin Ida ohrfeigte ihre Tochter rechts und links. Eirik saß unbeweglich da und sah, weiterhin dümmlich lächelnd, der Züchtigung zu.

Fürstin Ida schleifte das Mädchen an den Webstuhl. Sie webte ein Bildmuster, in dem die Walküren und Odins achtbeiniges Roß Sleipnir die im Kampf gefallenen Krieger nach Walhalla brachten. Jetzt war sie erst beim knorrigen Wipfel des Weltbaums Yggdrasil, der die Personen überragte. Zuunterst wollte die Fürstin ein Schiff darstellen, in dem der Oberrichter Thorstein der Mächtige mit seinen Männern in ferne Gewässer segelte, um Ruhmestaten zu vollbringen.

Die Arbeit verlangte Genauigkeit und Geschick und zudem die Fähigkeit, die Gesamtheit des künftigen Wandbehangs fertig vor Augen zu haben. Fürstin Ida hatte das mehrteilige Bild zunächst in den Sand gemalt, es abgewandelt und verbessert, auf Birkenrinde gezeichnet, jede Einzelheit für sich dargestellt, das Bild den ganzen Winter über gestaltet. Nach seiner Fertigstellung würde das Bild ein Vermögen wert sein; Oberrichter Thorstein hatte seiner Schwiegermutter die Materialien beschafft, und er hatte nicht mit Farben und Silberfäden gegeizt.

Fürstin Ida hätte am liebsten ein Bild nach dem anderen gewebt. Das war eine Arbeit, die sie liebte und die sie besser konnte als irgend jemand sonst. Aber sie konnte niemals lange am Webstuhl stehen. Ihre wichtigste Aufgabe war es, den Erfolg ihres Mannes Emund voranzutreiben. Emunds Erfolg wiederum konnte an Holmfrids unbedachtem Verhalten scheitern.

Fürstin Ida baute ihr ganzes Leben darauf, daß König Anund kinderlos sterben würde. Dann würde Emund König werden – man konnte sich unmöglich vorstellen, daß die Schweden einen König aus einem anderen Geschlecht als aus dem der Ynglinge wählen würden.

Für seine künftige Wahl – die vielleicht erst in Jahrzehnten stattfinden würde – brauchte Emund zu seiner Unterstützung so viele mächtige Männer aus Svea und Götaland wie nur möglich. Die Verbindung mit dem Oberrichter Thorstein dem Mächtigen war ein unerwartetes Glück. Es durfte durch nichts gestört werden, am allerwenigsten durch Holmfrids kindische Zuneigung zu Eirik. Das Mädchen verstand nicht, daß Eirik der Starke ihr Feind war – oder zumindest der Nebenbuhler ihrer künftigen Kinder um das Erbe des Oberrichters Thorstein.

»Hilf Terhen beim Ordnen der Garne«, befahl Fürstin Ida. »Und kichere nicht mehr mit den Männern herum.«

»Eirik ist kein Mann«, schmollte Holmfrid. »Ich will nicht mit der Stummen zusammen arbeiten. Das ist so langweilig.«

Fürstin Ida verpaßte ihrer Tochter noch eine Ohrfeige. Holmfrid begann zu brüllen und hockte sich neben dem Garnkorb nieder. Das stumme Mädchen berührte tröstend ihre Hand. Holmfrid spuckte in den Garnkorb und bekam eine Kopfnuß.

»Wenn ihr doch allesamt stumm wärt«, schnauzte Fürstin Ida.

Königstochter Thorgerd saß auf der Pritsche und stocherte mit der Nadel an einem Leinenhemd herum. Sie lächelte selbstzufrieden.

»Für Terhen ist es das Richtige, Garne zu ordnen. Ich brauche nichts zu tun, denn ich werde eine Fürstin in Rußland.«

»Dann wirst du erst recht nähen müssen«, sagte Fürstin Ida böse. »Dann mußt du Wandbehänge sticken so groß wie eine Kirche, und kein Stich darf größer sein als der Schritt einer Ameise.«

Thorgerd begann zu schluchzen.

»Hier weben schöne Mädchen himmlische Vorhänge«, sagte Gudmund der Kaufmann fröhlich an der Tür des Hallenhauses von Thorshof. Die kleine Terhen zuckte, als wollte sie lachen, aber dann senkte sie den Kopf und fuhr mit ihrer Arbeit fort: Sie sortierte die Garne nach Farbe und Stärke, band zerrissene Enden zusammen und wickelte sie zu einem Knäuel auf.

»Der Hausherr ist heimgekehrt«, verkündete Gudmund der Kaufmann.

Fürstin Ida seufzte schwer, verließ ihre Arbeit und begann, den Mägden Befehle zu erteilen.

Der Oberrichter der Inseln Thorstein der Mächtige hatte sich gleich, nachdem die Tage etwas heller geworden waren, auf eine Rundfahrt zu den Gütern von Uppland und Götaland begeben. Er hatte seinen Schwager Gudmund den Kaufmann gebeten, sich um den Thorshof zu kümmern. Eigentlich war Eirik der Starke schon in dem Alter, daß er seit einiger Zeit Herr auf Thorshof hätte sein können. Aber man konnte das Gut nicht einem Schwachsinnigen anvertrauen, der sich nicht einmal um seine eigenen Angelegenheiten kümmern konnte.

Gudmund der Kaufmann war fiebrig und litt an Atemnot. Die meiste Zeit lag er in dem großen Bett der Oberrichterstube und redete zu seiner Tochter Terhen. Er sprach eine seltsame Sprache, die das kleine Mädchen offenbar verstand, auch wenn sie nicht antworten konnte. Auch Eirik sprach diese Sprache und erklärte den Fragern, daß es Finnisch sei.

Den Gutsleuten kam es seltsam vor, daß es in der Welt eine Sprache gab, die man unmöglich verstehen konnte: Alle verstanden doch die Worte der Dänen und Norweger, und diejenigen, die in England gewesen waren, sagten, daß es auch leicht sei, die Sprache der Engländer zu verstehen. Die deutschen Priester konnten den Schweden ihre Sache verständlich machen. Aber einige Weitgereiste behaupteten, daß die Sprache der Franken ebenso komisch sei wie die der Finnen, und es gab noch andere Sprachen, die unverständlich waren, wie die der Russen und Griechen.

Gudmund der Kaufmann konnte im Gut nicht die Rolle des Befehlshabers spielen, so daß Eirik der Starke sowieso Hausherr sein mußte. Da die Leute wußten, daß er nichts zustande brachte, taten alle ihre Arbeit, ohne weiter um Rat zu fragen, und alles ging gut.

Oberrichter Thorstein hatte sich umgehört, wer von den Männern bereit wäre, an einem Raubzug nach Osten teilzunehmen. In die Länder des Westens hatte der Oberrichter schon Raubzüge unternommen und Silber aus England und wunderbare Frauen aus Irland mitgebracht. Jetzt wollte er all das sehen, wovon Gudmund der Kaufmann erzählt hatte: Groß-Svetiod, das unermeßliche Land im Osten.

Den Oberrichter erregte die Vorstellung von den reichen Ufern der Wolga, den fremden und gefährlichen Völkern und das erstaunliche Meer der Chasaren, das sich mitten in der Steppe auftat und das keinen Abfluß hatte. Dorthin strömten die größten Flüsse der Welt, aber dennoch wurde es niemals voll. Von jenseits dieses Meeres kam alles Gold der Welt, und das begehrte der Oberrichter, denn Silber, so fand er, hatte er genug.

Es bedeutete nichts Gutes, daß Oberrichter Thorstein so bald nach seiner Abreise zurückkehrte; er war nur etwas über einen Monat fort gewesen. In dieser Zeit bekam man nicht viele Männer zusammen, und schon gar nicht bedeutende Anführer.

»Sie sagen, es lohnt nicht«, knurrte Thorstein wie ein gereizter Bär. »Feiglinge sind das, das ganze Volk vom Logen.«

»Sie können auch recht haben«, beruhigte ihn Gudmund der Kaufmann. Er wirkte müde, die Haut unter dem Bart war bleich, und er atmete mühsam. »Allein die Ausrüstung des Schiffs kostet viel, auch wenn man denkt, man könne sich die Lebensmittel unterwegs zusammenrauben. Und in Rußland kann man nicht mehr so leicht plündern wie früher. Fürst Wladimir, der jetzt in den Kirchen angeblich so angebetet wird wie Christus, hat überall entlang der Flüsse Befestigungen errichten lassen.«

»Ich würde ja auch gar nicht in Rußland rauben wollen«, murrte der Oberrichter. »Ich würde die Flüsse hinab bis weit nach Osten, nach Särkland, segeln.«

»Rußland erstreckt sich so weit nach Osten, wie die Flüsse fließen. Um nach Särkland zu kommen, mußt du erst die russischen Krieger und dann die Diener Allahs überwinden. Schwer zu sagen, welcher Stamm grausamer ist«, bemerkte Gudmund der Kaufmann trocken. »Du kommst zu spät, Schwager. Jetzt herrschen Zucht und Ordnung, wo früher das Chaos regierte, das den Normannen zugute kam. Im Westen hast du es mit König Knut, im Osten mit Fürst Jaroslaw zu tun. Die Zeit der großen Beutezüge ist vorbei.«

»Das glaube ich nicht«, brummte Oberrichter Thorstein. »Die Zeit der großen Männer ist vorbei.«

»Es sei denn«, überlegte Gudmund der Kaufmann, »es sei denn, du willst in die kaiserliche Garde von Konstantinopel. Dort hat sich manch einer Ruhm und Ehre erworben, Gold in seine Truhen und Sklavinnen in sein Bett bekommen und sich selbst einen Runenstein gesetzt.«

»Schlecht ziemt es sich für einen Mann mit der Würde eines Oberrichters, irgendeinem Kaiser zu gehorchen«, meinte Thorstein der Mächtige. »Und einen Runenstein werde ich mir auf jeden Fall errichten lassen.«

Schrilles Gekicher unterbrach das Geplauder der Männer. Holmfrids Stimme war so durchdringend, daß Terhen eine Gänsehaut bekam. Holmfrids Wangen glühten, der feuchte Mund glänzte, und ihre Haare hatten sich aus dem Nackenknoten gelöst. Die eine Schulterfibel hatte sich geöffnet, und der Vorderstreifen ihres Gewandes hing schief, so daß er die Halsöffnung des leinenen Unterkleids freigab. Die Öffnung war mit einer Schnur zugebunden, aber aus ihrem Schlitz schimmerte Holmfrids runde Brust hervor.

»Ich kitzle dich, Eirik! Du sollst lachen.«

Der Einfältige lachte, wenn man es ihm befahl. Eiriks Lachen schallte durch die Stille des Hallenhauses. Terhen schüttelte den schläfrigen Dunst ab, in dem sie gewöhnlich ihre Tage verbrachte.

Die Halle von Thorshof hielt den Atem an. Das Gesicht Gudmunds des Kaufmanns war weiß und das des Oberrichters rot. Fürstin Ida hatte sich halb von der Pritsche erhoben; ihre Augen wanderten besorgt vom Vater zum Sohn und zurück.

Terhen sprang auf und stürzte sich auf die Pritsche direkt in die

Arme von Eirik dem Starken. Sie kitzelte und zauste Eirik und kniff und puffte Holmfrid. Holmfrid kicherte wild, und Eirik der Starke schüttelte beide Mädchen ab.

»Hört auf!«

Fürstin Ida stand aufrecht da und ohrfeigte jeden, der sich in ihrer Reichweite befand. »Ihr seid unmöglich, macht einen Spektakel, daß die Rede der Klügeren darin untergeht.«

Aber Idas Stimme war erleichtert, und Gudmund der Kaufmann lachte. Oberrichter Thorstein sah nachdenklich seinen Sohn und dann seine Braut an. Sein Gesicht drückte Mißtrauen aus und entspannte sich erst, als Gudmund der Kaufmann von der herrlichen Stadt Itil zu erzählen begann, die man neuerdings Astrachan nannte.

Terhen von Arantila, die in Thorshof als Tochter Gudmunds des Kaufmanns galt, hockte sich wieder neben den Garnkorb. Ihre Finger arbeiteten flink, aber ihre Gedanken beschäftigten sich nervös mit den Menschen in der großen Halle des Thorshofs. Sie spürte um sich herum eine Bedrohung, die ebenso angsteinflößend war wie die in Rodarve. Gudmund der Kaufmann, der Terhen vor der Sklaverei errettet hatte, war krank – der fröhliche, lärmende und schlaue Gudmund würde bald sterben. Eirik der Starke, der in all seiner Einfalt freundlich zu Terhen war, befand sich in unfaßbarer Gefahr.

Diese zwei Menschen waren Terhens einzige Verbindung zu Vanaja, ihrer eigenen Sprache, einer beständigen und sicheren Welt. Es war furchtbar zu denken, daß sie sie verlassen würden. Sie hatte alles verloren, den Zauberer, Vanaja, Arantila, ihre Mutter – und jetzt würde sie Gudmund an den Tod und Eirik … an was verlieren?

Terhen konnte nicht verstehen, woher die Feindseligkeit und das Mißtrauen kamen, die sie in der großen Halle des Thorshofs spürte. Sie fror in ihrer durchsichtigen Eishülle, ihre Haut fühlte sich feucht an, ihr Atem ging stoßweise, und ihr war nach Weinen zumute.

»Macht die Tür zu«, sagte Oberrichter Thorstein gereizt. »Es ist kalt hier.«

Gudmund der Kaufmann hustete. Der Oberrichter hüllte sich in seinen Umhang.

»Legt mehr Holz ins Feuer. Ihr könnt nicht einmal die Stube heizen, wenn ich nicht da bin.«

»Oje, wie der Rauch heruntergedrückt wird!«

»In den Ecken ist es eiskalt.«

»Der Nebel dringt bis hier herein!«

Terhen berührte den Saum von Fürstin Idas Gewand.

»Armes Kind, du bist ja ganz blaß. Ein schreckliches Wetter, es macht uns noch alle krank. Es riecht ganz giftig. Leg dich nur hin.«

Aber Terhen legte sich nicht auf die Pritsche, auf der sie gewöhnlich mit Thorgerd schlief. Sie schlich sich an der Pritsche entlang zur Tür. Dabei hörte sie, wie die Menschen den kalten Nebel verfluchten, der sich an den Stützpfeilern der großen Halle, den Oberflächen der Truhen und an den Werkzeugen niederschlug. Terhen stieß die Tür im Giebel der Halle auf. Das gleißende Licht der Märzsonne flutete herein.

Die Toten des Thorshofes wohnten auf der Südwestspitze der Insel auf einem Hügel namens Rötbacken. Der Friedhof war für Terhen von Arantila ein vertrauter Ort. Sie hatte ihn gleich nach Weihnachten gesucht; Eirik der Starke hatte Terhens flehentliche Gesten verstanden und das Mädchen zu den Toten geführt. Vielleicht erinnerte sich der Bursche mit dem schwerfälligen Verstand an irgend etwas aus Vanaja und an den Tod des Zauberers – er mußte doch wissen, daß Terhen nicht die Tochter von Gudmund dem Kaufmann war. Zumindest wunderte er sich nicht darüber, daß Terhen Verlangen nach der Gesellschaft der Toten hatte.

Eirik der Starke redete unterwegs mit sich selbst.

»Ich bin getauft. Das geschah in Aldeigjuborg auf dem Gut des Jarls Ragnvald. Gudmund der Kaufmann verlangte das.«

Terhen nickte mitfühlend. Wenn Eirik getauft war, dann konnte er keinen Besuch im Totenreich machen.

»Aber auf dem Thorshof darf man Christus nicht einmal erwähnen.«

Terhen begriff plötzlich, daß der Bursche gern seinen eigenen Gott verehrt hätte. Das fand Terhen seltsam, denn ihr war der Christenglaube zuwider. Aber andererseits verstand sie die Leere, die sogar der Einfältige in sich verspürte. Hatte man doch ihr selbst den Zauberer, die Götter der Erde und der Luft und die eigenen Toten genommen.

»Für solch einen Dummkopf, wie ich es bin, ist es schwer zu wissen, wie man leben sollte.«

Eirik stapfte schwer neben Terhen her. Mit seiner großen Faust hielt er Terhen bei der Hand. Die Faust war so warm, daß Terhen ihren Handschuh auszog.

»Thor weiß nicht, was richtig und was falsch ist, obwohl mein Vater ihn so hoch in Ehren hält. Und auch Odin in seiner Weisheit gibt den Menschen keinen Rat. Die Asen machen sich überhaupt nichts aus den Menschen.«

In diesem Punkt war Terhen von Arantila einer Meinung mit Eirik dem Dummkopf. Die Götter waren für sich, irgendwo weit weg. Wirkliche Hilfe bekam der Mensch von den Toten seiner Familie.

»Nur Christus ist ein Lehrer«, sagte Eirik. Terhen verspürte Mitleid. Der arme Junge hatte niemals seine eigenen Toten kennenlernen dürfen.

Terhen kniete auf dem festgetretenen Schnee nieder und preßte den hölzernen Urgott an die Wange. Der Urgott war warm, so wie immer, wenn Terhen mit ihm sprach. Um Terhen herum waren lauter niedrige Grabüberdachungen, die auf Pfählen ruhten, und davor geschnitzte Säulen, in die mit Runen die Namen der Toten eingekerbt waren. Bäume gab es auf der Anhöhe nicht. Der Wind brauste über den kahlen Hügel. Der Schnee war davongeflogen, nur eine weiße Eisschicht bedeckte den Boden. Terhen sah nach, ob das Speiseopfer, das sie beim letzten Mal mitgebracht hatte, aufgegessen worden war.

Die Öde und Stille dämpften ihre Erregung. Terhen kauerte zwischen den Gräbern unter ihrem Umhang aus Fuchsfell nieder. Der Friedhof war der einzige Ort, wo sie nicht fror.

Die Wanderung durch die Gewölbe des Totenreichs wurde von Mal zu Mal schwieriger. Terhen konnte nicht mehr stolz von Kammer zu Kammer zu schweben. Die Freude war dahin, aber mit ihr auch die Angst. Wenn sie auch nur langsam und tastend vorankam, so fühlte sie sich hier doch sicher im Vergleich zu dem Leben auf der Erde.

Den Zauberer zu finden wurde immer schwieriger. Terhen wußte nicht, ob sie sich selbst verirrt hatte oder ob der Zauberer den Platz gewechselt hatte – vielleicht floh er sogar vor seiner Schülerin? Es war viel Wasser da, und es war kälter als früher. Die Toten schliefen zumeist. Viele der ihr bekannten Toten waren dahingewelkt und zusammengeschrumpft.

Endlich fand sie den Zauberer, und zum Glück war er wach. Seine Farbe hatte sich von bleich zu grau gewandelt, und auf seinem Körper wuchs seltsames Moos wie Schimmel. Aber er freute sich, als Terhen ihn anrief.

»Zauberer, ich bin Terhen von Arantila, die Tochter von Ari Fernfuß und Suvivilja von Vanaja. Ari Fernfuß' Vater war Aranti von Arantila und seine Mutter Merikirja von Sauvo. Suviviljas Vater war Nousia der Gesetzeskundige und ihre Mutter Terhi von Viljattula.«

Terhen nannte viele Male ihren Namen und ihre Herkunft, soweit sie sie kannte. Dieses Wissen war mehr für sie selbst bestimmt als für den Zauberer. In der Halle von Thorshof vergaß Terhen mitunter, wer sie eigentlich war: Sie war die Tochter von Arantila und die Tochter von Vanaja und die Tochter von Rodarve und die Tochter von Gudmund dem Kaufmann, und sie wurde sich nicht immer klar darüber, was wahr und richtig war und was ein Trugbild.

Im Totenreich war Terhen nicht stumm. Ihre Kehle öffnete sich, und sie konnte alle Worte und Ursprungszauber aufzählen, die der Zauberer sie gelehrt hatte.

»Ich muß Eirik retten.«

Irgendwie verstand Terhen, daß der Zauberer Gudmund dem Kaufmann nicht helfen konnte. Gudmund war unterwegs zu fremden Ufern, fort aus der Welt der Menschen. Er war ein Christ, und Terhen konnte ihm nicht folgen, ja nicht einmal seinen Namen nennen, wenn die Toten es hörten.

Die Stimme des Zauberers schallte nicht mehr durch die Kammern. Sie war so matt, daß sie eher ein Säuseln in Terhens Kopf war.

»Das Kind muß Kinderspielzeug bekommen.«

Terhen dankte, und der Zauberer fiel in Erstarrung. Terhen machte sich auf den Rückweg. Sie watete bis zu den Knien im Wasser, das langsam stieg. Ihre Kräfte ließen rasch nach. Sie spürte das schier unwiderstehliche Verlangen, sich im Wasser treiben zu lassen und sich dem zeitlosen Schlaf der Toten zu überlassen. Sie wirkten so still und ruhig in ihren lautlosen Kammern.

Aber Eirik der Starke brauchte Hilfe. Eirik der Einfältige, der nicht fähig war, sich um seine eigenen Angelegenheiten zu kümmern, jedoch zärtlich für das fremde kleine Mädchen gesorgt hatte. Jetzt war es an Terhen zu helfen.

Terhen drückte ihr einziges Spielzeug an sich, die Holzpuppe, die Rodvildi von Rodarve ihr gegeben hatte und die einen rotbemalten Mund und große runde Augen hatte. Die Puppe war mit einem ursprünglich weißen, jetzt schmuddelig grauen Leinenrock und einem aus einem Stückchen Wollstoff geschnittenen, mit einem Knüpfband gesäumten blauen Umhang bekleidet. Die Haare aus Roßhaar waren durch Löcher gezogen, die in den Kopf gestochen worden waren. Die Puppe war so häßlich wie ein Ungeheuer. Terhen liebte sie ebenso sehr wie den Urgott – vielleicht noch mehr, denn der Urgott war erhaben, stand über allem, aber die Puppe war ein Teil des Mädchens.

Oberrichter Thorsteins eigener Skalde Björn erbot sich, nach dem Essen etwas Ruhiges zu singen, damit die Stimmung des Oberrichters sich aufhellte. Er sang dann von Auni, dem König von Uppsala, der uralt wurde, indem er Odin im Abstand von zehn Jahren seine neun Söhne opferte. Björns Dichtwerk erfreute jedoch nicht den Oberrichter, der nur einen einzigen Sohn hatte, der noch dazu schwachsinnig war und dazu neigte, bei der Braut seines Vaters Annäherungsversuche zu machen.

Holmfrid machte sich an der Seite Eiriks des Starken zu schaffen, rieb ihre Brüste am Arm des Burschen und kämmte mit ihrem eigenen Kamm Eiriks undurchdringliches Haar. Der Bursche versuchte, so etwas wie ein Schiffsmodell zu schnitzen. Fürstin Ida versuchte, die Aufmerksamkeit des Oberrichters von Holmfrid abzulenken. Die Leute blickten verstohlen zu dem Oberrichter, bereit, vor seinem aufsteigenden Zorn zu flüchten.

Die Stimme von Björn dem Skalden verflog unsicher unter dem hohen Dach der Halle. Holmfrids kreischendes Gelächter gellte durch die Stille. Oberrichter Thorstein brummte und erhob sich halb von seinem Sitz. Fürstin Ida eilte neben ihn und packte ihn am Arm. Der Oberrichter schüttelte sie ab wie eine Fliege.

Die stumme Tochter Gudmunds des Kaufmanns erschien vor Holmfrid. Terhen berührte Holmfrid am Knie, und als sie sich umwandte, hielt Terhen ihr die schmuddelige Puppe hin.

»Was denn?«

Holmfrid kreischte vor Freude und schnappte sich die Puppe. Im Nu hatte sie Eirik den Starken vergessen, kletterte auf die Pritsche und begann, mit der Puppe zu spielen. Der Oberrichter stand langsam auf. Er starrte verblüfft seine Braut an, die fröhlich mit der Puppe plauderte.

»Man hat mich mit einem Kind verlobt. Das Mädel ist ja schwachsinnig. Der König hat mich betrogen.«

»Holmfrid ist etwas kindisch, aber um so demütiger«, flüsterte Fürstin Ida.

»Verrückt ist sie. Ebenso einfältig wie Eirik.«

Der Oberrichter sah zu seinem Sohn hinüber. Er konnte seine Verbitterung nicht verbergen.

»Deshalb fühlen sie sich wohl miteinander. Der Einfältige und die Einfältige. Der Erbe von Thorshof und die Herrin von Thorshof. Mein Schwiegersohn, der König, hat wohl gedacht, daß hier weiter nichts gebraucht wird.«

Gudmund der Kaufmann atmete qualvoll.

»Schwager, Holmfrid wird eine gute Ehefrau. Sie ist fröhlich und gutherzig. Du kannst sie so erziehen, wie du sie haben willst.«

Oberrichter Thorstein murmelte vor sich hin und konnte sich nicht entscheiden, ob er wütend sein sollte oder nicht.

»Und fruchtbar ist das Mädchen sicherlich.« Gudmund der Kaufmann bemühte sich um den früheren scherzhaften Ton. »Sieh dir nur ihre Hüften an. Du wirst es noch schwierig haben, all deine künftigen Kinder zu ernähren.«

»Ich werde im Lande Hel weilen, ehe ich dazu komme, sie zu zeugen«, knurrte der Oberrichter, aber er mußte Gudmund zulächeln.

Fürstin Ida trat näher.

»Oberrichter, es wird das beste sein, wenn du Holmfrid in dein Bett nimmst. Je eher sie schwanger wird, desto besser.«

»Vor zwei Monden hat man mir gesagt, sie sei noch zu jung.«

»Jetzt ist sie alt genug«, sagte Fürstin Ida entschieden.

»Dein Wort genügt mir, liebe Schwiegermutter«, nickte Oberrichter Thorstein. Sein Blick glitt gierig über Holmfrids drallen Körper. Daran wenigstens war nichts Kindisches.

»Dona eis pacem.«

Gudmund der Kaufmann hörte auf zu atmen.

»Er ist tot«, sagte Oberrichter Thorstein. »Du kannst gehen, Priester.«

»Stelle dich nicht gegen Gott, Oberrichter. Der Tote muß ein christliches Begräbnis bekommen.«

»Das bekommt er. Auf dem Rötbacken kannst du die Messe lesen, so lange du willst. In die Angelegenheiten der Toten mische ich mich nicht ein. Du konntest nur deshalb hierherkommen, weil Gudmund mein Schwager war. Jetzt ist er tot, und wir brauchen hier weder dich noch deinen Christus.«

Vater Nitker, den König Anund geschickt hatte, um Gudmund dem Kaufmann die letzte Ölung zu geben, war von zäher Natur. Er war an lästernde Heiden gewöhnt.

»An dem Leichnam sind noch vielerlei Gebete zu sprechen«, sagte der Priester eigensinnig.

»Sprich sie auf dem Hof. Dieses ist ein Haus Thors.«

Lautes Schluchzen unterbrach das Gezänk des Priesters und des Oberrichters. Eirik der Starke, der schwachsinnige Erbe des Thorshofes, hielt die ausgezehrte Hand Gudmunds des Kaufmanns. Weinkrämpfe schüttelten den riesigen Körper des Burschen wie der Sturm einen großen Baum.

Oberrichter Thorstein blickte wohlwollend auf seinen Sohn.

»Es ist ganz recht, daß du deinen Ziehvater betrauerst. Aber das Geplapper der Christen brauchst du dir dennoch nicht anzuhören.«

Der Bursche hob seine rotgeränderten Augen.

»Herr, ich bin Christ.«

Der Oberrichter winkte ab.

»Was hat es schon zu bedeuten, was ein Verrückter glaubt. Du bist getauft worden, damit Gudmund dich auf seine Handelsreisen nach Rußland mitnehmen konnte.«

Eirik nickte demütig. Zusammen mit dem Priester Nitker und dem stummen finnischen Mädchen folgte er dem Leichnam seines Ziehvaters auf den Rötbacken.

Gudmund der Kaufmann wurde in der Nähe seiner Schwester Sigrid von West-Götaland begraben, die die zweite Frau des Oberrichters Thorstein gewesen war. Aber während Sigrid ihren prächtigen Schmuck, ihre Spindel und ihre Sichel sowie eine Färse und ein Mutterschaf als Grabopfer mitbekommen hatte, ging Gudmund der Kaufmann, in ein weißes Tuch gehüllt, ohne Waffen und Proviant auf seine letzte Reise.

Ein solcher Fortgang war, so fanden die Leute vom Thorshof, befremdlich und auch bedauernswert, aber der Priester Nitker erklärte, daß es genau so gemacht werden mußte. Die Christen kamen nämlich sofort in den Himmel, der ihr Walhalla war, und brauchten keinen Reiseproviant.

»Im Himmel wird nicht gearbeitet«, sagte der Priester Nitker, und alle fanden, daß das gut klang.

»Und dort wird auch nicht Handel getrieben, so daß Gudmund der Kaufmann keine Waage braucht. Im Himmel gibt es für alle genug Schätze.«

Es klang so, als wäre der Himmel ein wunderbarer Ort. Außerdem kamen alle Christen dorthin, die Sklaven ebenso wie die Oberrichter.

»Und im Himmel wird auch kein Krieg geführt. Waffen und Pferde kann man zurücklassen.«

Doch nicht viele Krieger vom Thorshof waren bereit, auf ihre Waffen zu verzichten. Friedensverträge waren seit Menschengedenken geschlossen und gebrochen worden. Dies war wieder ein Vertrag, und er war kaum zuverlässiger als die früheren.

Der Märztag neigte sich dem Abend zu. Eirik der Starke hockte immer noch auf dem Rötbacken. Er weinte nicht mehr, sondern starrte mit trockenen Augen nach Osten, als wollte er wieder die reißenden Ströme sehen, auf denen er mit Gudmund dem Kaufmann gerudert war.

Das stumme Mädchen schlich sich auf den windigen Hügel hinauf. Sie trug in der Hand einen kleinen hölzernen Napf mit Gerstenbrei. Das Mädchen sah Eirik zögernd an und stellte dann das Speiseopfer auf das Grab. Eirik der Starke streckte seine große Hand aus. Das kleine Mädchen legte seine Hand in die des Burschen. Sie standen in dem dunkelnden Abend und trauerten gemeinsam um den einzigen Menschen, der sie beide aufrichtig gern gehabt hatte.

13. Kapitel

1030

König Anund diente dem Weißen Christus und gehorchte im allgemeinen den Anordnungen seiner Priester. Aber in einer Sache gab er dem Genörgel von Vater Rudpert, Vater Nitker und Vater Sigebod nicht nach.

Die Schweden versammelten sich alle neun Jahre zu ihrem Nationalopfer im Goldenen Tempel von Uppsala. Das Opfern wurde vom König der Svea- und Götaländer vollzogen. Tat er das nicht, war er bald nicht mehr der König.

Sogar Olaf Schoßkönig hatte die Bedeutung des Nationalopfers verstanden. König Olaf war ein strenger Christ. Er war als Jüngling in Rußland getauft worden, und seine Paten waren Fürst Wladimir selbst, der frommste und grausamste aller Russen, und dessen griechische Gemahlin Anna Porphyrogenneta. Olaf Schoßkönig hatte die vornehmen Säle Odins verbrennen und eine Kirche bauen wollen, auf deren Vorplatz die Gerichtstage von Uppland abgehalten werden sollten. Die Bauern von Uppland waren anderer Ansicht.

»Wo Gerichtstag, da Odin. Wenn der Opferhof dem Nachkommen der Könige von Uppsala nicht paßt, dann soll er mit seinem Christus und allem Drum und Dran woanders hinziehen.«

Olaf Schoßkönig war zur Hälfte Uppländer und ebenso eigensinnig wie die Uppländer allgemein. Er unterließ es, den Tempel zu verbrennen, zog aber tatsächlich nach West-Götaland, wo das Volk gemäßigter war – und auch klüger, hieß es. Die Uppländer wurden nachdenklich, als sie begriffen, daß sie ihren König verloren hatten. Aber natürlich konnte niemand mehr sein Wort zurücknehmen. Der König wohnte in Husaby, und Odin, Thor und Freya wohnten in Uppsala.

König Anund hatte nicht die Absicht, wegen Christus sein Reich zu verlieren. Er hielt sich gern in Sigtuna auf, das lag gleichsam zwischen Husaby und Uppsala. Gerichtstag wurde weiterhin in Uppsala gehalten, und der König reiste mit Vergnügen dorthin. Es war eine Erleichterung, die machthungrigen Priester in Sigtuna zu lassen; es schien ihm, als hätte er die Fesseln abgeschüttelt, wenn er das Schiff bestieg, in dem er mit Königin Gunnhild und Gefolge durch die schmale Bucht von Ekoln nach Aros und den Fluß Sala hinaufgerudert wurde.

Im Schiff des Königs saßen außer dem König und der Königin Olaf Schoßkönigs Tochter Thorgerd, die im heiratsfähigen Alter war, und deren Freundin Terhen. Im zweiten Schiff folgten der Halbbruder des Königs, Emund der Wende, und seine Gemahlin Fürstin Ida. Und im dritten Schiff reiste Astrid, die unaufhörlich lächelnde und nickende Königin von Norwegen, die Emunds Schwester und König Anunds Halbschwester war.

Die Stoffe leuchteten in bunten Farben, und der Silberschmuck glänzte, die Umhänge flatterten, und die polierten Waffen funkelten in der Frühlingssonne. Der Schiffsteer duftete, die Taue knirschten, die Schilde polterten und das Leder knarrte. Die Ruder tauchten klatschend ins Wasser, hoben sich und tauchten wieder klatschend ein. Die Ruderer sangen uralte Ruderlieder von königlichen Helden.

»Es ist schön, Lieder über ein großes Geschlecht zu hören«, sagte der König zufrieden, »und noch schöner, daß es das eigene Geschlecht ist.«

Als man den Sala-Fluß noch weiter hinaufkam, wurde das allen bekannte Lied vom Kampf bei Fyrisvall angestimmt. Das geschah König Anund zu Ehren: In Fyrisvall hatte Anunds Vatersvater Erich der Siegreiche seinen Bruderssohn Styrbjörn den Starken geschlagen. Die Schlacht hatte an den Ufern des Sala-Flusses stattgefunden, die von der Flut überschwemmt waren. An diesen Ufern standen jetzt Menschen und winkten dem König zu, der nach uraltem Brauch kam, um das Glück und den Erfolg seiner Untertanen durch ein Opfer zu sichern.

Im Königsgut von Fyrisäng wurde König Anund von seinem Schwiegervater, dem Oberrichter der Inseln Thorstein dem Mächtigen, empfangen, der noch vor dem König aus Roslagen eingetroffen war. Der Oberrichter begrüßte seine Tochter, Königin Gunnhild, und wandte sich dann seinem Schwiegersohn zu, um ihm zu danken.

»Ich kann deine Weisheit nicht genug preisen, König, daß du mir deine Bruderstochter Holmfrid zur Frau gegeben hast.«

Oberrichter Thorstein schenkte dem König einen silbernen Becher, dessen Rand mit Tierornamenten verziert war. Seiner Tochter, der Königin, schenkte er einen geschliffenen Bergkristall, der so groß war wie ein Hühnerei. Er war in einen Silberreif eingelassen, und man konnte ihn als Vergrößerungsglas benutzen, wenn man kleine Muster auf Stoff zeichnete.

König Anund lächelte wohlwollend. Dank und Lobpreisung waren ihm wichtiger als Reichtum oder kriegerische Ehren, wenn er auch gemeinsam mit seinem Schwager, Olaf dem Dicken von Norwegen, gegen den mächtigen König Knut von England gekämpft hatte. Dieser Krieg war alles andere als gut verlaufen. Knut von England hatte bisweilen behauptet, auch in Schweden König zu sein. Da aber Knut niemals auch nur einen einzigen schwedischen Untertanen zu Gesicht bekam und seine Befehle nicht beachtet wurden, ließ man ihn sich nennen, wie er wollte.

»Er kommandiert wie Knut die Schweden«, pflegte man zu sagen, wenn ein kleines Kind irgend etwas verlangte.

König Anund wollte, daß alle ihn mochten: Priester und Heiden, die Götaländer und die Leute aus Svea, Christus und Odin. Er machte Geschenke, die nichts kosteten, wie Frauen aus seiner Sippe, und Versprechungen, deren Einhaltung nicht schwierig war, wie für jemanden zu beten. Dennoch konnte der König plötzlich aus nichtigem Grunde zürnen: Er duldete es nicht, daß die Bauern das Gesetz verletzten, und sei es auch nur ein klein wenig. Dann tötete und brandschatzte der König blindwütig, und keine Gebete konnten ihn rühren.

»Meine Frau Holmfrid wurde sofort schwanger, als ich sie zu mir ins Bett nahm«, berichtete Oberrichter Thorstein triumphierend, und König Anund nickte wissend, so als wäre es sein eigenes Verdienst, daß die Gebärmutter seiner Bruderstochter so gehorsam war.

»Ich habe ein besonderes Opfer für Frey vorgesehen. Bisher war er mir nicht wohlgesonnen – vielleicht habe ich ihn nicht richtig besänftigen können. Ich bin ja Thors Opferträger.«

»Auch die Mutter des Weißen Christus, die Jungfrau ist und Maria heißt, gibt den Menschen Fruchtbarkeit«, erzählte Anund hilfsbereit.

Oberrichter Thorstein sah den König verblüfft an.

»Jungfrau? Soll ich irgendeiner Jungfrau opfern, damit mein Samen stark wird? Wie kann eine Jungfrau ein Kind gebären?«

»Gerade darin besteht das Göttliche«, erklärte König Anund weise.

»Hexerei«, behauptete der Oberrichter. »Daraus entsteht ein böser Geist, ein neuer Wolf Fenris. Werden alle christlichen Jungfrauen anfangen, Kinder zu gebären?«

»Oberrichter«, bat Anund, »vergiß die ganze Sache. Gut, daß du einen ordentlichen Erben anstelle deines einfältigen Sohnes bekommst.«

»Eirik mag ja langsam von Verstand sein«, begann der Oberrichter sofort seinen Sohn zu verteidigen, »er ist aber auch stärker als jeder andere Mann in Svetiod. Eirik hat meine Kraft und meinen ruhigen Charakter geerbt, aber nicht meine Klugheit. Ich sage dir das, König, damit du deine Leute davor warnst, meinen Sohn zu ärgern. Eines Tages wird Eirik böse, und ich will kein Wergeld für deine Männer bezahlen.«

Der Oberrichter der Inseln Thorstein der Mächtige opferte den Göttern so, daß man sich daran erinnerte. Er hatte es geschafft, seine Frau zu schwängern; zum Dank schenkte er Frey eine goldene Mantelfibel, die er in den Tempelweiher warf. Außerdem führte einer seiner Sklaven ein Bullenkalb zum Tempel. Das opferte Oberrichter Thorstein dem Gott Frey eigenhändig am Fuße eines hohen Holzpfahls. Der Pfahl war mit komplizierten Schnitzmustern verziert und bemalt und vom Opferblut im Laufe der Jahre ganz dunkel geworden: Ein Symbol für Freys Männlichkeit, aus dem die Fruchtbarkeit von ganz Svetiod hervorquoll.

Außer den Opfern für Frey brachte Thorstein der Mächtige Odin und Thor einen Hengst und einen Mann als Opfer dar, denselben Sklaven, der Frey den Bullen gebracht hatte. Die Beschaffung von Menschenopfern wurde immer schwieriger, ebenso wie die Ufer, die man plündern konnte, zur Neige gingen. Früher hatte Odin in jedem Opferjahr neun Männer bekommen, die dann am Strick an den Ästen des heiligen Baumes baumelten. Auch in den Jahren zwischen den Nationalopfern wurden Sklaven zum Gelingen der großen Kriegszüge als Opfer dargebracht. Heutzutage war es schwierig, Sklaven aus den mit Palisaden umgebenen Dörfern zu rauben. Auch der Sklavenkauf war schwierig geworden. Niemand wollte seine eigenen verkaufen, weil man keine neuen bekam, es sei denn, man schwängerte seine Sklavinnen.

Oberrichter Thorstein betrachtete verstohlen seinen Sohn Eirik den Starken, der rechts von ihm ein wenig weiter hinten stand. Der Sohn war unbewaffnet so wie sein Vater – auf dem Opfergelände durfte man keine Waffe tragen. Aber die furchterregenden Fäuste des Burschen genügten.

Der Oberrichter machte sich Sorgen um Eirik. Dies war das erste Nationalopfer des jungen Mannes. Der Oberrichter erinnerte sich daran, wie ihn selbst bei seinem ersten Nationalopfer Entsetzen und Zittern überkommen war. Schon der Tempel, das gewaltige Gebäude mit Drachenköpfen und goldener Kette, war verwirrend. Aber furchterregend wurde die Veranstaltung durch den Lärm der Tiere: Brüllen, Gebell, Gewieher, Todesschreie. Die Stimmen der Menschen waren nicht so störend. Ein Jüngling in Eiriks Alter hatte schon an einem Kampf teilgenommen: Er wußte, wie Todesröcheln klingt. Über Tieren und Menschen dröhnte das Trommeln der Opferträger und tiefer, rhythmischer Gesang.

Der geopferte Sklave war ein alter Mann, den Eirik sein Leben lang gekannt hatte. Oberrichter Thorstein sah, wie die Lippen des Jungen sich zusammenpreßten und das grobknochige Gesicht sich verzog und noch häßlicher wurde, als Kol am Strick an einem Ast des himmelhohen heiligen Baums hing.

»Eirik, du weißt, daß Kol diesen Tod wollte.«

Der Junge schluchzte.

»Das Opfer ist meine Dankesbezeugung an Kol, der mir jahrzehntelang treu gedient hat«, ereiferte sich der Oberrichter. »Begreifst du nicht, daß es Kol auf diese Weise erspart bleibt, in die Schreckenskammern von Lokes Tochter zu geraten? Wir haben schon vor vielen Jahren ausgemacht, daß er Odin zu Ehren beim Nationalopfer sterben darf.«

Eirik nickte. Das Wasser lief ihm aus den Augen auf sein breites Kinn hinab.

»Trotzdem vermisse ich Kol.«

»Denk daran, daß es ihm erspart bleibt, als alter Mann bis zu seinem Tod dahinzusiechen. Ein Sklave kann selten im Kampf fallen. Etwas Besseres als dies kann ich keinem Sklaven bieten.«

Das Opfern dauerte einen Tag und eine Nacht und noch einen Tag. Opferbier gab es reichlich, ebenso Essen. Am Abend des zweiten Tages schien es, daß es mehr baumelnde Leichen gab als Männer, die aufrecht standen. Am darauffolgenden Morgen sollte der Gerichtstag beginnen.

König Anund betrat den ersten Raum des Tempels. An den Wänden waren Bänke angebracht, auf denen die Autoritäten saßen und versuchten, wach zu bleiben. König Anund war stark berauscht und zufrieden mit der Üppigkeit des Opfers. Alles war so verlaufen, wie es sollte, und bei den Ritualen hatte es keine Fehler gegeben.

»Diese Nacht schlafen wir. Morgen sprechen wir Recht und hören das Gesetz.«

Der König betrat den hinteren Raum, der der heiligste Ort von ganz Svetiod war. In der Mitte des Raumes befand sich ein Podest. Auf dem Podest brannte eine Lampe. Sie warf ein schwankendes Licht auf die Götterbilder, die das Podest umgaben. Sie sahen schrecklich aus, solange man sich noch nicht an sie gewöhnt hatte. Für Anund war dies sein zweites Opfer als König, bei dem er sich zu den Göttern begeben mußte. Es machte ihm nichts mehr aus. Er nahm einen schweren goldenen Reifen vom Arm und legte ihn auf das Podest. Der Reifen, der keinen Anfang und kein Ende hatte, war ein Sinnbild des Erdkreises. Große Eide, die man auf die Blutrache, die Treue oder die Unschuld schwor, mußte man im Tempel mit der Hand auf dem Weltreifen schwören.

König Anund verbeugte sich vor den Göttern: vor Odin, Thor und Frey. Er löschte die Lampe und wandte sich ab. Odin hatte bekommen, was ihm zustand, ebenso die Uppländer. Morgen würde wieder Christus an der Reihe sein.

»In Aros liegen fremde Schiffe!«

»Hunderte von Männern, sie landen!«

»Sie kommen, um das Opfer zu stören. Man muß den König warnen.«

»Alle Männer sind in dem heiligen Kreis.«

»Die Königin ist ohne Schutz!«

Der Befehlshaber der Wache im Königsgut Fyrisäng, die nur aus wenigen Leuten bestand, schloß die Tore des Gutes. Er entsandte einen Boten, um die beim Opfer versammelten Männer von Uppland und Götaland zu alarmieren. Viel mehr konnte er nicht tun, und dies war wenig genug; der Opferhof von Uppsala war angefüllt mit den besten Kriegshelden Svetiods – die, als sie sich zu dem Opfer begaben, ihre Waffen in Fyrisäng zurückgelassen hatten.

Es war noch niemals geschehen, daß irgendein Normanne zur Zeit des Opfers ohne Vorankündigung eine große Kriegerschar nach Uppsala gebracht hätte. Odin raubte man nicht aus: Der Tempelweiher war voller Schätze, aber die Kraft der Götter schützte sie.

»Wer wagt es, das heilige Gebiet zu mißachten?« Königin Gunnhild, eine Christin, verstand es, den alten Göttern ihre Verehrung zu bezeigen, wenn ihre Sicherheit davon abhing.

Holmstein, der Befehlshaber der Wache, drängte sich in die Stube hinter der großen Halle, in der die vornehmen Frauen ihre Zeit mit Geplauder und Handarbeiten verbrachten. Königin Gunnhild saß auf der Pritsche, weich wie ein Sack aus verziertem Stoff. Sie hatte Angst, und Angst hatten auch alle anderen außer Fürstin Ida, der Gemahlin Emunds des Wenden. Holmstein richtete das Wort an Ida, die ein wenig vor den anderen stand.

»Kein Schwede, Norweger oder Däne kommt mit Waffengewalt nach Uppsala auf das Gelände des Goldenen Tempels«, sagte Holmstein.

»Deutsche?« fragte Fürstin Ida erstaunt. »Wenden? Die schaffen es nie, bis ins Herz von Svetiod zu segeln.«

»Es sind Normannen«, antwortete Holmstein. »Sie müssen Christen sein. Niemand anders wagt es, mit seinen Füßen in den Kreis der Götter zu treten.«

»Sie werden uns als Sklaven rauben!« heulte Holmfrid los.

Fürstin Ida verstand. Sie sah Holmstein fragend an.

»Sie sind gekommen, um den Tempel zu verbrennen?«

»Und das Gut«, bestätigte Holmstein.

Das Königsgut Fyris war ein ganzes Dorf. Dazu gehörten Dutzende von Häusern, Speichern, Waffenlagern, Kochhäusern, Pferde- und Kuhställen. Dort wurden Hunderte von Pferden versorgt, Sättel geputzt und Waffen gereinigt. Täglich wurde für etwa zweihundert Leute Essen zubereitet: Getreide gemahlen, Tiere geschlachtet, Fische ausgenommen, Brei gekocht und Brot gebacken, Fleisch gebraten und Butter gekirnt.

Allein die Opfergäste des Königgutes verschlangen speicherweise Dörrfisch, ganze Lämmer, Dutzende von Vögeln, tonnenweise Sauermilch und kesselweise Brei. Dutzende von Mägden und Knechten schufteten vom frühen Morgen bis in den späten Abend, um die vornehmen Herrschaften zweimal am Tag zu verköstigen.

Die königlichen Frauen verwandten an all dieses Treiben ebensowenig einen Gedanken wie ein satter Seehund auf seinem Stein an einen Fischschwarm. Königin Gunnhild tat nichts. Fürstin Ida stickte auf Stoff ein Modell des Rosses Sleipnir mit allen Einzelheiten für den Wandbehang, den sie auf dem Webstuhl des Thorshofes hatte. Holmfrid bewunderte ihren Bauch, der sich kaum merklich gerundet hatte. Königstochter Thorgerd und ihre Freundin Terhen beschäftigten sich jede für sich mit dem Nähen der Säume eines Leinenhemdes.

Die Magd der Hausherrin von Fyrisäng hieß Fastvi; sie war eine verständige und tüchtige Frau und erlaubte es niemandem, sich in ihre Arbeiten einzumischen. Feuer wurde angezündet, das Essen auf- und wieder abgetragen, der Abfall wurde fortgeräumt, Felle, Häute und Kleider gelüftet. Königin Gunnhild betrachtete das Treiben schlaff und zufrieden.

Jetzt mußte die Königin aufwachen.

»Kannst du uns verteidigen, Holmstein?«

Der Befehlshaber des Königguts schüttelte den Kopf.

»Es sind zu viele Krieger. Sie übersteigen den Palisadenzaun, wie es ihnen gefällt.«

Königin Gunnhild begann zu schluchzen. Königstochter Thorgerd wimmerte erbärmlich. Die vertriebene Königin Astrid von Norwegen stand auf und tippte ihrer Schwägerin Gunnhild auf die Schulter.

»Es schickt sich nicht für die weiblichen Angehörigen heldenhafter Männer, sich der Angst zu überlassen.«

Astrid trat zu Holmstein.

»Ich bin Christin und mein Mann Olaf der Dicke ist ein christlicher Fürst. Ich werde gehen und mit den Angreifern reden. Sie töten keine vornehmen christlichen Frauen.«

»Hier geht es auch gar nicht um das Töten«, murmelte Holmstein, »sondern um das Vergnügen. Königin, hier gibt es viele junge Frauen.«

Astrid nickte.

»Gerade deshalb. Schändung ist eine schreckliche Sünde.«

Astrid von Norwegen schritt durch die große Halle auf die weitläufige Hofstelle von Fyrisäng hinaus. Die nervösen Leute machten ihr Platz wie ein geteiltes Meer.

Königin Astrid war das zweitälteste Kind von Olaf Schoßkönig. Ihre und Emunds Mutter war die wendische Jarlstochter Edla, die Olaf Schoßkönig als junger Mann von Herzen geliebt hatte. Astrid war das schönste von Olaf Schoßkönigs Kindern und der Liebling des Vaters. Aber daß die Menschen sie bewunderten und ihr Vater sie verwöhnte, genügte ihr nicht.

Ihre Stiefmutter Königin Estrid ließ Astrid niemals vergessen, daß sie das Kind einer Nebenfrau war. Astrid hatte immer das Gefühl, schlechter zu sein als die anderen. Sie war fröhlich und angenehm, lieb zu allen, hilfsbereit und mitfühlend. Aber wenn ihre Verwandten, Freunde und Diener sie liebten, weil sie ein guter und ehrlicher Mensch war, glaubte sie ihnen nicht, sondern unternahm noch mehr Anstrengungen, um es allen recht zu machen.

Ein einziges Mal hatte Königin Astrid nach ihrem eigenen Willen gehandelt. Damals hatte sie ihren Vater und ihre Halbschwester Ingegerd gekränkt.

Vor zehn Jahren wollte der norwegische König Olaf der Dicke mit seinem Rivalen Olaf Schoßkönig einen Vergleich schließen. Als Besiegelung des Vergleichs wollte er Ingegerd, die Tochter des Königs, heiraten. Aber Olaf Schoßkönig, dem die Norweger zuwider waren, verweigerte die Ehe.

Da ergriff Astrid, die immer im Schatten ihrer willensstarken Schwester gestanden und sich allen gegenüber demütig verhalten hatte, die Gelegenheit beim Schopfe. Sie tat das in einer Weise, die allen Vornehmen Svetiods die Sprache verschlug.

Astrid mischte sich bei einem großen Fest unter das Gefolge des Oberrichters Ragnvald von West-Götaland. Von dort sandte sie an Olaf den Dicken von Norwegen die Nachricht, daß sie bereit sei, ihn zu heiraten. Der norwegische König war erfreut: Er bekam eine schwedische Königstochter zur Frau und konnte sich gleichzeitig an Olaf Schoßkönig rächen.

Astrid wußte, daß Olaf der Dicke sie als Ersatz für Ingegerd heiratete. Das war ihr egal, denn sie begehrte den berühmten König von Norwegen mehr als alles andere und wäre sogar als Küchenmagd in das Königsgut von Olaf dem Dicken gegangen. In Norwegen hatte man Astrid sehr gern, obwohl sie mit Kindern kein Glück hatte: Von ihren Kindern blieb nur die Tochter Ulfhild am Leben. König Olaf der Dicke nahm sich als Nebenfrau, die ihm Söhne gebären sollte, eine junge Frau. Königin Astrid wählte ihm selbst ihre eigene Dienerin Alfhild aus, die aus nicht allzu guter Familie war, nicht zu schön und nicht zu klug, aber gesund und ihrem Wesen nach ausgeglichen und unterwürfig.

Als die Norweger Olaf den Dicken wegen seiner Selbstherrlichkeit aus dem Lande vertrieben, ließ Astrid sich in Schweden am Hof ihres Bruders König Anund nieder. Bei jeder Gelegenheit erinnerte Astrid an die Interessen ihres Mannes; solche Treue und Fürsorglichkeit trugen ihr viel Ehre ein.

Königin Astrid überquerte den großen Hof von Fyrisäng und bedeutete den das Tor bewachenden Kriegern, für sie den Balken zu heben und ihr das Tor zu öffnen. Die Männer zögerten, aber Holmstein nickte.

Astrid ging den Weg nach Aros entlang. Sie fühlte sich ruhig, ja glücklich. Sie würde die Leute vom Königsgut retten. Alle würden ihr dankbar sein. Und wenn es nicht so kommen sollte, wenn die aus Aros kommende Kriegerschar sie töten würde, was machte das schon? Astrid war Christin: Sie würde in den Himmel kommen. Ohne Olaf den Dicken würde Astrid am Leben keine Freude haben.

Die marschierende Kriegerschar sah aus wie eine Riesenschlange, die sich den Weg entlang wand. Königin Astrid erkannte die besonderen Panzerhemden der ersten Männer: Sie hatten weder Schuppen noch Ringe, sondern breite, quer angebrachte Eisengürtel. Astrid wußte, wo solche Panzer verwendet wurden. Diese Männer kamen aus dem Osten, aus Rußland.

Astrid flog dahin und kam erst im Arm des Königs von Norwegen zum Stehen.

»Mein Herr. Mein Herr. Du bist zurückgekehrt.«

»Christus sei Dank, daß ich bis hierher gekommen bin«, sagte Olaf der Dicke. »Aber der schwierigste Teil meiner Reise steht noch bevor. Dennoch ist es schön, dich zu sehen, Königin. Erzähl mir die Wahrheit über die Gerüchte, die ich auf Gotland gehört habe: Der junge Lade-Jarl Haakon ist ertrunken, und Norwegen ist ohne Oberhaupt.«

»Lade-Jarl Haakon hat im letzten Herbst mit seiner Braut England verlassen, und seitdem hat man nichts mehr von dem Schiff gehört«, bestätigte Königin Astrid. »In Norwegen gibt es keinen König und keinen Jarl.«

»Du bist eine gute Frau«, sagte Olaf der Dicke gerührt.

Eirik der Starke stand vor seinem Vater, dem Oberrichter Thorstein dem Mächtigen. Er bemühte sich offensichtlich, ehrerbietig und vernünftig zu sein, aber es gelang ihm nur, zu schnaufen und sich zu räuspern. Im Königsgut Fyrisäng herrschten Aufregung und Durcheinander wegen der Ankunft des norwegischen Königs und seines Gefolges. Die Unruhe hatte anscheinend auch den Einfältigen ergriffen.

»Vater, ich möchte mit Olaf von Norwegen gehen und um seine Krone kämpfen.«

»Ich wußte gar nicht, daß du Olaf den Dicken so gern hast«, sagte der Oberrichter Thorstein der Mächtige säuerlich.

»Er ist mir ganz egal«, sagte Eirik mit kindlicher Aufrichtigkeit. »Ich will in den Kampf.«

Einen solchen Wunsch konnte der Oberrichter billigen. Natürlich wollte ein junger Mann kämpfen, was hätte er denn sonst tun sollen, um sich seine Zeit zu vertreiben?

Olaf Haraldsson hatte zweihundert Krieger mitgebracht, von denen ein Teil seine eigenen Mannen waren, ein anderer solche, die Jaroslaw ihm aus seiner eigenen Drushina mitgegeben hatte. König Anund schickte seine Krieger nicht gern in den Kampf gegen die Norweger.

»Wir wissen, daß die Norweger harte Männer und große Krieger sind und daß es gefährlich ist, sie anzugreifen.«

Nach einigem Zögern hatte Anund seinem Schwager jedoch von seiner eigenen Truppe vierhundert Mann mit Ausrüstung und Proviant zugesagt.

»Diese Männer gehen auf meinen Befehl in den Kampf, und der Krieg ist nur ihr Krieg. Wie es ihnen auch ergehen mag, ihre Väter, Brüder und Schwager sind nicht verpflichtet, sie zu rächen.«

Der Einfluß von Königin Astrid hatte den Ausschlag gegeben. Sie hatte ihrem Bruder Anund zu verstehen gegeben, daß Knut der Große von England ein gieriger und gefährlicher Nachbar war. Anund hatte schon einmal gegen Knut verloren. Jetzt war Knut stärker denn je: Er beherrschte England, Dänemark und Norwegen. Von diesem Kuchen konnte zumindest Norwegen sich ruhig eine Scheibe abschneiden.

»Ich will nicht, daß du dich für einen christlichen König schlägst«, sagte Thorstein der Mächtige zu seinem Erben.

»Herr, auch die Gegner von König Olaf sind Christen«, behauptete Eirik der Starke. »Ich kämpfe gegen Christen.«

»Vielleicht wäre es das beste, wenn dieses elende Geschlecht sich gegenseitig vom Erdboden tilgt und anständige Menschen in Ruhe läßt«, sagte der Oberrichter finster. »Aber du mußt bei dieser Sache nicht dabei sein.«

»Es könnte klug sein, mich von hier, von Fyrisäng, fortzuschikken«, sinnierte Eirik der Schlichte laut. »Die jungen Männer des Königs ärgern mich wegen meiner Hartschädeligkeit.«

»Du bist zu gutherzig, um wegen eines kleinen Spotts böse zu werden.«

»Und wenn mir die Geduld vergeht? Woher soll ich wissen, wann sie mir vergeht und was dann geschieht? Muß es denn sein, daß du für mich teure Sühnegelder bezahlst, Vater?«

Oberrichter Thorstein lachte.

»Ich kann schon noch die Gliedmaßen bezahlen, die du zerbrichst, mein Sohn Eirik.«

Eirik der Starke verbeugte sich unbeholfen und zog sich aus dem Gästezimmer von Fyrisäng zurück. Er rief seinen großen Hund Agnia und trottete durch die auf dem Gutshof auf und ab wogende Menschenmenge zur Uferwiese des Sala-Flusses.

An den Ufern waren viele, zumeist junge Leute, die vor dem erstikkenden Rauch der Stuben und dem strengen Reglement ihrer Eltern geflohen waren. Die überraschende Anwesenheit Hunderter von Kriegern hatte die Jungfrauen und Mägde des Königsgutes in helle

Aufregung versetzt und die blühenden Jünglinge des königlichen Gefolges rasend eifersüchtig gemacht. Hier und da gab es Handgemenge.

Die Männer waren vom Opfern und vom Gerichtstag erschöpft. Mit letzter Kraft betranken sie sich sinnlos mit dem berühmten Opferbier des Königsgutes. Das Opferbier ließ den Männern die Haare zu Berge stehen und die Augen aus ihren Höhlen treten. Neun Jahre würde es dauern, bis sie wieder so würden trinken können.

Eirik der Starke hatte mit Erlaubnis seines Vaters einen Krug Bier trinken dürfen. Er hatte sich mit seinem Hund für einen ganzen Tag im Speicher eingeschlossen und brüllte für sich allein dort herum. Dann war er so lächelnd herausgekommen wie er auch sonst immer war. Die Burschen des königlichen Gefolges hatten Eirik geärgert und waren dabei fast erstickt vor Lachen. Eirik hatte sie abgeschüttelt, ebenso vergnügt wie seine Peiniger.

Eirik der Starke ging langsam das Ufer entlang. Bisweilen blieb er stehen, um eine Prügelei zu beobachten, antwortete lachend auf spöttische Zurufe und machte ganz allgemein den Eindruck, als sei er zufrieden mit seinem Leben. Seine grauen Augen wanderten gemächlich von einer Stelle zur anderen. Dann blieben sie an einer Gruppe hängen, die sich in der Nähe der Wasserlinie bewegte.

»Sie ist stumm. Laßt sie in Ruhe.«

Die Stimme klang weinerlich.

»Terhen ist meine Freundin. Ich bin die Königstochter!«

Spöttisches Lachen brandete in der Gruppe auf. Da waren betrunkene Burschen und auch ein paar schwankende Mädchen und Mägde.

»Das ist das finnische Mädchen. Das sind alles Hexen.«

»Aber wenn das da wirklich die Königstochter ist ... dann wird es uns schlecht ergehen.«

»Red keinen Unsinn. Die Königstochter hat einen Wächter bei sich.«

»Seht mal, eine stumme Hexe! Die wird auch uns verhexen, und dann sind wir stumm!«

Eirik der Starke kam mit großen Schritten näher.

»Hier ist es aber lustig«, bemerkte er mit breitem Lächeln.

»Hallo, jetzt ist auch der Verrückte vom Thorshof gekommen, das wird ein Spaß«, erklang eine erfreute Stimme.

Mitten in dem Kreis stand ein dickes blondes Mädchen. Sie trug so prächtige Kleider und Schmuckstücke, daß sie sehr wohl die Königstochter sein konnte. Die dicke Maid schützte mit den Armen ein zartes Mädelchen, das man für ein Kleinkind hätte halten können, wenn man nicht ihr Gesicht ansah. Ein betrunkener junger Mann packte das kleine Mädchen und schleifte es mit bösartigem Gelächter im Kreis um sich herum. Das dicke Mädchen weinte eher vor Wut als vor Angst.

Ein fürchterliches Gebrüll unterbrach das Vergnügen am Sala-Fluß.

Eirik der Starke packte den Burschen, der das kleine Mädchen herumschleifte, hob ihn an den Beinen in die Luft und schmetterte ihn mit dem Kopf voran zu Boden. Kopf und Oberkörper des Burschen versanken bis zur Taille in der weichen Uferwiese.

»Thor, hilf, der Verrückte ist wahnsinnig geworden!«

Die Leute zerstreuten sich und rannten nach allen Seiten auseinander.

Eirik der Starke wandte sich um. Er packte den erstbesten Mann und drehte an ihm. Es ertönte ein gräßliches Krachen.

»Hilfe! Tötet ihn!«

»Holt den Oberrichter Thorstein!«

Der Unbedarfte vom Thorshof bewegte sich überraschend wie ein Thorpfeil. Gebrüll und Geschrei erfüllten die Luft, wie vom Sturmwind gebrochen flogen Menschen auf die Wiese und ins Wasser.

Plötzlich war alles still. Eirik der Starke stand allein auf der Wiese. In seinen Armen hielt er das kleine Mädchen und sagte in einer seltsamen Sprache etwas zu ihr.

Die älteren Männer und Holmstein, der Befehlshaber des Königguts, kamen alarmiert ans Ufer gestürzt. Zwischen ihnen öffnete sich ein Gang, durch den König Anund und Oberrichter Thorstein der Mächtige herbeigeeilt kamen.

»So, so«, sagte König Anund. »Jetzt war also deine Geduld am Ende, Eirik. Wie fühlst du dich jetzt?«

Eirik richtete seine freundlichen grauen Augen auf den König. Er überragte den König um Haupteslänge.

»Schlecht, Herr König.«

Jemand hinter ihnen überschlug den entstandenen Schaden.

»Mindestens zweimal Sühnegeld … fünf oder sechs gebrochene Glieder … mehr als zehn offene Wunden … Dutzende von blauen Flecken …«

Oberrichter Thorstein besah sich die Verwüstung ringsum. Von dem einen Mann sah man nur das Hinterteil und die Beine, ein anderer lag schlaff da, zerbrochen wie ein Schilfrohr am Ufer, einige wimmerten hilflos, und einer versuchte noch, mit letzter Kraft zu fliehen.

»Es wird wohl das beste sein«, sagte der Oberrichter nachdenklich, dich mit Olaf dem Dicken nach Norwegen ziehen zu lassen.«

»Das habe ich befürchtet«, murmelte Eirik der Starke demütig.

»Für mich wird es billiger, dich für den norwegischen Krieg auszurüsten, als das von den Schweden verhängte Sühnegeld zu bezahlen.«

14. Kapitel

1030

Holmfrid kniete ächzend auf allen vieren auf einem Strohhaufen in der Oberrichterstube des Thorshofes. Fürstin Ida kniete hinter ihr. Die Stube war voller alter Frauen und Mägde, sie war erfüllt von einem Gewirr weiblicher Stimmen, weißem Rauch und Geburtsgerüchen.

»Noch einmal, Tochter! Der Kopf des Kindes ist schon zu sehen!«

Holmfrid schrie und preßte. Fürstin Ida nahm das herausgleitende Kind geübt entgegen, drehte es, so daß es mit dem Kopf nach unten hing, und rief aus:

»Ein Junge! Ein Junge!«

Die Frauen drängten näher herzu. Die älteren Frauen schoben zwei junge Mädchen, die Königstochter Thorgerd und Terhen die Stumme, neben die Gebärende.

»Seht genau hin. Die Nabelschnur wird abgebunden. Man durchtrennt sie mit der Schere oder beißt sie durch. Besser ist es, sie durchzubeißen, denn oft kommt Gift in den Nabel des Kindes, wenn man die Nabelschnur mit der Schere durchschneidet. Die Nachgeburt wird geboren. Wenn sie im Leibe bleibt, muß die Mutter sterben.«

Königstochter Thorgerd wandte sich ab. Terhen die Stumme sah und hörte ernst zu.

»Die Nachgeburt muß man im Feuer verbrennen. Sonst wird das Kind sein Leben lang vom Unglück verfolgt.«

Fürstin Ida schnauzte Thorgerd an.

»Es kann der Tag kommen, da eine Frau bei der Geburt keine andere Hilfe hat als dich. Dann mußt du ihr helfen, auch wenn du noch ein Mädchen bist.«

»Ich bin Königstochter und keine Hebamme«, murmelte Thorgerd.

»Du wirst sogar einer Sklavin bei der Geburt helfen, wenn es nötig ist«, sagte Fürstin Ida drohend.

Thorgerds Gesicht verzog sich zu einem eigensinnigen Schmollen. Sie mochte Thorshof nicht und auch nicht ihre Bruderstochter Holmfrid, und am allerwenigsten mochte sie ihre hochmütige Schwägerin Ida. Sie wollte schnell nach Nowgorod zu ihrer Schwester Ingegerd und einen reichen Fürsten heiraten. Sie verstand nicht, warum sie ein Jahr am Thorshof als Zögling von Ida und Holmfrid verbringen mußte.

Königstochter Thorgerd war zwölf Jahre alt und fand, sie sei bereit zum Heiraten. Sie hatte sich eigentlich niemals irgendwo wohl gefühlt. Thorgerd war ein Kind alter Eltern. Olaf Schoßkönig war gestorben, als das Mädchen vier Jahre alt war. Königin Estrid schleppte die Tochter, die sie in ihren späten Jahren geboren hatte, von einem Gut zum anderen. In Thorgerds Leben gab es niemals etwas Lustiges, weder Spiel noch Lachen, denn die stockfromme Königin Estrid hielt fast alles für Sünde, was es auf Erden gab. Im Vergleich zu diesem Leben hatte sie es auf dem Thorshof natürlich gut. Aber am liebsten hätte Thorgerd den Mägden auf ihrem eigenen Gut Befehle erteilt, möglichst weit weg vom Schwedenland und allen sie herumkommandierenden weiblichen Verwandten.

Als das Kind gewindelt war, nahm Fürstin Ida es in den Arm und segelte mit rauschender Schleppe hinaus auf den herbstlichen Hof von Thorshof. Oberrichter Thorstein der Mächtige stand mit seinen Verwandten und Kriegern abseits und tat, als prüfte er ein neues Pferd. Neben ihm stand der Mann, der ihm das Pferd geschenkt hatte, Stenkil von West-Götaland, der in seiner Kindheit auf dem Thorshof erzogen worden war. Sigrid, die Schwester von Stenkils Vater, war die zweite Frau des Oberrichters gewesen.

Sigrid von West-Götaland hatte dem Oberrichter kein einziges Kind geboren. Fürstin Ida meinte gehört zu haben, daß Sigrid ihren Bruderssohn Stenkil stark bevorzugte und ihren Stiefsohn Eirik den Starken schlecht behandelte. Das war nur natürlich; Stenkil war das Urbild eines Edelmannes, blond und blauäugig, während Eirik der Starke ein häßlicher Mensch war, den man sogar auf dem Sklavenmarkt kaum hätte verkaufen können.

»Oberrichter. Meine Tochter Holmfrid hat dir einen Erben geboren. Jetzt hast du einen Sohn.«

Oberrichter Thorstein hob den Kopf und sah seine Schwiegermutter lange an. Fürstin Ida hätte sich besser als Herrin von Thorshof geeignet als die kindische Holmfrid. Sie war stark und entschlossen und verstand es, das große Gut gnadenlos korrekt zu führen. Außerdem war sie eine stattliche Frau: hochgewachsen, mit breiten Hüften und aufrechter Haltung.

Fürstin Ida hatte während ihrer ganzen Ehe die prächtigen Kleider und Schmuckstücke ihres Volkes getragen: Die Königinnen des Nordlandes nahmen sich neben dieser Pracht bescheiden aus. Fürstin Ida war jeden Tag von früh bis spät gekleidet, als ginge sie zu einem Fest. Sie verhielt sich förmlich und feierlich und zwang alle, ihr gegenüber ehrerbietiger aufzutreten, als sie es sonst der Frau des verachteten Emund gegenüber getan hätten. Oberrichter Thorstein konnte sich des Gedankens nicht erwehren, daß die Mutter ihm im Bett ebenso recht gewesen wäre wie die Tochter, und als Herrin des Gutes hätte sie sich viel besser geeignet.

»Ich habe schon einen Sohn«, sagte Thorstein mit Nachdruck und war selbst davon überrascht. Er hatte wohl Sehnsucht nach Eirik dem Starken, so seltsam das auch erscheinen mochte. Und jetzt, nach den schlechten Nachrichten aus Norwegen, wußte man nicht einmal, ob der schwachsinnige Sohn des Thorshofes noch am Leben war.

Eirik der Starke war mit König Olaf dem Dicken und seinen Männern nach Bergslagen, von dort durch die Wälder nach Jämtland und über Köl nach Verdal gezogen. Ende August war in Uppsala die Nachricht eingetroffen, daß bei Stiklestad eine große Schlacht stattgefunden hatte und daß König Olaf gefallen war. Aber von Eirik dem Starken aus Thorshof wußte niemand etwas. Im Kampf war er gesehen worden, aber seine Leiche war nicht unter den gefallenen Schweden gewesen.

Oberrichter Thorstein sprach nicht viel von seinem Sohn, aber Fürstin Ida dachte dafür um so mehr an Eirik. Idas Gedanken reiften zu einem festen Entschluß heran in dem Augenblick, da der Oberrichter, seinen neugeborenen Sohn vor Augen, sich an das in Norwegen verschwundene Ungeheuer erinnerte. Es wäre das beste, wenn Eirik der Starke da bliebe, wo er jetzt war: in Norwegen, im Himmel oder in Walhalla. Fürstin Ida hatte nicht die Absicht, einen Rivalen des Sohnes ihrer Tochter zu dulden.

Sicherlich würden noch mehr Kinder kommen. Das Erbe Eiriks des Starken würde an dem Anteil jedes einzelnen von Holmfrids Kindern fehlen.

»Oberrichter, dieser Junge ist gesund und stark.«

Fürstin Ida kniete nieder und legte das Kind vor Thorstein den Mächtigen auf die Erde. Der Oberrichter bückte sich und nahm das Bündel in den Arm. Die Männer jauchzten und schlugen mit ihren Speeren gegen die Schilde.

»Sein Name sei Thormod.«

Fürstin Ida lächelte zufrieden. Im Geschlecht Thorshof wurde dem ältesten Sohn ein Name zu Ehren von Thor gegeben.

»Und jetzt trinken wir Kindsbier bis zur Bewußtlosigkeit«, lud der Oberrichter heiter ein.

In Thorshof hatte man für die Niederkunft der Hausherrin reichlich Bier gebraut. Wenn ein gesundes Kind geboren wurde und die Mutter überlebte, wurde auf einem Freudenfest Bier getrunken. Wenn aber das Kind starb und möglicherweise auch die Mutter, trank man das Begräbnisbier. Bier wurde immer gebraucht, ob die Sache nun so oder so ausging.

Das Kindsbiergelage war ein willkommenes Fest in der Dunkelheit des Herbstes. Die Fackeln brannten in der großen Halle, und da die Schlachtungen in dieselbe Zeit fielen, aßen die Feiernden sich bis zum Bersten voll mit Schlachtsuppe, in der schwere Klöße schwammen und die es nur einmal im Jahr gab.

Die Männer, die an die Tür gekommen waren, schienen im Licht der Fackeln zu schwanken. Der eine oder andere Esser, der seine Blutsuppe schlürfte, blinzelte vor sich hin und vermeinte Trugbilder zu sehen; man wußte, daß reichlicher Biergenuß und üppiges Essen einem alle möglichen Erscheinungen vorgaukeln konnten. So wie auch jetzt diese – eine Schar harter Männer in Panzerhemden, an ihrer Spitze der in Norwegen gefallene schwachsinnige Sohn von Thorshof, Eirik der Starke.

Oberrichter Thorstein der Mächtige stand von seinem Hausherrenstuhl auf und brüllte so, daß das Reetdach widerhallte. Er taumelte den Mittelgang entlang zu den Männern hin und schloß Eirik in seine Arme. Der Bursche hatte so gewaltige Ausmaße, daß der Oberrichter, ein großer Mann, einen halben Kopf kleiner war als er.

»Junge, du lebst!«

Eirik sagte nichts. Sein häßliches Gesicht zuckte und verzog sich und der Mund öffnete sich, aber die Rührung schnürte ihm die Kehle zu. Ohne es zu merken drückte er seinen Vater so heftig, daß der Oberrichter nach Luft schnappte und sich mühsam befreite.

»Vater, ich bin nicht in Stiklestad geblieben«, bekam der Jüngling schließlich heraus.

Dreitausend Männer waren mit Olaf dem Dicken über Verdal nach Stiklestad gezogen. Ein halbes Tausend davon waren Schweden gewesen; nur wenige waren zurückgekehrt, und die Nachrichten, die sie brachten, waren schlecht.

König Olaf Haraldsson war im Kampf gegen seine eigenen Landvögte und Bauern gefallen. König von Norwegen war jetzt Englands König Knut der Große. Er hatte seine englische Nebenfrau Elgifu von Northhampton und seinen jungen Sohn Sveini gesandt, damit sie die Herrschaft über Norwegen ausübten.

In Norwegen brachen jetzt harte Zeiten an, ganz andere, als die Mächtigen und die Bauern es sich vorgestellt hatten, als sie König Olaf vertrieben und Knuts Versprechungen glaubten. Man durfte nicht ohne die Erlaubnis des Königs das Land verlassen; jeder Bauer mußte dem König zu Weihnachten Malz, eine Ochsenkeule und acht Pfund Butter liefern; jeder Fischer mußte als Ufersteuer fünf Fische abliefern. Jeweils sieben Bauern mußten einen Mann für den Ledung ausrüsten, und in jedem Schiff mußte in der Mitte ein Raum für den König vorhanden sein.

All das konnten die Norweger noch zähneknirschend ertragen. Die schlimmste Erschütterung war eine Bestimmung, nach der jeder Däne so wertvoll war, daß zehn Norweger gebraucht wurden, um das Wort eines Dänen zu widerlegen. Schlecht standen die Dinge in Norwegen. Man begann davon zu reden, daß König Olaf der Dicke heilig gewesen sei, und die Bauern mußten jetzt dafür leiden, daß sie ihn in ihrer Dummheit getötet hatten.

Oberrichter Thorstein hielt nicht viel von den Heiligenreden. Für die Schweden war es das beste, sich von den Angelegenheiten der Norweger fernzuhalten. Die Beuteländer der Norweger lagen im Westen, in Irland und in England. Ihre Welt erstreckte sich bis nach Island und Grönland. Die Schweden wiederum blickten nach

Osten ins Land der Wenden und nach Rußland und weiter bis nach Konstantinopel und Särkland. Schweden und Norweger hatten keine gemeinsamen Feinde außer hin und wieder Dänemark. Und wenn man keine gemeinsamen Interessen und keine gemeinsamen Feinde hatte, dann sollte man sich auch nicht in die Angelegenheiten des anderen einmischen.

»Du gehst nicht mehr nach Norwegen, Junge.«

Oberrichter Thorstein wischte sich mit dem Ärmel die Nase. Daran sah man, wie sehr er diesen felsenartigen Burschen mit dem langsamen Verstand liebte.

»Die wollen mich da auch gar nicht haben«, murmelte Eirik der Starke und bekam einen Schluckauf. »Könnte ich ein Bier haben? Wenigstens einen Schluck? Und meine Gäste auch?«

»Ja, du mußt das Kindsbier für deinen kleinen Bruder trinken«, sagte der Oberrichter mit erstickter Stimme. Er sah die Helden an, die ihn umstanden. »Leif, Ingvar, Ragnar, Orm. Wenn Eirik getrunken hat, fesselt ihn mit einem Strick, mit dem man ein Boot bei Sturm am Uferbaum festbindet. Am besten macht ihr gleich eine Schlinge für jeden Arm.«

»Zuerst möchte ich meinen Ziehbruder begrüßen«, sagte Stenkil von West-Götaland. »Du hast wohl Odins Raben gefüttert, Eirik.«

Stenkil wirkte neben Eirik dem Starken wie ein edles Roß neben einem Zugochsen. Aber Stenkils helle, vornehme Schönheit wirkte blutleer, als Eiriks Gefährte ins Licht der Fackeln trat.

»Vater, dies ist der Bruder von König Olaf dem Dicken. Sein Name ist Harald, und er ist ebenso alt wie Stenkil und ich.«

Der fremde Jüngling war kleiner als Stenkil und schlanker, aber kraftvoller, denn Stenkil hatte eine maßlose Vorliebe für gutes Essen. Harald hatte hellbraunes Haar und eisengraue Augen. Seine rechte Augenbraue war höher als die linke; das verlieh ihm einen hochmütigen Gesichtsausdruck. Dennoch begrüßte er ehrerbietig Thorstein den Mächtigen.

»Sei willkommen unter meinem Dach, junger Harald«, sagte Oberrichter Thorstein langsam. Er überlegte bei sich, welcher Schaden ihm durch den Bruder des toten norwegischen Königs erwachsen konnte. Dann siegte die Liebe zu Eirik. »Thorshof ist auch dein Zuhause, weil du der Gefährte meines Sohnes bist.«

»Ich verdanke Eirik mein Leben«, sagte Harald, und seine Stimme war so weithin hörbar, daß auch die trunkensten Biergäste den Kopf hoben. »Ich werde dir nicht lange zur Last fallen, Oberrichter. Ich muß die Männer meines Bruders finden, die vor König Knuts Zorn nach Schweden geflohen sind. Im kommenden Frühjahr segle ich nach Rußland an den Hof von Fürst Jaroslaw. Er wird mich wohl gut beherbergen, denn er hat auch meinen Bruder gut aufgenommen.«

»Und bei Fürst Jaroslaw ist dein Bruderssohn Magnus«, sagte Stenkil von West-Götaland langsam. »Nach dem Recht ist er jetzt König von Norwegen.«

Harald warf einen abschätzenden Blick auf den Westgötaländer. Es war kein freundlicher Blick.

»Das liegt in Gottes Hand.«

»Ein Christ«, bemerkte Oberrichter Thorstein verwundert.

»Der Halbbruder Olafs von Norwegen kann nichts anderes sein.«

»Vater«, sagte Eirik der Starke freundlich. »Alle sind Christen außer dir. Stenkil, Harald und ich. König Anund, deine Tochter Gunnhild, deine Frau Holmfrid. Bekommen wir jetzt Bier?«

Die Jünglinge setzten sich auf die Bierbank. Eirik streckte die Arme aus, und daran wurden Seile befestigt, die man leicht auf dem Rücken zusammenbinden konnte.

Die jungen Mädchen brachten den Helden das Bier. Eirik der Starke stieß einen Freudenschrei aus.

»Königstochter Thorgerd, du bist hier? Wer erzieht dich? Doch wohl nicht Holmfrid?«

Thorgerd rümpfte zunächst die Nase, weil Eirik kein tauglicher Freier und als Bettgenosse gar nicht vorstellbar war. Aber da man den dummen Eirik einfach gern haben mußte, lachte sie.

»Meine Schwägerin Fürstin Ida beaufsichtigt mich und Terhen.«

Eirik der Starke stand halb auf, aber die hinter ihm stehenden Männer zogen an den Seilen, so daß er wieder auf den Sitz zurückplumpste.

»Auch das kleine Mädchen? Hat sie schon angefangen zu sprechen?«

»Terhen!« rief Thorgerd. »Bring dem dummen Eirik Bier!«

Das kleine Fräulein trug eilends mit beiden Händen eine schwere zinnerne Bierkanne herbei. Sowohl Stenkil als auch Harald wurden lebhaft, als sie die Haare des Mädchens, die breit und golden herabfielen, und ihre edelsteinblauen Augen sahen.

»Auch in Uppland verstehen sie sich darauf«, sagte Harald sinnend vor seinem Humpen.

»Wer weiß, wo die gemacht worden ist, aber jedenfalls nicht in Uppland«, brummte Stenkil. »Terhen ist die Tochter meines Ziehvaters und einer vornehmen finnischen Frau.«

»Und deshalb nimmst du an, daß sie einem Westgötaländer gehört, was?«

»Sie gehört, wem sie gehört«, sagte Stenkil schlaff. »Das ist Sache ihres Vormunds. Wahrscheinlich ist Oberrichter Thorstein ihr Vormund, weil Gudmund der Kaufmann Schwager des Oberrichters war. Aber man wird eine Verwandte des Oberrichters wohl kaum einem Norweger zum Beschlafen geben, der, den Schwanz zwischen die Beine geklemmt, auf der Flucht vor einer Frau und einem kleinen Jungen nach Schweden kommt.«

Harald nickte still.

»Trinken wir erst einmal von dem Bier, denn es ist gut«, schlug er vor, und Stenkil fand, daß das ein ausgezeichneter Gedanke war.

»In betrunkenem Zustand kämpft es sich besser«, gab Stenkil zu, und sie machten sich ernsthaft ans Trinken.

Eirik der Starke lächelte dem kleinen Mädchen milde zu.

»Schön zu sehen, daß du hier bei meinem Vater in Sicherheit bist, Terhen. Dir fehlt es doch wohl an nichts?«

Terhen die Stumme lächelte schüchtern, was auch Oberrichter Thorstein zum Blinzeln veranlaßte. Stenkil der Westgötaländer und Harald der Norweger leerten gleichzeitig ihren Humpen.

»Also los«, sagte Stenkil.

Die Burschen erhoben sich und begannen zu kämpfen. Vom Erdboden der Halle flogen Stücke auf, und ein Tisch stürzte um. Die Feiernden zogen sich auf die Pritschen zurück, um das Getümmel zu bestaunen. Einige Fackeln lösten sich aus ihrer Halterung und fielen zu Boden, aber sie konnten gelöscht werden, ohne daß größerer Schaden entstand.

Die hinter Eirik dem Starken stehenden Männer begannen eilig, Eirik zu fesseln, und hörten erst damit auf, als er ein unbewegliches Bündel war. Eirik versuchte gar nicht, sich zu widersetzen. Er juchzte nur anspornend, als Harald und Stenkil im Mittelgang der Halle hin und her rollten. Dann versuchte Harald, Stenkil in die lange Feuergrube des Fußbodens zu drängen, und Oberrichter Thorstein mußte befehlen, daß die Männer die beiden trennten.

»Landloser und unbedeutender Mann«, brüllte Stenkil Harald an und hielt sich mit beiden Händen den Kopf. Ein Teil der Haare war versengt. »Ich bin immerhin der mächtigste Jarl von Svetiod!«

»Es wird der Tag kommen, an dem ich König bin«, sagte Harald ruhig, obwohl er ziemlich keuchte. »Dann wird es für dich das beste sein, alle Feuer in West-Götaland zu löschen, wenn du deine Jarlslocken behalten willst.«

»König werde auch ich noch sein!« heulte Stenkil. »Und dann wird mich auch der Fischgestank nicht abhalten, über dich herzufallen!«

Harald versuchte, sich wieder auf Stenkil zu stürzen, denn die Norweger reagierten empfindlich auf Reden von Fischgeruch. Aber er konnte sich nicht rühren, denn die Männer des Oberrichters hielten ihn fest an seinem Platz.

»Der Falke!«

Eirik der Starke warf den schweren Taubenfalken in die Luft. Er stieg in den hellen, klaren Frosthimmel und schoß herab, direkt auf den Kopf des Elchs. Der Schlag machte das Tier halb bewußtlos. Die Vorderbeine knickten ihm weg, es versuchte aufzustehen, aber die Krallen des Falken gruben sich in seine Augen. Vor Schmerzen brüllend torkelte der Elch herum, und der Schnee unter ihm färbte sich rot. Für die Hunde war es ein leichtes, die Beute einzukreisen, und dann kamen die Männer vom Thorshof mit ihren Speeren herbeigeritten.

»Bera hat seine Treffsicherheit nicht verloren«, bewunderte Oberrichter Thorstein auf dem Rückweg den Falken. Die Pferde wateten durch den tiefen Schnee. Der Atem der Reiter stieg als weißer Dampf in die Luft und schlug sich an ihren Pelzen als Reif nieder. Einige Pferde zogen Lastschlitten, auf denen das Elchfleisch gestapelt lag. »Er erinnert sich an dich, mein Sohn, obwohl du lange fort warst.«

Eirik der Starke ritt hinter seinem Vater. Bei so strengem Frost trug er keinen Helm. Den Kopf bedeckte eine gefütterte Mütze, unter der das rote Haar wild nach allen Seiten hervorstand. Eiriks Bart hatte begonnen, hier und da in Büscheln am Kinn und auf den Wangen zu wachsen. Die Nase leuchtete wegen des Frosts feuerrot. Der Kopf oberhalb des Pelzumhangs war rot wie die untergehende Sonne.

»Vater, ich habe mir überlegt, fortzugehen.«

Der Oberrichter zügelte sein Pferd und ließ die Männer vorbeigehen.

»Du brauchst das Gut nicht zu verlassen, auch wenn Holmfrid mir einen Sohn geboren hat.«

»Ich reise mit Harald von Norwegen nach Rußland«, sagte Eirik der Starke. »Und von Rußland gehe ich nach Konstantinopel oder nach Särkland, falls ich Lust habe. Überall gibt es Fürsten oder Khane, die gern Normannen in ihre Leibwache aufnehmen.«

Oberrichter Thorstein wunderte sich über die vernünftige Rede des Jünglings. Er wunderte sich auch über den stechenden Schmerz, der ihn unter Jacke und Umhang frieren ließ.

»Eirik, ich fürchte, du wirst in der Welt nicht allein zurechtkommen. Bleib hier, Junge. Ich suche dir eine tüchtige Frau. Ich gebe dir dein Erbteil vorweg, so daß du dir wegen Holmfrids Kindern keine Sorgen machen brauchst.«

Dem Oberrichter wurde bewußt, daß er Eirik geradezu anflehte zu bleiben. Was würde Holmfrid sagen, wenn sie von dem Versprechen ihres Mannes erfuhr? Nichts, aber die Schwiegermutter würde um so mehr sagen.

»Vater, ich danke dir für deine Fürsorge«, sagte Eirik demütig. »Aber es ist wohl kaum klug, einem dummen Mann wie mir ein großes Vermögen zu überlassen. Was sollte ich damit tun? Ich könnte mein Erbe doch nicht pflegen. Ich würde mich nur in Streit verwickeln und das ganze Vermögen verlieren. Du müßtest meine Angelegenheiten in Ordnung bringen. Das würde viel Zeit und sicherlich auch viel Silber kosten.«

»Ich würde für dich sorgen, mein Sohn.«

Der Oberrichter war von seinem eigenen Edelmut so gerührt, daß er sich mit dem Ärmel die Augen wischen mußte.

»Das klügste wäre es, wenn du mich gehen ließest, Herr«, sagte Eirik leise. »Holmfrid wird dir noch viele Kinder gebären.«

»Ich weiß nicht, warum ich so an dir hänge«, seufzte Oberrichter

Thorstein. »Du bist schwachsinnig und häßlich wie ein Troll. Die Familie wird von dir wohl keinen Nutzen haben. Dennoch möchte ich dich nicht weglassen.«

Eirik lächelte sein Kinderlächeln.

»Vater, ich möchte meinen Brüdern nicht zur Last fallen. Am besten ist es, ich bin aus dem Wege, wenn sie aufwachsen. Wenn mein Erbteil dich bedrückt, dann beschaff mir gute Waffen. Im nächsten Frühjahr segle ich auf alle Fälle mit Harald auf den Ostweg.«

»Es geschehe, wie du willst«, gab der Oberrichter nach. »Wenn die Winterwege fest sind, reisen wir nach Sigtuna zum Waffenschmied.«

Sigtuna war eine christliche Stadt. Die Kirche war unübersehbar, egal, wohin man den Kopf drehte und wendete. Es war eine dunkelbraun geteerte Stabkirche, neu und in guter Verfassung auf ihrem Hügel, so wie auch das Königshaus nebenan. Oberrichter Thorstein der Mächtige bemerkte die Drachenköpfe, die den hohen First zierten und sich neben dem Kreuz der Kirche wohl fühlten. Zu dem königlichen Haus gehörten mehrere kleinere Häuschen mit Altanen und kunstvoll geschnitzten Türpfosten.

Offenbar hatte der Weiße Christus die Stadt aufblühen lassen, die Olaf Schoßkönig, der Asenstadt Uppsala gleichsam zum Tort, als christliches Zentrum Svetiods erwählt hatte. Von der Kirche von Sigtuna war es eine knappe Tagesreise bis zum Goldenen Tempel von Uppsala.

Während Uppsala den Göttern und dem Gesetz geweiht war, war Sigtuna einem einzigen Gott und dem Handel geweiht. König Anund machte seinen Gast Thorstein den Mächtigen auf diesen Umstand aufmerksam.

»Die Schätze, Tiere und Menschen, die wir Odin in Uppsala opfern, bleiben im Tempel. Das Gesetz bringt keinen Gewinn. Vermögen wird nur als Sühnegeld von einem Geschlecht zum anderen weitergegeben. Aber der Handel, Oberrichter, der bringt Gewinn. Durch Handel wird man heutzutage schneller und sicherer reich als durch Plündern.«

Der Oberrichter fand, das sei die Rede eines Feiglings, und sagte es. König Anund lachte. Er hatte gut lachen in seinem eigenen Gut, in seiner eigenen Stadt, zu Füßen seiner eigenen Kirche.

»Schwiegervater, in Sigtuna siehst du Häuser, in denen Schmuck gegossen, Kristall graviert und teure Steine geschliffen werden. Hier werden Schwerter geschmiedet, Schuhe genäht, Kessel gegossen. Zur Segelzeit kann man hier alles kaufen, was man auch in Haithabu oder Nowgorod bekommt. Die Häuser von Sigtuna sind wohlhabend. Hier gibt es Menschen in Hülle und Fülle. Hier gibt es Priester, und vor allem gibt es hier auch einen Bischof.«

Bei dem Wort Bischof schluckte der Oberrichter heftig. Er begann zu verstehen, was der König anstrebte.

»Du willst Uppsala die Luft abschnüren, König.«

»In Uppsala herrschen der König und Odin. In Sigtuna herrscht nur der König.«

»Und der Bischof«, knurrte Oberrichter Thorstein. »Die Priester sind machthungrige Leute, Schwiegersohn. Es wird nicht lange dauern, und sie sagen dir, was du tun darfst und was nicht.«

»Nein. Die Priester können in Svetiod nicht tätig werden ohne die Unterstützung des Königs.«

»Du kannst deine Städte nicht verteidigen, König. Sigtuna ist nicht befestigt.«

»Wer würde es wagen, zum Logen zu segeln? Sigtuna braucht keine Wälle zu seinem Schutz.«

»Ich jedenfalls lasse meine Frauen nicht ohne Wachleute in deine ungeschützte Stadt, Schwiegersohn«, sagte Oberrichter Thorstein, um das letzte Wort zu haben. Also mußte er seiner Frau Holmfrid, seiner Schwiegermutter Ida, der Königstochter Thorgerd und Terhen der Stummen zwei seiner Kämpen mitgeben, als sie sich auf den Weg zu den Häusern der kleinen Stadt machten, um Schmuck und Wirtschaftsbedarf einzukaufen. Die Geste wirkte überflüssig, da man von dem hohen Altan des Königshauses fast die ganze Stadt überblickte.

Der Oberrichter selbst ging mit seinem Sohn Eirik dem Starken zu dem Waffenschmied, bei dem auch der König seine Ausrüstung kaufte. Holmfrid, Thorgerd und Terhen die Stumme begaben sich ins Haus des Schmuckgießers, um die Fibeln, Ketten, Nadelbehälter, Eßmesser und dazugehörigen Scheiden, die Anhänger, Armreifen, Ringe und Haarnadeln zu bewundern.

Mit besonderem Eifer schmückte sich die Königstochter Thorgerd. Königin Gunnhild hatte beschlossen, daß sie im Frühjahr nach Osten, nach Rußland, zu ihrer Schwester Ingegerd reisen durfte. Gunnhilds Bruder Eirik der Starke würde Thorgerd und ihre Freundin Terhen die Stumme nach Nowgorod begleiten. Fürstin Ida, die Schwägerin der Königin, sagte, sie bezweifle, daß der schwachsinnige Bursche die zwei vornehmen Mädchen sicher auf die andere Seite des großen Ladogasees bringen könne.

»Mein Bruder braucht einen besonders zuverlässigen Schiffer«, lächelte Königin Gunnhild. Fürstin Ida versprach, einen solchen in Sigtuna ausfindig zu machen.

Nachdem Fürstin Ida eine Weile die Waren des Schmuckschmiedes betrachtet hatte, überließ sie die jungen Mädchen den Wachleuten. Sie schritt in Richtung Ufer und betrat ohne zu zögern ein kleines, aus senkrechten Balken errichtetes Haus.

Die Tür das Hauses befand sich in dessen schmalem Giebel. Oberhalb der Tür gab es einen kleinen Söller, wo man zur Winterszeit Fisch gefrieren ließ. Der Söller endete in einem schmalen Bord, auf dem ein geschlachtetes, steifgefrorenes Huhn lag. Das war ein Opfer, zwar ein geringes, aber ein Zeichen dafür, daß der Herr des Hauses die alten Götter in Ehren hielt. Das paßte auch gut, denn das Haus gehörte dem Schiffer Eystein, und noch kein einziger Seemann war davon überzeugt, daß der Weiße Christus die Seefahrer zu schützen vermochte.

»Du segelst im Frühjahr nach Nowgorod, nicht wahr, Eystein?«

»Vielleicht, wenn eine solche Reise mir gefällt.«

»Du bekommst einen Burschen in dein Schiff, der so groß ist wie ein Berg und der aussieht wie ein Bergtroll. Sein Name ist Eirik, und er ist der erstgeborene Sohn des Oberrichters Thorsteins des Mächtigen.«

Fürstin Ida holte unter ihrem Umhang einen ledernen Geldbeutel hervor.

»Der Bursche ist schwachsinnig. Es ist nicht erwünscht, daß er aus Nowgorod zurückkehrt.«

»Wer möchte schon einen schwachsinnigen Erben«, sagte Eystein sinnend.

»Der Oberrichter hat auch einen gesunden Sohn«, sagte Fürstin Ida und gab Eystein den Beutel.

»Ich werde den Jüngling überreden, dort zu bleiben«, versprach Eystein.

»Eirik ist stark wie ein Bär«, warnte Fürstin Ida.

»Wenn er auch ebenso dumm ist, werden seine Kräfte ihm nichts nützen.«

FÜNFTES BUCH

1031

15. Kapitel

1031

Das Schiff hieß ›Robbe‹. Es war ein gutes Schiff, geräumig und seetüchtig, in Gotland gebaut. Das Schiff war acht Schritt lang, und zehn Mann paßten hinein, fünf Ruderpaare. Außerdem nahm es Fracht auf und eventuell zwei, drei unterwegs geraubte Frauen.

Das Schiff hatte einen mit einem Stag gestützten Mast, den man umlegen konnte, wenn über weite Strecken gerudert wurde. Der Mast fand gerade eben am Boden des Schiffes Platz. Der Mast hatte eine Rahe, die ebenso lang war wie der Mast selbst. Die Rahe wurde zur Mastspitze hochgezogen, wenn die ›Robbe‹ beladen wurde.

Das Segel war aus zweifarbigen Streifen geflochten. Der eine Teil der Streifen war aus Hanf und Leinen gewebt; sie waren hell. Der andere Teil der Streifen war aus Hanf und Wolle gewebt und rot gefärbt. Da die Wolle gefährlich schwer war, wenn sie naß wurde, verwendete man zum Weben nur das harte Deckhaar der Schafe, das kein Wasser aufsaugte. Das geflochtene Segel war also rotkariert. Es war ebenso breit wie die Rahe, und es war halb so hoch wie breit. Ein solches Segel hielt auch dem wütendsten Sturm stand.

Am unteren Rand des Segels befand sich ein Netz aus Hanfseilen, von dem zehn Schoten herunterhingen, eine für jeden Mann. Bei günstigem Wind konnte man das Segel so stellen, daß es den Wind einfing und dem Schiff eine ordentliche Geschwindigkeit gab. Kreuzen konnte man mit einem gotländischen Schiff nur bedingt.

Schiffer Eystein war mit der ›Robbe‹ zufrieden. Sie war ein sorgfältig geplantes Schiff und bis in alle Einzelheiten gut gebaut. Mit solchen Schiffen hatte man jahrzehntelang den Großen Ostweg der Waräger befahren.

Eysteins Schiff war besser ausgerüstet als gewöhnlich. Allerdings konnten die Begleiter hinter den Bordwänden nicht die zwei Paar Ersatzruder, die zahlreichen Ersatzseile und anderen Gerätschaften sehen, die man auf eine Fernreise, die ein ganzes Jahr dauern konnte, mitzunehmen pflegte. Jetzt war man unterwegs nach Nowgorod in Rußland – das war für schwedische Seefahrer überhaupt keine Entfernung. Im besten Fall dauerte die Fahrt von Sigtuna nach Nowgorod zehn Tage: sechs Tage bis zur Nevamündung, von dort einen Tag nach Aldeigjuborg und weitere drei den Wolchow hinauf bis zum Ilmensee.

Eystein stand am Seitenruder und freute sich seines Lebens. Er hatte den Helm abgesetzt, und der Südwestwind blies ihm von hinten die Haare ins Gesicht. Die Brise war frühlingshaft kalt, aber Eystein genoß die Freiheit nach dem Winter so sehr, daß er die Gefahr von Kopfschmerzen und Ohrenreißen mißachtete, die bei den Normannen sehr gefürchtet war. Die meisten Männer trugen eine dicke Kalotte auf dem Kopf; sie saßen auf den Duchten, zufrieden mit dem Wind, hielten jeder seine Schot und – wenn der Wind gleichmäßig blies und keine besondere Aufmerksamkeit verlangte – erzählten sie sich zweideutige Geschichten.

Eirik der Starke saß bei der Mannschaft. Er wechselte sich mit den Männern ab, so daß sich immer einer ausruhen konnte. Nur Eirik ruderte den ganzen Tag oder hielt die Schot. Der schwachsinnige Sohn von Thorshof hatte es gelernt, die Schot zu handhaben, wenn er auch sonst langsam und schlicht wirkte und nicht viel sprach.

Die jungen Mädchen standen im Bug und lachten zwitschernd über die Wasserspritzer und den Wind. Eystein war zunächst ärgerlich gewesen, als sich herausstellte, daß mit Eirik zwei vornehme Mädchen reisten. Eirik sollte sie angeblich begleiten! Die eine war sogar die Schwester von König Anund. Zunächst überlegte Eystein, welche Schwierigkeiten es geben könnte. Aber dann sah er, seiner Gewohnheit gemäß, die Sache als Vorteil: Es schadete ja nichts, daß er statt eines einzigen Fahrgastes nun drei hatte. Für alle wurde bezahlt.

»An die Ruder!«

Die Rahe wurde gedreht, heruntergelassen und das Segel eingeholt. Man legte die Rahe an den Grund des Schiffes. Der Mast blieb aufrecht stehen; den Finnischen Meerbusen durch Rudern zu überqueren dauerte einen knappen Tag, und danach konnte man wieder segeln. Die Männer schoben die Ruder in die Dollen, und Eystein begann, laut rufend, den Takt anzugeben.

Dem Konvoi gehörten zwölf Schiffe an. Sie hatten sich vom Mälarsee auf die Reise gemacht, sofort nachdem die Gewässer eisfrei geworden waren. Bevor sie aufs Meer hinausfuhren, übernachteten die Reisenden in Agnefit, wo der Mälarsee sich zwischen kleinen Inseln hindurch in die Ostsee ergoß. In Agnefit wurde Frischwasser an Bord genommen und bei den Fischern, die dort am kiesigen Ufer lebten, Proviant eingekauft.

Der Konvoi segelte im Schutz der Schäreninseln von Roslagen ins Ålandsmeer, von dort nach Kökar, an Kumianpää vorbei nach Jussarö und bis zur Halbinsel Porkkala. Dort wandte er sich nach Südosten, über den Finnischen Meerbusen, und nahm Kurs auf die Küste der Tschuden. Da gab es keinen Wind mehr, und man mußte anfangen zu rudern. Das war Austrvegur, der alte Ostweg der Normannen. Diese Route entlang waren Hunderte, ja Tausende von Schiffen zu den Reichtümern von Rußland gefahren, das die Normannen Rußland, Land der Städte, nannten.

»Wenn es dir recht ist, Schiffer, gehe ich in Aldeigjuborg Jarl Ragnvald besuchen«, sagte Eirik der Starke, als sie aus der Neva heraus auf die weiten Wasser des Ladogasees gekommen waren. »Jarl Ragnvalds Schwester Sigrid war meine Stiefmutter, und ihr Bruder Gudmund der Kaufmann war mein Ziehvater.«

»Von mir aus kannst du alle Männer besuchen, denen du unterwegs begegnest«, sagte Eystein. Seine Stimme war sorglos, aber seine Seefahreraugen wanderten aufmerksam über den Horizont. »Aber es kann länger dauern als erwartet, bis wir nach Aldeigjuborg kommen. Ein Sturm zieht auf. Ein Sturm auf dem Ladoga ist etwas anderes als auf dem Meer.«

Terhen die Stumme blickte über den Bord des Schiffes auf den blauschwarzen See. Der Himmel war hoch, die Luft frühlingshaft warm.

»Eirik, deck die Mädchen am Boden des Schiffes zu. Gib ihnen eine Pelzdecke, die hält das Wasser wenigstens eine Weile ab. Ich will nicht, daß sie sich erkälten und sterben.«

Der Königstochter Thorgerd war die ersten zwei Tage übel gewesen, aber jetzt war sie wieder die alte, eigensinnig wie eh und je.

»Es ist kein Sturm zu sehen. Ich will nicht auf dem Boden des Schiffs im Fischgestank liegen.«

»Doch, du willst, Königstochter«, sagte Eystein, nichts Gutes verheißend. »Rasch jetzt. Eirik, halte dich bereit zum Rudern, wenn ich es dir sage. Zuerst versuchen wir es mit dem Segel.«

Noch während Eystein das sagte, begann das Schiff plötzlich so zu schaukeln, daß die Reisenden sich mit aller Kraft festhalten mußten, um nicht über Bord zu gehen. Eirik drückte mit seinen großen Fäusten die Mädchen zu Boden und warf ihnen die Pelzdekke über, und Thorgerd widersprach nicht mehr.

Eystein band sich an der Pinne des Seitenruders fest. Der Wind steigerte sich zu einem bösen Heulen, aber Thorgerd konnte fast ebenso laut schreien. Terhen die Stumme kauerte unter der Decke und preßte den hölzernen Urgott in der Hand. Sie hatte keine Angst. Falls ihre Zeit, ins Reich der Toten einzugehen, gekommen war, würde sie das ohne die geringste Trauer tun. Warum sollte es ihr denn leid tun, wen sollte sie vermissen? Suvivilja, ihre fremde Mutter, war im Himmel der Christen. Dort war auch Gudmund der Kaufmann. Im Totenreich wartete der Zauberer, und ihm folgte Terhen gern.

Der wolkendunkle Tag verfinsterte sich zur Nacht. Die Stunden rannen dahin, jede von ihnen war voller Getöse, heulendem Wind und undurchsichtigem Schaum. Die bis auf die Haut durchnäßten Mädchen begannen vor Kälte zu zittern, aber es war nichts zu machen. An ihren Hunger dachten sie zum Glück nicht; es war unmöglich, Proviantbeutel und Butterbehälter hervorzukramen. Am Grunde des Schiffes plätscherte das Wasser. Die Männer schöpften es eilig aus, aber ständig kam neues herein.

Erschöpft schliefen die Mädchen Arm in Arm unter den schweren, durchnäßten Decken ein. Als sie erwachten, schaukelte das Schiff in lauen Winden auf der uferlosen Wasserfläche des Sees. Der Tag war warm, das Segel war gesetzt, und an den Bordwänden waren Kleider zum Trocknen aufgehängt. Eirik der Starke bot den Mädchen nasses Brot und Scheiben von geräuchertem Fleisch an. Das salzige, zähe Fleisch schmeckte so köstlich, daß man möglichst lange darauf herumkauen mußte.

»Na, da haben wir noch einmal Glück gehabt«, sagte Eystein gutgelaunt. »Und das werden wir auch in Zukunft haben, wenn ihr nur Vertrauen zu mir habt und tut, was ich sage.«

Königstochter Thorgerd betrachtete besorgt den Horizont. »Wo sind die anderen? Wie finden wir sie?«

»Jeder hat sich gerettet, so gut er konnte, Königstochter«, entgegnete Eystein heiter. »Manch einer hat sich vielleicht nicht gerettet. Sei nicht traurig. Wir treffen die anderen spätestens am Verladekai von Nowgorod.«

Die helle Nacht ging in den Morgen über, als Terhen von dem üblichen Gepolter erwachte. Das Segel wurde zusammengelegt, die Rahe heruntergelassen, und die Männer setzten sich an die Ruder. Das Schiff fuhr in die Mündung eines breiten Flusses ein. Terhen wunderte sich, warum Eystein nicht gleich anlegte, damit die Männer sich ausruhen konnten; alle waren nach dem Sturm müde, sie waren einen Tag lang über den See gefahren, ohne das Ufer zu sehen.

Terhen war so müde, daß sie wieder einschlief. Sie erwachte von dem durchdringenden Sirren einer Mücke, versuchte, das Insekt zu verscheuchen, und schlug aus Versehen Thorgerd. Die Königstochter richtete sich zerzaust unter der Decke auf.

»Wo sind wir?«

Eystein lachte.

»Wenn du beim Aufwachen jedesmal dasselbe fragst, Königstochter, wird deine Zunge sich zu einem Stummel abnutzen, bevor wir nach Nowgorod kommen.«

Der Fluß war ziemlich breit und die Strömung ruhig. Die Männer brauchten sich nicht übermäßig anzustrengen, während sie flußaufwärts ruderten. Die Mädchen betrachteten die langsam vorübergleitende Waldlandschaft. Sie unterschied sich kaum von der in Uppland. Sie hatten nichts zu tun; sie aßen und kämmten sich gegenseitig die Haare.

Manchmal bat Eystein Thorgerd zu singen. Thorgerds Stimme war nicht der Rede wert, aber sie kannte viele alte Lieder, da sie ihre ganze Kindheit lang in den Königsgütern von Svetiod den Darbietungen der Skalden gelauscht hatte. Die Männer wollten immer wieder das Lied Tjodolfs des Skalden von König Ingjald, dem Verräter, und seiner Tochter Aasa hören: Ingjald und Aasa verbrannten sich im Königssaal, um nicht dem übermächtigen Feind in die Hände zu fallen. Die Männer in der ›Robbe‹ hörten nicht auf, sich über einen solchen Tod zu wundern. Wohl konnte sich ein alter Sklave selbst töten, aber doch nicht der König.

Die Zeit verging wie im Flug. An den Ufern waren selten Menschen zu sehen. Diejenigen, die die ›Robbe‹ zufällig bemerkten, verbargen sich eilig in dem endlosen Kiefernwald. Im Wald gab es Dörfer, denn dort stieg Rauch auf, und am Ufer des Flusses sah man dann und wann einen Bootshafen.

Der Müßiggang war ein seltener Luxus. Auch die vornehmen Kinder hatten ständig zu tun. Wenn es sonst keine Arbeit gab, nähten die Mädchen, und wenn es zum Nähen zu dunkel war, nahm man Spinnrocken und Spindel hervor und spann. Die Untätigkeit, das warme Wetter, das gleichmäßige Geplätscher an der Bordwand und das rhythmische Knarren der Ruder versetzten die Mädchen in einen Zustand wohliger Benommenheit.

Nächte und Tage waren gleich, die Ufer blieben gleich, der Fluß blieb gleich. Die ganze Zeit war es hell, am Ufer angelegt wurde selten, und dann blieb man nur einige Stunden, damit die Männer schlafen konnten. Anscheinend hatte Eystein es eilig, denn er ließ die Männer jeweils lange Strecken rudern.

Manchmal, wenn Terhen die Stumme sich reckte, bemerkte sie, daß Eirik besorgt wirkte. Der Bursche sah einfach jämmerlich aus: Sein Gesicht war überall dort verbrannt, wo der dichter werdende Bart es nicht geschützt hatte. Die Augen waren zu Balken geschwollen, und überall hatte er Beulen von Mückenstichen. Die Mücken plagten auch die Mädchen, und als sie an eine Stromschnelle kamen, wo die Reisenden zu Fuß gehen mußten, fielen die Bremsen über sie her und quälten sie.

Die Stromschnelle war nicht steil, man konnte sie auch hinaufrudern, wenn man das Schiff erleichterte. Die Ladung wurde ans Ufer gebracht, von wo sie bis oberhalb der Stromschnelle getragen werden sollte. Eystein sah sich suchend in dem Hafen unterhalb der Stromschnelle um. Dort gab es Spuren von Booten, Lagerfeuerreste und andere Anzeichen dafür, daß hier Menschen gewesen waren.

»Sonst sind hier Leute, die bereit sind, die Lasten zu tragen. Die Ladung eines Schiffes von dieser Größe zu tragen kostet nicht einmal einen zehntel Grivna. Aber jetzt sieht es so aus, als müßten wir die Sachen selbst schleppen.«

Eirik der Starke trat zögernd vor Eystein hin.

»Schiffer, du hast diese Strecken natürlich viel häufiger bereist als ich…«

Eystein wirkte gespannt.

»Was denn, will unser Schwachsinniger seinen Teil nicht tragen?«

»Ich trage, was mir zukommt zu tragen«, sagte Eirik zahm. »Aber du bist auf dem falschen Fluß, Eystein, wenn dein Ziel Nowgorod ist. Dies ist nicht der Fluß Wolchow.«

Die Männer ließen ihre Arbeit liegen und näherten sich dem Schiffer und dem Sohn des Oberrichters.

»Dieser Fluß ist der Swir, Eystein, und diese Stromschnelle ist die Stromschnelle von Mätysova. Ich bin hier schon früher einmal gewesen.«

Der Mann hinter Eirik sprang vor und schlug dem Jüngling mit einem Holzhaken auf den Kopf, der in einer eisernen Spitze auslief und den man zum Heben von Waren verwendete. Der Haken traf Eirik an der linken Seite des Kopfes und glitt hinab. Dabei schnitt er ihm eine lange Wunde vom Scheitel bis hinab auf die Wange. Hell strömte das Blut dem Burschen über das Gesicht, spritzte auf den Boden und wurde rasch vom Ufersand aufgesaugt. Eirik fiel krachend auf das Gesicht.

»Jetzt hast du eine böse Tat begangen, Gunnar«, sagte Eystein.

Terhen spürte in sich einen dumpfen Schlag. Ihr Kopf hallte wider von den Geräuschen einer verheerenden Flut. Ihr Körper fuhr zusammen, wurde heiß und gespannt. Terhen spannte sich aus der trägen Schläfrigkeit zu lautlosem Kampf an. Der rote Strom stürzte vorwärts. Terhen dämmte ihn in ihrer Vorstellung ein, verschloß sein Flußbett. Als er die Richtung änderte, beeilte das Mädchen sich, das neue Bett abzusperren. Das Mädchen schnappte nach Luft, war erschöpft, aber der Blutstrom war zunächst versiegt.

»Seht mal!« Gunnar, der Eirik geschlagen hatte, starrte sein Opfer verblüfft an. »So schlimm hatte ich es nicht gemeint, Eystein… Seht mal, der Blutstrom versiegt.«

»Und darüber kannst du froh sein, Gunnar. Wenn der Bursche stirbt, zahlst du das Sühnegeld mit deiner Haut«, sagte Eystein böse. »Tatsächlich, der Blutstrom ist versiegt. Verrückte sind oftmals sehr zäh.«

Eystein beugte sich hinab, um sich Eiriks Kopf anzusehen.

»Königstochter, du kannst sicherlich Verletzte verbinden, dein Bruder ist ja Krieger. Verbinde dem Burschen den Kopf.«

Eystein richtete seine Bitte nicht an Terhen. Vielleicht hielt er Terhen für ein Kind. Thorgerd nahm den Lappen, den Eystein ihr reichte, betrachtete ihn angewidert und gab ihn an Terhen weiter. Terhen befeuchtete ihn im Flußwasser, wrang ihn aus und wischte Eirik das Gesicht ab. Die Wunde blutete nicht mehr, aber sie war lang und sah schrecklich aus. Davon würde eine häßliche Narbe zurückbleiben. Terhen reichte Eystein den Lappen zurück.

»Einen anderen habe ich nicht.«

Terhen ging zu ihrem Bündel, öffnete es und nahm ein Hemd aus weißem Leinen heraus. Sie wickelte es mehrfach um Eiriks Kopf herum.

»Verbinde ihm auch den Mund«, befahl Eystein. »Wenn er anfängt zu schreien, reißt die Wunde auf. Der arme Narr, die brennende Sonne und die Mücken haben ihn wahnsinnig gemacht. So etwas geschieht immer wieder einmal mit einem Normannen. Wir sind nicht an die heiße Sonne gewöhnt. Der dumme Eirik verwechselt diesen Weg mit seinen früheren Reisen auf dem Ostweg. Aber er wird sich schon erholen, wenn er in Ruhe am Boden des Schiffes liegen und sich ausruhen kann.«

Eystein berührte Eirik leicht mit dem Fuß.

»Am besten, wir fesseln ihn, damit er sich nicht selbst verletzen kann.«

Terhen wunderte sich, was an dem Klima Besonderes sein sollte: Dieselbe Hitze konnte man in Uppland erleben, Mücken und Bremsen gab es auch dort. Aber vielleicht machten die helle Haut und das rote Haar Eirik noch empfindlicher gegen die Sonne.

Eirik lag gefesselt am Boden des Schiffes, so daß er sich nicht rühren konnte. Eystein gab ihm zum Unterlegen eine Felldecke und zum Zudecken zwei zusammengenähte Rinderhäute, damit die Mücken ihn nicht quälen konnten.

»Er kann ja die Mücken nicht selbst verscheuchen«, sagte Eystein freundlich. Auch sonst sorgte er gut für Eirik, fütterte ihn mit Brot, das er in Wasser gebrockt hatte, und gab ihm vorsichtig

Wasser aus einer Holzschale zu trinken, damit die Wunde heilen konnte.

Die Reise wurde im prallen Sonnenschein fortgesetzt, die Kiefernheideflächen ringsum knisterten vor Trockenheit. Die Hitze reizte die Männer. Sie knurrten sich gegenseitig an und warfen verstohlene Blicke auf die Mädchen.

Die Männer waren seit Wochen ohne Frau. Früher war es üblich gewesen, unterwegs Frauen zu entführen, sie während der Reise den Männern zu überlassen und sie dann auf dem Sklavenmarkt von Bolgar oder Itil zu verkaufen. Jetzt aber waren an den Ufern keine Frauen zu sehen, und die kleine Mannschaft eines einzigen Schiffs war nicht in der Lage, sie aus den Dörfern zu rauben.

Eystein machte sich allmählich Sorgen wegen der begehrlichen Blicke der Männer. Terhen war ein kleines Mädchen, aber Thorgerd wirkte für ihr Alter reif. Ihre Brüste wogten unter dem weißen gefältelten Gewand, und da sie sonst nichts zu tun hatte, wiegte sie sich vor den Männern.

»Für die Fahrt ist es besser, wenn ihr im Bug des Schiffes bleibt«, sagte Eystein. Seine Stimme war fröhlich wie sonst, aber sein Gesichtsausdruck war so streng, daß Thorgerd nicht wagte zu widersprechen.

Kurz darauf erreichte die ›Robbe‹ den Oberlauf des Flusses. Er öffnete sich auf ein großes Gewässer. Eystein hielt nicht an, um auszuruhen, sondern ließ die Männer das Schiff auf dem großen See weiterrudern. Weit rechts sah man ein tiefliegendes Ufer mit einem weißen Sandstreifen. Links schimmerte nur die blaue Wasserfläche. Eystein verlangte von den Mädchen, sie sollten sich unter einem groben Verpackungsstoff verbergen, damit die Männer nicht durch ihren Anblick in Versuchung gerieten.

Die Mädchen keuchten in der erstickenden Hitze und hoben ab und zu den vorderen Rand des Stoffstücks an, um etwas von dem frischen Wind abzubekommen.

»Eirik hat bestimmt recht. Wir haben uns verirrt«, sagte Königstochter Thorgerd plötzlich. »Ich habe gehört, daß Aldeigjuborg direkt in der Mündung des Wolchow liegt. Da ist das große Gut und die Palisadenbefestigung von Jarl Ragnvald. So lange dürfte die Reise nicht dauern. Und was ist dies für ein See? Ist dies der Ilmensee? Nowgorod liegt nahe beim Ilmensee. Aber hier ist keine Stadt.«

Terhen die Stumme nickte heftig und preßte den Urgott fest in der Hand. Sie hatte schon seit zwei Tagen den Verdacht, daß nicht alles so war, wie es sein sollte.

»Wir versuchen, nächste Nacht mit Eirik zu sprechen. Obwohl er uns kaum helfen kann«, jammerte Thorgerd. »Wir sollten als Begleiter richtige Krieger haben und nicht den schwachsinnigen Sohn vom Thorshof.«

Terhen dachte, daß sie elf Schiffe voller stämmiger Männer und richtiger Krieger als Begleiter gehabt hatten, aber wo waren sie geblieben?

Die Sonne stand niedrig, als die ›Robbe‹ sich dem Ufer näherte. Eystein ließ das Schiff jedoch nicht in der geschützten Bucht landen, wo anscheinend noch andere Schiffe lagen. Im Gegenteil, er ließ das Schiff in großer Eile den Fluß hinaufrudern, in dessen Mündung sich die Bucht befand. Erst Stunden später, als die Sonne schon hinter dem Wald verschwunden und die Landschaft ein wenig dämmerig geworden war, erlaubte Eystein den Männern, an Land zu gehen. Alle waren zum Umfallen müde und schliefen sofort ein. Eystein gab Eirik ein wenig zu essen, ließ ihn am Boden des Schiffes unter einem Stück Stoff liegen und begab sich selbst zum Schlafen ans Ufer.

Für Terhen die Stumme und Königstochter Thorgerd war es nicht schwierig, ins Schiff zu klettern und zu Eirik zu huschen. Terhen tat das traurige Aussehen des Einfältigen sehr leid. Der grobe Stoff hatte die verbrannte Haut wundgescheuert, und an vielen Stellen wechselten rote Barthaare, entzündete Abschürfungen und Schorf einander ab.

Eirik zwinkerte heftig, als Terhen die Binde von seinem Mund abnahm. Thorgerd verbarg ihren Ekel nicht; sie wollte den schmutzigen, dumpf riechenden Schwachsinnigen nicht berühren. Als erstes prüfte Terhen die Wunde. Sie war gut verheilt, war aber genauso häßlich, wie man es erwartet hatte. Andererseits war alles an Eirik so häßlich, daß es auf eine einzelne Wunde nicht ankam.

Terhen nahm an, daß Eirik möglicherweise sehr verwirrt war. Sie legte ihren Finger vorsichtig auf Eiriks Lippen und stellte sich darauf ein, den Jüngling zu beruhigen. Aber Eirik begann nicht zu schreien.

Terhen drückte ihr Ohr ganz vor Eiriks Mund und machte eine auffordernde Gebärde.

»Kleines Mädchen.«

Eiriks Stimme war ein gequältes Rasseln. Terhen hob die Hand und streichelte zärtlich Eiriks gesunde Wange und den Haaransatz, um den Burschen zu beruhigen. Sie faßte mit festem Griff Eiriks Kinn, um zu zeigen, daß sie ihren Mut noch nicht verloren hatte.

»Kleines Mädchen, Eystein hat uns entführt. Er ist mit uns vom Ladogasee den Swir hinaufgefahren. Heute sind wir über den Onegasee gefahren. Dieser Fluß ist die Vytegra.«

Terhen seufzte. Sie hatte nichts anderes erwartet.

»Ich bin diesen Weg schon entlanggefahren. Wir sind unterwegs zur großen Wolga und hinab nach Särkland.«

Aus dem Flüstern des Burschen hörte man die Verzweiflung heraus.

»Wir können nicht fliehen. Wir müssen eine Gelegenheit abwarten.«

Königstochter Thorgerd ächzte, und Eirik zischte warnend.

»Nach der Vytegra kommt eine Schleppstelle und dann der Fluß Kowsha. Über diesen Fluß gelangt man zum Bjelojesee. Am Südufer des Sees liegt die große Stadt Bjelojesee. Ich bin schon dort gewesen.«

Terhen nickte zum Zeichen, daß sie verstanden hatte.

»In Bjelojesee ist ein russischer Befehlshaber. Er dient dem Fürsten Jaroslaw. Wir müssen ihm eine Nachricht zukommen lassen, daß Eystein die Schwester der Fürstin Ingegerd entführt hat.«

Terhen preßte wieder ermutigend das Kinn des dummen Eiriks. Sie war jetzt viel ruhiger, da sie wußte, wo sie war und was sie erwartete. Thorgerd, die sonst so tonangebend und großmannssüchtig war, schluchzte erstickt.

»Gebt Eystein nicht zu erkennen, daß ihr wißt, Gefangene zu sein, damit er nicht auch euch fesselt. Haltet euch bereit zur Flucht, wenn wir auf den Bjelojesee kommen. Verbinde mir wieder den Kopf, kleines Mädchen. Niemand darf bemerken, daß ihr hier wart.«

Zwischen Vytegra und Kowsha befand sich die erste Schleppstelle des Großen Ostwegs. Seit zweihundert Jahren schleppte man Schiffe über die Heide zwischen beiden Flüssen. Die Schleppspur war aus Sand und Baumstämmen gebaut. Sie reichte vom Flußufer bis ins Wasser hinein, so daß man das Schiff direkt hineinrudern konnte.

Am Ende der Bahn gab es zur Vytegra hin ein Gasthaus, in dem die Reisenden Pferde ausleihen konnten. Auch eine Ziehvorrichtung wurde angeboten: eine starke Achse zwischen zwei mit Eisen verstärkten Holzrädern. Die Ziehvorrichtung wurde in die Bahn gesetzt und ins Wasser geschoben. Die Männer wateten ins Wasser und schoben die ›Robbe‹ auf die Achse.

Man hatte Eirik dem Starken erlaubt, vom Boden des Schiffs aufzustehen und ans Ufer zu gehen. Seine Arme waren auf dem Rükken gefesselt. Eirik ließ sich ins Wasser plumpsen und wälzte sich dort, wie um den Schweiß und den Schmutz vom Boden des Schiffs, die sich in all den Tagen an ihm festgesetzt hatten, von sich abzuwaschen. Die Männer lachten sich fast kaputt.

»Er sieht aus wie ein Walroß«, grinste einer der Reisenden. »Wie ein Walroß mit rotem Pelz!«

»Laßt uns den Verrückten zum Ziehen anstellen«, meinte jemand. »Er erledigt mindestens die Arbeit von einem Pferd. Da wird es billiger.«

»Warum nicht«, willigte Eystein ein. In kleinen Dingen schlug er seinen Männern nicht gern etwas ab. »Hat er doch schon gelegen, als die anderen ruderten.«

Eirik wurde aus dem Wasser gezogen und zusammen mit den kleinen zottigen Pferden vor das Schiff gespannt. Aus dem Gasthaus kamen zwei Knechte, um die Pferde anzutreiben. Sie fanden das merkwürdig; sie verständigten sich in einer seltsamen Sprache und wiesen auf Eirik. Der Mund des Burschen war unter den Binden nicht zu sehen, aber er widersetzte sich auch nicht, als man ihm ein Zugseil um die Brust legte. Die Männer der Schiffsbesatzung fanden das komisch. Aber die Geduld der Königstochter Thorgerd war zu Ende.

»Ihr laßt einen Edelmann das Schiff ziehen!«

Die Männer wollten sich ausschütten vor Lachen.

»Ein Edelmann! Der da!«

Thorgerd hob die Nase.

»Eirik ist von vornehmer Geburt und besser als jeder von euch. Ihr Tölpel!«

Die Männer verstummten. Eirik machte eine Gebärde, als wollte er anfangen zu ziehen, aber niemand sah zu ihm hin. Terhen die Stumme versuchte, Thorgerd am Rock zu zupfen. Aber die Königstochter scherte sich nicht um vernünftige Warnungen.

»Glaub du nur nicht, Eystein, daß du so mir nichts, dir nichts eine Königstochter und den Sohn des Oberrichters entführen kannst! Mein Bruder wird dich über dem Feuer braten, bis dir das Fleisch verkohlt von den Knochen fällt!«

Eystein lächelte unangenehm.

»Ach, hat das vornehme Fräulein bemerkt, daß wir hier gar nicht unterwegs nach Nowgorod sind. Wo ist dein Bruder, der König, Thorgerd? Sei nicht so frech, Mädchen. Du hast keinen Beschützer – wenn du nicht auf Hilfe von dem da rechnest.«

Eystein wies spöttisch auf Eirik, der, die Hände auf den Rücken gebunden, ebenso geduldig wie die Pferde im Geschirr stand.

»Wir fahren nach Särkland, Königstochter. Dort verkaufe ich euch alle. Einen bärenstarken Sklaven, demütig und gutwillig. Zwei weißhäutige Jungfrauen. Für euch bekomme ich eine Ladung Gold.«

»Und wie erklärst du zu Hause in Schweden unser Verschwinden?«

Eystein lächelte.

»Ich erkläre gar nichts. Ich kehre nicht nach Schweden zurück. Ich bleibe in Rußland. Hier gibt es genug Platz für einen geschickten Mann.«

Thorgerd schrie vor Wut auf, zog ihr Eßmesser hervor und stürzte sich auf Eystein. Der Schiffer wehrte sie leicht ab und warf sie Gunnar zu. Gunnar schlang die Arme um Thorgerds Taille und preßte mit einer Hand die Brüste der wutentbrannten Thorgerd.

Eystein lachte böse.

»Du wirst das tun, was ich dir befehle, Thorgerd, oder ich überlasse dich meinen Männern. Ich hätte auch nicht übel Lust, mich mit dir zu vergnügen. Ich habe noch nie mit einer Königstochter geschlafen. Dann würde ich für dich weniger Gold bekommen, hätte aber mehr Spaß an dir.«

Thorgerd erstarrte. Gunnar zog ihren Kopf nach hinten und biß sie in den Hals. Von Eysteins Stirn perlte der Schweiß.

»Das Wetter wird wohl umschlagen«, bemerkte er. »Hör auf, Gunnar. Wir müssen weiterkommen, falls es Nebel gibt.«

Feiner Dunst bedeckte den Waldrand und die grauen Balken des Gasthauses. Plötzlich wieherten die Pferde unruhig.

»Los jetzt«, befahl Eystein. »Zieht die ›Robbe‹ aus dem Wasser. Ihr geht schön mit uns zu Fuß, Mädchen. Ein einziger Schritt zur Seite, Thorgerd, und du darfst mir in der Nacht als Matratze dienen. Gunnar, leg ihnen zur Sicherheit eine Schlinge um den Hals. Um das stumme Kind brauchen wir uns keine Sorgen zu machen, das flieht nicht, aber die Königstochter könnte sich alles mögliche einbilden.«

Gunnar band erst Terhen einen Strick um den Hals und legte ihn dann Thorgerd um. Lachend hielt er das andere Ende fest. Der Knecht des Gasthauses schrie, die Peitsche klatschte den Pferden und Eirik auf den Rücken, und die ›Robbe‹ hob sich langsam aus dem Wasser. Die Männer schoben das Schiff am Heck, damit es an dem sanft ansteigenden Abhang nicht zurückrutschte. Die Räder der Zugvorrichtung rollten in die richtige Bahn, und der Weg in Richtung Kowsha begann.

16. Kapitel

1031

Das Wasser des Sees, den die Russen Bjelojesee, »Weißer See«, nannten, war so klar wie sein Name. In dieser Gegend wohnte ein Volk, das sich selbst als Wepsen bezeichnete. Bjelojesee hieß auch die Stadt am Südufer des Sees.

Dank Handel, Vieh und Jagd stand die Stadt in Blüte. Das Land wurde kaum bebaut. Getreide wurde aus den Zentren des Südens, aus Nowgorod und Rostow, herbeigeschafft. Daß der Strom der östlichen Silberdirhams versiegt war, hatte auf den Wohlstand Bjelojesees keinen Einfluß. Die Wepsen besaßen Waren, die sich auch in westliches Silber ummünzen ließen: Die Nachfrage nach Pelzen war grenzenlos. Den wepsischen Händlern war es egal, ob eine Münze in Bagdad oder in London geprägt worden war, wenn sie nur aus Silber und nicht aus versilbertem Blei war.

Die Gegend um den Bjelojesee war eine Insel inmitten unermeßlicher Sumpfgebiete. Die unpassierbaren Sümpfe erstreckten sich im Norden bis zum Weißen Meer und im Süden bis zu den Waldaihöhen.

Das Umland des Bjelojesees war eine reiche Insel, die sowohl von Nowgorod als auch von Rostow begehrt wurde. Nowgorod trug den Sieg davon, denn der weise Fürst Jaroslaw sandte einen Priester nach Bjelojesee und ließ dort eine Kirche errichten. Die Kirche des heiligen Basilius war ein kleines Haus, und der Priester war jung und unerfahren, aber er hatte außer Gott noch eine andere Kraft zur Unterstützung: den Truppenführer Wjatscheslaw mit seinen Kettenpanzermännern.

Die Wepsen ließen sich taufen und waren den Leuten des Fürsten auch sonst zu Willen. Ihnen war es gleichviel, welcher Gott am Ort verehrt wurde, Perun, Veles oder Christus, wenn nur das Vieh gedieh und die Kaufleute über die holzgepflasterten Straßen von Bjelojesee ihre Beutel mit Silber trugen. Die Wepsen waren ein Volk von Kaufleuten: Sie hatten weitreichende Handelsbeziehungen in westlicher Richtung nach Karelien und Tavastland, nach Norden bis ans Ufer des Weißen Meeres und nach Südosten zu den Merja und Muroma. Bei ihren Geschäften betrogen sie andere Kaufmänner, aber sie verrieten sie niemals an die Krieger des Fürsten.

Das wußte Eystein aus Sigtuna, der seit zwanzig Jahren den Großen Ostweg bereiste. Deshalb hatte er den längeren und schwierigeren Weg über den Onegasee gewählt, um auf die Wolga zu gelangen. Es wäre leichter gewesen, den Weg vom Ladogasee den Sjas hinauf und von dort über eine kurze Schleppstelle direkt in die Mologa zu nehmen, die ein befahrbarer Nebenfluß der Wolga war und am nördlichsten Punkt in sie einmündete. Aber auf diesem Weg herrschte reges Treiben, und er unterlag einer allzu genauen Aufsicht durch den Fürsten. Dieser Aufsicht mußte man tunlichst entgehen, wenn man auf seinem Schiff die Schwester der Ehefrau des Fürsten als Gefangene mit sich führte.

So fuhr Eystein mit der ›Robbe‹ die Kovsha hinab bis zu ihrer Mündung. Von dort wollte er über den Bjelojesee segeln und in der Stadt Bjelojesee haltmachen und Handel treiben – Eystein hatte als Ladung zwei fränkische Schwerter, gotländischen Schmuck, einen in Häute verpackten Ballen bester Wolle aus Ypern und feinen Leinenstoff in Fässern. Mit dem Erlös seiner Fracht wollte er Pelze einkaufen und damit das Schiff füllen. Dann wollte er seine Reise die Scheksna entlang bis zur Wolga fortsetzen.

Bisher war alles großartig verlaufen. Eystein hatte immer Glück gehabt; er war in seinem ganzen Leben noch kein einziges Mal verwundet worden. Und er hatte seine Fracht niemals auf den großen Flüssen Rußlands verloren, an deren Grund doch unzählige Warägerschiffe samt ihren Schätzen und manchmal auch ihren Besatzungen lagen.

Eystein war übermütig geworden: Er bemerkte nicht, daß ein Unwetter im Anzug war, ehe es über das Schiff hereinbrach. Es war ein richtiger Binnenseesturm und schlimmer als der, den sie auf dem Ladogasee erlebt hatten. Der Himmel war nach wenigen Augenblicken schwarz, und das Wasser wirbelte schäumend um das Schiff herum. Die Männer hingen an den Seilen, die Mädchen klammerten sich voller Entsetzen an alles, was sie zu fassen bekamen.

Es ertönte ein scheußliches Krachen, und der Mast schwankte im Bogen über der ›Robbe‹.

»Der Stag! Er bricht!«

»Bindet den Burschen los!« schrie Eystein. »Thorgerd, löse dem Verrückten die Fesseln! Er soll den Stag festhalten, denn er ist stark!«

Königstochter Thorgerd starrte Eystein voller Entsetzen an. Sie verstand nichts und konnte den Bordrand des Schiffes nicht loslassen. Ihr hatte man das Eßmesser fortgenommen, aber Terhen die Stumme hatte ihres noch. So kroch Terhen mühsam zum Boden des Schiffs und zückte ihr Messer. Sie begann, Eiriks Fesseln durchzuschneiden; der Bursche war vom Kopf bis zu den Füßen mit Stricken gebunden.

Eine Sturmböe ließ die ›Robbe‹ sinnlos um sich selbst drehen. Blitze beleuchteten den schäumenden See und ließen ihn strahlend weiß aufleuchten. Der Mast des Schiffs umkreiste die tiefhängenden Wolken. Das Schiff schöpfte erst auf der einen, dann auf der anderen Längsseite Wasser. Der eine Stag am Mast zerbrach, und durch das Heulen des Windes hörte man ein ohrenbetäubendes Krachen.

In diesem Augenblick begriff Eystein, daß sein Schicksal sich gewendet hatte. Er würde sein Schiff verlieren; der Mast stürzte um, und nichts würde die ›Robbe‹ mehr retten können. Aber Eystein sprang vom Seitenruder instinktiv zum Mast, um ihn zu stützen.

Endlich begriff Eystein, daß das Glück ihn endgültig verlassen hatte. Er würde nicht nur sein Schiff, sondern auch sein Leben verlieren.

Ein Donnerschlag betäubte aller Ohren. Der Mast und Eystein wurden in blendendes Licht getaucht. Eystein kauerte sich am Fuß des stürzenden Mastes nieder. Ein Blitz verbrannte seine Haut zu schwarzer Kohle.

Der Mast und mit ihm das Schiff legte sich auf die Seite. Die ›Robbe‹ mit ihrer Fracht konnte sich nicht wieder aufrichten; sie neigte sich immer weiter zur Seite, und die Männer rollten ins Wasser, den Mund zu einem erstickten Schrei geöffnet.

Terhen die Stumme hatte die Hände Eiriks des Starken freibekommen, als der Blitz einschlug und das Schiff kenterte. Terhen fiel ins kalte Wasser, ein Strudel saugte sie tief hinab und spuckte sie wieder aus. Zwischendurch war es völlig finster, aber im Licht der Blitze waren für Augenblicke Männer zu erkennen, die samt ihrer schweren Kleidung versanken. Jemand versuchte, sein Schwert loszureißen, und verschwand. Terhen konnte schwimmen, aber in dem tobenden Wellengang nützte ihr diese Kunst nicht viel. Die Wellen drückten sie hinab und hoben sie in einem rauschenden Wirbel wieder an die Oberfläche.

Königstochter Thorgerd trieb auf den Wellen auf Terhen zu. Thorgerds Kopf baumelte auf der Schulter, und die Augen blickten starr geradeaus. Thorgerd hatte einen Schlag auf den Kopf bekommen und trieb tot auf dem Wasser. Terhen versuchte, Thorgerds Arm oder ihren Rock zu fassen, aber dann öffnete sich das Wasser und verschluckte die Königstochter.

Terhen trat Wasser und beruhigte sich zugleich. Das Getöse hörte auf, ihr Angst zu machen. Ihr konnte ja nichts Böses geschehen. Der Zauberer von Vanaja erwartete sie in seiner Kammer.

Etwas stieß Terhen dumpf gegen die Schulter. Das Mädchen wich aus, griff aber instinktiv nach dem Gegenstand. Es war eine Ruderbank aus dem Schiff, die sich losgerissen hatte. Dahinter war etwas zu sehen: eine Hand, die nach der Ruderbank griff, und ein Kopf mit nassen roten Haaren.

Terhen erinnerte sich, daß die Knöchel Eiriks des Starken noch gefesselt waren, als das Schiff kenterte. Mitten im Donnern des Wassers begann sie zu weinen. Es wäre so schön gewesen, sich dem Frieden des Totenreichs überlassen zu können. Aber Terhen konnte Eirik nicht im Stich lassen. Eirik kam allein nicht zurecht.

Terhen klammerte sich an die Ruderbank. Deren abgenutzte glatte Oberseite zeigte nach unten, und von der rauhen Unterseite bekam Terhen Splitter in die Hände. Planschend schob sie die Ruderbank in Eiriks Reichweite. Mitunter waren Eiriks Augen unter den Haaren zu sehen; sie waren nur halb offen, und der Jüngling erkannte Terhen nicht. Aber er packte die Ruderbank mit festem Griff.

Man konnte weder das Ufer erkennen noch in irgendeine Richtung schwimmen. Man mußte nur an der Oberfläche bleiben und sich vom Wind treiben lassen. Der Wind konnte Terhen und Eirik auf den See hinaus oder in Ufernähe treiben. Das Schiff hatte sich jedoch ziemlich nahe am Ufer befunden, als der Sturm losbrach.

Terhen hatte in dem finsteren Getöse kein Gefühl für die Zeit. Sie behielt Eiriks Hand unermüdlich im Auge. Terhen war ein leichtes Schilfrohr, für sie war es nicht schwierig, mit der Ruderbank dahinzutreiben, aber Eiriks Gewicht zog die massive Ruderbank in die Tiefe. Bisweilen hielt Terhen sich nur mit einer Hand fest und schwamm aus Leibeskräften. Sie fürchtete, daß Eiriks Griff erlahmen könnte. Eirik war zu schwer, als daß sie, ein elfjähriges Mädelchen, ihm zu der treibenden Ruderbank hätte zurückhelfen können.

Terhen schluchzte vor Erleichterung, als ihre Knie gegen Ufersteine schlugen. Sie hatte das Gefühl verloren und kümmerte sich nicht um den Schmerz, als sie über die Steine trieb. Es gelang Terhen, Eiriks Kopf und seinen Oberkörper aus der Reichweite der Wellen zu ziehen. Dann sank sie auf Eirik hinab, der auf dem Rücken lag.

»Sie leben.«

Terhen wurde ergriffen und von Eirik dem Starken herabgehoben.

»Das ist noch ein Kind.«

Es war seltsam. Beim Aufwachen verstand Terhen gar nichts.

»Der andere ist kein Kind mehr. Sieh mal, Sinko.«

»Das ist ein Russe.«

Die Stimme war unfreundlich.

»Oder ein Waräger, oder ein Kaufmann. Jedenfalls ein Normanne.«

Terhen begriff dunkel, daß die Männer eine Sprache sprachen, die stark an ihre eigene erinnerte. Sie hatte die finnische Sprache nicht mehr gehört, seit Suvivilja vor anderthalb Jahren gestorben war, abgesehen von einigen Worten aus dem Munde von Eirik oder Gudmund dem Kaufmann. Die Sprache dieser Männer klang anders, weich und zischelnd, doch Terhen verstand sie ohne Schwierigkeiten. Sie öffnete die Augen.

Die Männer zeichneten sich als Schatten gegen die Sonne ab. Terhen nahm Licht und Vogelgezwitscher wahr.

»Das Kind kommt zu sich. Wer bist du, Mädchen? Woher kommt ihr?«

»Sie versteht dich nicht, Kutsi.«

Terhen setzte sich auf. Ein lauer Wind strich vom See herüber, unter dessen Oberfläche eine Bestie lauerte. Das Schilf raschelte freundlich, der Kiefernwald duftete nach dem Regen, und der Sand glänzte golden. Es war herrlich, die Wärme der Sonne zu spüren.

Terhen lächelte.

»Doch, ich verstehe euch«, sagte sie in ihrer eigenen Sprache.

Dann erinnerte Terhen sich daran, daß sie stumm war.

»Sieh an«, sagte der Mann, der Kutsi hieß. Er war von den beiden derjenige, der sich den Schiffbrüchigen gegenüber freundlicher verhielt. »Woher stammst du, daß du unsere Sprache so seltsam sprichst?«

»Aus Finnland«, sagte Terhen. Ihre Kehle war frei. Das angespannte, harte Gefühl, an das Terhen sich schon gewöhnt hatte, war fort. Ihre Stimme klang ihr neu in den Ohren, tiefer. »Aus Tavastland, aus der Stadt Vanaja.«

»Von Tavastland habe ich gehört«, sagte Sinko. »Und die Kaufleute haben von der Stadt Vanaja erzählt.«

Kutsi hockte sich vor dem Mädchen hin.

»Was ist geschehen?«

»Ein Schiffer aus Sigtuna hat uns entführt. Er ist bei dem Sturm ums Leben gekommen und wahrscheinlich alle Männer mit ihm.«

Während sie sprach, horchte Terhen verwundert auf ihre eigene Stimme.

»Und der Mann da? Ist er ein Waräger?«

In Rußland nannte man die Normannen Waräger. Terhen nickte.

»Er ist der Sohn eines Edelmannes.«

Sinko blies durch die Lippen.

»Die sind alle Räuber. Wir bringen sie ins Dorf. Und dann beschließen wir, was wir mit ihnen machen.«

Terhen stand auf. Ihr wurde schwindlig, aber nur einen Augenblick lang. Die Männer versuchten, Eirik aufzuheben, aber er war so schwer, daß sie sich damit begnügten, ihn an den Armen über den Boden zu schleifen.

»Fürst Jaroslaw zahlt für Eirik einen guten Preis«, sagte Terhen. »Eiriks Vater ist Jarl und Oberrichter in Roslagen. Fürst Jaroslaw liebt die Normannen, weil sie seine Verwandten sind.«

Terhen hätte noch wer weiß wie lange weitergeschwatzt. Ihre Stimme klang immer schöner.

»Aber wir lieben den Fürsten nicht«, sagte Sinko schroff.

Terhen erschrak. Wo war sie? Wer waren diese Männer? Beherrschte Fürst Jaroslaw, den man in Schweden Jarisleiv nannte, gar nicht ganz Rußland?

Das Dorf lag nahe am Ufer des Bjelojesees, aber so versteckt, daß man es vom See aus nicht entdecken konnte. Es hatte sechs Häuser, die mit Reet gedeckt waren, und der Fußboden war in die Erde hineingegraben. Wenn man ein Haus betrat, stieg man zwei Stufen hinunter. Die Feuerstelle befand sich in der Mitte des Erdbodens, und an den beiden Seiten gab es Pritschen, die mit Fellen und hellgestreiftem Stoff bedeckt waren. Das Haus sah genauso aus wie jedes andere Haus im Norden, in denen Terhen gewesen war, wenn auch kleiner.

Eirik wurde auf eine Pritsche geschleift. Der Bursche blinzelte und brummte etwas.

Terhen sah Kutsi, um Verzeihung bittend, an.

»Eirik ist stark, aber langsam von Verstand. Er versteht nicht viel, aber er ist ein geduldiger und gutmütiger Mann.«

Terhen wunderte sich im stillen, wie leicht es war, wenn man seine Sache mit Worten erklären konnte. Irgendwo am Rande ihrer Erinnerung trieb Thorgerds Leiche mit weit aufgerissenen Augen und offenem Mund. Daran konnte sie jetzt nicht denken. Es galt, diese Leute davon zu überzeugen, daß es für sie nützlicher war, Terhen und Eirik zu retten als sie umzubringen. Erst danach konnte sie über Thorgerds Tod nachdenken.

Terhens Kleider waren naß. Sie fror und hatte Hunger, und auch Eirik erging es nicht besser. Die Grube in der Mitte des Hauses war rußig und kalt. Terhen hoffte, die Männer würden ein Feuer anzünden, wagte aber nicht, darum zu bitten.

Neben der Feuergrube saß in einem Stuhl mit hoher Lehne, der aus einem einzigen Baumstamm geschnitzt war, ein Mann, der noch kein Wort gesprochen hatte. Er hatte einen langen, hellen Bart und Haare, in die Wollbänder eingeflochten waren. Über den Schultern lag ihm ein feiner, färberwaidblauer Umhang, der auf der Schulter mit einer Fibel in Hufeisenform befestigt war. Die Beine steckten in Wickeln aus dünnem Leder, die mit roten Bändern gebunden waren. Der Mann war ein Fremder in diesem Hause und von vornehmer Herkunft. Die anderen, Sinko und Kutsi, verhielten sich ihm gegenüber ehrerbietig.

Sinko untersuchte den halb bewußtlosen Eirik. Plötzlich hob er die Hand. Darin hielt er den Anhänger, den Eirik um den Hals gehabt hatte.

»Christen«, sagte Sinko verächtlich.

Terhen fuhr zusammen. Hoffentlich blieb Eirik in seiner Erstarrung.

»Nein. Der Mann ist ein Narr, ihm ist alles recht.«

Terhen zog eilig den Lederbeutel hervor, den sie an einem Riemen um den Hals trug. Sie öffnete ihn und nahm das kleine Holzstück, den Urgott, heraus, dessen grobe Züge von Tausenden von Berührungen abgenutzt und fast geglättet waren.

Der fremde Mann stand halb von seinem Stuhl auf und betrachtete den Urgott.

»Mokosch«, sagte er. Er sah Terhen an, und sein Gesicht ähnelte plötzlich dem des Zauberers. Die Spannung in Terhen ließ nach. Sie begann zu schluchzen und lehnte sich furchtlos an die Knie des Mannes.

»Kind, die Krieger des Fürsten mögen deinen Gott nicht.«

»Ich werde ihn niemandem zeigen«, zischte Terhen. Sie vertraute dem Mann so, wie sie Talpia dem Zauberer vertraut hatte. Der Mann sprach anders als Kutsi und Sinko, aber verständlich. Er war freundlich und interessiert, und Terhen erwärmte sich immer mehr.

»Wer bist du, Herr?«

»Man nennt mich Jegra, und ich bin der größte Schamane der Merja.«

Terhen schüttelte verwundert den Kopf.

»Ich beschwöre die Toten.«

Terhen nickte eifrig.

»Ich auch.«

Alle drei Männer brachen in Gelächter aus. Terhen war so verletzt, daß ihr wieder die Tränen in die Augen traten.

»Der Zauberer von Vanaja hat es mich von Kind an gelehrt. Ich kenne die Ursprungszauber. Ich kann ins Totenreich hinabsteigen und kenne die Toten meiner Familie. Der Zauberer hat gesagt, daß ich die Fähigkeit habe.«

Jegra wurde nachdenklich.

»In Kindern steckt Kraft. Besonders in jungfräulichen Kindern. Aber sie sind nur Gehilfen.«

Mit Schrecken begriff Terhen, daß ihre Prahlerei dem Mann nicht gefiel. Terhen sah zu Eirik dem Starken hinüber. Seine Augen waren halb geöffnet, aber anscheinend folgte er dem Gespräch nicht. Terhen wurde unruhig. Sie hatte das Gefühl, es gehe über ihre Kräfte, sich um die Angelegenheiten der Erwachsenen zu kümmern.

»Ich habe dem Zauberer von Vanaja nur geholfen«, sagte Terhen demütig.

Jegra lächelte gnädig.

»Das Kind ist naß und hungrig. Gebt ihm etwas zu essen und trockene Kleider.«

»Sar war das große Zentrum der Merja. Jetzt heißt es Rostow und wird von Fürst Jaroslaw beherrscht.«

Der Schamane sprach mehr zu sich selbst. Terhen aß gerösteten Barsch. Sie hatte ein ärmelloses braunes Wollkleid zum Anziehen bekommen, das bis auf den Boden reichte.

»Aus Nowgorod kamen Christen. Sie vertrieben Mokosch. Am Ufer des Nerosees erbauten sie eine Kirche für die Frau, die ihren Gott geboren hat. Von der Frau behaupten sie, sie sei Jungfrau. Neben der Kirche legten sie eine Befestigung an, von der aus die Männer des Fürsten geritten kamen, um die Merja zu drangsalieren. Der erste Fürst war Boris, der Sohn Wladimirs von Kiew, und ebenso christlich wie sein Vater. Sein Bruder ließ Fürst Boris töten wie ein Schaf, und das war gut so. Aber dadurch hatte es mit den Fürsten noch kein Ende.«

Sinko und Kutsi hörten sich die Geschichte, die man ihnen schon unzählige Male erzählt hatte, an und aßen Fisch, der am Lagerfeuer vor dem Hause zubereitet worden war. Dort gab es so viele Mükken, daß die Männer sich draußen nicht wohl fühlten. Die Frauen brachten ihnen noch mehr Fisch und Sauermilch und schauten, wenn sie hereinkamen, neugierig zu Terhen hin.

»In die Stadt kam Bischof Fedor. Er verstand die Sprache der Merja nicht, sondern diente Christus in seiner eigenen Sprache. Das gefiel den Merja nicht. Allmählich waren in der Stadt mehr Russen als Merja. Dann kam noch ein anderer Bischof namens Hilarion. Ich befahl den Leuten, die Bischöfe und den Statthalter des Königs zu verjagen. Die Kirche wurde verbrannt, die Befestigung und mit ihr die Krieger. Das beste Feuer, das ich je gesehen habe.«

Jegra wirkte zufrieden, als er sich der großen Zeit seines Lebens erinnerte.

»Und als nächstes kam die Drushina des Fürsten«, sagte Kutsi, und Terhen verstand aus seinem Tonfall, daß er den Schamanen nicht besonders mochte, obwohl er ihn respektierte.

»Fast die ganze Stadt brannte nieder. Ich mußte fliehen.«

»Das ist sieben Jahre her«, sagte Kutsi säuerlich. »Und es gibt kein Zurück.«

»Du irrst, mein Freund.« Jegras Stimme war leise und sicher. »Ich werde zurückkehren, und zusammen mit mir kehrt die alte Macht nach Sar zurück.«

»So, so«, zweifelte Kutsi, und jetzt war er der Sache deutlich überdrüssig. Terhen sah von einem zum andern. Sie fühlte sich durch die Meinungsverschiedenheit der Männer gequält.

»Ich habe ein Zeichen bekommen«, sagte der Schamane, »eine Verteidigerin«, sagte er und nickte dem Mädchen zu.

»Das Kind?« Sinko war ebenso verblüfft wie Terhen. Aufgabe eines Verteidigers war es, den Geisterbeschwörer zu beschützen, wenn er in Trance fiel, so daß der Körper des Zauberers keinen Schaden nahm, während sein Geist bei den Toten weilte. Der Zauberer von Vanaja hatte sich niemals um einen Verteidiger bemüht. Er wollte seine Macht mit niemand anderem teilen als mit Terhen. Warum hatte der Zauberer sie akzeptiert? Die Antwort war klar: Das kleine Mädchen hatte die Fähigkeit, aber sie war zu schwach, um die Stellung des Zauberers zu bedrohen.

Eirik der Starke setzte sich auf der Pritsche auf. Er starrte die Männer und Terhen stumpf an. Er sah schrecklich aus: überall hatte er Kratzer, kleine Wunden und blaue Flecke. Sein Haar war wie ein Hexenbesen.

»Ab in die Sauna«, befahl Jegra. »Der Bursche muß gesundgepflegt werden. Ich verkaufe ihn als Ruderer an irgendein vorbeikommendes Schiff.«

Eirik hatte sein bißchen Finnisch von Ari Fernfuß von Arantila gelernt, und seine Kenntnisse reichten nicht aus, um Jegras Worte zu verstehen. Eirik öffnete den Mund wie ein Fisch. Er würde nicht in der Lage sein, die Absichten des Schamanen zu vereiteln.

Die Tür wurde geöffnet, und ein Schwarm Mücken stob herein. Jegra gab Eirik einen Stoß.

Terhen führte Eirik zu einem in der Nähe des Waldes stehenden Häuschen aus Balken. Daß es eine Sauna war, erkannte man daran, daß unter seinem First Rauch hervorquoll. Eirik trottete gehorsam an Terhens Hand. Ein Weinen schnürte Terhen die Kehle zu, aber sie biß die Zähne zusammen und plinkerte heftig.

Plötzlich wandte das Mädchen sich ängstlich um.

»Der Urgott! Gib ihn mir wieder!«

Jegra hatte sich abgewandt und blickte über die Schulter.

»Den behalte ich.«

Terhen wollte schon zu dem Schamanen laufen, als sie einen starken Druck an der Hand spürte. Eirik ließ das Mädchen nicht los. Er setzte den Weg zur Sauna mit Terhen an seiner Seite fort. Hatte Eirik verstanden, was geschehen war, oder konnte er nur an eine Sache auf einmal denken: Wenn man ihm befahl, in die Sauna zu gehen, dann ging er in die Sauna.

In dem Gebäude war es warm, dunkel und rauchig. Terhen hatte sich noch nicht umgesehen, als sie von der Tür her Kutsis Stimme hörte: »Ich bringe euch Badequaste.«

Eine dunkle Gestalt erschien in der Tür. Ein Mann streckte ihnen beiden etwas hin, aber es war kein Badequast, sondern Brot.

»Schnell, geht hinter der Sauna in den Wald. Geht nach Südosten, dann kommt ihr zum Bjelojesee zum Statthalter des Fürsten. Zeigt euch nicht am Seeufer.«

»Hilfst du uns?«

»Jegra wohnt seit sieben Jahren hier und ißt mein Brot und mein Fleisch. Jetzt will er den Jüngling verkaufen, aber ich würde keinen Grivna von dem Preis abbekommen.«

»Warum jagst du ihn nicht davon?«

Kutsi schnaufte ängstlich.

»Einen Schamanen? Er würde mir die Geister auf den Hals hetzen. Dies hier ist schon schlimm genug.«

Kutsi schob Eirik ein Bündel in den Arm.

»Hier ist ein Umhang, damit die Mücken euch nicht auffressen. Geht jetzt.«

Terhen erwachte unter dem Umhang. Sie hatte sich an der Seite Eiriks des Starken zusammengerollt. Eiriks großer Körper wärmte sie angenehm, und Eirik schnaufte gemütlich.

Sie waren schon einen Tag und einen Abend gewandert, bis es so kalt geworden war, daß die Mücken aufhörten zu fliegen. Terhen hatte sprechen wollen, aber Eirik hob den Finger an die Lippen, und sie schritten schweigend Stunde um Stunde dahin. Terhen wurde rasch müde, während sie halb im Laufschritt versuchte, mit Eirik Schritt zu halten. Der Bursche schnappte sie, nahm sie auf den Arm und ging mit großen Schritten unermüdlich voran.

Eystein war ertrunken, und das war gut. Terhen hatte wieder sprechen gelernt, das war auch gut. Aber sie hatte den Urgott verloren, und das war sehr schlimm. Wie hatte sie gegenüber dem Schamanen ein solches Vertrauen, eine solche Nähe verspüren können? Sie hatte sich vorgestellt, daß Jegra genauso war wie der Zauberer von Vanaja. Terhen sehnte sich nach dem Zauberer. Sie schluchzte an Eiriks zerlumpter Schulter. Der Bursche beruhigte sie mit solchen Lauten, wie man sie von sich gibt, wenn man junge Hunde tätschelt.

Terhen hob den Rand des Umhangs und schlüpfte darunter hervor. Es war kühl und still. Die Sonne war noch nicht aufgegangen, aber der Morgen war hell. Von einem kleinen See stieg Dunst auf. Noch sang kein einziger Vogel. Ringsherum stand Wald, lautlos und abwartend. Es war der Schnittpunkt zwischen Nacht und Tag. Die Stille ahnte schon das Gezwitscher, das im nächsten Augenblick losbrechen würde. Terhen stand am Ufer und blickte auf den See hinaus.

Der Dunst zerteilte sich. Zwei Schwäne glitten daraus hervor, zwei silbrige Sonnen auf dem Wasser. Terhen stieß einen Ruf des Entzückens aus.

Die Schwäne erschraken und erhoben sich rauschend in die Luft. Sie flogen über Terhen hinweg und stießen stolze Schreie aus, die über dem See widerhallten.

Verzaubert blickte Terhen den Schwänen nach. Das Morgengezwitscher der kleinen Vögel hob an. Eirik der Starke hatte den Ruf der Schwäne gehört und setzte sich zwischen den Falten des Umhangs auf wie ein Troll, der der Erde entstiegen war.

Terhen ging zum See und benetzte ihre Füße mit Wasser. Da sah sie im Ufersand, etwas weiter oben, etwas schwach Schimmerndes. Terhen bückte sich und hob den Gegenstand auf. Es war ein kleiner, gegossener Bronzevogel mit langem Hals, und darin war ein Loch, so daß man eine Kette hindurchziehen konnte.

»Wasservogel, Bronzevogel«, flüsterte das Mädchen. »Sei gegrüßt, Schwan, Gottesvogel.«

Eirik stand auf. Terhen streckte ihm den Bronzeschwan auf der Hand entgegen.

»Sieh mal, was ich gefunden habe.«

»Den hat jemand verloren«, lächelte Eirik gutmütig. Auch er flüsterte.

»Nein.« Terhen war gekränkt. »Die Schwäne haben ihn mir geschenkt. Den Urgott habe ich verloren, aber die Schwäne beschützen mich.«

»Ein Schwan hätte einen guten Braten abgegeben«, sagte Eirik sehnsüchtig.

»Der Schwan ist ein heiliger Vogel!«

Eirik faßte das Mädchen bei der Hand.

»Ein dummer Mann kann so erhabene Dinge nicht wissen.«

»Ach du, dummer Eirik«, seufzte Terhen. Sie bemerkte, daß sie mit ebensolcher Stimme sprach wie Königin Gunnhild, und mußte lachen.

»Wir müssen weiter.«

Gegen Abend machten Müdigkeit und Hunger Terhen schweigsam, so wie sie es die vorangegangenen anderthalb Jahre gewesen war. Eirik der Starke trug sie auf dem Arm und schritt gleichmäßig und ohne Anzeichen von Ermüdung dahin. Sie überquerten einen Fluß mit seichtem Wasser. Terhen schlief ab und zu, erwachte aber vor Hunger und wimmerte.

»Kleines Mädchen, ich weiß nicht, wo wir sind. Ich muß das Ufer des Bjelojesees suchen. Vielleicht sind wir schon an der Stadt vorbeigegangen.«

»Wo ist das Ufer?«

»Irgendwo weiter im Norden. Wir ruhen uns aus bis zum Sonnenuntergang...«

Eirik der Starke erstarrte. Er ließ Terhen sanft auf die Erde hinab.

Auch Terhen hörte die Stimmen. Männer, Männerstimmen und Waffengeklirr. Die Geräusche kamen ihnen aus jahrealter Erinnerung bedrohlich vor.

Aus dem Boden stieg Nebel in den warmen Abend. Er kroch zwischen den Bäumen hervor. Er war so dick, daß die Sonnenstrahlen ihn nicht durchdrangen. Eirik fuchtelte verdutzt mit den Armen.

»Woher kommt das …«

Die Stimmen erklangen direkt neben ihnen, sie verfluchten den plötzlichen Dunst.

»Normannen«, sagte Eirik der Starke erleichtert. Er rief auf schwedisch in den Nebel hinein, und die Antwort kam sofort.

»Wer da?«

»Hier ist Thorgerd, die Schwester von König Anund, und Eirik der Starke, Sohn des Oberrichters Roslagener Inseln.«

»Wie seltsam. Wo seid ihr? Hier sieht man ja nicht die Hand vor Augen.«

Eirik rief nach ihr. Terhen wunderte sich neben ihm. Hatte Eirik sich den Kopf so schwer verletzt, daß er sie für Thorgerd hielt?

»Lehnen wir uns an einen Baum, kleines Mädchen, und warten wir, daß der Nebel aufreißt. Sie werden uns schon finden.«

Aus dem Dunst erschien ein Mann, der einen Helm mit Nasenschutz trug. Hinter ihm wankten zwei weitere Männer.

»So, so«, sagte der Mann, »du bist also der Sohn des Oberrichters, und diese Mücke hier ist die Königstochter Thorgerd. Aber sag mir zuerst, wo wir sind?«

»Der Bjelojesee ist nördlich von hier in einiger Entfernung, und an seinem Ufer liegt die Stadt Bjelojesee«, sagte Eirik der Starke vorsichtig.

»Und wohin seid ihr unterwegs, die Königstochter und du, mitten in der russischen Wildnis?«

»Nach Bjelojesee. Man hat uns entführt, aber wir konnten fliehen.«

»Bjelojesee suchen wir auch. Wir haben denselben Weg.«

»Fürstin Ingegerd wird euch mit reichlich Silber belohnen, wenn ihr ihre Schwester zurückbringt.«

Terhen begriff, warum Eirik behauptete, sie sei die Königstochter. Was würde diese Normannen hindern, sie als Sklaven zu verkaufen? Nur die Hoffnung, einen besseren Preis von ihren königlichen Verwandten zu bekommen. Terhen war verblüfft über Eiriks schlaue Berechnung.

»Mein Name ist Erling. In meiner Jugend war ich in Schweden der Becherträger von Fürstin Ingegerd. Ich schenkte der Königstochter ein, als sie mit ihren Männern in ihrem Haus in Skara saß und Bier trank und der Skalde Sigvat zum erstenmal mit ihr über eine Ehe mit dem norwegischen König Olaf dem Dicken sprach. Fürstin Ingegerd ist eine kluge Frau. Ihrer Schwester helfe ich nur allzu gern.«

Es waren mehr als ein Dutzend Normannen. Ihr Schiff war bei der Rückreise von Osten auf der Scheksna in einen Sturm geraten. Sie hatten all ihre Waren verloren und versucht, in den Wepsendörfern Eßbares zu rauben. Aber die Wepsen hatten sie immer weiter vom Fluß abgedrängt, bis sie nicht mehr wußten, wo sie waren.

»Uns ist es peinlich, nach Hause zurückzukehren. Die Frauen lachen uns aus, wenn wir von großer Fahrt zurückkommen und gerade noch mit dem Leben davonkommen sind. Wir haben vor, in der Drushina irgendeines Fürsten in Dienst zu treten. Aber am besten wäre es, wenn Fürstin Ingegerd selbst uns in Nowgorod in ihre Leibgarde aufnähme. In welche Richtung gehen wir jetzt?«

Terhen stieß Eirik den Starken an, der nach dem überraschenden Anfall von Schläue wieder in seine geduldige Gleichmütigkeit zurückgefallen zu sein schien. Eirik wandte sich um, ohne ein Wort zu verlieren, und setzte sich in Bewegung. Der Nebel löste sich auf, und das Licht der untergehenden Sonne ließ das dicke, struppige Haar des Burschen aufflammen.

»Der Junge hat einen Scheiterhaufen auf dem Kopf«, lachte einer der Männer gutmütig. »Es ist leicht, ihm zu folgen.«

17. Kapitel

1031

»Dubowik, das man auch Schwelle des Ladoga nennt. Hier werden die Waren in Boote mit flachem Boden umgeladen und über die Stromschnellen des Wolchow stromaufwärts gezogen. Wir können den Fluß entlang reiten.«

Terhen sah als erstes die großen Grabhügel. Davon gab es Dutzende an diesem Weg. Anfangs hatte Terhen sich gewundert, wie man wohl die Toten in den großen Grabhügeln besuchte – man reiste also nicht durch unterirdische Höhlen. Sie verstand jedoch bald, daß man einfach in den Hügel zu den Toten hineinging. Der Gedanke beruhigte sie. Es war gut zu wissen, daß es in der Nähe tote Angehörige der Menschen gab. Die Christen machten sie unruhig, weil man ihre Toten nicht erreichen konnte.

Auf dem langen Weg von Bjelojesee nach Aldeigjuborg hatte es reichlich Christen gegeben. Aldeigjuborg, das mächtige Ladogaburg, war eine christliche Stadt. Über die Holzstraßen wandelten Priester in schwarzen Kutten und mit langen Bärten; ihr zentraler Ort war die Erlöserkirche. Diese sah anders aus als das Firstdach von Sigtuna, die einzige Kirche, die Terhen zuvor gesehen hatte. Die Erlöserkirche war höher, und auf ihrem Dach befand sich eine zwiebelförmige Kuppel.

Terhen wollte eigentlich nicht hineingehen, aber sie mußte. In Aldeigjuborg herrschte der westgötaländische Jarl Ragnvald aus Schweden, ein frommer Christ. Während ihres Aufenthaltes in Aldeigjuborg wohnte Terhen im Terem des Palastes, zusammen mit den weiblichen Angehörigen des Jarl. Alle hielten es für selbstverständlich, daß die Schwester von Fürstin Ingegerd Christin war und so wie die anderen zur Kirche ging.

Die Erlöserkirche strahlte von Gold und glühenden Farben. Es duftete darin wie auf einer Sommerwiese: süß nach Räucherwerk und fein nach Wachskerzen. Die Kirche war eine große erleuchtete Höhle. Das Dach war höher als das jedes anderen Gebäudes, in dem Terhen je zuvor gewesen war.

Terhen fühlte sich von allen Seiten bedrängt. Der Gott der Christen liebte Pomp und Prunk. Terhen preßte den Bronzevogel in der Hand und dachte an die Bärenschädelkiefer und die bescheidenen Ruhestätten der Toten in ihren Unterwasserkammern.

Terhen hatte versucht, sich mit Eirik dem Starken über die große Lüge zu unterhalten. Die Lüge war ihnen mit Erling und seinen Normannen nach Aldeigjuborg gefolgt, und man konnte sie ebensowenig abschütteln wie Erling.

Terhen konnte Eirik nur in der großen Halle des Jarlshauses sehen. Eine solche Halle nannte man Gridniza. In Rußland waren die Häuser der Vornehmen anders als in Uppland. Im Palast des Jarls gab es viele Zimmer und Altane. Den Palast nannte man Terem, und besonders meinte man mit dieser Bezeichnung die Gemächer der Frauen, in die sie sich zurückzogen, wenn sie ihre Ruhe haben wollten.

Nach dem Abendessen saßen die Leute des Jarls in der Halle. Manchmal las der Priester fromme Geschichten vor, aber trotz seiner Frömmigkeit hörte Jarl Ragnvald lieber die Geschichten der Liedersänger von den Heldentaten der Vergangenheit. Die Priester nahmen Anstoß an diesen Liedern, denn die meisten waren heidnisch.

»Ich bin es gewöhnt, in meiner Halle in West-Götaland die Erzählungen der Skalden anzuhören«, sagte der Jarl fest. »Auch darin ist keine Rede von Christus.«

Jarl Ragnvald sehnte sich nach Liedern über die Helden seiner eigenen Familie, aber die konnte in Rußland niemand singen. Die Skalden in Rußland nannte man Skomorochi. Davon gab es immer mehrere, und sie sangen von den Kämpfen in den Steppen.

Einen russischen Helden nannte man Bogatyr, und das war ein Steppenkrieger und unbesiegbarer Reiter, während die Waräger daran gewöhnt waren, von ihren kühnen Königen der Meere zu hören. Die Welt der Normannen reichte so weit wie das Meer; die Welt der Russen erstreckte sich als grenzenlose Steppe bis hinter den Horizont. Jarl Ragnvald sagte, die Steppe sei nicht dasselbe wie das Meer, aber in Ermangelung von Besserem taugte auch sie.

Eirik dem Starken bereitete Terhens betrügerisches Auftreten als Thorgerd kein Kopfzerbrechen.

»Für dich ist es besser, Königstochter zu sein. Wie würde es dir in Nowgorod ergehen, wenn du keine Familie hättest?«

Terhen überlegte. Als sie selbst wäre sie lediglich ein armes Mädchen, das der Fürst an einen geringen Krieger seiner Drushina verheiraten würde, um ihn zu belohnen.

»Aber bestimmt weiß jemand, daß ich nicht Thorgerd bin.«

»Wer denn? Und woher? Es hat doch niemand Thorgerd gekannt. Sie war immer mit Königin Estrid in irgendeinem fernen Gut, oder sie war in Roslagen. Niemand hat sie überhaupt bemerkt.«

Eirik sprach schneller und entschiedener als sonst. Es tat ihm gut, fern vom Thorshof zu weilen, wo man ihn ständig geärgert hatte.

»Dich dagegen bemerkt jedermann und behält dich auch in Erinnerung, kleines Mädchen«, fügte Eirik freundlich hinzu. »Aber auch dich hat niemand gesehen. Zumindest niemand hier in Rußland.«

»Und Fürstin Ingegerd? Thorgerds eigene Schwester?«

»Thorgerd war noch ein Säugling, als Ingegerd Schweden verließ. Du hast helles Haar und blaue Augen. Das genügt. Und ich sage, daß du Thorgerd bist. Ich kenne dich doch.«

Terhen sah Eirik prüfend an. Der Jüngling hatte von Jarl Ragnvald ein Seidengewand und Hosen sowie ein eisernes Panzerhemd geschenkt bekommen, das von irgendeinem Raubzug nach Westen stammte und bis an die Schenkel reichte. Über dem Panzerhemd lag um Eiriks Hüften ein prachtvoller Gürtel mit Bronzeplatten. Die Gürtelschnalle war vergoldet, und rote und grüne Steine waren darin eingelassen.

Trotz all seiner Pracht wirkte Eirik halbfertig. Die Frauen aus dem Hause des Jarl belagerten den jungen Mann und wunderten sich über seine bärenhafte Größe und seine außergewöhnliche Häßlichkeit. Die eine oder andere Frau, deren Mann auf Befehl des Jarls monatelang im Norden weilte, leckte sich die Lippen und legte ihre Hand einladend auf den Arm des riesigen Warägers. Eirik, begeistert von seiner überraschenden Beliebtheit, verbrachte seine Nacht gern auf weichen Lagern unter Decken. Das war angenehmer, als auf der Pritsche im Männerraum der Drushina des Jarls zu schlafen.

Eirik erhielt dann und wann kleine Geschenke, Fibeln, Armreifen und Messer. Er verteilte seine Sachen sorglos an jedermann, dem es einfiel, ihn darum zu bitten. Terhen wollte ihn dazu bringen, die Dinge aufzubewahren; waren sie beide doch arm wie die Kirchenmäuse, denn ihre ganze Ausrüstung lag auf dem Grund des Bjelojesees. Aber Eirik machte sich weder etwas aus Bronzeschmuck noch aus Holzspielzeug.

»Ich weiß nicht, welchen Wert deine Aussage hat«, zweifelte Terhen.

Eirik der Starke grinste.

»Wir können nichts mehr widerrufen. Würdest du denn zum Jarl gehen und ihm erzählen, daß du eine Schwindlerin bist? Was glaubst du, was dann geschieht?«

Terhen dachte, daß man sie dann wahrscheinlich zu Tode peitschen würde.

Die Befestigung Dobowik lag auf einer Halbinsel im Wolchow. Die Halbinsel war von der Landseite durch einen Wallgraben abgeriegelt. Von der Befestigung zog sich am Wolchow entlang ein lebhaftes Dorf. Dort wohnten Bootsleute und Lotsen, die die Schiffe der Kaufleute steuerten und ihre Waren ins Dorf Gostino Polje oberhalb der Stromschnelle trugen.

Diejenigen, die es nicht eilig hatten, flußaufwärts zu kommen, übernachteten in Gostino Polje, obwohl sie sich erst am Anfang ihrer Reise nach Nowgorod befanden. Das Dorf war entstanden, um die Kaufleute des Großen Ostwegs zu beherbergen. Die Stromschnellen des Wolchow waren so anstrengend und schwer zu überwinden, daß man dafür gern einen ganzen Tag einplante. Die Eiligsten setzten ihren Weg gleich fort zu den nächsten Stromschnellen. Die waren nicht steil, aber das Flußbett lag tief unten, war schmal und gewunden und so schwer zu befahren, daß man auch dort einen Lotsen brauchte.

Von Dubowik gelangte man über einen Weg am Fluß entlang hinauf nach Gostino Polje. Im Dorf konnte man ein Pferd mieten; es war nicht denkbar, daß die vornehmen Bojaren einen Fußweg von zwei Stunden zurücklegten. Auf dem Pfad und auf dem Fluß herrschte reges Treiben. Einen anderen Weg gab es nicht; den Wolchow umgab von allen Seiten unermeßliches Sumpfland.

»Möchtest du reiten, Prinzessin?«

Ein schlanker, dunkeläugiger Krieger war aus Aldeigjuborg gesandt worden, um die Schwester der Fürstin Ingegerd nach Nowgorod zu geleiten. Der Mann sprach fließend Schwedisch, aber so weich, daß es manchmal schwer war, ihn zu verstehen. Er hieß Jaropolk Borisowitsch, und er wirkte überhaupt nicht wie ein Draufgänger, obwohl er von Kind an in der Drushina von Fürst Jaroslaw erzogen worden war. Sein Beiname war »der Nachdenkliche«, weil er noch seltener sprach als betete.

»Ich bin noch nie allein geritten«, sagte Terhen. Sie war sich des entscheidenden Unterschieds bewußt zwischen denjenigen, die ritten, und den anderen, die zu Fuß gingen. Terhen wollte unbedingt zu denen gehören, die reiten durften.

»Du kannst hinter mir auf dem Pferd sitzen«, schlug Eirik sofort vor.

»Das ist schon recht, wenn wir nur ein Pferd finden, das stark genug ist, um dich zu tragen, mein Freund«, willigte Jaropolk der Nachdenkliche ein. Man führte ein Pferd herbei, das für Eirik den Starken kräftig genug war. Jaropolk hob Terhen hinter Eirik auf das Pferd. Jaropolk ritt voran, und den Schluß bildeten zwei Wachleute.

»Du armes Tier, wir beide sind sicherlich zu schwer für dich«, sagte Terhen auf finnisch begütigend zu dem Pferd. Sie fand es natürlich, mit Tieren in dieser Sprache zu sprechen; sie benutzte sie ja auch dann, wenn sie Hongotar, die Geister und die Toten anredete. Aber Eirik war anderer Meinung.

»Sprich niemals Finnisch, wenn andere es hören, kleines Mädchen. Nur mit mir darfst du die Sprache der Finnen sprechen. Wo sollte Thorgerd sie denn gelernt haben?«

Terhen verstummte sofort. Ihr wurde schlecht, und sie überlegte, ob das immer so sein würde.

»Und zaubere keinen Nebel.«

Terhen erstarrte. Eigentlich sollte das niemand wissen. Niemand außer den Leuten in Vanaja, und die hatten Suviviljas Tochter schon vergessen.

»Ich kann das nicht selbst beeinflussen«, flüsterte Terhen. »Der Nebel kommt auf, wenn ich Angst habe.«

»Kleines Mädchen, du brauchst keine Angst zu haben, wenn ich bei dir bin.«

Das meinte Terhen auch. Was aber, wenn Eirik fort war?

»Warum warst du stumm?« fragte Eirik nach einer Weile.

Terhen begann so zu zittern, daß sie sich fester an Eiriks Taille klammern mußte. Ihre Arme reichten nicht einmal halb um Eirik herum, und Eirik hatte sie angewiesen, sich am Gürtel festzuhalten. Aber der Gürtel war so prächtig, daß Terhen nicht wagte, ihn zu berühren.

»Mein Stiefvater hat meine Mutter Suvivilja getötet.«

»Rodair von Rodarve?« fragte Eirik ungläubig. »Ich erinnere mich aus Arantila an ihn. Er wirkte nicht wie ein Frauenmörder.«

»Er hat auch seine erste Frau ermordet und die Leiche im Sumpf versteckt. Er hätte mich auf dem Ostweg als Sklavin verkauft, wenn Gudmund der Kaufmann mich nicht gekauft hätte.«

Es geschah etwas, was Terhen nie zuvor gesehen hatte: Eirik hob die Hand und bekreuzigte sich.

»Und hat niemand deine Mutter gerächt?«

»Wer sollte sie statt meiner rächen?«

Unten rauschte der Fluß, und die Rufe der Bootsleute erschallten an den Uferhängen. Terhens Haare flatterten im Wind.

»Ich möchte auch etwas über die Wunde wissen. Die Wunde, die Gunnar mir mit dem Haken ins Gesicht geschlagen hat. Wieso ist sie so rasch verheilt? Ich habe nicht einmal Fieber bekommen.«

Terhen runzelte die Stirn. Wie konnte es sein, daß der dumme Eirik diese Dinge bemerkt hatte?

»Erzähl mir auch alles übrige, kleines Mädchen. Von den Toten und all dem anderen. Wir waren zusammen am Grab von Gudmund dem Kaufmann. Du hast dort nicht gebetet.«

»Ich kann die Toten beschwören«, sagte Terhen stolz. Sie war glücklich und erleichtert. Der von allen Seiten vordringende Christenglaube hatte sie in große Einsamkeit getrieben. Für sie war es wunderbar, ihr Geheimnis mit jemandem zu teilen. »Ich kenne die Ursprungszauber. Ich kann Hongotar rufen und die Geister der Erde und der Luft. Ich kann mich ins Totenreich begeben.«

Eirik der Starke mußte diese Mitteilung erst einmal verdauen.

»Eine Heidin«, sagte er schließlich. »Du bist so durch und durch Heidin, daß du nicht einmal Odin oder Freya verehrst.«

»Ich habe nichts Schlechtes getan«, sagte Terhen gekränkt. »Ich versuche, so zu sein wie alle anderen.«

»Du bist nicht getauft«, erkannte Eirik.

»Und ich werde auch nicht getauft«, sagte Terhen entschieden.

»Hat deine Mutter dich nicht in Arantila taufen lassen? Dort gab es ja einen Priester.«

»Sie hatte andere Sorgen.«

Terhen wurde müde von all den schweren Gedanken, die sie in ihrem Kopf zu ordnen versuchte. So vieles war geschehen, und sie erinnerte sich nicht mehr an alles. Sie versuchte, sich ihre Mutter Suvivilja vorzustellen, sah aber nur den Zauberer von Vanaja. Thorgerd fiel ihr ein, und sie wurde noch schläfriger. Sie seufzte und lehnte ihre Wange an Eiriks Rücken.

»Für dich brechen noch schwere Zeiten an, kleines Mädchen«, brummte Eirik der Starke mitfühlend. »Am Hof in Nowgorod gibt es nicht viele Heiden.«

Fürst Jaroslaws Palast lag in der Burg von Nowgorod neben der Sophienkirche. Die Burg hieß Detinez und bildete das Herzstück Nowgorods. Sie lag am Ufer des Wolchow. Der Detinez bewachte die große Brücke des Wolchow, welche die an den beiden Ufern liegenden Stadtteile miteinander verband.

Das Schiff, mit dem Königstochter Thorgerd, der Oberrichterssohn Eirik und ihr Begleiter Jaropolk der Nachdenkliche in Nowgorod ankamen, legte am Verladekai auf der Handelsseite der Stadt, unmittelbar neben der Brücke, an. Die Brücke wurde an beiden Enden von einem Torturm aus Balken geschützt. Auf jedem der beiden Türme sowie an den Toren stand je ein Wächter. Nicht einmal ein Hund konnte unbemerkt auf die Brücke gelangen.

Jaropolk der Nachdenkliche begleitete die ihm Anvertrauten über die Brücke in den Palast. Es war früher Abend, die Sonne stand noch hoch am Himmel. Das Licht des Spätsommers war gelb und schwer, es wurde von den Balken der grauen Speicher am Ufer aufgesogen und färbte den Wolchow grünlich. Vom Markt der Handelsseite schallten Rufe und Lachen herüber, die Boote polterten gleichmäßig gegen den Kai, und ein Hund bellte träge in der Wärme des Abends.

Der »Herr Groß-Nowgorod« ruhte milde und zufrieden auf seinen Reichtümern wie auf einem Daunenbett. Wieder neigte sich ein erfolgreicher Tag, der Gedenktag für den Krieger und Märtyrer Andreas, dem Ende zu. Auch an diesem Tag war der Reichtum der Stadt größer geworden und ihr Ruhm gewachsen.

Die Stadt dankte Fürst Jaroslaw für den Frieden, der in den Landen von Nowgorod und Pskow, Rostow und Smolensk herrschte, für den großen Handelsfrieden in Polozk und Kiew. Aus den Häusern von Nowgorod stieg Dank auf, sowohl aus denen der besseren als auch denen der kleinen Leute, aus den Blockhäusern der Bojarenkinder ebenso wie aus denen des einfachen Volkes; der Segen stieg aus den Schlafhallen des Bischofshauses und der Drushina auf; die Stadt betete zu der barmherzigen Gottesgebärerin, der Jungfrau Maria, sie möge Fürst Jaroslaw beschützen, den Vater seines Volkes.

Jaropolk der Nachdenkliche schloß sich dem Dank an, während er durch das Tor der Festung schritt, vorbei an der Kirche der Heiligen Joachim und Anna und über den Platz vor der Sophienkirche in den Palast hinein. Jaropolk der Nachdenkliche war für alles in seinem Leben Fürst Jaroslaw dem Weisen dankbar.

Jaropolk der Nachdenkliche wandte sich um und blickte zurück. Die Leute, die er zu begleiten hatte, waren zurückgeblieben. Der Riese bestaunte die kleine steinerne Kirche der Heiligen Joachim und Anna. Vielleicht hatte der Bursche noch nie in seinem Leben ein Gebäude aus Stein gesehen; auch Jaropolk der Nachdenkliche kannte kein anderes, gleichartiges, und er hatte doch die Welt gesehen. Zuletzt hatte Jaropolk der Nachdenkliche bei einem Feldzug im Westen, im Land der Tschuden, gekämpft, wo Fürst Jaroslaw der Weise zu Ehren des heiligen Georg eine neue Stadt gegründet hatte. Obgleich wohl niemand in der neuen Stadt Jurjew eine Kirche aus Stein errichten würde.

Fürstin Ingegerds kleine Schwester schien entsetzt. Das Mädchen war von seltener Schönheit. Jaropolk der Nachdenkliche bemerkte es, obwohl er im allgemeinen nicht nach den Frauen sah. Fürst Jaroslaw würde sich freuen, das Mädchen zu sehen: Der Fürst liebte die Normannen, ihre hellen Haare und blauen Augen. Das kleine Mädchen mit den goldenen Haaren, den hohen Backenknochen und den himmelblauen Augen sah aus, als wäre sie den alten Liedern der Waräger entstiegen.

Die Halle Fürst Jaroslaws des Weisen war ein Gebäude von der Größe einer Kirche. Ihr Firstdach ragte in unsichtbare Höhen hinauf, in denen man durch Staub und Rauch hindurch hell angestrichene Querbalken erkennen konnte. Jeder einzelne Dachträger war ein so starker Baumstamm, daß zwei Männer ihn kaum umfassen konnten. Die Säulen waren geschnitzt und mit komplizierten Mustern bemalt. Die Wände der Halle waren mit Malereien bedeckt, die in Rot und Blau leuchteten. Sie stellten den Kampf des heiligen Georg mit dem Drachen dar. Der vornehme Heilige und Krieger war Fürst Jaroslaws Schutzheiliger; der christliche Name des Fürsten war Juri, das heißt Georg.

Gegen sechs Uhr abend saß der Fürst mit seiner Familie beim Abendessen. Außer den obersten Dienern, dem Vogt, dem Stallmeister und dem Wirtschaftsleiter speisten in der Halle auch die Anführer der Drushina. Die jungen Krieger und Burschen der Gefolgschaft brachten den Tafelnden die Speisen: mit Honig und Mohn gewürztes Weizenbrot und schweres, dunkles Roggenbrot, in Salzwasser gekochten Hecht aus dem Ilmensee in großen Schüsseln, Eier und Käse, Stücke gerösteten Rindfleischs, in Butter gegarte Erbsen.

Fürst Jaroslaw und seine Frau Ingegerd waren begeisterte Jäger, aber in der Halle wurde selten Wild gegessen, weil das nach Auffassung der Kirche unrein war. Der Fürst mochte jedoch das Fleisch sowohl von Elchen als auch von Wildschweinen und aß es zum Abschluß großer Jagden. Diese Tiere waren seiner Ansicht nach nicht so unbedingt verboten wie Bären oder mit Schlingen gefangene Wildvögel, die nicht ausgeblutet waren.

Jaropolk der Nachdenkliche beugte das Knie.

»Fürst, ich grüße dich. Hier ist deine Schwägerin Thorgerd. Sie ist aus Sigtuna gekommen und hatte eine schwierige Reise. Normannen haben ihr geholfen: diese Männer hier, Fürst – sie bitten um eine Stelle in deinen Diensten.«

Fürst Jaroslaw musterte das kleine Mädchen und den rothaarigen Jüngling. Das Mädchen war, Jaropolk den Nachdenklichen nachahmend, niedergekniet, aber der rothaarige Bursche verbeugte sich ungeschickt und lächelte dann den vornehmen Leuten breit zu.

»Die Gäste mögen nähertreten.«

Der Fürst gab mit der Hand einem Jungen ein Zeichen, der eine Kanne mit Sima trug.

»Essen und Trinken für meine Verwandten.«

Jaropolk der Nachdenkliche schob das kleine Mädchen und den Burschen vorwärts und wies ihnen das Ende der Bank zu, an das sie sich setzen konnten. Da sowohl Fürst Jaroslaw als auch Jaropolk der Nachdenkliche russisch sprachen, verstanden die Gäste nicht, was gesagt wurde. Eirik der Starke aß und trank, so als gäbe es auf der Welt nichts Wichtigeres. Terhen dagegen, die Königstochter, saß angespannt da. Sie starrte mit weit aufgerissenen Augen Fürstin Ingegerd an, die an dem mit einem bestickten Tuch gedeckten Tisch saß, umgeben von ihren Söhnen und Töchtern.

Königstochter Ingegerd war siebzehn Jahre alt, als Ragnvald, der Jarl von West-Götaland, ihr vorschlug, sie solle den norwegischen König Olaf den Dicken heiraten. Die Ehe wäre in jeder Hinsicht von Nutzen. Sie würde das Zerwürfnis zwischen Schweden und Norwegen beenden, das die Bauern so teuer zu stehen kam. Ingegerd war gern mit einem Mann einverstanden, der seiner Herkunft nach vornehm, seiner Natur nach kühn, schlau und gutaussehend war.

Aber Ingegerds Willen hatte für ihren Vater Olaf Schoßkönig keine große Bedeutung. Der König von Schweden erlaubte es niemandem, in seiner Anwesenheit den Namen Olafs des Dicken auch nur auszusprechen. So groß war sein Haß, weil Olaf der Dicke einmal einen Gesandten des schwedischen Königs hatte aufhängen lassen.

Beim Gerichtstag von Uppsala las der Oberrichter Torgny von Tiundaland dem König die Leviten. Er erinnerte Olaf Schoßkönig daran, daß die Bauern fünf Könige in der Quelle von Mora ertränkt hatten, weil die Könige die Wünsche des Volkes mißachtet hatten. Die Bauern wollten jetzt Frieden zwischen Schweden und Norwegen. Der König hatte die Freiheit, zwischen dem Frieden und der Quelle zu wählen.

Olaf Schoßkönig wählte den Frieden und versprach dem König von Norwegen seine Tochter Ingegerd. Doch er dachte gar nicht daran, sein Versprechen auch zu halten. Er verlobte seine Tochter mit einem anderen Fürsten, mit Jaroslaw von Nowgorod. Ingegerd war bereit, Jaroslaws Frau zu werden unter der Bedingung, daß sie die Stadt Aldeigjuborg mit all ihren Ländereien als Morgengabe erhielt. Auch wünschte sie, daß Jarl Ragnvald von West-Götaland mit ihr gehe. Damit waren die Gesandten des Fürsten sofort und Olaf Schoßkönig nur widerstrebend einverstanden.

In Rußland angekommen, schenkte Fürstin Ingegerd Jarl Ragnvald Aldeigjuborg. Auf diese Weise hatte sie in dem fremden Lande einen klugen, mächtigen und getreuen Anhänger.

Fürstin Ingegerd hatte allen Grund, mit ihrer Wahl zufrieden zu sein, obwohl man von ihr behauptete, sie sei ebenso sinnlos in Olaf von Norwegen verliebt gewesen wie ihre Halbschwester Astrid. Keine von beiden hatte Olaf den Dicken je gesehen, als sie sich gegen den Willen ihres Vaters bereiterklärten, Olafs Frau zu werden.

Zwölf Jahre später war Astrid eine aus dem Land gejagte Königinwitwe, die das Gnadenbrot von ihrem Stiefbruder bekam. Ingegerd dagegen hatte sowohl einen Mann als auch ein Reich. Außerdem hatte sie acht Kinder, drei Töchter und fünf Söhne, und das neunte Kind war unterwegs.

Einem Gerücht zufolge hatte Fürstin Ingegerd, als sie Olaf den Dicken von Norwegen zum erstenmal in seinem Exil in Nowgorod sah, an ihm im Vergleich zu Fürst Jaroslaw nichts Besonderes finden können. Aber es war schwierig, darüber etwas Genaueres zu erfahren, denn die Fürstin war stets allen gegenüber höflich. Freundlich war sie auch zu ihrem ehemaligen Bräutigam.

König Olaf hatte seine Nebenfrau Alfhild und seinen kleinen Sohn Magnus in Nowgorod zurückgelassen, als er fortzog, um sein Reich zurückzuerobern. Nun war der König tot, aber Alfhild und sein Sohn lebten immer noch im Terem bei Fürstin Ingegerd. Alfhilds Person erinnerte Ingegerd täglich daran, daß Fürst Jaroslaw keine Nebenfrauen hielt, aber Söhne in großer Zahl zu zeugen vermochte, während Olaf der Dicke eine Nebenfrau, diese aber nur einen einzigen Sohn hatte. Auch in dieser Hinsicht konnte Fürstin Ingegerd sich glücklich schätzen.

Der Terem des Nowgoroder Fürstenpalastes war ein dreigeschossiger Turm. Fürst Jaroslaw und Fürstin Ingegerd wohnten mit ihren kleinen Kindern im obersten Stockwerk. Im mittleren befand sich das Gemach der vornehmen Frauen, und im Erdgeschoß wohnten die Dienerinnen.

Der Fürst sprach Schwedisch, aber im Laufe der Jahre war seine Aussprache ebenso weich geworden wie die von Jaropolk dem Nachdenklichen, und dann und wann suchte er nach Worten. An Fürst Jaroslaws Hof wurde Schwedisch gesprochen: In der Drushina gab es viele Waräger, und ein gleichbleibender Strom von Kaufleuten und anderen Reisenden kam von Norden her den Wolchow herauf. Fast alle Nachkommen der Russen konnten etwas Schwedisch. Aber im allgemeinen wurde russisch gesprochen. Das tat der größte Teil der Bojaren und das ganze Volk sowie die Kaufleute, die aus anderen Teilen Europas gekommen waren, ja sogar die griechischen Priester.

»Der Fürst wünscht, unsere Töchter sollen nicht vergessen, daß sie von Rörek abstammen. Du, meine Schwester Thorgerd, sollst ihnen alles über das Land Schweden erzählen«, lächelte Fürstin Ingegerd gutmütig.

Terhen knickste vor Angst.

»Ich bin nur ein Kind, gnädige Fürstin. Meine Kenntnisse sind gering.«

Ingegerd neigte fragend den Kopf.

»Deine Worte klingen seltsam, Schwester.«

Terhen holte tief Luft. Die eine Lüge führte zur nächsten, und bald würde es nur noch Lügen geben.

»Mich hat Fürstin Ida, die Frau meines Halbbruders Emunds des Wenden, erzogen. Sicherlich ist vieles von ihrer Art auf mich übergegangen. Ich war viel in Uppland. Dort spricht man anders als in West-Götaland.«

Ingegerd nickte, und damit war die Sache für sie abgetan.

Der Terem des Nowgoroder Fürstenpalastes war ebenso prächtig wie die Halle. Fürstin Ingegerd hatte große Einkünfte durch ihre Landgüter. Sie hatte in Nowgorod einen eigenen Kaufmann, der die Erzeugnisse ihrer Güter verkaufte und für sie Waren von ausländischen Händlern erstand. Diese vergaßen nie, der Fürstin ein Geschenk mitzubringen; jeder Handel gründete auf Beziehungen, und die Beziehungen gründeten auf Geschenken.

Im Terem sah man viele kostbare Gegenstände: Glas, Malereien, Truhen, Schachteln, Kerzenständer, Stoffe. Auch Fürst Jaroslaw der Weise bedachte seine Frau oft mit Geschenken, und besonders reich belohnte er sie nach der Geburt eines jeden Kindes. Auf diese

Weise hatten sich in Ingegerds Besitz Häuser in Nowgorod und in dessen Unterstadt Pskow angesammelt. Jedes Jahr war ein lebendes Kind geboren worden: die Söhne Wladimir, Isjaslaw, Swjatoslaw, Wjatscheslaw und Wsewolod sowie die Töchter Jelisaweta, Anastasia und Anna. Keines war gestorben, und die Fürstin war wieder schwanger.

Die große Zahl von Söhnen war eine gute Sache, denn am meisten konnte der Fürst seinen eigenen Söhnen vertrauen. Auch die Töchter waren nützlich: Sie konnte man günstig verheiraten und so Vermögen und Freunde gewinnen. Die Söhne hatten die Neigung, miteinander zu kämpfen, aber für sie würde auch ohne Streit genug Land vorhanden sein. Jaroslaw wartete auf den Tod seines Bruders Mstislaw, um Kiew und dessen Lande bis hin nach Tmutorokan in Besitz zu nehmen. Mstislaw hatte nur einen einzigen Sohn, und der war kränklich.

»Hier sind meine Töchter Jelisaweta, Anastasia und Anna.« Fürstin Ingegerd wies auf drei kleine Mädchen in Sarafanen, die von den reichen Stickereien ganz steif waren. Jede Tochter hatte ein eigenes Kindermädchen, und jede machte vor der Mutter einen tiefen Knicks. Die Älteste, Jelisaweta, war zehn Jahre alt, die Jüngste, Anna, erst fünf. Von den Söhnen der Fürstin wohnten im Terem nur Wjatscheslaw und der kleine Wsewolod, der noch von seiner Amme gestillt wurde. Die älteren Söhne waren im Alter von vier Jahren in die Räume der Männer gezogen; nach dem Segen hatte man ihnen den Kopf geschoren und sie dem Hauslehrer übergeben.

»Schwester, du wirst zusammen mit meinen Töchtern wohnen und leben«, sagte Fürstin Ingegerd freundlich. »Du sprichst schwedisch mit ihnen und lernst selbst dabei russisch. Die Aufseherin der kleinen Prinzessinnen ist Frau Jewdokija von Pskow. Ihr hast du ebenso zu gehorchen wie mir.«

»Du hast meinen Sohn kennengelernt, Königstochter«, sagte Jewdokija von Pskow, eine Frau, die leidend wirkte. »Jaropolk der Nachdenkliche hat dich von Aldeigjuborg nach Nowgorod begleitet. Er ist mein Sohn.«

Terhen drückte sich gegen die Wand der Sophienkirche. Sie hätte sich nicht aus dem Terem entfernen dürfen, zumindest nicht ohne die Erlaubnis von Jewdokija. Aber Terhen hatte gelernt, daß niemand sie etwas fragte, wenn sie entschieden und ein wenig eilig ausschritt und dabei etwas in der Hand trug, sei es auch nur eine Tasse Wasser.

Der Terem war voller Frauen, die von früh bis spät redeten und lachten und stritten und beteten. Der Terem war mit bunten Stoffen ausgekleidet: mit Wandbehängen, Bettvorhängen und Teppichen. Und er stand voller Gegenstände: Betten, Bänke, Stühle, Truhen. Terhen hatte noch niemals so viele Sachen an einer Stelle beisammen gesehen – sie hatte überhaupt in ihrem ganzen Leben noch nicht so viele Gegenstände gesehen wie im Terem von Nowgorod.

Im Terem duftete es immer nach Wachs. Fürstin Ingegerd, die nach Art der Nordländer zu Hause sehr sparsam war, sparte doch niemals an den Kerzen der vornehmen Frauen des mittleren Stockwerks – im Erdgeschoß dagegen, im Raum der weiblichen Bediensteten, wurden als Beleuchtung Späne über Wassereimern verbrannt. Im Terem herrschte Halbdunkel, denn die Fensterläden standen selten offen, und selbst wenn das der Fall war, wurde das Licht durch Scheiben aus Glimmerschiefer gefiltert und dadurch trüb. Man warnte die vornehmen Frauen davor, sich auf den Altan zu setzen, weil ihre Haut auch im Schatten braun werden konnte.

In einer Ecke des Terems stand eine Ikone der Gottesmutter, und davor brannte eine Kerze. Terhen vermied es, in die Ikonenecke zu blicken.

Der Terem war ein vergnüglicher Ort. Die Frauen waren fröhlich und freundlich, und es fehlte ihnen an nichts. Terhen hätte sich dort wohl gefühlt, wenn man die Ikone fortgebracht hätte. Aber es genügte nicht, daß die Ikone jede Bewohnerin des Terems anschaute. Sie mußten täglich auch vor ihr niederknien.

Und man konnte im Terem niemals allein sein. Es war keineswegs so, daß Terhen sich nach Einsamkeit sehnte; sie scheute sie ebenso wie alle anderen Menschen. Aber sie konnte dort nicht mit den Toten sprechen, geschweige denn sie besuchen. Vielleicht würde es irgendwann einmal gelingen, wenn die anderen schliefen. Terhen schlief mit der kleinen Anna Jaroslawna zusammen im selben Bett.

Terhen war sich nicht einmal sicher, ob sie ihre toten Verwandten so weit fort von zu Hause finden würde. Sie wußte nicht, wie viele Tagereisen es von Nowgorod nach Vanaja waren. Und sie wußte nicht einmal, in welcher Richtung Vanaja lag; sicherlich irgendwo im Norden, so wie alle Länder der Waräger.

Zum Glück kam man aus dem Terem heraus, wenn man es nur stark genug wollte; die meisten Frauen wollten es nicht. Aber außerhalb von Jaroslaws Palast lag der Detinez, die Burg, und die war umgeben von der Stadt Nowgorod. Erst Wochen später begriff Terhen, daß die Stadt sich so weit erstreckte, daß sie es gar nicht schaffen würde, hinauszugehen, ein Versteck zu finden, die Toten zu besuchen und wieder zurückzukommen, bevor man sie im Terem vermißte. Außerdem fürchtete sie sich, die Straßen der Stadt entlangzugehen: Überall waren Menschen, und in den Straßen verirrte man sich viel leichter als im Wald.

Sie mußte also vorlieb nehmen mit dem, was möglich war. Terhen stopfte ihr Opfer zwischen die runden Balken der Sophienkirche und murmelte einen Gruß an den Zauberer. In der Hand preßte sie den kleinen Bronzevogel.

»Wasservogel, Bronzevogel, sei gegrüßt, Schwan, Gottesvogel.«

SECHSTES BUCH

1037

18. Kapitel

1037

»Der Falke! Der Falke!«

Die Jäger zügelten ihre Pferde. Sie schauten nach oben, um den weißen Falken zu erspähen, der sich immer höher hinaufschraubte, um über den braunen Wiesen des zeitigen Frühjahrs seine Beute zu suchen. Die Erde war schneefrei, nur an schattigen Stellen gab es noch einige Schneeflecke, aber der träge dahinfließende Wolchow lag noch in den Fesseln des Eises.

Dutzende von Gesichtern wandten sich zum Himmel. Die einen beobachteten begeistert die jauchzende Gesellschaft: vornehme Männer, Frauen und Kinder, Krieger, Vogeljäger, Diener. Der Nowgoroder Bischof Luka Shidjata hatte für die Bewohner des Fürstenpalastes eine üppige Falkenjagd veranstaltet.

Jewdokija von Pskow, die Aufseherin des fürstlichen Terems, interessierte sich weder für die Falken noch für die Jagd. Die ganze Angelegenheit war unangenehm, mühselig und laut. Dennoch war Jewdokija von Pskow gern dabei. Sie mußte natürlich dabeisein, denn sie hatte die Aufsicht über die kleinen Prinzessinnen. Aber das wichtigste an der Jagd war, daß Jewdokija von Pskow ihren Sohn Jaropolk den Nachdenklichen sehen konnte.

Konnte es für eine Mutter eine größere Freude geben, als die Schönheit ihres Sohnes zu bewundern – die unter dem Helm hervorquellenden dunklen Locken, die hohe, blasse Stirn, die schattigen Augen, den feinen roten Mund und den seidigen Bart? Jaropolk der Nachdenkliche stach von allen anderen Jünglingen in der Drushina Fürst Jaroslaws hervor: Er war ernst und still und zog sich gern zurück. Die übermütigen jungen Männer der Drushina hätten ihn wegen seiner Andersartigkeit zu Tode geprügelt, wenn er nicht ein so guter Reiter und Schwertkämpfer gewesen wäre.

Die Eltern von Jewdokija von Pskow waren vornehme Kriwitschen, Bojaren aus Pskow. Sie gehörten zu den feinsten Leuten ihres Stammes und ihrer Stadt. Jewdokijas Mann Boris war ein Vetter zweiten Grades von Fürst Jaroslaw. Jewdokija von Pskow war nach kurzer Ehe verwitwet. Als Erbe blieb ihr ein kleiner Sohn sowie das Pferd und die Ausrüstung ihres Mannes. Jaroslaw nahm die Witwe seines Leibwächters in den Nowgoroder Terem und den Sohn zur Erziehung in seine Drushina auf.

Jaropolk der Nachdenkliche stand im Mittelpunkt der Pläne, des Ehrgeizes und der Gebete von Jewdokija. Die Mutter hatte sich schon alles überlegt. Jaropolk der Nachdenkliche sollte Fürst Jaroslaws Ognischtschanin, sein nächster und höchster Beamter, werden, der den Fürsten bei allen Entscheidungen beriet. Die Mutter würde für ihn eine gute Ehe arrangieren – das war schließlich ihre wichtigste Aufgabe. Und was könnte besser sein als die Ehe mit einer Frau aus der fürstlichen Familie?

»Thorgerd! Warte! Guck mal, wie ich reite!«

Die kleine Prinzessin Anna, elf Jahre alt, krähte aufgeregt.

Anna Jaroslawna war ein frühreifes Mädchen, neigte zur Übertreibung und war krankhaft an sich selbst interessiert. Jewdokija von Pskow mochte das Kind nicht und züchtigte es härter als seine älteren Schwestern Jelisaweta und Anastasia, die muntere, gehorsame und dümmliche Mädchen waren. Anna Jaroslawna hatte in ihrer gefühlvollen Art die Schwester ihrer Mutter liebgewonnen. Fürstin Ingegerd bestärkte sie in dieser Freundschaft entgegen Jewdokijas Rat: Eine Frau sollte niemanden sonst lieben als ihren eigenen Sohn.

»Thorgerd, du reitest wie eine Poljaniza!«

Anna Jaroslawnas Augen unter dem verzierten Kopfputz leuchteten vor Bewunderung. Die kleine Prinzessin trug einen Sarafan aus Brokat und darüber einen pelzverbrämten Mantel. Das eigensinnige Warägermädchen hatte sich in einen mit Biberpelz gefütterten, weiten Umhang gehüllt, wie ihn die Männer auf ihren Reisen trugen. Das war kein Kleidungsstück für junge Mädchen. Jewdokija von Pskow konnte aber an dem Mantel nicht herummäkeln, weil er ein Geschenk von Fürstin Ingegerd war.

Jewdokija von Pskow zischte. Eine Poljaniza! Sie als Aufseherin hätte im Terem überhaupt keine Volksmärchen mit mannhaften

Heldinnen geduldet, aber Fürstin Ingegerd liebte Geschichten, in denen Kriegerinnen ebenso wilde Abenteuer erlebten wie die Männer. Das lag wohl an ihrem nordischen Blut. Jewdokija von Pskow fand, daß die Frauen an den Heiligengeschichten genug haben sollten.

»Ich genieße diese Weite«, sagte das Mädchen aus dem Norden zu der kleinen Prinzessin. »Ich genieße den Wind und das Licht und die Freiheit.«

»Wir sind hier, weil der ehrwürdige Bischof die Jagd veranstaltet und weil Fürstin Ingegerd gern jagt«, sagte Jewdokija barsch. Ihr Tonfall gab zu verstehen, daß Fürstin Ingegerd einen rohen Geschmack hatte. In Jewdokijas Innerstem regte sich der stille Konflikt, der fortwährend zwischen den richtigen Slawen und den zugewanderten Warägern und ihren Nachkommen schwelte.

»Wir sind nicht hier, um wie die verrückten Burschen herumzutoben«, sagte Jewdokija von Pskow giftig. »Oder wie die wilden Waräger.«

Das Warägermädchen war gehorsam, demütig, fromm, fleißig, gelehrig, geschickt. Dennoch war die Königstochter anders und fremd. Sie lebte gleichsam im Abseits und wartete die ganze Zeit darauf, daß etwas geschah, was sie endgültig aus der Welt der Frauen des Terems herausholen würde.

Jewdokijas Verdruß konnte teilweise daran liegen, daß die Königstochter fremd aussah. Die Russen fanden eine Frau schön, wenn sie rund und weich war, wenn sie große, dunkle Augen, einen kleinen, roten Mund und dickes, schwarzes Haar hatte. An dem Warägermädchen war nichts schön außer den weizenblonden Haaren, die ihr bis zur Taille reichten.

Das Mädchen war von mittlerer Größe und schlank. Ihre Wangenknochen waren so hoch, daß das Gesicht dreieckig wirkte. Sie hatte eine gerade Stupsnase, einen breiten Mund und hellrote Lippen. In der rechten Wange der Königstochter war ein Lachgrübchen, aber sie lächelte so selten, daß man es kaum je zu sehen bekam.

Die Augen des Mädchens aus dem Norden waren groß und hell, glänzend wie Wasser, mal himmelblau, mal grünblau. Ihre Augenbrauen und Wimpern waren dicht und hell; diese Farblosigkeit ließ das Gesicht des Warägermädchens eigenartig ausdruckslos erscheinen. Man konnte nie wissen, was die Königstochter dachte. Das ärgerte Jewdokija von Pskow: Ihre Aufgabe war es, die geheimsten Gedanken der Mädchen zu sehen, wenn es sie denn gab.

Dennoch hätte Jewdokija von Pskow die Schwester der Fürstin gern als Schwiegertochter gesehen. Jewdokija von Pskow nahm an, daß die Sache nicht ganz aussichtslos war. Unter gewöhnlichen Umständen hätte man die Königstochter an einen Fürsten verheiratet. Aber die Ehe dieses Mädchens wurde nicht auf dieselbe Weise arrangiert wie die der anderen Mädchen aus dem Terem in heiratsfähigem Alter.

Jaropolk der Nachdenkliche hatte zu seiner Mutter noch niemals etwas von Ehe gesagt. Er war fünfundzwanzig Jahre alt und schon ein alter Bräutigam; die russischen Männer heirateten früh. Jaropolk hielt sich nicht einmal eine Sklavin, die ihm das Bett gewärmt hätte. Wenn Jewdokija von Pskow an ihren Sohn dachte, regte sich im hintersten Winkel ihrer Seele eine unbestimmte Unruhe.

Die kleine Prinzessin Anna Jaroslawna hatte Schweißperlen auf der Oberlippe, obwohl das Wetter Anfang April kalt war. Man hatte ihr einen ruhigen Wallach als Reitpferd angeboten, aber auf einem solchen wollte die Fürstentochter natürlich nicht reiten. Die junge Stute war nervös und ein wenig schreckhaft.

Trotz ihrer Angst war Anna Jaroslawna begeistert. Sie versuchte die Schwester ihrer Mutter nachzuahmen, die unbekümmert, eine Mütze mit Zobelfellrand auf dem offen flatternden Haar, gleichgültig und geheimnisvoll dahinritt. Trotz ihres seltsamen Aussehens zog das Mädchen die Krieger der Drushina an wie Honig die Wespen. Deren Begeisterung wurde auch nicht dadurch gemindert, daß das Mädchen schon siebzehn Jahre alt war, eine alte Jungfer, die man bereits vor Jahren hätte verheiraten sollen.

Als Aufseherin über den Terem hatte Jewdokija von Pskow darüber mit Fürstin Ingegerd gesprochen. Egal, ob sie nun eine Königstochter und die Schwester der Fürstin war, ein so altes Mädchen wirkte störend im Terem.

»Jewdokija, du siehst, daß meine Schwester eher scheu als gesellig ist. Am liebsten ist sie mit der kleinen Prinzessin Anna zusammen. Deshalb habe ich sie noch nicht verheiratet – die Mädchen aus dem Norden werden spät reif. Meine Schwester hat ihre Monatsblutungen erst vor einem Jahr bekommen. Sie kann noch warten.«

Es war Jewdokija von Pskow bekannt, daß in den eisigen Winden des Nordlands die Familien ihre Töchter sehr lange ernähren mußten, bis sie schon sehr alt waren, zwanzig Jahre und älter, bevor man sie aus dem Haus bekam. Nach Ansicht der Nowgoroder mußte man ein Mädchen mit dreizehn und einen Burschen mit fünfzehn Jahren verheiraten: Auf diese Weise bekamen die Schwiegereltern Schwiegersöhne und Schwiegertöchter, die sich einfügten.

Die Frauen des Nordlands standen in dem Ruf, eigensinnig zu sein. Das kam daher, daß eine junge Frau es schaffte, vor der Ehe einen eigenen Willen zu entwickeln.

»Deine Schwester fühlt sich im Terem nicht wohl.«

Fürstin Ingegerd sah die Aufseherin ernst an.

»Jewdokija ... glaubst du, ich hätte mich dort jemals wohl gefühlt?«

Jewdokija von Pskow begriff, daß die fromme und weise Fürstin Ingegerd, die in Nowgorod Irina genannt wurde, niemals eine von ihnen gewesen war und es auch nie sein würde.

»Wer nicht im Terem aufgewachsen ist, kann sich dort niemals ganz anpassen«, sagte Fürstin Ingegerd. »Wer in einem Gemeinschaftshaus geboren ist, wird sich immer nach dem Gelächter der Jünglinge und den Erzählungen der Helden sehnen.«

Jewdokija von Pskow fand es barbarisch, sich vorzustellen, daß Mädchen und Jungen zusammen aufwuchsen, daß die Hausherrinnen der Jarlsfamilien den Kriegern beim Ablegen ihrer Ausrüstung halfen, daß die Töchter der Oberrichter den Gästen ihres Vaters Bier brachten. Frauen brauchten einen Ort, wohin sie sich ungestört vom Lärmen und der endlosen Selbstbeweihräucherung der Männer zurückziehen konnten.

»Ich mache es so, wie ich es um der Ehre meines Herrn willen tun muß«, sagte Fürstin Ingegerd leise. »Aber niemand kann mich – und auch nicht meine Schwester – zwingen, mich darüber zu freuen.«

»Anna!« Jewdokijas Stimme war leise, aber so durchdringend, daß ihre Schützlinge erstarrten, sobald sie sie hörten. »Zügle dich. Dein Pferd erschrickt, wenn du plötzlich losschreist.«

Die Worte der Aufseherin gingen im Hufgetrappel und in übermütigem Geschrei unter, als Fürstin Ingegerd in vollem Galopp und mit einer Schar Jünglinge auf den Fersen vorüberjagte. Anna schrie auf und trieb ihr Pferd an, um hinterherzureiten. Das Pferd war ebenso nervös wie seine unerfahrene Reiterin und ging plötzlich nach vorn durch. Auf diesen Ruck war die kleine Prinzessin nicht vorbereitet und flog Hals über Kopf aus dem Sattel. Sie schlug mit dem Kopf auf dem Boden auf. In dem abgestorbenen, braunen Schilf am Ufer, das sich leicht geneigt hatte, gab es nicht viele Steine, aber einer lag an der Stelle, wo Anna Jaroslawna mit dem Kopf auf den Boden schlug.

»Hilfe!«

Jewdokija von Pskow schrie gellend auf. Sie war noch niemals ohne fremde Hilfe vom Pferd gestiegen. Anna Jaroslawna lag als lebloses Bündel am Boden. Sie war bewußtlos, und aus ihrem Kopf sprudelte ein fürchterlicher Blutstrom.

»Anna verblutet!«

»Verbindet ihr die Wunde!«

Aber niemand versuchte auch nur, selbst abzusitzen. Ein vornehmes Mädchen kleidete sich nicht selbst an, kämmte sich nicht das Haar, rührte keinen Finger außer um zu essen, zu sticken oder die Diener zu ohrfeigen.

Jewdokija von Pskow spürte schon die Peitsche im Rücken. Fürst Jaroslaw verurteilte niemanden zum Tode, aber die nachlässige Aufseherin würde ihre Rückenhaut und vielleicht auch ihre Augen verlieren, weil sie die kleine Prinzessin hatte sterben lassen.

Ein kleines dunkelbraunes Pferd blieb hinter den anderen stehen. Eine junge Frau glitt von seinem Rücken herunter und kniete neben Anna Jaroslawna nieder. Sie neigte den Kopf in die Nähe von Annas Gesicht.

Getrappel ertönte rings um die Gruppe der Frauen; Fürstin Ingegerd und ihre Wachmänner kamen zur Stelle.

»Mein Kind! Hilf, Theotokos!«

Die junge Frau hob das Gesicht.

»Sie lebt, Ingegerd. Es besteht keine Gefahr.«

Befehlshaber der Jagd war einer der vornehmsten Krieger der Drushina, Harald der Norweger, ein kräftiger Waräger mit blondem Haar. Harald hockte sich neben der Königstochter nieder, betrachtete die Wunde und sagte etwas in der Sprache der Normannen. Trotz ihrer Angst sah Jewdokija von Pskow, daß die schwedische Prinzessin zusammenfuhr.

Das Mädchen wischte der kleinen Prinzessin Kopf und Gesicht mit ihrem weißen Tuch ab. Die Wunde war sauber und blutete nicht.

»Eine Blutstillerin«, sagte jemand verwundert.

Das Mädchen sah entsetzt auf.

Fürstin Ingegerd sank mitten im Schmutz auf die Knie. Sie zog den überraschten Bischof Luka Shidjata mit sich.

»Sei gelobt!« rief die Fürstin aus. »Dank sei der Muttergottes! Dank sei Maria von Ägypten, die an ihrem Gedenktag meine kleine Tochter beschützt hat! Wenn der Herr meiner Schwester die Fähigkeit verliehen hat, den Strom des Blutes zu stillen, dann schicke ich sie ins Kloster, wo sie ihre Gabe zu Ehren Gottes nutzen kann.«

Eine langsame Prozession zog die Pskower Straße entlang Richtung Nowgorod. Sie bewegte sich die Holzstraße entlang durch das Volksviertel, und die Menschen eilten sogar aus dem Nerew-Viertel herbei, um das Wunder zu bestaunen: Da ritten im Schritt Bischof und Fürstin, Frauen mit Zobelmützen und dicke Bojaren. Zuerst kam der Priester, der allen Kindern der Heiligen Sophia befahl, niederzuknien und die Muttergottes um Hilfe für die kleine Prinzessin Anna zu bitten.

Selten bekam das Volk Fürst Jaroslaws Hof von so nahem zu sehen. Meistens ritten die Krieger auf hohem Roß, eisenbedeckt und hinter ihren Schilden verborgen. Die vornehmen Frauen fuhren sommers wie winters im Schlitten die Holzstraßen entlang. Der Schlitten, der einer Schmuckschatulle ähnelte, sauste vorüber, und man erinnerte sich nur an die rotbemalten Wangen, die schwarzumränderten Augen und die weißen, flatternden Schleier.

Fürstin Ingegerd begab sich einmal jährlich in alle drei Nowgoroder Stadtteile, um Almosen zu verteilen: in den Stadtteil Nerew, ins Volksviertel und auf die Handelsseite Slawno. Hinter ihr kamen die kleinen Prinzessinnen mit ihren Kindermädchen angetrippelt. Wenn sie Gottesarbeit tat, kleidete Fürstin Ingegerd sich so schlicht wie eine Nonne.

Jetzt aber hatte die fürstliche Gesellschaft sich vergnügt, und das geringere Volk bekam die Gelegenheit, die Pracht der Vornehmen zu begutachten. Anscheinend kleideten die Jünglinge sich für die Jagd prächtiger als für die Kirche: Der Samt ihrer Mäntel glühte in leuchtenden Farben, die Pelze glänzten in der Sonne, und die Panzerhemden funkelten. Die weiten Sarafane der Frauen lagen über die Kruppen der Pferde gebreitet wie wunderschöne Blumensträuße, und hier und da sah unter dem Saum ein gestickter Lederschuh hervor.

Fürstin Ingegerd trug eine Mütze aus Goldbrokat, verbrämt mit kohlschwarzem Zobel. Aber das Gesicht unter der prächtigen Kopfbedeckung drückte Besorgnis aus, und die Schminke auf ihren Wangen war zu roten und schwarzen Streifen verschmiert. Das Volk von Nowgorod liebte seine Fürstin. Eine tiefe Klage stieg aus der Brust des Volkes, weil vor der Mutter eine mit einem Biberpelzumhang bedeckte Sänfte hergetragen wurde. Darauf lag die kleine Anna Jaroslawna, und hinter der Sänfte schritt die junge Schwester der Fürstin.

Das Gerücht eilte der Prozession voraus, in der die verletzte kleine Prinzessin in die Burg getragen wurde. Das Volk seufzte und bekreuzigte sich, als die schwedische Königstochter vorüberschritt.

»Eine Heilerin. Eine Heilige.«

Jemand streckte eine verdorrte Hand aus.

»Hilf mir, Königstochter.«

Aus der Menge wurde auf die Holzstraße ein Kind mit trüben, roten Augen geschoben.

»Segne mich, heilige Schwester.«

Das Mädchen wich scheu zurück und wäre beinahe dem Pferd der Fürstin vor die Beine geraten. Hinter der Fürstin ritt ein Waräger mit kalten Augen in prachtvoller Ausrüstung; er war bekannt unter dem Namen Harald der Norweger. Sein Bruder war der jämmerlich getötete König Olaf der Heilige. Der Mann beugte sich herab und zog die junge Frau vor sich auf den Rücken des Pferdes.

»Platz da. Gebt den Weg frei.«

Aber das Volk war wegen des Mädchens mit den heilenden Kräften in heller Aufregung. Krüppel stolperten mit ihren Krücken auf die Straße, Frauen schleppten sich auf Knien herbei, um Heilung für ihre Leiden zu erflehen.

»Leute! Krüppel! Geht aus dem Wege!« Die Stimme des Warägers überdröhnte wie ein Donner das Klagen der Menschen. Harald der Norweger befahl seinen Männern, mit der flachen Seite des Schwertes auf das Volk einzuschlagen. Die Volksmenge wich zurück, aber das Klagen wurde zu einem bedrohlichen Grollen.

Bischof Luka Shidjata hob die Hände.

»Meine Kinder! Meine Kinder, hört her, ihr Kinder der Bojaren und des Volkes von ganz Nowgorod! Dies ist die Tochter unseres geliebten Fürsten Jaroslaw. Sie ist schwer verletzt. Mit Gottes Hilfe konnte der Blutstrom gestillt werden. Das Mädchen braucht jetzt seine Ruhe. Versperrt ihr nicht den Weg, Gott hat sich ihrer erbarmt.«

Das Volk verstummte und lauschte dem guten Bischof.

»Wollt ihr, daß über den Fürsten eine große Trauer hereinbricht? Wollt ihr Jaroslaw, den Vater von Nowgorod, kränken?«

Der Hirte kannte seine Schafe. Luka Shidjata hatte jüdische Vorfahren und stammte aus dem Land der Chasaren, hatte aber sein ganzes Leben in Nowgorod verbracht. Er war ein Günstling von Fürst Jaroslaw, und dieser, selbst der weiseste aller Fürsten der Welt, begünstigte keine dummen Männer.

Zwei der sieben Söhne des Fürsten Wladimirs des Heiligen waren Heilige, vier waren rechtschaffene Fürsten, und einer war verflucht. Die ältesten Söhne Jaroslaw, Mstislaw und Isjaslaw waren Kinder derselben Mutter: der sagenumwobenen Rogneida, Tochter des Warägerfürsten Ragnvald von Polozk. Als Wladimir um Rogneida freite, durfte das stolze Mädchen selbst entscheiden, ob ihr die Ehe recht war. So war die Sitte bei den Normannen.

»Dem Sohn einer Sklavin ziehe ich nicht die Stiefel aus.«

Da es zu den Hochzeitsritualen der Braut gehörte, dem Bräutigam die Stiefel auszuziehen, und da Wladimirs Mutter Maluscha Dienerin der Fürstin Olga gewesen war, verstand Wladimir ganz richtig, daß er von Rogneida einen Korb bekommen hatte. Wladimir eroberte Polozk, tötete die Familie des Mädchens und tat ihr Gewalt an. So war das mit Rogneidas Wahlfreiheit. Später aber hielt Wladimir seine warägische Frau hoch in Ehren, denn sie gebar ihm seine besten Söhne.

Fürst Wladimir hatte ein ganzes Landgut voller Frauen. Die verschwanden keineswegs, als der Fürst den christlichen Glauben annahm. Zuletzt hatte er in seinem Bett auch noch eine griechische Prinzessin als Zierat, so wie es die Kümmelkörner auf dem Brot sind. Mit seiner tschechischen Frau hatte Wladimir den Sohn Swjatoslaw; der wurde später auf Geheiß seines Brudes Swjatopolk getötet. Die Mutter von Fürst Boris war Bulgarin, und Mutter seines jüngsten Sohnes Gleb war Anna Porphyrogenneta.

Nicht umsonst hatte der Bischof von Nowgorod Gottes Segen auf Jaroslaws Kinder herabgefleht. Die Söhne der Fürsten hatten die »Neigung«, eines gewaltsamen Todes zu sterben. Von den Söhnen des großen Wladimir waren nur noch zwei am Leben: Fürst Jaroslaw der Weise und Fürst Isjaslaw von Polozk, der sich jahrzehntelang aus den Streitigkeiten seiner Brüder herausgehalten hatte. Swjatopolk der Verfluchte hatte in seiner Machtgier drei seiner Brüder umbringen lassen: Swjatoslaw, Boris und Gleb. Swjatopolk seinerseits fiel durch die Hand von Jaroslaw.

Das Andenken von Boris und Gleb wurde als heilig verehrt. Boris war der Anführer der Truppen gewesen, die gegen das Steppenvolk der Petschenegen kämpften. Als Swjatopolks Mörder kamen, schickte Boris seine Drushina fort und unterwarf sich still dem Tod, um nicht die Hand gegen seinen Bruder zu erheben. Gleb war noch ein Kind, ein hilfloses Opfer.

Fürst Jaroslaw rühmte seine Brüder Boris und Gleb – waren sie doch lieber gestorben als sich ihrem Herrscher zu widersetzen. Jaroslaw hatte auch vor, seinen Vater Wladimir heiligsprechen zu lassen, sobald die Kirche damit einverstanden war. Fürst Wladimir hatte alle slawischen Stämme zum Christentum bekehrt – heiliggesprochen wurde man auch schon für eine geringere Leistung. So würde Jaroslaw von einem Kranz der Heiligkeit umgeben sein: seinem Vater und zwei Brüdern. Niemand würde es wagen, die Hand gegen ihn zu erheben.

Der Lärm der Volksmenge war bis in die Burg zu hören; der Platz vor der Sophienkathedrale füllte sich. Die Krieger der Drushina standen bewaffnet vor dem Palast, aber es war ihnen verboten worden, ihr Schwert zu entblößen. Das Volk verhielt sich nicht drohend. Dennoch war es immer angsterregend, wenn das Volk einer selbstbewußten Stadt auf die Straße ging.

Das niedere Volk von Nowgorod bestand nicht aus Bauerntölpeln vom Lande. Vielmehr waren es Handwerker, Töpfer, Gerber, Sattler, Maurer und Zimmerleute: Männer, die im Wetsche über die Angelegenheiten der Stadt entschieden. Den Beschlüssen der Großen Versammlung von Nowgorod widersetzte sich nicht einmal Fürst Jaroslaw. Die Leitung des Wetsche lag in den Händen der Bojaren und reichen Kaufleute, die keineswegs immer an demselben Strang zogen wie der Fürst.

Jetzt war Fürst Jaroslaw abwesend. Er hatte als Fürst von Nowgorod seinen ältesten Sohn Wladimir zurückgelassen. Die Einwohner der Stadt hatten sich bereiterklärt, Wladimir anzunehmen unter der Bedingung, daß Fürst Jaroslaw die uralten Freiheiten der Stadt bestätigte.

Der junge Fürst Wladimir war ein Heißsporn; der Befehlshaber seiner Drushina, Harald der Norweger, war kaltblütig. Beide wußten alles über Waffen und Pferde, aber nichts über Menschen und ihre Gefühle. Das lud Fürstin Ingegerd und Bischof Luka Shidjata eine große Verantwortung auf.

Die Fürstin und der Bischof beriefen eilig die Posadniks, die von dem Wetsche gewählten Stadthauptleute, in den Palast.

»Die Menschen sind unruhig, weil der Fürst fort ist.«

Bischof Luka Shidjata nickte nachdenklich.

»Die kleine Prinzessin ist vom Pferd gefallen. Es ist nichts Alarmierendes geschehen, aber die ganze Stadt ist unruhig.«

Füstin Ingegerd erhob sich.

»Laß die Glocken der Heiligen Sophia läuten, lieber Vater«, sagte sie zum Bischof. »Halte einen Dankesgottesdienst ab wegen der Gnade, die Anna Jaroslawna zuteil geworden ist. Zeige dem Volk von Nowgorod, daß Jaroslaws Kinder Gott wohlgefällig sind.«

»Wahrhaftig« – die Posadniks verneigten sich – »der Fürst sei gesegnet in seinen Kindern.«

Fürst Jaroslaw der Weise hatte sich nach Kiew begeben. Sein Bruder und Feind Fürst Mstislaw war an einer Krankheit gestorben – endlich, dachte der größte Teil seiner Untertanen. Obwohl kühn und freigebig, war Mstislaw auch ein unmäßiger Trinker gewesen. Ihm fehlte all die feierliche Größe, die sein Bruder Jaroslaw ausstrahlte.

Fürst Mstislaw hatte in Tschernigow gewohnt, und Kiew, das alte Zentrum des Reiches, war in den Schatten des Herrn Groß-Nowgorod geraten. Jetzt aber hatte Kiew wieder den mächtigsten Fürsten des Landes an sich gelockt. In Nowgorod war nur der Sohn des Fürsten geblieben, so wie auch früher schon. Der stolzen Stadt fiel es nicht leicht, sich mit dem Zweitbesten zu begnügen.

»Ein Vater muß seinem Sohn vertrauen«, sagte Bischof Luka Shidjata ernst.

»Und die Kinder müssen auf die Weisheit des Vaters vertrauen«, bestätigte Fürstin Ingegerd. Mit den Kindern meinte sie das Volk von Nowgorod.

Die kleine Anna Jaroslawna lag auf ihrem Bett im Terem. In dem Raum gab es zwei überdachte, mit reichen Holzschnitzereien verzierte Betten. In dem einen schliefen die kleinen Prinzessinnen Jelisaweta und Anastasia, in dem anderen schliefen Anna Jaroslawna und die Schwester ihrer Mutter.

Annas Sklavin legte ihr ein Tuch auf die Stirn, das mit einem Kräutersud getränkt war. Jewdokija von Pskow hatte befohlen, die Fensterläden zu öffnen, damit frische Luft hereinkam. Im Luftzug wehten die Bettvorhänge.

»Die Fürstin!«

Jewdokija von Pskow wandte sich um und verneigte sich.

»Anna muß aufstehen und mit mir in die Kirche gehen. Auch meine Schwester möge mitkommen. Jewdokija, zieh ihnen schlichte Kleider an, nur einen Umhang, keinen Schmuck.«

Der Platz vor der Sophienkathedrale war schwarz vor Menschen. Jewdokija von Pskow hielt Anna Jaroslawna fest an der Hand. Die Königstochter trat erschreckt einen Schritt zurück. Sie prallte wie gegen eine Wand: Hinter ihr stand der Befehlshaber der Drushina, Harald der Norweger.

»Geht«, schnauzte der Waräger, »oder das Volk reißt uns in Stücke.«

Vor den Frauen öffnete sich ein Gang, an dessen anderem Ende vor der Tür der Sophienkirche Bischof Luka Shidjata stand.

»Kinder der Heiligen Sophia«, donnerte der Bischof, während er die jungen Mädchen an den Händen faßte, »jetzt danken wir Gott für diese Gnade!«

Die starke Hand des Bischofs drückte die Mädchen auf die Knie.

»Unsere liebe Fürstin Irina hat gelobt, sowohl ihre Schwester als auch ihre Tochter ins Kloster zu geben, damit sie um Segen für unser Volk beten.«

Fürstin Ingegerd stand neben dem Bischof. Sie hatte ihre hellen Jagdkleider gegen eine dunkle Kutte vertauscht. Auf ihrer Brust hing ein goldenes Kreuz. Ihr ältester Sohn Wladimir wartete hinter ihr darauf, an die Reihe zu kommen.

»Mutter, Mütterchen, segne uns!«

»Meine Kinder, betet für meine kleine Tochter.«

»Fürstin, bitte unseren Vater, nach Nowgorod zurückzukehren!«

»Meine Kinder, betet darum, daß unser Väterchen Jaroslaw weise über dieses große Volk herrschen möge.«

Die Fürstin antwortete gnädig auf die Rufe der Leute. In der Menschenmenge, die sich auf dem Platz vor der Sophienkathedrale versammelt hatte, gab es zweifellos auch solche, die Perun und Mokosch verehrten.

»Meine Kinder, hört einmal her.« Bischof Luka Shidjata erhob sein Kreuz. »Der junge Wladimir, den unser Vater Jaroslaw als Fürst eingesetzt hat, freut sich über die Rettung seiner Schwester. Aus diesem Anlaß werden seine Diener an alle Kinder der Heiligen Sophia gutes Bier ausschenken…«

Auf dem Platz erhob sich ein Freudengeschrei. Fürst Wladimir, der zum Glück einen schönen Bart hatte und anmutig wirkte, lächelte wohlwollend.

»Bier wird auf dem Markt in Slawno, an der Ecke der Großen und der Sklavenstraße im Stadtteil Nerew und im Volksviertel in der Gerberstraße ausgeschenkt. Dank sei Fürst Wladimir, dem gehorsamen Sohn und treuen Vater des Volkes von Nowgorod!«

Der Platz vor der Sophienkathedrale war nahezu leer, noch bevor der Bischof seine Lobeshymne beendet hatte.

»Kaufleute sind keine ordentlichen Gegner«, murrte Harald der Norweger.

»Von deinen Speermännern wären nicht einmal mehr Fetzen übrig, wenn das Volk von Nowgorod ernstlich böse geworden wäre, Befehlshaber«, bemerkte Bischof Luka Shidjata trocken. »Und vergiß nicht, daß die Kaufleute die Speere besorgen, mit denen du ihre Diener verprügelst.«

»Gott gibt uns die Kaufleute, die Speere und die Waräger«, sagte Fürstin Ingegerd fromm.

19. Kapitel

1037

»Was tust du da?«

Erschreckt drehte das Mädchen sich um. Die Balken der Sophienkirche leuchteten silbergrau hinter ihrem hellen Gesicht. Sie hatte gerade Brotkrumen in die Ritzen zwischen den Balken gestopft. Ihre Hand verweilte noch auf der rissigen Oberfläche des Holzes.

»Harald der Norweger…«

»Ich habe dich beobachtet, seitdem ich von Kiew nach Nowgorod gekommen bin«, sagte der Waräger in der Sprache des Nordlands. »Ich habe dich schon früher einmal gesehen. Aber damals warst du nicht die Tochter von Olaf Schoßkönig, und dein Name war nicht Thorgerd.«

Der Blick des Mädchens schweifte verwirrt über den Platz vor der Sophienkathedrale, wanderte von der Kirche der Heiligen Joachim und Anna zu den verwinkelten Dächern und Blockhäusern von Jaroslaws Palast und zuletzt zu den Augen von Harald dem Norweger.

»Wer bin ich? Weißt du es?«

Der Waräger war verblüfft.

»Du bist die Tochter des Westgötaländers Gudmunds des Kaufmanns und einer finnischen Edelfrau. So wurde es mir gesagt, als ich nach der Schlacht von Stiklestad mit Eirik dem Starken von Norwegen an den Thorshof in Roslagen kam.«

»Das ist alles so lange her … Heiße ich wirklich Terhen?«

»So hat Eirik der Starke dich genannt.«

»Eirik? Wo ist er jetzt?«

»In Kiew in der Drushina des Fürsten. Er war erfolgreich; der Fürst schätzt ihn.«

»Der dumme Eirik hat Erfolg? Er ist doch schwachsinnig.«

»Das läßt er die Menschen glauben, wenn es ihm so paßt«, sagte

Harald der Norweger trocken. »Ebenso wie du die Leute glauben läßt, du stammtest aus königlicher Familie.«

»Thorgerd ist auf dem Bjelojesee umgekommen... Ich mußte lügen, sonst hätte man mich als Sklavin verkauft. Und dann konnte ich die Lüge nicht mehr richtigstellen ...«

»Ich habe dich in der großen Halle des Thorshofes gesehen. So ein Mädchen wie dich vergißt man nicht, obwohl du noch klein warst. Ich habe mich deinetwegen mit Stenkil geprügelt, der jetzt der Jarl von West-Götaland ist.«

»An ihn kann ich mich nicht erinnern.«

»Ich habe ihn besiegt«, sagte Harald von Norwegen zufrieden. »Wenn ich König von Norwegen werde, töte ich Stenkil und erobere West-Götaland für Norwegen.«

Das Mädchen blinzelte.

»König von Norwegen?«

Die Norweger hatten ihren Königsmord bereut, weil der Leichnam Olafs des Dicken sich unverwest erhielt und an seinem Grab Wunder geschahen. Man hatte den kleinen Magnus, Sohn von Olafs Nebenfrau Alfhild, aus Nowgorod zurückgeholt, damit er über Norwegen herrschte. Von Harald, dem Halbbruder Olafs des Dicken, war damals keine Rede gewesen. Harald kämpfte in der Drushina von Fürst Jaroslaw in den Steppen gegen die Petschenegen. Aber es war klar, daß Harald, ein Mann im Vollbesitz seiner Kräfte und von Machtgier besessen, dem Kind nicht das ganze Königreich überlassen würde.

»Die Norweger wissen nicht, was sie erwartet, aber ich weiß es. Ich muß Ruhm, Reichtum und eine vornehme Braut gewinnen. Das bereitet einem energischen Mann keine Mühe.«

Das Mädchen nickte.

»Aus dir wird ein mächtiger Herrscher«, sagte sie aufrichtig, und Haralds Gesicht wurde weicher.

»Du brauchst keine Angst zu haben, daß ich dein Geheimnis verrate, Terhen. Die Angelegenheiten von Olaf Schoßkönigs Erben gehen mich nichts an. Du wiederum kannst mir helfen. Lege bei der kleinen Prinzessin Jelisaweta ein gutes Wort für mich ein. Sie ist die älteste von Jaroslaws Töchtern. Ich will sie zur Frau nehmen.«

»Jelisaweta bewundert dich«, sagte Terhen eifrig. »Sie will immer sehen, wie du vor der Drushina herreitest.«

»Etwas anderes habe ich auch nicht erwartet«, sagte Harald von Norwegen.

Terhen ruhte regungslos hinter den Bettvorhängen. Das Dämmerlicht der Frühlingsnacht blieb hinter den Glimmerschieferfenstern; im Bett war es dunkel, und die kleine Prinzessin Anna atmete gleichmäßig.

Terhen lebte seit sechs Jahren als Königstochter Thorgerd an Jaroslaws Hof. Sechs Jahre von Ernte zu Ernte, mit immer reichlich Brot, Brei, Fisch und Fleisch. Sechs Jahre in erstaunlichem Überfluß: Während der ganzen Zeit hatte Terhen nicht einen einzigen Tag lang an Hunger, Kälte oder Einsamkeit gelitten. Sie hatte in einem weichen Bett unter einer dicken Decke geschlafen, und wenn sie saß, lag auf der Pritsche ein buntes Kissen, und auch ihre Füße ruhten auf einem Polster. Sie hatte ihre Kräfte zu nichts Anstrengenderem als zum Sticken verwendet. Ihr weitester Fußweg verlief von der Burg bis zur Handelsseite. Sie besaß eine eigene Sklavin und ein Pferd im Stall des Fürsten, sie war eine Puppe in einem warmen, verzierten Schrein.

Terhens Hemd war aus feinstem Leinen, ihr Sarafan aus Seide mit Vogelmuster und ihr Mantel aus zobelgefüttertem Samt. Ihre Schläfengehänge bestanden aus Perlen und Silber, ihre Armreifen und Ringe aus gemustertem Gold. Terhen war Königstochter und Schwagerin des Fürsten, eines der begehrtesten Mädchen im Reich. Wenn sie gegen Abend ihren Platz in der Halle aufsuchte und sich setzte, umgab die Begierde der jungen Drushinamänner sie wie Nebelschwaden.

Sechs Jahre Lüge.

Es war schwierig, sich zu erinnern ... Lüge und Wahrheit vermengten sich im Kopf des Mädchens. Als das Mädchen zu einem Fräulein heranwuchs, war nichts mehr klar und scharf umrissen. Da war Thorgerd, die vorüberglitt, hinab in den schwarzen Schoß der Wellen, und ihre Augen standen weit offen ... Und da war Terhen, deren Gedankenwelt voller seltsamer Türen und geheimnisvoller Kammern war; Erinnerungen, an die sie nicht denken durfte, weil sie zu schmerzhaft und gefährlich waren.

Mit all dem kam man zurecht, wenn man still war, regungslos und stumm, und nur das tat, was einem befohlen wurde. Wenn man den Zauberer von Vanaja und Suvivilja von Arantila und Gudmund den Kaufmann und Eirik den Starken vergaß ... Auch sie hatten Terhen vergessen, sie allein im Terem inmitten einer fremden Sprache und fremder Menschen, so einsam und entfremdet zurückgelassen, daß sie selbst gar nicht mehr existierte.

Irgendwo tief drinnen schlug ihr kleines Herz, das sich nicht veränderte, das sie mit äußerster Anstrengung schützen mußte, damit es nicht in Stücke sprang. Es lebte dort stark in seinem Versteck, eine geheime Kraft. Es half ihr, wie ein richtiger Mensch zu erscheinen, sich zu bewegen, zu essen und zu sprechen, so wie alle anderen Menschen.

Kraft bekam sie, wenn sie den kleinen, vogelförmigen Anhänger in der Hand preßte, den sie all die Jahre um den Hals getragen hatte. Im unklaren Dämmerlicht der Vergangenheit leuchtete ein blendend weißes Bild: Zwei silberne Schwäne gleiten aus dem Nebel hervor...

»Wasservogel, Bronzevogel, hilf mir, Schwan, du Gottesvogel!«

Aus diesen Worten kam Friede, ein stilles Dunkel. Terhen hielt den Bronzeanhänger in der Hand. Sie schloß die Augen, ließ sich entspannt in die lautlose Finsternis sinken. Sie begann, im stillen die uralten Verse zu sprechen, seltsame Zauber, Beschwörungen, Ursprungsworte. Die Sprache war dieselbe, die auch in Nowgorod viel gesprochen wurde, sogar im Terem, die singende Sprache der Finnen mit ihren langen Wörtern.

Ein Wohlgefühl ergriff ihren zusammengekrümmten Körper. Terhen wiegte sich sacht auf dem Federbett, unter dem Kopf ein pralles, breites Kissen, an der Haut glattes Leinen. Wenn sie doch immer so daliegen könnte, sich in ihr Nest verkriechen, unsichtbar und in Sicherheit sein...

Ein Sklave kann von der Geburt bis zum Tod teilnahmslos das Leben eines blinden Wurms leben, das Essen, die körperliche Liebe und das Schlafen genießen, tun, was ihm befohlen wird, und sich nur für seinen Bauch und das interessieren, was er zwischen den Beinen hat. Sinn und Seele einer Königstochter aber waren auf Familie und Macht gerichtet. Ihr Dasein wurde von den Pflichten bestimmt.

Als Verwandter des berühmten Fürsten von Kiew konnte es ihr widerfahren, daß sie wer weiß wohin geriet: Nach Bulgarien, Polen, Ungarn, Böhmen, Mähren, Schweden, Dänemark, Norwegen oder noch weiter fort. Die Hoffnungen von Fürst Jaroslaw waren darauf gerichtet, verwandtschaftliche Bindungen mit der allmächtigen Kaiserfamilie von Byzanz einzugehen. Oder man verheiratete das Mädchen an einen Fürsten, Bojaren oder Helden der Drushina, dessen Treue der Herrscher für besonders wichtig hielt.

Eine andere Möglichkeit gab es nicht. Terhen wußte das und billigte es. Ebenso wie die kleinen Prinzessinnen hatte man sie sorgfältig auf ihre kommende Aufgabe vorbereitet.

Der Tag im Palast begann etwa vier Stunden nach Mitternacht. Die Mädchen und ihre Aufseherinnen trippelten in die Kirche; morgens gingen sie in die Kirche der Heiligen Joachim und Anna. Das war ein grausames Erwachen, denn die Steinkirche war kalt wie eine Grabkammer.

Terhen gewöhnte sich bald an das Stehen in der Kirche, obwohl am Anfang die Kerzen, die Bilder und der eintönige Gesang der Priester sie mit Schaudern erfüllten, so daß sie jeden Morgen Bauchschmerzen bekam. Aber allmählich lernte sie zu verstehen, was in den Gebeten und Liedern gesagt wurde – Fürst Jaroslaw hielt hartnäckig an dem Beschluß seines Vaters fest, bei der Liturgie die eigene Sprache der Slawen und nicht das Griechische zu verwenden, das erhabener gewesen wäre.

Allmahlich verlor Terhen ihre Angst vor den Zaubern der Christen. Ihre Geschichten waren spannend, und wenn Terhen ihrer überdrüssig wurde, hörte sie einfach nicht mehr hin und ging in Gedanken die Zaubersprüche durch, die der Zauberer sie gelehrt hatte, Hunderte, ja Tausende von Versen, die aus ihrem Gedächtnis ebenso mühelos hervorsprudelten wie die Erinnerungen an hohe Kiefern und silbrige Seen. Sich die Menschen ins Gedächtnis zu rufen, fiel ihr schwerer, die Namen und Gesichter lagen unter neuen Namen begraben. Neue Stimmen und Sprachen verdrängten die früheren Menschen, und so blieben ihr nur vage Erinnerungen.

Die Burg von Nowgorod war eine Festung des Christentums. Auf dem Lande betete man noch die heidnischen Götter an: Mokosch, den die finnischen Stämme verehrten, Swarog, der alles geschaffen hatte, und den Donnergott Perun. Terhen verspürte weder Haß noch Sympathie, wenn sie vom Fenster des Palastes aus zusah, wie die Drushina zur Burg hinaus und nach Norden, in die Wälder von Karelien und Weißmeerkarelien, ritt, um Heiden zu jagen. Sie gehörte zu niemandem: nicht zu den Nowgoroder Christen und nicht zu den Heiden der Urwälder.

Nach dem Gottesdienst nahmen die Frauen im Terem das Frühstück ein: Wasser und Brot und Käse. Damit war der Morgen zu Ende. Die älteren Frauen machten sich an ihre Handarbeiten. An Jaroslaws Hof gab es Hunderte von Menschen. Obwohl man für die meisten von ihnen die Kleider in den Werkstätten der Stadt kaufte, wurden die feinsten Kleidungsstücke für die Fürstenfamilie im Terem genäht. Die vornehmsten Frauen stickten Wandbehänge für Kirchen und Paläste.

Die erste Hälfte des Tages benutzten die jungen Mädchen, um sich im Lesen, Schreiben und in der Christenlehre, im Singen und Spielen zu üben. Terhen lernte in wenigen Monaten gemeinsam mit der kleinen Prinzessin Anna lesen. Sie malte mit ihrer Feder zierliche Buchstaben und zupfte anmutig die Saiten der Gusli. Russisch lernte sie von selbst im Terem, und Griechisch lernten alle Frauen an Jaroslaws Hof unter Anleitung eines betagten Priesters sprechen – aber nicht schreiben.

Terhen hatte Freude am Lernen, obwohl sie nicht verstand, warum für so etwas Zeit geopfert wurde. Weder in Tavastland noch in Uppland wäre irgend jemandem eine solche Verschwendung in den Sinn gekommen: Der Mensch mußte lernen, für seine Nachkommen zu sorgen, in der Natur zu überleben und sich gegen seine Feinde zur Wehr zu setzen, und da nützte es nicht viel, wenn man den Psalter spielen oder Griechisch sprechen konnte.

Eine Stunde vor dem halben Tag nahm man im Terem die Mittagsmahlzeit ein. Das Essen kam aus der Küche des Palastes und war dasselbe, das auch der Fürst mit seinen Gästen und Beratern aß. Jaroslaw hatte einen einfachen Geschmack und einfache Sitten: Am Tage wurde meistens kein Fleisch gegessen, aber der Fisch, das Gemüse, Käse und Eier waren gut zubereitet. Die Küche des Fürsten stand unter dem Befehl eines Wirtschaftsleiters. Dessen Diener besorgten die Einkäufe und stellten Köche aus den Nachbarländern in den Dienst des Fürsten. Die Palastbediensteten und die Sklaven aßen Haferbrei, Erbsen und Bohnen.

Um die Mittagszeit legten sich alle schlafen. Für ein, zwei Stunden wurde es still im Palast. Während der zweiten Tageshälfte wurde genäht oder gelernt. Wenn das Wetter gut war, konnten die kleinen Prinzessinnen hinausgehen und reiten oder Schlitten fahren. Es gab viele Heiligengedenktage, und dann ging man in die Sophienkathedrale.

Gegen Abend versammelten sich die Vornehmen in der Halle. Dort wurde das Abendessen eingenommen, was oft Stunden in Anspruch nahm, besonders, wenn Gäste im Palast weilten. Man setzte den Tafelnden Dutzende von Speisen vor, und zu trinken gab es Weine aus dem Süden. Während der Mahlzeiten und danach wurden Geschichten von heiligen Personen erzählt oder die trefflichen Vorfahren des Fürsten besungen.

Alles ging gesittet, ja feierlich vonstatten. Es war ein ruhiges Leben, bei dem man immer im voraus wußte, was als nächstes geschah. Das war beruhigend für das Mädchen, das vom Leben hierhin und dorthin geworfen worden war wie Schmutz am Fußboden eines großen Hauses.

Das Mädchen fühlte sich fremd, hielt das aber für natürlich. Einmal war Terhen überrascht, als sie begriff, daß sie mit diesen Menschen keinen einzigen Gedanken gemein hatte – das geschah, als der Priester Sergei den Frauen des Terem verbot, in der Schlinge gefangene Haselhühner zu essen, weil die nicht ausgeblutet waren.

Das ruhige Leben hatte ein Ende, als die kleine Prinzessin Anna am Ufer des Wolchow vom Pferd und auf einen Stein gefallen war.

Die Blutstillerin.

Terhen dachte nicht an ihre Fähigkeit, bevor sie genötigt war, sie einzusetzen – oder die Fähigkeit benutzte sie, denn sie konnte sich nicht entziehen. Man hatte begonnen, vom Kloster zu sprechen.

»Das bist du der Jungfrau schuldig, die dir diese wunderbare Gabe gewährt hat«, hatte Bischof Luka Shidjata gesagt. »Es ist eine Freude, sein Leben dem frommen Dank zu weihen.«

Terhen sah in einer Fähigkeit, die sie nicht beherrschen konnte, keinen Grund zur Dankbarkeit. Und schon gar nicht würde sie dem Gott der Christen dafür danken. Sie konnte sich nur an ein einziges Mal erinnern, wo ihre Fähigkeit etwas bewirkt hatte. Das war damals, als sie am Ufer des Swir den Blutstrom gestillt hatte, der aus der Kopfwunde Eiriks des Starken hervorgesprudelt kam. Aber sie wußte, daß sie diese Fähigkeit schon immer gehabt hatte. Irgendwie hatte sie mit dem Zauberer zu tun, stammte aber nicht von ihm. Die Fähigkeit war da, auch wenn sie keine Beschwörungen sprach.

In Nowgorod gab es kein Kloster, wohl aber in Kiew. Fürstin Ingegerd zauderte. Sie hatte, ohne zu überlegen, ein Versprechen abgegeben, vor lauter Angst um ihre kleine Tochter.

»Ist dir der Gedanke an das Kloster angenehm?«

Terhen wurde es schwindlig. Sie wußte nicht genau, wie es im Kloster war, aber sie verstand, daß eine Heidin dort nicht überleben konnte. Sie hatte so fürchterliche Angst, daß eine schlimme Übelkeit in ihrem Inneren zu wüten begann.

»Einerseits«, überlegte Fürstin Ingegerd laut, »ist es nicht sehr klug, eine vornehme junge Frau im heiratsfähigen Alter ins Kloster zu schicken. Ein Kloster ist ein passender Ort für Witwen, wenn sie genug Kinder geboren haben.«

»Hier riecht es so eigenartig«, bemerkte die kleine Prinzessin Anastasia, hob ihr rundes Näschen und schnupperte.

Sie saßen mit ihren Handarbeiten auf dem breiten Altan, Fürstin Ingegerd und ihre Schwester, die Aufseherin Jewdokija von Pskow und die drei jungen Prinzessinnen. Unter ihnen lag der Innenhof von Jaroslaws Palast. Sie hörten Stimmen, sahen aber nicht, was im Hof geschah, denn vor dem Altan hing ein grünbunter Vorhang zum Schutz vor der Sonne und vor den neugierigen Blicken der Männer.

»Ob man ein solches Versprechen widerrufen kann?« überlegte Fürstin Ingegerd zaudernd.

Vom Hof hörte man überraschtes Rufen. Fürstin Ingegerd legte die Arme um sich und bibberte.

»Wie kalt es plötzlich geworden ist. Hat sich die Sonne hinter die Wolken verzogen?«

Die kleine Prinzessin Anastasia, ein lebhaftes und gesprächiges Kind, lugte hinter dem Vorhang hervor auf den Hof.

»Dort ist Nebel aufgekommen«, sagte Anastasia Jaroslawna verwundert. »Aber die Sonne scheint.«

Nachts wälzte Terhen sich auf ihrem Federbett hin und her. Sie war so kurz vor einer Panik, daß sie nicht vernünftig überlegen konnte.

Die eigenen Toten und die eigene Klugheit hatten Terhen bisher vor dem Zorn des Christengottes schützen können: Sie hatte sich klein gemacht und so verhalten wie alle anderen. Aber das Kloster war ein Ort, wo Christus und die Jungfrau Maria wohnten. Dort würde eine Heidin nicht lange unentdeckt bleiben.

Schmerzhafte Einsamkeit quälte das Mädchen. Es gab niemanden, an den sie sich wenden, niemanden, dem sie von ihrer Not erzählen konnte.

Eine Reise, begriff Terhen plötzlich. Sie mußte eine Reise unternehmen.

Im ersten Jahr, das sie in Jaroslaws Palast verbrachte, hatte sie sich manchmal zu dem Zauberer ins Totenreich begeben, während die anderen schliefen. Aber dann war das Leben ruhiger und sicher geworden, und das Lernen hatte sie in Anspruch genommen. Die Reisen waren unterblieben, der Name des Zauberers blieb nur noch durch die Zaubersprüche erhalten. Aber Terhen zweifelte keinen Augenblick daran, daß sie ihre Toten finden würde, wenn sie das wollte. Nach Tavastland war es ein weiter Weg, aber unter der Erde gab es keine Zeit und keine Entfernung.

Allein das Hersagen der Zauber besänftigte die ängstlichen Gedanken. Ohne besondere Anstrengung glitt das Mädchen in die kühle Dunkelheit des Totenreichs wie in einen Traum. Sie erinnerte sich, daß sie früher durch dämmerige Höhlen gegangen oder geschwebt war. Jetzt schwamm sie. Es war ein solcher Genuß, in dem Wasser zu schwimmen und davon gestreichelt zu werden, daß sie am liebsten gar nicht mehr damit aufgehört hätte. In den Kammern sah sie die Toten dümpeln. Dunstiges Moos umgab sie wie eine weiche Wiege aus Leinwand, in der sie sanft schaukelten. Sie waren sehr klein, wie verpuppte Schmetterlinge.

An den Gliedern des Zauberers wuchs silbergraue Flechte, die sich im Wasser sanft bewegte. Der Zauberer schlief. Terhen ließ sich neben ihm nieder, um zu warten. Er öffnete die Augen und lächelte Terhen zu, so als hätte er sie unmittelbar vor dem Einschlafen gesehen.

»Willkommen, mein Kind.«

Terhen erzählte vom Kloster. Sie erklärte, welcher Ort das war, denn in Vanaja hatte noch nie jemand davon gehört, und nicht einmal der Zauberer konnte es verstehen. Es war still, Terhen wurde schläfrig. Endlich ließ der Zauberer von sich hören, nicht durch einen Widerhall in den Kammern so wie einst, sondern durch ein Flüstern, fast nur in Terhens eigenem Kopf zu vernehmen.

»Du wirst niemand anders, auch wenn du unter dem Namen einer anderen Person lebst. Geh nicht ins Kloster, wenn du es nicht willst. Du mußt es nicht. Im Totenreich ist Platz für alle.«

Terhen seufzte zufrieden. Wie hatte sie das vergessen können? Es gab immer eine Ausweichmöglichkeit; die feuchte Welt des Totenreichs, in der die Verstorbenen auf sie warteten.

In der Halle von Jaroslaws Palast herrschte wilder Trubel. Die Abwesenheit des Fürsten hatte die Feierlichkeit dahinschwinden lassen, die durch seine Anwesenheit erzeugt wurde. Der fromme Fürst hörte sich am Abend Heiligengeschichten und die Gespräche der Gelehrten über göttliche Dinge an, und auch alle anderen mußten sie anhören. Jaroslaw trank gern Bier, so wie alle Russen, ließ aber einen Krieger, der sich unter den Tisch trank, auspeitschen.

Fürstin Ingegerd war ebenso fromm wie ihr Mann, aber bei weitem nicht so ernst. Der junge Fürst Wladimir war so ungestüm, wie ein Siebzehnjähriger nur sein kann. Anstelle der göttlichen Erzählungen erschallten in der Burg von Nowgorod nun die schmetternden Lieder der Skomorochi über Ilja Muromez, Aljoscha Popowitsch und den vornehmen Dobrynja Nikititsch. Die Heldentaten der Recken veranlaßten die Krieger der Drushina, mit ihren Siegeszügen zu prahlen, und das geschah keineswegs in so versöhnlich-bescheidenem Ton, wie sie es in Anwesenheit von Fürst Jaroslaw erzählten.

Terhen saß auf der Bank in der Gesellschaft der jungen Prinzessinnen. Sie trug ein helles Hemd und einen goldbraunen Sarafan aus Brokat, und ihre Stirn war von einem Kokoschnik umrahmt, der mit Bronzeblumen verziert war. Sie mochte den Radau und die frivolen Anekdoten der Skomorochi nicht. Sie liebte die Stille.

Zucht und Ordnung in der Halle hatten sich allmählich gelokkert, als die jungen Leute am Hof bemerkten, daß Fürst Wladimir keine Lust hatte, die Krieger der Drushina herumzukommandieren. Der junge Fürst wollte, daß seine Helden ihm treu blieben, und bildete sich ein, sie würden einen Befehlshaber respektieren, der sie machen ließ, was ihnen gerade einfiel. Terhen hatte Angst:

Die lüsternen jungen Männer kamen ihr zu nahe, rühmten ihre hexenhafte Schönheit, und nirgendwo gab es für sie Hilfe. Von Abend zu Abend wurde in der Halle immer maßloser getrunken.

Fürstin Ingegerd war die einzige, die genügend Autorität gehabt hätte, um die berauschte Gesellschaft zu beruhigen. Doch war sie durchaus nicht die nüchternste in der Halle. Nach Art der Normannen schätzte Ingegerd ein gutes Bier, sie hatte es immer geschätzt, schon als sie zusammen mit ihren Männern ganze Tage lang in ihrem Gut in Skara gezecht hatte.

Jewdokija von Pskow richtete ihre Aufmerksamkeit auf ihren Sohn Jaropolk. Als einziger von den Männern in der großen Halle saß Jaropolk der Nachdenkliche allein da, so als hörte er gar nichts von den Belustigungen seiner Kameraden.

Terhen zog die kleine Prinzessin Anna wie einen Schild neben sich. Feodor Bor, ein Jüngling mit dunklem Bart, der seinen Beinamen Bor, Nadelwald, nach den riesigen Gebieten zwischen Ilmensee und Peipussee bekommen hatte, die seiner Familie gehörten, beugte sich zu dem Mädchen hinab und berührte mit dem Finger dreist Terhens Hals unterhalb des Ohres. Terhen hob die Hand, um den Mann abzuwehren. Ihre Augen weiteten sich vor Schreck, und der Mann lachte.

»Meinst du, für einen Bojarensohn wärst du zu schade, Königstochter?«

»Nein, bitte ... laß mich in Ruhe, Herr ...«

Neben den Wänden stieg Dunst auf. Terhen wußte, daß sie hier verschwinden mußte.

»Du solltest einen Mann kennenlernen, bevor man dich ins Kloster steckt, Königstochter.«

Terhen konnte nicht weg, der Mann stand unmittelbar vor ihr und versperrte ihr den Weg. Wie eine Wand stieg hinter dem Mann Nebel auf.

»Hier ist es aber verraucht«, bemerkte Feodor Bor leichthin.

Terhen kam nicht gegen ihre Angst an. Die Fackeln leuchteten fahl durch den dicken Schleier. Die Leute in der Halle wurden unruhig, die Frauen sprangen auf und drängten hierhin und dorthin, die Männer brüllten Fragen und Befehle, man trat auf diejenigen, die am Fußboden eingeschlafen waren.

»Irgendwo brennt es! Das Feuer ist los!«

»Das ist kein Rauch!«

»Na prima!« Feodor Bor zog Terhen von der Bank hoch. Anna Jaroslawna blieb in den Kissen hocken.

»Die anderen haben anscheinend etwas anderes zu tun«, lächelten Feodor Bors rote Lippen in dem seidigen Bart selbstsicher. »Aber das stört uns nicht weiter, Königstochter.«

»Du bist betrunken, Herr. Laß mich ins Frauengemach gehen.«

Aber der Mann zog Terhen an sich, seine gierige Hand betatschte ihre Brüste. Terhens Versuche, sich zu wehren, regten ihn zu freudigem Gelächter an.

»Es steckt ja sogar Leben in dir, wenn man dich ein wenig drückt.«

Terhen hatte das Gefühl, als stiege aus ihrer Haut giftiger Nebel auf. Sie öffnete den Mund und biß zu.

Feodor Bor brüllte wütend auf, als Terhens Zähne sich in seine Hand schlugen. Er ließ das Mädchen los und schüttelte sich wie ein verwunderter Hund. Terhen schlüpfte unter seinem Arm hindurch in die vernebelte Halle.

»Terhen! Terhen! Königstochter!«

Die Worte wurden auf finnisch gerufen und so laut, daß sie das Geschrei und Gejohle in der Halle übertönten. Die gebrüllten Worte ließen das trunkene Gelächter und das ängstliche Kreischen der Frauen verstummen.

Terhen blieb wie erstarrt mitten in der Halle stehen. Sie war unterwegs ins Zimmer der Fürstin im Terem, dem einzigen Raum, in dem eine Frau vor den betrunkenen Kriegern wirklich in Sicherheit war.

Nur zwei Menschen kannten den wahren Namen von Königstochter Thorgerd, und nur einer davon sprach finnisch.

»Eirik! Eirik der Starke!«

Aus dem Nebel tauchte ein Mann auf, schwer gebaut wie ein Felsbrocken und häßlich wie ein Troll. Der rote Bart loderte über dem Panzerhemd, die große Nase zerteilte den Dunst wie eine Axt. Die Büsche der Augenbrauen brannten im Gegensatz zu den grauen Augen.

Terhen flog quer durch die Halle, wobei sie den kaspernden Skomorochi, den sich kabbelnden Burschen und den alten Frauen auswich, die Angst vor Feuer hatten. Weinend und lachend flog sie an die mauerstarke Brust. Ein eiserner Arm umschlang sie und hob sie hoch.

»Dummer Eirik.«

»Kleines Mädchen. Wovor hast du so schreckliche Angst?«

»Sie wollen mich ins Kloster stecken«, schluchzte Terhen.

Der Riese brach in ein Gelächter aus, welches das Dach der Halle erzittern ließ.

»Was verstehst du schon davon, du armer Dummkopf«, sagte Terhen ärgerlich. »Trotzdem ist es schön, dich zu sehen, starker Eirik. Aber laß mich auf den Boden hinab. Es schickt sich nicht für dich, mich zu berühren, auch wenn du mein Ziehbruder bist.«

»Das bin ich nicht.« Eirik stellte das Mädchen auf die Beine. »Ich kann alles sein, aber nicht dein Bruder. Und du bist offensichtlich kein kleines Mädchen mehr. Diesen Nebel hast natürlich du gemacht?«

»Ich bin erschrocken«, bekannte Terhen. »Ein Krieger wollte mich umarmen ...«

»Ich bring ihn um«, sagte Eirik sofort. Terhen mußte lachen, bevor sie bemerkte, daß der Mann es ernst meinte.

»Versuche klüger zu werden, dummer Eirik. Ich hatte auch so schon solche Angst – wegen des Klosters. Der Dunst stieg auf, ich konnte nichts dafür.«

»Jetzt verzieht er sich.«

»Ich hab keine Angst mehr, jetzt, wo du hier bist. So hast du es mir doch gesagt? Damals, an den Stromschnellen des Wolchow.«

»So hab ich es gesagt, Prinzessin. Vergiß das Kloster. Ich bin gekommen, um die Fürstin und die kleinen Fräuleins nach Kiew zu holen. Der Fürst will seine Familie bei sich haben. Und dich auch.«

Die Halle füllte sich mit Männern in Panzerhemden. Jemand berührte Eirik den Starken an der Schulter.

»Zeig mir die Fürstin, Waräger, damit ich ihr meine Ehrerbietung bezeugen kann.«

»Sie sitzt auf der Estrade neben ihrem Sohn Wladimir. Du wirst sie sehen, sobald der Dunst sich verzogen hat.«

»Man hat mir schon viel von den Wundern des Nordens erzählt, aber am seltsamsten ist es, drinnen im Hause im Nebel herumzutappen, wenn draußen die Sonne scheint.«

»Das ist hier etwas ganz Gewöhnliches, Leon Skleros.«

Eirik der Starke grinste und trat beiseite, so daß Terhen den Mann sehen konnte, der hinter ihm stand. Terhen konnte ihn nur anstarren. In ihrem ganzen Leben hatte sie noch nie etwas so Prachtvolles gesehen.

Der Mann war von mittlerer Größe und schlank. Seine Haut war vor der Sonne geschützt worden und hell, sein üppiges, gelocktes Haar kohlschwarz. Über den dunklen Augen wölbten sich schwarze Brauen, die über der geraden Nase zusammengewachsen waren. Der Mann trug ein Panzerhemd aus glänzenden Metallplatten. Die Ärmel waren an den Ärmelöffnungen des Eisenhemds mit Lederbändern gebunden, und an den Enden der Bänder befand sich ein blauer Stein in silberner Fassung. Unter dem Panzerhemd sah man ein kurzes, dunkelblaues Seidengewand, dessen Rand mit Goldstickerei verziert war. Seine Beine steckten bis an die Knie in Lederstiefeln mit Perlstickerei. Über den Schultern lag ihm ein feiner blauer Wollumhang, dessen Ränder mit einem komplizierten Stickmuster aus Perlen und Goldfäden verziert war.

»Schmuck, nicht wahr?« prahlte Eirik der Starke, so als wäre diese stolze Erscheinung sein Werk. »Sein Name ist Leon Skleros, und er stammt aus Konstantinopel.«

Der Mann hörte seinen Namen aus Eiriks schwedisch gesprochenen Worten heraus und verneigte sich. Er verhehlte nicht seine Bewunderung für Terhen, aber sein Verhalten war weder dreist noch aufdringlich.

»Leon Skleros ist geschickt worden, um sich die kleinen Prinzessinnen anzusehen«, erklärte Eirik der Starke. »Fürst Jaroslaws Töchter eignen sich gewiß als Ehefrauen byzantinischer Prinzen.«

»Du sprichst zu frei, Waräger«, sagte eine scharfe Stimme hinter Terhen. »Du gehörst wegen deiner Dreistigkeit ausgepeitscht. Du hast die Königstochter berührt.«

»Jewdokija von Pskow.« Eilig knickste Terhen vor der Aufseherin. »Eirik der Starke ist mein Ziehbruder.«

Diesmal widersprach Eirik nicht.

»Er hat einen langsamen Verstand und ein schlichtes Gemüt«, erklärte Terhen. »Aber er meint es nicht böse. Unsere Sitten im Norden sind freier als die hier in Nowgorod.«

»Und eure Sitten in Nowgorod sind freier als unsere Sitten in

Konstantinopel«, sagte Leon Skleros steif auf russisch. »Bei uns sitzen Männer und Frauen nicht zusammen, um zu plaudern und zu trinken.«

Jaropolk der Nachdenkliche stand beherrscht und stolz neben seiner Mutter. Er sah den Griechen fest an. Neben diesen beiden Jünglingen wirkte die ganze Halle vulgär und schmuddelig. Am allerplumpesten war Eirik der Starke in seinem Panzerhemd und dem braunen wollenen Gewand, dem groben, grauen Reiseumhang über den Schultern, dem breiten, abgenutzten Ledergürtel um den Leib und dem über den Boden schleifenden Schwert in der Scheide.

20. Kapitel

1037

Wenn es in der Nähe kein geeignetes Dorf und keine Stadt gab, lagerte sich die ganze fürstliche Gesellschaft für die Nacht am Ufer eines Flusses. Die jungen Leute freuten sich darüber. Wenn das Lager einmal aufgeschlagen war, ging man meistens auch jagen. Die Jagd war ein beliebtes Vergnügen als Gegengewicht zu der eintönigen Flußreise.

Die Gesellschaft der Fürstin Ingegerd reiste in einem fünfzehn Schritt langen Flußschiff, in dessen Mitte es ein kleines Haus für die vornehmen Frauen gab. Außer dem großen Schiff gab es noch etliche kleinere, in denen Diener, Sklaven, Lebensmittel und Waren befördert wurden.

Fürstin Ingegerds Drushina ritt zu beiden Seiten des Flusses nebenher, um den Konvoi zu schützen. Diener und Sklaven mußten zu Fuß gehen, wenn die Schiffe so langsam fuhren, daß ein Fußgänger mit ihnen Schritt halten konnte oder nur um ein Weniges zurückblieb. So reiste man vom Ilmensee den Lovat hinauf ins Binnenland. Die Sklaven mußten den Fährleuten helfen, wenn die Schiffe den Fluß entlang gezogen wurden. Manchmal genügten Rudern und Ziehen alleine nicht. Dann mußten die Krieger der Drushina zusätzlich ihr Pferd vor das Schiff der Fürstin spannen, so sehr sie das auch erzürnte. Den Lovat zu befahren war schwierig, selbst im Frühjahr, wenn es genug Wasser gab.

Aber der Gesellschaft stand noch Schlimmeres bevor. Vom Lovat wurden die Schiffe über einen Landrücken in die Dwina geschleppt. Auf dieser Wegstrecke gab es eine vielbenutzte Schleppbahn, Bauern mit Pferden, Vorrichtungen mit Rädern, auf die man das Schiff setzen konnte, und kleine, zähe Pferde, die an das Ziehen gewöhnt waren. Mit acht Schritt langen Flußschiffen waren die Zugleute vertraut, aber das große Schiff der Fürstin machte auch hier Schwierigkeiten. Es gab kein Radpaar, das breit genug gewesen wäre, um das Schiff aufzunehmen.

Schließlich ließ der Waräger Eirik der Starke, der die von Fürst Jaroslaw gesandte Truppe befehligte, zwei neue, breite Radpaare anfertigen, die durch eine lange Deichsel miteinander verbunden wurden. Das Schiff wurde entladen, die Fracht den Dienern und Sklaven aufgebürdet, und die ganze Schar begab sich, von Reitern beschützt, auf den einwöchigen Marsch in Richtung Schlepphafen an der Dwina.

Man schob die Räder ins Wasser und das Schiff darauf. Männer und Pferde zogen ächzend, brüllend und wiehernd: Das Schiff stieg aus dem Wasser und rollte auf seinen Rädern in die Schleppbahn. Aber es war schwerfällig und schwierig zu ziehen, die Männer mußten es von beiden Seiten stützen, und die vier Räder drehten sich viel mühseliger als zwei.

»Dies ist die längste Schleppstelle«, tröstete Eirik der Starke die Reisenden. »Auf der Dwina biegen wir oberhalb von Witebsk in den kleinen Fluß Suraz ein, fahren ihn hinauf und kommen dann an die Schleppstelle in Richtung Smolensk. Die ist ein Kinderspiel, verglichen mit dieser hier, ihr werdet schon sehen.«

Sie bekamen die Schleppstelle bei Smolensk zu sehen: Sie war breit und eben wie die große Brücke über den Wolchow bei Nowgorod und auch ebenso bevölkert. Über diesen Weg wurde der Handel von der Ostsee nach Kiew und weiter bis nach Konstantinopel abgewickelt. Ihn benutzten Deutsche und Gotländer, Schweden und die Goljaden, die im Mündungsgebiet der Dwina wohnten. An der Schleppstelle von Smolensk vereinigten sich der von Nowgorod kommende nördliche Weg und die Route über die Dwina.

Nachdem die Kiewer Fürsten die Handelsmacht der Wolgabulgaren und die chasarische Stadt Itil vernichtet hatten, verlagerte sich fast der gesamte Handel in west-östlicher Richtung von der Wolga in den Dnjepr. Die Handelsflotten der Normannen waren verschwunden; wegen der Angriffe der Steppenvölker war es unmöglich geworden, sich die großen Ströme entlang zu bewegen.

Vom Dnjepr nach Osten hin erstreckte sich die grenzenlose, von großen Flüssen durchschnittene Steppe. Darüber hinweg stürmten die wilden Reitervölker, die nicht mehr von den Handelsstaaten der

Bulgaren und Chasaren aufgehalten wurden. Fürst Jaroslaw führte einen endlosen Krieg gegen die Nomaden. Eigentlich bestand das Reich des Fürsten aus einer Anzahl von Befestigungen auf einem unermeßlichen Gebiet inmitten von Wald und Steppe. Im Norden wurden die Stützpunkte von den heidnischen Merja und Muroma bedroht, im Süden von den unversöhnlichen Petschenegen.

Der Zeitpunkt für Fürstin Ingegerds Reise vom nördlichen Nowgorod in den Süden, nach Kiew, war sorgfältig ausgewählt und auf den Frühling, die beste Zeit für eine Schiffsreise, festgelegt worden. Zu gleicher Zeit waren die Kaufleute auf dem Ostweg unterwegs, und so kam es, daß die Schleppstelle von der Dwina zum Dnjepr an ein Volksfest erinnerte. Aus der weiteren Umgebung wurden die Bauern zur besten Aussaatzeit mit ihren Pferden zum Schleppen der Schiffe gezwungen, wenn die eigenen Zugleute auf der Strecke nicht ausreichten. Entlang der Schleppstrecke gab es Gasthäuser, die an die Kaufleute Bier und Speisen verkauften. In den Gasthäusern bekam man auch vorjähriges Futter für die Pferde, die sich zu Dutzenden über die Strecke kämpften.

Zu dieser Jahreszeit bewegten sich die Reisenden auf der Dwina nur in Richtung Süden. Sie langten zu günstiger Zeit, im Juni, in Kiew an. Dann war das Frühjahrshochwasser bereits gesunken, aber die Stromschnellen des Dnjepr führten noch genug Wasser, so daß man über sie hinwegfahren konnte. Die Kaufleute, die nach Norden reisten, würden erst gegen Ende des Sommers an der Schleppstelle eintreffen. Sie hatten den schwierigen Weg die Stromschnellen aufwärts vom Schwarzen Meer nach Kiew und von dort, nach dem Hochwasser, den Oberlauf des Dnjepr hinauf nach Smolensk zurückgelegt.

Es wurde viel darüber gestritten, was anstrengender war, die Hin- oder die Rückreise. Bei der Hinreise konnte man bequem mit der Strömung reisen. Aber andererseits bereitete die Ladung mehr Mühe als auf der Rückreise: Pelze, Häute, Wachs, Honig und Sklaven.

Auf dem Rückweg war die Fracht leicht und beanspruchte nur wenig Raum: Gewürze, Seidenstoffe, Früchte, Weine, Schmuck und Waffen. Aber den größten Teil der Reise mußten die Schiffe gerudert oder stromaufwärts gezogen werden. Erst nach der Schleppstelle bei Smolensk konnte das Schiff stromabwärts fahren, entweder die Dwina entlang in die Ostsee, oder die Dwina ein kurzes

Stück aufwärts und dann über die lange Schleppstrecke zum Lovat, diesen Fluß hinab zum Ilmensee und nach Nowgorod.

Terhen stand auf dem Weg neben der Schleppbahn und sah sich erstaunt um. Ringsumher, so weit das Auge reichte, ragten Hügel auf. Um sie herum ertönten Rufe, Gelächter und Scherze. In einiger Entfernung strömte der mächtige Dnjepr dahin, und die Männer, die das Schiff zum Fluß gezogen hatten, beglückwünschten einander und stritten mit den Bauern um die Entlohnung.

Der griechische Edelmann Leon Skleros, der die Königstochter fast nie aus den Augen ließ, schüttelte den Kopf.

»Ich weiß nicht viel darüber. Der Ort heißt Gnesdowo, und dies sind Grabhügel der Normannen.«

»Wieso sind die hier?«

Jaropolk der Nachdenkliche, der seinerseits niemals weit von Leon Skleros entfernt war, sagte zu Leon: »Hier wohnten die Wikinger aus Roslagen, als sie noch Heiden waren. Deine Vorväter, Königstochter«, wandte Jaropolk sich an Terhen. »Sie wanderten von hier aus zwischen Kiew und Nowgorod hin und her. Dies war das Zentrum des Ostwegs.«

»Aber das ist es jetzt nicht mehr«, stellte Leon Skleros fest.

»Auch die Wikinger aus Roslagen gibt es nicht mehr«, sagte Jaropolk der Nachdenkliche und sah Terhen herausfordernd an.

»Das neue Zentrum ist Smolensk. Das ist ein christlicher Ort, und es gibt dort eine Kirche.«

Jaropolk der Nachdenkliche hatte sein Vergnügen daran, den von Norden eingewanderten Warägern kleine Stiche zu versetzen und seinen Spott mit ihnen zu treiben. Er fand, daß Jaroslaw die Waräger allzu sehr begünstigte, weil seine eigene Familie aus dem Norden stammte.

Rörek, der älteste Vorfahr des Fürsten, war ein Waräger, den einige Nowgoroder Kaufleute vor langer Zeit als Beschützer in ihren Dienst genommen hatten. Noch bevor der erste Silbergriwna bezahlt worden war, erklärte Rörek sich zum Befehlshaber der Dörfer und schlug jeden tot, der anderer Meinung war. Er ließ für seine Truppe die Befestigung Gorodischtsche bei Nowgorod anlegen. Auf diese Weise wurde Rörek Fürst des Gebiets Nowgorod.

Zu jener Zeit siedelten sich im Land der Slawen viele Waräger an. Terhen hatte in Thorshof Geschichten über sie gehört; ein großer Teil der Übersiedler stammte aus Roslagen, so daß man auch dort viel über sie wußte. Die Waräger Höskuld und Dyr hatten sich von Röreks Truppe getrennt und waren als Befehlshaber nach Kiew gegangen. In Polozk hatte der Waräger Ragnvald den Oberbefehl inne.

Man pflegte die Waräger als Rus zu bezeichnen. Sie kamen mit den Bewohnern des Slawenlandes gut aus und vergaßen allmählich ihre eigene Sprache. Die Fürsten der Rus wohnten in Kiew und blickten nach Westen, Süden und Osten; dort fanden sich passende Feinde für sie. Der Norden war ruhig, er interessierte sie nicht mehr.

Als Jaroslaw der Weise Fürst von Nowgorod war, besann er sich auf seine Familie: Aus dem Norden kamen Flüchtlinge, Söldner und Kaufleute. Besonders die königlichen Flüchtlinge waren geeignet, Jaroslaw an die Herkunft seiner Familie zu erinnern. Fürst Jaroslaw hatte sich der Hilfe warägischer Truppen bedient, als er gegen seinen Bruder Swjatopolk den Verfluchten kämpfte. Seine Beziehungen nach Norden waren gut, und er ermunterte die christlichen Könige des Nordens zur Missionsarbeit. Es war nur natürlich, daß er, als er eine christliche Frau suchte, um Olaf Schoßkönigs Tochter Ingegerd freite.

Fürstin Ingegerd genoß allgemeine Verehrung wegen ihrer Frömmigkeit und Fruchtbarkeit. Deshalb wagten auch diejenigen, die nichts von den Beziehungen nach Norden hielten, es nicht, sie offen zu beschimpfen; Jaropolk der Nachdenkliche versetzte seine Nadelstiche wohl den Warägern, aber Fürstin Ingegerd kränkte er nicht.

Die einzige, die der Fürstin die freien nordländischen Sitten offen verübelte, war die Aufseherin des Nowgoroder Terems Jewdokija von Pskow. Sie nahm ständig alles übel, aber da sie die Fürstin nicht herumkommandieren konnte, tat sie das mit deren Schwester. Die Unregelmäßigkeiten und außergewöhnlichen Freiheiten während der Reise machten die Aufseherin unruhig.

»Du solltest wissen, wie ein christliches Mädchen sich benimmt. Du erlaubst es den Männern, daß sie dich ansprechen.«

Jewdokija von Pskow tadelte nicht ihren eigenen Sohn, den sie oft bei der Königstochter antraf. Sie wagte es nicht; Jaropolk der Nachdenkliche könnte sagen, er folge nicht der Prinzessin, sondern Leon Skleros von Konstantinopel.

Terhen schlug die Augen nieder und wirkte demütig. Das befriedigte Jewdokija von Pskow nicht, aber sie konnte nichts anderes tun als die jungen Frauen mißbilligend anzusehen und von der heiligen Dreieinigkeit von Frömmigkeit, Tugend und Demut zu predigen.

Terhen hatte schon vor Jahren aufgehört, auf die Lehren der Jewdokija von Pskow zu hören. Die Anweisungen und Regeln der Aufseherin hatten keine andere Bedeutung, als daß sie einem halfen, in Jaroslaws Palast von einem Tag zum anderen zu überleben. Wenn man diese Dinge einmal gelernt hatte, brauchte man sie sich nicht mehr anzuhören.

Durch ihre Zerstreutheit hindurch spürte Terhen plötzlich, daß jemand sie beobachtete. Sie blickte auf und sah in einiger Entfernung einen Mann in weitem Umhang ...

Rodair von Rodarve.

Terhen erkannte den Mann sofort, und qualvolle Erinnerungen, die sie in die dunkelsten Ecken ihres Gedächtnisses verdrängt hatte, explodierten in ihrem Kopf. Bilder und Stimmen wogten wie ein Strom beim Eisgang. Terhen schloß die Augen und konzentrierte sich darauf, Haltung zu bewahren. Still, regungslos.

Wasservogel, Bronzevogel, hilf mir, Schwan, du Gottesvogel!

Schreckensszenen drängten sich vor ihr inneres Auge. Helga von Hejnums Haar auf den Sumpfbülten. Suviviljas Ärger, der in Angst umschlug. Die versteinerte Ausdruckslosigkeit der Leute von Rodarve.

Terhen öffnete die Augen. Durch ihre Augen sah ein kleines Mädchen den Mörder seiner Mutter an.

Der Kaufmann von Bogevik trat zögernd näher. Er war immer noch frisch und gutaussehend, etwas fülliger, freundlich und vertrauenerweckend.

»Bist du ... Entschuldige, Frau ...«

Terhen hielt die Arme fest an den Körper gepreßt und die Füße eng zusammen. Auf diese Weise konnte sie den Schüttelfrost unterdrücken. Sie biß die Zähne zusammen, hob das Kinn und wandte den Kopf ab. Ihre Geste war die gerade noch höfliche Abwehr einer verletzten vornehmen Frau.

»Terhen«, sagte Rodair Rodmundsson von Rodarve zögernd, »ich erkenne dich.«

Terhen sah hilflos auf Jewdokija von Pskow.

»Geh weg, Mann«, sagte die Aufseherin auf russisch. Rodair Rodmundsson verstand sie ganz offensichtlich, rührte sich aber nicht. Er war verblüfft, runzelte die Brauen und versuchte, Terhen genauer anzusehen.

Jaropolk der Nachdenkliche trat zu Terhen.

»Was willst du, Mann? Es schickt sich nicht, daß du die Königstochter wie ein Dienstmädchen ansprichst«, sagte Jaropolk in seinem weichen Schwedisch.

»Die Königstochter?« Der Gotländer war aufrichtig erstaunt. »Das Mädchen ist die Tochter von Olaf Schoßkönig und Fürstin Ingegerds Schwester. Es ist das beste, du gehst deiner Wege, Kaufmann. Die Drushina der Fürstin läßt es nicht zu, daß Frauen, die unter ihrem Schutz stehen, gekränkt werden.«

»Sie ist keine Königstochter«, sagte Rodair Rodmundsson und wunderte sich selbst darüber. »Sie ist meine Stieftochter und Finnin.«

Terhen verstand plötzlich, daß Rodair auf keinen Fall Eirik den Starken sehen durfte. Der Kaufmann zweifelte, war sich nicht sicher und wußte nicht, was er tun sollte. Vielleicht würde er bald verstehen, daß es das beste war, nichts zu tun und zu sagen: Denn wenn die Königstochter wirklich Terhen von Arantila war, dann wußte sie auch, daß Rodair ein Mörder war.

Ein neunjähriges kleines Mädchen konnte man mit einem anderen verwechseln. Aber wenn Rodair Rodmundsson Eirik den Starken zusammen mit Terhen sähe, würden seine Zweifel verfliegen. Rodair war Eirik vor neun Jahren in Arantila begegnet; Eirik war damals ein Bursche und jetzt ein Mann. Aber wer Eirik den Starken einmal gesehen hatte, konnte ihn niemals vergessen.

Eirik der Starke war Befehlshaber der Drushina: Er war sofort zur Stelle, wenn irgendwo etwas Ungewöhnliches geschah. Die Drushina durfte man nicht zu Hilfe rufen.

Dunst.

Terhen wagte es nicht, sich umzusehen, um nicht Rodairs Blick zu begegnen. Wenn Nebel aufstiege, würde Eirik es sofort bemerken und herbeieilen.

Terhen streckte schwach die Hand nach Jewdokija von Pskow aus, ächzte und sank vor der Aufseherin in die Knie. Leon Skleros war zur Stelle, bevor Terhen zu Boden stürzen konnte. Der Grieche nahm das Mädchen auf die Arme. Jewdokija von Pskow wies Leon ängstlich die Richtung zu Fürstin Ingegerds Ruhezelt. Die kleine Prinzessin Anna weinte erschreckt auf.

»Verschwinde hier«, zischte Jaropolk der Nachdenkliche dem Gotländer zu.

Zu Jaropolks Verwunderung musterte der Kaufmann ihn verächtlich.

»In meinem Land kosten solche Schwertfuchtler wie du nicht viel.«

Rodair von Rodarve wanderte außerhalb des Lagerfeuerscheins umher. Die Gotländer saßen am Lagerfeuer, nagten an ihrer Lammkeule, tranken Bier und plauderten träge über Schiffe und Frauen. Rodair Rodmundsson von Bogevik war unruhig, es hielt ihn nicht an seinem Platz, er wollte in Ruhe über sein Erlebnis nachdenken.

Die Frau in Gnesdowo… war das Suviviljas Tochter gewesen? Goldblonde Haare hatten auch viele russische Frauen als Andenken an ihre Familie, die aus dem Norden stammte. Aber die hohen Wangenknochen… und Suviviljas strahlendblaue Augen. Die hellen Wimpern und Brauen; wäre die Frau eine Russin gewesen, hätte sie sie dunkel gefärbt, da das in Rußland so üblich war.

Die Frau war Terhen von Arantila. Rodair konnte nicht begreifen, wie aus dem finnischen Mädchen, das er Gudmund dem Kaufmann verkauft hatte, die Schwester der Fürstin von Kiew hatte werden können. Der Fürstin aber würde es gar nicht behagen zu hören, daß man sie betrogen hatte.

Hätte Rodair Rodmundsson irgendeinen Vorteil davon, wenn er den Betrug aufdecken würde?

Die fremde Frau, Terhen, würde wahrscheinlich getötet werden. Nein, Fürst Jaroslaw war ein sanftmütiger Christ, er verurteilte niemanden zum Tode. Man würde die Frau ins Kloster sperren. Das würde Rodair von Rodarve nichts nützen. Es sei denn, die Fürstin würde den Überbringer der Wahrheit belohnen. Aber freuen würde sie sich kaum über diese Nachricht.

Rodairs Magen krampfte sich unter der Anspannung des Nachdenkens zusammen. Er war schon so weit, daß er sich wünschte, er hätte den Mund gehalten und seine Überraschung beim Anblick Terhens nicht gezeigt.

Wenn das Mädchen zugab, Terhen zu sein, dann würde sie auch erzählen, daß Rodair Rodmundsson seine Frau ermordet hatte. Ob man ihr glauben würde? Schließlich war sie doch eine Betrügerin.

Das Gefolge der Fürstin würde Terhens Worten keinen Glauben schenken, und der Tod einer gotländischen Bäuerin wäre den Gefolgsleuten selbst dann gleichgültig, wenn sie ihr glaubten. Aber Rodair Rodmundssons eigene Männer waren eine andere Sache. Sie wußten, daß Helga von Hejnum verschwunden war und daß Rodair von Rodarve seine zweite Frau wegen Untreue getötet und bei Gericht das Sühnegeld bezahlt hatte. Manch einer von ihnen würde sich wohl daran erinnern, daß die finnische Frau eine kleine Tochter gehabt hatte. Suvivilja war eine schöne Frau gewesen, die man nicht so leicht vergaß. Gerade Suviviljas Schönheit hatte es Rodair leicht gemacht, dem Gericht zu versichern, daß seine Frau es einem anderen Mann erlaubt hatte, sie anzurühren.

Rodair Rodmundsson ächzte verdrossen. Auch diese Sache würde ihm nur Ärger einbringen, er hätte den Mund halten sollen. Was konnte er jetzt am besten tun? Sollte er sich der Frau entledigen? Das Schiff der Fürstin lag auf der Schleppstrecke vor seinem, aber auf dem Dnjepr würde Rodair vielleicht einen Vorsprung gewinnen. Und dann in Kiew ...

Es kam Rodair von Rodarve so vor, als schwebte Helga von Hejnum über den Hügeln von Gnesdowo. Würde die Frau sich auch noch nach ihrem Tode ewig störend in Rodairs Leben einmischen? Die Sache mußte in Ordnung gebracht werden.

Rodair wandte sich um und ging entschlossenen Schrittes in südlicher Richtung auf das Lager der Fürstin zu. Er wußte nicht, wie er Terhen aus dem Umkreis der Drushina würde herauslocken können, aber das würde ihm schon einfallen, sobald er am Ziel war.

Dann verlangsamte der Gotländer seine Schritte. Wahrscheinlich war alles nur ein Trugbild. Er hatte etwas Falsches gesehen. Die Frau war Thorgerd, Olaf Schoßkönigs Tochter. Ihre eigene Schwester würde sie doch wohl kennen? Am besten war es, gar nichts zu tun.

Die Abenddämmerung ging in die kurze Dunkelheit der späten Frühlingsnacht über. Rodair Rodmundsson freute sich über seinen Entschluß. Sogleich wandte er sich zum Rückweg.

Aus den Schatten des Pfades trat ihm eine Gestalt entgegen, die dunkler war als die anderen. Rodair blieb erschrocken stehen. Dann sah er, daß es ein Mann war, ungewöhnlich groß und bewaffnet, aber doch ein Mensch. Rodair mußte lachen; hier zwischen den Hügeln hätte man auch Schlimmeres erwarten können.

»Komm, wir müssen miteinander reden, Rodair von Rodarve«, sagte der Krieger. »Ich habe etwas auf dem Herzen.«

»Wer bist du, Mann, daß du meinen Namen kennst, aber ich kenne dich nicht?«

»Wir sind uns vor langer Zeit begegnet.«

Der Fremde wandte sein Gesicht nach Westen. Im schwindenden Schein des Abends sah Rodair Rodmundsson ein breites, markantes Gesicht und Haare, die auch im Dunkeln rot waren. Obwohl der Mann einen Bart trug, war er nicht zu verkennen.

»Der schwachsinnige Ziehsohn von Gudmund dem Kaufmann!«

Rodairs Spannung ließ nach, und er lachte. Dann begriff er, was der Anblick des Mannes bedeutete.

»Deinen Namen weiß ich nicht mehr, aber ich erinnere mich, dich in Arantila gesehen zu haben. Die Frau ist also Suviviljas Tochter.«

»So ist es. Ich habe gehört, daß du ihr einen Besuch abgestattet hast«, sagte der Mann. »Mein Name ist Eirik der Starke.«

»Wie auch immer«, lächelte Rodair. »Sicherlich möchtest du eine Münze? Hier hast du sie. Und nun geh mir aus dem Weg, Schwachkopf.«

Der Mann sagte nichts, und Rodair sah von seinem Geldbeutel auf. Eirik der Starke betrachtete den Gotländer still und nachdenklich. Zu spät begriff Rodair von Rodarve, daß der Gesichtsausdruck des Mannes nicht das Grinsen eines Schwachsinnigen war.

»Ich dachte, du solltest wissen, wer dich tötet«, sagte Eirik der Starke. Rodair öffnete den Mund um zu schreien, aber die Faust des Kriegers schnellte hinauf und packte ihn bei der Gurgel.

»Du bist wohl kein Christ?«

Rodair krächzte, und Eirik schüttelte ihm den Kopf.

»Wenn du einer wärst, dann hättest du nicht zwei unschuldige Frauen ermordet. Wenn du ein Christ wärst, würdest du morgen noch leben«, sagte Eirik der Starke traurig und durchbohrte Rodair von Rodarve mit seinem Schwert. Rodair sank zuckend zu Boden.

Eirik wischte sein Schwert an Rodairs Umhang ab. Er blickte sich zwischen den Hügeln von Gnesdowo um.

»Für einen Heiden gibt es hier so viele Gräber, daß er sich eins aussuchen kann.«

Als Eirik der Starke die Spuren seiner Tat beseitigt hatte, war die Nacht schon schwarz und still. Der Befehlshaber der Drushina kehrte ins Lager zurück, kontrollierte die Wachen und streckte sich am Lagerfeuer aus. Er wickelte sich in seinen Umhang, sprach ein Gebet und schlief sofort ein.

Am Morgen machte Eirik der Starke Fürstin Ingegerd und ihren Töchtern seine Aufwartung. Er streckte seine Pranken aus, faßte Terhen um die Taille und hob sie aufs Pferd, auf ein Stück Stoff, das hinter dem Sattel eines Kriegers über den Pferderücken gebreitet war. Terhen hielt sich am Gürtel des Kriegers fest und setzte sich zurecht.

»Deine Mutter ist jetzt gerächt«, bemerkte Eirik mit gedämpfter Stimme, während er sich abwandte. »Wegen ihres Mörders brauchst du dir keine Sorgen mehr zu machen.«

21. Kapital

1037

Kiew, die Stadt der vierhundert Kirchen am schwindelerregend hohen Steilufer des Dnjepr, war auch für diejenigen atemberaubend, die sie schon gesehen hatten. Über weißgekalkten Lehmhäusern und silbriggrauen Balkenbauten erhoben sich Kuppeln, die mit leuchtenden Farben bemalt waren. Palisadenbefestigungen kletterten als dunkle Streifen die Abhänge des Berges von Kiew hinan. Der Flußhafen war voller Boote und Prahme mit flachem Boden. An den Verladekais und in den Hafenlagern unterhalb der Stadt wimmelte es von Menschen.

Fürstin Ingegerds großes Schiff glitt winzig wie ein herbstliches Blatt den Dnjepr entlang. Der Fluß verbreiterte sich dort durch den Zusammenfluß von Djesna und Dnjepr.

Die Wachleute hatten das Schiff der Fürstin schon Stunden zuvor bemerkt. Sein Segel war herabgelassen, und am Mast flatterte ein Wimpel. Über die Bordwände des Schiffes hatte man farbige Stoffe gehängt, und nun wurde es in den Flußhafen gerudert, während feierlich und langsam die Trommel dröhnte.

»Horcht mal!«

»Was ist das?«

In das Dröhnen der Trommel mischte sich ein eigentümlicher Klang. Er war so schön, daß auch die Ruderer ihr Gesicht nach Kiew hinauf wandten und erstaunt lächelten. Das bezaubernde, jubelnde Läuten der Kirchenglocken begrüßte Fürst Jaroslaws Gemahlin bei ihrer Ankunft in Kiew, welches die mächtigste Stadt Rußlands und von allen bekannten Städten nur mit Konstantinopel und Thessaloniki zu vergleichen war.

»Welch herrlicher Klang – so als sängen die Engel.«

Die Fürstin und ihre weiblichen Verwandten standen vor dem kleinen Haus mitten auf dem Schiff. Alle hatten Sarafane in leuchtenden Farben angelegt. Die von Stickereien und Edelsteinen steifen Gewänder standen von allein. Die hohen Kokoschniks glänzten von Gold, und der Schläfenschmuck strahlte von Perlen und Filigranmünzen. Die Seidenbänder der Frauen und die feinen weißen Schleier flatterten im lauen Wind. Auf der Brust trugen die Frauen schwere silberne Anhänger, und goldene Ohrringe zogen ihre Ohrläppchen lang. An Fingern und Armen blitzten Edelsteine und teure Metalle.

Im Bug des Schiffes stand mit der Streitaxt in der Hand der berühmte Rote Waräger des Großfürsten, ein Mann, groß wie ein Baum und häßlich wie ein Götzenbild. Der Waräger war angetan mit einer luxuriösen Ausrüstung, die der Großfürst ihm geschenkt hatte. Sein Panzerhemd war geölt, seine Streitaxt poliert und sein Schild von heller Farbe, und der bronzene Nasenschutz seines Helms funkelte.

Das Handelsufer unterhalb der Kiewer Anhöhe war voller Volks. Ein Teil der Leute war gekommen, um die Fürstin zu begaffen, doch der größere Teil schaffte unermüdlich und sah nur auf, als die feine Gesellschaft vorüberzog. Am Ufer lag ein Boot neben dem anderen: so weit das Auge reichte, aus Baumstämmen ausgehöhlte lange, schlanke Frachtboote, in denen Zimmerleute Ruderbänke und Dollen für die Ruder anbrachten.

Im November begaben sich die Steuereintreiber des Großfürsten auf ihre Reise durch die Dörfer der slawischen Stämme. Im April kehrten sie mit ihren Waren zurück, die in Kiew eingelagert wurden. In den Dörfern am Oberlauf des Dnjepr wurden den Winter über Hunderte und Aberhunderte von Booten gebaut: Dafür fällten die Menschen gewaltige Baumstämme, ließen sie trocknen, höhlten sie mit der Axt und durch Brennen aus und ließen sie flußabwärts nach Kiew treiben. Dort fingen die Männer des Großfürsten und die Knechte der Kaufleute sie ein und zogen sie ans Ufer.

Wenn die Boote voll beladen waren, gingen sie den Dnjepr hinab auf Handelsreise: tausend Boote mit duftendem Wachs und goldenem Honig für die Kirchen und Klöster Konstantinopels. Tausend Boote, die weiche Zobelfelle und gewaltige Wolfspelze an den Hof des Kaisers brachten. Tausend Boote, die heulende Sklavinnen in die Webereien von Byzanz und kräftig gebaute Sklaven in die Salzbergwerke brachten. Christen wurden nicht als Sklaven geraubt, aber noch gab es Heiden, auf die man im Land der Merja und in den Wäldern der Muroma Jagd machen konnte.

Die Macht des Großfürsten nährte sich aus dem Fernhandel. Ganz Rußland bestand aus Handelsstädten: Kiew, Nowgorod, Rostow, Tschernigow und anderen. Die Städte summten wie Bienenstöcke inmitten des weiten Landes, sandten ihre Bienen aus, um den Honig des Landes zu sammeln, und verkauften ihre Beute in ferne Länder, bis ins Reich des Kalifen. Kiew und seinen Herrscher kannte man überall, wo man Verwendung für Pelze, Wachs und Honig hatte.

Jaroslaw der Weise, Großfürst von Kiew und Herrscher von Tmutorokan, war in den Dnjeprhafen gekommen, um seine Frau willkommen zu heißen. Er trug einen Seidenkaftan mit Goldknöpfen, und sein Haupt war bedeckt mit einer Samtmütze, deren Rand eine schmale Goldkrone zierte. Der braune Bart des Großfürsten war glattgekämmt und glänzte von Öl. In der Hand hielt er einen goldenen Stab, und er stand hochaufgerichtet und wohlwollend da, so daß alle seine Untertanen ihn sehen konnten. Die Kiewer, die älteren Handelsleute ebenso wie das Volk, fühlten sich zufrieden und in Sicherheit, da ein strenger, gerechter und frommer Fürst über sie herrschte.

Der Rote Waräger sprang als erster ans Ufer und verbeugte sich vor dem Großfürsten. Das Volk seufzte zufrieden auf, denn der Mann war genauso groß und kantig, wie die Geschichten berichteten. Sein Haar und sein Bart quollen dick und rot unter dem Helm hervor wie ein Fuchsschwanz. Man registrierte auch, daß der Tölpel nicht vor dem Großfürsten auf die Knie sank. Jemand wußte zu berichten, daß Waräger überhaupt nicht knieten.

»Sie sind so groß und plump, daß sie nicht elegant niederknien können.«

»Wahrscheinlich kriechen sie und machen dabei alles kaputt.«

»Na, das ist verständlich. Im Terem des Großfürsten gibt es kostbare Schätze aus aller Welt.«

Das Gelächter war gutmütig, aber nicht so gutmütig, daß nicht auch Schadenfreude darin mitgeschwungen hätte. Die Waräger der Drushina waren hochbezahlte und eingebildete Leute. Noch hochmütiger waren sie, seitdem Großfürst Jaroslaw mit ihrer Hilfe im vergangenen Jahr Kiew vor den Horden der Petschenegen gerettet hatte.

»Lieber ein einfacher Waräger als ein mordgieriger Petschenege«, schlossen die Kiewer Kaufleute. Die Waräger waren im allgemeinen ruhige Leute, wenn sich nur niemand in ihre Angelegenheiten wie Bier und Frauen einmischte. Außerdem waren sie auf kindische Weise ehrlich und gutgläubig. Die schlauen Kaufleute von Kiew machten sich gern auf ihre Kosten lustig.

Fürstin Ingegerd lächelte gnädig und nickte den Kiewern zu.

»Mütterchen, unser Mütterchen, bete für uns«, murmelten die alten Frauen und knieten nieder, um der Fürstin die Hände zu küssen.

Die Fürstin segnete ihre Untertanen, soviel sie nur konnte, und die kleinen Prinzessinnen hinter ihr winkten und lachten. Daneben stand die junge Schwester der Fürstin, goldblond, blauäugig und ernst. Die Recken der prachtvoll ausgerüsteten Drushina umgaben die Familie des Herrschers und schoben mit gelassenen Bewegungen die staunende Volksmenge beiseite.

Alles war so, wie es sein sollte, und die Menge konnte zufrieden die anderen Leuten in Augenschein nehmen, die aus den Schiffen an Land stiegen. Die wichtigsten waren die Nowgoroder Zimmerleute. Fürstin Ingegerd hatte sie überredet, aus der Stadt am Wolchow mit ihr zu kommen.

Der Vorsteher der Gilde der Kiewer Zimmerleute begrüßte die Nowgoroder: Er war ein wichtiger Mann und gehörte zum Rat des Großfürsten. Die Nowgoroder waren eingeladen worden, den Palast zu erweitern und die ewig erneuerungsbedürftigen Holzbefestigungen der Kiewer Burgen zu verstärken. Man wußte, daß die Nowgoroder die besten Zimmerleute im Land waren – sie pflasterten sogar ihre Straßen mit Holz und hatten die Brücke über den Wolchow gebaut, die größte Brücke des Reiches. Dennoch wurmte es die Kiewer, daß die Nowgoroder um Hilfe gebeten worden waren – sie hatten nicht vergessen, daß Nowgorod sich einst geweigert hatte, an Kiew Steuern zu zahlen.

»Wir haben Kirchen aus Stein, wir brauchen euch hier nicht.«

»Geht zurück auf euren kleinen Fluß und repariert eure kleine Brücke.«

»Wir bauen eine Steinbrücke über den Dnjepr.«

Genau in diesem Augenblick trat einer der Zimmerleute auf eine morsche Stelle, und der Kiewer Verladekai gab unter ihm nach. Mit rot angelaufenem Gesicht zog der Vorsteher der Zimmermannsgilde Aljoscha Plotnik das Bein seines Berufsbruders aus der Holzspalte. Die Nowgoroder, eigentlich gesetzte Leute aus dem Norden, lachten sich fast kaputt. Die Kiewer, von leichterer Natur, lachten auch, und begleiteten ihre Gäste den Hügel hinan.

Auf den ersten Blick schien es, als gäbe es auf der Anhöhe von Kiew nichts anderes als Baugerüste. Eine fast fertige, gewaltige Steinkirche, die Kathedrale der Hagia Sophia, die Großfürst Jaroslaw zu Ehren seines Sieges über die Petschenegen errichten ließ, überragte alles andere. Sie erinnerte an einen grauen Berg, der von den Gerüsten wie von einem Netz überzogen war.

Der Waräger Eirik der Starke geleitete das Gefolge der Fürstin durch das Goldene Tor von Kiew, das der ganze Stolz der Städter war. Es war nach dem Goldenen Tor von Jerusalem und Konstantinopel benannt. In jeder bedeutenden Stadt mußte es ein Goldenes Tor geben, auch in Kiew.

Das Torgebäude war der neue Eingang zur Stadt des Großfürsten. Es war ein fünf Schritt breiter Gang zwischen Mauern aus Stein, ein gewölbeartiger, hoher Durchlaß, auf dem man eine kleine Mariä Verkündigungskirche errichtet hatte. Die Kirche war über und über mit Schnitzwerk verziert und mit heiligen Bildern bemalt. Die Türflügel des Tors waren aus Eiche und mit rotleuchtenden Kupferplatten beschlagen. Hinter der frommen Schönheit des Goldenen Tors verbarg sich ein Verteidigungsturm. Von diesem Turm aus konnte man den nach beiden Seiten verlaufenden Erdwall und die Stadtmauer überwachen, die aus einer Palisadenbefestigung bestand.

Fürstin Ingegerd blieb stehen, um das Tor zu bewundern, und mit ihr verhielt das gesamte Gefolge. Der Blick Eiriks des Starken wanderte über die Umgebung: neugierige Städter, ein hoher Balkenwall, der das Innere der Stadt, das Tauftal, schützte, wo, wie es hieß, Fürst Wladimir die Kiewer im Namen des Weißen Christus getauft hatte. Es gab keinerlei Anzeichen einer Gefahr. Der Großfürst hatte seiner Frau unbedingt zu Fuß entgegengehen wollen. Jaroslaw wandelte wie Christus unter dem Volk; der Fürst war zufrieden mit sich, und dem Volk gefiel es. Nur der Anführer der Leibgarde war nervös.

Der Zug setzte sich erneut in Bewegung. Der aufmerksame Blick Eiriks des Starken folgte Terhen, der falschen Schwester der Fürstin, die die kleine Anna Jaroslawna bei der Hand hielt.

Anscheinend hatte Terhen sich gut von der Erschütterung erholt, die sie durch die Begegnung mit Rodair von Rodarve erlebt hatte. Während der ganzen langen Reise den Dnjepr hinunter hatte sie Rodair nicht erwähnt und auch nicht nach seinem Schicksal gefragt. Sie wußte, daß Eirik der Starke Rodair getötet hatte. Das genügte ihr; ebensogut hätte ihr Hund ihren erbärmlichen Stiefvater zerrissen haben können. Sie verhielt sich Eirik gegenüber ebenso freundlich-herablassend wie früher, und Eirik war ebenso wie früher dankbar für ein Lächeln von ihr.

Etwas war dennoch geschehen: Aus Terhen war eine heiratsfähige junge Frau geworden, und Eirik hatte ihretwegen einen Mann getötet. Auch wenn Eirik der Starke sich immer, wenn er mit Terhen sprach, hinter der Maske des Schwachsinnigen verbarg, glaubte er zu bemerken, daß auf dem Gesicht des Mädchens manchmal ein Anflug von Verwunderung erschien. Terhen durfte nichts von den heißen und feuchten Träumen wissen, in denen das Biest den kühlen Körper der Schönen anbetete. Der Waräger wollte nicht den Engel seiner Kindheit verlieren: das kleine Mädchen mit dem struppigen Haar, das auf den Hügeln des Tavastländer Ochsenwegs mißtrauisch und ängstlich in den Falten seines Umhangs ruhte. Das Mädchen sollte Eirik mit der Kraft des Kinderglaubens vertrauen, uneingeschränkt und ohne Bruch.

Das vornehme Mädchen wurde streng überwacht, und nicht umsonst: Der griechische Edelmann Leon Skleros machte aus seiner Begeisterung für die Königstochter keinen Hehl. In dem Zug, der sich vom Flußhafen auf die Anhöhe von Kiew bewegte, hielt er sich so nahe bei Terhen, wie Jewdokija von Pskow es nur erlaubte.

Das blieb Eirik dem Starken nicht verborgen wie auch sonst kaum irgend etwas anderes. Der Waräger hatte nichts gegen Leon Skleros, obwohl der Grieche seiner Ansicht nach überhaupt kein Mann war. Andererseits wußte Eirik, daß ein Waräger in der Fremde selten auf einen gleichwertigen Recken traf. Eirik der Starke hätte an den Gesandten aus Konstantinopel keinen weiteren Gedanken verschwendet, wenn der Grieche sich nicht offen um die Königstochter bemüht hätte.

Eirik der Starke war auf eigentümliche Weise stolz auf seine falsche Prinzessin: auf ihre Schönheit, ihre Anmut, ihren Ernst, sogar auf ihre vornehme Abstammung. Und es tat seinem Stolz auch keinen Abbruch, wenn er sich daran erinnerte, wie er das müde finnische Mädchen am Ufer des von Mücken heimgesuchten Sees in Weißmeerkarelien im Arm gehalten hatte.

Der griechische Edelmann würde in Terhen eine passende Frau finden. Eirik der Starke war zusammen mit Leon Skleros gereist: Er hatte gesehen, daß der Grieche ein Mann von weicher Natur, schwachem Willen und kraftlos war. Leon Skleros würde schon aus reiner Faulheit freundlich zu seiner Frau sein. Terhen würde leben können, so wie sie es wollte, und es würde ihr an nichts fehlen.

Eirik der Starke würde auch in Konstantinopel nicht weit von dem kleinen Mädchen entfernt sein. Er hatte über seinen Plan mit seinem Blutsbruder Harald von Norwegen gesprochen.

»Es gibt kein besseres Mittel, sich Ruhm und Vermögen zu erwerben«, gab Harald zu, als Eirik die Warägergarde des Kaisers von Byzanz erwähnte. »Dorthin möchte ich auch, und ich zweifle nicht daran, daß ich Erfolg haben werde. Ich stamme aus einem Königsgeschlecht. Ich hatte immer Glück und werde künftig noch mehr Glück haben.«

Tatsächlich war Haralds Vater der unbedeutende norwegische Kleinkönig Sigurd Syr. Aber Eirik der Starke war auch der Ansicht, daß Harald mehr Glück gehabt hatte als jeder andere Mann, den er kannte.

»Es war gut, in Jaroslaws Drushina zu dienen«, bemerkte Eirik. »Aber ich möchte sehr gern Konstantinopel sehen.«

Harald der Norweger und Eirik der Starke unterhielten sich damals unter vier Augen in der Kirche des Priestermärtyrers Clemens von Kiew. Das war Fürst Wladimirs Lieblingskirche: Dort ruhte in einer goldenen, mit Emaille verzierten Schale das Haupt des heiligen Märtyrers Clemens. Das hatte Fürst Wladimir von der Krim mitgebracht, nachdem er die Stadt Chorsun erobert hatte, wo seinerzeit der heilige Clemens getötet worden war, indem man ihn mit einem eisernen Anker am Hals ins Meer stürzte.

Harald der Norweger liebte die Clemenskirche, weil der kriegerische Fürst Wladimir mehr nach seinem Sinn war als Jaroslaw der Weise.

Harald den Norweger verdroß die Art von Großfürst Jaroslaw, mit der er einerseits die Kriegerehre seines Vaters Wladimir würdigte und andererseits rühmte, wie demütig seine Stiefbrüder Boris und Gleb den Tod entgegengenommen hatten. Nach Ansicht des norwegischen Warägers war ein Mann, der sich ohne jeden Widerstand töten ließ, ein Dummkopf, und auch von einem Fürsten brauchte man nicht alles und jedes hinzunehmen.

»Jaroslaw und sein Reich kennen wir«, erklärte Harald der Norweger hochmütig. »Der Fürst hat bekommen, was er haben wollte. Er macht Gesetze, baut Kirchen und verheiratet seine Kinder, das ist für einen alternden Mann die richtige Beschäftigung. Große Kriege und reiche Beute sind bei ihm nicht zu erwarten.«

»Und Jelisaweta?«

»Sie wartet auf mich.«

»Aber wird auch ihr Vater warten?«

»Warum sollte er seine Tochter anderweitig verheiraten, da ich das Mädchen nun einmal haben will? Wo findet er einen besseren Schwiegersohn?«

»Nirgends«, sagte Eirik und meinte es ernst.

»Und du selbst? Du wünschst dir auf dein Lager das Mädchen, das als Tochter Olaf Schoßkönigs gilt.«

Eirik der Starke wandte sich jäh ab. Harald sah ihn abwägend an.

»Ich habe diese Frau und Königstochter Thorgerd vor vielen Jahren auf dem Thorshof, dem Gut des Oberrichters Thorstein gesehen. Das finnische Mädchen ist unvergleichlich schöner als die Königstochter. Ich weiß nicht, was du mit Thorgerd gemacht hast, und will es auch gar nicht wissen. Mein Bruder hatte ein schlechtes Verhältnis zu Olaf Schoßkönig. Ich will mich nicht in die Angelegenheiten seiner Erben einmischen. Aber du bist mein Blutsbruder, und ich sehe dich gern zufrieden. Du bist verrückt nach der Frau, das kann jeder sehen.«

Eirik der Starke grinste traurig.

»Würde man einen Schwan einem Bären überlassen? Der Fürst hat andere Pläne mit seiner Verwandten.«

»Nimm das Mädchen«, sagte Harald der Norweger praktisch. »Schlaf mit ihr. Schwängere sie. Das ist ein gutes altes Mittel, die Einwilligung des Vormunds zu erreichen.«

Der Rote Waräger schüttelte den Kopf. Er wollte Terhen, und er wollte sie auch wieder nicht. Das würde Harald der Norweger, ein Mann ohne Phantasie, niemals verstehen.

22. Kapitel

1037

Als erstes begab sich Fürstin Ingegerd mit ihrer Gefolgschaft zum Gottesdienst in die Kiewer Desjatinnaja-Kirche. Das war eine Kirche aus Stein, die Fürst Wladimir zu Ehren der Bekehrung des Volks von Kiew hatte errichten lassen. Die Kirche war der Heiligen Jungfrau geweiht, aber da sie das Recht hatte, den Zehnten einzutreiben, nannte man sie Desjatinnaja-Kirche.

Im Dämmerlicht der Desjatinnaja-Kirche vergaß Eirik der Starke die Verwunderung, die Terhens Wandel von einem kleinen Mädchen zu einem anmutigen Fräulein in ihm ausgelöst hatte. In der Kirche war es auch tagsüber ziemlich dunkel, denn ihre Fenster waren klein und lagen hoch oben. Kerzen beleuchteten die funkelnden Ikonen. Ihr Glanz war himmlisches Licht. Außerhalb ihres Lichtkreises drohte die gnadenlose, schwarze Welt. In der Kirche duftete es nach Christus: Wachs und Räucherwerk.

Eirik der Starke kniete hinter dem Hofstaat in der Nähe der Eingangstür nieder, wie er es zu tun pflegte. Rechts erhob sich ein schwerer, viereckiger Pfeiler mit einem Gemälde des heiligen Georgs und dem Drachen. Der Platz Eiriks des Starken, des Roten Warägers, war hier neben diesem Pfeiler, wenn der Großfürst die Desjatinnaja-Kirche besuchte. Es war der Platz des Kriegers unter dem Schutzheiligen der Krieger. Auch hier, unter den Augen Gottes, war Eirik der Starke für die Sicherheit der Mächtigen verantwortlich. Von der Tür aus sah der Waräger jeden, der die Kirche betrat.

»Vater unser«, flüsterte Eirik. Wieder ergriff ihn ein Gefühl von Wärme und Freude. Er versenkte sich ins Gebet, andächtig und dankbar für die große Liebe, die Christus ihm gewährt hatte. Jedoch konnte Eirik sich nicht erinnern, jemals Liebe erlebt zu haben.

Im Gut des Oberrichters von Vätö in Roslagen war Eirik der

Starke der dritte Sohn seiner Eltern. Seine Brüder Thorkel und Thorbjörn waren als Kinder an Durchfall gestorben, und Eirik war der älteste Sohn geworden. Bis auf seine Schwester Gunnhild starben alle anderen Kinder, und schließlich starb auch Frau Hildigunn, eine berühmte Geschichtenerzählerin. Oberrichter Thorstein der Mächtige blieb mit einem vierjährigen Jungen als Witwer zurück.

Er mußte so bald wie möglich wieder heiraten. Bei der Vererbung des großen Gutes konnte man nicht nur auf einen einzigen Jungen bauen. Der war allerdings ein gesunder und stämmiger, rothaariger Schlingel.

Sigrid von West-Götaland sah bei ihrer Ankunft im Hause den Stiefsohn scheel an.

»Ich habe noch niemals ein so häßliches Kind gesehen.«

Wahrhaftig, Eirik Thorsteinsson war für sein Alter außergewöhnlich groß und stämmig, und sein Gesicht war uneben und hatte grobe Züge. Seine Haare waren rot, dick wie ein Tau und kraus gelockt. Die buschigen Augenbrauen nahmen sich in dem Gesicht des kleinen Jungen eigentümlich aus. Bisher hatte einfach niemand das abstoßende Äußere des Jungen bemerkt, denn er lächelte ständig. Außerdem plauderte der Junge gern und brachte die älteren Männer zum Lachen.

»Ja, ein Balder ist er nicht«, sann der Oberrichter, »aber ein starker Junge, er schafft es schon jetzt, mein langes Schwert hochzuheben.«

Eirik konnte es seiner Stiefmutter nicht recht machen. Wenn er seine kindlichen Reden führte, um Sigrids stechenden Blick abzumildern, behauptete sie, er sei frech, und zog ihn am Haar; wenn der Junge schwieg und sich unter der Pritsche verkroch, um den Maulschellen zu entgehen, nannte sie ihn einen Feigling und bleute ihm Kühnheit ein. Was Eirik auch machte, immer bekam er Prügel, und alles wurde noch schlimmer, als die Monate und Jahre vergingen und Sigrid von West-Götaland von ihrem Mann nicht schwanger wurde. Eiriks Geplauder verstummte, er wurde gleichgültig, hörte auf zu spielen und zu werkeln.

Eirik lernte es, zu schweigen und der jungen Hausherrin aus dem Weg zu gehen. Statt dessen suchte er die Gesellschaft der Männer des Oberrichters. Er lauschte den Erzählungen über die Weltmeere und die Wunder des Ostweges. Er lernte reiten, Bogenschießen und die Streitaxt zu schwingen. Aber die kinderlose Sigrid suchte sich den hilflosen Jungen, um ihn zu quälen: Ihr ging es schlecht, und sie wollte, daß es auch den anderen schlecht ging.

»Er ist dumm, schwachsinnig«, sagte Sigrid. »Pfui, was hast du nur für einen Erben, Oberrichter.«

Der Oberrichter sah seinen Sohn unsicher an. Eirik war unnatürlich groß, als Achtjähriger reichte er Thorstein dem Mächtigen fast bis an die Schulter. Er lächelte seinem Vater freundlich zu. Vorn fehlten ihm zwei Milchzähne. In den wassergrauen Augen war nichts zu lesen außer der stummen Unterwerfung des Zugochsen.

»Der Junge wird ein starker Krieger, wenn er nur einen guten Anführer findet«, überlegte der Vater hoffnungsvoll.

»Schick ihn fort. Ich werde krank, wenn ich ihn ansehen muß.«

Es war üblich, daß man ein Kind zur Erziehung in eine andere Familie gab. Der Oberrichter sprach mit seinem Schwager Gudmund dem Kaufmann.

»Der Junge ist stark, demütig und geduldig, wenn auch ein Schafskopf. Nimm ihn auf deine Handelsreisen mit, Schwager. Ich hätte ihn schon eher zur Erziehung weggeben sollen, aber ich konnte es nicht über mich bringen, ihn fortzulassen, denn er ist mein einziger Sohn.«

Das Leben auf Reisen mit Gudmund dem Kaufmann gefiel Eirik dem Starken. Gudmund wurde nicht ungeduldig, und obwohl der Junge langsam war und manches durcheinanderbrachte, schlug er Eirik niemals, sondern erklärte ihm alles freundlich.

In Nowgorod hatte Eirik der Starke seine Begegnung mit Christus. Er war damals neun Jahre alt, ein mißtrauischer und vorsichtiger Junge. Er wußte, daß er mehr Schaden als Nutzen anrichtete, selbst dann, wenn er sein Bestes versuchte.

Gudmund der Kaufmann hatte Eirik in Aldeigjuborg taufen lassen, obwohl er wußte, daß Oberrichter Thorstein Heide war. Der Junge hatte die Taufe ebenso wie alles andere gleichgültig über sich ergehen lassen. Gudmund der Kaufmann war Westgötaländer und hatte sich ebenso wie viele andere Menschen dort zur Lehre des Weißen Christus bekehrt. Eirik war das egal. Er hatte gelernt, daß er mit weniger Schmerzen davonkam, wenn er so tat, als wäre ihm alles gleichgültig. Sogar der bösen Stiefmutter verging die Lust zum Prügeln, wenn das Opfer nur teilnahmslos am Boden lag.

In Nowgorod stapfte Eirik der Starke hinter Gudmund dem Kaufmann her in die kleine steinerne Kirche der Heiligen Joachim und Anna. Sie lag in der Burg neben der Sophienkathedrale, die aus Holz war, und wurde von der Fürstenfamilie und von den auf dem Ostweg reisenden christlichen schwedischen Kaufleuten besucht.

Später erinnerte Eirik sich nur an eine freundliche Gegenwart: Eine Kraft, stark, aber liebevoll, drang in sein verwirrtes Gemüt, das seine Stacheln igelartig aufgestellt hatte. Das war Christus, begriff Eirik. Überall war Licht und wunderbarer Duft. Die labyrinthische, feindliche Welt verklärte sich in den Gedanken des Burschen, wurde zurechtgerückt, und die Angst verschwand.

»Niemand ist so frei wie ein Schwachsinniger. Ein Verrückter braucht sich nicht darum zu scheren, was die Leute über ihn denken.«

Eirik war sich nicht ganz sicher, ob Christus genau das zu ihm gesagt hatte, aber er hatte diesen Gedanken klar vor Augen.

»Am wichtigsten ist, was die Menschen sagen«, räumte Eirik ein.

»Dich nennen sie Dummkopf, starker Eirik, und das ist deine Stärke.«

Da hatte Eirik sein Glück begriffen.

Das Leben wurde schön. Der Junge, der im Monat um eine Elle wuchs, gehorsam war, hilfsbereit und immer fröhlich, war bei der Schiffsbesatzung Gudmunds des Kaufmanns beliebt. Sein schlichtes Wesen wurde freundlich verspottet, aber die Männer sorgten gut für ihn. Sie unterrichteten ihn gern, denn er war ein dankbarer Schüler. Seine Kräfte und seine Gutmütigkeit lobten sie auch vor Gästen. Niemals war Eirik so zufrieden, wie zu der Zeit, als er mit Gudmund dem Kaufmann auf dem Großen Ostweg unterwegs war.

Christus war Eirik dem Starken auf den Flüssen und Schleppstrecken ein Freund geblieben. Der Junge war in Sorge gewesen, als die Handelsflotte in die Lande der Muroma jenseits der Kljasma kam, wo es keine einzige Kirche mehr gab. Aber Christus folgte Eirik die große Wolga hinab bis zum Chasarenmeer. Eirik erzählte ihm jeden Abend vor dem Einschlafen von dem, was ihn bewegte.

Christus gab ihm gute Ratschläge wie den, daß Gier für den

Menschen nur eine Plage war. Und so verbannte Eirik der Starke den Gedanken, Silber anzuhäufen, vollständig aus seinem Sinn. Er hatte alles, was der Mensch brauchte. Alles übrige war nur unnützer Ballast.

Obwohl Eirik der Starke sich sehr wohl um seine eigenen Angelegenheiten und die der anderen kümmern konnte, legte er sein Schicksal aus alter Gewohnheit in die Hand des Himmels. So war es richtig. Eirik der Starke hatte ein gutes Verhältnis zu Christus und würde es auch in Zukunft haben. Christus verlangte ja nicht viel, verglichen mit dem, wieviel er gab. Das wichtigste war, keinen anderen Göttern zu opfern, kein Pferdefleisch zu essen und seinen Samen nicht auf den Boden fallen zu lassen. Es fiel Eirik dem Starken leicht, diese Gebote zu befolgen: Er war an den Götzen nicht interessiert, hatte auch anderes als Pferdefleisch zu essen, und es gab immer Frauen, die es genossen, von einem Riesen, auch von einem häßlichen, umarmt zu werden.

Der Gottesdienst ging zu Ende, und Eirik der Starke erhob sich neben seinem Pfeiler. Die Menschen sahen wohlwollend zu ihm herüber. Die Kiewer fanden, daß ein frommer Waräger eine ebenso löbliche Erscheinung war wie ein gut dressiertes Roß.

Fürstin Ingegerds Frauen verließen die Desjatinnaja-Kirche. Die Königstochter schritt in ihrem goldbraunen Sarafan vorbei. Ein Schläfenschmuck aus Bronzeketten und Glasperlen hing zu beiden Seiten des Gesichts herunter, schwang leise hin und her und unterstrich die Ausdruckslosigkeit von Terhens Gesicht.

Eirik der Starke segnete das Mädchen mit einer kleinen Geste. Solche Bewegungen nahm sie sofort wahr. Sie fuhr zusammen, und Eirik der Starke verstand, daß Christus noch nicht zu ihr gesprochen hatte. Das bekümmerte Eirik nicht weiter: Christus würde handeln, wenn die Zeit reif war.

Jewdokija von Pskow überwachte das Ankleiden der jungen Mädchen in den Frauengemächern des Kiewer Fürstenpalastes. Der Kiewer Terem war aus Stein gebaut. Es war ein Turm mit vier Stockwerken, und im vierten wurde der Schatz des Fürsten aufbewahrt. Im dritten Stockwerk wohnte der Großfürst mit seiner Familie. Im zweiten Stockwerk wurden in Truhen die kostbaren Gewänder der vornehmen Frauen aufbewahrt. Die Dienerinnen holten sie regelmäßig hervor und lüfteten sie draußen. Im zweiten Stockwerk befanden sich auch die mit bunten Stoffen verhängten Betten der Mädchen und Frauen vornehmer Herkunft.

Der aus Konstantinopel eingetroffene Metropolit Theotemptos hielt es für unziemlich, daß die vornehmen Frauen sich außerhalb des Terems zeigten. Großfürst Jaroslaw wollte in Kiew jedoch die Kiewer Sitten beibehalten, ebenso wie nach seinem Willen die Kirche von Rußland russisch bleiben und nicht griechisch werden sollte.

»Außerdem«, schnauzte Jewdokija von Pskow die Sklavinnen im Terem an, »außerdem wagt nicht einmal der Großfürst seiner Frau vorzuschreiben, sie solle sich in den Frauengemächern einsperren.«

»Meine Schwester soll ihre besten Kleider anlegen«, hatte die Fürstin befohlen. »Ich schenke ihr meinen blauen Sarafan.«

Für Jewdokija von Pskow war das keine gute Nachricht. Die Königstochter sollte prächtig angezogen werden, weil man sie verloben wollte. Um nichts anderes konnte es gehen. Und da niemand sich mit Jewdokija von Pskow beraten hatte, war der Bräutigam jedenfalls nicht ihr Sohn Jaropolk der Nachdenkliche.

Jewdokija war böse und bedrückt: Jahrelang hatte sie der Fürstin von der Vortrefflichkeit ihres Sohnes berichtet und durchblicken lassen, wie wünschenswert eine solche Ehe wäre. Ingegerd selbst hatte gesehen, wie schön Jaropolk war, was für ein glänzender Reiter und Speerwerfer. Außerdem war Jaropolk der Nachdenkliche gelehrt und fromm.

Jewdokija von Pskow ohrfeigte die Sklavinnen, die Duftstoffe und Öle, Kämme und Farben brachten. Sie bemalte der Königstochter das Gesicht, obwohl diese noch niemals schwarze Striche an den Augen und Korallenrot auf den Wangen hatte haben wollen. Jewdokija war so wütend, daß niemand es wagte, ihr zu widersprechen.

Der blaue Sarafan war aus Seidenbrokat und mit Silberfäden und kleinen Perlen bestickt. Er war dem Mädchen zu groß, aber Jewdokija ließ die Sklavinnen eilig die Träger kürzen und das Oberteil enger machen. Der Rock blieb dennoch zu lang, aber den konnte die Königstochter beim Gehen anheben. Jewdokija von Pskow zerrte mit dem Kamm an den dichten, goldblonden Haaren des Mädchens.

»Die Haare der Normannenfrauen sind dünn wie Spinnweben. Russische Haare sind nie und nimmer so verfilzt.«

Dem Mädchen stiegen Tränen in die Augen. Das erfreute Jewdokija von Pskow.

Wenn das Mädchen selbst hätte erkennen lassen, daß Jaropolk der Nachdenkliche ihr gefiel, stünden die Dinge vielleicht anders. Jewdokija von Pskow wußte, daß in den nördlichen Barbarenländern ein Mädchen über seine Ehe entscheiden konnte. Fürstin Ingegerd hätte ihrer Schwester kaum ihren Herzenswunsch abgeschlagen.

Aber die Schwester der Fürstin hatte keinen Wunsch. Sie machte sich nichts aus den Recken der Drushina, sah niemals sehnsüchtig zu ihnen hin und versuchte auch nicht, zu heimlichen Treffen zu schleichen, so wie die anderen Frauen im Terem. Jeder einzelne der Krieger in der Drushina hätte die Peitsche in Kauf genommen, wenn er den zarten Körper der Königstochter hätte umarmen dürfen. Aber das Mädchen verachtete sie auf eine Weise, die die Männer noch verrückter machte.

Es wäre Jewdokija von Pskow leichter gefallen, die Königstochter zu ertragen, wenn sie sie manchmal wegen Leichtsinns und Schamlosigkeit hätte auspeitschen können, so wie sie die anderen Frauen im Terem auspeitschte. Sowohl die vornehmen Mädchen als auch die Dienerinnen verirrten sich manchmal aus dem Terem heraus und ließen die Männer in den dämmerigen Winkeln der Festung ihre Brüste und Schenkel pressen.

Es war vom Kloster die Rede gewesen, sogar oft, damals, als die Königstochter den Blutstrom der kleinen Anna Jaroslawna gestillt hatte. Aber nach der Ankunft in Kiew hatte Fürstin Ingegerd die Sache mit keinem Wort mehr erwähnt. Großfürst Jaroslaw war nicht bereit, eine vornehme junge Frau ins Kloster zu schicken, für die es anderswo eine bessere Verwendung gab.

Fürstin Ingegerd kam selbst, um das Ankleiden ihrer Schwester zu begutachten. Sie brachte dem Mädchen einen mit Silberblumen und weißen Perlen verzierten hohen Kokoschnik als Geschenk mit.

»Du siehst mir nicht ähnlich. Und auch nicht meinem Vater und meiner Mutter, obwohl ich mich nicht besonders gut an sie erinnere.«

»Ich erinnere mich auch nicht.«

»Du wirst mit Leon Skleros verheiratet, verstehst du? Der Großfürst hat es beschlossen.«

Das Mädchen nickte.

»In diesem Lande ist es nicht üblich, das Mädchen nach ihrer Meinung zu fragen«, sagte Ingegerd beinahe schroff. »Leon Skleros stammt aus einer der vornehmsten Familien von Byzanz. Er darf Jaroslaw in einer Ehesache mit dem Kaiserhaus beraten. Ihr nehmt die kleine Prinzessin Anna Jaroslawna mit nach Konstantinopel. Wir wollen, daß sie eine griechische Erziehung bekommt.«

»Ich soll also ... Muß ich euch alle verlassen?«

»Kind«, Ingegerds Stimme war mitfühlend, aber streng, »das ist das Schicksal königlicher Frauen.«

Zum Zeichen ihrer Unterwerfung verbeugte das Mädchen sich vor der Schwester.

»Ich tue, was meine Verwandten wünschen.«

»Der Großfürst strebt eine eheliche Verbindung an, wie sie einem Kaiser anstehen würde«, sagte Jewdokija von Pskow säuerlich.

Fürstin Ingegerd sah die Aufseherin kalt an.

»In Kiew hat man auch schon früher eine purpurgeborene Prinzessin gesehen. Wir sind Verwandte von Wladimir und Anna Porphyrogenneta.«

Jewdokija von Pskow wagte nicht, darauf hinzuweisen, daß Großfürst Jaroslaw und seine Kinder nicht mit der vornehmen Prinzessin verwandt waren. Anna Porphyrogenneta hatte Fürst Wladimir einen Sohn, Gleb, geboren, den sein Stiefbruder Swjatopolk der Verfluchte hatte ermorden lassen.

Großfürst Jaroslaw erinnerte sowohl Gesandte, die bei ihm zu Gast waren, als auch seine Untertanen daran, daß der große kriegerische Kaiser Basileios Bulgarentöter seine Schwester Wladimir von Kiew zur Frau gegeben hatte, obwohl der byzantinische Brauch es streng verbot, das heilige Blut der Kaiser mit dem von Fremdlingen zu mischen. Um dieselbe purpurgeborene Prinzessin hatte auch der Kaiser des Heiligen Römischen Reiches Deutscher Nation gefreit und einen Korb bekommen. Den Deutschen hatte man später gleichsam zum Trost die griechische Prinzessin Theophanu geschickt, die jedoch nicht purpurgeboren und deshalb nicht so wertvoll wie Anna war.

Großfürst Jaroslaw erzählte diese Geschichte jedesmal, wenn Deutsche dabei waren. Er fragte sich niemals, was eine Prinzessin vom vornehmsten Hof der Welt empfunden haben mochte, als sie ins Bett eines halbheidnischen Fürsten geriet, das noch warm war von den anderen Frauen des Fürsten.

Die raschelnde und flüsternde Prozession der Frauen verließ den Terem. Allen voran schritt Fürstin Ingegerd mit ihren Töchtern, und Jewdokija von Pskow führte die Königstochter.

Im Fürstenpalast von Kiew gab es eine aus Steinen errichtete Halle, groß und stattlich wie eine Kirche – in der Stadt hatte es keine so große Kirche aus Stein gegeben, bevor die Kathedrale der Hagia Sophia fertig war. Der Fußboden der Halle war mit schwarzweißen Mosaiken verziert, und an den Wänden machten römische Helden in ihren Streitwagen Jagd auf seltsame Tiere. Die Wandfresken hatte ein Künstler gemalt, der eigens aus Konstantinopel angereist war. Deshalb spazierten dort Elefanten und Löwen den Dnjepr entlang, und im Fluß schwammen Flußpferde und Krokodile.

Es war Samstag und Feiertag. Den größten Teil des Tages hatte man in der Kirche verbracht. In den Haaren der Frauen hing noch der Geruch des Räucherwerks. Er vermischte sich mit dem schweren Duft von Ölen und Moschus. In der Halle übertönte der Wohlgeruch, den die Frauen verbreiteten, für einen Augenblick den männlichen Geruch nach Leder und Außenluft. Als die Frauen die Halle betraten, verstummten die Männer, starrten die Frauen an und taxierten sie.

In der großen Halle von Kiew fanden Hunderte von Menschen Platz. Dort saßen die Befehlshaber der Drushina des Fürsten, Waräger und Russen, nebeneinander und tranken Bier.

Besonders feindselig musterte Jewdokija von Pskow Harald den Norweger, den Bruder des heiligen Königs, und Eirik den Starken, den Roten Waräger. Sie bildeten das Hindernis auf dem Weg Jaropolks des Nachdenklichen zur Gunst des Fürsten. Den Norweger würde man mit Jelisaweta Jaroslawna verheiraten: Er würde die fürstliche Gemahlin bekommen, die Jaropolk zustand. Eirik der Starke war zum Befehlshaber von Ingegerds Drushina ernannt worden. Diese Stellung wäre Jaropolk zugekommen, falls Eirik das warägische Schreckgespenst geblieben wäre, das er einst gewesen war: ein Nachbar der Bären.

Die Aufseherin warf einen mißgünstigen Blick auf den rothaarigen Riesen und wurde plötzlich hellwach. Ziehbruder? Kein Bruder sah seine Schwester auf diese Weise an. Wenn er es tat, beging er eine Todsünde.

Am selben Tisch mit den vornehmen Warägern saßen auch die anderen fremdländischen Befehlshaber der Drushina. Dort befanden sich die bildschönen englischen Cerdinga-Prinzen Edmund und Edward, die landlosen Brüder, die kein anderes Erbe als ihr königliches Blut hatten, das älter war als das der Kaiser von Byzanz. Auf Edmunds Wangen brannten rote Flecke, und er hustete: Die Schwindsucht war das Erbe der Cerdinga, und sie würde Edmund in jungen Jahren ins Grab bringen so wie die meisten seiner Verwandten.

Die Engländer suchten gern die Gesellschaft der Normannen: Vor zwanzig Jahren, als sie noch Schoßkinder waren, hatte der Bruder Haralds des Norwegers, König Olaf, ihnen vor den Verfolgungen durch König Knut Zuflucht gewährt. König Olaf hatte die Jünglinge zu Fürst Jaroslaw nach Nowgorod mitgenommen. In der Drushina des Fürsten hatten sie Seite an Seite mit den Warägern gegen die Petschenegen gekämpft.

Jeder einzelne dieser glänzenden jungen Männer hätte sich als Gemahl der Schwester der Fürstin von Kiew geeignet. Aber obwohl die Prinzen und warägischen Edelleute ein nützliches Bollwerk gegen die Pfeile der Petschenegen bildeten, lag das wirkliche Interesse des Großfürsten ganz woanders. Der mit duftenden Ölen gesalbte Grieche mit seinen vornehmen Beziehungen war für Kiew und den Großfürsten wichtiger als die landlosen Krieger.

Jewdokija von Pskow sah Leon Skleros forschend an. Er war der Bräutigam, aber auf seinem Gesicht war keine Spur von dem nackten Verlangen, mit dem der narbengesichtige Waräger die Königstochter anstarrte. Auch der Grieche betrachtete seine zartblonde Braut, aber er bewunderte sie so, wie man eine Ikone in der Kirche bewundert.

Hinter dem Griechen stand Jaropolk der Nachdenkliche, schön und kühl. Aber seine dunklen Augen ließen Neid und Eifersucht erkennen. Jewdokija von Pskow erschauerte. Ihr Sohn beneidete nicht den Bräutigam, sondern die Braut. Gut, daß man sie loswurde, sowohl die Warägerprinzessin als auch den Griechen.

Fürstin Ingegerd verneigte sich vor ihrem Mann.

»Mein Herr Großfürst, ich habe meine Schwester vor dein Angesicht gebracht.«

Der Großfürst winkte, und Leon Skleros trat vor. Der Grieche war ohne Panzerhemd; er hatte ein Festgewand angelegt: eine enge Untertunika, von der man nur die perlenbestickten Ärmelöffnungen und den Saum sah. Über der Tunika trug er eine Dalmatika, die bis an die Knöchel herunterreichte und vorn bis zu den Knien offen war. Die Dalmatika wurde von einem schmalen Gürtel zusammengehalten, der mit Edelsteinen und Goldplatten verziert war. Auf den Schultern lag ihm ein breiter Kragen, dessen Vorderteil sich herzförmig bis auf die Brust herunterzog. Nur Großfürst Jaroslaw war genauso prächtig gekleidet, aber er verstand es nicht, seine Pracht ebenso natürlich und ungezwungen zu tragen wie der Grieche.

Fürstin Ingegerd holte ihre Schwester von der Hand der Jewdokija von Pskow. Die Aufseherin spürte, wie der Körper des Mädchens bebte. Sie dachte bei sich, das Mädchen fürchte sich unnötigerweise. Im Vergleich zu den derben Kriegern der Drushina war der Grieche wie eine Lilie vom Anger. Er würde wohl keine Klage aus seiner Braut herauspressen. Zwei so schlanke und blutlose Wesen würden kaum miteinander ein lebendes Kind zustande bringen. Jewdokija von Pskow verspürte einen tiefen Widerwillen dem Brautpaar gegenüber.

Die Stimme des Fürsten unterbrach die verächtlichen Gedanken der Aufseherin.

»Da meine kleine Tochter Anna zur Erziehung an den Hof reist, ist es das beste, wenn Jewdokija von Pskow, die Anna vertraut ist, sie nach Konstantinopel begleitet.«

SIEBTES BUCH

1037–1039

23. Kapitel

1037

»Kyria. Herrin, wach auf!«

Irene Monomachina blinzelte mit schweren Lidern. Dies war nicht die Zeit, von der Mittagsruhe zu erwachen. Nur Gemma, die einst Irene Monomachinas Amme gewesen war, wagte es, die Herrin des Halyspalastes am Nachmittag eines kühlen Novembertages zu stören.

Der Wind trieb graue Wolken vom Bosporus über die Stadt, und die wollenen Türvorhänge wehten im Durchzug. Kälte, Regen und Wind hatten den Gestank der vielen tausend Misthaufen in der Stadt vertrieben, aber an seine Stelle war der stechende Geruch von verbrannter Braunkohle getreten. Gemma hielt Räucherstäbchen aus Akazie und Mandelholz in der Hand, die schon angezündet waren, als sie das Schlafzimmer ihrer Gebieterin betrat. Die Dienerin stellte die Stäbchen anstelle der abgebrannten in ein silbernes Gefäß und trug das Kohlebecken vor die Tür, damit die Sklaven es reinigten und neu füllten.

Irene Monomachina sah keinen Grund, warum sie sich aus dem Bett hätte erheben sollen. Sie verstand schon seit vielen Jahren nicht mehr, warum der Herr sie am Leben erhielt. An diesem Morgen war sie in der Stadt hinter einem voll beladenen Wagen hergegangen und hatte daraus Brot verteilt an alle, die es annahmen. Sie hatte Bettler voller Wunden und zerlumpte Huren gesegnet und sie gebeten, ihr sündiges Leben aufzugeben, denn morgen würde das Weihnachtsfasten und die heilige Zeit beginnen. Wegen der Brote brauchte Irene Monomachina auf nichts zu verzichten – in jedem Palast der Stadt gab es genügend Brot, so daß an jedem Tag des Jahres etwas davon abgegeben werden konnte. Kein einziges Straßenmädchen hörte wegen des Brotes mit der Hurerei auf, und kein einziger Bettler unterließ das Stehlen, wenn sich eine passende Gelegenheit bot.

»Dein Sohn Leon ist aus Barbarenland heimgekehrt.«

»Mein Sohn Leon?«

Irene Monomachina wollte ihren Schlaf nicht wegen ihres Sohnes Leon unterbrechen. Der Junge hatte noch niemals etwas Wichtiges zu sagen gehabt. Und das würde auch jetzt kaum der Fall sein. Er konnte ruhig ein, zwei Stunden auf das Wiedersehen mit seiner Mutter warten.

Irene Monomachinas Schlafzimmer lag im zweiten Geschoß des Halyspalastes in der Frauenabteilung. Aus dem Zimmer ging eine Tür auf einen Säulenaltan, der auf der Straßenseite lag und sich über die ganze Fassade des Palastes hinzog. Wegen des rauhen Wetters war die Tür geschlossen, aber dahinter hörte man ungewöhnlich laut das Gurren einer Taube. Gleichzeitig erschallte auf der Straße die einsame, grobe Stimme einer alten Frau, die das Lob der Gottesmutter sang. Eine Närrin – aber ihre Stimme harmonierte mit dem Gurren der Taube, so als dankten Mensch und Taube gemeinsam ihrem Schöpfer. Vielleicht war das ein Omen. Am Morgen war der erste Mensch, der um Brot gebeten hatte, eine junge Frau mit einem Säugling auf dem Arm gewesen; alle diese Umstände zusammen erschienen Irene Monomachina bedeutungsvoll.

»Ja, dein Sohn, Frau Irene, und auch deine Schwiegertochter.«

In Gemmas Stimme lag die anmaßende Zufriedenheit der Überbringerin einer großen Nachricht. Irene Monomachina setzte sich auf.

»Bring mir meine rote Dalmatika. Hast du meine Schwester geweckt?«

»Kyria Euprepia hat überhaupt nicht geschlafen, sondern die heiligen Schriften studiert.«

»Das hätte ich mir denken können«, sagte Irene Monomachina trocken. Sie setzte sich auf den Polsterhocker vor dem großen runden Glasspiegel. »Schmink mir die Augen.«

Gemma bürstete ihrer Herrin mit einem braunen Pulver die Augenbrauen zu hohen Bogen und trug ihr mit einem Pinsel Malachitgrün auf die Lider auf.

»Meine Schwiegertochter, sagtest du?« fragte Irene Monomachina schließlich, als sie meinte, daß Gemma genug darunter gelitten hatte, daß sie die Nachricht so lange hatte für sich behalten müssen.

»Im Peristyl warten dein Sohn Leon und seine Frau, die Tochter eines hyperboräischen Königs«, sagte Gemma, und ihre Stimme zitterte vor Begeisterung. »Außerdem ein kleines Mädchen. Soweit ich verstanden habe, ist das kleine Mädchen die Tochter des Fürsten Jaroslaw von Kiew. Die Frauen werden von einer sauertöpfischen Matrone beaufsichtigt, die nicht alt, aber böse ist. Außerdem ist noch der Sohn der Matrone dabei, der junge Krieger Jaropolk.«

»Ein fremder Mann!« Irene Monomachina hob die geschminkten Augenbrauen. »Im Haus einer Witwe!«

»Herrin«, sagte Gemma tugendhaft. »Ich habe Nifon befohlen, diesen Mann in das Gästezimmer des Klosters zu führen.«

In Gemmas Stimme schwang die Befriedigung darüber mit, daß sie dem mächtigen Parakoimomenos, dem Oberkammerherrn, endlich einmal einen Befehl hatte erteilen können. Er war für seine Handlungen nur der Gebieterin Irene Rechenschaft schuldig.

Gemmas Macht erstreckte sich auf jeden Winkel der Frauenabteilung. Dort hatte der Oberkammerherr keinen Zutritt. Nifon herrschte über alle anderen Räume des Palastes, die Galerien, die Innenhöfe, das große Peristyl bis hin zur Tür des Klosters. Nifon war ein Eunuch und Sklave, Gemma eine freie Frau; zwischen ihnen herrschte Krieg, solange Irene Monomachina denken konnte.

Irene Monomachina erhob sich und schritt lautlos über den Mosaikfußboden. Ihre mit Goldblumen verzierten Lederschuhe traten auf die Tauben, die im Fußboden badeten, und die Schleppe ihres Brokatpalliums rauschte über die verschiedenfarbigen Quadrate und Kreise. Ächzend lief Gemma hinter ihr her und versuchte, ihr die Perlohrringe aufzunötigen.

»Nicht jetzt. Ich muß mit Euprepia sprechen.«

Euprepia Monomachina stand am Lesepult. Vor ihr lag das große Menologion, der Heiligenkalender, von Symeon Metaphrastes. Mit tiefer Stimme las sie in dem Buch, wobei sie die Wörter langsam formte und die Heiligkeit jedes einzelnen Wortes betonte. Der Text war wortreich und verschnörkelt und eignete sich zum Vorlesen für solche Zuhörer, die Zeit brauchten, um das Gelesene zu verstehen.

Euprepia trug über ihrer Tunika eine weiße Palla aus feiner Baumwolle. Das weite Kleidungsstück war auf ihrem Kopf zu einer

Kapuze gefältelt, und die schwarzbestickten, fransengeschmückten Ränder waren über die Schultern nach hinten geworfen, wo sie fast bis zum Saum der Tunika reichten. Die Tracht erzeugte den Eindruck einer vornehmen Frau, die fast eine Nonne war, jedoch in weltlichen Angelegenheiten beträchtliche Macht hatte. Genau das bezweckte Euprepia.

»Schwester.« Irene Monomachina unterbrach fast schroff Euprepias Lektüre. »Leon ist von den Wilden zurückgekehrt. Er hat eine Ehefrau mitgebracht.«

Euprepia machte eine hinweisende Gebärde mit dem Kopf.

»Himerios ist hier.«

Irene Monomachina neigte das Haupt zum Zeichen ihrer Verehrung für den Sohn.

»Geh ins Kloster hinüber, mein Sohn.«

Wortlos erhob sich der verschleierte Jüngling. Er barg die Hände in den Ärmeln seines Mantels, so daß auch kein Stückchen nackter Haut sichtbar war. Der Asket verneigte sich vor den vornehmen Frauen und zog sich aus dem Zimmer zurück.

Himerios war der jüngste Sohn von Irene Monomachina und Georgios Skleros. Als Siebenjähriger war er auf eigenen Wunsch und auf den Wunsch seines Vaters entmannt worden – man nahm an, daß er in diesem Alter reif genug war, um die Tragweite der Maßnahme zu verstehen. Himerios hatte sich seit seiner Kindheit vollkommen Christus gewidmet; er zeigte niemals sein Gesicht, nicht einmal seiner Familie, er traf keine anderen Frauen als seine Mutter und deren Schwester, und er sprach nicht, sondern verständigte sich durch Gesten.

Himerios verbrachte seine Tage in Meditation und Erwartung des göttlichen Befehls, sich aus der Welt vollkommen zurückzuziehen und ins Kloster zu gehen. Himerios wünschte sich dafür einen möglichst einsamen und asketischen Ort, eine Höhle irgendwo in den Bergen von Kappadokien. Irene Monomachina hoffte, der Junge werde in dem eigenen kleinen Kloster des Halyspalastes bleiben. Dem Wunsch seiner Mutter konnte Himerios sich nicht ohne Gottes ausdrücklichen Befehl widersetzen.

»Du hättest im Beisein von Himerios nicht von der Frau sprechen sollen«, tadelte Euprepia.

»Ich war so überrascht. Leon hat ohne mein Wissen geheiratet.

Irgendein hyperboräisches Weibchen in Lederkleidern, so behauptet zumindest Gemma.«

Euprepia lächelte. Über ihr viereckiges Gesicht huschte eine karge Zufriedenheit.

»Du solltest dich freuen, daß er überhaupt geheiratet hat, selbst wenn die Frau drei Augen hätte. Hatte es dich nicht vielmehr beunruhigt, daß dein Sohn sich aus Frauen nichts machte? Wo sind seine Beischläferinnen? Ein Jüngling sollte zumindest eine haben.«

»Leon ist fromm. Er ist mehr an der Askese als an Frauen interessiert«, sagte Irene Monomachina steif.

»Die Askese ist nicht wahrhaftig, solange der Mensch nicht weiß, worauf er verzichtet«, zischte Euprepia.

»Und Himerios?«

»Er ist ein Heiliger.«

Irene Monomachina gab zu, daß sie gehofft hatte, Leon möchte wenigsten ab und zu eine junge Sklavin im Bett haben. Von Irene Monomachinas fünf Kindern waren drei als Kleinkinder gestorben. Von den am Leben gebliebenen war einer ein Eunuch, und der andere neigte zum Zölibat. War die Unfruchtbarkeit der Söhne eine Strafe, weil sie selbst sich kaum um sie gekümmert hatte, als sie noch klein waren? Gott hatte Irene Monomachina die Notwendigkeit der Fortpflanzung eingeschärft: Die Herrin sehnte sich verzweifelt nach eigenen Enkeln.

»Unser Bruder Konstantin hat eine Tochter. Die Familie erlischt, wenn Leon kein Kind zeugt«, bemerkte Euprepia als Echo auf die Gedanken ihrer Schwester.

»Das Kind, falls eines geboren wird, gehört den Skleros', der Familie des Vaters.«

»Ja«, bestätigte Euprepia. »Aber vielleicht bringt die Barbarenfrau ja mehrere Kinder zur Welt. Eines davon könnte im Halyspalast bleiben. Die Skleros' sind eine große Familie. Und wer weiß schon, wie die Kinder der Frauen aus dem Norden aussehen? Vielleicht sind sie bei der Geburt behaart. Vielleicht will die Familie Skleros sie gar nicht haben.«

Irene Monomachina wußte, daß sie jedes Kind, egal, wie es aussah, mit Freuden empfangen würde.

Der Fluß Halys strömte in Kleinasien durch die militärischen Verwaltungsbezirke Sebasteia, Charsianon und Armeniakon. Irene Monomachinas Ehemann Georgios Skleros, der zu einem unbedeutenden Zweig seiner mächtigen Familie gehörte, war in seiner Jugend Befehlshaber einer Festung an jenen Grenzen der Welt gewesen, an die ein kultivierter Mensch nur mit Schauern des Entsetzens denken konnte. Georgios Skleros war jedoch von der königlichen Schönheit des Halys entzückt und benannte nach ihm den kleinen Palast, den er für seine Familie in Konstantinopel im Stadtteil Strategion in der Davidstraße errichten ließ.

Georgios Skleros bekam seinen Palast gerade noch im fertigen Zustand zu sehen. Kurz darauf starb er an Brustschmerz. Es war ein seliger Tod, denn trotz seiner Schmerzen schaffte er es noch, in das kleine Kloster hinter dem Palast zu gehen und eine Mönchskutte anzulegen.

Im Zentrum des Halyspalastes befand sich ein Peristyl, ein von Säulen umgebener Innenhof, dessen Fußboden aus einem grüngewürfelten Mosaik und dessen Wände aus rotem und grünem Marmor bestanden. Um das Peristyl herum lagen Zimmer und Galerien. Auf der linken Seite des Peristyls befand sich ein großer Speisesaal für Festlichkeiten, rechts ein kleiner Speiseraum, den Irene Monomachina zu nutzen pflegte: Sie lebte ein stilles Witwenleben und feierte keine großen Feste.

Auf der anderen Seite des Peristyls gab es eine verschlossene Tür. Dadurch gelangte man in den Klosterhof und in ein bescheidenes Kloster, das für die armen Schützlinge und die Alten der Familien Skleros und Monomachos gedacht war. Das Kloster war der Witwe Julita und ihrem Sohn Kerykos geweiht. In das Kloster wurden nur Männer aufgenommen. Die alten Frauen der Familie fanden in den Frauengemächern des Halyspalastes Zuflucht.

In der Mitte des Peristyls prangte ein Springbrunnen, in dem marmorne Schildkröten eine aus Alabaster geschnittene Lotosblüte trugen. Den Springbrunnen umgaben Marmorbänke, die mit seidenen Kissen belegt waren. Räuchergefäße verbreiteten in der kaltfeuchten Herbstluft Wohlgerüche.

Auf den Bänken saßen mehrere Personen. Sie erhoben sich, als Irene Monomachina und Euprepia die Aula betraten.

»Mutter.« Leon Skleros kniete vor Irene Monomachina nieder. »Mutter, segne deinen Sohn.«

Eine solche Bitte konnte die Mutter dem Sohn nicht abschlagen, obwohl das zugleich bedeutete, daß sie die Ehe billigte, die ohne ihre Erlaubnis geschlossen worden war. Irene Monomachina seufzte und sah ihren Sohn hilflos an. Leon hatte immer geglaubt, daß alle ihn bewunderten und liebten, daß ihm seine Fehler immer verziehen würden und daß die Menschen überhaupt für ihn da waren. Er nahm die Verhätschelung als selbstverständlich hin; auch Gott freute sich, wenn er die wenigen Wünsche des Leon Skleros erfüllen konnte.

Und warum auch nicht. Der strahlend schöne junge Mann, der im Wohlstand und von den Sklaven vergöttert aufgewachsen war, hatte niemals auch nur den geringsten Mißerfolg erlebt. Und es war auch nicht Sache seiner Mutter, solche für ihn zu arrangieren. Leon war weder gierig noch bequemlichkeitsliebend, im Gegenteil, er vermied es, öffentlich im Wohlstand zu schwelgen, und bildete sich ein, einfach und bescheiden zu leben. Doch Seide war für ihn kein Luxus, sondern ein Stoff, ein stolzes Roß kein Reichtum, sondern ein Fortbewegungsmittel. Leon bildete sich ein, bescheiden zu sein, wenn er keine mit Nachtigallenzungen gefüllte Pastete aß.

Hinter Leon Skleros stand eine junge Frau. Irene sah sie prüfend an. Die Frau verneigte sich, kniete aber nicht und schlug auch nicht die Augen nieder. Zweifellos nördliche Sitten.

Die junge Frau hinterließ einen bleibenden Eindruck. Irene Monomachina verstand nicht, was an ihr so bemerkenswert war: Sie war von mittlerer Größe, hochbusig und schlank, ihr Gesicht hatte die Form eines Dreiecks, das von dem weichen Kinn und den hohen Wangenknochen gebildet wurde, und ihre Augen waren blau wie der Himmel über Konstantinopel. Die Frau wirkte direkt unnatürlich blond in einer Umgebung, wo man nur selten blonde Menschen sah. Aber auch das erklärte nicht, warum Irene einen regelrechten Zwang verspürte, die Frau zu mustern. Es schien, als strahlte sie ein eigenes Licht aus.

Vielleicht war der Grund die Verschlossenheit, mit der sich die Frau umgab. Sie wirkte fremd, völlig anders, und war sich ihrer Fremdheit bewußt. Sie unterschied sich nicht nur durch ihr Äußeres, ihre Kleidung und ihre Sprechweise, sondern entstammte auch in ihrem Innersten und ihrer Seele einer anderen Welt. Und da sie sich ihres Andersseins nicht schämte, sondern deswegen Gleichgültigkeit an den Tag legte, wirkte das verlockend, ja beneidenswert. In Irene Monomachina, die des Luxus und der Eintönigkeit überdrüssig war, erwachten seltsame Regungen: freudige Erwartung und Neugier.

Die Frau war durchaus nicht in Felle gekleidet. Sie trug einen hellblauen, mit Silberblumen bestickten Sarafan, ein weißes Leinenhemd mit breiten Ärmeln und einen hohen Kopfputz mit Perlenstickerei. Für die erwarteten Felle stand ein dunkelblauer, mit Zobel gefütterter Wollumhang, ein Kleidungsstück von dem Wert eines ganzen Hauses und in dem regnerischen Novemberwetter Konstantinopels genau das Richtige.

»Wie heißt du, Kind? Sprichst du Griechisch?«

»Thorgerd, Herrin. Ich spreche Griechisch, aber ich kann deine Sprache nicht schreiben.«

»Das wirst du schon lernen. Dein Name ist unmöglich. Wir Römer verwenden keine heidnischen Namen.»

»Römer?«

»Nur die Barbaren und die Lateiner nennen uns Griechen«, sagte Euprepia hochmütig. »Wir sind Römer. Die Franken, die Deutschen und die Italiener sind Lateiner. Alle anderen, die nördlich des Reiches wohnen, sind Barbaren.«

»Das ist gut zu wissen«, sagte die junge Frau, und Irene Monomachina warf ihr einen raschen Blick zu. Aber das Gesicht des Mädchens ließ nur aufrichtiges Interesse erkennen.

Irene Monomachina bemerkte auch noch etwas anderes. Leon Skleros' junge Ehefrau war schwanger.

»Wann wird das Kind geboren?«

Die Herrin des Halyspalastes schaffte es kaum, ihre Erregung zu zügeln und eine würdige Haltung zu bewahren. Die hyperboräische Frau sah sie mit ihren himmelblauen Augen an, und auf ihrem Gesicht zeichnete sich Verwirrung ab. Sie war sehr jung, noch ein Mädchen.

»Ich schätze, im März.«

In der Stimme lag Angst, obwohl die Frau versuchte, sie heldenhaft zu verbergen. Irene Monomachina, die von klein auf dazu erzogen worden war, jede ihrer Bewegungen zu kontrollieren und ihre Gedanken, Wünsche und Gefühle zu zügeln, trat einen Schritt vor und schloß das fremde Mädchen in die Arme.

»Meine Tochter, mein liebes Kind…«

Irene Monomachina vergoß leichte Tränen der Freude. Die Sklaven und Diener in den Säulengängen, die neugierig nähergeschlichen waren, um die Schwiegertochter des Palastes anzusehen, erschraken und begannen zu heulen. Euprepia Monomachina gab nach und legte ihre Arme um die Schwester und die junge Frau.

Leon Skleros schluchzte anmutig; die Tränen flossen ihm wie Perlen über die Wangen, doch seine Nase lief nicht und wurde auch nicht rot. Auch die kleine Barbarenfürstin weinte, weil alle anderen flennten. Die einzige, die trockenen Auges und mißbilligend dastand, war die magere, dunkelhaarige Aufseherin.

Dies war der große Augenblick der alten Amme Gemma: Sie wußte, was gleich gebraucht werden würde, und der Oberkammerherr Nifon verstand von solchen Dingen überhaupt nichts.

»Glykeria, bring sofort Rotwein. Justina, ein Seidentuch, zwei, drei Tücher, und die Riechdose der Herrin – schnell, Sklaven, oder ich schneide euch die Ohren ab!«

Als das Schluchzen aufhörte, stand Gemma bei den Frauen und reichte ihnen duftende Tücher, mit denen sie ihre Tränen trocknen konnten. Hinter ihr standen die Sklavinnen Glykeria und Justina mit Glasbechern und Weinkannen. Der Oberkammerherr befand sich noch im Säulengang und wußte nicht, wie ihm geschah.

»Die junge Frau ist müde von der Reise«, bemerkte Gemma geschäftig. »Sie muß etwas essen… auch das Kind braucht Nahrung…«

Irene Monomachina konnte sich nicht erinnern, jemals eine so gewaltige und inbrünstige Freude in ihrem Herzen verspürt zu haben. Sie nahm den Kopf der Schwiegertochter in die Hände. Die Haut des Mädchens war wie Perlmutt.

»Du bist meine liebe Tochter.«

Da kniete die junge Frau nieder und küßte Irene die Hand.

»Mutter«, in ihrer Stimme schwang Verwunderung. »Mutter.«

Irene Monomachina wußte, daß sie endlich jemanden hatte, den sie lieben konnte. Gott hatte sie warten lassen; bisher war sie nicht würdig gewesen zu lieben. Irene Monomachina war ebenso selbstsüchtig und hochmütig wie ihr Sohn Leon. Aber etwas war gebrochen, als sie den Bauch ihrer Schwiegertochter gesehen hatte, der sich unter dem Sarafan wölbte. Die Schwangerschaft, die ihr selbst seinerzeit zuwider gewesen war und ihre Figur verdorben hatte, war jetzt in ihren Augen fruchtbar und schön.

»Dein Name sei Theodora, Gottesgeschenk, denn du bist ein Geschenk des Himmels für dieses Haus, für mich und meinen Sohn.«

»Theodora Hyperborea«, bestätigte Euprepia.

»Hier gibt es auch noch andere Leute«, sagte eine kalte Stimme neben dem Springbrunnen.

Irene Monomachina hob erstaunt den Blick. Ihre Hände streichelten noch den Kopf der Schwiegertochter, von dem der hohe Kopfschmuck auf den Boden der Aula gefallen war. Im Halyspalast sprachen Fremde nicht ohne Erlaubnis der Hausherrin, und schon gar nicht schlechtes Griechisch mit lauter Stimme.

»Ich bin Jewdokija von Pskow.«

»Die Aufseherin«, erkannte Irene Monomachina. »Die Begleiterin meiner Schwiegertochter. Du bist natürlich willkommen in meinem Hause.«

»Ich bin nicht die Begleiterin der Königstochter Thorgerd. Meine Aufgabe ist es, Anna, die Tochter des Großfürsten Jaroslaw, an den Kaiserhof zu bringen und sie dort zu betreuen.«

»Der Großfürst schickt Anna Jaroslawna als Hoffräulein zur Kaiserin Zoe«, bestätigte Leon Skleros. Seine Tränen waren getrocknet, bevor sie bis zum Kinn gekullert waren.

»In den Palast gelangt man nicht so ohne weiteres«, bemerkte Irene Monomachina. »Wir wissen nicht einmal, in welchem Palast sich die Kaiserin gerade aufhält. Ich werde euch bald zur Kaiserin begleiten. Ich habe das Recht, jederzeit ihre Gemächer zu betreten.«

»Mein Sohn Jaropolk der Nachdenkliche möchte beim Kaiser in Dienst treten.«

»Für den Dienst beim Kaiser werden nur Söhne der vornehmsten Familien von Byzanz ausgewählt«, schnaubte Euprepia.

»In den Adern meines Sohnes fließt das kriegerische Blut der Kriwitschen, und das ist stärker als griechisches Parfum«, sagte Jewdokija von Pskow und sah Leon Skleros vielsagend an. Leon wandte sich ab, wie um ein Lächeln zu verbergen.

»Barbarentölpel werden in diesem Land gegen Nomismata für die Armee gekauft«, stellte Euprepia fest, verblüfft von der Unverschämtheit der Frau. »Altes Blut und gutes Benehmen bekommt man nicht für Geld.«

Einen Augenblick lang gedachte Irene Monomachina, die Frau auspeitschen zu lassen. Aber sie verstand, daß die Aufseherin Angst hatte und sich mit ihren aggressiven Worten selbst Mut machen wollte. Die Frau tat Irene leid, und gleichzeitig wunderte sie sich über sich und ihre Milde.

»Wenn dein Sohn so vortrefflich ist wie du meinst, kann ich vielleicht mit dem Kaiser sprechen«, sagte Irene Monomachina gnädig.

»Herrin!« Der Tadel von Nifon und Gemma kam wie aus einem Munde.

Irene Monomachina wandte sich an Euprepia.

»Euprepia, Gemma. Führt meine Schwiegertochter Theodora in die Frauengemächer. Es schickt sich nicht für sie, einen fremden Mann zu sehen.«

Leon Skleros lachte.

»Frau Mutter, meine Frau ist den Dnjepr hinab und die Küste des Schwarzen Meeres entlang in der Gesellschaft dieses selben Jaropolks des Nachdenklichen gereist.«

»Was sich für die Barbaren schickt, das schickt sich nicht für uns«, sagte Irene Monomachina würdevoll. »Jewdokija von Pskow bleibt hier, und auch du, mein Sohn. Nifon, führe den Fremden hierher.«

Der Mann kam, mit dunklen Locken und roten Lippen, stolz in seinem Panzerhemd, aber trotz seines Glanzes voller heftiger Sehnsucht und Verachtung für die Welt. Jaropolk der Nachdenkliche verneigte sich vor Irene Monomachina, sah aber dabei ihren Sohn Leon an. Aus diesem Blick ersah Irene Monomachina, daß das Kind, das er mit der Frau aus dem Norden gezeugt hatte, Leons einziges bleiben würde.

»Ich danke dir, daß du mich in deinem Hause aufgenommen hast, Herrin.«

»Du willst beim Kaiser in Dienst treten?« Noch während sie die

Frage aussprach, wußte Irene Monomachina schon, daß alles vergeblich war. Dieser Mann trug Widersprüche in sich, in die Leon schon hoffnungslos verstrickt war.

»Nicht unbedingt«, erwiderte Jaropolk der Nachdenkliche. »Vielleicht will ich ins Kloster.«

Jewdokija von Pskow stöhnte, und Jaropolk sah sie spöttisch an.

»Ich habe immer ins Kloster gewollt. Ich war nur auf der Suche nach dem richtigen.«

»Mein Kloster ist das richtige für dich, nicht wahr, Jaropolk? Das Kloster, das Kerykos und Julita geweiht ist. Das Kloster der Märtyrermutter und des Märtyrerkindes«, erklärte Leon Skleros, inständig bittend.

Irene Monomachina bemerkte, daß Leon von seinem eigenen Kloster sprach.

»Frau Mutter, ich verbringe diese Nacht im Kloster gemeinsam mit Jaropolk dem Nachdenklichen. Alles ist fremd für ihn. Er braucht jemanden, der ihn einführt.«

Die Augen Jaropolks des Nachdenklichen sahen Irene Monomachina prüfend und erwartungsvoll an. Die Herrin des Halyspalastes fühlte sich hilflos. Sie wußte nicht, was sie dem Krieger sagen sollte, dessen Kraft und Wille den zum Gehorsam bereiten Leon beherrschten und gefügig machten. War das alles nicht fremd für die junge Frau? Bedurfte sie der Anleitung nicht viel eher als der abgehärtete Krieger? Aber Irene wußte, daß es so geschehen mußte. Vielleicht hatte sie es immer gewußt und deswegen nur Kälte verspürt, wenn sie die Schönheit ihres Sohnes mit seinen feinen Zügen betrachtete.

Leon hatte seine Pflicht erfüllt und ein Kind gezeugt. Hatte alles andere irgendeine Bedeutung? Selbst das war mehr, als Irene hatte erwarten können.

Jaropolk der Nachdenkliche verneigte sich und wandte sich zur Tür des Klosters.

»Es geht nicht um Sünde, Herrin. Ich bin ein Fremder in der Welt, und das ist auch dein Sohn.«

Zu ihrer Verwunderung glaubte Irene Monomachina dem Mann.

24. Kapitel

1037

Der Ruf der Nachtwache verkündete, daß der Morgen dämmerte und das Ausgehverbot zu Ende ging. Von der Davidstraße hörte man Gleichschritt und Waffenklirren, als die Wache des Eparchen, gefolgt von der Wache der kaiserlichen Garde, ihre Runde drehte. Die Riesenstadt von einer halben Million Menschen erwachte auf ihrer Halbinsel am Gedenktag der Heiligen Katharina von Alexandrien.

Die Leichen der Bettler, die in der kalten Nacht steif geworden waren, wurden in den Straßen und Säulengängen der Kirchen eingesammelt und in ein Massengrab gebracht. Die Armee der Obdachlosen, die im Hippodrom kampierte, suchte die Kranken aus ihrer Mitte und brachte sie in die Krankenhäuser der Klöster. Das Morgengeläut der Kirchenglocken hob an. Die Fischhändler am Goldenen Horn begannen mit ihrem Geschrei, das den ganzen Tag andauern würde. Die Hungrigen reihten sich vor den Klöstern und Palästen ein, um auf die ihnen zustehende Barmherzigkeit zu warten.

»Das Paradies klopft an deine Tür!«

Der bekannte Ruf erschallte vor dem Halyspalast. Neben dem von großen Säulen umgebenen Hauptportal des Palastes befand sich eine kleinere Pforte, die sich polternd öffnete. Die Sklaven begannen unter der Leitung des Oberkammerherrn Nifon Brot, Erbsen und Öl an die Bettler zu verteilen.

Die Bettler des Halyspalastes waren seinen Bewohnern bekannt; das Recht, an einem einträglichen Ort zu betteln, vererbte sich von einer Generation zur nächsten. Ebenso vererbte sich die Pflicht, Mildtätigkeit zu üben. Für den Palast waren die Bettler der Davidstraße diejenigen, von denen Christus gesagt hatte: Es werden allezeit Arme unter euch sein. Die Bettler wußten um ihren Wert und um ihre Notwendigkeit. Sie bedachten die Sklaven des Palastes mit Spott, nahmen die Lebensmittel entgegen, segneten diejenigen, die sie austeilten, und verschwanden in ihren Löchern, um am nächsten Morgen erneut vor den Zederntüren zu erscheinen.

Die junge Frau erwachte von den Rufen. An den ersten Morgen hatten sie sie zusammenfahren lassen. Jetzt war sie daran gewöhnt und öffnete nicht einmal mehr die Augen, sondern versuchte, den angenehmen Aufenthalt im Daunenbett zu verlängern. Der Duft von Räucherwerk und Rosenwasser drang durch die Seidenvorhänge herein.

Die Frau berührte das plumpe bronzene Vogelbild, das an einer Silberkette zwischen ihren Brüsten hing. Das tat sie an jedem Morgen schon seit sechs Jahren.

»Wasservogel, Bronzevogel, grüß dich, Schwan, du Gottesvogel!«

Die junge Frau legte die Hände auf ihren gewölbten Bauch. Es war seltsam, daß ihr Körper sich so veränderte, daß ein fremder Mensch ihn zu seinem Nest gemacht hatte so wie sie ihr luxuriöses Bett. Dies alles gehörte zu dem seltsamen Traum, in dem sie bis zum Sommer gelebt hatte.

Das letzte natürliche Ereignis war die Begegnung mit Rodair Rodmundsson aus Bogevik gewesen. Das war ein schrecklicher, aber verständlicher Zufall gewesen. Zum Glück hatte Eirik der Starke den Gotländer getötet, so daß von ihm keine Gefahr mehr ausging. Der dumme Eirik hatte seine Pflicht verstanden: Er war gewissermaßen in der Position eines Verwandten, und ihm kam es zu, den Tod von Terhens Mutter zu rächen. Die Sache war gut ausgegangen, und Terhen war wegen ihrer Mutter Suvivilja zufrieden.

An die Toten hatte Terhen schon lange nicht mehr denken können. Das Reisen war spannend, ständig gab es etwas Neues. In dem Glanz von Kiew war es nicht das Totenreich, das einem als erstes in den Sinn kam. In Konstantinopel war sie wie in einer anderen Welt, in der es zu ihrer früheren Welt keine andere Verbindung gab als den Bronzevogel.

Terhen litt unter einer unbestimmten Furcht. Sie hatte nicht einmal einen Ort gesucht, wo sie ein Speiseopfer darbringen konnte. Immer wenn sie beschlossen hatte, ein Speiseopfer vielleicht zwischen die Wandsteine des Klosters von Kerykos und Julita zu bringen – das schien ihr ein passender Ort zu sein, weil das Kloster den Toten geweiht war –, geschah etwas Angenehmes: Kaufleute brachten Stoffe und Öle, die Schwiegermutter schenkte ihr Schmuck, der Griechischlehrer erschien zum Unterricht. Das Opfern unterblieb.

Die Erinnerungen an Kiew waren verschwommen, die künftigen Ereignisse nicht vorhersehbar. Unversehens hatte die Hochzeit stattgefunden. Die erstaunte junge Frau lag mit einem anmutigen griechischen Edelmann im Bett, den sie seltener getroffen hatte als ihren Jagdfalken. Leon Skleros war ihr Ehemann, und nach Ansicht der Frauen im Terem konnte sie sich glücklich schätzen, daß sie einen so schönen und vornehmen Mann bekommen hatte. Vielleicht war es so; Terhen lag wortlos im Dämmerlicht, lauschte Leons bewunderndem Geflüster und dachte, daß der Mann sie immerhin noch nicht geschlagen hatte. Aus dem, was die Frauen erzählten, konnte man schließen, daß es in der Ehe die wichtigste Aufgabe des Mannes war, seine Frau zu züchtigen, ob es nun nötig war oder nicht.

Leon Skleros dachte gar nicht an Züchtigung. Er verehrte seine Frau wie ein Denkmal. Seine Berührungen waren zärtlich, seine Küsse dahingehaucht. Als er das erstemal mit seiner Frau schlief, bat er um Verzeihung dafür, daß er ihr Schmerz zufügte. Terhen wunderte sich, daß man über diese unwesentliche Sache so viele Geschichten erzählte und so viele Lieder sang.

Die Ehegatten begegneten sich nur im Bett. Die Tage verbrachte Terhen so wie bisher teils im Terem, teils in der Kirche. Sie lernte Griechisch, Leon Skleros unterhielt sich mit Jaropolk dem Nachdenklichen über religiöse Themen.

Alles war so rasch vorüber, wie es begonnen hatte. Leon Skleros kam nachts nicht mehr in das Zimmer im Kiewer Palast, das dem vornehmen Gesandten des Kaisers zugewiesen worden war. Eine Woche lang verbrachte Terhen die Nächte in ihrem Zimmer, dann machte die Einsamkeit sie nervös, und sie befahl ihre alte Sklavin Agafa zu sich.

Leon Skleros ging beim Abendessen in der Halle des Kiewer Fürstenpalastes zu Terhen. Zunächst bat er für sein Schweigen um Verzeihung.

»Ich habe eine Woche lang nicht gesprochen. Das Schweigen

wurde mir befohlen. Ich habe in der Stille gemeinsam mit Jaropolk meditiert. Meine Seele ist unruhig; ich muß Gottes Willen ergründen. Während der Meditation kann ich nicht mit einer Frau zusammen sein.«

Der Ehemann konnte Terhen nicht nahe sein, aber Jaropolk der Nachdenkliche war für seine Kontemplation unbedingt notwendig. Offenbar hatte Leon Skleros Jaropolk auf kindliche Weise liebgewonnen. Terhen war das egal.

Leon Skleros wirkte erleichtert, als seine Frau keine ehelichen Aufmerksamkeiten von ihm verlangte. Die Frauen im Terem, denen nichts verborgen blieb, bedauerten Terhen, bis sich herausstellte, daß sie schwanger war. Da verwandelte sich das Mitleid in Neid. Obwohl Terhen keinen Mann neben sich hatte, trug sie doch ein hochrangiges Kind in ihrem Leib, und ihre Stellung hatte sich grundlegend gewandelt.

Auf der Reise den Dnjepr hinab in Richtung Schwarzes Meer und Konstantinopel schützte eine Abteilung der Drushina die vornehmen Frauen und den Gesandten des Kaisers. Zu der Abteilung gehörten die Normannen Harald der Norweger und Eirik der Starke, die zu der berühmten Warägergarde des Kaisers unterwegs waren.

Leon Skleros verlangte, daß seine Frau auf der Reise verschleiert auftreten sollte, weil es überall begehrliche Krieger gab und man die Frauen vor ihren Blicken nicht vollständig verbergen konnte. Aber Eirik der Starke interessierte ihn nicht: Leon Skleros nahm wie alle anderen an, daß der Rote Waräger der Ziehbruder der Königstochter war.

»Du wirst in einem luxuriösen Palast wohnen, und die Sklaven werden dich verwöhnen, bis du nicht einmal mehr den Löffel zum Mund führen kannst«, frotzelte Eirik der Starke Terhen, als sie nebeneinander den Unterlauf der Dnjepr-Stromschnellen entlangritten. Die gefährliche Stromschnellenstrecke, die ständig von den räuberischen Petschenegen bedroht wurde, mußte zu Lande zurückgelegt werden. Die vierte und schlimmste Stromschnelle des Dnjepr hieß auf schwedisch Aifur. Die Wassermassen ergossen sich schäumend und strudelnd zwischen steile Felsen. Diese Stromschnelle war sogar in Gotland und Uppland berühmt. Eirik und Terhen betrachteten sie verzaubert.

»Auch du wirst wohl kaum Mangel leiden in der Garde des Kaisers«, bemerkte Terhen. Das Tosen des Flusses verschluckte ihre Worte fast völlig. »Ich verstehe nicht, wieso man in die Garde Dummköpfe wie dich aufnimmt.«

»Ich habe mehr Kraft als Verstand«, vermutete Eirik. »Wahrscheinlich darf ich in Sizilien kämpfen. Dort braucht der Kaiser Waräger, weil auch seine Feinde Leute aus dem Norden sind.«

»Ist das weit von Konstantinopel?«

»Das weiß ich nicht. Jedenfalls ist es im Mittelmeer. Dort stehen uns die Dänen und Norweger gegenüber, die vor hundert Jahren nach Frankreich gingen und vom französischen König Land bekamen. Jetzt ist ihnen das Land zu klein geworden, und sie wollen Sizilien dem Kaiser wegnehmen. Man nennt sie Normannen.«

»Du findest es sicherlich angenehm, gegen Leute aus dem Norden zu kämpfen.«

»Ja, die Dänen und Norweger sind ordentliche Gegner«, sinnierte Eirik der Starke. »Die Petschenegen sind zu klein, obwohl sie flink sind und bessere Reiter als wir. Auf Sizilien muß man zu Fuß kämpfen. Das hab ich gern.«

Sie ritten weiter, die falsche Königstochter und der falsche Idiot, zufrieden, daß sie aneinander Gesellschaft hatten, sich sicher fühlten und freundschaftliche Gefühle füreinander hegten.

»Dein Mann ist frömmer als manch ein Priester«, sagte Eirik schließlich. In seiner Stimme lag eine Frage. Terhen vermutete, daß der Waräger den Teremklatsch gehört hatte.

»Mein Mann ist so heilig, daß er sich jegliche Berührung seiner Frau versagt«, erklärte Terhen vergnügt.

Der Brust Eiriks des Starken entrang sich ein Stöhnen. Terhen lachte.

»Mir ist das schon recht.«

Eirik heulte auf.

In Konstantinopel wurden Eirik der Starke und Harald der Norweger sogleich zum Befehlshaber der Warägergarde, dem Akolouthos, geführt. Terhen war vom Anblick der Stadt so verzaubert, daß sie gar nicht darauf kam, sich von ihnen zu verabschieden. Sie verwandelte sich in Theodora, und alles Frühere versank allmählich im Dunst...

Theodora ließ ihren Körper entspannt zwischen den seidenen

Laken ruhen. Ihr Ehebett war ebenso einsam wie früher: Leon Skleros nächtigte mit Jaropolk dem Nachdenklichen im Julita-und-Kerykos-Kloster. Theodora hielt sich meistens in den Frauengemächern auf. Sie sah ihren Mann selten, manchmal bei den Mahlzeiten, aber Leon fastete häufig.

Leon hatte jegliches Interesse an Theodora verloren. Er hatte die außergewöhnliche Schönheit des Mädchens bewundert, so wie man einen seltenen Schmetterling bewundert. Während ihrer kurzen Ehe hatten die Gatten einander kein einziges bedeutsames Wort gesagt; genaugenommen hatte Theodora Leon überhaupt nichts gesagt. Sie hätte stumm sein können, und der Mann hätte es nicht bemerkt.

Theodora setzte sich im Bett auf. Sie zuckte die Achseln. Es war gleichgültig, wie der Mann war, und was er tat. Dieses Haus wurde von einer Frau beherrscht, ihrer Schwiegermutter Irene Monomachina. Theodora fand, daß das die natürliche Ordnung war. In ihren vagen Erinnerungen war die Schwiegermutter immer die mächtigste Person gewesen.

Sobald sie das Rascheln der Seide hörte, erhob sich die Sklavin Loukia, die auf dem Boden am Fußende des Bettes schlief. Sie brachte ihrer Herrin ein vorbereitetes Gefäß mit Rosenwasser. Die Herrin spülte sich das Gesicht mit dem Wasser ab und trug danach aus einem kleinen, perlmuttverzierten Glasbehälter eine feine, duftende Salbe auf ihre Haut auf. Die Sklavin besprengte ihre Herrin mit einem leichten Duftwasser und kämmte ihr mit einem elfenbeinernen Kamm das lange Haar. Theodora fand das alles merkwürdig und komisch.

»Ich will mich ankleiden.«

Zwei andere Sklavinnen traten ein. Sie brachten Seide und Brokat. Theodora wurde ein Leinenhemd übergestreift; der Stoff war so fein, daß man ihn zusammengerollt in einem Schilfrohr transportieren konnte. Über das Hemd zog Terhen eine blaue Seidentunika und darüber eine dunkelblaue Dalmatika mit grünen und silbernen Vogelmustern an den Säumen. Da es Winter und kalt war, legten die Sklavinnen Theodora einen mattgrünen, mit Silberfäden und Achaten verzierten Umhang über die Schultern, der mit einer Perlenkette über der rechten Schulter befestigt wurde. Die rechte Hand blieb frei, die linke hielt den Umhang in sorgfältig geordneten Falten.

Loukia ordnete die üppig schimmernden Haare ihrer Herrin zu einem losen Knoten auf dem Kopf und hielt sie mit einem silbernen, mit Achaten verzierten Reifen zusammen. Von dem Reifen hingen zu beiden Seiten von Theodoras Gesicht zwei Ketten herunter, auf die abwechselnd Perlen und Achate aufgezogen waren. Kleider und Schmuck waren Geschenke von Irene Monomachina: Sie waren soviel wert wie der Wehrsold eines Soldaten von vielen Jahren und sollten von Theodora an ihre Töchter weitervererbt werden.

Loukia zog sich zurück und verneigte sich. Die Schwiegermutter trat bei Theodora ein. Sie wünschte für Mutter und Kind den Segen der Gottesmutter.

Theodora war durch ihre Schwangerschaft so gut gelaunt, daß sie nicht einmal wegen des drückenden Christenglaubens Unbehagen verspürte. Kirchen, Priester und Heilige gehörten zu Konstantinopel ebenso wie die Paläste, die Foren und breiten Straßen. Wenn sie daran dachte, daß ihr neuer Name – schon der dritte – Gottesgeschenk bedeutete, mußte sie lachen. Sie war bereit, sich an die Gottesdienste, die Ikonen und Gebete anzupassen. All das lag außerhalb ihrer selbst. Sie war hier zu Gast.

»Heute gehen wir in den Palast«, sagte Irene Monomachina. »Prinzessin Anna Jaroslawna und Jewdokija von Pskow bleiben am Hof der Kaiserin Zoe.«

Die Herrin des Halyspalastes verheimlichte nicht die Erleichterung in ihrer Stimme. Jewdokija von Pskow war ein schwieriger Gast. Sie wollte jeden Tag ihren Sohn Jaropolk den Nachdenklichen sehen, aber der Sohn nicht sie. Jaropolk wohnte im Kloster, wo Jewdokija von Pskow keinen Zutritt hatte. Der Palast war erfüllt von Jewdokijas Groll und von Jaropolks Spott. So etwas bedrückte Irene Monomachina: Sie war es nicht gewöhnt, daß unangenehme Dinge laut ausgesprochen wurden.

»Wir nehmen teil an der Geburtstagsfeier von Johannes Orphanotrophos, dem Bruder des Kaisers.«

Dem Tonfall ihrer Schwiegermutter entnahm Theodora, daß dies eine zweifelhafte Ehre war.

»Die paphlagonischen Emporkömmlinge«, sagte Irene Monomachina geringschätzig, »sind bedeutungslos und reine Hofgünstlinge, aber einer von ihnen ist ins Bett der Kaiserin Zoe und von dort auf den Thron gelangt.«

»Ist Kaiserin Zoe so mächtig?«

»Man braucht nicht mächtig zu sein, wenn man die einzige Erbin der kaiserlichen Familie ist«, erklärte Irene Monomachina. »Zoe strahlt Macht aus, selbst wenn sie als Bettlerin durch die Straßen der Stadt wanderte. Ihr Vater war Kaiser und der Bruder von Basileos Bulgarentöter. Ein unglücklicher Mann, der auch im Alter an nichts anderes dachte als an das Würfelspiel. Er hatte drei Töchter. Die älteste ist gestorben. Zoe und Theodora konnten einander nicht ausstehen. Zoe wollte Kaiserin werden, und Theodora wollte ins Kloster. So verheiratete der Vater Zoe, um einen Erben für das Reich zu bekommen. Zoe war ungefähr fünfzig und ihr Mann Romanos Argyros siebzig Jahre alt.«

Theodora kicherte.

»Die Griechen sind klüger als andere Leute, aber ob sie nun in der Lage sind …«

»Die Römer«, berichtigte Irene Monomachina lachend. »Denk immer daran, daß wir Römer sind, und du bist jetzt eine von uns.«

Theodora nickte.

»Ich werd es mir merken.«

»Wir gehen heute auf das Fest der Paphlagonier, weil der schlaueste von ihnen, Johannes Orphanotrophos, seinen schönen kleinen Bruder Michael mit Zoe verkuppelt hat. Und das war nicht einmal schwierig, denn bei Hofe denkt man an nichts anderes als an geschlechtliche Sünde. Die Männer sammeln Liebhaberinnen wie Edelsteine. Eine Frau ist ein Nichts, wenn sie hinter ihrer Schleppe keine Verehrer hat.«

Theodoras Augen weiteten sich erstaunt.

»Und so ertränkte Zoe ihren Mann Romanos, und Michael wurde Kaiser. Er sperrte seine Frau Zoe sogleich in den Frauengemächern des Palastes ein«, winkte Irene Monomachina ab. »Wir werden sehen, wie die jungen Männer des Hofes Atemnot bekommen, wenn sie eine Prinzessin aus dem Norden sehen.«

Theodora streifte die Schwiegermutter flüchtig am Arm. Es fiel ihr schwer, einen anderen Menschen zu berühren. Sie hielt lieber Abstand, um die anderen beobachten zu können und sich bei Bedarf zu schützen. Aber es war so etwas Besonderes, mit Irene Monomachina zu sprechen; die Schwiegermutter behandelte sie als Erwachsene und sprach mit ihr wie mit ihresgleichen. Theodora hatte das Gefühl, als brächte die Zukunft unendlich viel Spannendes, von dem die Mädchen im Terem keine Ahnung hatten.

Irene Monomachina streichelte der Schwiegertochter vorsichtig den Bauch. Vor ein paar Tagen hatte das Kind zum erstenmal gestrampelt, und die Schwiegermutter hoffte, sie könnte seine Bewegungen spüren.

»Das Kind gehört der Familie Skleros«, sagte die Schwiegermutter. »Sie werden es sicherlich auf ihren eigenen Gütern erziehen wollen.«

»Wo?«

»Weit fort im Osten«, sagte Irene Monomachina vage. »Ihnen gehört die Hälfte der östlichen Militärbezirke. In Kilikien, Sebasteia und Melitene, irgendwo dort...«

Die Schwiegermutter hätte auch vom Mond sprechen können.

»Im Norden ist es üblich, daß ein Kind gleich nach der Geburt zur Erziehung weggegeben wird«, räumte Theodora ein. »Nur wenige erziehen ihre Kinder selbst.«

»Vielleicht kommen noch mehr Söhne und Töchter«, sagte Irene Monomachina hoffnungsvoll. »Auch wenn Leon das Leben eines Asketen führen sollte... Vielleicht könnten wir eines behalten...«

Theodora schien zu zweifeln.

»Mein Mann hat nicht mehr in meinem Bett geschlafen, seitdem ich schwanger bin.«

»Ich werde ihn zwingen«, sagte Irene Monomachina drohend.

Jewdokija von Pskow ohrfeigte Anna Jaroslawna. Die kleine Prinzessin schluckte die Tränen hinunter.

»Dummes Ding, du kommst in den Palast, schläfst in einem goldenen Bett, kleidest dich in Samt und Seide, dein Schmuck ist schwerer als dein eigener Kopf – und du nörgelst!«

»Ich will bei Theodora bleiben.«

»Theodora! Gut, daß wir die Hexe aus dem Norden los werden.«

Jewdokija von Pskow schminkte Anna Jaroslawna das Gesicht und kleidete sie in einen seidenen Sarafan und einen Zobelumhang. Sie selbst begnügte sich mit einer langärmligen schwarzen Tunika und einem weiten Schleier, der über den Kopf zu ziehen war und sie wie eine Nonnenkutte verhüllte.

Eine erwartungsvolle Stimmung hatte Jewdokija von Pskow ergriffen. Endlich würde sich ihre Hoffnung erfüllen: Sie würde eine Hofdame der Kaiserin werden und ihr Sohn ein mächtiger Höfling. Mit der Zeit würde Jaropolk eine glänzende Ehe eingehen: Jewdokija von Pskow malte sich aus, daß es im Palast leicht sein würde, die Kaiserin dazu zu bewegen, Anna Jaroslawna mit Jaropolk dem Nachdenklichen zu verheiraten.

Jewdokija von Pskow hatte begriffen, daß die Herrin dieses Palastes, Irene Monomachina, nicht beabsichtigte, Jaropolk zur Gunst des Kaisers zu verhelfen. Jewdokija mußte selbst mit dem Kaiser sprechen. Das konnte sie wohl tun, denn sie war durchaus nicht schlechter als Irene Monomachina.

Leons Familie, die Skleros', war eine der mächtigsten des Reiches. Doch obwohl die Monomachos' vornehm waren, hatten sie politisch keine Bedeutung. Irenes und Euprepias Bruder Konstantin Monomachos war in Ungnade gefallen: Der Kaiser hatte ihn auf die Insel Mytilene verbannt. Wenn also Irene Monomachina mit dem Kaiser sprechen konnte, dann konnte auch Jewdokija von Pskow das tun, und sie wollte das schon heute tun. Das konnte kein größeres Unterfangen sein, als den Großfürsten in der Halle von Nowgorod anzusprechen.

Der Zug bestand aus drei Sänften: Eine für Irene Monomachina, eine für Theodora Hyperborea und eine für Jewdokija von Pskow. Sie hielt Anna Jaroslawna auf dem Schoß, die vom Weinen einen Schluckauf bekommen hatte. Die Sänften waren wie gepolsterte Schmuckschatullen, mit Holzintarsien und Malereien verziert. Sie wurden von sechs Reitern begleitet, denen Leon Skleros und Jaropolk der Nachdenkliche vorausritten.

Irene Monomachinas Sänfte war aus schwarzem Ebenholz und mit Perlmuttintarsien verziert. Sie hatte eine Tür, und in der Tür gab es ein kleines Glasfenster, in den anderen Sänften dagegen einen Brokatvorhang. Jewdokija von Pskow schob die Vorhänge etwas beiseite; sie war eine alte Frau und Anna Jaroslawna noch ein Kind, ihrer beider Tugend brauchte man nicht vor den gierigen Blicken der Männer zu schützen.

Draußen glitten steinerne Paläste mit farbigen Kuppeln und zweistöckige Häuser vorüber, deren Obergeschoß aus Holz gebaut war. Die Balkons und Galerien, die sich zur Straße hin öffneten, versetzten Jewdokija von Pskow in Erstaunen: Erlaubten die Griechen ihren Frauen, fast mitten auf der Straße zu sitzen und sich von den Leuten angaffen zu lassen? Vielleicht verhängte man die Galerien im Sommer mit Vorhängen.

Dann wurde Anna Jaroslawna von dem Schaukeln der Sänfte schlecht. Sie mußten anhalten, und die kleine Prinzessin stieg wankend aus der Sänfte auf die Straße. Vom Ende des Zuges kam eine Sklavin herbeigeeilt und verhüllte das Mädchen mit einem feinen weißen Schleier. Sie befanden sich auf dem ovalen, von Säulen umrahmten Forum, in dessen Mitte eine schwindelerregend hohe Säule aufragte. Sogleich versammelte sich neugieriges Volk um die vornehme Gesellschaft, denn es bekam die wohlbehüteten Edelfrauen selten zu sehen; sie boten einen faszinierenden Anblick ebenso wie die Elefanten des Hippodroms.

Leon Skleros hob Anna Jaroslawna eilig vor sich auf das Pferd.

»Hier können wir nicht bleiben. Es ist besser, wenn du mit mir reitest, kleine Prinzessin. Es ist nicht mehr weit.«

Der Zug bog vom Konstantinsforum auf die Mese, die breite, mit Steinen gepflasterte Hauptstraße der Stadt, ein, die von Kolonnaden gesäumt war. An der Mese lagen die luxuriösen Paläste der Gilden mit ihren Geschäften. Am entferntesten Ende der Straße, auf der linken Seite, stand das Haus der Lichter, das Seidenlager von Konstantinopel, das Tag und Nacht erleuchtet war. Jewdokija von Pskow hatte in der ersten Nacht vom Halyspalast aus den Lichterschein gesehen und geglaubt, es brenne in der Stadt.

Der Zug bewegte sich zwischen den Versorgungsgebäuden des Hippodroms und der unterirdischen Zisterne des Kaiserpalastes in Richtung auf das Chalke-Tor, das Flammende Tor. Es verdankte seinen Namen den vergoldeten Türflügeln, die in der Sonne gleißten. Jetzt war der Himmel gleichmäßig grau und kündigte Regen an. Links sah Jewdokija von Pskow gerade noch die Kirche Hagia Sophia, deren Kuppel man sogar vom Halyspalast aus erkennen konnte. Die Kirche war so groß, daß sie unnatürlich wirkte, und Jewdokija wandte sich rasch ab.

Der Kaiserpalast, den man auch den Heiligen Palast nannte, bestand eigentlich aus einer ganzen Anzahl von Palästen. Viele Kaiser hatten sie im Verlauf der Jahrhunderte neben dem alten

Palast des Kaisers Justinian errichtet. Die Bautätigkeit hatte angedauert, bis das ganze Gebiet vom Hippodrom bis zum Bukoleiontor in der meerseitigen Stadtmauer ein einziger gewaltiger Palast war.

Der Abhang, der sich vom Hippodrom bis zum Ufer erstreckte, war voller Innenhöfe, Zimmer, Säulengänge, Säle, Kuppeln und Gärten in gelben Herbstfarben. Zwischen dem verfeinerten Luxus ragten hier und da turmhohe Schornsteine auf. Neben den luxuriösen Gebäuden befanden sich Küchen, Brunnen, Brauereien, Lagerhäuser, Ställe, Taubenschläge, Sklavenhütten und die Abtritte der Bediensteten.

Im Palast gab es fünfhundert Zimmer, dreißig Kapellen, Schwimmbecken, eine Reithalle, ein Sportstadion und die Wohnungen der Leibgarde des Kaisers. Es war eine eigene Welt, die mehr Nahrungsmittel und Wasser verbrauchte als sämtliche Armen der Stadt.

Jewdokija von Pskow erschien das alles wie ein ungeheures Durcheinander, in dem sich ziegelgeschmückte Bögen und Fenster aus Glas, Marmorfußböden, Mosaikgänge, Fresken mit Jagddarstellungen, gerade und gewundene Säulen und Wandbehänge, so groß wie der Himmel, mit kotigen Gäßchen und rauchgeschwärzten Wirtschaftsgebäuden abwechselten.

Alles war zu groß, und von allem gab es zuviel. Jewdokija von Pskow hörte auf, das, was sie sah, zu bestaunen. Es hatte keinen Sinn, die Alabasterstatuen zu bewundern, wenn sie zu Dutzenden dastanden.

Die Wache blieb im Augustaion zurück, dem Vorhof des Palastes, wo unter der nachlässigen Aufsicht der Vigla, der Palastgarde, scharenweise Verkäufer von Duftstoffen, Propheten und heilige Narren zwischen den Marmorsäulen herumliefen. Befehlshaber der Vigla war ein Drungarios; er geleitete die Gäste in das Labyrinth des Palastes. Er hatte dafür zu sorgen, daß Leon Skleros und Jaropolk der Nachdenkliche, die die Frauen beschützten, den Gemächern der Kaiserin nicht zu nahe kamen.

Hinter dem Drungarios erschien alsbald eine Reihe von Palasteunuchen, die alle Männer verscheuchten. Die Besucher setzten ihren Weg in den Sänften fort, denn die Entfernungen im Heiligen Palast waren zu groß, als daß die verwöhnten Frauen sie zu Fuß hätten zurücklegen können. Jetzt aber waren es keuchende Eunuchen, die statt der thrakischen Sklaven die Sänften trugen.

Die Frauengemächer des Palastes lagen in der Nähe des Bukoleion-Hafens. Im Sommer wurden sie von den Seewinden gekühlt, aber jetzt, im Winter, waren sie einer unerträglichen Feuchtigkeit ausgesetzt.

In der Tür, die zu den Frauengemächern führte, standen zwei schwerbewaffnete syrische Gardisten. Sie gehörten zur eigenen Leibgarde des Kaisers, der Hetairea. Die stärksten Männer der Garde waren Waräger, aber man wagte nicht, sie so nahe an die Frauengemächer heran zu lassen.

25. Kapitel

1037

Der Titel der Kaiserin von Byzanz war Basilissa. Die Kaiserin war die vornehmste Frau des Reiches, auch wenn sie in der Hütte eines Bärenführers geboren worden wäre so wie der Überlieferung nach Theodora, die Frau des Kaisers Justinian.

Kaiserin Zoe die Makedonierin war von edlerem Geschlecht als irgendeine der früheren Kaiserinnen, denn in ihren Adern floß das alleredelste Blut. Kaiserin Zoe war im Purpur geboren, Porphyrogenneta, ihr Mann, Kaiser Michael Paphlagonios, war das nicht. Die Basilissa war im Geburtshaus des Palastes, das Wände aus Porphyr hatte, zur Welt gekommen. Dort erblickten nur die kaiserlichen Kinder, die vornehmsten aller Menschen, das Licht der Welt.

Der Audienzsaal der Kaiserin war eine Basilika, ein langgestreckter Raum, der in der Mitte höher war als an den Seiten. Die Wände der durch Säulenreihen abgeteilten Nebensäle waren voller Mosaiken, auf denen die Frauen der Bibel ihr heiliges Leben lebten, den Frauen des Hofes zur Lehre. Das Licht kam durch hochgelegene Fenster herein. Überall hingen goldene und silberne Käfige, in denen kleine Vögel zwitscherten. Der rosa Marmorfußboden war leer; an der hinteren Wand und den Seiten der Halle standen Stühle und Bänke, die mit Kissen bedeckt waren. Auf den Bänken saßen und ruhten einige Frauen, doch die meisten standen in der Nähe der Kaiserin.

Jewdokija von Pskow fand den Saal düster und kalt – verglichen mit dem verräucherten, mit Holzschnitzereien verzierten Nowgoroder Terem. Die Frauen waren feierlich still.

Neugierig betrachtete Jewdokija von Pskow die vornehmste Frau der Welt. Sie hatte sich im Halyspalast nach mancherlei Dingen erkundigt und wußte alles über Kaiserin Zoe, auch, daß diese schöne alte Frau eine Hure und Mörderin war.

»Basilissa.«

Irene Monomachina kniete vor der Kaiserin nieder und berührte mit der Stirn dreimal den Boden. Jewdokija von Pskow beobachtete ihre Bewegungen genau. Sie hatten die Prostration im Halyspalast geübt; sie war schwieriger, als es den Anschein hatte, besonders für alte und füllige Menschen. Beim Aufstehen mußte man sorgfältig darauf achten, daß man nicht das Hinterteil in die Luft streckte. Mit der Prostration wurde der Kaiser am Alltag begrüßt. Sonntags war dieser Gruß Gott vorbehalten. Auch das war anders als zu Hause in Nowgorod: Im Lande Jaroslaws genügte dem Großfürsten ein schlichtes Niederknien, und Feiertag war der Samstag.

Und Zoe war nicht einmal der Kaiser. Doch alle Macht ging von ihr aus, denn sie war eines Kaisers Tochter, und ihre Ehemänner waren Kaiser nur durch sie, besonders der jetzige, der von ganz niederer Herkunft war.

Jewdokija von Pskow hörte sich den Tratsch an, und über die Kaiserin tratschte man mehr als über irgend jemanden sonst. Die Stadtbewohner liebten Zoe; ihre Schönheit war legendär, ebenso ihre Frömmigkeit und ihr Pech mit den Männern.

Ihr edles Blut war Zoes Fluch: Für die Töchter des Kaisers von Byzanz war es schwer, einen ebenbürtigen Ehemann zu finden, und deshalb wurden sie zumeist ins Kloster geschickt. Doch Zoe wurde mit dem jungen deutsch-römischen Kaiser Otto verlobt, dessen Mutter die byzantinische Prinzessin Theophano war. Als zweiundzwanzigjährige Braut traf Zoe im italienischen Bari ein und erfuhr, daß ihr Bräutigam soeben verstorben war. Fünfundzwanzig Jahre lang wurde kein neuer Bräutigam für sie gesucht.

Die Basilissa war ihren Untertanen im allgemeinen außerordentlich gnädig, aber sie konnte ohne erkennbaren Grund vor Wut außer sich geraten. Wenn sie gut gelaunt war, teilte sie nach allen Seiten Goldnomismata wie Brosamen aus, war sie jedoch schlechter Laune, konnte es geschehen, daß sie einen Menschen wegen eines geringen Fehlers blenden ließ.

Jewdokija von Pskow knuffte Anna Jaroslawna, die sich mit weit aufgerissenen Augen umsah, in die Seite, damit sie sich auf den Bauch zu Boden warf.

»Du willst doch wohl nicht den Rest deines Lebens blind im Kloster verbringen?« fauchte Jewdokija von Pskow.

Anna Jaroslawna blieb schluchzend auf dem Marmorfußboden liegen. Eine so außergewöhnliche Ehrerbietung schien der Basilissa zu behagen, denn sie gab den hinter ihr Stehenden einen Wink. Sofort trat eine ältere Frau neben die kleine Prinzessin und überreichte ihr einen runden, goldgerahmten Glasspiegel. Anna zog die Nase hoch, erhob sich auf die Knie, nahm den Spiegel und starrte darin ihr Abbild an. Sie hatte bisher nur matte Kupferspiegel gekannt.

Die Königstochter aus dem Norden kniete nieder und neigte anmutig das Haupt. Ihr goldenes Haar glänzte im flackernden Schein der Kerzen. Die Basilissa hob die Hand an ihre eigenen blonden Lokken.

»Woher stammst du, Barbarin?«

Irene Monomachina beeilte sich zu antworten. Es schickte sich nicht für eine unbekannte junge Frau, in Gegenwart der Kaiserin den Mund aufzutun, besonders wenn ihr Griechisch weit entfernt war von der vollkommenen Sprache der Basilissa.

»Sie ist meine Schwiegertochter Theodora Hyperborea, Basilissa. Sie stammt aus dem äußersten Norden. Sie ist die Tochter des hyperboräischen Königs Juvalos.«

»Juvalos?« Zoe neigte nachdenklich das Haupt, runzelte aber nicht ihre marmorglatte Stirn.

Die Kaiserin war fast sechzig Jahre alt, aber ihre Haut war wie die eines jungen Mädchens, und ihre Züge waren regelmäßig und angenehm. Die Kaiserin trug eine einfache dunkle Kutte ohne Stikkerei. Sie hatte weder einen Umhang noch Schmuck, doch war sie von lieblichem Duft umgeben.

»In der Warägergarde des Basileus verehren viele Krieger einen Juvalos als heilig, der König des Nordlandes war und im Kampf für Christus gegen die Heiden fiel. War das dein Vater, Kind?«

Es fehlte nicht viel, und Jewdokija von Pskow wäre laut herausgeplatzt. Erst machten sie die Hexe aus dem Norden zu einer griechischen Edelfrau und jetzt auch noch zur Tochter eines Heiligen!

Theodora mußte selbst antworten.

»Nein, Basilissa, dieser heilige König herrschte in Norwegen, und er war der Ehemann meiner Halbschwester Astrid.«

Irene Monomachina fuhr mit der Vorstellung fort.

»Die kleine Prinzessin Anna Jaroslawna. Ihr Großvater Fürst

Wladimir von Kiew half deinem Onkel Basileios Bulgarentöter, den Aufstand des Nikephoros Phokas niederzuschlagen. Der Kaiser gab Fürst Wladimir seine Schwester Anna Porphyrogenneta zur Frau, deine Tante, Basilissa.«

Irrtümlicherweise hielt die Kaiserin Anna für eine Verwandte und schenkte dem Mädchen eine kleine Alabasterschale voller Goldmünzen.

»Holt Antiphonetes«, befahl die Basilissa.

Die Frauen sanken auf die Knie und bekreuzigten sich. Aus den Innenräumen brachte man der Kaiserin ein in Seidenstoff eingeschlagenes Paket. Es duftete genauso gut wie die Kaiserin selbst.

Die Basilissa öffnete das Bündel, und aus den Seidenfalten kam ein viereckiges Christusbild zum Vorschein. Es war sorgfältig gemalt bis hin zur letzten Wimper, die Kleider des Erlösers waren mit feinen Goldplatten belegt, und Diamanten, Saphire und Smaragde umrahmten das Bild.

Zoe nahm das Bild in die Hände und küßte es.

»Herr, mein Geliebter, du bist Licht für meine Augen und Honig für meine Zunge. Sag mir, mein Vater, meine Goldrose, gereichen diese Menschen mir zu Nutz und Frommen, oder bringen sie Unglück?«

Jewdokija von Pskow blickte ängstlich auf Irene Monomachina. Diese betete mit geschlossenen Augen.

Anna Jaroslawna besah sich im Spiegel und drehte das Gesicht hin und her. Theodora Hyperborea betrachtete nachdenklich die mächtigste Frau der Welt, die zusammengekrümmt in ihrer dunklen Kutte auf dem Thron mit goldenen Troddeln saß und wieder und wieder die Ikone küßte.

Die Basilissa hob den Kopf und lächelte.

»Der Erlöser hat geantwortet. Er lodert in freudigen Farben. Diese weitgereisten Gäste bringen mir Glück und Erfolg.«

Jewdokija von Pskow seufzte erleichtert. Sie hatte die Veränderung an den Farben der Ikone nicht bemerkt, weil die Kaiserin sie zu sich gewandt hielt. Aber ein so gutes Vorzeichen würde auch Jaropolk helfen.

»Irene Monomachina, du und die Königstochter, ihr dürft mit mir zum Fest des Kaisers ins Justinian-Triklinium kommen.«

Jewdokija von Pskow schluckte ängstlich. Anna Jaroslawna, das junge Mädchen, würde natürlich in den Frauengemächern zurückgelassen werden, und ihre Aufseherin mit ihr. In Byzanz wurden die jungen Mädchen strenger bewacht als eine Schatzkammer, doch sobald sie verheiratet waren, bewegten sie sich frei in der Stadt, den Kirchen, bei Freunden, sogar im Hippodrom.

Irene Monomachina hörte neben sich ein ängstliches Schnaufen.

»Basilissa, die Aufseherin der kleinen Prinzessin möchte den Kaiser sehen. Sie ist von weit her aus dem Land der Barbaren gekommen und hat gehört, daß der Kaiser vor Macht und Gnade für seine Untertanen wie eine Sonne strahlt. Nur du, Basilissa, kannst ihr diese Glückseligkeit verschaffen.«

Jewdokija von Pskow hielt den Atem an und preßte die Stirn gegen den Marmorboden.

Kaiserin Zoe war eine freigebige Frau und offen für Schmeicheleien.

»Die Aufseherin mag mitkommen. Es ist der Würde des Kaisers gemäß, sein Angesicht über einer demütig Bittenden leuchten zu lassen.«

In den letzten Jahrzehnten waren die Kaiser des Heiligen Palastes überdrüssig geworden. Es war teuer und mühsam, ihn zu unterhalten: Er war laut, unsauber und verkommen. Tausende von Menschen und Hunderte von Tieren lebten dort. Kaiserin Zoes Vater Kaiser Konstantin hatte den Sommer über in dem kleinen Mangana-Palast am Ufer des Marmarameers und im Winter im Blachernen-Palast auf der Festlandseite der Stadt gewohnt. Im Heiligen Palast hatte er nur die notwendigsten Feste gefeiert und diejenigen Botschafter anderer Länder empfangen, die durch die kaiserliche Macht deprimiert werden sollten.

Aber der große Kaiser Basileios Bulgarentöter, Kaiserin Zoes Onkel, hatte im Heiligen Palast gewohnt, wann immer er in der Stadt weilte. Er sagte, er sei es gewohnt, in einem Militärlager inmitten von Zehntausenden von Männern zu leben; der Heilige Palast unterschied sich von einem Feldlager nur dadurch, daß die Disziplin dort lockerer war.

Zoe, die das Andenken ihres Onkels verehrte, blieb eigensinnig in den Frauengemächern des Heiligen Palastes wohnen. Ihr Mann, Kaiser Michael Paphlagonios, schätzte nach Art der Emporkömmlinge die Bequemlichkeit mehr als den alten Luxus und wohnte im Mangana-Palast. Die großen Feste wurden jedoch immer im Justinian-Triklinium, dem Speisesaal, gefeiert, der fünfzig Schritt lang, dreißig Schritt breit und fünfhundert Jahre alt war.

Jewdokija von Pskow riß die Augen auf, als sie den riesigen Raum betrat. Die ganze Halle schien um sie herum, ja sogar unter ihren Füßen zu leben und sich zu bewegen. Dann erkannte sie, daß alle Flächen voller Mosaike waren, und ihre Lippen preßten sich zu einer mißbilligenden Falte zusammen. Die Darstellungen der Mosaike waren nicht fromm, sondern ganz weltlich, ja, geradezu sündig, voller gefährlicher Raubtiere und fast nackter, muskulöser Männer.

Kaiser und Kaiserin hatten auf einem Podium einen eigenen Tisch, wo sie vom Oberkammerherrn und vom Mundschenk bedient wurden. Weiter seitlich stand ein Sklave und kostete vor des Kaisers Augen alle Speisen; Michael Paphlagonios war ganz besonders mißtrauisch, weil er selbst versucht hatte, seinen Vorgänger, Kaiserin Zoes ersten Ehemann Romanos Argyros, zu vergiften.

Während des Essens unterhielten sich die Gäste mit tiefer, leiser Stimme, lachten und tranken Wein und nickten einander lächelnd zu. Jewdokija von Pskow war nicht vornehm genug, um an den Tisch zu kommen. Sie stand abseits und betrachtete neidvoll die Menschen; sie würde kaum noch ein zweites Mal die Gelegenheit bekommen, so außergewöhnlichen Luxus zu sehen.

Am seltsamsten sah das Kaiserpaar aus. Zoe saß da in ihrer dunklen Kutte und trug als einziges Zeichen ihrer Macht einen schmalen, goldenen Stirnreif, den ein Zackenbogen aus Emaillebildern und Edelsteinen zierte.

Michael Paphlagonios war fast vierzig Jahre jünger als die Kaiserin und ein ungewöhnlich schöner Mann. Er hatte sich königlich gekleidet in eine Dalmatika aus goldenem Stoff und einen Zeremonialkragen, der mit Kristallen und Perlen geschmückt war. Auf dem Kopf trug er einen breiten Goldreif; die Kaiserkrone von Byzanz war nicht gezackt wie die Kronen der Frauen. Von der Krone hingen dem Kaiser vier Goldketten auf die Wangen hinab, die in Kreuzen endeten, und darunter trug er eine Kappe aus goldenem Stoff.

Hinter dem Kaiser standen seine vier Brüder, von denen drei Eunuchen waren, und der Mann seiner Schwester, ursprünglich ein gewöhnlicher Hafenarbeiter und Schiffskalfaterer. Die Brüder hielten zusammengefaltete Purpurstoffe in der Hand. Jewdokija von Pskow vermutete, daß die Stoffe eine Art Ehrenbezeigung waren, die zu den höfischen Zeremonien gehörte.

Die Mahlzeit war kürzer, als Jewdokija von Pskow es aus Jaroslaws Fürstenhalle gewohnt war. Zum Abschluß trat ein Höfling, der vornehmer wirkte als der Kaiser selbst, vor und nannte eine Reihe von griechischen Namen.

Die Türen des justinianschen Trikliniums wurden geöffnet. In den Türöffnungen standen blauweiß gekleidete Männer.

»Basileus! Basilissa! Ein langes Leben!«

»Hagia Basileia! Hagia Basileia! Heilige Kaiserschaft!« murmelten die Gäste.

Der Atriklines, der Zeremonienmeister, gestikulierte würdevoll, und eine Reihe von Männern ergoß sich aus den Türen in den Saal. Jeder einzelne hatte eine Fackel mit kurzem Stiel in der Hand und an den Fußgelenken Reifen. Es waren Dutzende von Männern. Sie schritten in einer Reihe, feierlich schaukelnd, sich verneigend und mit Zeremonialschritten dreimal um den großen Tisch herum. Bei jeder Verbeugung loderten die Fackeln auf, bei jedem Schaukeln klirrten die Fußreifen gleichzeitig und erzeugten einen wunderbar harmonischen Klang. Nach der dritten Runde blieben die Männer zu Füßen des kaiserlichen Podiums stehen.

Jewdokija von Pskow blieb vor Verwunderung der Mund offen. Sie kam nicht dazu, etwas zu fragen, als die Türen sich erneut öffneten.

»Oh Herr, gib dem Reich Kraft!«

Und die Gäste antworteten:

»Oh Herr, gib dem Reich Kraft! Hagia Basileia!«

Eine neue Reihe von Männern, gekleidet in Rot und Grün und ebenso mit Goldbändern, Fackeln und Fußreifen geschmückt, vollführte dieselbe Runde ebenso präzise wie die vorherige.

Jewdokija von Pskow stiegen Tränen in die Augen. Die Zeremonie war das Erhabenste und Würdigste, was sie je gesehen hatte. Sie zupfte eine neben ihr stehende ältere Frau am Ärmel.

»Das sind die Domestikos' der kaiserlichen Garden, der Befehlshaber der Großen Mauer und die Anführer der städtischen Truppen und ihre Männer«, flüsterte die Frau verzaubert. »Sie tanzen zu Ehren des Kaisers.«

Und die Frau brach so wie die anderen Gäste in Lobpreisungen des Kaisers und der Kaiserin aus.

»Hagia Basileia!«

Jewdokija von Pskow sah um sich herum aufrechte, gesunde Männer und Frauen, schöne, sorgfältig geschminkte Gesichter, prächtige Kleider. Die reichsten, mächtigsten und vielleicht auch die frömmsten Menschen der Welt befanden sich in diesem großen Festsaal, und wie aus einem Munde priesen sie den Kaiser – einen Intriganten von niederer Herkunft. Jewdokija von Pskow sah plötzlich in Gedanken eine unermeßliche Menschenmenge – der Kaiser mußte Millionen von Untertanen haben; unzählige Völker und Stämme und Sippen, und sie alle knieten vor dem Kaiser, bereit, dem geringsten Wink von ihm zu gehorchen.

Jewdokija von Pskow begriff ihre eigene Torheit, als sie sich eingebildet hatte, einfach so mit dem Kaiser sprechen zu können. Der Kaiser war der Herr der Welt, und die Aufseherin des Nowgoroder Terems war vor ihm nicht einmal soviel wert wie ein Sandkörnchen.

Jewdokija von Pskow weinte. Sie weinte darüber, daß sie nun die wahre Macht begriffen hatte, sie, die den Großfürsten von Kiew für den Mittelpunkt der Welt gehalten hatte. Aber noch mehr weinte Jewdokija von Pskow vor Ärger darüber, daß sie keinerlei Möglichkeit hatte, aus dieser unermeßlichen Macht Nutzen zu ziehen.

Während Jewdokija tränenden Auges und mit verzogenem Gesicht die Szenerie betrachtete, fiel plötzlich der Oberkörper von Michael Paphlagonios vornüber auf den Tisch. Seine Glieder zuckten. Die Arme trommelten auf den Tisch, so daß die Gläser am Boden zersplitterten.

Die Brüder des Kaisers und sein Schwager traten, ohne ein Wort zu sagen, neben den Kaiser, wickelten ihn in die Purpurstoffe und trugen den zappelnden Körper fort. Kaiserin Zoe sah still daran vorbei und wandte sich wieder lächelnd ihren Untertanen zu.

Jewdokija von Pskow wußte, woran der Kaiser litt; sie hatte gesehen, wie die Priester versuchten, den Verführer dem Fallsüchtigen mit Hilfe des Heiligen Vitus, des Schutzheiligen der Fallsüchtigen, auszutreiben. Die kaiserlichen Gäste waren nicht beunruhigt, sie neigten mitfühlend das Haupt und bekreuzigten sich. Ganz offensichtlich war dies nicht das erstemal, daß der Kaiser fortgetragen werden mußte. Jewdokija schüttelte verwundert den Kopf.

»Wie kann ein Fallsüchtiger Kaiser sein? Kann er in den Kampf reiten?«

»Der Kaiser von Byzanz braucht nicht in den Kampf zu reiten. Dafür hat er seine Krieger.«

»Aber...«

Die Frau sah Jewdokija von Pskow mitleidig an.

»Du bist eine Barbarin und kannst die Kultur nicht verstehen. Wir sind eins mit dem Kaiser; der Kaiser ist die Stadt, und die Stadt ist das Reich, und das Reich ist die ganze Welt. Wir sind Römer.«

Ich bin eine Fremde, dachte Jewdokija von Pskow. Ich bin dazu verurteilt, vielleicht bis ans Ende meiner Tage in den Räumen einer verrückten Kaiserin zu leben. Und ich habe keine Ahnung, wann ich meinen Sohn sehen darf.

26. Kapitel

1038

Jaropolk der Nachdenkliche stand im Schatten des Säulengangs, der das Peristyl des Halyspalastes umgab. Die Oktobersonne hatte den Mosaikfußboden so aufgeheizt, daß man nicht darauftreten konnte. Eine unerwartete herbstliche Hitze versengte Konstantinopel schon seit fast drei Wochen. Der Alabasterspringbrunnen plätscherte inmitten der Aula. In den Brunnen und Fontänen der ausgedörrten Stadt gab es immer noch genügend Wasser, das vom Valensaquädukt in die großen unterirdischen Zisternen geleitet wurde. Trotz des Rosenwassers, das man dem Springbrunnen zugesetzt hatte, und trotz der Räucherstäbchen, die in Tongefäßen verbrannt wurden, lag der Gestank der Abfallhaufen in der Luft.

Das ferne, unaufhörliche Brausen der Riesenstadt war bis in das Peristyl zu hören. Man hatte gepolsterte Bänke, Tische, Weinkannen, Gläser, Früchte und Süßigkeiten in den Säulengang gebracht. Die Sklaven stellten sich an ihre Plätze, um in der stehenden Luft mit ihren Fächern einen leisen Lufthauch zu erzeugen. Die Vogelkäfige wurden in den Schatten gehängt. Das Geplätscher des Wassers regte sie zu einem müden Zwitschern an.

Jaropolk der Nachdenkliche trug eine leichte weiße Kutte. Leon Skleros hatte ihm eine seidene Dalmatika angedient, ein aus sechsfach gezwirntem Faden gewebtes, lodernd rotes Kleidungsstück, wie es die vornehmen Leute trugen.

»Nein. Diese Kutte sagt dem Herrn alles über mich. Ich bin kein Mönch, kein Höfling und kein Krieger. Ich erwarte Gottes Befehl, um zu wissen, wer ich bin.«

Leon Skleros lächelte demütig. Seine Haut war ebenso weiß wie Jaropolks Kutte, denn er ging niemals nach draußen und setzte sich nicht der Sonne aus. Sein Zimmer lag in der Mitte des Klosters und war eine kleine Zelle, die von einer Kerze soweit erhellt wurde, daß er die heiligen Schriften lesen konnte. Das Licht des Innenhofes blendete ihn so, daß ein Sklave ihm einen dünnen schwarzen Schleier als Schutz vor die Augen binden mußte.

Leon Skleros hatte neun Monate in seiner Zelle gelebt, ebensolange, wie die Schwangerschaft seiner Frau gedauert hatte. Er hatte geheiratet, weil er die Schönheit der Frau mehr bewundert hatte als Christus, und jetzt strafte er sich selbst. Seinen Sohn Georgios hatte er überhaupt nicht gesehen; der Junge war gleich nach der Geburt in den östlichsten Teil des Landes auf die Güter der Familie Skleros im Bezirk Iberia gebracht worden.

Jaropolk der Nachdenkliche war der einzige Mensch, den Leon Skleros während seiner Bußezeit getroffen hatte. Jaropolk brachte Leon jeden Tag Speise und Wein: zweimal die Woche Fisch, an den anderen Tagen Gemüse und an einem Tag trockenes Brot und Wasser. Vor einigen Wochen hatte Jaropolk der Nachdenkliche einen Schreck bekommen. Leon war blaß und mager, das war natürlich und machte ihn schwach und unterwürfig. Aber Leon hustete, und das war gefährlich. Jaropolk der Nachdenkliche konnte nicht zulassen, daß Leon Skleros starb.

»Du mußt ans Licht kommen und deinen Körper pflegen. Du kannst dein Fleisch abtöten, aber nicht dich selbst.«

Jaropolk der Nachdenkliche wurde ständig von einem kalten Feuer, einer Leidenschaft, verzehrt, von der er nicht wußte, worauf sie sich richtete. Je schweigsamer er war, desto heftiger kämpften in seinem Inneren die Gier nach Leiden und die Todesangst, die Liebe zu Leon und die Begierde zu demütigen. Eine ständige, ziellose Leidenschaft quälte ihn; er trieb ohne einen Gebieter, ausgeliefert seinen eigenen zerrissenen Gedanken, dahin, und das war schrecklich. Jaropolk der Nachdenkliche sehnte sich nach äußerster Demütigung. Ihm genügten nicht die Dunkelheit und das Fasten wie Leon, er wollte die Peitsche spüren.

»Leon, du mußt so lange leben, bis deine Frau stirbt oder einwilligt, ins Kloster zu gehen, so daß du selbst Mönch werden kannst.«

Leon Skleros gehorchte so, wie er Jaropolk immer gehorchte. Je bedrückter Jaropolk der Nachdenkliche wurde, je mehr Widersprüche ihn zerrissen, desto tiefer bewunderte Leon seinen Freund und Lehrer. Die Männer waren nur etwa zwei Jahre auseinander, aber Leon hielt sich selbst für Jaropolks Kind, ebenso wie Symeon der neue Theologe sich als Kind des Symeon von Studios angesehen hatte. Sie schliefen die Nächte zusammen, Jaropolk und Leon, Arm in Arm, aber ohne Sünde. So führten sie ihr Fleisch in Versuchung, um immer größere Entsagung zu erreichen. Zwischen ihnen herrschte Agape, Zärtlichkeit, in der Weise, daß Leon gab und Jaropolk bereit war zu empfangen.

Leon Skleros saß in einem Stuhl mit Armlehnen im Dämmerlicht des Säulengangs. Hinter ihm stand sein jüngerer Bruder Himerios, verschleiert und schweigend wie immer; niemand wußte, was er dachte, nicht einmal, wie er aussah.

»Die Frauen kommen ins Peristyl, Herr.«

Der Oberkammerherr Nifon verneigte sich vor der Gebieterin des Halyspalastes Irene Monomachina, vor ihrer Schwester Euprepia und der Schwiegertochter Theodora. Alle drei grüßten die Männer, und Leon Skleros machte eine segnende Gebärde. Keine der Frauen war verschleiert; Euprepia Monomachina fand es übertrieben, zu Hause einen Schleier zu tragen, obwohl ein Mann anwesend war, Jaropolk der Nachdenkliche, der mit keiner der Frauen im Halyspalast verwandt war.

Auf Leons Gesicht lag eine unbewegliche Ruhe, die noch von dem schwarzen Band über seinen Augen betont wurde. Irene Monomachina küßte ihrem Sohn die Hand; sie weinte in langen Schluchzern, und die Tränen flossen Leon auf die abgemagerten Finger.

Leon Skleros betrachtete seine Frau Theodora Hyperborea durch den Schleier hindurch wie eine Fremde. Er hatte sie seit zehn Monaten nicht gesehen. Während dieser ganzen Zeit hatte er sich kein einziges Mal nach ihrem Befinden erkundigt, und die Geburt hatte ihn nicht interessiert. Als Jaropolk der Nachdenkliche ihm erzählte, daß Theodora einen Sohn geboren hatte, dankte Leon Gott, weil Kinder ein Geschenk waren. Nichts weiter.

Leon Skleros verspürte lediglich eine leichte Gereiztheit, als er seine Frau grüßte. Sie hinderte ihn daran, endgültig ins Kloster zu gehen. Die Ehe war unsinnig gewesen; Leon konnte nicht begreifen, warum er unbedingt diese Frau hatte besitzen wollen, deren Schönheit vollkommen war, die aber dennoch nicht bemerkenswerter war als die Statuen im Hippodrom.

Leons Gereiztheit wurde noch verstärkt durch das Bewußtsein, daß er ein junges Mädchen in eine fremde Stadt und unter fremde Menschen gebracht und sie dann ihrem Schicksal überlassen hatte. Das war jedoch bedeutungslos. Wichtiger war es, die Stellung seiner Frau so zu regeln, daß er seinen Willen, endgültig Mönch zu werden, verwirklichen konnte.

Gleichgültig registrierte Leon, daß seine Frau jetzt, nachdem sie als Achtzehnjährige ein Kind zur Welt gebracht hatte, herrlicher war denn je. Die sorgfältig geschützte Haut der Nordländerin war strahlend wie Elfenbein. Ihre goldenen Haare wallten gelockt unter dem Stirnreifen hervor. Seine Frau trug eine gazeartige Seidendalmatika, die grün und blau schillerte. Theodora – Leon erinnerte sich nicht an ihren nördlichen Namen – war bis in die Fingerspitzen hinein eine römische Edelfrau.

»Die Gäste sind da.«

Kammerherr Nifon geleitete in den Säulenhof des Halyspalastes die Personen, um derentwillen Leon Skleros eingewilligt hatte, aus seiner Isolierung herauszutreten. Jaropolk der Nachdenkliche hatte es geschafft, ihn zu überreden.

»Meine Mutter, Leon, meine Mutter Jewdokija von Pskow kommt mich besuchen. Kann ich mich verweigern? Muß nicht ein Sohn seinen Eltern gehorsam sein? Solltest nicht auch du ihr die Ehre erweisen?«

Jewdokija von Pskow war nicht verschleiert – natürlich nicht, sie war ja eine Barbarin. Prinzessin Anna Jaroslawna ging mit unbedecktem Gesicht, sie war zwölf Jahre alt und noch ein kleines Mädchen. Leon Skleros wandte sein müdes Gesicht den Gästen zu. Er wollte in seine Klause zurück. Er hoffte, die Frauen würden verstehen, welches Opfer er brachte, indem er hier saß.

Jewdokija von Pskow begrüßte ihren Sohn förmlich.

»Du bist kein Mönch, aber auch nichts anderes, mein Sohn. Du hast deiner Mutter nicht die Unterstützung gegeben, die man von Rechts wegen erwarten kann.«

Jaropolk der Nachdenkliche verneigte sich.

»Gott hat mir seinen Willen noch nicht kundgetan.«

»Ein erwachsener Mann muß seinen Willen auch ohne göttliche Mitteilung kennen«, zischte Jewdokija von Pskow zornig. »Deine Tage vergehen nutzlos, Jaropolk.«

Die Frauen setzten sich in den Schatten des Säulengangs. Himerios zog sich schweigend zurück. Er hatte seine Pflicht erfüllt, indem er sich seiner Mutter gezeigt hatte.

»Bisher hat noch niemand ein Wort über Anna Jaroslawnas künftigen Ehemann verloren«, sagte Jewdokija von Pskow, den Mund voller Süßigkeiten. »Diese Sache müßte arrangiert werden.«

»Ich fühle mich wohl auch ohne Mann, wenn ich nur lesen kann«, sagte die kleine Prinzessin matt. Leon Skleros sah sie billigend an.

»Großfürst Jaroslaw der Weise hat seine Tochter nach Konstantinopel geschickt in der Hoffnung, daß Leon Skleros Sondierungen aufnimmt, um zwischen Anna und einem griechischen Prinzen eine Ehe anzubahnen.« Die Stimme der Jewdokija von Pskow war anklagend. »Außerdem erwartet er, daß Leon Skleros eine griechische Prinzessin als Ehefrau für einen seiner Söhne sucht.«

Leon Skleros erbebte, als er hörte, daß Jewdokija von Pskow von Griechen sprach. Die Frau lebte seit einem Jahr am Hof und hatte es immer noch nicht gelernt, die Römer Römer zu nennen.

»Es erscheint mir seltsam, daß ein Mann, der aus der Hand des Großfürsten eine Königstochter zur Frau bekommen hat, sich in einer Zelle einsperrt, um über den Zustand seiner Seele zu trauern«, sagte Jewdokija von Pskow giftig. »Ein Mann muß vor der Hochzeit wissen, ob er in Askese oder im Ehebett leben will.«

Leon Skleros mied den gehässigen Blick der Frau. Ein dummes, gottloses Weib; in ihrem primitiven Gemüt verstand die Frau nicht das Leben der heiligen Berufenen, zu dem wahrhaftig keine alltägliche Ehe oder der Dienst für einen Fürsten gehörte.

»Der Kaiser hat mehrere Anfälle gehabt«, wechselte Jewdokija von Pskow das Gesprächsthema, ohne innezuhalten. »Ein Arzt hat gesagt, daß seine Krankheit zum Tode führt. Jedenfalls hat das zu seinem Tod geführt, denn die Brüder des Kaisers haben den Arzt umbringen lassen.«

»Was sagt Johannes Orphanotrophos? Er muß doch in Sorge um die Gesundheit seines Bruders sein?«

Euprepia Monomachina war schon immer mehr an Politik als an Religion interessiert gewesen – jeder Römer betrieb leidenschaftlich das eine oder das andere, die meisten beides.

Jewdokija von Pskow tratschte genüßlich. In den Frauengemächern des Heiligen Palastes kannte man alle Ereignisse, noch bevor sie eingetreten waren.

»Der Eunuch bewacht seinen kaiserlichen Bruder wie seinen eigenen Kopf.«

»Es heißt, der Kaiser habe kein Geld«, wunderte sich Euprepia. »Kann das möglich sein? Basileos Bulgarentöter hat doch den größten Schatz der Welt hinterlassen.«

»Ach, der ist hin«, wischte Jewdokija von Pskow mit der Hand zweihunderttausend Talente in Gold beiseite. »Mehr Steuern sind nötig. Der Krieg auf Sizilien kostet eine Menge Geld. Der Kaiser hat seinen Schwager Stephanos als Oberbefehlshaber der Flotte nach Sizilien geschickt.«

»Vielleicht versteht Stephanos die Flotte zu führen. Er hat doch Erfahrung mit Schiffen noch aus der Zeit, da er Schiffskalfaterer im Hafen war«, sagte Euprepia boshaft.

Leon Skleros hatte das Geplauder der Frauen satt. Ihn interessierten der Kaiser und seine zweifelhaften Verwandten nicht. Sein Reich war die weißgekalkte Zelle. Dort war alles, was ein Mensch für gewöhnlich braucht: eine Kerze, Bücher und ein hartes Bett. Natürlich gab es irgendwo Sklaven, die täglich Leons bescheidene Mahlzeiten zubereiteten.

Leon Skleros hörte nicht mehr auf die Reden über die Grenzen des Reiches, die Aufstände, die militärischen Befehlshaber und andere nichtige Dinge. Er legte den Kopf in den Nacken und spürte Jaropolk neben sich. Wahrscheinlich hatte der Freund das Gespräch ebenso satt wie er, war aber zu höflich, es zu zeigen.

Jaropolk der Nachdenkliche stand steif und unbeweglich neben dem Stuhl, auf dem Leon Skleros saß. Seine Augen waren halb geschlossen. Er wirkte hochmütig und gelangweilt.

Gott hatte Jaropolk den Nachdenklichen geschlagen. Gott hatte ihn so zu Boden geschleudert, daß er nicht wieder aufstehen würde. Und auch nicht aufstehen wollte.

Denn war es nicht für einen frommen und gelehrten Mann aufs äußerste demütigend, eine unwürdige Frau so zu begehren, daß nichts anderes für ihn von Bedeutung war? Jaropolk den Nachdenklichen ekelte seine eigene Vulgarität an, zugleich aber genoß er diesen Zustand der Erniedrigung.

Jaropolk der Nachdenkliche hatte die schwedische Königstochter vor Jahren zum erstenmal gesehen. Das Mädchen war, erschöpft und von Mücken zerstochen, mit dem Roten Waräger nach Aldeigjuborg gekommen. Der Bursche war interessant gewesen, das kleine Mädchen überhaupt nicht. Jaropolk der Nachdenkliche hatte sich im stillen gewundert, warum der Waräger in Gegenwart des Kindes den Dummkopf mimte. Der Bursche war in seiner Häßlichkeit so rührend, daß Jaropolk der Nachdenkliche ihn geradezu gern hatte – sofern er überhaupt einen Menschen gern haben konnte.

Jaropolk der Nachdenkliche betrachtete zerstreut die junge Frau. Sie saß reglos in ihrem Stuhl, der mit einem farbig gemusterten, prächtigen Stoff bezogen war. Aus der rauchigen Balkenhalle des nordischen Warägerhauses, wo sie neben der Feuergrube gehockt hatte, war das Mädchen in den großstädtischen Palast, in einen Marmorsäulengang geraten, wo das Plätschern des Springbrunnens den Ohren und der Duft der Räucherstäbchen der Nase schmeichelte.

Jaropolks Blick schärfte sich. Er sah die Frau gleichsam zum erstenmal. Allmählich begriff er, daß irgend etwas an ihr von Grund auf falsch war. Er kam nicht darauf, was es war, aber je fester er Theodora Hyperborea anstarrte, um so klarer begriff er, daß diese Frau ihm völlig fremd war.

Es war, als säße auf dem Stuhl eine Statue aus Dunst, die erst dann Konturen annahm, wenn Jaropolk der Nachdenkliche seinen Blick von einer Einzelheit zur nächsten wandern ließ: der lange Hals und die Grube am Schlüsselbein, die schalenförmigen Brüste und die Brustwarzen, die dunkelrot waren wie Weintrauben, der ewige Bogen der Hüfte und der runde Bauch, in dessen Mitte der Nabel dazu aufforderte, in die Frau einzudringen. Jaropolk der Nachdenkliche sah die Schenkel und zwischen ihnen das hellbraune Seidendreieck und verspürte eine so unbändige Begierde, daß er die Zähne zusammenbeißen mußte, um nicht zu stöhnen.

In diesem Augenblick verstand Jaropolk der Nachdenkliche, daß er in Versuchung geführt wurde, in eine Versuchung, wie er sie noch nie erlebt hatte, und die um so schmerzhafter war, da die Frau die Gemahlin seines geliebten Freundes Leon war.

Oh danke!

Jaropolk der Nachdenkliche spaltete sich auf in zwei Personen.

Die eine dankte für die Versuchung und ging mit klarem Verstand in den Kampf. Die andere zog sich schlau in den Hintergrund zurück, verschlang Leon Skleros' Frau heimlich mit den Augen und wußte, daß er sie beschlafen würde, sobald sich nur die Gelegenheit dazu bot. Wie erregend, wie widerlich war es doch, eine Frau zu begehren, sie gnadenlos zu begehren und sich vollkommen der Sünde hinzugeben. Eine solche Begierde war nicht so erhaben wie Jaropolks Liebe zu Leon.

Jaropolk der Nachdenkliche spürte Energie und Freude in sich, nachdem er endlich einen Gegner bekommen hatte, gegen den es zu kämpfen galt.

»Ich muß zurückgehen und die Salbentöpfe der Kaiserin zählen.« Jewdokija von Pskow erhob sich, nachdem sie mehr Wein getrunken hatte als alle anderen Frauen zusammen.

Die Aufseherin schwankte ein wenig. Ihre Stimme wurde weinerlich.

»Wäre ich doch niemals aus Nowgorod fortgegangen. Hier ist es auch so heiß, und es gibt zu viele Menschen.«

Jewdokija wandte sich an ihren Sohn. »Versuche irgend etwas, Jaropolk. Wenn du nicht Anführer oder Ratgeber sein kannst, dann werde wenigstens Bischof. Sonst ist alles vergebens.«

27. Kapitel

1038

Eirik der Starke, der Rote Waräger, ritt vor seiner Truppe die Via Egnatia entlang gen Konstantinopel. Die Via Egnatia war eine alte Römerstraße, mit Steinen gepflastert und breit genug, daß Streitwagen darauf fahren konnten. Sie war die wichtigste Landverbindung von Westen in die Metropole.

In der ruhmreichen Alten Zeit, so wurde erzählt, war es möglich, einen großen Weg entlang von Osten, aus Nisibis in Mesopotamien, durch Kleinasien nach Konstantinopel und von dort weiter nach Makedonien durch Durazzo, über das Meer nach Bari, durch Italien und Gallien über die Pyrenäen und durch Hispanien nach Cadiz und bis ans Ufer des Atlantik zu reisen, wo die Welt endete und das Meer begann. Man konnte die ganze Reise im Wagen zurücklegen, und nur ein einziges Mal mußte man mit dem Wagen auf ein Schiff fahren: um die Adria zu überqueren. Fährleute setzten die Reisenden über den Bosporus und die großen Flüsse. Außerdem sagte man, daß eine fünfzehnjährige Jungfrau die Reise nur im Hemd, allein und in Sicherheit hätte machen können, weil damals in der Welt der römische Frieden herrschte.

Aber seitdem waren Jahrhunderte vergangen. Danach hatte sich die Welt in Römer und Lateiner gespalten. Beide hatten ihren eigenen Kaiser, und Papst und Patriarch kamen nicht miteinander aus, so christlich sie auch beide waren. Außerdem dehnte sich die Welt beständig nach Norden und Osten aus. Immer neue Völker kamen zum Reich Gottes hinzu. Viele wußten freilich nicht, was sie wollten, so wie die Polen, die mal christlich waren, mal wieder nicht.

Während er so dahinritt, überlegte Eirik der Starke, daß auf den makedonischen Gebirgspfaden selbst ein hundertjähriges altes Hexenweib nicht mehr in Sicherheit war, obwohl im byzantinischen Reich im Vergleich zu dem vollständigen Chaos der Lateiner eine gute Ordnung herrschte. Nach dem Tod von Kaiser Basileios Bulgarentöter hatten sich in den Wäldern Räuber und Bettler angesammelt wie Mücken in einem schwedischen Sumpf.

Die meisten von Eiriks Männern waren Söldner. Eirik fand, das war ein Zeichen dafür, wie krank das Reich war. Rückgrat der byzantinischen Armee war der Bauernkrieger, der für seinen Dienst mit Nomismata entlohnt wurde und selbst sein Land bewirtschaftete. Aber nach dem Tod von Kaiser Basileios Bulgarentöter hatten die Großgrundbesitzer den Bauern rücksichtslos ihr Stückchen Land weggenommen und sie in die Wälder und Städte gejagt. Jeder Räuber und Bettler war ein ehemaliger Soldat, für den man einen fremdländischen Söldner einstellen mußte.

In der Truppe Eiriks des Starken gab es Armenier, Georgier, Syrer, Magyaren, Bulgaren, Petschenegen und Russen. Außerdem waren da Italiener, Deutsche und Franken, die alle als Lateiner bezeichnet wurden. Die Befehlssprache der Armee war Griechisch; die griechischsprachigen Befehle kannte selbst ein alanischer Krieger, der von den Bergen des Kaukasus zugewandert war und in den Gasthäusern des Landes nicht einmal Bier oder ein Mädchen in der Landessprache kaufen konnte.

Die Griechen verachteten alle anderen Völker. Die waren ungebildet und taugten nur dazu, dem Reich zu dienen. Besonders haßten die Griechen die lateinischen Franken, die ihrer Ansicht nach die grausamsten Menschen auf Erden waren.

Neben all diesen Völkerschaften hatte Eirik der Starke als Unterführer drei schwedische Waräger aus der kaiserlichen Leibgarde. Nach Ansicht der Griechen waren die Waräger unberechenbare, aber nützliche Barbaren; man stellte sie zufrieden, indem man ihnen einen guten Lohn zahlte und ihnen erlaubte, jedesmal beim Tod eines Kaisers den Palast auszurauben, dann waren sie dem nächsten Kaiser treu. Ihre legendäre Lüsternheit und ihre gewaltigen Kräfte stellten für die vornehmen Frauen der Metropole eine unwiderstehliche Versuchung dar. In vielen Palästen gab es eine Pforte, durch die der warägische Liebhaber ungehindert ein und aus ging.

Vor Eirik dem Starken und seinen Männern ragte hinter der weiten Ebene die Große Mauer von Konstantinopel wie ein Gebirge am

Horizont auf. Die Mauer erstreckte sich vom Marmarameer bis zum Goldenen Horn und trennte die Halbinsel Byzantion vom Festland. Von Wasser zu Wasser war sie fast dreitausend Schritt lang. Davor befand sich ein Erdwall und hinter diesem ein Wallgraben; der Graben wurde nur bei einem drohenden Angriff voller Wasser gelassen, damit das stehende Wasser die Stadt nicht vergiftete, was leicht geschehen konnte.

Jenseits des Wallgrabens gab es eine Brustwehr, von der aus die Bogenschützen die Angreifer aus der Nähe beschießen konnten. Unmittelbar hinter der Brustwehr erhob sich die steinerne Innenmauer mit ihren Wehrtürmen. Alle hundert Schritt gab es einen Wehrturm, und von dort konnte man Pfeile weit über den Wallgraben hinweg verschießen.

Als Innerstes ragte die uneinnehmbare Große Mauer auf. Sie war zur Zeit des mächtigen Kaisers Theodosius, sechshundert Jahre zuvor, errichtet worden. Die Große Mauer war sieben Mann hoch und fünf Schritt breit, so daß Kriegerabteilungen auf ihrem Kamm aneinander vorbeimarschieren konnten. Jeder einzelne der neunzig Mauertürme war wie eine Festung und selbständig zu verteidigen.

In der Mauer gab es mehrere Handelstore, von denen das Charisios-, das Romanos- und das Pegetor die größten waren. Außer den Handelstoren gab es fünf Militärtore, die nur von der Armee benutzt werden durften. Jedes Tor wurde von Turmaufbauten geschützt, und das gewaltigste war das Goldene Tor von Konstantinopel, durch das der Kaiser nach seinen Feldzügen auf dem Triumphweg einzog.

Eirik der Starke fand, daß es auf der Welt nichts so Großartiges gab als die Große Mauer von Konstantinopel. Er war vor Begeisterung verstummt, als er die Kirche Hagia Sophia sah, die den gewaltigsten zusammenhängenden Raum der Welt umschloß. Doch die Große Mauer erfüllte ihn mit ebensolchem Respekt wie der Gedanke an Gott: In all ihrer Vollkommenheit überstieg sie die menschliche Fassungskraft.

Die Via Egnatia führte unter den Bronzestatuen des Goldenen Tors hindurch in den von mehreren Türmen bewachten Hof. Eirik der Starke wandte sich mit seiner Abteilung jedoch vor dem Tor nach links, ritt an der linken Seite der Mauer entlang geradeaus weiter und bog erst in das Zweite Militärtor ein. Von dort führte der direkte, mit Steinen gepflasterte Zweite Militärweg zu der alten Konstantinmauer und zu deren ehemaligem Goldenen Tor, von dem nur noch zwei Türme übrig waren.

Die Stadtteile zwischen der Großen Mauer und der alten Konstantinmauer waren dünn besiedelte Vorstädte. Der Weg führte zwischen Feldern und Gärten hindurch, vorbei an einer kleinen Kirche und einem Kloster. Vor allem gab es in dieser Gegend jedoch Kasernen, Exerzierplätze und große Verpflegungsküchen für die Truppen. Hier waren die Stadtgarden, die Tagmatikoi, untergebracht. Die Garden bildeten den Kern der Armee. Sie waren besser geschult und bewaffnet als die Bauerntruppen aus den ländlichen Provinzen.

Die alte Konstantinmauer war nur noch ein undeutlicher Wall. Den größten Teil der Steine hatte man fortgeholt, um sie für andere städtische Bauwerke zu verwenden. Er bildete jedoch eine Grenze: Außerhalb des Walls herrschte die teure militärische Ordnung, innerhalb begann die lärmende, aber einträgliche Unordnung des Handels.

Der Zweite Militärweg mündete bei Konstantins altem Goldenen Tor in den Triumphweg. Eirik der Starke führte seine Truppe auf den Triumphweg in Richtung Arkadiosmarkt. Dann hielt er sein Pferd an.

Der Rote Waräger hatte Nachrichten für den Kaiser. Sie waren nicht eilig. Aber es waren Nachrichten, die der Kaiser nicht hören wollte. Sein erbärmlicher Schwager Stephan der Schiffskalfaterer hatte Georgios Maniakes, den besten Domestikos des Reichs, erzürnt.

Der Kaiser war drauf und dran, Sizilien zu verlieren. Eirik der Starke fand, er sollte die Insel ruhig verlieren, wenn er für seine Flotte keinen besseren Befehlshaber fand als seinen faulen und bestechlichen Schwager. Der Rote Waräger hatte die Lügen und Intrigen gründlich satt. In der griechischen Armee waren sie wichtiger als die Kämpfe; der schlimmste Feind fand sich immer im eigenen Lager.

»Rolf«, rief Eirik der Starke seinen Unterführer. »Führ die Männer in den Palast und überbring die Nachrichten Johannes Orphanotrophos.«

Der Manglavites Rolf der Fingerlose übernahm von Eirik den Kuriersack.

»Was hast du vor?«

»Ich gehe nach Xerolophos saufen und zu den Mädchen und will vergessen, daß es die Welt außerhalb der Großen Mauer gibt.«

Voran schritten zwei männliche Sklaven des Halyspalastes aus Thrakien mit ihren Stäben. Ihnen folgte Tarasios, der Almosenverteiler des Palastes, der mit beiden Händen einen Korb voller Kerationmünzen trug. Irene Monomachina schritt unmittelbar hinter dem Almosenverteiler und führte ihre Schwiegertochter Theodora.

»Meine Familie hat immer am Tag der heiligen Taisia in Xerolophos Almosen verteilt. Seit hundert oder zweihundert oder dreihundert Jahren. Immer.«

»Warum gerade heute?«

Theodora Hyperborea hatte ein Treffen mit einem Kaufmann aus Bagdad verabredet, der behauptete, den größten Saphir der Welt zu besitzen. Die Untertanen des Kalifen waren treulos und hatten das Heilige Grab in ihrer Gewalt; dennoch durften sie sich in Konstantinopel aufhalten, denn die vornehmen Leute kauften, was ihnen in den Sinn kam und vom wem sie wollten. Die arabischen Kaufleute hatten in der Stadt ein eigenes Viertel.

»Die heilige Mutter Taisia war ursprünglich eine Hure, die von ihrer eigenen Mutter an die Männer verkauft wurde, weil die Mutter Geld für ihr luxuriöses Leben brauchte. Vater Paphnutios von Sidon errettete Taisia von der Sünde und brachte sie dazu, daß sie bereute. Deshalb verteilen wir in der Nähe des Eleutherioshafens im Stadtteil Xerolopholos am Gedenktag der heiligen Taisia Almosen. Um den Hafen herum liegen Freudenhäuser. Vielleicht erkennt eine der unglücklichen Frauen den Weg der heiligen Taisia als richtig.«

Theodora hatte keine Lust gehabt, von dem Bett auf der Galerie des Halyspalastes aufzustehen, wo sie schlaff zwischen den Kissen geruht hatte. Aber sie widersprach ihrer Schwiegermutter niemals. Euprepia Monomachina dagegen hielt das Verteilen von Almosen an die Huren für dummes Zeug. Keine einzige dieser Frauen würde ihr sündiges Leben wegen einer Münze aufgeben, und wenn sie es doch täte, würde der Besitzer des Freudenhauses sie verprügeln.

»Die Freudenmädchen werden für eine Münze so lange nicht verschwinden, bis jemand ihrem Eigentümer Silbergeld zahlt«, lächelte Euprepia ihrer Schwester zu. »Außerdem sind die Huren gerade dank des Neujahrsfestes im vergangenen Monat reich geworden.«

»Du hast einen irdischen Sinn, Euprepia.«

»Ich habe meinen Verstand beisammen.«

So mußte Theodora Hyperborea auf eigenen Füßen mit ihrer Schwiegermutter durch zweifelhafte Gassen in einem Stadtteil wandern, in den sie sonst nicht einmal mit der Sänfte gekommen wäre. Irene Monomachina hatte sie angewiesen, ein schlichtes weißes Gewand ohne Ärmel und eine dunkle Palla anzulegen. Die Palla bestand aus einem großen, rechteckigen, länglichen Stück Stoff, das mehrmals um den Körper gewickelt wurde. Das eine Ende zog man sich über den Kopf. Theodora Hyperborea in ihrer Palla wirkte wie eine Raupe in ihrem Kokon.

Theodora achtete genau darauf, wohin sie ihren Fuß setzte, und verzog vor Ekel das Gesicht. Die Gassen von Xerolophos waren nicht mit bunten Platten, geschweige denn mit Mosaiken belegt. Die Abfälle wurden höchstens aus der unmittelbaren Nähe der Tür entfernt. Die Häuser waren aus Holz oder aus Fachwerk und Lehm. Das Bild der Aphrodite oberhalb der Tür, gemalt als Einladung, war unnötig; die halbnackten Frauen boten ihre Dienste in der Tür und in den Fenstern an.

Theodora Hyperborea betrachtete durch ihren Schleier hindurch neugierig die Menschen, die seltsam aussahen. Im Norden hatte es in ihrer Kindheit keine Huren gegeben, zumindest konnte sie sich nicht erinnern, daß darüber gesprochen worden wäre, während man in Konstantinopel ständig die Störungen beklagte, die von den Huren verursacht wurden. Im Norden schliefen die Männer mit den Sklavinnen, die sie anderswo geraubt hatten. Keine Frau hätte sich ihren Lebensunterhalt dadurch verdient, daß sie sich verkaufte.

Auch die Sklaven im Halyspalast waren Könige im Vergleich zu den Einwohnern von Xerolophos. Theodora hatte nicht gewußt, daß in der Stadt auch solches Volk wohnte. Ihre Erfahrungen beschränkten sich auf die Paläste der vornehmen Gesellschaft und auf private Bäder, Kirchen und den Heiligen Palast, die Läden in den Säulengängen der Mese und die mit Schleiern verhängte Loge am Hippodrom.

Die Hitze, die Gerüche und das Geschrei bedrängten Theodora. Willenlos folgte sie Irene Monomachina und hoffte, daß die Almosen bald ausgeteilt sein würden und sie zum Arkadiosmarkt zurückkehren konnten, wo ihre Sänften warteten. Sie hielt den Blick auf den Boden gerichtet, teils, um ekelhaften Schmutzhaufen auszuweichen, teils, um ihr Gesicht vor den zudringlichen Blicken der Männer zu verbergen. Denn obwohl Theodora Hyperborea eine vornehme Frau war und sich geziemend kleidete, war sie doch jung und begehrenswert, und die Männer zischten hinter ihr her.

Die Menschen waren freundlich, verneigten sich, wenn Irene Monomachina die Hand hob und das Kreuz schlug, nannten sie ehrerbietig Mutter und nahmen routiniert die Münzen entgegen, die Tarasios verteilte.

Den vornehmen Frauen folgte ein dicker syrischer Sklave, der auf den Schultern zwei Körbe mit Stoffen trug. Daraus verteilte Irene Monomachina Stoffstücke an die elendsten Bettler. Nahrungsmittel gab es in Konstantinopel zumeist genug, und sie waren billig; Brot, Bohnen und Gemüse wurden täglich von jedem großen Haus verteilt, und an Feiertagen außerdem Öl und Wein. Aber für seine Kleider mußte jedermann bezahlen. Obwohl jetzt eine späte Oktoberhitze herrschte, würde der Winter in einem Monat Einzug halten.

In der Volksmenge entstand Unruhe: Jemand reckte die Nase in die Luft, wandte den Kopf hin und her, schnupperte, prüfte mit dem Finger die Windrichtung. Bei der Hitze durften in der Stadt nur die Kochfeuer brennen, und auch die nur tagsüber.

Dieser Geruch war anders als der Braunkohledunst. In den Gassen erlahmte jede Bewegung. Der Lärm verstummte und wurde zu abwartendem Lauschen. Die Menschen liefen ratlos herum und suchten ihre wenigen Habseligkeiten zusammen.

»Kyria«, Tarasios' Stimme war ein nervöses Flüstern. »Gebieterin, irgendwo brennt es.«

Irene Monomachina runzelte die Brauen.

»Ich verstehe. Teil rasch die Münzen aus, wir kehren zurück in den Halyspalast.«

Tarasios bot die Kerationmünzen den Vorübergehenden an, aber die Menschen hatten es schon zu eilig. Der Almosenkorb von Tarasios wurde umgestoßen. Viele eilten schon halb im Laufschritt dahin.

Die thrakischen Sklaven bemühten sich, den vornehmen Frauen den Weg zum Arkadiosmarkt freizumachen, aber sie mußten quer durch die Menschenmassen hindurch und kamen überhaupt nicht vorwärts. Der Menschenstrom bewegte sich instinktiv nach Westen, in die dünn besiedelten Teile der Stadt in Richtung der Großen Mauer.

»Am besten folgen wir den Menschen.«

»Gebieterin, sie fliehen zur Mokioszisterne.«

»Wir müssen mitgehen. Der Rauch kommt aus der Mittelstadt. Der Arkadiosmarkt kann in Flammen stehen.«

Noch während Irene Monomachina sprach, hörte man von rechts einen ohrenbetäubenden Knall und ein Brausen. Eine schwarze, widerlich stinkende Rauchwolke hüllte die Gasse ein, und dahinter sah man Feuerschein. Panik ergriff die Menschenmenge: Sie stürzte davon, auf niemanden wurde gewartet, niemandem ausgewichen, niemandem geholfen.

Die thrakischen Sklaven hoben ihre Herrin hoch und rannten mit der Menge mit. Der alte Tarasios stürzte und geriet unter die Füße der schreienden Menge.

Theodora, die etwas seitlich gegangen war, warf sich in einem schmalen Durchlaß zwischen zwei Häusern, der für einen Menschen kaum passierbar war, zu Boden. Sie schlug mit dem Kopf gegen die Hauswand und blieb wie ein Bündel in der Falle liegen.

Als Theodora wieder auf die Beine kam, stöhnte sie und hinkte mit dem rechten Knöchel. Die Fliehenden waren fort. Das Tosen des Feuers war irgendwo weiter hinten zu hören. Theodora konnte nur wenige Schritte weit sehen. Von dem Rauch tränten ihr die Augen, und es kratzte ihr im Hals. Schwarze Partikel und glühende Funken flogen durch die Luft.

Theodora tastete sich mit den Händen die Häuserwände der Gasse entlang. Sie taumelte schluchzend weiter ohne die geringste Ahnung, wo sie war und wohin sie ging. Sie versuchte zu rufen, aber in dem Brausen der Flammen hörte sie ihre eigene Stimme nicht. Sie wollte fort von dem Feuer, aber es schien überall zu sein.

Sie begriff, daß die Hitze bald so zunehmen würde, daß die Gassen sich von selbst explosionsartig entzünden würden.

Theodoras Gang wurde langsamer. Sie lehnte sich an eine glühend heiße Lehmwand. Das Getöse des Feuers schien nachzulassen. Theodora versank allmählich in friedliche Finsternis. Um sie herum war es kühl und feucht inmitten der Flammen. Sie zog unter ihrem zerfetzten Gewand das an einer Silberkette hängende, plumpe Vogelbild hervor.

»Wasservogel, Bronzevogel, hilf mir, Schwan, du Gottesvogel.«

Eirik der Starke erwachte durch eine seltsame Stille. Im Freudenhaus herrschte immer Lärm, das war natürlich. Eirik schüttelte seinen schweren Kopf. Er hatte roten Wein getrunken, obwohl er wußte, daß das Getränk der Waräger Bier war.

Das Zimmer war winzig, eines der Mädchenzimmer im oberen Stockwerk eines Freudenhauses der besseren Kategorie. Als erstes vergewisserte sich Eirik der Starke, daß seine Ausrüstung und sein Geldbeutel noch da waren. Die Waräger wurden im allgemeinen nicht bestohlen. Jeder Bordellbesitzer wußte, daß ein Waräger den ausgehandelten Preis auch bezahlte. Wenn man ihn betrog, kam er mit seinen Kameraden zurück, und dann hatte der Besitzer kein Freudenhaus mehr.

Von dem Mädchen war keine Spur zu entdecken. Abgesehen von Eiriks Sachen war das Zimmer leer.

Das Gefühl einer drohenden Gefahr besiegte die Kopfschmerzen. Eirik der Starke schaffte es mit Mühe und Not, ohne Diener seine Ausrüstung anzulegen. Der Fußboden bog sich unter seinem Gewicht, als er mühsam Tunika, Panzerhemd, Lederpanzer, Kettenstrümpfe und Beinschutz anlegte. Als er die Mantelfibel befestigte, wußte er schon, daß seine Rettung eine Frage von Augenblicken war. In der Luft lag der Geruch von Rauch: Irgendwo brannte es, offenbar in der Nähe, da das Haus verlassen und leer war. Durch eine kleine Fensteröffnung unterhalb der Decke drang ein heller Klang wie von einer Alarmglocke, und dann ein Donnern, das für einen Krieger, der schon einmal die Eroberung einer Stadt mitgemacht hatte, unverkennbar war: Gebäude stürzten ein.

Eirik der Starke öffnete die Tür des Zimmers. Ihm schlug Hitze wie aus einem Feuerrachen entgegen. Dennoch mußte er da durch.

Die Treppe brannte noch nicht, gab aber unter dem Waräger nach; mit seiner Ausrüstung wog Eirik soviel wie zwei gewöhnliche Männer. Eirik krachte auf den Fußboden des Erdgeschosses, sprang auf und öffnete die Tür, die auf die Gasse führte, einen Spaltbreit.

Die Gebäude zu beiden Seiten der Gasse standen leer. Das Knistern des Feuers klang so nahe und die Hitze war so erstickend, daß Eirik annahm, die hinteren Teile der Häuser brannten schon. Er überlegte nur einen Augenblick lang: Das Feuer näherte sich von Norden, er mußte also nach Süden in Richtung Marmarameer und Eleutherioshafen fliehen. Durch das Tor des heiligen Aemilianos würde er ins Meer gelangen und vor den Flammen in Sicherheit sein.

Der Rote Waräger lief in die Richtung, wo, wie er wußte, der Hafen lag. Er versuchte sich einzuprägen, durch welche Gassen er kam, aber sie wanden sich so verwirrend, daß er manchmal wieder umkehren mußte. Der Rauch verfinsterte die Sonne, und irgendwo hörte man Schreie, aber es war niemand zu sehen. Eirik fürchtete, daß er im finsteren Labyrinth der Gassen im Kreise lief. Das Feuer blieb hinter ihm, kam aber näher.

Plötzlich blieb Eirik der Starke stehen wie vor einer Wand. Er stand regungslos, mit allen Sinnen wild die Umgebung durchforschend. Eirik hatte das Gefühl, als spränge ihm das Herz unter Eisen und Leder aus der Brust heraus.

Mitten in dem bitteren Rauch, inmitten der tosenden Finsternis spürte er einen kühlen, feuchten Hauch. Er duftete nicht salzig, kam also nicht vom Meer. Eirik der Starke hob die Hand mit gespreizten Fingern in die Luft. Seine Faust wurde feucht; während er sie anstarrte, verdunstete die Feuchtigkeit.

»Terhen! Terhen!«

Das Brüllen des Warägers siegte über das Tosen des Feuers. Eirik lief gebückt umher, tastete die Häuserwände ab, die Fensteröffnungen und die Vertiefungen der Türen. Der Dunst war spürbar; hier irgendwo mußte Terhen sein. Das Tosen der Flammen rückte immer näher. Gleich würde der Waräger von den Flammen eingeschlossen sein.

Eirik stolperte fast über Terhen. Sie lag zusammengekrümmt in der Türöffnung an einer Stelle, an der Eirik schon einmal vorbeigegangen war. Die blonden Haare schimmerten durch den Rauch.

Eirik bückte sich und hob die Frau auf; sie war bewußtlos und kühl, und Eirik verstand, daß Terhen gerade dabei war, zu ihren Ahnen hinüberzugleiten.

Der Waräger verschwendete keine Zeit damit, die Frau zu erfrischen. Mit fliegenden Schritten floh er vor dem Feuer. Terhen wog in seinen Armen kaum mehr als sein Schild, den er im Bordell zurückgelassen hatte, um schneller voranzukommen.

»Christus«, keuchte Eirik der Starke beim Laufen. Die heiße Luft zerriß ihm die Lungen. »Christus, ich bin dir ein guter Diener gewesen. Ich habe Kerzen und einen silbernen Abendmahlsbecher für dich gekauft. Ich habe kein Pferdefleisch gegessen und keinen einzigen Priester getötet. Jetzt bist du an der Reihe.«

Der Feuerschein drang von allen Seiten durch den Rauch, nur direkt vor ihm war der Weg frei. Eirik der Starke wußte, daß er sich hätte links halten müssen, um zum Tor des Heiligen Aemilianos im Eleutherioshafen zu kommen. Aber dort erwartete ihn ein Flammenmeer. Ebenso auf der rechten Seite, wo er vielleicht zur alten Konstantinmauer und zum Psamathia-Ufertor gelangt wäre. Wenn Eirik geradeaus weiterginge, würde er auf die Ufermauer stoßen, die er nicht überwinden konnte. Er säße in der Falle. Aber einen anderen Weg gab es nicht.

Es fehlte nicht viel, und Eirik der Starke wäre mit seiner Last gegen eine Steinwand geprallt. Er warf sich Terhen über die Schulter und tastete mit der freien Hand die Wand ab. Da gab es ein zweiteiliges Holztor. Kein armes Haus.

Eirik erkannte, daß Christus seinen Part übernommen hatte. Dies war ein reiches Kaufmannshaus. Eirik der Starke stieß das Tor auf und stürzte hinein. Ringsumher brauste das Feuer. Die Steinwände würden nicht brennen, wohl aber die Holzkonstruktionen. Die Hitze war so stark, daß die Vorhänge gleich in Flammen aufgehen würden.

Wenn aber der Besitzer des Hauses ein Kaufmann war, dann hatte er unter seinem Haus einen Keller. Eirik ließ sich auf alle viere hinab, schleifte die bewußtlose Frau hinter sich her und suchte die Luke. Sie befand sich im hinteren Teil des Hauses. Ohne auch nur einen Augenblick zu zögern, riß Eirik die mit einer Eisenplatte beschlagene Kellerluke auf. Er warf Terhen hinein, sprang selbst hinterher und schloß hinter sich die Luke. Im letzten Augenblick hörte

Eirik ein Tosen, als wäre die ganze Welt in Flammen aufgegangen. Er hatte das Gefühl, daß ihm die Luft ausging. Die Luke schloß sich, und die Dunkelheit war vollkommen.

28. Kapitel

1038

Eirik der Starke wagte nicht umherzugehen, solange er nicht wußte, wo Terhen lag. Mit seinem Gewicht hätte er ihr leicht einen Arm oder ein Bein brechen können. Er tastete herum, fand Terhens Haare und zog daran. Leise wehklagte die Frau.

»Warte. Erschrick nicht«, murmelte Eirik der Starke auf finnisch. »Hier muß irgendwo in der Nähe der Treppe eine Kerze sein.«

Eirik ertastete die Kerze und einen Beutel mit Feuerzeug. Es dauerte eine Weile, bis er Feuer gemacht hatte; das war grotesk, da man von oben ein nichts Gutes verheißendes Tosen hörte und die Gegend um die Luke herum heiß wurde.

Eirik nahm Terhen unter den Arm wie ein Kind und entfernte sich von der gefährlichen Luke. Im Licht der Kerze sah man, daß der Keller Gewölbe hatte und groß war, seine Wände konnte man nicht erkennen. Überall lagen übereinandergestapelte Fässer.

»Ein Brunnen«, sagte Eirik plötzlich erfreut. Einen Brunnen zu finden war nicht allzu verwunderlich. Viele reiche Häuser hatten einen eigenen Brunnen, der sein Wasser aus der städtischen Zisterne bekam.

Eirik trug Terhen in den hinteren Teil des Kellers, ließ sie vorsichtig zu Boden und schlug mit der Faust eines der Fässer auf.

»Ein Tuchhändler«, stellte Eirik zufrieden fest. »Wollstoffe.«

Rücksichtslos schüttete Eirik tonnenweise den Stoff auf den Boden des Kellers und bettete Terhen darauf. Dann füllte er eine Tonne mit Wasser und benetzte damit viele Male die Stufen, die zur Luke hinaufführten. Zuletzt legte er noch nasse Stoffstücke auf die Stufen.

»Wir können hier verbrennen oder ersticken.« Eirik der Starke setzte sich neben Terhen auf den Stoffhaufen. »Wir werden entweder sterben oder leben, wie Gott es für gut befindet. Mehr können wir jetzt nicht tun.«

Terhen hatte die Augen geöffnet. Sie versuchte mit ihren verletzten Lippen zu lächeln.

»Dummer Eirik.«

Eirik strich Terhen die Haare aus dem Gesicht. Ihre Haut war streifig vom Rauch. Das feine weiße Seidengewand hing in Fetzen. Terhen faßte Eirik bei der Hand.

»Wenn wir sterben, trennen sich unsere Wege. Du gehst in den Himmel der Christen und ich zu meinen Ahnen ins Totenreich.«

»Die hast du ja in Nowgorod vermißt. Sehnst du dich immer noch nach ihnen?«

»Ich weiß nicht. Mir ist alles egal.«

»Vielleicht ist wirklich bald alles egal.«

Sie schwiegen und horchten auf das Fauchen oben, das immer stärker wurde.

»Eirik, ich möchte nicht im Feuer sterben«, flüsterte Terhen. »Wenn der Keller Feuer fängt, dann brennen alle Fässer...«

»Ich werde nicht zulassen, daß du verbrennst«, beruhigte Eirik der Starke die Frau. »Du wirst nichts spüren. Außerdem werden wir wahrscheinlich zuerst ersticken«, fügte er tröstend hinzu.

Eirik zog Terhen in seine Arme und wiegte sie.

»Kleines Mädchen, du bist voller Wunden und blauer Flecke.«

»Und dein Panzerhemd scheuert daran.«

»Und das hilft nicht einmal gegen das Feuer.«

Eirik legte den Oberpanzer ab, der aus bronzebeschlagenen Lederstücken bestand, und das Panzerhemd, das er darunter trug. Seine blauweiße Leinentunika war am Saum schwarzgrau, sonst aber unter dem Panzerhemd weiß geblieben. Er zog auch die Tunika aus.

»Ich wasch dir die Wunden.«

Eirik der Starke tauchte seine Tunika ins Wasser und wrang sie aus. Er kniete neben Terhen nieder, richtete sie mit dem linken Arm auf und wischte ihr ungeschickt den Ruß aus dem Gesicht.

»Jetzt bist du gestreift.«

»Stell dir mal vor, wie du selbst aussiehst, dummer Eirik. Deine Augenbrauen sind versengt, und dein Bart ist graugemustert«, lächelte Terhen müde.

»Die Horden der Petschenegen würden vor Angst in Ohnmacht

fallen, wenn ich ihnen allein entgegenritte«, vermutete Eirik. Seine Pranken lösten Stücke des Seidengewands von Terhens Haut. Vorsichtig drückte er den kühlen Stoff der Tunika gegen Terhens Schürfwunden und die von den Funken verbrannten Stellen. Allmählich hörte Terhen auf zusammenzufahren, schloß die Augen und entspannte sich in den Armen des Warägers.

Eirik der Starke ließ die Tunika aus der Hand fallen. Er strich Terhen über die Stirn, die Wangen und den Hals. Leicht fuhr er ihr mit den Fingern über das Schlüsselbein bis zur Schulter und umschloß sie mit der Hand.

»Du bist zerbrechlich wie ein kleiner Vogel«, flüsterte Eirik. »Tu ich dir weh?«

»Mehr«, murmelte Terhen mit geschlossenen Augen.

Eiriks Hand glitt, zitternd vor Spannung, auf Terhens Brust. Sie war glatt und weich und rund wie der Mond. Eirik nahm die Brust in die Hand und drückte sie zärtlich. Er mußte sich so beherrschen, daß sein ganzer Körper bebte.

Eiriks Finger trafen auf den Vogelanhänger. Er nahm ihn in die Hand und betrachtete ihn verwundert.

»Du hast ihn immer noch ...«

»Den Wasservogel, den Bronzevogel.« Terhen holte tief Luft. »Das Geschenk der Schwäne.«

»Du bist selbst ein Schwan«, sagte Eirik voll andächtiger Verehrung. »Du bist das Wunderbarste, was ich kenne. Terhen Nebelfrau.«

Eirik der Starke schmiegte seinen Kopf, den zottigen, furchterregenden Kopf an Terhens Gesicht. Er spannte sich an, um einen Ausdruck des Abscheus, eine freundliche Abwehr zu ertragen. Terhen würde ihn nicht absichtlich verletzen.

Terhens Augen sahen Eirik im schwankenden Licht der Kerze unverwandt an. Eiriks Mund saugte sich an Terhens Lippen fest, seine Zunge öffnete ihre Lippen und eroberte Terhens Mund. Ihr Kopf sank nach hinten hinunter auf Eiriks Arm. Noch während er sie küßte, ließ Eirik Terhen auf den Stoffhaufen hinab. Seine Hand wanderte über ihre Brust, zur Taille und über den Bogen der Hüfte hinab zum Schenkel. Er wurde von einem Feuer verzehrt, neben dem ihm das oben wütende Vernichtungswerk gleichgültig erschien.

Terhen seufzte zufrieden, als Eirik endlich ihre Lippen freigab und ihr Stirn und Wangen mit kleinen Küssen bedeckte. Sie drückte sich an ihn und berührte verwundert seine Brust, die mit roten Locken bedeckt war.

Eirik der Starke stöhnte auf, schlang seine Arme um Terhen und versenkte seine Lippen in das Tal zwischen ihren Brüsten. Er schnappte nach Terhens Haut und erstickte fast an seiner Begierde; dennoch horchte ein Teil seines Bewußtseins ständig auf den Atem der Frau. Er wußte nicht, ob er sich noch würde zurücknehmen können, falls Terhen sich widersetzte.

»Sag nicht nein. Sag nicht nein.«

Eirik der Starke hörte, wie seine flehende Stimme keuchte, während seine Zunge zugleich eine dunkelrote Brustwarze fand. Terhen hob die Arme und vergrub ihre Finger in Eiriks Haarschopf, der voller Asche war. Sie zog Eiriks Kopf an den Haaren auf ihre Brüste herunter.

»Wenn wir in dieser Falle ersticken müssen, können wir wenigstens die letzten Augenblicke genießen.«

Eirik atmete tief durch. Seine Lippen wanderten zu Terhens Bauch, seine Hand glitt auf die seidigen Schenkel hinab. Er spürte qualvoll, wie grob und schwielig seine Hand war, die immer Schwert und Zügel gehalten hatte. Terhens Haut war so fein, daß sie schon von der bloßen Berührung Schrammen bekommen konnte. Eirik wollte den Körper der Frau drücken, drehen, pressen, verschlucken, jedes Fleckchen davon besitzen, ihn mit seinen mächtigen Gliedern umschlingen und mit ihm verschmelzen. Tränen der Begierde rannen ihm in den Bart, und er stöhnte wie bei einer Schlägerei.

»Eirik, ich weiß nichts von der Liebe. Ich habe ein Kind geboren, aber Männer sind mir fremd«, flüsterte Terhen. »Sei geduldig mit mir.«

»Uff«, sagte Eirik der Starke. »Es wäre für dich bestimmt am besten, mich zu binden, so wie mein Vater es tat, bevor er mir einen Krug Bier zu trinken gab.«

Terhen kicherte, und ihre Angst löste sich. Eiriks Lippen spielten mit Terhens Brüsten, und seine Finger streichelten die Innenseite ihrer Schenkel. Plötzlich wurde ihre Haut flammend heiß. Einen Augenblick lang glaubte Eirik, das Feuer sei bis zu ihnen vorgedrungen. Dann begriff er, daß die Hitze von innen kam. Er berührte fragend das goldbraune, lockige Dreieck. Terhen stöhnte auf, und Eirik preßte sein Gesicht zwischen ihre Beine. Seine Zunge erforschte die seidigen Falten, und er hatte sein eigenes Keuchen in den Ohren.

Terhen hob das Becken, und mit Eiriks Beherrschung war es vorbei. Mit harter Hand packte er Terhens Hinterteil und preßte seinen Mund auf ihren Bauch und ihr heimliches Dreieck. Terhen schrie auf, aber nicht vor Angst, und sie wälzten sich wie ein einziges Wesen auf den Wollstoffen. Terhen schlang die Beine um die Hüften des Warägers, und laut brummend wie ein Bär drang Eirik in sie ein.

»Wir sind gar nicht gestorben.«

In der Stimme Eiriks des Starken lag Verwunderung. Im Keller war es finster. Die Kerze war heruntergebrannt, während sie geschlafen hatten. Eirik hatte keine Ahnung, ob es Nacht war oder Tag. Das Brausen des Feuers war verstummt. Eirik streckte seine Hand aus.

»Terhen, wo bist du?«

»Mein Name ist Theodora«, ertönte es aus einer gewissen Entfernung. »Theodora Hyperborea.«

»Du wechselst den Namen häufiger als ich das Schwert.«

»Mein Stamm gibt dem Menschen einen neuen Namen, wenn er erwachsen wird.«

»Erwachsen bist du jedenfalls«, lachte Eirik zufrieden. »Bleib, wo du bist. Ich seh mal nach, wie es draußen aussieht.«

Der Waräger tappte zur Treppe. Er prüfte die Luke; sie war warm, aber nicht heiß. Eirik bückte sich und drückte die Luke mit den Schultern auf.

Um die Luke herum ragten geschwärzte Säulen auf. Eirik dem Starken wurde sofort klar, warum sie gerettet waren. Die Kellerluke des Kaufmannshauses lag in dem Säulengang, der den Innenhof umgab. Da gab es so gut wie nichts, was hätte brennen können. Das Haus war eine schwarze Ruine ohne Dach.

Die Sonne stand in Mittagshöhe. Ringsherum hörte man die Stimmen von Menschen. Die Städter kehrten zu ihren Wohnstätten zurück. In Konstantinopel gab es eine Feuerwehr, aber ihre Aufgabe war es, die Kirchen zu schützen, und etwas anderes konnte sie auch nicht ausrichten in der Stadt, die größtenteils aus Holz gebaut war. Viele Stadtteile brannten alle paar Jahre nieder. Die Einwohner waren an die Brände gewöhnt und beseitigten rasch deren Spuren. Ein mit Lehm verstärktes Fachwerkhaus zu bauen ging schnell. Auf diese Weise erneuerte sich die Stadt ständig. Die Gassen blieben jedoch dieselben, denn die Häuser wurden auf den alten Fundamenten errichtet.

Eirik der Starke seufzte bedauernd und kehrte in die Dunkelheit zurück.

»Ich muß dich wohl in den Halyspalast bringen.«

Eirik wäre für immer in dem Keller des fremden Kaufmanns wohnen geblieben, aber Theodora sagte nichts. Eirik reichte der Frau seine feuchte, rußige und zerknüllte Tunika.

»Streck die Arme aus, Theodora.«

Der Waräger zog ihr vorsichtig die Tunika über den Kopf. Theodora fuhr zusammen, als der Stoff die von den Funken verursachten kleinen Brandwunden berührte. Eirik half Theodora, den Kopf durch die Halsöffnung der Tunika zu stecken, und drückte dabei seinen Mund auf ihre Lippen. Sie waren fremd und kühl, und Eirik wußte, daß er aus dem Paradies vertrieben war.

Er legte seine Ausrüstung an. Das Panzerhemd scheuerte ihm unangenehm die nackte Haut. Er war so unglücklich, daß der Schmerz ihm Freude bereitete.

»Steh still.«

Eirik der Starke wickelte ein Stück von dem Stoff des Wollkaufmanns um die reglos dastehende Theodora. Dann nahm er das Bündel auf die Arme. Theodoras aschgraue Haare quollen aus dem einen Ende hervor. Eirik stopfte sie wieder hinein. Er beschmutzte den Stoff mit Ruß und Asche, wovon reichlich vorhanden war, denn er wollte nicht, daß die von dem Feuer aufgeregten Leute versuchten, ihm wegen des teuren Stoffs seine Last zu rauben. In dem Bündel steckte die Frau, die er liebte. Eirik war ein starker Mann und konnte seine Frau beschützen, aber gegen eine Massenhysterie vermochte er nichts auszurichten.

»Lieg ganz schlaff da«, flüsterte Eirik Theodora zu und küßte den Stoff. »Dann denken die Leute, ich trage eine Leiche.«

Der Waräger spürte, wie Theodora sich an seine Brust kuschelte.

Da verflog sein Kummer: Er durfte Theodora den ganzen Weg in den Armen halten. Jetzt mußte er sich an ihren zarten Gliedern freuen, die er durch den Stoff hindurch eher ahnte als fühlte. Es hatte keinen Sinn, sich schon vor der Trennung der Sehnsucht zu überlassen.

Der Weg war weit, die verschlungenen Gassen entlang fast dreitausend Passus. Der Brand hatte südlich des Arkadiosmarktes begonnen und nur den seeseitigen Teil von Xerolophos in Schutt und Asche gelegt. Die Mese war genauso belebt wie immer. Das Volk in den Kolonnaden und auf den Märkten betrachtete verwundert den rotbärtigen Waräger, der mit einem rußigen Bündel im Arm rasch dahinschritt. Niemand mischte sich ein, und man rief auch nicht die Stadtwache, weil die Waräger ihre Eigentümlichkeiten hatten, und dieser hier wirkte nicht gewalttätig.

Eirik dem Starken ging unterwegs auf, daß er eine Sünde begangen hatte. Er hatte mit der Frau eines anderen Mannes geschlafen. Es war durchaus nicht das erstemal gewesen, aber diesmal war es irgendwie anders. Theodora war nicht irgendeine beliebige griechische Edelfrau, die von den Pranken eines Normannen gedrückt werden wollte. Theodora – Terhen – war die Eine und Einzige. Eirik der Starke beschloß, für die Panagiotissa-Kirche eine große Wachskerze zu stiften.

Im Halyspalast wurde der verrußte Waräger von schreienden Sklaven, einem Eunuchen, der vor Schreck einen Schluckauf bekam, der haltlos weinenden Schwiegermutter und einer ruhigen, vernünftigen Frauensperson begrüßt, die Eirik den Starken entgegen allen Sitten in die Frauenabteilung führte, während der Eunuch plappernd hinterhertrippelte.

»Leg das arme Mädchen aufs Bett. Loukia! Kümmere dich um deine Herrin. Waräger, folge mir. Nifon, halt den Mund und richte für den Retter der Kyria Theodora ein Bad und reine Kleider. Wenn er sich gewaschen und angezogen hat, führe ihn ins Triklinium zum Essen.«

Der Ehemann war nirgends zu sehen. Eirik der Starke hatte angenommen, er würde zuallererst dem Ehemann Leon Skleros begegnen, und hatte schon den Ausdruck des schwachsinnigen Riesen aufgesetzt.

Im Halyspalast fand sich keine Tunika, die so groß war, daß sie

Eirik gepaßt hätte. Nifon mußte kostbaren Leinenstoff hervorholen, der so fein war, daß er zusammengerollt in einem Schilfrohr aufbewahrt wurde. Der Stoff war für Frauenkleider gedacht. Jetzt wurde er doppelt auf dem Mosaikfußboden zusammengelegt, und der schluchzende Oberkammerherr schnitt in den Stoffbruch eigenhändig ein Loch für den Kopf des Roten Warägers. Der Stoff legte sich leicht wie eine Wolke auf Eiriks Brust und Rücken. Sogleich stand an beiden Seiten von ihm je ein Sklave, der die Seiten zusammennähte, so daß aus dem Stoff ein ärmelloses Hemd wurde. Darüber legte Eirik seine Ausrüstung an. Er war zufrieden, wenn auch das Leinen zu dünn war, als daß es die Ringe des Panzerhemds hätte hindern können, seine Haut zu scheuern.

Im Triklinium war der Tisch für eine ganze Rotte gedeckt. Die Frauen des Halyspalastes nahmen an, daß Waräger größeren Hunger hatten als die Löwen des Hippodroms. Eirik fragte sich im stillen verwundert, ob sie wohl glaubten, er würde wirklich einen ganzen Schinken vertilgen.

Nach der Mahlzeit saßen die Frauen zusammen mit dem Waräger im Säulengang. Die Witwe Irene Monomachina trug einen leichten Schleier, aber Euprepia hatte ihr Gesicht nicht bedeckt, und sie schien die Situation auch sonst nicht befremdlich zu finden. Im Peristyl wimmelte es von Sklaven. Die einen brachten Früchte, die anderen spielten Panflöte, wieder andere taten so, als kümmerten sie sich um die Vogelkäfige. Falls der lüsterne Waräger sich plötzlich auf die Gebieterinnen stürzen sollte, wären wenigstens Verteidiger zur Stelle.

Aber Leon Skleros war immer noch nicht zu sehen, und niemand erwähnte ihn. Irgendwie war das seltsam. Wenn Leon Skleros nicht in der Stadt gewesen wäre, sondern auf den Familiengütern oder sonst irgendwo, wäre das schon viele Male beklagt worden. Es war, als gäbe es im Halyspalast gar keinen Hausherrn.

»Du bist also der Ziehbruder von Theodora Hyperborea? Deine Familie muß vornehm sein, wenn du als Kind mit der Königstochter gespielt hast.«

Es war Kyria Euprepia, die die Fragen stellte. Irene Monomachina nickte milde hinter ihrem Schleier.

»Mein Vater hatte eine ähnliche Stellung wie der Strategos in Byzanz.«

Die Frauen nickten wohlwollend. Der Strategos war der oberste Beamte eines Militärbezirks, der die militärischen, rechtlichen und wirtschaftlichen Angelegenheiten seines Gebiets führte. Eirik der Starke machte sich nicht die Mühe, den Frauen zu erklären, daß man den Oberrichter Thorstein den Mächtigen mit Gelächter aus Uppland vertrieben hätte, wenn er angefangen hätte, über das Tun und Lassen der Bauern zu bestimmen. In Byzanz verstand man dergleichen nicht: Die obersten Beamten konnten wechseln, aber die Untertanen blieben Untertanen, und ein Grieche konnte sich ein Leben ohne jemanden, der Befehle erteilte, nicht vorstellen.

Während des Gesprächs öffnete sich die Tür des Klosters hinter dem Säulengang, und ein Mann in einer weißen Kutte trat in den Hof heraus. Die Frauen fuhren nicht zusammen; der Mann war also ein naher Verwandter. Zu seiner Verblüffung erkannte Eirik der Starke in ihm Jaropolk den Nachdenklichen. Jaropolk war abgemagert, und sein dunkelbrauner Bart war gewachsen, aber der Mann war derselbe, mit dem Eirik in der Drushina Jaroslaws des Weisen gedient hatte.

Jaropolk der Nachdenkliche benahm sich, als wäre er im Halyspalast ein Familienmitglied.

»Du hast Theodora aus den Flammen gerettet, Waräger. Wie geschah das?«

Eirik der Starke vermerkte, daß der Mann im Mantel des Asketen ihn nicht mit Namen anredete. Eirik berichtete von dem Lauf durch das brennende Xerolophos, von dem Kaufmannshaus und dem Keller mit dem Brunnen.

»Du hast Kyria Theodora die ganze Nacht im Keller bewacht, Mann?«

Eirik der Starke blinzelte, als er die absichtliche Kränkung vernahm. Den Spatharokandates der kaiserlichen Leibgarde redete man nicht mit »Mann« an.

»Ebenso wie vor Jahren am Ufer des Bjelojesees – bevor wir dich trafen, Jaropolk.«

Der Asket sah Eirik mißtrauisch an, aber der Waräger lächelte sein offenes Lächeln. Hinter seiner Fassade überlegte Eirik, warum Jaropolk der Nachdenkliche sich ihm gegenüber feindselig verhielt. War er selbst in Theodora verliebt? Erriet er, was im Kaufmannshaus von Xerolophos geschehen war? Offenbar hatte Jaropolk das geistliche Leben gewählt; Eirik der Starke hatte schon immer gedacht, daß Jaropolk sich besser zum Mönch als zum Soldaten eignete.

Wo war Leon Skleros, wenn Jaropolk der Nachdenkliche sich zum Beschützer von Theodora aufwarf? Theodora hatte ein Kind erwähnt, aber die älteren Frauen sprachen von keinem Kind.

Jaropolk der Nachdenkliche wandte sich unvermittelt ab und kehrte ohne Abschied ins Kloster zurück.

»Du kennst Jaropolk aus seinen Kiewer Jahren«, stellte Kyria Euprepia fest.

»Wir haben in derselben Drushina gegen die Petschenegen gekämpft.«

»Jaropolk führt im Kloster der Heiligen Kerykos und Julita zusammen mit meinem Sohn Leon das asketische Leben eines Glaubenseiferers.«

Irene Monomachina erhob sich.

»Mein Sohn lebt schon seit fast einem Jahr in Askese«, sagte die Witwe. »Wir sind dir dankbar, Eirik. Ein Sklave wird dich in den Heiligen Palast begleiten. Ich hoffe, du kommst deine Ziehschwester besuchen, bevor man dich zurück nach Sizilien schickt. Theodora will dir sicherlich selbst danken, wenn sie sich nur erst von ihrer Erschütterung erholt hat.«

Der Rote Waräger verbeugte sich, um seine Verblüffung zu verbergen. Es war nicht üblich, daß man einen alleinstehenden Krieger bat, eine vornehme junge Frau zu besuchen. Als er sich wieder aufrichtete, begegnete er Euprepias taxierendem Blick. Eirik der Starke war sehr nachdenklich, als er aus dem Halyspalast auf die Davidstraße hinaustrat.

Theodora Hyperborea gab Schmerzenslaute von sich, als ihre Sklavin Loukia die kleinen Brandwunden in ihrer Haut salbte. Bei der schweißtreibenden Hitze drohten sie, sich zu entzünden. Loukia wischte Theodora jeden Tag mit Kräuterwasser ab, bevor sie die Wunden salbte, aber die Kühle hielt nur einen Augenblick vor.

Der Halyspalast stöhnte unter der Hitze so wie auch die übrige Stadt. Zwei Tage zuvor hatte auch ein anderer Stadtteil gebrannt, Plateia am Goldenen Horn, und die Luft roch immer noch nach Rauch. Theodora hatte Kopfschmerzen.

Irene Monomachina und Euprepia waren in der Hagia Sophia gewesen, um für Theodoras Errettung zu danken. Theodora selbst war zu krank um mitzugehen. Sie wollte an den ganzen Vorfall nicht mehr denken und auch nicht darüber sprechen. Auf diese Weise konnte sie sich vorstellen, daß es überhaupt keinen Brand gegeben hatte – und auch keine Nacht in der Umarmung Eiriks des Starken.

Theodora wurde es schwindlig, wenn die wilden Bilder ihr in den Sinn kamen. Wie hatte sie sich so unvorsichtig in diese Lage bringen können? So lange Theodora denken konnte, war es immer das wichtigste in ihrem Leben gewesen, niemals auf jemanden angewiesen zu sein. Sie wollte immer selbst die Oberhand haben, immer den Ausweg kennen.

Und jetzt, in der Angst vor dem Tod und vor einem ungelebten Leben hatte Theodora Hyperborea sich dem schwachsinnigen Waräger hingegeben.

Theodora biß sich auf die Lippen. Sie war die kühle und geheimnisvolle hyperboräische Prinzessin, ebenso kalt und weiß und lautlos wie der Schnee. Dieses Bild hatte sie im Heiligen Palast und in den Häusern der Vornehmen von Konstantinopel von sich aufgebaut. Es war ein hochmütiges und bewunderungswürdiges Bild; jeder zurückgewiesene Mann wußte, daß er nicht der einzige und daß er nicht schlechter war als die anderen.

Theodora sah sich nackt in dem dämmerigen Keller, sah sich selbst, wie sie Eirik dem Starken den Rücken kratzte und ihm in die Pobacken biß, wie sie die bis zum Nabel reichende rote Behaarung und das darin aufschwellende Ding küßte; sie bebte wie im Fieber und wußte nicht, ob vor Begierde, vor Angst oder aus Reue.

Tatsächlich war Theodora immer auf Eirik den Starken angewiesen gewesen. Er wußte mehr von Theodora als sie selbst. Erinnerungen, die sich im Nebel von Theodoras Kindheit verloren, hatte er lebendig im Gedächtnis bewahrt, war er doch sieben Jahre älter als Theodora.

»Theodora ist still und bedrückt«, ertönte die Stimme der Schwiegermutter Irene Monomachina aus dem Säulengang. »Erzähl ihr etwas aus ihrer Heimat, das wird sie erfreuen.«

Die Tür ging auf, und Irene Monomachina zog den Vorhang beiseite. Sie trat zurück, um dem Gast den Weg freizugeben.

Der Rote Waräger betrat den geheimsten Ort des Palastes, das Schlafgemach der jungen Frau. Theodora starrte den Mann wortlos an. Die Schwiegermutter ließ den Vorhang vor der Tür fallen.

»Ich achte darauf, daß niemand euch stört.«

Die Tür klappte zu. Theodora setzte sich im Bett halb auf. Eirik der Starke stand neben dem Bett. Er war nicht mehr das zottige, aschgraue Biest, das in Theodoras Lenden eine unerträgliche Lust erzeugt hatte.

Eiriks Haare strahlten in sauberem Rot. Sie wurden im Nacken von einem Lederband zusammengehalten. Der gelockte Bart war zu einem kurzen Kinnbart gestutzt und gekämmt, so daß er glänzte. Seine Tunika war hellblau, und der Saum war mit einer Reihe galoppierender Pferde bestickt. Über der Tunika trug der Waräger das glänzend polierte Panzerhemd mit den breiten Schulterplatten. Sein Schwert hing an einem silberbeschlagenen Gürtel, den er um die Hüfte geschlungen hatte.

Doch all die griechische Pracht konnte nichts an Eiriks breitem Mund und seiner axtgroßen Nase, seinen bärenartigen Augenbrauen und der Narbe ändern, die sich über die linke Hälfte seines Gesichts von der Schläfe bis zum Kinn hinab zog. Auf der Narbe wuchsen keine Barthaare, und deshalb wirkte sein Gesicht ungleichmäßig.

Theodora beschloß sofort, die vornehme Dame zu mimen. Sie begriff nicht, warum die Schwiegermutter den Mann in ihr Schlafzimmer geführt hatte; vielleicht glaubte Irene Monomachina wirklich, sie wären Geschwister. Eirik aber sollte alles vergessen, was in dem Keller von Xerolophos geschehen war, falls er sich überhaupt an irgend etwas erinnerte.

»Du siehst prachtvoll aus, Eirik«, sagte Theodora herablassend. Der Waräger lächelte.

»Die Barbiere der Hetaireia sind die besten der ganzen Stadt. Aber du bist ja auch selbst kein abgerissenes Zottelhaar, Terhen.«

Einen Augenblick lang schien es Theodora, als schaute ein fremder Mann sie aus Eiriks Augenwinkeln an, und sie fuhr zusammen. Doch die grauen Augen nahmen sogleich wieder ihren gewöhnlichen störrischen Gleichmut an.

»Ich bin Theodora«, sagte die Schwiegertochter des Halyspalastes von oben herab. Sie wollte es nicht, absolut nicht, aber ihre Augen gingen ihre eigenen Wege: Sie folgten den straffen Schenkelmuskeln des Warägers unter der kurzen Tunika, wanderten zu den Armen, musterten die Ellbogen, betrachteten prüfend die Finger. »Eirik, warum bist du hier?«

»Man schickt mich zurück nach Sizilien, und ich reise schon heute ab. Ich bin gekommen, um mich zu verabschieden.«

»Leb wohl«, flüsterte Theodora. Ihre Lippen öffneten sich erwartungsvoll. Sie hob den Blick und sah Eirik dem Starken in die Augen. Der Fremde war tatsächlich dort, leidenschaftlich, fordernd. Sie hörte, wie Eirik die Zähne zusammenpreßte, daß es knirschte. Seine Faust griff nach der Schnalle des Schwertgürtels und zog sie auf. Das Schwert fiel polternd auf den Marmorboden.

»Sie kommen herein, die Sklaven«, flüsterte Theodora schwach.

»Sie kommen nicht«, sagte Eirik der Starke und zog sein Panzerhemd aus. »Wenn ein Waräger ins Schlafzimmer einer Frau geführt wird, dann ist das nicht nur eine Erlaubnis. Es ist eine Aufforderung.«

Eirik betrachtete die Seidenvorhänge des Bettes, die Decken und daunenleichten Kissen.

»Ist dies dein Ehebett?«

Theodora neigte den Kopf. War dies der dumme Eirik?

»Es ist mein Bett. Darin hat noch nie ein Mann gelegen.«

»Jetzt liegt einer darin«, sagte Eirik und legte sich neben Theodora. Das Bett war zu kurz, und er stieß sich den Kopf an dem mit Holzgravuren verzierten Kopfende. Der Waräger knurrte, stand auf, schnappte sich Theodora mit einem Arm und zerrte mit dem anderen die Matratzen und Decken auf den Fußboden. Theodora wand sich und zappelte, aber nicht allzu sehr. Eirik der Starke drückte sie zu Boden und legte sich auf sie.

»Du mußt es nur sagen, wenn du nicht willst«, flüsterte er. »Ich würde eher sterben wollen als dich zu verletzen, Terhen. Wenn du nicht willst, dann sag es jetzt.«

Theodora bebten die Lippen. Sie hob die Arme, schlang sie Eirik um den Hals und zog den Kopf mit der Löwenmähne an ihr Gesicht.

29. Kapitel

1039

»Kyria«, sagte die Sklavin Loukia, während sie so tat, als ordnete sie die Flaschen und Döschen auf Theodoras Tisch. »Kyria, deine Blutung ist zum dritten Mal ausgeblieben.«

»Ich weiß. Halt mal den Spiegel.«

Die Sklavin Simonis, die im Halyspalast den Frauen die Haare richtete, erhitzte über dem Kohlebecken die Brennschere. Theodora betrachtete prüfend ihre Frisur. Die blonden Haare waren zu einem losen Seil gedreht und auf dem Kopf aufgetürmt. Simonis löste aus diesem Haarturm eine Strähne nach der anderen und brannte mit dem Eisen Locken hinein. Die Locken hingen herunter und umrahmten Theodoras Gesicht. Jedesmal, bevor sie die Haare ihrer Herrin mit dem Eisen berührte, prüfte Simonis dessen Hitze mit einer Feder. An der Handfläche hatte sie eine rote Narbe als Erinnerung daran, daß sie einmal eine Locke am vornehmen Kopf ihrer Herrin verbrannt hatte. In ihrer Wut hatte Theodora der Sklavin das Eisen direkt in die Handfläche gedrückt.

»Ich muß mit meiner Schwiegermutter und Kyria Euprepia sprechen.«

Die Frauen des Halyspalastes saßen im Empfangsraum um das Kohlebecken herum. Der Januarwind rüttelte an den Fensterläden. Die Schutzvorhänge wehten im Zug. Am Fußboden des Empfangsraumes lag ausgebreitet ein Teppich mit leuchtenden Mustern, und die Wände waren mit Stoffen verhängt. Im Zimmer herrschte eisige Kälte. Irene Monomachina und Euprepia bibberten in ihren pelzverbrämten Wollumhängen. Beide hielten die Hände über das Kohlebecken.

Theodora verneigte sich vor ihrer Schwiegermutter. Sie lächelte mitleidig.

»Soll ich euch wieder erzählen, wie kalt es im Norden ist und wie warm und gemütlich in den Häusern?«

»Eine Feuergrube«, zischte Euprepia. »Dann würden wir ja leben wie im Feldlager.«

Theodora setzte sich neben ihre Schwiegermutter. Ihr Blut war kühler und langsamer als das der Griechen. Sie fror auch dann nicht, wenn die älteren Frauen auf alle Eleganz verzichteten und in ihrer Verzweiflung eine Lammfellmütze aufsetzten, wie die Kiewer Kaufleute sie im Stadtteil des Heiligen Mamas verkauften.

»Ich verstehe nicht, sagte Theodora hochmütig, »warum es in der Stadt kein einziges Zimmer gibt, das man ordentlich heizen kann. Auch Kaiserin Zoe friert im Heiligen Palast. Ich wäre nicht bereit, so etwas hinzunehmen.«

»Was würdest du tun?«

»Ich würde im Säulenhof eine Sauna aus Balken mit Saunaofen und Strohdach bauen.«

»Wie primitiv.« Irene Monomachina rieb die Hände gegeneinander. »Ihr Barbaren aus dem Norden gebt immer der Bequemlichkeit Vorrang vor Würde und Tradition.«

»Wir sind praktisch«, räumte Theodora ein. »Deshalb frieren wir nicht, auch wenn die Seen vereisen und die kleinen Vögel tot vom Himmel fallen.«

Die Frauen des Halyspalastes entsetzten sich bei dem Gedanken, der Bosporus könnte zufrieren.

Theodora Hyperborea ordnete ihr Paludamentum. Das war ein Umhang aus Brokat, der auf der linken Schulter befestigt wurde, mit grüner Seide gefüttert war und bis zu den Füßen herunter reichte. Unter dem Paludamentum trug Theodora eine wollene Dalmatika, eine Wolltunika mit eng anliegenden Ärmeln und ein Leinenhemd. Theodora konnte nicht begreifen, daß jemand über dieser Tracht einen Pelzumhang benötigte, wenn es nicht einmal schneite.

»Ich bin schwanger.«

Irene Monomachina sah ihre Schwiegertochter erwartungsvoll an. Sie wirkte nicht überrascht.

»Die Familie Skleros hat von mir einen Sohn bekommen. Dieses Kind überlasse ich niemandem. Leon ist nicht der Vater.«

»Wir wissen, wer der Vater des Kindes ist«, sagte Euprepia. »Wir haben uns gedacht, daß es für dich das beste ist, es nicht in Konstantinopel, sondern anderswo zur Welt zu bringen.«

»Unser Bruder Konstantin Monomachos ist auf die Insel Mytilene verbannt. Wir könnten ihn besuchen.«

»In Mytilene bleiben wir so lange, wie es nötig ist. Bis das Kind geboren ist und auch noch länger, damit die Skleros' nicht auf die Idee kommen, es für sich zu verlangen.«

»Und Leon?«

»Leon hat ein gutes Los gewählt«, sagte Irene Monomachina unaufgeregt. »Er lebt in der Verbindung mit Gott. Ihn werden wir nicht stören. Die Welt indessen mag glauben, daß es sein Kind ist.«

»Aber Leon ist ein Asket.«

»Wer wird etwas einzuwenden haben, wenn ich, Leons Mutter, sein Kind akzeptiere?«

»Ihr habt euch schon alles überlegt«, wunderte sich Theodora.

»Und das schon eher, als du denkst, meine Tochter«, lächelte Euprepia.

»Wir gehören zum Nebenzweig einer würdigen, aber kleinen Familie«, sagte Irene Monomachina mit leiser Stimme. »Jetzt, wo Leon fern von der Welt lebt, sind wir der Familie Skleros gleichgültig. Mein Bruder Konstantin, der letzte Monomach, ist in Ungnade gefallen. Euprepia und ich sind für das Kloster zu weltlich. Was haben wir anderes als dein Kind, Schwiegertochter?«

Theodora kniete vor ihrer Schwiegermutter nieder und neigte das Haupt.

»Ich werde dir ewig dankbar sein.«

Die Insel Lesbos, die neuerdings nach ihrer wichtigsten Stadt Mytilene benannt wurde, war der schönste und prächtigste Ort, den man sich vorstellen konnte. Glücklich der Römer, der dorthin verbannt wurde. Das Klima war mild, das Meer leuchtete saphirblau, der Wein war der beste des Reiches, die Täler waren fruchtbar.

Der allgemeine Überfluß schien auch aus den Steinen der Insel zu quellen, aber dennoch behauptete Konstantin Monomachos, sich von der friedlichen Frische des Meeres in den ohrenbetäubenden Lärm und den Gestank des Unrats in der Metropole, in den Machtkampf, die Intrigen und die dämmerigen Gänge des Heiligen Palastes zurückzusehnen. So sagte er, denn das wurde von ihm erwartet. Jeder ordentliche Römer wollte in die Nähe des Kaisers.

In Wirklichkeit fühlte Konstantin Monomachos sich wohl in seiner Verbannung. Allerlei Anstrengungen waren ihm zuwider, und er machte sich nichts aus der Macht. Konstantin Monomachos liebte das Bauen, die Dichtung, die Philosophie und seine Geliebte Maria Skleraina. Diese Beschäftigungen kamen ihn so teuer zu stehen, daß er mehr als alles andere das Geld liebte; nicht um des Geldes willen, sondern um es verschenken zu können.

Aber gerade das Geld – die goldenen Nomismata – war das, woran es Konstantin Monomachos immer gemangelt hatte. Nicht, daß er irgendwann einmal auf irgend etwas hätte verzichten müssen oder daß er irgend etwas entbehrt hätte; aber er konnte keine Kirche bauen, die der Hagia Irene oder der Nea Basilika gleichgekommen wäre, und er konnte kein Kloster so wie das Petrion bauen und in seiner Villa nicht die berühmtesten Philosophen und Dichter der Welt zum Gespräch versammeln. Eine solche Armut quälte Konstantin Monomachos bisweilen, aber da er niemals längere Zeit an eine Sache dachte, war er im allgemeinen ein Mann von glänzender Laune.

Theodora Hyperborea lag, von Kissen gestützt, auf einem Bett auf der schattigen Terrasse der Villa Monomachos. Sie ließ ihren Blick über die grünen Haine an den Hängen und über die unten weiß leuchtende Stadt schweifen. Alles war so ermüdend vollkommen. Jetzt im Juni war das Grün noch frisch; später würde die Vegetation durch die Hitze gelb und dann braun werden.

Der Geschichtenerzähler hatte gerade eine neue und spannende Erzählung von einem Helden namens Digenes Akrites beendet. Dieser Digenes war ein Grenzsoldat, der fern im Osten, am Euphrat, die Grenze von Byzanz heldenhaft gegen die Ungläubigen verteidigte. Digenes Akrites' Vater war ein arabischer Emir, der eine vornehme griechische Frau geraubt und sich unter dem Einfluß dieser Geliebten zum Christentum bekehrt hatte.

Konstantin Monomachos sagte, er hoffe, daß die Geschichte noch weiterginge, weil sie nett anzuhören war.

»Ich habe gern solche Geschichten, in denen die Guten noch besser werden, die Liebe schön und der Verrat grausam ist und in denen die Bösen auf dem Markt gepfählt werden.«

»Diese Geschichte kann sich nur auswachsen«, prophezeite Euprepia finster, »falls die Gerüchte von dem neuen Kriegervolk stimmen.«

»Von welchem Kriegervolk?«

»An den Namen erinnere ich mich nicht, die sind alle so fremd, aber der Stamm kommt aus Turkestan. Man sagt, daß selbst der Kalif von Bagdad wegen der rasenden Wildheit dieser Barbaren beunruhigt ist, obwohl sie zu Mohammeds Lehre übergetreten sind.«

Konstantin Monomachos zuckte die Achseln.

»Im Osten entsteht alle zehn Jahre ein neues Volk. Die fressen sich gegenseitig auf.«

»Aber wenn der Kalif...«

Konstantin Monomachos rümpfte die Nase. Kein Römer – oder, wie Theodora immer noch dachte, Grieche – wollte allzuviel an den Kalifen oder an Bagdad denken. Denn obwohl Konstantinopel unbestreitbar die größte und schönste Stadt der christlichen Welt war, so war sie doch ein jämmerliches Dorf im Vergleich zu Bagdad am Tigris, sagten diejenigen, die die Stadt des Kalifen gesehen hatten.

»Seltsam, wie schnell der Mensch lernt, untätig zu sein«, sagte Theodora, um das Gespräch auf angenehmere Dinge zu bringen. Kyria Euprepia neigte dazu, endlos über die Probleme des Reiches zu sprechen. In der Villa von Konstantin Monomachos wollte niemand etwas über ernste Probleme hören, am allerwenigsten der Hausherr.

»Wird im Norden immer über etwas gesprochen? Arbeiten die Vornehmen dort?«

Maria Skleraina, die Geliebte von Konstantin Monomachos, die man nicht Kebsfrau nannte, weil sie aus edlem Hause stammte, war immer an neuen Dingen interessiert. Maria Skleraina war nicht schön in der konventionellen Weise, wie die Wandmalereien es zeigten: Ihre Züge waren unregelmäßig und die Nase ein wenig nach oben gebogen, ein Merkmal der aus Armenien stammenden Familie Skleros. Aber sie war lebhaft, gelehrt und im Vergleich zu ihrem Liebhaber überwältigend intelligent.

»Im Norden sind die Menschen niemals untätig«, sagte Theodora mit einem Anflug von Wehmut in der Stimme. Je länger ihr die Zeit bis zur Geburt des Kindes wurde, desto mehr versuchte sie, sich an ihre eigene Kindheit zu erinnern. Es war merkwürdig, daß Theodora aus den Brunnen ihres Gedächtnisses Tausende von finnischen Verszeilen schöpfen konnte, von den meisten aber nicht wußte, was sie bedeuteten. »Auch wenn sie den Skalden lauschen, schnitzen die Männer im Nordland etwas oder reparieren ihre Waffen oder das Pferdegeschirr, und die Frauen machen Handarbeiten.«

»So wie die Bauern«, sagte Konstantin Monomachos tolerant. Er hatte nichts gegen die Bauern, wenn sie ihm nur nicht zu nahe kamen.

»Der Norden ist ein Land der Bauern. Auch die Könige sind Bauern, wenn sie nicht gerade Krieg führen. Das geschieht allerdings selten. Aufgabe des Königs ist es, Krieg zu führen.«

Konstantin Monomachos lächelte herzlich.

»Dich hat Gott wunderbar gesegnet, Theodora Hyperborea. Du bist in ein Land gekommen, in dem du weder zu spinnen noch zu weben brauchst.«

»Und der Kaiser ist kein bäuerlicher Kriegsführer«, bemerkte Maria Skleraina, und alle außer Euprepia lachten. Der Militäradel der Provinz und die Beamten der Hauptstadt konkurrierten blutig um die Macht. Die Mitglieder der Familien Monomachos und Skleros hielten sich für gebildete Menschen, denen ein Beamter immer angenehmer war als ein Krieger.

»Der Kaiser muß vor allem Heerführer sein«, sagte Euprepia. »Die erste Pflicht des Kaisers ist es, Leben und Eigentum seiner Untertanen zu schützen.«

»Liebe Schwester, im Reich ist keines einzigen Untertanen Leben oder Eigentum in Gefahr«, schmunzelte Konstantin Monomachos. »Falls Rom irgendeine Gefahr drohen sollte, dann die, daß die Militärführer allzu mächtig werden. Die Beamten sollten das Militär an die Kandare nehmen. Es muß Schluß sein damit, daß Franken in die Armee aufgenommen werden, und die Truppen müssen auch sonst verringert werden. Dann bleibt mehr Geld für den Kaiser übrig.«

Konstantin Monomachos galt allgemein als der ansehnlichste Mann des Reiches. Er wußte es selbst, aber da Prahlerei seinem Wesen fremd war, nahm er Schmeicheleien amüsiert hin, was ihn noch liebenswerter machte. Goldene Locken und helle Haut waren für den im fünfundvierzigsten Lebensjahr stehenden Konstantin Monomachos ebensolche Selbstverständlichkeiten wie die Liebe seiner Nächsten und die Bewunderung seiner Umgebung.

Konstantin Monomachos gehörte zum Hochadel des Reichs. Er hatte jedoch niemals ein gutes Amt und auch sonst keine Beweise der Aufmerksamkeit bekommen. Er war zu träge, um nach mehr zu streben, als er schon hatte.

Auch die nahe Verwandtschaft mit dem Kaiser hatte Konstantin nicht auf der Leiter der Macht vorangebracht, zumal er seinen Fuß nicht auf die nächste Sprosse hatte setzen mögen. Außerdem tröstete Konstantin Monomachos Kaiserin Zoe im Bett. Das gefiel Kaiser Romanos Argyros natürlich nicht.

Als der Kaiser Romanos Argyros dann gründlicher als manch anderer zu Tode gebracht worden war, wurde zur Verwunderung von vielen aus Michael, dem kleinen Bruder eines paphlagonischen Eunuchen, der neue Basileus; war doch Konstantin Monomachos Witwer und zum Kaiser geeignet. Aber Basilissa Zoe war in ein Alter gekommen, wo Schönheit und Eleganz hinter jungen Muskeln zurückstanden. Sie heiratete Michael Paphlagonios, noch bevor Romanos' Leichnam bestattet war.

Die Ehe der Kaiserin und des Paphlagoniers störte Konstantin Monomachos nicht. Er war selbst heftig in Maria Skleraina, eine Verwandte seiner seligen Frau, verliebt. Sie hätten geheiratet, aber die Kirche erlaubte Konstantin Monomachos keine dritte Ehe. Die Liebenden waren gezwungen, in Sünde zu leben.

Kaiser Michael Paphlagonios ließ sich im Palast ein kleines Schwimmbecken mit Mosaiken und Malachitsäulen anlegen. Konstantin Monomachos kommentierte das so, daß es auch ihm schrecklich gewesen wäre, im Becken des vorhergehenden Kaisers zu baden: Wenn ihn nicht die Leiche von unten am Bein zog, dann drückte die Frau von oben den Kopf unter Wasser.

Das war ein Spott; der Basileus fand ihn so lustig, daß Konstantin Monomachos für unbestimmte Zeit auf die Insel Mytilene ziehen durfte. Die liebende Maria Skleraina folgte ihm in die Verbannung, was um so ehrenhafter war, als Konstantin Monomachos' Schmeichler und Günstlinge lautlos in der Nacht verschwanden.

Seine Schwestern liebten Konstantin Monomachos ebenso aufrichtig wie Maria Skleraina. Hinter ihrem Bauch verfolgte Theodora Hyperborea amüsiert, wie die Geliebte und die Schwestern den Mann priesen, ihn so eifrig bedienten wie einen Kaiser, ihn mit klugen Gesprächen unterhielten und für ihn sorgten wie für ein kleines Kind. Ein Kind war Konstantin Monomachos auch gewissermaßen, ein Mensch ohne Macht, Verantwortung und tiefe Gedanken. Die einzige, die ihm manchmal die Stirn bot, war die betagte Jungfer Euprepia. Sie hatte eine eigene Meinung, und Konstantin Monomachos, der keine hatte, fürchtete seine Schwester ein wenig.

Theodora versank in einem angenehmen Dämmerzustand. Das geschah in letzter Zeit häufig. Die vollständige Untätigkeit, die milde Luft und der süße Wein versetzten Theodora in eine ebensolche Bewußtlosigkeit wie die, in der die Verstorbenen in den Höhlen des Totenreichs schaukelten.

Solche Gedanken – das Totenreich, die Bärin, irgendwo weit weg der Zauberer – machten Theodora unruhig, und sie verscheuchte sie rasch aus ihrem Kopf. Es war eine Sache, sich an die Wälder und den Schnee und die Männer zu erinnern, die in ihren bereiften Pelzen hereinkamen. Eine andere war es, der Schamanentrommel und dem Blutstillen Zutritt zum eigenen Gedächtnis zu gewähren. Wenn sie sich an die Zaubersprüche, die Beschwörungen und den Dunst erinnerte, wurde es ihr schwer, in der Kirche zu knien und das Kreuz zu schlagen. Sich an den Christenglauben anzupassen war lebensnotwendig.

Theodora streckte matt die Hand aus: Die hinter ihr stehende Sklavin reichte ihr einen Becher mit Wein. Sie streckte die andere Hand aus: Die Sklavin legte ihr eine kleine Dolma, eine Weinblattroulade, darauf, die mit dem Brustfleisch von Singdrosseln gefüllt und mit Muskat gewürzt war. Theodora kostete den Wein und die Dolma, und vor ihr breitete sich ihr eigenes angeschwollenes weißes Fleisch aus, weich wie ein Schwamm.

Während Theodora untätig ihren eigenen Bauch unter der schleierartigen Seide anstarrte, geschah eine Veränderung. Die schlaffe Schwellung erbebte, wurde fest und preßte wie ein Reif Theodoras Körper zusammen.

Theodora fuhr auf.

Das Kind Eiriks des Starken wollte auf die Welt kommen! Würde es rote Haare haben? Und graue Augen?

Die Schlaffheit verflog. Wie hatte die Tochter des Nordens es zulassen können, daß der griechische Luxus sie verdarb? Im Leben mußte es Arbeit und einen Sinn geben. Angestrengt stand Theodora auf, und ihre Stimme erschallte wie die Kommandos der Hausherrinnenmagd Fastvi im Königsgut von Fyrisäng.

»Macht ein Bett zurecht. Heißes Wasser. Tücher. Eine Schere. Bier. Ich werde mich nicht lange mit dieser Geburt aufhalten.«

Und es dauerte tatsächlich nicht lange. Bier mußte aus der Stadt geholt werden. In der Villa Monomachos wurde nichts so Plebejisches getrunken. Als die Schwiegermutter der Wöchnerin schließlich in einem Becher warmes Bier brachte, preßte Theodora schon, auf allen vieren stehend, einen großen, kräftigen Jungen aus sich heraus.

Der Junge schrie bei der Geburt aus voller Kehle, und Theodora befahl, ihm sofort Bier zu geben. Die entsetzten Dienerinnen versuchten, das zu verhindern.

»Das Kind muß auch in Bier gewaschen werden!« schrie Theodora. Sie fühlte sich zufrieden und energisch. Die aus der Stadt herbeigeholte Amme verjagte sie sogleich und legte sich das Kind an die Brust.

»Oh, das Kind hat blondes Haar«, zwitscherten die Frauen entzückt. So etwas hatte noch nie jemand gesehen: Kinder wurden mit schwarzen Haaren und blauen Augen geboren. Nach einigen Monaten war das schwarze Haar noch da, aber die Augen waren braun geworden.

»Es hat die Haare seiner Mutter geerbt.«

Theodora sah ihre Schwiegermutter und Euprepia an.

»Der Junge wird Juvalos heißen.«

»Das ist ein nordischer Name«, sagte Euprepia warnend.

»Es ist der Name meines Vaters«, erwiderte Theodora. »Und der Name des heiligen Königs Olaf von Norwegen.«

Die älteren Frauen nickten demütig.

»Es sei so, wie du sagst, meine Tochter.«

Jaropolk der Nachdenkliche stieg die Marmortreppen von der Stadt Mytilene hinauf zur Monomachos-Villa. Der Garten, der sich am Abhang hinstreckte, war schwarz und kahl. Von den Bergen blies der Winterwind, aber auf dieser Insel war er nicht streng, sondern von der Art, wie man in Nowgorod eine frische Frühlingsbrise empfunden hätte.

Die Kutte Jaropolks des Nachdenklichen war unterwegs grau geworden und der Saum zerschlissen. Die Haare reichten ihm bis auf die Schultern, und der dunkle Bart fiel ihm auf die Brust hinab. Er wusch sich täglich und kämmte sich Haar und Bart; nicht, weil er so wie viele andere die Reinlichkeit genossen hätte, sondern weil Gott ihm nicht ausdrücklich befohlen hatte, sein Fleisch durch Unreinheit abzutöten. Jegliche Übertreibung war für Jaropolk den Nachdenklichen ein Zeichen von Stolz und Eigenlob.

Jaropolk der Nachdenkliche war zwanzig Tage lang von Konstantinopel nach Mytilene gewandert. Er hätte auch schneller vorankommen können, denn trotz des bewegungsarmen Klosterlebens war er sehr wohl in der Lage, an die dreißigtausend Passus am Tag zurückzulegen. Aber er war stehengeblieben und hatte die Menschen gesegnet, die zu ihm kamen, weil er wie eine lebende Ikone aussah. Und seine Botschaft hatte keine Eile.

Eher noch hatte Jaropolk der Nachdenkliche die Reise zögerlich zurückgelegt. Er kannte weder Gottes Willen noch seinen eigenen in einer Sache, die ihn fortwährend beschäftigte. Gott hatte ihm keinen klaren Befehl gegeben, und deshalb gestattete er sich die Vermutung, daß Gottes Wille nicht das war, was man sich im allgemeinen darunter vorstellte. Er wußte, daß er sich selbst etwas vormachte; dennoch war es süß, mit der Versuchung zu leben.

Die Versuchung schlug abends zu, wenn Jaropolk der Nachdenkliche in der Hütte eines Hirten oder eines anderen armen Mannes übernachtete – als Nachtquartier suchte er sich immer die denkbar elendste Stätte aus. Auf dieser Wanderung war er viele Male der Sünde verfallen und hatte seinen Samen auf den Boden fallen lassen. Am Morgen bat er den Hirten, ihn auszupeitschen. Das war ein wunderbarer Schmerz und gereichte auch dem Hirten zum Verdienst. Nach der Kasteiung betete er und besprengte den Bach oder die Quelle des Hirten; Orte mit einem Gewässer waren gefährlich, weil dort Dämonen hausten, und wahrscheinlich kam durch sie die Besessenheit über Jaropolk den Nachdenklichen, weil sie ihn nur zur Schlafenszeit heimsuchte.

Die Monomachos-Villa mit ihren Säulen, Terrassen und dem Ziegeldach ragte oberhalb von Jaropolk dem Nachdenklichen auf. Ein Sklave kam, um den Asketen hineinzubegleiten. In diesem Hause wurden heilige Männer respektiert.

»Irene Monomachina.«

Die Gebieterin des Halyspalastes erschien. Beim Anblick Jaropolks des Nachdenklichen legte sie die Hand an die Wange und biß sich auf die Lippe.

»Dein Sohn Leon ist tot, Gebieterin.«

Leon war eines guten Todes gestorben. Seine Lungen waren verfault, aber seine Seele hatte sich im Leiden gefestigt. Bevor er an seinem eigenen Blut erstickte, hatte Leon Jaropolk seine Liebe gestanden. Sie war rein wie das klarste Glas, und Jaropolk der Nachdenkliche klagte mit lauter Stimme, als er es Irene Monomachina erzählte.

»Deine Schwiegertochter ist jetzt Witwe, Kyria.«

»Man muß es ihr sagen.«

Jaropolk der Nachdenkliche erwartete, daß die Frau ihm den Weg weisen würde. Er hatte immer noch keinen Befehl von Gott gehört. Statt dessen spürte er, wie die Forderungen seines Körpers ihm in den Lenden brannten.

Jaropolk der Nachdenkliche hatte Theodora Hyperborea fast ein Jahr lang nicht gesehen, aber in vielen Nächten hatte er mit ihr auf dem harten Bett seiner Zelle gespielt, und in ebenso vielen Nächten war er aufgestanden, um sich für seine Begierde zu strafen. Oft hatte die Peitsche den Druck in seinem Organ erleichtert, und es war ihm nicht klar gewesen, ob die Entladung dann Sünde war oder nicht. Sein Leben neben dem sterbenden Leon Skleros war eine einzige Qual, Schuldhaftigkeit und Verheimlichung, und im Vergleich dazu war Leons seliges Dahinsiechen beneidenswert gewesen.

Jetzt gab es eine Witwe, und Jaropolk der Nachdenkliche war zwar kein Mönch, jedoch ein Asket. Vielleicht wollte Gott ja, daß die junge Frau Jaropolk dem Nachdenklichen Kinder in ihrem Leibe austrug. Vielleicht sollte Jaropolk einen neuen Leon zeugen?

Irene Monomachina führte den Mann auf den geräumigen Balkon, der die ganze Villa umgab. Der Balkon war gemeinschaftliches Gebiet. Kyria Euprepia saß in einem Stuhl mit Armlehnen neben der Wand. Theodora Hyperborea lag auf einem persischen Florteppich, der über den Boden des Balkons gebreitet war, und lehnte sich gegen Kissen. Beide hatten sich in einen wollenen Umhang gehüllt.

Theodora Hyperborea hielt ein Kind im Arm.

Jaropolk der Nachdenkliche war perplex. Wie konnte Leon ein Kind haben? Warum hatte niemand etwas davon gewußt?

Das Kleine war stämmig und stark. Es spielte mit einer klirrenden Eisenkette. Goldrote Locken umrahmten das ernste Gesicht des Kindes. Es sah Jaropolk den Nachdenklichen mit seinen grauen Augen prüfend an.

Diese Augen kannte Jaropolk der Nachdenkliche von früher.

»Hure.«

Euprepia stand von ihrem Stuhl auf.

»Leon ist deshalb nicht als Mönch gestorben, weil du lebtest.«

Jaropolk der Nachdenkliche trat näher.

»Du lebtest und hast mit dem Waräger geschlafen wie die Huren bei Hofe.«

Irene Monomachina bückte sich, um das Kind in den Arm zu nehmen, aber Jaropolk hielt seine Hand dazwischen, und Irene Monomachina wagte nicht, sich zu rühren. Theodora stand auf mit dem Kind im Arm.

»Ich hätte dich auch bekommen«, zischte Jaropolk. »Jeder Mann hätte dich bekommen. Ich hätte mit dir schlafen können und es dann bereuen, weil du eine Hure bist. Das wäre damit vorbei gewesen.«

Theodora Hyperborea starrte den Mann bestürzt an.

»Du wirst sterben, Frau. Du wirst langsam sterben, und so wird auch dein Balg sterben. Man wird dich nackt auf den Markt führen und dir die Glieder ausreißen. Und man wird den Kopf deines Balgs vor deinen Augen zerschmettern.«

Die Wut erstickte Jaropolks Stimme, so daß die Worte als heiseres Krächzen aus seinem Munde kamen.

»Du wirst im Gefängnis so oft geschändet werden, daß dein Fleisch zerfällt. Ich selbst werde der erste sein.«

Der Speichel gerann Jaropolk dem Nachdenklichen zu widerlichem Schaum vor dem Mund. Wie eine Schlange schnellte er vor und packte das Kind. Es begann zu weinen. Dieser Ton klang Jaropolk schneidend im Ohr. Er hob das Kind hoch hinauf.

»Soll ich es den Dämonen in den Rachen werfen, Hure von Babylon?«

Euprepia warf Jaropolk die Spielzeugkette des Kindes über den Kopf. Sie schnürte sich um seinen Hals zusammen.

Irene Monomachina sprang auf und fing das Kind auf, das Jaropolks Fäusten entglitt. Jaropolk schüttelte Euprepia ab.

Theodora sprang hinter Jaropolk und packte die Kette. Das Gesicht zu einer Grimasse verzogen, schnürte die junge Frau die Kette fester. Jaropolk fuchtelte mit den Händen und stieß mit den Füßen. Euprepia stürzte herzu, packte den Arm des Mannes und zog ihn mit ihrem ganzen Gewicht zu Boden.

Jaropolks Gesicht wandte sich dem Himmel zu, als sein Körper, von der Kette gezogen, in einer Drehung zu Boden ging. Theodora ließ die Kette erst los, als das Röcheln aufgehört hatte und Jaropolk ganz schlaff war. Das dauerte entsetzlich lange; die Zeit stand still, und die Welt verharrte regungslos, nur Jaropolk strampelte als Mittelpunkt alles Bestehenden.

Theodora sah sich erstaunt um.

»Ich habe einen Menschen getötet.«

Euprepia warf ihren Stuhl um und brachte die Kissen durcheinander.

»Zerreiße deine Kleider und löse dein Haar, Theodora.«

Irene Monomachina nahm das Kind auf den Arm. Ihr Entsetzen übertrug sich auf das Kind, und es begann von neuem zu weinen. Die Schwiegermutter drückte den Jungen an sich.

»Wenn wir den Mord bekennen, müssen wir auch die Herkunft von Juvalos bekennen.«

»Wir müssen lernen, mit dieser Tat zu leben«, sagte Euprepia. Sie war ganz ruhig.

»Die Begierde hat ihn wahnsinnig gemacht«, flüsterte Theodora. Plötzlich riß Euprepia sie an den Haaren und schlug ihr so ins Gesicht, daß ihr das Blut aus der Nase lief. Theodora heulte erschreckt auf, und die Tränen stürzten ihr aus den Augen.

»Viele Asketen werden zuletzt verrückt«, sagte Euprepia kalt. »Jaropolk der Nachdenkliche hat versucht, Theodora zu töten. Wir haben unsere Schwiegertochter und das Kind verteidigt. Fangt an zu schreien. Lauter!«

ACHTES BUCH

1041–1045

30. Kapitel

1041

Johannes Orphanotrophos, der Bruder des Kaisers, war ein Eunuch und konnte deshalb die Frauengemächer des Heiligen Palastes betreten. Um seine Macht zu zeigen, kam der Eunuch direkt und unangemeldet in den Aufenthaltsraum der Kaiserin und kniete zur Prostration nieder. Er war der mächtigste Mann des Reiches, weil sein Bruder, der Kaiser, zu krank war, um zu herrschen. Johannes Orphanotrophos hatte die Macht, hunderttausend Mann an die Waffen zu rufen, aber dennoch mußte er seine Stirn gegen den Boden schlagen vor der alten Frau, die praktisch seine Gefangene war. Die Herrscher wechselten und auch die Mächte hinter dem Thron, aber die Etikette blieb.

»Es geht um eine Ehe, Hoheit.«

Theodora Hyperborea ließ ihre Näharbeit sinken. Es war ein kleines Stück Seide, auf das sie das Bildnis von Kaiserin Zoe stickte. Sie wollte das Bild ihrer Schwiegermutter schenken. Die Arbeit war überflüssig: Die Schwiegermutter war nicht an der Kaiserin interessiert, und Theodora war keine gute Stickerin, aber irgend etwas mußte sie ja tun. Es schauderte Theodora, wenn sie an die Zeit vor der Geburt ihres Sohnes Juvalos dachte. Damals hatte nicht viel gefehlt, und vor lauter Untätigkeit hätte sie der Schlag getroffen. Danach saß sie nie mehr untätig herum.

Prinzessin Anna Jaroslawna konnte von morgens bis abends ruhig dasitzen, wenn man der Kaiserin aus der heiligen Schrift vorlas und sie lauschte. Anna Jaroslawna konnte auch während der langen Stunden, die die Empfänge dauerten, dastehen, ohne sich zu rühren. Theodora vermutete, daß Prinzessin Anna mit offenen Augen schlief; vielleicht ließ sie ihre Gelenke einrasten so wie ein Pferd und fiel in Schlaf.

Anna Jaroslawna paßte sich mühelos dem öden Leben in den

Frauengemächern der Basilissa an. Die Kaiserin hatte eine Bibliothek mit Hunderten von Büchern, in der Anna Jaroslawna den größten Teil ihrer Zeit verbrachte. Etwas anderes vermißte sie nicht und hatte das Theodora und ihrer Aufseherin Jewdokija von Pskow viele Male gesagt.

Theodora selbst war ungeduldig und langweilte sich während ihres Dienstes bei Hofe in unerträglicher Weise. Die einzige Abwechslung in der Gleichförmigkeit der Tage bestand darin, daß sie sich mit Jewdokija von Pskow auf russisch unterhielt.

Zwischen Theodora und der Aufseherin bestand eine furchtbare Bindung, von der Jewdokija von Pskow nichts wußte: Theodora hatte eigenhändig Jewdokijas Sohn getötet. Nach dem Tod von Jaropolk dem Nachdenklichen war die arme Frau reizbarer und schwieriger denn je, doch Theodora zwang sich, auf ihr Genörgel beherrscht zu reagieren.

Der Totschlag lag Theodora wie Eis auf der Seele. Es schmolz nicht, sondern ließ ihr Inneres langsam erstarren. Irene Monomachina und Euprepia bekannten ihre Sünde und bereuten. Theodora trug an dem Grauen des Tötens in eisiger Einsamkeit.

»Es ist der Wunsch des Kaisers, Basilissa, daß du mit deinen Frauen in den Löwensaal kommst, um seinen Willen zu vernehmen.«

Johannes Orphanotrophos' Stimme klang überredend, aber die Worte waren ein Befehl. Der Löwensaal! Das bedeutete ausländische Gesandte. Es war verletzend, daß nicht schon früher eine Mitteilung von dem Empfang an die Frauengemächer ergangen war. Aber Kaiserin Zoe hätte sich ohnehin nicht anders zurechtgemacht als sonst: Sie trug ihre schmucklose schwarze Kutte und dazu die weiße Palla, die sie über den Kopf gezogen hatte. Die älteste Hofdame brachte Zoe die Krone und setzte sie ihr auf den Kopf, das war alles.

Die Kaiserin stand auf und verließ mit kurzen Schritten den Aufenthaltsraum. Die Hofdamen formierten sich in Zweierreihen hinter ihr, und Johannes Orphanotrophos ging als Letzter neben der Prinzessin aus dem Norden.

»Eine Ehesache«, wunderte sich Theodora Hyperborea höflich. »Hat der Kaiser Verwandte, die verheiratet werden sollen? Von wo kommen die Gesandten?«

Der Eunuch sah die Frau aus dem Augenwinkel an.

»Du wirst alles erfahren, wenn es dem Kaiser paßt, Frau.«

Theodora wandte sich ab. Johannes Orphanotrophos verhielt sich ihr gegenüber feindselig, so wie ein Niederer, der erhöht worden ist, sich zu einem Hochstehenden verhält, der in seine Position hineingeboren wurde.

Über Johannes Orphanotrophos waren bösartige Gerüchte im Umlauf: Der Eunuch feierte in seinen Gemächern schmutzige Orgien, zu denen aus der Stadt junge Mädchen herbeigeschafft wurden, um seine widernatürlichen Begierden zu stillen. Theodora begriff nicht, wie ein Eunuch an Mädchen seinen Spaß haben konnte.

Die meisten Eunuchen waren fromme Gelehrte und Mönche, die als Kind entmannt worden waren, damit sie in einer weltlichen oder geistlichen Karriere eine hohe Stellung erlangten. Das Oberhaupt von Konstantinopel, der Eparch, war der einzige Beamte, der kein Eunuch sein konnte. Für einen Eunuchen war es leichter als für einen gewöhnlichen Mann, im Amt aufzusteigen und die Gunst des Kaisers zu erlangen. Ein Eunuch bedrohte die Macht des Kaisers nicht, weil er keine Dynastie aufbauen konnte.

Die Hofdamen, die nur zwei Dinge im Kopf hatten: die Religion und ihre Bettgeschichten, erklärten Theodora, daß es auf der Welt kein Wesen gab, das nicht von der Begierde verunreinigt war. Die der Eunuchen war deshalb fürchterlich, weil sie sich nicht auf natürliche Weise befriedigen konnten. Theodora nahm an, daß die ganze Sache zu dem Durcheinander von Gerede und Verleumdungen gehörte, das wie ein Meer am Hofe wogte; es blieb sich gleich von einem Jahrhundert zum anderen, nur die Wellen wechselten.

Im Löwensaal empfing der Kaiser von Byzanz die Gesandten fremder Länder. Der Saal und seine Wunder waren in ganz Europa bekannt: zwei goldene Löwen in natürlicher Größe, die zu beiden Seiten des Throns brüllten, ein goldener Baum, in dessen Zweigen Goldvögel zwitscherten. Der Thron entschwebte während der Prostration an die Decke hinter einen Vorhang, wo Diener dem Kaiser einen neuen Umhang umlegten, und sank dann wieder hinab.

Theodora Hyperborea fielen die Waräger des Basileus auf. Sie kannte den größten Teil der Warägergarde des Kaisers. In jenen

Jahren gab es in Konstantinopel weniger Waräger als sonst, denn der größte Teil der Garde kämpfte bald in Bulgarien, bald in Sizilien. Theodora hatte Harald den Norweger, den Bruder König Olafs des Heiligen, nicht mehr gesehen, seitdem sie sich vor mehr als vier Jahren im Prosphorionhafen getrennt hatten. Der Norweger hatte während seiner gesamten Dienstzeit in Sizilien gekämpft.

Die Waräger erwiesen Theodora die Ehre, was sie Griechen gegenüber im allgemeinen nicht taten. Doch Theodora Hyperborea war die Tochter von Olaf Schoßkönig und die Schwester von König Anund und sprach mit ihnen in ihrer eigenen Sprache.

Die Waräger, die von den Griechen Waranger genannt wurden, standen wie Statuen an den Seiten des Löwensaals. Als Waffe hatten sie statt des gewöhnlichen griechischen Kurzschwerts eine auf der rechten Schulter zu tragende Streitaxt mit langem Schaft. Der Akolouthos, der Befehlshaber der Warägergarde, stand immer mit seiner Streitaxt in nächster Nähe des Kaiserthrons. Der Akolouthos hieß Inge Lederumhang und war ursprünglich ein Westgötaländer, stammte aus der Nähe von Skara und war ein Christ, den Olaf Schoßkönig selbst getauft hatte. Inge Lederumhang war ein graubärtiger Mann, der seinerzeit sowohl Jarl Ragnvald als auch Gudmund den Kaufmann gekannt und auch von Oberrichter Thorstein dem Mächtigen gehört hatte.

Immer, wenn Theodora Hyperborea Inge Lederumhang begegnete, sah sie im Geiste auch Eirik den Starken. Sie dachte an den Roten Waräger nicht anders als an den Mann, der ihr ihren Sohn Juvalos geschenkt hatte. Für das Kind würde Theodora Eirik immer dankbar sein; ansonsten konnte Eirik der Starke für den Rest seines Lebens in Sizilien bleiben. Unter allen Menschen war Eirik der Starke derjenige, der durch sein Wissen und durch das Kind Macht über Theodora hatte, und Theodora wollte nicht, daß irgend jemand Macht über sie hatte.

Man hatte die ausländischen Gesandten wie üblich verdutzt mitten in dem Prunksaal stehen lassen. Die Griechen pflegten die Ausländer zu verspotten und laut über sie zu lachen, wenn die übermäßige Verehrung der Person des Kaisers sie überraschte. Ehrerbietig wurden nur die Gesandten des Kalifen von Bagdad behandelt, weil die Griechen der Ansicht waren, daß die Araber, und nur sie, ihnen an Verstand und Bildung ebenbürtig waren.

»Die Gesandten meines Vaters!« flüsterte Prinzessin Anna Jaroslawna erstaunt.

Die Gesandten waren Herolde des Kiewer Großfürsten Jaroslaws des Weisen. Sie waren in Zobelpelze gekleidet und brachten dem Kaiser als Geschenk vierzig junge Sklaven, alle mit blonden Haaren und in färberwaidblauen Wollkleidern, außerdem hundert Zobelfelle und tausend allerfeinste Wachskerzen. Die Gesandten hatten zwei Anliegen, über die sie mit dem Kaiser sprechen wollten.

»Ich bin Panteleimon, Priester der Kirche Hagia Sophia in Kiew«, sagte der eine Gesandte. »Ich bitte dich, Basileus, einen Ehemann auszuwählen für Anna, die Tochter des Großfürsten Jaroslaw, die eine Hofdame deiner Gemahlin ist.«

Im Saal ertönte Gekicher, aber einen Priester wollte man nicht offen auslachen.

»Mein Name ist Andrei, und ich bin Kaufmann aus dem Stadtteil Nerewsk in Nowgorod. Ich bin gekommen, um zu fragen, unter welchen Bedingungen Nowgorod das alleinige Recht bekommen kann, Wachs in Konstantinopel zu verkaufen, und Kiew anderswo im byzantinischen Reich.«

Das Gelächter brach plötzlich so ungehemmt los, daß es echt war und kein Anzeichen des Hochmuts.

»Der Löwensaal ist kein Markt!«

»Jetzt fängt er an zu feilschen!«

Theodora Hyperborea hörte Anna Jaroslawna neben sich zornig schnaufen.

Kaiser Michael Paphlagonios lag auf den Thron hingefläzt, von Kissen gestützt. Sein Bauch war so dick, daß er nicht mit geradem Rücken sitzen konnte. Er atmete qualvoll. Seine schönen Züge waren aufgedunsen und entstellt.

Johannes Orphanotrophos sprach für den Kaiser.

»Ein Barbare kann die Größe des Kaisers nicht erfassen. Ein Kaufmann hat vor den Augen des Kaisers nichts zu suchen. Da du jedoch nicht hier bist, um jemanden zu kränken, sondern weil du so schlicht bist, wird dir verziehen. Du kannst bleiben um anzuhören, was über die Ehe der Tochter von Großfürst Jaroslaw beschlossen wird.«

Der Kaufmann Andrei wurde höflich, aber hochmütig zu der hinter den Säulen stehenden Menschenmenge geführt. Es machte ihm nichts aus, daß man über ihn lachte. Er hatte seine Sache so vortragen dürfen, daß die wichtigsten Personen des Reiches sie gehört hatten. Darunter gab es immer einige, die im Reich der Tausenden von Kirchen und der Zehntausenden von Kerzen verstanden, welche Bedeutung das Wachs hatte. Früher oder später würden Beratungen beginnen, die, wenn sie gut geführt wurden, den Herrn Groß-Nowgorod zum Herrn des nördlichen Europas machen würden.

Neben den Thronen des Kaisers und der Kaiserin, jedoch auf einer unteren Stufe, stand ein Stuhl, auf dem ein junger Mann von etwa Mitte Zwanzig saß. Theodora Hyperborea hatte schon seit einer Weile bemerkt, daß der Mann den Kopf zur Seite wandte, um nach den Frauen der Basilissa zu sehen, und ganz besonders hatte der Mann mit seinen Blicken die Königstochter aus dem Norden ausgezogen. Theodora war an solche Blicke gewöhnt. Sie war eine schöne und vornehme Witwe und nicht für ihre Frömmigkeit berühmt. Es gab reichlich Männer, die sich ihr als Bettgenosse angeboten hatten, sowohl aus den Palästen der vornehmen Höflinge als auch aus den Wohnungen der Gardeoffiziere.

Aber dieser Mann war etwas anderes als die fein parfümierten und ondulierten Höflinge und die Krieger, die sich in ihren Panzerhemden spreizten. Der Mann wirkte sympathisch, sein dunkelbraunes Haar und sein Bart waren fein gekräuselt, und die braunen Augen lächelten gutgelaunt. Theodora fühlte sich unsicher. Sie bedachte den Mann nicht mit ihrem eiskalt-verächtlichen Blick, mit dem sie auch die feurigste Verehrung abschmetterte. Man mußte sich die Sache überlegen; diesen Mann wagte sie nicht so ohne weiteres zurückzustoßen, denn er war der Schwestersohn des Kaisers.

Theodora Hyperborea hütete ihre Tugend nicht wegen ihres Rufs und auch nicht wegen einer anderen Äußerlichkeit. Sie dachte weder an Gottes Befehle noch an die Sünde des Fleisches. Theodora verehrte nicht den Gott der Christen. Jeden Morgen begrüßte sei ihr Amulett und achtete natürlich auf Vorzeichen. Im Halyspalast wurden jedes Jahr die Dämonen ausgetrieben, und daran nahm sie hingebungsvoll teil. Da sie eine Fremde war, nahm sie an, daß sie und ihr Sohn Juvalos für die Dämonen eine leichtere Beute waren als die Griechen, die deren böse Ränke geschickt abzuwehren verstanden.

Theodoras Tugend war Selbstschutz. Bei Hofe wurde ein grausames Spiel von Verführen und Verlassen gespielt, ein Drama von Gerede, Spott, Hohn und Demütigung aufgeführt. Theodora ging dem aus dem Wege, denn sie war sicher, daß sie nicht so flexibel wie die Griechen heute die Leidenschaft und morgen die Verachtung würde ertragen können. Sie war zu langsam und überlegt für ein solches Spiel von rascher Vergötterung und Verworfenwerden. Theodora war verletzlich und ernst; sie wollte nicht verlieren.

Theodora Hyperborea war eine Schwindlerin, Ehebrecherin und Totschlägerin. Außerdem mußte sie auch ihren Sohn schützen, und sie vertraute niemandem außer sich selbst. Sie konnte es sich nicht leisten, sich einem anderen Menschen auszuliefern.

Theodoras Tugendhaftigkeit wirkte auf die Männer wie eine Einladung. Da sie gewöhnt waren, alles zu bekommen, verschaffte es den Männern eine größere Befriedigung, das Unerreichbare anzustreben. Theodora tat, als bemerke sie den ringsumher tobenden brünstigen Kampf nicht, aber insgeheim genoß sie ihn. Es war wunderbar, sich begehrt zu fühlen, wenn man deswegen nichts aufs Spiel setzen mußte.

Der junge Mann, der neben dem Kaiserpaar saß, war einer von Theodoras leidenschaftlichsten Verehrern. Es war Michael Kalaphates, der Sohn von des Kaisers Schwester Maria und deren kürzlich verstorbenem Mann Stephan, einem Schiffskalfaterer. Er hatte keine Macht bei Hofe, da man von seiner Herkunft nicht einmal sprechen konnte. Aber er wurde wohlwollend geduldet, da er schlau war und bereit zu gefallen.

Theodora wunderte sich darüber, warum Michael Kalaphates an so herausragender Stelle saß, ja, warum er überhaupt saß, denn in Gegenwart des Basileus wurde gestanden, wenn man nicht beim Essen war.

»Vater Panteleimon, der Autokrator hat deine Bitte gnädig in Betracht gezogen.«

Johannes Orphanotrophos' Stimme klang ölig. Er verletzte bewußt die Etikette: Der Kaiser war nur dann ein Autokrator, wenn er der Alleinherrscher war. Michael Paphlagonios war kein Autokrator. Alle Macht kam von Kaiserin Zoe. Aber Johannes Orphanotrophos ließ nicht die geringste Gelegenheit aus, die Stellung seines Bruders hervorzuheben.

Der Hofstaat verharrte in gespannter Erwartung. Der Eunuch wirkte zufrieden mit sich: Dann würde etwas Interessantes geschehen.

»Der Kaiser gewährt der Tochter seines Untertanen Jaroslaw die denkbar höchstrangige Ehe. Anna Jaroslawna bekommt einen Verwandten des Basileus zum Gemahl: seinen Schwestersohn Michael Kalaphates.«

Der Hofstaat begann gedämpft zu lärmen. In dieser Verbindung zeigte sich Johannes Orphanotrophos' Genialität. Allgemein wurde angenommen, daß Anna Jaroslawna mit dem Kaiserhaus verwandt war.

Auf diese Weise gelang es Johannes Orphanotrophos, seinen Schwestersohn an eine hoch stehende Frau zu verheiraten. Aus dem alten Herrscherhaus waren nur noch Kaiserin Zoe und ihre Schwester, die Nonne Theodora, am Leben. Durch diese Ehe stieg Michael Kalaphates unversehens aus seiner niederen Stellung als unbedeutender Schützling des Emporkömmlingskaisers zu einem Verwandten des alten Kaiserhauses auf. Die hohen Beamten erinnerten sich plötzlich, daß Michael Kalaphates ein angenehmer junger Mann mit guten Manieren war, gegen den niemand etwas einzuwenden hatte.

Theodora vermeinte ein Knirschen zu hören, als der Adel seine Gedanken in eine neue und überraschende Richtung wendete. Im Löwensaal herrschte eine angenehm intrigante Atmosphäre.

Prinzessin Anna Jaroslawnas Stimme ließ die gedämpften Gespräche verstummen, in denen schon alte Verbindungen gelöst und neue geknüpft wurden.

»Meine Vorväter sind seit zweihundert Jahren Fürsten. Ich heirate nicht den Sohn eines Schiffskalfaterers, und wenn es der Kaiser selbst wäre.«

Anna Jaroslawnas Stimme zitterte vor Kränkung. Man hatte den Vater der Prinzessin als Untertanen des Kaisers bezeichnet und den Kiewer Gesandten öffentliche Verachtung zuteil werden lassen. Und das Wissen, daß mit allen so umgegangen wurde, besänftigte Anna Jaroslawnas Zorn keineswegs.

Anna Jaroslawnas Äußerung war so unerhört und so endgültig, daß sich tatsächlich einmal vollkommene Stille im Löwensaal ausbreitete. Dann kreischte der Kaiser auf und begann auf seinem Thron zu toben. Seine Brüder eilten mit ihren Purpurstoffen zu Hilfe und trugen den Kaiser fort.

Kaiserin Zoe stieg vom Thron hinab, stützte sich auf den Arm ihrer ältesten Hofdame und lenkte ihre Schritte zu den Frauengemächern. Sie hatte die ganze Zeit über kein Wort gesagt, und auf ihrem Gesicht lag weiterhin ein hochmütiges Lächeln. Die Frauen mußten Zoe folgen. Johannes Orphanotrophos kam aus den Räumen des Kaisers und rief irgend etwas, aber da die Basilissa weiterging, glitten die Frauen wie eine Schleppe hinter ihr her in Richtung Frauenabteilung. Der Eunuch hatte nicht die Macht, die Kaiserin aufzuhalten.

»Du bist wohl verrückt«, zischte Theodora Hyperborea unterwegs neben Anna Jaroslawna. »Du hast Michael Kalaphates gekränkt. Das ist nicht wichtig, aber gleichzeitig hast du auch dem Kaiser deine Verachtung gezeigt.«

»Was kann der Kaiser mir tun?« Anna Jaroslawna zuckte die Achseln. »Er kann mich ins Kloster sperren. Da will ich auch hin.«

»Ich finde, Michael Kalaphates ist ein sympathischer junger Mann«, sagte Theodora vorsichtig. »Er wurde irgendwo in einer Hütte im Kontoskalionhafen geboren, aber das ist nicht seine Schuld. Wenn die Gesandten deines Vaters ihn akzeptieren ...«

»Michael Kalaphates«, sagte Anna Jaroslawna entschieden, »ist ein heimtückischer, falscher und neidischer Banause.«

Theodora Hyperborea sah ein, daß es vergeblich war, Anna Jaroslawna umstimmen zu wollen.

»Na, er wird uns kein Kopfzerbrechen bereiten.«

Zwei Wochen später nahm Kaiserin Zoe Michael Kalaphates in der Kirche der Heiligen Mutter von Blachernen an Sohnes Statt an. Die Basilissa saß auf dem Thron und Michael Kalaphates, sich abstützend, auf dem Schoß der schönen alten Frau. Michael Kalaphates' Mutter Maria stand lächelnd daneben, aber am zufriedensten lächelte der Eunuch Johannes Orphanotrophos, der auf diese Weise seine eigene Macht und die seiner Brüder absicherte, denn der Kaiser würde bald sterben.

Kaiser Michael Paphlagonios war auf den Thron gelangt, indem er der betagten Frau Liebe vortäuschte und deren Ehemann beseitigen ließ. Als Kaiser war er besser denn als Ehemann. Er schob Zoe in die Frauengemächer ab und konzentrierte sich auf die Angelegenheiten des Reiches.

Michael Paphlagonios war ein geschickter Heerführer und gewissenhafter Verwaltungsmann, aber vor allem war er ein leidender Christ. Das abscheuliche Verbrechen ließ ihm keine Ruhe. Jeder Tag auf dem Thron war Reue und Schrecken. Je ängstlicher der Kaiser war, desto schlimmer wurde seine Krankheit. Die Anfälle der Fallsucht schüttelten den Kaiser so, daß er auch auf den Feldzügen in Gefahr war, unversehens aus dem Sattel zu stürzen. Dennoch wollte er reiten; rechts und links von ihm ritten Waräger, bereit, seinen stürzenden Körper aufzufangen.

Der Kaiser gab unermeßliche Summen für den Bau von Kirchen und für Wohltätigkeit aus. Er gründete das Kloster des Heiligen Demetrios von Thessaloniki. Er unternahm Pilgerfahrten, studierte die heiligen Schriften und unterhielt sich mit den frömmsten Gelehrten des Landes. Er betete in den qualvollen Stunden zwischen zwei Anfällen. Er tat alles nur Erdenkliche, um seine Tat zu sühnen – außer zu bekennen und auf die Macht zu verzichten. Und jetzt mußte er sterben.

Der Basileus ließ sich in die Kirche des Klosters des Heiligen Demetrios von Thessaloniki tragen. Seine Finger waren auf die Stärke eines Handgelenks angeschwollen, sein Kopf so prall wie ein Ball, und sein Atem ging schwer keuchend. Die Priester nahmen dem Basileus den Purpurumhang und das kaiserliche Diadem ab und kleideten ihn in eine Mönchskutte. Nach dem Gottesdienst legte er sich auf ein hartes Klosterbett, um den Tod zu erwarten.

Kaiserin Zoe mußte von einem kleinen Waisenjungen, einem acht Jahre alten Hofeunuchen, erfahren, daß der Kaiser sich anschickte, aus dem Leben zu scheiden. Keiner von den Brüdern des Kaisers hatte ihr eine Nachricht gesandt.

Das schöne Gesicht der Basilissa verzog sich wie das eines Kindes, und sie brach in hemmungsloses Schluchzen aus.

»Ich muß mich verabschieden …«

Zoe nahm die Antiphonetes-Ikone in den Arm und machte sich auf den Weg von der Frauenabteilung zum Kloster des Heiligen

Demetrios. Die Frauen liefen ihr nach und versuchten, sie zur Umkehr zu bewegen. Ihr Entsetzen war groß, denn es schickte sich nicht, daß die Kaiserin durch die Stadt ging wie eine Frau aus dem Volke. Aber Zoe wanderte mit schwankenden Schritten, ohne sich umzusehen, aus dem Vorhof des Augustaions in die Stadt hinaus. Die Frauen wagten es nicht, sie daran zu hindern. Die purpurgeborene Kaiserin war der heiligste Mensch des Reiches, und man durfte sie nicht ohne Erlaubnis berühren.

Theodora Hyperborea schaffte es im Vorbeigehen, den Warägern, die den Innenhof des Augustaions bewachten, in ihrer eigenen Sprache zuzurufen, daß sie als Begleiter mitkommen sollten. Der Befehlshaber der Palastgarde war völlig ratlos, denn niemand gab Befehle: Der Kaiser war Mönch geworden, und die Brüder des Kaisers heulten im Kloster und rauften sich die Haare.

Allerdings drohte der Basilissa in der Stadt keinerlei Gefahr. Die Menschen wären eher gestorben, als der Person Schaden zuzufügen, die ein Isapostolos, ein den Aposteln ebenbürtiger Mensch war. Aber es galt, in allen Lagen Würde zu bewahren. Die an Zeremonien gewöhnten Hofdamen schafften es zu guter Letzt, die unziemliche Trauerbezeigung der Kaiserin als religiöse Prozession erscheinen zu lassen, indem sie sich feierlich gruppierten und gleichmäßig ausschritten. Die Menschen versammelten sich in Scharen hinter der Kaiserin und ihren Frauen. Großes Wehklagen erfüllte die Straßen, als bekannt wurde, daß der Kaiser im Sterben lag.

An der Tür des Klosters des Demetrios von Thessaloniki geschah das, was zu erwarten gewesen war. Der Igumen, der Abt des Klosters, verweigerte den Frauen den Zutritt zum Klostergelände. Nicht einmal die Vornehmste der Vornehmen konnte dieses Verbot übertreten, da es von Gott kam. Außerdem, teilte der Abt mit, wünschte der Kaiser seine Frau nicht zu sehen.

Zoe begann mit dünner, hoher Stimme zu schreien.

»Ich bin die Kaiserin!«

»Hagia Basilea!« Der Abt in seiner unglücklichen Lage verneigte sich. Die Kaiserin durfte man nicht kränken, damit der Geldstrom aus dem Heiligen Palast auch weiterhin floß. Aber die Regeln des Klosters und der Wunsch des sterbenden Kaisers mußten befolgt werden. Der Abt sah hilfesuchend die Frauen der Kaiserin an. Alle waren verschleiert und die meisten altersschwach.

»Es ist grausam, der Ehefrau den Zutritt zum Sterbebett ihres Mannes zu verwehren«, stieß Theodora Hyperborea hervor. Vielleicht hatte der Kaiser Zoe vergessen; vielleicht schämte er sich der Art, wie er Zoe behandelt hatte; vielleicht wollte er im Angesicht des Todes nicht seine Komplizin sehen. Zoe stand unter dem Türkreuz und wimmerte leise.

»Basilissa«, sagte Theodora plötzlich mit unnötig lauter Stimme. »Wer bekommt die Macht, wenn du nicht im Palast bist und wenn der Kaiser stirbt? Michael Kalaphates?«

Zoe hörte auf zu klagen.

»Die Macht bekommt derjenige, dem ich sie gebe.«

Sie wandte sich um und ging wortlos zurück in den Palast. Ihre kleinen Füße in den Purpurschuhen trippelten so rasch, daß die ältesten Hofdamen zurückblieben.

Die Nachricht vom Tod des Kaisers kam gleich, nachdem Zoe wieder im Palast war. Der Warägerführer Inge Lederumhang verneigte sich vor der Kaiserin.

»Autokrator, der Basileus ist tot, und die Waräger haben der Sitte gemäß das Recht, den Palast zu plündern.«

Der Anführer der Waräger bezeichnete Zoe als Autokrator, als Inhaberin der höchsten Macht. Die Kaiserin lächelte wohlwollend.

»Der Sitte gemäß, Akolouthos, liegen für jeden deiner Männer zehn Nomismata als Ablösung für das Plündern des Palastes bereit.«

Inge Lederumhang verneigte sich ernst. Zehn Nomismata waren der Jahreslohn eines griechischen Kriegers, der zehn Jahre gedient hatte: Der Mann begann mit einem Nomisma pro Jahr, und zehn Jahre lang stieg der Lohn jedes Jahr um ein Nomisma.

Die Kaiserin saß im Löwensaal, als Johannes Orphanotrophos aus dem Kloster zurückkehrte. Der Eunuch blieb an der Tür des Saales stehen, um seinen Brüdern zu erlauben, daß sie ihn umarmten. Beide knieten zur Prostration vor dem Eunuchen nieder, und Michael Kalaphates streckte die Arme vor wie zu einem heiligen Mann. Das war ein verblüffender Anblick, und von den Frauen der Kaiserin hörte man mißbilligendes Zischen.

Da bemerkte Johannes Orphanotrophos die Kaiserin. Die Waräger standen seitlich an den Wänden, Inge Lederumhang neben dem Thron, und draußen wogte das Volk und wartete darauf, wen Zoe zum Kaiser erwählen würde. Das Recht auf die Macht hatte sie und nur sie.

Johannes Orphanotrophos, die Brüder und der Schwestersohn stürzten zu Füßen des Throns nieder. Johannes stimmte eine Lobpreisung an, und die Brüder fielen mit ein: Die Macht lag nur bei Zoe, und die Verwandten ihres toten Ehemannes verehrten Zoe.

»Wenn du willst, daß ich der Nachfolger deines toten Ehemannes werde, Basilissa«, sagte Michael Kalaphates mit freundlicher Stimme, »dann gehorche ich deinem Wunsch. Aber Kaiser bin ich nur nominell. Du herrschst, oh schönste und klügste der Frauen, und ich bin dein Sklave, dem du nach deinem Willen befiehlst.«

Die Kaiserin lächelte ihr leeres Lächeln. Plötzlich war sie müde. Sie sackte in sich zusammen, und Falten gruben sich in ihre glatte Haut, als das ewige Lächeln erlosch. Die Basilissa gab ihren Frauen ein Zeichen und erhob sich mühsam vom Stuhl.

»Es sei so, wie ihr wollt. Michael Kalaphates, den ich vor Gott und den Menschen an Sohnes Statt angenommen habe, ist der Kaiser. Ihm müssen alle gehorchen. So bestimme ich es.«

31. Kapitel

1042

Der Junge war zweieinhalb Jahre alt und schon jetzt ungewöhnlich groß. Er hatte dicke, goldrot gelockte Haare. Seine buschigen Augenbrauen nahmen sich in dem Kindergesicht drollig aus. Das Kinn war breit, die Backenknochen hoch, die Nase gerade und stolz. Er hatte schmale, eisengraue Augen.

Das Kind war so gutartig, daß man es kaum je launisch erlebte. Juvalos ließ sich von den Bewohnern des Halyspalastes streicheln und war im allgemeinen bereit zu tun, worum man ihn bat. Aber wenn er etwas anderes wollte, als das von ihm geforderte, gehorchte er nicht einmal der Peitsche, und selbst wenn man ihn hungern ließ, änderte er seine Haltung nicht.

»Sein Eigensinn ist ein Erbe deiner nordischen Natur, Schwiegertochter«, lächelte Irene Monomachina Theodora Hyperborea zu. »Als Beamter eignet sich Juvalos Skleros nicht, aber für einen Krieger ist Entschiedenheit eine unverzichtbare Eigenschaft.«

Im Halyspalast verhielten alle sich so, als wären Juvalos' erstaunliche Größe und sein Aussehen einzig und allein das Erbe der hyperboräischen Königstochter. Die Diener und Sklaven, die es besser wissen mußten, schwiegen.

Theodora sprach mit dem Kind die Sprache des Nordens. Das wirkte natürlich, denn der Junge war seinem Wesen nach ganz deutlich ein Waräger. Alle anderen im Halyspalast sprachen griechisch mit ihm.

Es gab noch eine Geheimsprache, die Theodora beim Vorsingen verwendete, wenn sie mit dem Kind allein war, und beim Spielen, wenn die Kinderpflegerin nicht da war. In dieser Sprache konnte sie dem Kleinen von der Entstehung alles Lebens, vom Ursprung aller Natur erzählen. Da war Käreitär, die Mutter der Füchse, Juoletar, die Herrin der Fischotter, Tuheroinen, die Mutter der Wassertiere, und Juonetar, die Mutter der Rentiere. Aus den Zaubern erwuchsen große Verse, wurden aus der Leere zu Worten, kamen ihr auf die Zunge und als Lied aus dem Mund.

Theodora wunderte sich, wie leicht es war zu singen, denn oft fiel es ihr schwer, Worte zu finden, wenn sie sich mit den Menschen unterhielt. In Konstantinopel war sie es gewohnt, griechisch zu sprechen. Aber bei Hofe sprach sie mit Jewdokija von Pskow russisch, weil das die immer verbitterte Jewdokija erfreute. Mit den Warägern sprach sie schwedisch. Manchmal hatte Theodora das Gefühl, daß sie überhaupt keine Sprache sprechen konnte. Sie träumte manchmal, daß sie stumm war. Am Morgen erinnerte sie sich dann daran, daß sie vor langer Zeit einmal stumm gewesen war. An solchen Morgen begann sie schwedisch zu denken, und das dauerte dann den ganzen Tag an.

Das Durcheinander der Worte in ihrem Kopf strengte sie manchmal so an, daß sie sich immer mehr von den Menschen zurückzog und nur versuchte, mit sich selbst ins Reine zu kommen. Sie mußte stundenlang auf dem Bett liegen, weil sie nicht die Kraft hatte aufzustehen. In der Hand hielt sie den Bronzevogel und flüsterte ihm ihre Bitte zu.

»Wasservogel, Bronzevogel, hilf mir, Schwan, du Gottesvogel.«

»Kyria, hörst du?«

Theodora war dabei, Juvalos auf schwedisch die Geschichte von Kivikuori, einem alten Bauern, zu erzählen. Kivikuori war so geizig, daß er, als er König Gaut von Götaland Schuhe schenkte, die Schuhbänder für sich behielt. Juvalos lächelte selig, ohne von der Geschichte auch nur das Geringste zu verstehen.

Die Sklavin Kale, Juvalos' Pflegerin und Amme, stand vor der Tür zum Altan und hörte sich verächtlich die fremde Sprache an. Theodora hatte Juvalos ein Jahr zuvor abstillen müssen, als die Bewohner des Halyspalastes von Mytilene nach Konstantinopel zurückkehrten und Theodora als Hofdame in die Frauengemächer des Heiligen Palastes berufen worden war. Theodora mußte jeweils mehrere Tage nacheinander abwesend sein. Kale, eine an der Küste von Morea geraubte Sklavin, stillte ihre eigene kleine Tochter. Sie bekam den Befehl, den Sohn der Gebieterin Theodora zu stillen. Ihre Tochter durfte sie trotzdem behalten und auch stillen, wenn genug Milch da war. Irene Monomachina, eine fromme Frau, verkaufte Kales Tochter nicht an ein Freudenhaus.

»Herrin, auf der Straße geht irgend etwas vor sich.«

Das Rütteln an der Palasttür war in allen Räumen zu hören.

»Macht auf! Eine Nachricht vom Akolouthos!«

Theodora Hyperborea erhob sich verwundert. So etwas war noch nie zuvor geschehen.

Kyria Euprepia erschien gleichzeitig mit Theodora in der Vorhalle. Irene Monomachina huldigte in der Kirche der Märtyrerin Matrona von Thessaloniki, deren Gedenktag heute war.

»Nifon, führe den Mann herein.«

Der Eunuch kräuselte die Lippen, aber es kam ihm nicht zu, Euprepia und Theodora zu widersprechen, obwohl er Irene Monomachina gern tadelte.

Der Ankömmling war ein großer, grobknochiger Waräger, so blond, daß er farblos wirkte wie Wasser.

»Kyria«, sagte der Mann aus Respekt vor Euprepia in jämmerlichem Griechisch. »Inge Lederumhang, der Akolouthos, schickt mich.«

»Droht uns Gefahr?«

»Noch nicht, aber es könnte allgemeine Unruhe und Rebellionen geben.«

»Dann werden die Paläste ausgeraubt«, nickte Euprepia. »Wir haben keine Wachleute. Was ist geschehen?«

»Die Warägergarde ist aufgelöst worden. Johannes Orphanotrophos ist verjagt worden. Alle Verwandten des Kaisers, die noch ihre Männlichkeit hatten, sind kastriert und einige von ihnen umgebracht worden.«

Der Mann drückte sich schwerfällig aus. Bittend sah er Theodora an.

»Königstochter, darf ich in deiner Sprache sprechen?«

»Sprich. Ich werde Kyria Euprepia alles erzählen.«

Der Kaiser hatte es vermieden, seinen Onkel Johannes Orphanotrophos zu treffen, der immer noch die tatsächliche Macht ausübte. Im Zorn hatte der Eunuch seinen Schwestersohn beschimpft. Hatte nicht er Michael Kalaphates zum Kaiser gemacht? Schließlich hatte der Kaiser den Onkel gebeten, mit dem Schiff zum Bukoleiontor zu kommen. Gerade als Johannes Orphanotrophos seinen Fuß an

Land setzen wollte, legte das Schiff auf Befehl des Kaisers ab und steuerte nach Süden ins Marmarameer. So segelte der Eunuch, der zehn Jahre lang aus dem Hintergrund des Throns das byzantinische Reich beherrscht hatte, ins Monobatae-Kloster. Gleich darauf hatte der Kaiser seine Henker losgeschickt.

Euprepia saß hochaufgerichtet auf ihrem Stuhl in der Aula.

»Die Günstlinge steigen auf und fallen. Aber warum vernichtet der Kaiser seine Familie? Die Familie ist der sicherste Schutz jedes Menschen, auch der des Herrschers.«

Der farblose Waräger schüttelte den Kopf.

»Kyria, ich weiß nur, was geschehen ist, aber nicht, warum es geschehen ist. Als nächstes hat der Basileus die Warägergarde aufgelöst.«

Michael Kalaphates hatte die Waräger ausbezahlt und ihnen befohlen, das Gardehaus des Heiligen Palastes zu verlassen. Das Haus leerte sich fast völlig, da die fränkischen Söldner in Sizilien waren und die griechischen Krieger der Vigla, der Palastgarde, in der Nähe des Augustaions wohnten.

»Aber jetzt ist das Haus wieder voll.« Der Waräger runzelte die Stirn. »Der Kaiser hat eine neue Leibgarde aus Bergbewohnern des Taurus von Kilikia gebildet. Inge Lederumhang sagt, der Basileus habe diese Männer in seinem Dienst, seitdem Kaiserin Zoe ihn an Sohnes Statt angenommen hat.«

»So, so«, sagte Euprepia. »Er hat das also von langer Hand geplant.«

»Das sind alles Eunuchen«, stieß der farblose Waräger hervor. »Der Basileus hat die Warägergarde durch Eunuchen ersetzt!«

Theodora brach in Gelächter aus. Sechshundert Jahre lang waren Eunuchen die besten byzantinischen Heerführer gewesen. Aber es fiel schwer, sich Eunuchen im Kampf vorzustellen.

»Frau Theodora. Inge Lederumhang sagt, du würdest Waräger in deinen Dienst nehmen, damit sie den Halyspalast schützen. Einige haben in der Stadt ein eigenes Haus, aber die meisten haben kein Plätzchen, wo sie hingehen könnten. Die Vornehmen werden uns wohl in Dienst nehmen, wenn es zu Unruhen kommt, aber viele von uns würden lieber dir dienen, Königstochter.«

»Warum? Der Halyspalast ist doch einer der kleinsten in der Stadt.«

»Weil du hältst, was vereinbart worden ist. Du stammst doch aus dem Norden. Noch ist der Tag nicht gekommen, an dem der Normanne einem Griechen vertrauen könnte.«

Das Mißtrauen der Waräger war natürlich; die Griechen waren zu schlau, um zuverlässig zu sein. Theodora übersetzte Euprepia die Worte des Mannes.

»Es gibt immer dann Unruhen, wenn die Mächtigen sich aneinander reiben«, sagte Euprepia trocken. »Laß so viele Waräger in den Halyspalast kommen, wie hineingehen.«

In den Frauengemächern des Heiligen Palastes summte es wie in einem Bienenstock. Kaiserin Zoe saß in ihrem Empfangssaal und hielt die Antiphonetes-Ikone auf dem Schoß. Die Frauen des Hofes – von denen es Hunderte gab, wenn auch die niedrigsten Sklavinnen aus ihren Winkeln hervorkamen – hatten sich um die Kaiserin versammelt.

Es war der heiligste aller Tage, der Ostersonntag. Aber das Gefolge der Kaiserin, das aus der Hagia Sofia zurückgekehrt war, befand sich nicht in so freudiger Stimmung, wie es an diesem Tag hätte sein sollen.

Theodora Hyperborea stand abseits neben einer Säule. Sie hatte die Säule im Rücken und zu beiden Seiten einen Fluchtweg. Theodora stellte sich immer an eine Stelle, an der ihr Rücken geschützt war und es einen klaren Fluchtweg gab.

Jewdokija von Pskow stand neben Theodora. Die Vergangenheit und die Sprache machten, daß es die beiden zueinander hinzog, obwohl sie sich nicht mochten. Es erleichterte sie, so zu sprechen, daß die anderen es nicht verstanden. Theodora hatte das Gefühl, daß es um Jewdokija von Pskow und sie herum viel freien Raum gab, wenn sie russisch sprachen. Theodora spürte, daß sie immer mehr und mehr Raum brauchte.

Prinzessin Anna Jaroslawna war in Ungnade gefallen, nachdem sie Michael Kalaphates' Werbung so stolz ausgeschlagen hatte. Theodora hatte um Annas Sicherheit gefürchtet, aber es war nichts geschehen. Im Gegenteil, Anna Jaroslawna war es angenehm, daß man ihr verboten hatte, sich in der Nähe der Kaiserin aufzuhalten, und sie nun in Ruhe tagelang lesen konnte. Jewdokija von Pskow dagegen war wütend.

»Wenn Anna Jaroslawna ihren Mund gehalten hätte, wäre sie jetzt Kaiserin.«

»Und du wärst die Hofdame der Kaiserin.«

Theodora vermied es, Jewdokija von Pskow anzusehen. Manchmal schimmerten hinter Jewdokijas magerem Gesicht die vorstehenden Augen und der geifernde Mund Jaropolks des Nachdenklichen auf.

»Warum sind alle so unruhig?«

Theodora schüttelte den Kopf. Obwohl sie im Norden als mittelgroß galt, war sie unter den Griechen vergleichsweise groß und überblickte den ganzen Saal.

»Ich weiß es nicht. Irgend etwas tut sich. Die Kaiserin hat gerade mit ihrem Astrologen gesprochen.«

Von den Frauen im Empfangssaal waren nur einige Griechinnen. Die anderen waren Töchter von Khanen und Fürsten der Steppenvölker, die als Geiseln entsandt worden waren, darunter Kinder in der Obhut ihrer Pflegerinnen; Prinzessinnen von Verbündeten des byzantinischen Reichs, die hier erzogen wurden, jede mit ihren eigenen Hofdamen; unter den vornehmen Frauen gab es Georgierinnen, Armenierinnen, Italienerinnen und slawische Bulgarinnen. Nur Franken gab es nicht, denn Kaiserin Zoe duldete sie nicht unter ihren Augen.

Das Meer dieser Frauen wogte schmuck und duftend hin und her wie eine Blumenwiese. Die sorgfältig gepflegten Hände bebten in der Luft, die mit Henna gefärbten Fingernägel flatterten wie Schmetterlinge über der Wiese. Federn schwankten wie hohe Gräser im Wind. Die Griechen liebten Federschmuck, der den Menschen um ein Drittel größer machte.

»Sie sind nervös wie eine Pferdeherde«, zischte Jewdokija von Pskow.

Die Tür des Empfangssaals ging auf. Durch den Frauenpulk ging ein Raunen.

An der Tür stand Kaiser Michael Kalaphates. Das war sein Recht. Der Basileus war der einzige Mann, der die Gemächer der Kaiserin betreten durfte. Der vorige Kaiser Michael Paphlagonios hatte Kaiserin Zoe niemals in den Frauengemächern besucht.

Der Kaiser schritt in den Raum herein. Er sah sich mit offensichtlicher Neugierde um – der Sohn eines Schiffskalfaterers, der es sich niemals hätte träumen lassen, die Frauengemächer des Heiligen Palastes zu sehen. Der Kaiser gaffte die Frauen abschätzend an – eine nach der anderen. Er war kein sympathischer junger Mann mehr. Wie eine Schlange sich häutet, so hatte er Höflichkeit und gute Sitten abgestreift.

Der Kaiser winkte mit der Hand. In den Empfangssaal marschierten Männer in Panzerhemden und Helmen, am Gürtel das Schwert und in der Hand den Speer.

Die Frauen begannen zu schreien. Der Kaiser brüllte sie an, sie sollten schweigen.

»Eunuchen! Es sind Eunuchen!«

Aber das Geheul steigerte sich nur noch. Die Frauen waren völlig außer sich vor Angst und wollten fliehen. Die Krieger standen an der Tür des Empfangssaals, so daß man dort nicht durchkam, falls jemand es gewagt hätte, die Frauengemächer zu verlassen. An der Tür, die zu den Gemächern der Kaiserin führte, herrschte ein solches Gedränge, daß die Frauen zu Boden stürzten, unter die Füße der anderen gerieten, über die Kinder hinwegtrampelten und die Türöffnung blockierten.

Der Kaiser befahl seinen Männern, mit den Schäften ihrer Speere auf die Frauen einzuschlagen. Die Krieger drängten die Frauen hinter die Säulen zurück; in dem engen Raum wurden sie zusammengepreßt, weinten und flehten um Gnade.

Kaiserin Zoe saß auf ihrem Thron, eine verwunderte alte Frau, und drückte die Ikone an die Brust. Sie verstand nicht, was da vor sich ging. So etwas hatte sie noch nie erlebt.

»Mörderin!«

Kaiser Michael Kalaphates' Finger wies auf Zoe. Die Erschütterung löste das Schluchzen der Frauen ab.

»Diese Frau hat ihren ersten Mann Kaiser Romanos Argyros vergiftet. Sie hat meinen seligen Onkel Michael Paphlagonios in die Ehe gelockt. Dann hat diese schamlose Frau auch ihn vergiftet.«

Zoe öffnete den Mund, aber es kam kein Ton heraus. Die Frauen fingen an, ihren Protest herauszuschreien. Romanos Argyros war vielleicht vergiftet worden, aber Michael Paphlagonios war jedenfalls nicht an Gift, sondern an Fall- und Wassersucht gestorben.

»Ruhe! Wer noch ein Wort sagt, verliert seine Augen und seine Zunge.«

Der Kaiser wandte sich an Zoe.

»Du verdienst es nicht zu leben, Frau.«

Trotz des Verbots erhob sich im Saal ein lautes Klagen. Der Kaiser brüllte los, aber sein Gesichtsausdruck veränderte sich wie der eines schlauen Kindes. Die Basilissa war eine schlaffe alte Frau mit krummem Rücken, aber ihre Person war heilig. Michael Kalaphates, der Emporkömmling aus den Werfthütten des Kontoskalionhafens, war schwer betrunken, aber er spürte die Kraft der Heiligkeit in Mark und Bein. Er konnte nicht die Hand erheben, um das Blut zu vergießen, das Byzanz vier Generationen lang beherrscht hatte. Er wußte, daß auch kein anderer Christ das für ihn tun würde.

»Aber da ich kein Mörder bin so wie du, begnadige ich dich. Du darfst leben, aber nicht in Würde und Glanz, sondern in dem erbärmlichsten Gefängnis auf der Prinzeninsel.«

Zoe starrte ihren Adoptivsohn an, ohne etwas zu begreifen.

»Steh auf! Steh auf, Alte! Oder ich rufe die Petschenegen, damit sie dich aufs Schiff schleppen!«

Der alten Kaiserin entfuhr ein Klagelaut. Den heidnischen Petschenegen war die Hagia Basileia herzlich gleichgültig. Zoe begann aufzustehen, aber sie zitterte und sank zurück auf den Thron. Michael Kalaphates schritt energisch zum Thron hinauf und zerrte die Basilissa an den Achseln zu Boden. Die Frauen schrien laut auf. Selbst die Eunuchen aus den Bergen wandten sich ab.

Eine alte Hofdame von Zoe sank vor dem Kaiser auf die Knie.

»Basileus! Laß mich mitgehen! Die Kaiserin kann nicht ohne Dienerin leben!«

Das begriff sogar Michael Kalaphates. Er begriff auch die Geste seiner Leibwache. Noch weiter konnte er nicht gehen.

»Soll die Alte ihre Magd haben. Aber du bist zu alt.«

Der Blick des Kaisers wanderte im Saal umher und blieb auf einer übellaunig wirkenden Frau hängen.

»Du da. Du folgst der Giftmörderin auf die Prinzeninsel.«

Jewdokija von Pskow sagte wütend etwas auf russisch.

»Oder du stirbst.«

Jewdokija von Pskow trat neben die Kaiserin. Sie reichte Zoe, die sie verachtete, ihren Arm und führte die Greisin in Richtung

Tür. Zoe hielt immer noch die Antiphonetes-Ikone im Arm. Jewdokija von Pskow kam im Saal an die Stelle, wo Theodora Hyperborea still gegen die Säule lehnte. Theodora streckte die Hand aus. Sie hatte alle Ringe abgestreift und gab sie Jewdokija.

»Nimm sie. Du wirst sicherlich Bestechungsmittel brauchen.«

Kaiser Michael Kalaphates rief hinter Zoe her.

»Laß die Ikone hier! Antiphonetes gehört mir!«

Er wußte sofort, daß das ein Fehler gewesen war. Die Gebirgseunuchen wurden unruhig. Sie alle waren Christen; die Ikone war ihnen heilig. Die konnte man sich nicht durch Raub aneignen.

Michael Kalaphates entdeckte etwas anderes Interessantes.

»Behalte deine Ikone, Alte. Angeblich schläfst du ja mit ihr. Ich sehe etwas, was sich besser als Gesellschaft für mich im Bett eignet.«

Der Kaiser ging mit großen Schritten zu Theodora Hyperborea. Sein Blick wanderte an ihrem Körper auf und ab.

»Prinzessin. Du warst dir zu schade für den Sohn eines Schiffskalfaterers.«

Der Kaiser preßte die Lippen zusammen. Seine Hände grapschten plötzlich nach Theodoras Brüsten. Er preßte sie so fest, daß Theodora vor Schmerz aufschrie. Michael Kalaphates lächelte grausam.

»Ich habe noch nie mit einer Königstochter geschlafen. Die waren im Kontoskalionhafen nicht im Angebot. Aber mit Huren kann ich umgehen. Das wird eine Erfahrung für dich sein, Prinzessin. Danach bist du nicht mehr berühmt für deine Tugend.«

Der Kaiser packte Theodora bei der Hand und zerrte sie aus dem Empfangssaal. Die Eunuchen eilten hinter ihnen her. Hinter den Türen hörte man das durchdringende Klagen Hunderter von Frauen.

Die Privatgemächer des Kaisers waren prächtiger als die der Kaiserin. Zoe machte sich nichts aus Luxus. Sie verschwendete weder Gedanken noch Geld an ihre Räume, die bescheiden, ungemütlich und schmutzig waren.

Der tobende Bursche schleifte Theodora Hyperborea hinter sich her. Ihre Augen suchten nach Hilfe. Die Gänge und Höfe des Heiligen Palastes lagen verödet. Die Diener versteckten sich in Küchen und Vorratslagern. Wo waren die Krieger der Vigla? An der Tür zu den Kaisergemächern standen einige Gebirgseunuchen. Hatte der Kaiser beschlossen, der einzige Mann im ganzen Palast zu sein?

Die kaiserlichen Räume strahlten von Gold, Porphyr und Malachit. Und dort war ein Mann, des Kaisers Onkel Konstantinos, sein einziger Verwandter, der vor dem Kaiser Gnade gefunden hatte. Der Nobilissimos Konstantinos sank in die Prostration, sobald er den Kaiser erblickte.

»Autokrator, hast du die Sache mit Kaiserin Zoe geregelt?«

»Die Alte ist unterwegs zu der Prinzeninsel«, sagte der Kaiser. »Geh fort, Onkel. Ich will jetzt das Vergnügen genießen, das ich mir schon so lange gewünscht habe.«

Der Nobilissimos musterte Theodora gleichgültig.

»Glaubst du, daß es klug ist, eine ausländische Prinzessin zu schänden, Basileus? Sie ist eine als ehrbar bekannte Witwe und eine Verwandte der Familie Skleros.«

»Das steigert meinen Genuß nur noch«, grinste der junge Mann. »Von den Skleros' wird bald nicht viel mehr übrig sein als Häcksel.«

»Du bist betrunken, Schwestersohn«, versuchte es Konstantinos. »Ruh dich aus.«

Michael Kalaphates lachte frivol.

»Und inzwischen beschläfst du meine Beute. Das geht nicht, Verwandter. Ich kann sie dir geben, wenn ich nur erst meinen Spaß mit ihr gehabt habe. Aber wenn du sie ohne meine Erlaubnis anrührst, verlierst du erst deine Hoden und dann deinen Kopf.«

Konstantinos verzog angewidert das Gesicht.

»Wie du willst, Basileus.«

»Genau so«, grinste der betrunkene Bursche. »Es ist das beste, wenn du so antwortest. Hilf mir, die Frau zu binden.«

Michael Kalaphates fing an, Theodora die Kleider vom Leibe zu reißen. Während er sie entkleidete, faßte er sie an Brüste, Hinterteil und Schenkel. Er war so betrunken, daß er mehrmals gegen Theodora torkelte.

»Ich werde dich so schänden, daß nicht einmal die Rudersklaven der Kriegsschiffe mehr Spaß an dir haben. Dann bestrafe ich die Tochter des Kiewer Barbarenfürsten. Sie hat es gewagt, meine Werbung abzuweisen. Jetzt bekommt sie mich und viele andere ohne Werbung.«

»Basileus, trink von dem süßen Samoswein.«

Michael Kalaphates stieß die nackte Theodora auf das Bett.

»Binde der Frau die Hände. Über dem Kopf, so wie man es in den Hafenbordellen mit unwilligen Sklavinnen tut.«

Der Kaiser ließ sich auf den Stuhl fallen und trank durstig aus einem Silberpokal. Theodora Hyperborea hob selbst die Hände gekreuzt über ihren Kopf. Der Nobilissimos Konstantinos band sie mit einer Seidenschnur zusammen, die in Troddeln endete. Der Nobilissimos hatte mehr Angst als Theodora. Der Knoten war lose und leicht zu lösen.

Theodora lag still da. Unter den Brauen hervor beobachtete sie den Kaiser, der sich noch Wein einschenkte.

Theodora hatte keine Angst. Während sie an der Hand des Kaisers durch den Palast gestolpert war, hatte sie sich an den Nebel erinnert. Die Erinnerung war vage: Theodora wußte, daß ihre Angst Nebel erzeugte, wo sie auch war. Es war lange her, fünf Jahre, daß der Nebel zum letzten Mal aufgestiegen war.

Vielleicht stieg er nicht mehr auf. Theodora hatte ja auch kein Blut mehr gestillt. Wo hätte eine vornehme griechische Frau auch Blut fließen sehen sollen abgesehen von dem Blut der wilden Tiere im Hippodrom? Theodora besuchte nicht mehr die Toten und brachte kein Speiseopfer mehr dar. Vielleicht hatte die griechische Bildung alle nördlichen Fähigkeiten in ihr zerstört. Die Geister der Griechen waren bösartige Dämonen und keine Toten, die ihre Angehörigen beschützten.

Wenn Nebel aufstiege, würde man Theodora für eine Hexe halten. Das wäre fatal. Sie hatte bessere Chancen, eine Vergewaltigung zu überleben als Hexerei.

Dank sei den Vorvätern für das Blut, das schwer und ruhig in ihr floß. Dank sei ihnen für die Überlegtheit, die Theodora nicht so rasch in Unruhe geraten ließ. Dank für die kalte Entschlossenheit, Dank dafür, daß sie eine Fremde war.

Theodora mußte ertragen, was ihr bevorstand. Sie mußte Anna Jaroslawna retten und Juvalos schützen.

»Fort!«

Der Kaiser stand auf, schwankte und brüllte Konstantinos an. Der Nobilissimos zog sich durch die Tür zurück.

Michael Kalaphates kam ans Bett getorkelt. Theodora betrachtete ihn durch die halbgeschlossenen Lider. Die Reden des Mannes waren so groß, daß die Taten vielleicht klein blieben. Angst machte ihr, daß der betrunkene Kaiser auf die Idee kommen konnte, andere Männer als Gesellschaft hinzuzurufen. Aber gab es im Palast andere Männer als die Eunuchen? Und wollte der Emporkömmling seine vornehme Beute teilen?

Michael Kalaphates plumpste quer über Theodora hin. Er streckte die eine Hand aus, um Theodora die Brüste zu pressen, die andere schob er ihr zwischen die Beine. Seine Hand bekam den kleinen Bronzevogel zu fassen. Er betrachtete ihn mit unstetem Blick und murmelte etwas Unflätiges.

Theodora zwang sich, ruhig zu atmen. Der Kopf des Burschen ruhte auf ihrem Bauch. Theodora begann mit einschläfernder Stimme ein altes Lied zu trällern.

»Schlafe, schlafe, Wiesenvogel ...«

Der Kaiser von Byzanz begann zu schnarchen.

Theodora sang noch eine Weile. Dann löste sie die Hände aus der Schlinge und richtete sich auf. Leise, mit sicheren Bewegungen und ohne Eile legte sie Michael Kalaphates' Kopf von ihrem Bauch auf die Decke.

Theodora sammelte ihre zerfetzten Kleider vom Fußboden auf. Sie mußte in die Frauengemächer gelangen, um Anna Jaroslawna zu holen. Die Prinzessin war im Palast keinen Augenblick sicher. Sie mußte verschwinden.

An der Tür wachten zwei Gebirgseunuchen. Wie würde sie an denen vorbeikommen?

Sie zog ihre zerfetzten Sachen über, hockte sich nieder und rieb sich die Augen. Sie zog sich rückwärts zur Tür zurück und schluchzte laut.

»Ja, Basileus, ich gehe, Basileus.« Theodora öffnete hinter sich die Tür und verließ den Raum, so wie der Nobilissimos Konstantinos kurz zuvor. »Ich gehe ...«

Theodora hatte einen Schluckauf und schluchzte und trippelte vorgebeugt durch das Vorzimmer zur Tür. Die Wächter würdigten sie kaum eines Blickes.

Kaiserin Zoes Bibliothek war eine Rotunde, ein runder Raum, dessen Wände mit Regalen vollgestellt waren. Es gab zwei Sorten von

Büchern: uralte Papyrusrollen aus grauer Vorzeit und dicke, prächtig verzierte Pergamentbände mit Elfenbeindeckeln, die jeweils in einem eigenen Regalfach mit der Bindung zur Wand aufbewahrt wurden.

Theodora war niemals in der Bibliothek der Kaiserin gewesen. Sie konnte nicht Griechisch lesen. Da alle Bücher heilige Schriften waren, interessierten sie Theodora nicht. Anna Jaroslawna hatte erzählt, daß es in der Bibliothek der Kaiserin auch erstaunliche Erzählungen aus der Geschichte des mächtigen Roms gab. Theodora hatte gesagt, daß ihr die Geschichten und Lieder des Nordens genügten, von denen sie nach Art der leseunkundigen Menschen Hunderte auswendig kannte.

Nach all der Erschütterung und Gefahr war es seltsam, in die lautlose Stille der Bibliothek einzutreten. Das Licht kam von der Decke, durch die Fenster unterhalb der Kuppel. Die Mosaiken der Kuppel blieben im Halbdunkel. Das Licht traf in Strahlen auf das warmbraune Pergament. In den Strahlen schwebten Staubteilchen und machten das Licht weich. Die Stille bewirkte, daß die Bibliothek eine Welt für sich bildete.

Zwei Personen hielten sich dort auf. Die eine war Anna Jaroslawna, die andere ein alter Mann. Ein Mann, tatsächlich, denn es wuchs ihm ein dünner, weißer Bart. Theodora war so überrascht, einen Mann in den Frauengemächern des Heiligen Palastes zu sehen, daß sie ihren zerlumpten Aufzug vergaß. Erst als Anna Jaroslawna vor Schreck aufschrie, kam sie zu sich.

»Prinzessin, du mußt sofort mit mir mitkommen.«

»Theodora, was ist mit dir passiert?«

»Eigentlich nichts«, erwiderte Theodora. Dann sank sie auf einen Lesestuhl und begann bitterlich zu weinen.

Anna Jaroslawna und der Greis trösteten sie.

»Der Kaiser will sich an dir rächen, Anna. Er hat schon damit angefangen. Im Augenblick schläft er seinen Rausch aus. Wir müssen aus dem Palast fort sein, wenn er erwacht. Hol mir einige von deinen Kleidern. In diesem Aufzug kann ich mich in der Stadt nicht sehen lassen.«

»Und Jewdokija von Pskow?«

»Jewdokija ist auf der Prinzeninsel und bedient die Kaiserin.«

»Wir können den Palast nicht ohne Begleitung verlassen«, sagte

Prinzessin Anna nervös. Sie hatte vier Jahre im Palast gelebt und außerhalb davon nur die Kirche, das Hippodrom und zweimal den Halyspalast besucht. Alles Ungewohnte ängstigte sie.

»Wir müssen fort, und wenn wir auf allen Vieren kriechen«, sagte Theodora drohend. »Du verstehst nicht, Prinzessin. Wenn du hierbleibst, ist dein nächstes Quartier ein Freudenhaus im Prosphorionhafen.«

»Das würde der Kaiser nicht wagen... Ich bin die Tochter des Großfürsten von Kiew...«

»Er ist verrückt und besessen von Neid und Groll. Geh jetzt die Kleider holen«, befahl Theodora. »Außerdem haben wir einen Begleiter. Wer bist du, Vater?«

Der Greis lächelte spröde. Er war wirklich sehr alt, ganz klein zusammengeschnurrt und so trocken, daß er fast raschelte, wenn er sich bewegte.

»Mein Name ist Oswin. Ich bin ein englischer Mönch.«

Theodora schüttelte verwundert den Kopf.

»Wie kommst du in Kaiserin Zoes Bibliothek?«

»Ach, ich bin hier schon seit der Zeit von Basileos Bulgarentöter. Ich kam in dem Herbst nach Konstantinopel, als unseres Herrn Jahr 1000 anbrach und man meinte, die Welt werde untergehen. Ich war als Missionar zuerst in Polen, wo es noch viele Heiden gab, obwohl Fürst Mieszko und sein Sohn getauft waren. Dann wanderte ich durch Pannonien, wo die wilden Magyaren wohnen. Ich wollte die Kirche der Hagia Sophia sehen und habe sie auch gesehen.«

»Aber wie bist du in die Frauenabteilung des Heiligen Palastes geraten?«

»Zur Zeit von Kaiser Basileos gab es eigentlich keine Frauenabteilung. Der Kaiser war nicht verheiratet, und sein Bruder Konstantinus wohnte im Blachernen-Palast. Ich kam hierher in die Bibliothek und blieb. Hier gibt es viel zu lesen«, erklärte der Mönch und wies unnötigerweise auf die Wände.

»Aber... aber die Frauengemächer werden seit mindestens zwanzig Jahren von den Frauen benutzt.«

»Man hat mich vergessen«, sagte der Mönch Oswin zerstreut. »Ich wohne hier und falle niemandem zur Last. Eine Dienerin bringt mir zu essen und bekommt den Segen.«

Das war durchaus möglich. Theodora, die Frau des Kaisers Justinian, die eine irrgläubige Monophysitin war, hatte in ihren Räumen zwölf Jahre lang den monophysitischen Patriarchen versteckt gehalten. Der Heilige Palast war unermeßlich groß. Dort lebten Tausende von Menschen. Niemand konnte wissen, wer sich dort alles aufhielt. Ein alter Mönch verzehrte nicht so viel, daß sich das irgendwie bemerkbar gemacht hätte.

»Vater, du mußt uns nach Strategion in die Davidstraße begleiten.«

»Ich sollte euch schützen können?« fragte der Mönch Oswin zweifelnd. »Ich habe seit vierzig Jahren den Palast nicht mehr verlassen.«

»Deine weißen Haare werden uns schützen, Vater.«

32. Kapitel

1042

»Horcht mal!«

Das Grollen fernen Donners, das Dröhnen der Hufe Tausender von Pferden, das Rauschen des Sturms in großen Bäumen …

»Zoe, Zoe, Zoe!«

Euprepia erhob sich wie im Schlaf.

»Ich gehe.«

»Ich auch«, sagte Theodora Hyperborea. »Mutter, kümmere dich um meinen Sohn.«

Euprepia und Theodora zogen sich die Palla über den Kopf und den Schleier vor das Gesicht. Der Waräger Hyypiä der Farblose bewachte mit zwei anderen Männern die Tür.

»Frau Theodora, du brauchst einen Begleiter.«

»Folge uns.«

Das Brausen wurde immer lauter.

»Zoe! Zoe! Zoe!«

Auf dem Konstantinforum drängte sich eine unermeßliche Menge. Inmitten der Menschenmassen ragte die Säule auf, die vor Hunderten von Jahren aus dem Apollotempel in Rom geholt worden war. Oben auf der Säule befand sich ein Storchennest, es war immer dort gewesen. Der Storch schlug unruhig mit den Flügeln, flog aber nicht auf. Seine Ahninnen hatten die Blutbäder der Wettfahrten und den Fanatismus der Bilderstürmer gesehen. Die wütenden Massen waren schon immer über den Platz getobt, aber die Säule blieb an ihrer Stelle.

»Zoe! Zoe! Zoe!«

Die Menschenmenge drängte vorwärts auf die Argyroprateia-Straße in Richtung Milion, zum Endpunkt aller großen Straßen des Reiches. Das Milion war umgeben von der Konstantinzisterne, der Hagia Sophia, dem Augustaion, Vorhof des Heiligen Palastes, und dem Hippodrom. Das Milion war der Mittelpunkt der byzantinischen Welt, der kuppelgekrönte Triumphbogen. Seine Wände waren voller Fresken, die Kirchenversammlungen darstellten.

»Zoe! Zoe! Zoe!«

Der größte Teil der Menschenwelle, die zum Milion gespült wurde, waren Frauen; Sklavinnen, Weberinnen, die in den Webereien der Stadt krumm geworden waren, rotäugige Näherinnen, Töpferinnen, die von der Hitze der Keramikwerkstätten ausgetrocknet waren. Allen voran stürmten die starken Tonmischerinnen und die Frauen aus den Fischereihäfen. Ihnen folgten die Händlerinnen, die Trödlerinnen, die Herstellerinnen von Federschmuck, die Perlenstickerinnen und Bäckerinnen.

»Zoe! Zoe! Zoe!«

Aus den Frauengemächern der Paläste strömten blasse Wesen ans Licht, duftende Herrinnen, die zu beiden Seiten von Sklavinnen gestützt wurden. Sie kamen in Perlen und Edelsteinen, verschleiert und in Brokat gehüllt. Das Volk wich vor ihnen zurück, und die Fischweiber machten für sie den Weg frei, denn die vornehmen Frauen wußten nicht, wie man die Straße entlang ging. Man betrachtete sie wie Heilige. Unter den Frauen aus den Frauenräumen gab es solche, deren Gesicht kein Mensch je außerhalb ihrer Gemächer gesehen hatte.

»Zoe! Zoe! Zoe!«

Die ganze Welt war voller Frauen, die Mese und der Amastrianum-Platz und das Theodosius-Forum und die Artopoleia-Straße. Frauen waren auf die Triumphbögen geklettert, und Frauen marschierten zum Augustaion und zum Hippodrom. Viele hatten einen Stein in der Hand. Sie schlugen sich an die Brust und zerrissen ihre Kleider. Sie lösten ihre Haare und schüttelten den Kopf, so daß man vom Augustaion her ein Meer lodernder Haare sah, so weit das Auge reichte.

»Zoe! Zoe! Zoe!«

Der Kaiser hatte die Garden gerufen, damit sie den Aufstand niederschlugen. Aber kein einziger Domestikos gab den Befehl, gegen die Frauen vorzugehen; keiner wagte es, weil er nicht glaubte, daß der Befehl befolgt würde, und keiner wollte den Befehl geben, denn warum sollte er seine Position um des Sohns eines Schiffskalfaterers willen aufs Spiel setzen?

»Zoe! Zoe! Zoe!«

»Wo ist Zoe? Wo ist die einzige freie Frau der Welt?«

»Wo ist Zoe, der alle Macht gehört? Wo ist Zoe, deren Vater und deren Großvater und Urgroßvater Kaiser waren?«

»Wo ist Zoe, der Frauen schönste und frömmste?«

»Wie kann ein Emporkömmling es wagen, die vornehmste Frau der Welt zu kränken?«

»Grabt die Gebeine des Schiffskalfaterers aus!«

»Verbrennt den Palast! Verbrennt den Palast! Verbrennt den Palast!«

Am Glänzenden Tor des Augustaions stand die Vigla bereit. Aber die Palastgarde machte keine Anstalten, den Kaiser zu verteidigen, sie schickte sich vielmehr an, die Volksmenge in den Heiligen Palast einzulassen.

»Der Kaiser ist in seinen Gemächern, und Nobilissimos Konstantinos ist bei ihm. Kaiserin Zoe ist von den Prinzeninseln in ihre Gemächer zurückgeholt worden.«

»Wir wollen Zoe! Wir wollen unsere kaiserliche Mutter!«

»Ihr seht sie auf dem Hippodrom.«

Das Volk strömte in die Gänge des Hippodroms und besetzte die Bänke. Euprepia und Theodora Hyperborea mit ihren Leibwächtern kamen bis dicht an die Loge des Basileus heran. Ein großer Schrei stieg aus der Menge auf, als man zwei Frauen in die Kaiserloge führte. Die eine von ihnen, eine in eine Nonnenkutte gehüllte Greisin, wurde vorwärts geschoben.

»Hier habt ihr die Kaiserin. Hagia Basileia!«

Doch plötzlich verstummte die Menge und musterte die Frauen. Ein dumpfes Murren waberte über das Hippodrom.

»Warum trägt sie keinen Purpurmantel?«

»Wo sind ihre goldenen Locken?«

»Das ist nicht Zoe! Eine Schwindlerin!«

Theodora Hyperborea kniff die Augen zusammen, um die Frau zu sehen, die hinter der Nonne stand.

»Das ist doch Zoe, denn Jewdokija von Pskow ist bei ihr.«

»Was nützt es, auch wenn sie Zoe ist, denn sie befindet sich doch in der Gewalt von Michael Kalaphates. Alles geht so weiter wie bisher.«

»Dann sind Prinzessin Anna Jaroslawna und ich in großer Gefahr.«

Euprepia wandte sich hierhin und dorthin und sprach mit den Frauen.

»Wenn das nicht Zoe ist, warum setzen wir dann keine andere legitime Kaiserin auf den Thron?«

»Wer wäre denn eine andere legitime Kaiserin?«

»Theodora, Zoes jüngere Schwester«, sagte Euprepia ohne zu zögern. »Sie wurde in das Petrion-Kloster gesperrt, weil Zoe sie nicht leiden konnte. Aber dort ist sie, und sie hat dasselbe Recht auf die Krone wie Zoe.«

Das Raunen setzte sich fort und nahm Gestalt an.

»Holt Theodora! Holt Theodora aus Petrion.«

Als das Geschrei begann, wurde Zoe in ihrem Nonnengewand aus der Kaiserloge gezerrt.

»Zoe ist in der Gewalt des Kaisers. Außerdem sieht Zoe auf dem Thron lieber einen Stallknecht als ihre Schwester. Wir müssen uns beeilen«, sagte Euprepia. Ihre Wangen glühten vor Eifer.

Der Patriarch Alexios von Studios betrat, gefolgt von seinen Priestern, das Hippodrom. Kaiser Michael Kalaphates verabscheute den Patriarchen. Der Patriarch würde keinen Anstoß daran nehmen, wenn die Frauen, gegen die man nicht kämpfen konnte, den Emporkömmling vom Thron vertrieben. Vielleicht hatte der Patriarch den Aufruhr nicht direkt angezettelt, aber er hatte ihn zumindest nicht gemäßigt.

»Gib uns Theodora! Vater, gib uns Theodora!«

Der Patriarch Alexios von Studios hob beide Hände: »Ihr bekommt Theodora, meine Kinder. Sie wird geholt. Beruhigt euch!«

Aber die Menge ließ sich nicht mehr beruhigen.

»Wir wollen Theodora!«

»Konstantinos Kabasilas geht und bringt Theodora aus dem Petrion-Kloster in die Kirche Hagia Sophia. Geht in die Kirche und wartet dort.«

»Das möchte ich sehen«, sagte Euprepia, und sie war nicht die einzige.

Die Kaiserstochter Theodora wollte das Kloster, in das man sie ursprünglich gegen ihren Willen gesperrt hatte, nicht verlassen. Sie war dort schon seit über zehn Jahren und hatte sich an die Stille und an ihre eigene Privatheit gewöhnt. Nun glaubte sie, die lärmende und schreiende Menge sei gekommen, um sie zu töten.

Konstantinos Kabasilas verlor die Kontrolle über die Menge, sobald sie auf die Mese gelangt war und nach Nordwesten auf das Charisiostor zu marschierte. Die Frauen waren der Aufforderung von Patriarch Alexios gefolgt und in die Hagia Sophia gegangen. Übrig waren die kaiserlichen Garden und toll gewordenes Lumpengesindel, das bei seinem Vordringen die reichen Häuser an der Mese zerstörte und in Brand steckte. Konstantinos Kabasilas war ein Höfling; er kannte die Etikette auswendig, aber er wußte nicht, wie man eine betrunkene Horde beschwichtigte. Ein erfahrener Domestikos hätte, ohne mit der Wimper zu zucken, den Garden befohlen, die Randalierer totzuschlagen. Konstantinos Kabasilas war nicht der Mann, diesen Befehl zu geben.

Theodora wurde mit Gewalt aus der Klosterkirche geholt. Die Männer, die sie holten, hatten Dolche, als planten sie eine Bluttat, und weder Theodoras Alter noch ihre Nonnenkutte brachten sie zur Räson. Theodora schrie in Todesangst, als man sie auf die Straße schleppte. Die Menge beruhigte sich erst, als Konstantinos Kabasilas der kaiserlichen Nonne seinen eigenen goldgestickten Umhang umlegte.

Der Marsch zurück zur Hagia Sophia war eine geordnete Prozession: Die Volksmenge begleitete die Kaiserin und benahm sich entsprechend. Jemand bemerkte, daß Anemodoulion, die Dienerin der Winde, endlich einmal unbeweglich auf ihrer Säule stand. Anemodoulion war eine Statue aus Bronze, die auf einer sich drehenden Kugel stand und die Arme gen Himmel streckte. Die Kugel war auf der Spitze eines Obelisken ausbalanciert. Selbst ein leichter Windhauch bewirkte, daß sie sich drehte und Anemodoulion dann in die Windrichtung wies. In der immer windigen Stadt am Marmarameer war es selten ganz windstill. Daß Anemodoulion ganz still stand, hielt man für ein gutes Omen.

Patriarch Alexios von Studios begrüßte in der Hagia Sophia die Nonne Theodora. In der Hagia Sophia hatten sich der Hofstaat, die Beamtenschaft und die Priester versammelt. Dort waren auch mehr Frauen als jemals zuvor, Frauen, die diese vornehme Kirche nie zuvor betreten hatten. Die Frauen waren still und verwundert, als der

Patriarch mit seinen Priestern die Nonne Theodora salbte und die Beamten ihr Treue schworen. Sie hatten Zoe gewollt, die sie liebten, und Theodora bekommen, die sie nicht kannten.

Jetzt gab es im Reich drei gesalbte Kaiser: Zoe, Theodora und Michael Kalaphates. Was Michael Kalaphates auch immer tun würde, er war heilig gesalbt, und er war Gottes, der unsichtbaren Macht, sichtbare Ikone.

»Der Kaiser ist geflohen!«

Theodora Hyperborea stand in der Volksmenge vor der Hagia Sophia. Der Farblose stand neben ihr und hielt mit seinem Schild die Männer auf Abstand, die die schöne junge Frau sahen und meinten, sie wäre eine schutzlose Beute. Theodora wollte nicht in die überfüllte Kirche hinein, aber sie mußte auf Euprepia warten, die drinnen war.

»Der Kaiser und der Nobilissimos sind mit dem Boot vom Bukoleionhafen in das Studios-Kloster geflohen!«

»Dieser Tyrann! Tötet den Tyrannen!«

Das war ein gefährlicher Augenblick. Der Rausch der Menge ließ nach, sie war übellaunig und bereit, sich zu prügeln. Der Waräger Hyypiä der Farblose hob seine Streitaxt und nahm Theodora Hyperborea mit hartem Griff in den Arm hinter seinen Schild. Die Menge setzte sich in Bewegung, mit unwiderstehlicher Kraft wie ein Erdrutsch, ohne Führung. Sie saugte alles mit sich fort.

»Königstochter, halt dich an mir fest! Leg mir die Arme um den Hals! Lauf mit mir mit!«

Irgendwo ertönte das Schmettern eines Horns.

»Der Eparch versammelt die Stadtgarde! Dies kann ein Blutbad werden. Laß mich nicht los, Königstochter.«

Die Töne des Horns gingen im Getöse unter, als die Menge über die Mese und kleine Seitenstraßen entlang nach Südwesten vordrang. Sie keuchte von einem Forum zum nächsten und schlug hinter dem alten Goldenen Tor Konstantins den Triumphweg in Richtung Studios-Kloster ein. Der Weg war weit, viertausend Passus, aber der Zorn nährte die Ausdauer der Horde. Die ersten wurden müde vom Laufen, aber weiter hinten war das Tempo gemäßigter, und der Druck der Masse schob die Spitze vorwärts. Immer mehr Menschen kamen aus den fernsten Teilen der Stadt.

»Tyrannenmord! Tyrannenmord!«

»Ich kann nicht mehr! Farbloser, ich kann nicht mehr laufen!«

»Gebieterin, du wirst zu Tode getrampelt, wenn du stehenbleibst!«

Der keuchende Waräger nahm Theodora auf den Arm und rannte mit der Menge mit. Es war unmöglich zu versuchen, zur Seite, von der Mese weg zu gelangen; wenn sie das Tempo verlangsamten oder abbogen, würde die Menge sie zertrampeln.

In der Umgebung des Studios-Klosters versammelten sich Tausende von Menschen. Theodora Hyperborea und Hyypiä der Farblose wurden in den Säulengang zwischen die obdachlosen Bettler gedrängt, die gewöhnlich außerhalb des Klosters wohnten und sich von seinen Abfällen ernährten.

Beim Kloster trafen die Stadtgarden ein, die von dem Eparchen Kampanares befehligt wurden. Der Eparch litt nicht an Unentschlossenheit so wie Konstantinos Kabasilas. Im Gegenteil, er sah eine glänzende Gelegenheit, das ewig unruhige und krakeelende Lumpenpack der Stadt loszuwerden. Die Menschen standen dicht gedrängt um das Kloster herum. Der Eparch befahl seinen Männern, die Menge einzukesseln.

Das Studios-Kloster war das gelehrteste und reichste des Landes, es war eine Stadt in der Stadt, und seine Kirche war eine der größten des Landes. Die Altarsäulen der Studios-Kirche waren die letzte Zuflucht für Kaiser Michael Kalaphates und seinen Onkel, den Nobilissimos Konstantinos. Daran klammerten die Flüchtlinge sich fest, bis der Eparch Kampanares seinen Männern befahl, sie aus ihrem Asyl zu herauszuholen und ins Freie zu bringen.

Mit spöttischem Geheul begrüßte die Menge den Kaiser und seinen Onkel. Beide hatten sich eilig ihrer Brokatkleider entledigt und Bußgewänder angelegt, die sie von den Mönchen bekommen hatten. Dieser Demutsbeweis besänftigte die brodelnde Menschenmenge aber nicht. Nur die Speere und Schwerter der Männer des Eparchen hinderten die aufgebrachten Menschen daran, den Tyrannen in Stücke zu reißen.

Die Mönche des Studios-Klosters, die es gut meinten, sanken vor dem Eparchen auf die Knie und flehten um Gnade für Michael Kalaphates. Kampanares bedeutete ihnen, zur Seite zu treten, und als die Mönche ihre Gebete fortsetzten, befahl er seinen Männern, sie vorsichtig fortzutragen. Der Eparch wartete auf etwas, und die Menge begann mit ihm zu warten.

Den Befehl überbrachte ein Manglavites im Panzerhemd von den Reitern der kaiserlichen Garde. Er hatte zwei Männer bei sich. Der Eparch öffnete die Befehlsrolle, las den Befehl laut vor und nickte. Die Männer saßen ab, und da sah man, daß der eine von ihnen ein Kohlebecken bei sich hatte.

Kaiser Michael Kalaphates begann, um Gnade zu schreien. Aus der Menschenmenge stieg ein entsetztes Seufzen auf. Auch die Betrunkenen schwiegen.

Der Nobilissimos Konstantinos beendete das Gejammer.

»Eparch, befiehl deinen Männern, sich so weit zurückzuziehen, daß ich mich hinlegen kann.«

Der Eparch gab den Befehl, und Konstantinos legte sich rücklings auf den Boden.

»Ich muß dich binden, Herr, damit du dich nicht im falschen Moment bewegst«, sagte der Henker, der den Speer erhitzte.

»Wenn du siehst, daß ich mich bewege, durchbohre mich mit deinem Speer.«

Die Griechen hatten großes Geschick im Blenden. Selten starb jemand an dieser Behandlung, wenn sie richtig gemacht wurde. Die Speerspitze wurde erhitzt, bis sie weiß war, dann zog man die Lider auseinander und hielt den Speer ganz nahe an das Auge, ohne es jedoch zu berühren. Das Auge erblindete, aber der Mensch erlitt sonst keinen bleibenden Schaden. Die Griechen waren stolz auf diese Kunst, denn sie waren fromme Leute und wollten nicht unnötig töten, vor allem keine vornehmen Personen.

Der Nobilissimos Konstantinos rührte sich nicht, als die Speerspitze sich seinen Augen näherte. Als es vorüber war, stand er mühsam auf und lehnte sich gegen den nächst stehenden Mann.

»Auch der Tod ist mir gleichgültig«, sagte der Nobilissimos, und die Männer brummten ehrerbietig, denn durch seine Selbstbeherrschung bewies er größeren Mut, als man von einem Emporkömmling erwarten konnte.

Aber der junge Kaiser Michael Kalaphates jammerte und flehte und versuchte zu fliehen. Man mußte ihn für die Blendung festbinden.

»Sie können ins Kloster gehen, alle beide«, sagte der Eparch.

Die Blendung hatte die Volksmenge beunruhigt, ja erschreckt. Die meisten wollten fortgehen, viele weinten. Es war furchtbar und weckte in den Menschen ein Gefühl der Unsicherheit, mitanzusehen, wie ein Mann von weltlicher Macht zu einem Häufchen Elend zusammensank und sich wand. Die Menschen wollten in die Kirchen gehen und um Vergebung für ihre Sünden beten.

Jetzt zeigte sich die Klugheit des Eparchen Kampanares. Diejenigen, die friedlich gehen wollten, durften das tun. Diejenigen, die das Volk aufhetzen wollten, die Paläste der Reichen zu plündern, wurden ohne viel Aufhebens getötet.

Theodora Hyperborea lehnte kraftlos gegen die Wand der Studios-Kirche. Ihr war übel und schwindlig. Am liebsten hätte sie sich zwischen die Bettler gelegt und sich einer Bewußtlosigkeit überlassen.

»Herrin, wir müssen gehen. Es wird bald dunkel.«

Theodora dachte daran, daß Michael Kalaphates gestern noch versucht hatte, sie zu schänden.

»Eine so vollständige Wende im Schicksal eines Menschen ist unbegreiflich.«

»Jetzt hat sein Glück ihn verlassen, und er wird es kaum wiederfinden«, bestätigte der farblose Waräger.

Plötzlich hob Theodora den Kopf. Etwas Befremdliches war an ihrem wilden Lauf durch die Stadt gewesen, aber vorhin hatte sie es nicht begriffen.

»Farbloser, du sprichst ja die Sprache der Finnen.«

»Du auch, Herrin, obwohl du eine schwedische Königstochter bist.«

Theodora Hyperboreas erste Regung war es, den Mann zu töten.

»Ich bin Finne. Mein Name ist Hyypiä, und ich stamme aus Paimio. Ich habe gehört, wie du für dein Kind gesungen hast, Herrin. Diese Lieder hat auch meine Mutter gesungen. Du sprichst finnisch wie jemand, der es von Geburt an gelernt hat.«

Theodora sah den Mann abwägend an. Der Waräger war groß, mager und sehnig. Die Haut war in der sengenden Sonne von Byzanz braungebrannt, aber seine Augen schimmerten farblos wie Wasser, und sein Bart und die seitlich geflochtenen Haare waren graublond. Er war nicht mehr jung; ein typischer Krieger aus der Warägergarde, erfahren, kühl und aufmerksam.

»Vielleicht hatte ich eine finnische Amme«, sagte Theodora Hyperborea langsam.

Der Waräger nickte so, daß man das für eine Verbeugung nach Art der Waräger halten konnte.

»Das hab ich mir schon gedacht. Deshalb hast du für dein Kind gesungen.«

»Gibt es in der Warägergarde noch andere Finnen oder Tavastländer?«

»Zwei sind beim Bulgarienfeldzug gefallen. In Sizilien kämpfen vielleicht zwanzig. Im Augenblick bin ich der einzige in Konstantinopel. Aber weitere kommen zusammen mit den Schweden den Dnjepr herunter gesegelt.«

»Die anderen brauchen von meiner Amme nichts zu wissen.«

»Wen würde das auch interessieren«, sagte der Farblose ruhig.

33. Kapitel

1042

»Basilissa, liebe Mutter, weine nicht. Basilissa, wir alle sind zu Tode betrübt.«

Kaiserin Zoe saß in ihrem Wohnraum und hielt die Antiphonetes-Ikone im Schoß. Die Kaiserin war vierundsechzig Jahre alt, klein, und hatte ihre Rundlichkeit verloren, doch ihre Gesichtshaut war immer noch schimmernd. Sie trug ihre übliche dunkle Dalmatika und darüber eine graue Palla. Die Kaiserin hatte die Palla in den Nacken gezogen und ihr Haupt entblößt. Die Mitleidstränen der Hofdamen mischten sich in das Leid der Kaiserin.

Jewdokija von Pskow stand mit hartem Gesichtsausdruck da. Eine Nacht im Gefängnis zusammen mit der Kaiserin hatte ihre Auffassung von Zoe nicht verändert: Die griechische Kaiserin war eine schwache und bequemlichkeitsliebende Frau.

Im Gefängnis auf der Prinzeninsel hatte man Zoe ihre edlen blonden Haare geschoren, die ihr ganzer Stolz gewesen waren. Der Schädel der Kaiserin war kahl wie der eines fränkischen Mönchs.

»Das ist nur die Eitelkeit, Schwester«, sagte Kaiserin Theodora säuerlich. Niemand wußte, ob sie selbst Haare hatte, denn sie entblößte niemals ihr Haupt und trug immer einen Schleier vor dem Gesicht.

»Meine Haare waren von demselben kaiserlichen Gold wie die meines Onkels Basileos Bulgarentöter«, schluchzte Zoe. Sie hob die Ikone mit zitternden Händen vor das Gesicht und küßte sie. »Erlöser, Freude meiner Seele, gib mir meine Haare zurück!«

Wieder schluchzten die Hofdamen. In Zoes Alter konnte man nicht erwarten, daß die Haare schnell wuchsen. Zoes Haare hatten gerade angefangen grau zu werden, aber sie waren dick und lebenskräftig gewesen. Sie hatte sie mit Urin und Safrankonzentrat gefärbt, hatte stundenlang in der Sonne gesessen, die Haare über eine Krempe gebreitet, so daß sie noch heller wurden.

Kaiserin Zoe, die ihrer Kleidung keine Beachtung schenkte, kümmerte sich sehr sorgfältig um die Dinge, die jahrzehntelang den Ruf ihrer erstaunlichen Schönheit aufrechterhalten hatten. Es war, als hätte der Kopf der Kaiserin einer anderen Person gehört als ihr Körper: der Körper, früher so rund und weich, war nunmehr verdorrt, ihre Gelenke waren steif geworden, aber ihr Gesicht und ihre Haare sahen noch immer blühend aus.

Theodora Hyperborea, die Prinzessin aus dem Norden, trat aus der Schar der Frauen hervor. Sie kniete vor der Kaiserin nieder, entfernte Kopfbedeckung und Haarnadeln und ließ ihr üppiges Haar hinabfallen. Sie neigte das Haupt, und die Haare glitten über den Marmorboden. Die Frauen ringsherum verstummten und bewunderten diese goldene Haarflut.

»Basilissa, erlaubst du, daß ich dir meine Haare schenke?«

Zoe holte mitten im Schluchzen tief Luft.

»Würdest du dir um meinetwillen die Haare abschneiden lassen?«

Theodora Hyperborea lächelte, verborgen hinter ihrem Haarvorhang. Man ging davon aus, daß die Untertanen ihr Leben für die Kaiserin opfern würden. Die Haare waren ein viel geringeres Opfer. Theodora hatte der Kaiserin ihr Haar aus einer Laune heraus, aus reiner Langeweile angeboten.

»Du willst doch wohl keine Bezahlung dafür haben?« Kaiserin Theodoras scharfe Stimme unterbrach Zoes dankbares Schnaufen. Die kaiserlichen Schwestern hatten erst eine Woche gemeinsam geherrscht, aber es hatte sich schon gezeigt, daß Theodora – anders als Zoe, die ihre Gunst und Nomismata verteilte – eher sparsam mit dem Geld umging und es in einer verschlossenen Schatulle aufbewahrte.

Kaiserin Theodora versuchte liebenswürdig, auch fröhlich zu sein, aber sie war von Natur aus nicht gewitzt; obwohl sie mehr plauderte als ihre Schwester, beschränkte ihre Unterhaltung sich auf das belanglose Feststellen von Tatsachen, und ihr Verstand war langsamer als ihre Rede. Für Kleider interessierte sie sich viel mehr als Zoe. Nachdem sie viele Jahre lang die Nonnenkutte getragen hatte, war der Anblick von Seide und Schmuck aufregend für sie.

»Mein Geschenk hat keinen Preis, Basilissa.«

Theodora Hyperborea saß im Seidenhemd in Kaiserin Zoes Schlafzimmer inmitten von Kohlebecken, Kräuterkästchen, Salbendosen und Mischschüsseln. Eine dicke Frauensperson von herrischem Aussehen schnitt Theodoras Haare Strähne für Strähne ab. Neben ihr saß eine Sklavin mit flinken Fingern. Die Frau war eine für ihre Kunst gerühmte Teppichknüpferin, die man von weither aus dem Osten, aus Vaspurakan, hierhergebracht hatte. Sie knüpfte die Haare an ein dichtes Netz, während eine dritte Frau sie ihr zureichte.

Am Nachmittag saß die Basilissa in der kaiserlichen Loge im Hippodrom und feierte das traditionelle Gemüsefest zu Ehren der Gründung von Konstantinopel. Die Musik spielte, das Volk tanzte und sang in der Arena des Hippodroms und füllte sich den Bauch mit Gemüse, Fisch und Süßigkeiten, die die Kaiserinnen auftischen ließen.

Vorsichtig hatte man Zoe die Kaiserkrone, das Zeichen der höchsten Macht, auf ihre goldenen Locken gedrückt. Sie war ebenso jung und schön wie vor zwanzig Jahren, als sie neben ihrem Vater Kaiser Konstantin in der Loge saß und dem Volk erlaubte, ihr Gesicht zu sehen. Sie war schon damals über vierzig gewesen; Kaiserin Zoe war einzigartig und ewig.

Zoe lächelte unaufhörlich, so wie es ihre Art war, wenn sie sich außerhalb der Frauengemächer zeigte. Sie hob die Hand und winkte Theodora Hyperborea zu sich. Theodora versank in der Prostration; ihr Kopf fühlte sich in der Nachmittagssonne des Maitages leicht und kühl an. Unter dem Schleier reichten ihre Haare bis in den Nacken und bedeckten die Ohren.

»Prinzessin, wünsche dir von mir, was immer du möchtest.«

Kaiserin Zoes Freigebigkeit brachte ihre Beamten zur Verzweiflung. So unendlich reich das Land auch war, so begannen seine Fundamente unter der sinnlosen Verschwendung doch schon zu bröckeln. Zoe verschenkte jeden Tag ein Vermögen; und, was das schlimmste war, sie verschenkte die Einkommensquellen des Staates, Bergwerke, Fischerei- und Handelsrechte.

Theodora Hyperborea war nicht darauf vorbereitet, einen Wunsch zu äußern. Sie besaß alles, was sie sich nur hätte wünschen können. Gerade das machte ihr Leben unerträglich langweilig.

Theodora hätte um einen Ehemann für Anna Jaroslawna bitten

können. Aber Prinzessin Anna wollte keinen; sie versuchte, in der Bibliothek der Frauenabteilung des Heiligen Palastes möglichst unauffällig zu bleiben, damit man sie vergaß, so wie den Mönch Oswin.

Dann hatte Theodora eine Idee. Sie könnte den Frauen des Halyspalastes, Irene Monomachina und Euprepia, ihre Dankbarkeit und Liebe beweisen. Außer dem Knaben Juvalos waren das die einzigen Menschen, die Theodora Hyperborea liebte.

»Basilissa«, sagte Theodora demütig, aber deutlich, »es gibt einen Mann, deinen Diener, der sich vor Jahren wegen eines kleinen Mißverständnisses aus deiner Umgebung entfernen mußte. Er hat sich unaufhörlich nach deinem Antlitz gesehnt.«

Theodora hoffte, ihre Worte passend gewählt zu haben. Noch immer konnte ihr nördliches Wesen sich nicht den vielfältigen Höflichkeiten der Griechen anpassen. Niemals sagten die Griechen irgend etwas direkt. Was sie auch sagten, sie meinten zumeist etwas anderes, so daß man sich auch über ihre gewöhnliche Rede den Kopf zerbrechen mußte wie im Norden über ein Rätsel. Die Griechen besprachen ihre alltäglichen Angelegenheiten so, wie die Skalden im Norden ihre Festlieder aufbauten.

»Ein kleines Mißverständnis« bedeutete in der Sprache der Griechen einen Mann, dessen Vater Verschwörer gewesen war; der niemals ein Amt versehen oder dem Reich einen Dienst erwiesen hatte; der von einer Gruppe zur nächsten geglitten war; der gegen den Kaiser intrigiert hatte und sieben Jahre verbannt gewesen war. Theodora Hyperborea war gespannt, ob die Basilissa diese Beschönigung schlucken würde.

»Wer ist der Mann?«

»Basilissa, es ist Konstantin Monomachos, der auf der Insel Mytilene lebt.«

Über Zoes Gesicht huschte ein Ausdruck der Freude.

»Konstantin Monomachos ist ein alter Freund von mir.«

Mehr als ein Freund, erinnerte sich Theodora.

»Konstantin Monomachos kann seine Treue als Richter des Militärbezirks Hellas beweisen. Für ihn wird sich am Hof eine Aufgabe finden, wenn er beweist, daß er eine Begnadigung verdient hat.«

Theodora Hyperborea verneigte sich, zog sich in den hinteren Teil der Loge zurück und verließ sie durch eine Tür, die direkt in einen der Innenhöfe des Heiligen Palastes führte. Blaugraue Marmorsäulen umgaben den Hof, dessen Fußboden mit graugestreiftem Marmor belegt war. Die roten Ziegel der Dächer bildeten einen fröhlichen Kontrast zu dem Grau. Die Dächer wurden von dem mächtigen Schatten der Nea Basilika überragt.

Theodora Hyperborea begab sich durch den Säulengang und die Eichenholztüren zum Augustaion, wo ihre Sänfte sie erwartete und daneben ihr Leibwächter Hyypiä der Farblose. Theodora bemerkte zerstreut, daß Hyypiä tatsächlich an einen Uhu erinnerte: Seine Augenbrauen endeten auf halbem Wege in Büscheln.

»Zum Halyspalast.«

In den Frauengemächern des Palastes entblößte Theodora Hyperborea ihr Haupt. Die Sklavinnen begannen zu wehklagen und die Hände zu ringen. Loukia stürzte hervor und berührte Theodoras kurze Haare, so als traute sie ihren Augen nicht. Der kleine Juvalos lachte laut vor Verwunderung über den Lärm, den die Frauen veranstalteten.

»Was hast du damit gewonnen?« fragte Euprepia.

»Die Begnadigung für euren Bruder.«

»Großartig. Gemma, bring Wein.«

Euprepia ging voraus in den Schatten des Säulengangs.

»Das muß überlegt werden. Zoe sucht einen neuen Ehemann.«

Zwei Monate nach dem Sturz von Kaiser Michael Kalaphates wurden Kaiserin Zoe und Konstantin Monomachos in der Kirche Hagia Sophia getraut. Patriarch Alexios vollzog die Trauung nicht selbst. Die Ehe war die dritte sowohl für den Bräutigam als auch für die Braut und verstieß insofern gegen die Regeln der Kirche. Aber der Patriarch umarmte die Neuvermählten sofort nach der Zeremonie und krönte Konstantin Monomachos. Alexios von Studios wußte, wo man gegen die Regeln verstoßen mußte, und beauftragte seine Untergebenen mit diesem Verstoß.

Am selben Tag zog Maria Skleraina in den Halyspalast.

Am darauffolgenden Tag kam ein Bote aus dem Heiligen Palast. Er brachte für Maria Skleraina einen Packen blauer Seide, die mit Goldfaden verstärkt war, einen Becher aus Bernstein und einen reliefverzierten Bronzebehälter voller Goldnomismata.

Euprepia war entsetzt. Sie war niemals so von Maria Skleraina eingenommen gewesen wie ihre weichherzige Schwester Irene Monomachina.

»Skleraina darf nicht hier wohnen. Konstantin kann sich nicht von ihr fernhalten. Zoe ist eine launische alte Frau: Ihr Haß ist gefährlich und kann sich auch gegen uns richten.«

»Aber Maria gehört zur Familie Skleros, und dies ist der Palast der Familie Skleros«, sagte Irene Monomachina hilflos. »Wir können sie nicht fortjagen.«

Maria Skleraina saß still da, so als hätte sie nichts gehört. Sie trug immer einen Schleier, nicht um der Tugend willen, sondern um ihre helle Haut zu schützen.

Theodora überlegte, was das sicherste für sie selbst und für Juvalos wäre: entweder, daß Konstantin Monomachos zu Besuch in den Halyspalast käme, oder, daß Maria Skleraina zum Kaiser in den Heiligen Palast zog. Sicherlich war es besser, wenn sich möglichst wenig Aufmerksamkeit auf den Halyspalast richtete.

Als der Kaiser dann natürlich Maria Skleraina besuchen kam, saß Theodora Hyperborea gemeinsam mit den Frauen und dem Basileus im Säulenhof. Juvalos war dabei, weil Konstantin Monomachos Kinder mochte, solange sie leise waren. Juvalos war ein schweigsames Kind.

Das Leben im Halyspalast war unruhig und laut. Bauleute riefen einander zu, und das Krachen, Klopfen und Knirschen zerrte an den Nerven der an Ruhe und Frieden gewöhnten Frauen. Der Kaiser hatte Zoe zu verstehen gegeben, daß der Halyspalast seine eigene Wohnung war, und er kam dorthin, um das Fortschreiten der Reparaturarbeiten zu überwachen. Die Situation war unangenehm und gefährlich.

»Man sollte meinen, die Kaiserin könnte Maria Skleraina schon begnadigen und sie in dem Heiligen Palast in ihren Dienst nehmen«, warf Theodora Hyperborea beiläufig hin. »Hat Skleraina doch nichts anderes getan, als dem Basileus während seiner Prüfungen treu zu bleiben.«

Maria Skleraina wandte sich rasch um und sah Theodora ehrerbietig an. Die beiden Frauen standen einander nicht nahe, obwohl sie auf Mytilene gut miteinander ausgekommen waren. Sie waren grundverschieden: Skleraina war die verwöhnte Tochter einer mächtigen Familie des Reichs, die ihr Leben in Luxus und Kultiviertheit verbracht hatte, klug, gebildet und warmherzig. Von Maria Skleraina sagte man, sie könne auch einen Stein rühren.

Theodora Hyperborea war entwurzelt, hatte viele Male ihre Sprache, ihr Land und ihre Familie gewechselt, eine Wanderin und Mörderin, jemand, der nicht dazugehörte, eine mißtrauische Beobachterin der Menschen. Theodora war ein Stein, den nichts erweichen konnte.

Aber beide Frauen sahen in der Welt viel Amüsantes, und beide liebten leidenschaftlich, Maria Skleraina ihren Liebhaber und Theodora Hyperborea ihren Sohn. Sie beide waren bereit, ihre Liebe rücksichtslos zu verteidigen, und sie verstanden einander.

»Wie praktisch«, sagte Skleraina weich.

»Die Sonne hat euch den Kopf verdreht«, stöhnte Euprepia.

Die einzige, die weder verwundert noch peinlich berührt war, war Kaiserin Zoe. Die Senatoren, deren Hauptaufgabe darin bestand, dem Kaiser zu schmeicheln, murrten, bezeugten jedoch den Freundschaftsvertrag, der nach dem Willen von Kaiser Konstantin Monomachos zwischen Kaiserin Zoe, Kaiserin Theodora und Maria Skleraina geschlossen werden sollte. Die Beamten schwankten unglücklich zwischen den beiden Machtzentren, auf der einen Seite Zoe und Theodora, auf der anderen Konstantin Monomachos und Skleraina, hin und her.

Kaiserin Zoe selbst löste die Sache, indem sie die Nebenfrau ihres Mannes warmherzig umarmte. Man konnte sich denken, daß Zoe erleichtert war: Sie war zu alt, um eifersüchtig zu sein, und in ihr war nicht einmal mehr ein Funke der sexuellen Leidenschaft übrig, die sie seinerzeit dazu bewegt hatte, ihren alten Ehemann wegen des jungen Michael Paphlagonios zu ermorden.

Maria Skleraina war klug und fein und verhielt sich ehrerbietig. Sie war bereit, an der Seite des Kaisers an Beratungen und Empfängen teilzunehmen. So würde Zoe sich in ihrem einst so schweißtreibenden Schlafzimmer in Ruhe der Zubereitung von Düften widmen können.

Zoe war an der Regierungsarbeit nicht interessiert, aber die lockte auch den Kaiser nicht. Für Konstantin Monomachos bedeutete die höchste Gewalt, daß er sich frei seinen Vergnügungen hingeben und alle möglichen Wünsche und Launen befriedigen konnte. All die Arbeit und Mühe, die zur Regierungsarbeit gehörte, war Sache der Beamten, mit der der Kaiser seinen schönen Kopf nicht anstrengte.

»Hier ist unsere liebe Freundin und verehrte Gehilfin, Sebaste Maria Skleraina«, sagte Kaiserin Zoe im Hippodrom, als Skleraina zum erstenmal gemeinsam mit den Kaiserinnen vor dem Volk erschien. Die Menschen waren mißtrauisch und fürchteten wieder um Zoe, obwohl Konstantin Monomachos wegen seiner Freigebigkeit beliebt war.

»Zu Ehren der Sebaste spendieren Kaiser und Kaiserinnen den Einwohnern der Stadt heute Süßigkeiten und Wein.«

»Sebaste! Sebaste!«

Theodora Hyperborea stand an ihrem Platz in der hinteren Reihe der kaiserlichen Loge. Voller Verachtung dachte sie, daß jeder Dahergelaufene die mächtigste Stadt der Christenheit für ein paar Kannen Wein kaufen konnte.

In der Metropole wurden Gold und Ämter wie Wein ausgeteilt. Gleichzeitig mußten die Befehlshaber der Militärbezirke die Armee verkleinern, obwohl sich hinter den Grenzen die Barbarenstämme drängten, bereit, sich über das Reich zu ergießen. An so etwas dachten die Stadtbewohner niemals; sie waren hinter der Großen Mauer an ewige Sicherheit gewöhnt. Aber Theodora hörte viele Dinge von dem Waräger Hyypiä dem Farblosen. In Sizilien drohte ein Aufstand auszubrechen.

Der Kaiser schrie auf, bückte sich plötzlich und griff sich an sein rechtes Bein, an die Wade.

»Was ist? Was ist?«

Maria Skleraina lag schon vor dem Kaiser auf den Knien und befühlte vorsichtig seine Beine.

»Sie sind geschwollen, Basileus.«

»Sie tun entsetzlich weh.« Der Kaiser biß die Zähne zusammen. »Ich muß mich hinlegen.«

Er versuchte aufzustehen, konnte aber nicht gehen. Zwei Gardisten hoben ihn hoch und trugen ihn zwischen sich in den Heiligen Palast.

Konstantin Monomachos' Schlafzimmer lag in der Mitte, und zu beiden Seiten davon lagen die Räume von Zoe und Theodora. Am weitesten entfernt lag Maria Sklerainas Zimmer, in dem der Kaiser sich am häufigsten aufhielt. Es war hell, und Skleraina hatte es schlicht eingerichtet, denn Konstantin Monomachos mochte keine schwellende Üppigkeit. Zoes Schlafzimmer war unangenehm wegen der Hitze und der Gerüche, Theodoras Räume voller Truhen und Schätze, die die Nonnenkaiserin anhäufte.

Konstantin Monomachos scherte sich nicht um seine Sicherheit und war kein bißchen mißtrauisch. An seiner Tür standen keine Wächter, und er bewegte sich im Heiligen Palast wie auf einem einfachen Landgut ohne Begleitung. Die früher so streng bewachte Frauenabteilung war offen und konnte von jedermann betreten werden. Die Befehlshaber der Garden und die hohen Beamten waren entsetzt; sie flehten den Kaiser auf Knien an, er möge doch wenigstens seinen Warägern erlauben, ihm zu folgen.

»Gott bestimmt über mein Leben, nicht die Waräger«, lachte der Kaiser. »Ich würde mir wünschen, daß auch ihr mehr auf Gott als auf die Gardisten vertraut.«

»Basileus, die Kapitäne zur See und die Architekten vertrauen auf Gott«, sagte Michael Psellos, der vertrauteste Sekretarios des Kaisers. »Dennoch steuert der Kapitän sein Schiff mit Hilfe eines Ruders, und der Architekt verwendet beim Zeichnen ein Lineal.«

Auf Konstantin Monomachos machten solche Beweisführungen keinen Eindruck. Da er jetzt Kaiser war, handelte er so, wie er wollte, und er wünschte keine Leibwächter, die ihn nur störten.

Der Kaiser konnte einige Tage lang nicht gehen. Dann ließ der Schmerz nach, die Schwellung ging zurück, und die Vergnügungen begannen von neuem. Einen Monat später kehrte der Schmerz wieder, und der Kaiser hatte Fieber. Sebaste Maria Skleraina hörte die Ärzte des Kaisers an, die klug vom Einfluß der Sterne auf die Schwellung redeten. Der Patriarch ließ aus dem Studios-Kloster einen Mönch holen, der als besonders heilig galt und um Gesundheit für den Kaiser beten sollte. Seine Schmerzen waren so schlimm, daß er sich auf seinem Bett hin und her wälzte; seine Knie schwollen an, und sein schönes Gesicht wurde zu einer Grimasse, wenn er mit den Zähnen knirschte.

Euprepia verfolgte hochmütig das Geschehen. Sie ging oft zum Kaiser, vor allem, um ihn wegen seiner Verschwendungssucht zu tadeln. Im Heiligen Palast galt Euprepia als Unglücksbotin.

»Jetzt müssen wir den Arzt Benjamin rufen.«

Kaiserin Theodora sträubte sich dagegen, einen Juden ans Bett des Kaisers zu holen. Zoe scherte sich um die ganze Sache nicht.

»Die Juden sind die besten Ärzte der Welt«, sagte Sebaste Maria Skleraina, »und Benjamin ist der allerbeste unter ihnen. Man möge ihn holen.«

Die Juden wohnten im Stadtteil Perama in der Nähe des Prosphorion-Hafens am Nordufer der Stadt. In dieser Gegend wohnten auch die anderen Fremdlinge. Es war ein Bezirk, den die Griechen nicht gern besuchten. Dort hatten die reichen arabischen Kaufleute ihre Moschee und die italienischen Händler ihre Kirche, in der die Messe nach der lateinischen Liturgie gefeiert wurde.

Der Jude kam, ein ewig alter Mann und fast blind. Kaiserin Theodora ging fort, um sich nicht zu verunreinigen. Die Sebaste verbeugte sich vor dem Greis und führte ihn ans Bett des Kaisers.

Der Arzt Benjamin befühlte mit seinen knotigen Händen die Beine und Knie des Kaisers, strich über die Muskeln des stattlichen Körpers, streichelte über die Haut, drückte alle Gelenke und kehrte noch einmal zu den Beinen zurück. Die Berührung des Arztes bereitete dem Basileus so große Pein, daß ihm die Tränen in die Augen schossen.

Der Greis ließ seine Arme zu beiden Seiten hinabhängen und stand lange Zeit still da.

»Arzt, was sagst du?« flüsterte die Sebaste, der es vom Schweigen des Arztes bange wurde.

»Das, was der Basileus jetzt erleidet, ist nur ein Schatten von dem, was noch kommt«, sagte Benjamin schwer. »Der Schmerz wird bald nachlassen, aber er kommt wieder und wieder, immer häufiger, bis es keine Pausen mehr gibt. Die Krankheit wird aus den Beinen in seinen Körper aufsteigen, die Muskeln und Gelenke zerstören und ihm die Kraft nehmen. Sie wird seinen Körper verziehen, so daß er sich windet wie eine Weinrebe. Sie wird auch seinen Kopf erfassen, so daß er nicht sprechen und nicht einmal seine Augen ohne entsetzliche Qualen bewegen kann.«

Maria Skleraina warf sich, laut weinend, zu Boden.

»Wie lange wird das dauern?« fragte Euprepia. Sie war ruhig, aber ihre Stimme klang brüchig.

»Wer weiß? Fünf Jahre, zehn Jahre, fünfzehn. Der Kaiser ist ein starker Mann. Vielleicht zwanzig, wenn nicht eine andere Krankheit ihn vorher begnadigt.«

»Und es gibt keine Behandlung?«

Der Arzt Benjamin schüttelte den Kopf.

»Ihr könnt beten, daß Gott ihn sterben läßt, bevor die allerschlimmste Phase beginnt.«

»Ich glaube dir nicht! Ich glaube es nicht!« schrie Maria Skleraina, die auf dem Fußboden lag.

Konstantin Monomachos richtete sich stöhnend, halb in den Kissen liegend, auf.

»Hört her. Dies ist Gottes Wille und deshalb willkommen und richtig. Ich bin ein schwacher Mensch, und mein Wunsch zu sündigen ist groß. Mein Verstand reicht nicht aus, mich vor dem Schmutz der Sünde zu erretten. Gott hat mir eine besondere Gunst erwiesen, indem er mir eine Krankheit sandte, die mich daran hindert zu sündigen. Deshalb sollt ihr euch freuen und nicht weinen.«

34. Kapitel

1043

»Basileus, eine wichtige Botschaft aus Makedonien.«

Der Flötenspieler nahm die Flöte von den Lippen und zog sich in den Säulengang zurück. Sebaste Maria Skleraina sah gespannt auf. Ihr Bruder Romanos Skleros erhob sich.

Kaiser Konstantin Monomachos saß auf einem Stuhl mit hoher Lehne, der so in den Innenhof gestellt war, daß die Sonne die ganze Zeit über dem Kaiser stand. Er genoß das Licht und die Wärme des März; im Augenblick war er gesund und sah ebenso gut aus wie vor seiner Erkrankung.

»Basileus, deine Truppen haben den Rebellen besiegt«, sagte Romanos Skleros mit lauter Stimme. »Maniakes ist geschlagen.«

»Ich habe die Botschaft noch nicht vernommen, Strategos«, erwiderte der Kaiser. Er liebte es, dem Bruder seiner Geliebten einen Dämpfer zu versetzen, wann immer es möglich war. Er mochte Romanos Skleros nicht, wollte aber Maria Skleraina nicht erzürnen und auch nicht die Strategos' der östlichen Militärbezirke, die Romanos unterstützten.

Romanos Skleros, der Strategos von Antiochien, hatte sich die Ländereien und die Frau seines Nachbarn angeeignet; Konstantin Monomachos fand, die Nachbarn hätten diesen Streit unter sich beilegen sollen, aber Romanos Skleros' Nachbar war zufällig Georgios Maniakes, der beste Heerführer des Reiches, der in Sizilien gegen die Normannen kämpfte. Anstatt seinen Heerführer zu stützen, ließ der Kaiser sich dazu überreden, Georgios Maniakes seines Amtes zu entheben. Maniakes hatte eine Rebellion angezettelt. Der Kaiser hatte seine Truppen gegen ihn nach Makedonien gesandt.

Vom Tor des Innenhofes her hörte man Geklirr. Maria Skleraina setzte sich auf ihrem Stuhl zwischen den Purpurkissen zurecht. Sie war verschleiert, denn sie glaubte an die Schädlichkeit der Sonne ebenso fest wie der Kaiser annahm, daß die Sonne der Gesundheit zuträglich war. Die Hofdamen, von denen nur wenige da waren, weil Zoes Altersgenossinnen ihre Zeit mit Klatsch im Schlafzimmer der Kaiserin verbrachten, gruppierten sich hinter der Sebaste. Alle zogen den Schleier vor das Gesicht, denn eine vornehme Frau zeigte einem Krieger ihr Gesicht nur dann, wenn sie mit ihm schlief.

Die Ankömmlinge waren Waräger. Sie kamen hereinmarschiert, die Streitaxt über der rechten Schulter, den Schild am linken Arm und als Zeichen der Offizierswürde ein Schwert an der linken Hüfte. Die metallverstärkten Lederflecken des Panzerhemds raschelten, wenn sie sich aneinander rieben, und die polierten Helme schlugen in der Sonne Funken.

Als erster betrat mit weit ausholenden Schritten den Innenhof ein baumlanger Mann, so groß und breit, daß er die Sonne verfinsterte, als er vor dem Kaiser stehenblieb. Der Waräger verneigte sich, kniete aber nicht zur Prostration nieder; die Waräger waren zu plump, um sich die Geschmeidigkeit anzueignen, derer es für eine elegante Prostration bedurfte, deshalb waren sie davon befreit.

Der große Waräger erwartete die Erlaubnis des Kaisers zu sprechen. Für einen feinen Höfling war er ein Alptraum. Auch der Kaiser – ursprünglich ein feiner Höfling – verstummte bei seinem Anblick. Der Waräger hatte glühendrotes Haar, das in wilden Locken unter seinem Helm hervorquoll. Der Bart war ebenso rot, allerdings gepflegt für den Empfang beim Kaiser. Über den eisgrauen Augen wucherten rote Augenbrauen. Die Haut des Mannes war trotz aller Sonne hell. Seine Nase schob sich aus dem Gesicht hervor wie der Bug eines Schiffes, und sie war mit Sommersprossen übersät.

Konstantin Monomachos schluckte seine Verblüffung hinunter. Ihm ging auf, daß dies der Rote Waräger sein mußte, der schon Michael Paphlagonios gedient hatte. Er war auf dieselbe Weise berühmt wie der wilde Elefant, den die Tierbeschaffer des Kaisers in Afrika gekauft hatten.

»Meine Truppen haben einen großen Sieg errungen?« Der Kaiser ließ aus seinen Worten die Frage heraushören.

»Nein, Basileus«, knurrte der Rote Waräger.

Romanos Skleros trat einen Schritt vor.

»Trag deine Sache vor, Dummkopf.«

»Ich bin ein Spatharokandates und kein Dummkopf.«

Romanos Skleros fuhr auf. Er wollte schon die Faust erheben, um dem unverschämten Kerl einen Hieb zu versetzen, aber dann fiel ihm ein, daß der Kaiser zugegen war. Der Kerl war vermutlich schwachsinnig und wußte nicht, wie man vor Höhergestellten demütig auftrat.

Der Rote Waräger sah von seiner Höhe herunter den Strategos von Antiochien ruhig an. Romanos Skleros blinzelte. Auf dem Gesicht des Warägers lag ein gutmütig toleranter Ausdruck: als wäre der Strategos von Antiochien irgendein Insekt, und der Waräger machte sich nicht einmal die Mühe, es zu zertreten.

»Basileus, deine Truppen haben den Kampf verloren, aber Georgios Maniakes ist gefallen. Der Aufstand ist niedergeschlagen.«

Neben dem roten Riesen stand ein anderer Waräger, der den Vorstellungen der römischen Nobilitäten von den Normannen besser entsprach. Er war stämmig wie sein Gefährte, aber kleiner, seine Haut war gebräunt, sein Haar hellbraun und die Augen blau, und an ihm spürte man den Warägern eigenen, herrischen Stolz.

»Harald, deine Zunge ist schneller als meine.«

Der Blick des Roten Warägers blieb hinter der Sebaste hängen. Harald der Norweger begann von dem Kampf bei Ostrovo zu erzählen. Eirik der Starke musterte schamlos die Hofdamen der Sebaste; das erwartete man ja von einem Waräger, und deshalb hatten die Frauen sich verschleiert.

Theodora Hyperborea stand am weitesten entfernt im Schatten des Säulengangs. Eirik der Starke erinnerte sich, daß Theodoras Haut genauso hell war wie seine eigene und sogar im fahlen Sommer des Nordens leicht einen Sonnenbrand bekam. Die Frau mußte sich in diesem Land der glühenden Sonne sicherlich immer im Schatten aufhalten.

Theodora war größer als die griechischen Frauen, obwohl sie für eine Frau aus dem Norden nur mittelgroß war. Die goldgestickten Ärmel einer weißen Tunika sahen aus den breiten Ärmelöffnungen der hellgrünen Dalmatika hervor. Von Theodoras linker Schulter hing in sorgfältig geordeten Falten ein grüner Umhang mit goldenen Mustern herunter, dessen Ende sie über dem linken Arm trug.

Eirik der Starke musterte Theodoras Gesicht hinter dem Schleier: Er konnte die Augen und die Lippen als dunkle Stellen durch die weiße Gaze hindurch erkennen. Er starrte sie so hartnäckig an, daß Theodora unruhig wurde. Eiriks Augen wurden schmal, und der Mund preßte sich zu einem festen Strich zusammen.

Theodora hielt die Hände vor der Taille zusammen. Als Eirik der Starke sie ansah, preßten die Hände sich unwillkürlich so fest zusammen, daß die Knöchel weiß wurden. Eirik nickte kaum merklich.

Der Blick des Warägers wanderte zu Theodora Hyperboreas Hals und zu der Stelle, an welcher der Schleier, der das Gesicht bedeckte, den Hals und die im Halsausschnitt sichtbaren Erhebungen des Schlüsselbeins frei ließ. Da Eirik der Starke zu suchen verstand, fand er die feine Silberkette, die unter dem goldgestickten Rand der Dalmatika hervorblitzte.

»Bronzevogel«, sagte Eirik der Starke tonlos.

Die Augen hinter dem Schleier folgten den Lippen des Warägers, und der Mann sah, daß Theodora erbebte. Eirik der Starke lächelte zufrieden. Sein Blick folgte der Silberkette unter den Kleidern bis zwischen Theodoras Brüste. Er sah die Hügel, die sich unter der Seide wölbten, weiß wie die Sanddünen der Wüste, an ihrer Spitze einen runden Kreis und mitten darin eine wonnige Kirsche. Eirik der Starke spürte, wie es in seinen Lenden klopfte. Er meinte, alle müßten sehen, daß sein Panzerhemd sich bewegte, aber das störte ihn nicht. Man nahm ja an, daß die Waräger jede Frau begehrten, die sie sahen.

Der Kaiser hatte die Geschichte Haralds des Norwegers vom Kampf bei Ostrovo angehört und bedeutete den Warägern, sich zu entfernen. Eirik der Starke ließ seinen Blick noch gierig über Theodora Hyperborea hinweggleiten und folgte dann, mit dem Rücken voran, Harald zur Tür des Innenhofs. Außerhalb der Tür wandte er sich sofort um und marschierte in den Vorhof Augustaion.

Eirik der Starke prüfte die im Vorhof wartenden Sänften. Bei einer stand ein Waräger, ein wasserheller Mann, der sich sicherlich in einem Palast als Leibwächter verdingt hatte, weil er zu alt war für die Warägergarde.

»Weißt du, welche von diesen Sänften Theodora, der Prinzessin aus dem Norden, gehört, der Frau von Leon Skleros, die im Halyspalast wohnt?«

Der Mann sah Eirik mit seinen farblosen Augen forschend an.

»Du kannst hier mit mir warten, Spatharokandates. Die Herrin kommt gleich, ihr Dienst endet am Nachmittag.«

»Wie heißt du?« fragte Eirik der Starke freundlich.

»Ich bin Hyypiä der Farblose«, antwortete der Waräger. »Und du bist Eirik der Starke, der Sohn des Oberrichters vom Thorshof in Uppland, den man den Roten Waräger nennt. Ich habe von dir gehört, habe dich aber noch nie gesehen. Die Geschichten scheinen wahr zu sein.«

»Du hast schon vor meiner Zeit gedient?«

Hyypiä der Farblose nickte.

»Theodora Hyperborea ist Witwe«, sagte er dann. »Leon Skleros ist vor vier Jahren gestorben.«

Der Blick Eiriks des Starken verweilte auf dem Gesicht des Mannes.

»Wie teuer würde es für mich werden, wenn die Träger Frau Theodora in mein Haus in Perama brächten, ohne daß sie selbst die Richtung bemerkt?«

»Das Geld hast du nicht, Spatharokandates.«

»Und wenn Frau Theodora selbst zu mir kommen wollte?«

»Das würde dich nichts kosten, Eirik der Starke.«

»Und die Träger?«

»Ich werde dafür sorgen, daß sie den Mund halten.«

Theodora Hyperborea kam zum Tor des Augustaions getrippelt. Zwei Eunuchen begleiteten sie, öffneten die Eichenholztore und schlossen sie hinter ihr. Einen Augenblick lang stand Theodora zwischen den Wächtern der Vigla. Die Männer sahen sie nicht an – das wäre ungehörig gewesen, und das Auge des Unteroffiziers wachte über die Einhaltung der Regeln –, aber sie waren sich ihrer sehr bewußt. Wenn Theodora nicht ihre eigene Sänfte und den Leibwächter mithatte, schickte der Drungarios der Palastgarde eine Begleitung, um sie auf dem Heimweg zu beschützen. Eine vornehme Frau ging niemals ohne Beschützer auf die Straße.

Hyypiä der Farblose kam zu Theodora und verneigte sich. Die Panzerhemdmänner der Vigla entspannten sich; sie waren für diese Hofdame nicht mehr verantwortlich.

»Frau Theodora, du wirst erwartet.«

Theodora fuhr zusammen. Sie hatte schon vermutet, daß Eirik

der Starke versuchen würde, sie zu treffen, wo er schon nach Konstantinopel gekommen war. Aber eine so baldige und dreiste Annäherung hatte sie nicht erwartet. Obwohl sie hätte wissen müssen, daß Eirik der Starke keine Umwege machte.

Die erste Entscheidung: Theodora mußte sich darüber klar werden, ob sie Eirik überhaupt treffen wollte. Sie dachte sofort an Juvalos. Der Junge war im Halyspalast in Sicherheit. Niemand würde Eirik den Starken und Leon Skleros' Sohn Juvalos zusammen sehen.

Es wäre eigentümlich, wenn Theodora Hyperborea nicht bereit wäre, mit ihrem Ziehbruder zu plaudern. Auf jeden Fall mußte sie Eirik begrüßen und nach seinem Ergehen fragen. Aber nicht mehr. Was hatte eine vornehme römische Frau mit einem einfachen Warägerkrieger zu besprechen? Theodora Hyperborea und Eirik den Starken trennte ein Wasser, das tiefer war als der Bosporus.

Theodora schritt, den Blick zu Boden gerichtet, das Gesicht hinter dem Schleier verborgen, zu ihrer Sänfte.

»Terhen.«

Eiriks Stimme war nur ein Flüstern. Es hallte wie ein Schrei in Theodoras Ohren.

»Ich bin Theodora«, sagte sie schwach. Eiriks Größe, seine Männlichkeit, sein leidenschaftlicher Gesichtsausdruck, der Geruch nach Pferd und Leder, sogar seine Streitaxt und sein Schwert machten, daß Theodora schwindlig wurde. Sie hätte den Waräger sofort zurückweisen müssen; es war unziemlich, mit einem Barbarenkrieger auch nur zu sprechen.

Eirik der Starke kümmerte sich nicht um die Regeln der Griechen. Er faßte Theodora am Arm. Theodora spürte hinter ihrem Rücken, wie die Männer der Vigla sich anspannten. Die Waräger hatten nicht das Recht, eine vornehme Frau auch nur zu streifen – öffentlich.

»Ich habe ein Haus in Perama gemietet. Komm mit mir dorthin. Jetzt«, sagte Eirik der Starke. »Ich habe allzu lange gewartet.«

Theodora wunderte sich, wie sie Eirik irgendwann einmal für einen gutmütigen Tölpel hatte halten können. Die Zielstrebigkeit des Mannes war erschlagend – und erregend.

»Ich habe Verlangen nach dir«, sagte Eirik unumwunden. Anscheinend genoß er Theodoras Unruhe. »Tausendmal hab ich mir vorgestellt, daß ich dich umarme. Laß mich dich lieben, Terhen.«

Theodora schwankte, und beide Waräger packten zu, um sie zu stützen.

»Herrin, man beobachtet uns«, flüsterte Hyypiä der Farblose auf finnisch.

Eirik der Starke wandte sich rasch um.

»Du bist Finne.«

»Du aber nicht, Roter Waräger, auch wenn du meine Sprache sprichst«, grinste Hyypiä der Farblose. »Wir müssen gehen. Du erregst zuviel Aufmerksamkeit.«

Eirik der Starke nickte. Er erregte überall Aufsehen, aber im Augustaion des Heiligen Palastes war er wie ein Bär in der Kirche.

»Theodora. Ich habe es dir schon früher gesagt. Wenn du nicht willst, dann sag es jetzt.«

Theodora schluckte. Die zweite Entscheidung. Aber es gab nichts mehr zu entscheiden. Und wenn der Palast gebrannt hätte, sie hätte kein Wort herausgebracht. Ihre Lippen glühten, bereit zum Küssen. Sie wandte das Gesicht zu Eirik hinauf. Der Rote Waräger holte tief Luft und lächelte.

»Gehen wir.«

Hyypiä der Farblose zog die Vorhänge der Sänfte beiseite. Eirik der Starke half Theodora, auf den Polstern eine halb liegende Stellung einzunehmen. Seine Berührung prickelte in Theodoras Armen. Hyypiä der Farblose zog die Vorhänge hinter der Herrin zu. Die Thraker des Halyspalastes hoben die Sänfte auf und befestigten die über den Nacken verlaufenden Tragriemen.

»Nach Perama«, kommandierte Eirik der Starke.

Das Haus, das Eirik der Starke gemietet hatte, war klein, aber für eine Offizierswohnung luxuriös genug. Es lag an der Ufermauer des Goldenen Horns, an der Straße der Heiligen Hilaria zwischen den Vierteln der Venezianer und der Amalfitaner, nicht sehr weit von Strategion und der Davidstraße. Zusammen mit dem Haus hatte er drei Sklaven gemietet, zwei betagte Alaninnen, die nur ein paar Worte Griechisch sprachen, und einen kaukasischen Eunuchen, dem man die Zunge abgeschnitten hatte. Die Frauen hielten das Haus sauber, wuschen die Wäsche und bereiteten das Essen, der Eunuch bewachte das Haus, pflegte den Garten und bediente den Mieter. Dieses Arrangement behagte Eirik dem Starken; je weniger Leute im Haus waren und je stiller es war, desto besser.

Die Thraker trugen die Sänfte des Halyspalastes in den Innenhof. Hyypiä der Farblose kommandierte sie zurück auf die Straße.

»Sehr viel Zeit hast du nicht, Roter Waräger. Frau Theodora wird spätestens gegen Abend zurückerwartet.«

»Vielleicht macht sie Einkäufe im lateinischen Viertel,« schlug Eirik der Starke vor.

»Vielleicht«, räumte Hyypiä der Farblose ein. »Ich werde sie abholen.«

Eirik der Starke reichte dem Leibwächter ein ganzes Nomisma.

»Du bist freigebig.«

Der Rote Waräger grinste.

»Du mußt auch den Thrakern etwas zu trinken kaufen.«

Als Hyypiä der Farblose gegangen war, beugte Eirik der Starke sich zu Theodora hinab. Er nahm sie in der Sänfte auf die Arme und drückte sie an sich.

»Ich könnte weinen«, flüsterte Eirik. »So sehr hab ich mich nach dir gesehnt.«

»Sicherlich wirst du auch noch weinen, dummer Eirik«, sagte Theodora hinter ihrem Schleier. »Du rührst eine vornehme Frau an.«

»Ich bin nicht der einzige Waräger, der das tut«, lächelte Eirik. Er spürte, wie die Frau in seinen Armen steif wurde und verfluchte sich selbst.

»Wein!« brüllte Eirik und hoffte, daß die alten Frauen wenigstens dieses griechische Wort verstanden. Mit dem Fuß stieß er die zum Innenhof führende Tür auf. Die alte Frau brachte eine Kanne Wein und einen Becher. Eirik fluchte hilflos. Er hörte, wie Theodora in seinen Armen kicherte.

»Jedenfalls bist du nicht besonders gewandt in diesen Dingen, dummer Eirik.«

Das Schlafzimmer war klein und schlicht. Der Raum hatte keine Fenster; das einzige Licht kam durch die Tür zum Innenhof. Rechts befand sich ein gemauertes Bett, das für den Waräger zu kurz war. Eiriks Matratze, die Kissen und Decken lagen auf dem Boden an der hinteren Wand des Zimmers.

Eirik kniete nieder und legte Theodora vorsichtig auf die Polster.

Er stand auf und machte sich an das mühselige Geschäft, seine Ausrüstung abzulegen. Er war an einen geschulten Sklaven gewöhnt, der die Knoten löste, ihm die Gürtel öffnete, ihm half, das Panzerhemd über den Kopf zu ziehen und die Beinschützer abzunehmen. Er war so erregt und ungeschickt, daß die Lederriemen sich endgültig verknoteten, die Schnallen klemmten und das Helmnetz an seinem Bart zerrte.

Theodora stand auf und begann die Riemen zu lösen.

»Habe ich das schon einmal gemacht, Eirik?«

»Hast du, Bronzevogel. Als kleines Mädchen auf dem Ochsenweg von Tavastland. Du bist damals an Einsamkeit fast zugrunde gegangen. Ein Bär hatte deinen Zauberer getötet, und deine Familie gab dir die Schuld daran. Du warst nahe daran durchzudrehen. Ich mußte mir für dich eine Beschäftigung ausdenken.«

Theodora begannen die Hände zu zittern.

»Sprich nicht davon. Ich will nichts davon wissen.«

Eirik der Starke zog sie in seine Arme. Die Schuppen des Panzerhemdes kratzten die empfindliche Haut durch die dünne Seide hindurch.

»Ich will dich nicht erschrecken, mein Herz.«

Aber die Frau zitterte in seinen Armen und versicherte sich immer wieder: »Ich bin Theodora. Ich bin Theodora.«

»Du bist Theodora«, bestätigte Eirik der Starke. »Du bist Theodora. Für mich bist du die schönste und begehrenswerteste Frau der Welt – bist es immer gewesen. Hilf mir, diese Ausrüstung abzulegen. Meine Finger sind zu groß und zu steif.«

Und Theodora tat dasselbe wie auf dem Ochsenweg: zog Knoten auf, löste Schnallen, wickelte Bänder von den Haken der Beinschützer ab und beruhigte sich, während sie das tat. Eirik der Starke dankte ihr und nahm ihr zugleich den Schleier und den mit Karneolen geschmückten Stirnreifen ab.

»Theodora! Was ist mit deinem Haar passiert?«

»Ich hab' es der Kaiserin geschenkt.«

Ihre Haare, die gelb waren wie verdorrtes Gras, reichten Theodora bis auf die Schultern. Als sie sich bückte, um Eiriks Ausrüstung zu öffnen, wurde ihr Nacken frei. Ein schmaler Nacken und rührend; er verriet über Theodora etwas ganz anderes, als daß sie eine abweisende, kühle Edelfrau war. Eirik der Starke ächzte, sank auf die Knie und drückte seine Lippen auf Theodoras Nacken. Er schlang seine Arme um ihre Taille und zog sie zu sich auf das Fußbodenlager.

Theodora machte keinerlei Geste. Eirik wandte sich ihr zu, ließ seine Lippen über ihren Hals wandern und schob so die Kleider beiseite. Tunika und Dalmatika gaben nicht nach. Eirik, außer sich vor Verlangen, knurrte und begann Theodora die Kleider vom Leib zu reißen. Die Frau lachte und setzte sich auf, so daß Eirik ihr beide Gewänder ausziehen konnte. Theodora war nackt; ihre Brüste schimmerten im Dämmerlicht mit dunklen Augen, und Eirik stöhnte. Zärtlich nahm er die eine Brust in die Hand und wog sie. Wie der weichste Pfirsich lag sie in seiner von den Zügeln hart gewordenen Hand. Eirik beugte sich hinab und küßte sie vorsichtig. Sein Bart erschien ihm zu rauh, um etwas so Glattes zu berühren.

»Diene mir«, flüsterte Theodora. »Vergöttere mich. Krieche vor mir und weine, dummer Eirik, du Häßlichster der Häßlichen.«

Eirik der Starke kniete vor Theodora nieder, nahm ein Bein von ihr in jede Hand und küßte einen Zeh nach dem anderen. Für jeden Zeh fand er flüsternd lobpreisende Worte, ebenso für die Waden, die vollkommen waren wie die Krümmungen des Bogens zu beiden Seiten des Pfeils. Zwischen den Krümmungen lag das Paradies, in das Eirik seinen Pfeil schießen wollte. Seine Hände streichelten den Samt der Schenkel und seine Zunge kreiste um die Knie.

Eiriks Verlangen wuchs so ungeheuerlich, daß ihm das Wasser aus den Augen schoß, und er preßte seine Stirn dreimal gegen Theodoras gelockten Hügel wie bei der Prostration. Sich zu demütigen erregte ihn ebenso sehr wie es Theodora erregte, ihn zu peinigen. Wenn Eirik seine Kraft eingesetzt hätte, wäre Theodora hilflos gewesen. Beide wußten das, und beide genossen den Rollentausch.

»Bitte mich«, befahl Theodora. »Fleh mich an.«

»Bronzevogel«, murmelte Eirik. »Schwan. Erbarme dich meiner.«

Theodora öffnete den Mund zu einer Verweigerung, aber es war für beide schon zu spät. Eirik warf sich ächzend auf sie und durchbohrte sie. Theodora warf den Kopf hin und her und schrie, als die Wellen sie heimsuchten. Eirik der Starke umgab sie gewaltig wie ein Bär der Wildmark und verlängerte ihren Genuß, indem er ihr mit der unerbittlichen Kraft seiner Leidenschaft zusetzte.

35. Kapitel

1043

Die aufständischen Truppen wurden an der kaiserlichen Loge vorbeigezerrt, wobei die einen ein Bein nachschleppten, die anderen mit dem Rücken voran auf einem Esel saßen. Die Männer waren schmutzig und zerlumpt, für diese Veranstaltung durch den Schmutz gezogen. Man mußte dem Volk zeigen, welches Los die Rebellen erwartete. Als aber der Triumph vorüber war, bekamen die Soldaten ihre Ausrüstung wieder und ihren üblichen Lohn dazu. Das Reich konnte es sich nicht leisten, erfahrene Krieger zu verlieren, die zehn Jahre und mehr auf ihren Dienst vorbereitet worden waren. Die Krieger kehrten in ihre Bandons zurück und fingen wieder da an, wo sie aufgehört hatten, bevor ihre Offiziere beschlossen hatten, dem Rebellen zu folgen. Georgios Maniakes dagegen kehrte nirgendwohin zurück. Sein Kopf wurde den aufständischen Truppen hinterher getragen.

Für den Triumph hatte man dem Kaiser an der Mese eine Loge vor dem Haus errichtet, das Bronzegefängnis genannt wurde. Das war das Gebäude, in dem die Stadtbehörden Recht sprachen; sein Dachgebälk zierten Bronzereliefs, und in seinem Keller befand sich ein Gefängnis. Gegenüber, auf der anderen Seite der Mese, stand die von dem Usurpatorkaiser Johannes Tsimiskes erbaute Kirche der Sechs Apostel. Vor der blendend weiß gekalkten Wand der Kirche wirkten die besiegten Aufständischen noch erbärmlicher.

Die Loge des Kaisers war mit purpurgestreiftem Stoff überdacht. Da an diesem Tag rauhes Vorfrühlingswetter herrschte, gab es in jeder Sitzreihe der Loge ein Kohlebecken für je zwei Gäste. Die Sklaven liefen, um die ausgebrannten Becken gegen frische auszutauschen, denn die Parade dauerte stundenlang. Die vornehmen Gäste hatten sich in Pelzumhänge gehüllt, und die Frauen waren dankbar für den Schleier, der ihre rote Nase verbarg.

Nach den Aufständischen marschierten im Triumphzug die Truppen des Kaisers. Das meiste Aufsehen erregte wie immer die Warägergarde. Die Griechen konnten sich gar nicht genug über die Größe der Waräger und ihre allgemeine Roheit wundern. Die äußerte sich auf vielerlei Weise: Ihre Haare waren lang und oftmals zu Zöpfen geflochten, und manche hatten auch ihren Bart geflochten. Sie gingen fast nackt, mit bloßen Schenkeln und Armen: Den Warägern war immer zu heiß, da sie es gewohnt waren, in Eishöhlen zu hausen. Um ihre Kraft zu erhalten, aßen sie Speisen, die aus Blut bereitet waren, und brauchten eine unglaubliche Menge von Frauen, um ihre grenzenlose Begierde zu stillen. Sie konnten oder mochten nicht im Takt der Trommel marschieren so wie die griechischen Krieger. Alles in allem hätten die Waräger ins Hippodrom unter die Tiere gehört, wenn sie nicht so furchterregende Kämpfer gewesen wären.

Euprepia, die Schwester des Kaisers, saß hinter den Kaiserinnen und der Sebaste Maria Skleraina in der Loge. Ihr Blick folgte nachdenklich den ohne Tritt ausgreifenden Warägern.

»Es könnte ratsam sein«, sagte Euprepia leise hinter ihrem Schleier, »und auch verständlich, daß der Rote Waräger seine Ziehschwester offen bei Einkäufen im Fremdenviertel begleitet. Die Menschen würden sich daran gewöhnen.«

Theodora Hyperborea berührte leicht Euprepias Hand.

»Da es im Hause außer den Leibwächtern keinen Mann gibt«, fuhr Euprepia fort, »ist es nur natürlich, daß du dich von deinem Ziehbruder beschützen läßt. In solchen Dingen hat Heimlichtuerei keinen Sinn. Du kannst nichts dafür, daß dein Bruder ein Barbar ist. Laß alle das sehen.«

»Danke, Mutter Euprepia. Deine Weisheit ist eine unerschöpfliche Quelle.«

»Kind, du hast in den Halyspalast mehr Freude gebracht, als meine Weisheit es jemals vermocht hat.«

»Basileus, der Bau eines Klosters für den Heiligen Georg von Mangana wird zu teuer. Du hast kaum genug Mittel, um die Bauleute zu entlohnen.«

Konstantinos Leikudes hatte die Stelle von Johannes Orphanotrophos geerbt. Er übte anstelle des Kaisers die Macht aus; in der

Praxis verwendete er einen großen Teil seiner Zeit dafür, die Pläne von Konstantin Monomachos zurückzustutzen. Konstantinos Leikudes war ein fähiger und gelehrter Mann, aber auch er konnte den aus dem Heiligen Palast herausfließenden Geldstrom nicht stoppen.

»Wenn nicht genug Silber da ist, misch mehr Kupfer in das Nomisma«, sagte der Kaiser freundlich.

»Das ist schon viele Male geschehen«, seufzte Leikudes.

Der Basileus winkte ab.

»Ich spreche lieber über die Neueröffnung der Universität.«

Leikudes' Gesicht hellte sich auf. Die Universität würde kompetente Beamte hervorbringen, aber darüber hinaus liebte Leikudes die Gelehrsamheit um ihrer selbst willen. Dann seufzte er erneut.

»Basileus, es gibt noch eine eiligere Sache. Wir haben viele Warnungen bekommen. Der Kiewer Barbarenfürst Jaroslaw plant einen Angriff gegen das Reich. Die russischen Kaufleute erzählen, daß Großfürst Jaroslaw tausend Schiffe hat bauen lassen. Wenn der Sommer kommt, kommen sie den Dnjepr hinab und versuchen, Konstantinopel zu erobern. Der Großfürst hat zum Befehlshaber dieser Flotte Wladimir, seinen ältesten Sohn, den Fürsten von Nowgorod, ernannt.«

Theodora Hyperborea hörte gespannt zu. Sie stand hinter Kaiserin Zoe, schräg rechts von Eirik dem Starken, der neben dem Thron Wache stand, die Streitaxt über der rechten Schulter. Theodora sah, daß auch Eirik zuhörte. All dies würde später im Haus der kaiserlichen Leibgarde besprochen werden.

»Tausend Schiffe«, sagte der Kaiser amüsiert. »Niemand hat tausend Schiffe.«

Oh doch, dachte Theodora Hyperborea, der Großfürst von Kiew hat in jedem Frühjahr tausend Schiffe, wenn die am Oberlauf des Dnjepr gebauten langen Einbäume nach Kiew geflößt werden. Sie waren auch früher jedes Jahr den Dnjepr heruntergekommen, aber sie waren dann voller Handelswaren und legten in Mesembria am Ufer des Schwarzen Meeres an. Noch näher ließ Byzanz in solchen hellen Haufen nicht einmal friedliche Kaufleute heran.

Diesmal würden die Schiffe also bis zum Bosporus kommen, und sie würden mit Kriegern beladen sein. Eigentlich versetzte die Nachricht Theodora nicht in Erstaunen.

Das ganze Frühjahr über hatte Theodora von Eirik dem Starken gehört, daß es im Stadtteil Mamas, in dem die russischen Kaufleute wohnten, Unruhen gab. Der Nowgoroder Kaufmann Andrei, der für seine Stadt um das alleinige Recht, mit Wachs zu handeln, gebeten hatte, war getötet worden, und der Eparch von Konstantinopel wollte nicht sagen, wer der Mörder war.

Außerdem behandelten die Griechen die Russen so verächtlich wie Untertanen. Sie gingen sogar in die Kirche des Heiligen Mamas, um zu randalieren; dort wurde der Gottesdienst in der Sprache der Slawen abgehalten, wie Fürst Wladimir es bei seiner Taufe befohlen hatte. Man hatte ein Pelzlager mit unersetzlichen Zobelfellen angezündet und sogar Frau und Tochter eines Kaufmanns geschändet.

Als Kriegsgrund war das jedoch nicht ausreichend. Großfürst Jaroslaw wollte Konstantinopel offenbar sagen, daß er ein Reich hatte, das größer, wenn auch nicht reicher war als Byzanz. Und sicherlich wollte der Großfürst auch bessere Handelsbedingungen von den Kaufleuten der Stadt eingeräumt bekommen.

Hinter ihrem Schleier verborgen betrachtete Theodora die unbewegliche Gestalt Eiriks des Starken. Eirik hatte viele Jahre lang im Dienst des Großfürsten Jaroslaw gestanden. Und Harald der Norweger, der Jelisaweta, die Tochter des Großfürsten, heiraten wollte, würde er zu den Angreifern überlaufen? Das würde nicht geschehen. Der hohe Lohn der Waräger gründete darauf, daß ihre Treue zum Kaiser unerschütterlich war.

Bald würde Eirik der Starke in den Kampf ziehen müssen. Er könnte darin fallen. Diese Möglichkeit war allerdings unwahrscheinlich: ein gut gezielter Pfeil oder Speer. Im Nahkampf konnte man Eirik den Starken nicht besiegen.

Theodora richtete ihren Blick auf die Spitzen ihrer grünen, blaubestickten Seidenschuhe, die unter der grünen Dalmatika hervorsahen. Was würde sie empfinden, wenn Eirik der Starke fiele?

Nichts, beschloß Theodora. Nichts, denn Eirik würde ohnehin früher oder später irgendwohin weit fort in den Krieg ziehen; das war sein Leben, und es war Theodora fremd. Falls sie einen neuen Liebhaber wünschte, würde sie mit ihrer mit duftenden Ölen gesalbten Hand einem der Kandidaten winken, und jeder von ihnen würde ihr genauso dankbar dienen wie der Rote Waräger.

»Basileus, erbarme dich meiner!«

Prinzessin Anna Jaroslawna warf sich vor dem Kaiser nieder und schlug ihre Stirn gegen den Boden.

»Mein Vater und mein Bruder... Basileus, ich habe nichts von ihren Plänen gewußt!«

Konstantin Monomachos konnte zu der vornehmen Jungfrau nicht unfreundlich sein, selbst wenn sie eine Verräterin gewesen wäre.

»Kind, du bist immer eine treue Untertanin gewesen. Beruhige dich. Es wird kaum einen Angriff geben. Mein Astrologe hat mir versichert, daß ich unter günstigen Sternen geboren bin.«

Der Basileus streckte seine Hand zum Kuß aus. Das war eine Gunstbezeigung, denn seine Hände und seine Handgelenke waren von den Schmerzen übel zugerichtet.

Während dieses Vorgangs wandte Eirik der Starke ein wenig den Kopf, so daß er Theodora Hyperborea ansehen konnte. Theodora verstand, daß Eirik dasselbe dachte wie sie selbst: Wie konnte der Kaiser so kindisch sein? Wenn die russischen Kaufleute berichteten, daß ein Angriff bevorstand, dann würde er auch erfolgen. Die Kaufleute erzählten so etwas nur aus einem einzigen Grund: Großfürst Jaroslaw hatte ihnen befohlen, den Einwohnern der Stadt Angst einzujagen. Die Geschichte von den tausend Schiffen erschütterte sogar die auf ihre Mauern vertrauenden Griechen.

Die Kiewer Schiffe ruderten aus den Häfen des gegenüberliegenden Bosporusufers heraus, und es waren sicherlich tausend. Sie formierten sich zu einer Front und bildeten eine ununterbrochene Kette quer über den Bosporus. Das eine Ende der Kette lag auf der asiatischen Seite, und das andere näherte sich dem Tor der Heiligen Barbara an der Mündung des Goldenen Horns.

»Die Schiffe der Barbaren sind schmal«, bemerkte der Kaiser, um etwas zu sagen.

»Basileus, ein solches Schiff nennt man Monoxylon, und es ist aus einem einzigen Baumstamm gehauen«, sagte Konstantin Leikudes. Man hörte seiner Stimme die Erleichterung an. »Das sind Flußboote, die eigentlich nicht seetüchtig sind. »

»Immerhin sind sie bis hierher gekommen«, sagte der Kaiser,

und sein Gefolge, das sich auf dem Hügel der Akropolis versammelt hatte, lachte höflich.

»Sie rudern die Küsten entlang, Basileus. Obwohl unsere Flotte in schlechtem Zustand ist, werden diese Boote uns kaum Schwierigkeiten machen.«

Theodora Hyperborea stand hinter dem Stuhl von Sebaste Maria Skleraina. Das gesamte Gefolge hatte sich unter den eilig errichteten Sonnenschutz begeben, außer dem Kaiser, der in der prallen Sonne saß, den Kopf nur mit einer Seidenmütze bedeckt.

Neben dem Kaiser stand ein Krieger, der den Kriegswimpel des Kaisers, das Labarum, hielt. Der Wimpel begleitete den Kaiser stets in den Kampf; er stammte vom Christus-Monogramm des mächtigsten aller Kaiser, Konstantins des Großen, das Gott dem Konstantin vor der Schlacht an der Milvius-Brücke in Rom gegeben hatte. In jener Schlacht vor siebenhundert Jahren hatte Gott das Römische Reich für sich gewonnen. Konstantin Monomachos war Kaiser von Rom, wie Augustus oder Hadrian oder Konstantin der Große es vor ihm gewesen waren. Das Kaisertum setzte sich ununterbrochen in seiner heiligen Person fort und würde sich fortsetzen bis ans Ende der Welt.

Die Diener hatten gleich am frühen Morgen auf den Akropolishügel Schemel, Tische, Speisen und Wein sowie für den Kaiser eine Sänfte hinausgetragen, in die er sich zum Ruhen zurückziehen konnte. Der Hofstaat hatte sich aufgestellt, um das große Schauspiel zu verfolgen, das Konstantinopel schon viele Male erlebt hatte: wie die Angriffswelle der Barbaren an den unbesiegbaren Mauern zerbrach.

Es schien, als wäre die ganze Stadt auf die Mauern gestiegen, um den Feind zu verspotten. Tausende und Abertausende von Menschen, Priester und Ikonen, Proviantkörbe und Weinschläuche wie bei einem Vergnügungsausflug und dazwischen die Stadtgarde, die Ordnung hielt wie im Hippodrom. Nicht jede Generation konnte ein solches Vergnügen erleben; man mußte es sich einprägen, um es den Enkeln zu erzählen.

Unter normalen Umständen hätte die byzantinische Flotte die Segelschiffe der Angreifer schon im Schwarzen Meer aufgerieben. Jetzt aber hatte Byzanz keine Flotte. Sie war vor einigen Jahren von einem großen Feuer vernichtet worden. Konstantin Monomachos hatte es nicht für notwendig erachtet, eine neue Flotte bauen zu lassen; das Geld wurde für den Bau von Kirchen, zum Verwöhnen der Sebaste, für die Unterhaltung der Kaiserinnen und dazu benötigt, die Günstlinge bei guter Laune zu halten.

Als der Angriff dann entgegen den Prophezeiungen des Kaisers doch kam, mußte er die Überreste der alten Flotte zusammensuchen, die Wachschiffe von der Küste alarmieren und die kaiserlichen Transportschiffe für kriegerische Zwecke einsetzen. Aber der Kaiser machte sich keine Sorgen.

»Ich habe geträumt, wie der Feind vor einem großen Feuer flieht«, sagte Konstantin Monomachos ruhig.

Maria Skleraina bewunderte laut die klugen Träume des Kaisers. Theodora Hyperborea betrachtete die zauberhafte Aussicht, die sich von der Akropolis eröffnete. Es war, als breiteten sich die Macht und der Luxus der ganzen Welt vor ihren Füßen aus.

Links, jenseits des Goldenen Horns, lag die stark befestigte Halbinsel Galata. Einer der Türme ihrer Ufermauer war stärker als die anderen: In ihm war die Große Kette befestigt, die die Mündung des Goldenen Horns absperrte. Das andere Ende der Kette verschwand am gegenüberliegenden Ufer im Eugeniusturm der Seemauer der Stadt. Darin befand sich eine Winde, mit der man die Große Kette heben und senken konnte. Jetzt war die Kette oben. Sie hob sich, gerade noch sichtbar, dunkel gegen die Oberfläche des Wassers ab wie eine ungeheure Seeschlange, auf deren Rukken die Wellen weißen Schaum warfen.

Während Theodora noch schaute, versank die Große Kette langsam in den Tiefen des Goldenen Horns. Die byzantinische Flotte, das Wenige, was davon noch übrig war, fuhr aus dem Prosphorionhafen heraus zur Mündung des Goldenen Horns und von dort in die Meerenge des Bosporus. Zuerst kamen die großen, zweirudrigen Dromonen und danach die kleineren, schnelleren und leicht zu steuernden Pamphylen. Die byzantinische Flotte ließ sich ebensowenig wie die Armee jemals auf einen Kampf ein, wenn der Sieg nicht gewiß oder der Kampf nicht unvermeidbar war. Jetzt war er offenbar unvermeidlich, weil der Kaiser der Flotte befohlen hatte, sich aus dem Schutz der Großen Kette herauszubegeben.

Unten am Ufer vor dem Pavillon des Kaisers befand sich der am stärksten befestigte Seeturm der Mauer von Konstantinopel, das

Tor der Heiligen Barbara, rechts davon drei kleinere Türme und danach der mächtige Mangana-Turm. Alle Türme befanden sich mit ihren Wurfmaschinen und Bogenschützen in Verteidigungsbereitschaft. Man hatte jedoch dem Publikum erlaubt, auf die Zwischenmauern zu steigen; die Domestikos' der Garden sahen in diesem Angriff keine wirkliche Gefahr. Die Flotte bildete vor dem Tor der Heiligen Barbara zum Meer hin eine präzise Formation, so daß der Feind der Ufermauer nicht einmal nahekommen konnte.

Hinter dem kaiserlichen Pavillon lagen das Stadion und die Kirche des Heiligen Demetrios, daneben ragte die Säule des Claudius Gothicus auf und rechts am Abhang des Berges die Gebäude der Kirchen und des Mangana-Palastes. In der Nähe befand sich auch die Baustelle für das Kloster des Heiligen Georg von Mangana, das Konstantin Leikudes ein Dorn im Auge war. Weiter rechts in der Ferne unterhalb der Akropolis schimmerten die Kuppeln der Hagia Irene und der Hagia Sophia, und dahinter erkannte man die Dächer des Senatshauses und der Nea Basilika.

Vorn glänzte der blaue Bosporus, und auf seinen Wellen tanzten die Monoxyla wie leichte Blumen. Im Vergleich dazu wirkten die byzantinischen Schiffe riesig wie Seerosenblätter. Theodora Hyperborea versenkte sich in diesen Anblick: die große Stadt, das Meer und die Schiffe, geblendet wie von einem erstaunlichen Schauspiel.

Der Kaiser hob die Hand. Das Zeichen wurde von einem Offizier zum nächsten bis zum Ufer weitergegeben, und über dem Tor der Heiligen Barbara stieg eine Fahne auf. Zwei Dromonen lösten sich aus der Formation und ruderten auf die Kette der feindlichen Schiffe zu.

Die Kette brach, lange Schiffe, die mit Dutzenden von Männern besetzt waren, eilten den Dromonen entgegen. Die Einbäume umringten die Dromonen wie Ameisen einen großen Wurm.

Die Dromonen ließen die Schiffe ganz an sich herankommen; dann begannen die Wurfmaschinen, Krüge mit griechischem Feuer auf die Schiffe und die Männer hinabzustürzen. Die aus dem Bug der Dromonen herausragenden Röhren spieen brennende Gegenstände aus. Die Schiffe fingen Feuer, die Männer sprangen mit brennenden Kleidern ins Meer, aber das half nicht, denn das griechische Feuer brannte auch im Wasser.

Die Dromonen und nach ihnen auch die anderen griechischen Schiffe rückten gegen die Reihen der Kiewer Schiffe vor. Nur ein Teil der byzantinischen Schiffe, die größten, konnten griechisches Feuer verwenden: Das Feuer war für alle kleinen Schiffe gefährlich, auch für die griechischen. Es bestand aus Schwefel, Salpeter und Naphta und breitete sich über die Wasseroberfläche aus, ohne zu fragen, ob es auf eigene oder fremde Schiffe traf.

Ein Teil der Kiewer Schiffe löste sich aus den Reihen und wandte sich zur Flucht. Ein anderer Teil blieb und kämpfte; sie wichen den Dromonen und ihren spitzen, eisernen Rammstacheln aus und griffen die kleineren Schiffe an. Der Kampf tobte mitten auf der Meerenge von Schiff zu Schiff. Die Städter auf den Mauern schrien und feuerten beide Seiten an, damit das Vergnügen nicht so bald zu Ende ging.

»Großartig«, sagte der Kaiser strahlend. »Nur die Ehre Gottes ist größer als die des Kriegers.«

Theodora lachte beinahe. Konstantin Monomachos hatte nie in seinem Leben das Schwert aus der Scheide gezogen, noch war er dem Feind entgegengeritten; nachdem er Kaiser geworden war, hatte er sich nur einige wenige Male aus dem Heiligen Palast entfernt, um an Zeremonien teilzunehmen. Er konnte überhaupt keine Vorstellung von einem Kampf haben.

»Hartnäckige Recken«, sagte der Kaiser bewundernd.

»Dort stehen wahrscheinlich Waräger gegen Waräger«, erläuterte Konstantinos Leikudes. »Das da ist das Schiff unserer Warägergarde, und Großfürst Jaroslaw hat sicherlich die Waräger seiner eigenen Drushina geschickt. Sonst kämpft doch niemand so wahnsinnig.«

Das stimmte: Die Byzantiner zogen sich zurück, weil die feindliche Flotte unschädlich gemacht worden war und die Griechen keinen einzigen Mann unnötig opfern wollten. Nur die Waräger setzten noch den Kampf fort, da es ihnen Spaß bereitete.

Theodora Hyperborea ging auf, daß auch Eirik der Starke sich dort befand. Der Rote Waräger stand in seinem Panzerhemd an Deck eines Schiffes, schwang seine blutige Streitaxt und schlug mit seinem Schild auf die Feinde ein. Vielleicht würde sein Fuß auf dem von Blut glitschigen Deck ausgleiten. Vielleicht würde er schwanken und ins Wasser fallen, in das brennende Wasser – und wenn es auch nicht brannte, dann würde die schwere Ausrüstung sogar einen so guten Schwimmer in die Tiefen des Bosporus hinabziehen.

»Wasservogel, Bronzevogel, hilf mir, Schwan, du Gottesvogel!«

Theodora spürte plötzlich eine furchtbare Leere, eine so trostlose Leere, wie der Tod sie bedeuten mußte. Sie stürzte einen Abgrund hinab, der keine Ränder, keinen Grund, nichts hatte, woran sie sich hätte festhalten können. Nur unendliche Finsternis und Einsamkeit; die Krallen der Panik griffen aus der Leere nach ihr.

Theodora stöhnte. Sie erschrak vor ihrer eigenen Stimme, und gleichzeitig begannen die Menschen vor Verwunderung zu schreien.

Die Sonne verschwand hinter Dunst. Der Wind drehte rasch und begann mit wütender Kraft von Osten zu blasen. Unversehens peitschte er das Meer zu hohen Wellen mit scharfen Kämmen auf, welche die Monoxyla wie Erbsenschoten kentern ließen. Die seetüchtigen Dromonen und Pamphylen verfolgten die vor den Wellen flüchtenden feindlichen Schiffe, zermalmten sie mit ihren Rammstacheln und zwangen sie in die Untiefen der Ufer und Klippen.

»Es ist eingetroffen, was mein Traum mir vorhergesagt hatte.«

Der Kaiser sah sich um.

»Glaubt ihr es jetzt, ihr Schwachgläubigen? Mir kann nichts Böses geschehen.«

Der Hofstaat versank in der Prostration, während der Wind den kaiserlichen Pavillon zerfetzte.

»Hagia Basileia!«

Theodora Hyperborea ließ sich zum erstenmal aus eigenem Antrieb in das Haus in Perama tragen. Sie hatte sich immer geweigert, irgendwelche Treffen zu vereinbaren, obwohl Eirik inständig um eine gewisse Sicherheit bat, daß er Theodora wiedersehen würde. Eirik der Starke mußte sie im Augustaion erwarten, und sie kam in das Haus in Perama, wann sie wollte, aber oftmals weigerte sie sich, Eirik überhaupt nur anzusehen, und befahl Hyypiä dem Farblosen, sie in den Halyspalast zu begleiten. So hielt Theodora Hyperborea den Roten Waräger in ständiger Sehnsucht und Unsicherheit. Theodora genoß Eiriks Qual ebensosehr wie seine körperliche Liebe.

Eirik der Starke sprang auf und eilte Theodora mit ausgebreiteten Armen entgegen. Auf seinem Gesicht lag ein triumphierender Ausdruck, als er Theodora an sich drückte.

»Geliebte, meine Geliebte, du bist zu mir gekommen!«

Eirik riß Theodora den Schleier herunter und hätte sie mit seinen Küssen fast erstickt. Theodora wurde steif vor Wut. Sie hatte sehen wollen, daß Eirik nach der Schlacht unversehrt war, aber sie wollte nicht, daß er sich freute. Eirik der Starke hatte Theodora furchtbare Angst und Pein bereitet, schlimmere als Jaropolk der Nachdenkliche auf Mytilene. Theodora hatte Jaropolk getötet. Das war barmherzig verglichen mit dem, was sie Eirik dem Starken antun würde.

Der Rote Waräger brachte Theodora sein Herz auf einer Schale dar, damit Theodora es mit Füßen treten konnte.

Eirik der Starke versicherte, daß er in der Schlacht nicht den geringsten Schaden genommen hatte. Es war eine prachtvolle Rauferei gewesen, als die Waräger des Kaisers die Waräger des Großfürsten gefunden hatten und sie sich statt eines schlaffen Handgemenges wirklich hatten schlagen können. Aber jetzt hatte Eirik der Starke genug von diesem Kaiser. Michael Paphlagonios war trotz seiner Fallsucht ein Heerführer gewesen. Konstantin Monomachos war ein selbstzufriedener Narr, der sein Reich allen möglichen Herumtreibern auslieferte. Einem solchen Mann wollte Eirik der Starke nicht dienen.

»Harald der Norweger geht zurück nach Norden. Ich gehe mit ihm. Vielleicht bleibe ich in Kiew in der Drushina des Großfürsten. Vielleicht kehre ich nach Svetiod zurück und sehe nach, ob mein Vater noch lebt und wie erfolgreich mein jüngerer Bruder Thormod ist.«

Eirik der Starke schwieg. Er streichelte ungeschickt Theodoras aufgelöstes Haar und wickelte sich kurze Locken um den Finger.

»Theodora, würdest du mich begleiten? Würdest du meine Frau werden?«

Eirik der Starke ließ seinen Blick von Theodoras Haaren zu ihrem Gesicht wandern. Seine grauen Augen waren voll sanften Flehens. Theodora starrte den Mann in stummer Verblüffung ob dieses Angebots an.

Eirik verstand Theodoras Schweigen falsch.

»Ich bin vermögend. Ich besitze einen gewaltigen Schatz, viele

Truhen voller Geld und Gold und Edelsteinen. In Sizilien wurde man ganz von selbst reich. Ich kann dir ein Leben bieten, wie du es dir wünschst.«

Theodora sagte noch immer nichts. Sie neigte langsam den Kopf und schwenkte ihn hin und her wie eine Schlange, die sich anschickt zuzubeißen.

»Theodora. Ich liebe dich. Ich liebe dich, seitdem du auf dem Tavastländer Ochsenweg in meinen Armen geruht hast. Ich möchte Kinder mit dir haben, Bronzevogel. Ich möchte dich jede Nacht lieben und nicht nur ab und zu heimlich.«

Theodora spürte, wie eiskalte Wut in ihrem Innern aufstieg, Wut auf die Zufriedenheit und die einfache Güte des Mannes, Wut auf alle diejenigen, für die das Leben eine Freude war. Die Wut war so grenzenlos, daß sie sich ihr ganz überließ, und sie verwandelte sich in Genuß.

»Waräger«, sagte Theodora Hyperborea, und jeder Laut drückte Verachtung aus. »Was bildest du dir eigentlich ein?«

Der Gesichtsausdruck Eiriks des Starken wandelte sich von Flehen zu Erstaunen. Theodora lächelte hochmütig.

»Soll ich den Palast verlassen und als Ehefrau in eine Barbarenhütte ziehen?«

Eirik der Starke blinzelte. Er war lächerlich häßlich, und Theodoras Wut nahm noch zu. Denn war es nicht gerade Eirik der Starke, der alles über ihr Elend wußte?

»Soll dein Schatz mir die Kostbarkeiten Konstantinopels ersetzen? Bist du, wenn du in der Drushina des Großfürsten dienst, der Mann, der meiner wert ist? Und du willst mich tatsächlich in eine Hütte am Ufer des Dnjepr führen?«

Theodora keuchte. Vom Nordland konnte sie nicht sprechen, das hätte zu weh getan.

Eiriks Gesicht war ganz weiß gegen das rote Haar und den Bart.

»Ich dachte, du magst mich«, sagte der Waräger leise.

»Ich dich mögen?« Theodora sah ihn an wie ein Ungeziefer am Kleid eines Bettlers. »Wie kommst du denn auf diese Idee?«

Eiriks Atem war ein qualvolles Keuchen. Die grauen Augen starrten Theodora voller Not und Verwirrung an. Der Mann wies hilflos mit der Hand auf das kleine Haus im Stadtteil Perama, in dem sie sich befanden.

»Wir ... hier ... du erlaubst mir ...«

»Dummer Eirik«, spottete Theodora. Gleich würde sie zuschlagen – oder sie hoffte, Eirik werde sie schlagen und diese Szene beenden. »So viele vornehme Frauen haben einen warägischen Liebhaber, das hast du doch selbst gesagt. Warum sollte ich schlechter sein als die anderen? Ich habe doch den Roten Waräger, den größten aller Recken der Garde.«

Eirik der Starke preßte seine Fäuste zusammen und stöhnte erschüttert. Theodora erwartete, daß er sie töten würde – dann wäre alles vorbei.

»Der größte und häßlichste«, flüsterte Theodora, und der Haß machte, daß ihre Stimme fauchte. »Es hat mich erregt, mit einem Ungeheuer zu schlafen, Waräger. Aber ich gebe meine Stellung nicht wegen eines Barbaren auf. So bemerkenswert ist deine Männlichkeit nun auch nicht.«

Eirik der Starke stand langsam auf. Er zerrte Theodora mit sich.

»Einmal noch darfst du die Laune der Natur genießen«, sagte er ruhig, fast zärtlich, und zum erstenmal verspürte Theodora einen Anflug von Angst. Aber die Angst war mit Lust vermischt, und sie schrie nicht, obwohl sie wußte, daß Hyypiä der Farblose mit den Thrakern vor dem Haus in der Straße der Heiligen Hilaria wartete.

Der Mann führte Theodora ins Schlafzimmer.

»Zieh dich aus.«

Theodora schüttelte den Kopf.

»Zieh dich aus, oder ich brech dir den Arm.«

Theodora sah dem Mann in die dunkel gewordenen Augen und begriff, daß er meinte, was er sagte. Dennoch hatte sie nicht wirklich Angst.

»Wenn ich mich ausziehe, dann nimmst du mich«, sagte Theodora schwach.

»Ich nehme dich in jedem Fall, und nicht nur einmal, sondern sooft ich kann«, sagte Eirik grausam. »Ich muß doch auch eine Erinnerung an die vornehme Frau behalten, die sich mit dem Ungeheuer vergnügt hat.«

»Ich will nicht«, sagte Theodora und wandte sich zum Gehen. Im Nu schnappte Eirik sie und preßte sie in seinen Armen.

»Aber ich will, und jetzt wird hier keines deiner kaiserlichen Spielchen gespielt.«

Auch feine Seide ist haltbar und reißt keineswegs leicht. Eirik hob die Hand und riß Theodoras Dalmatika vorn mit einem Ruck mitten durch. Theodora öffnete den Mund, um zu schreien, aber Eirik schlug ihr mit der Hand auf den Mund und stieß die Tür des Schlafzimmers zu. Das Zimmer wurde fast finster, nur unter der Tür fiel ein schwacher Lichtschein herein. Theodora strampelte, um frei zu kommen. Ihre Fußtritte richteten bei dem Waräger ebensoviel aus wie bei einer Mauer aus Stein.

Im Dämmerlicht verwandelte sich Eirik der Starke, der sanfteste aller Liebhaber, in eine Bestie. Er warf Theodora zu Boden und stürzte sich auf sie, war schwer wie ein Berg und tat, als hörte er das Klagen der Frau gar nicht. Wütend drang er in Theodora ein, seine Zähne bissen Theodora blaue Flecke in Schultern und Brüste. Er riß Theodora an den Haaren und zerbiß ihr die Lippen. Er entlud sich, löste sich von Theodora und preßte und erforschte ihren Körper mit gewalttätiger Hand, drang wieder und wieder in sie ein, bis Theodora um Gnade schrie, obwohl sie das nicht wollte. Sie kämpften in wahnsinniger Brunst und zerrten aneinander mit Händen und Worten bis zur Erschöpfung.

Der Lichtschein unter der Tür war verschwunden, die Nacht hatte sich über die Kaiserstadt hinabgesenkt, als Eirik der Starke und Theodora, kraftlos keuchend, am Boden des Zimmers lagen. Theodora schluchzte vor Schmerzen. Es kam ihr so vor, als brenne ihr Körper, und sie genoß jeden blauen Fleck.

Eirik der Starke stand schwankend auf und öffnete die Tür. Davor kauerte eingeschüchtert der Sklave. Das Haus war in entsetzte Stille versunken, als die Sklaven begriffen, was im Schlafzimmer vor sich ging.

»Hol meinen Umhang.«

Der Sklave holte den groben, dunkelroten Warägermantel. Eirik der Starke hüllte Theodora in den Umhang und nahm den übel zugerichteten Körper der Frau auf die Arme. So ging er zur Haustür.

»Die Sänfte.«

Hyypiä der Farblose kommandierte die Thraker zur Stelle. Er sah den Roten Waräger mißtrauisch an. Der Mann sah aus, als wäre er im Krieg gewesen. Der Farblose war unruhig geworden, als der Abend kam; gleich würde das Ausgehverbot in Kraft treten, und es war nicht einmal für eine vornehme Frau leicht, der Wache des Eparchen zu erklären, was sie im Dunkeln auf der Straße machte.

Eirik der Starke setzte Theodora in die Sänfte und wickelte seinen Umhang fester um sie.

»Bring deine Herrin nach Hause, Farbloser. Trag sie so in die Frauenabteilung, daß niemand sie sieht, und ruf ihre Sklavin, damit sie sich um sie kümmert.«

»Wie du befiehlst, Eirik der Starke.«

Aber der Farblose sprach zu einem Rücken, der hinter der sich schließenden Tür verschwand.

36. Kapitel

1045

»Ich sterbe«, flüsterte Maria Skleraina. »Ich weiß, daß ich sterbe. Wie kann ich vor Zoe sterben? Ich bin jung und sie ist alt.«

Theodora Hyperborea wischte der Sebaste mit einem duftenden Tuch die Stirn. Maria Skleraina befand sich, von Kissen gestützt, in halb liegender Stellung, damit sie leichter atmen konnte.

»Aus mir ist keine Kaiserin geworden«, sagte Skleraina. »Zoe hat gesicgt.«

»Aber die Liebe des Kaisers hat immer dir gehört, Sebaste.«

Ein alter Eunuch verbeugte sich in der Türöffnung.

»Die Priester sind da, Sebaste.«

Theodora Hyperborea stand auf und begab sich in das nebenan gelegene Zimmer von Kaiserin Zoe. Das Zimmer war wie eine rauchige Höhle. Es stand voller Tische, und auf den Tischen brannten in Tongefäßen kleine Feuer. Auf jedem Feuer befand sich ein irdener Topf, in dem Zoe ihre Mischungen anrührte. Man brachte der Kaiserin dafür Zubehör bis aus Indien und von noch weiter her aus dem Osten, sogar aus dem Land der Schrägäugigen. Sie verließ kaum jemals ihr Zimmer, außer um dem Kaiser ein neues Räucherwerk oder eine Salbe zu zeigen, die sie entwickelt hatte.

»Basilissa, der Sebaste wird der letzte Dienst erwiesen.«

Zoe sah den Eindringling zerstreut an und verstand, daß sie bei der letzten Ölung der Sebaste dabei sein mußte. Sie befahl, die Antiphonetes-Ikone zu holen, und begab sich in Maria Sklerainas Zimmer.

Der Nächste war der Kaiser. Theodora Hyperborea wußte, daß er nicht zur Sebaste gehen konnte. Die Krankheit von Konstantin Monomachos war in einer schlimmen Phase: Keine Position war gut, jede Berührung und jede Bewegung bereitete ihm Schmerzen. Der Kaiser lag mit gekrümmtem Rücken auf der Seite. Er konnte nicht sprechen, weil ihn die Zunge schmerzte. Seine Augen stierten geradeaus, und er wagte es nicht, sie zu bewegen. Im Zimmer befand sich ein Priester, der dem Kaiser mit gleichförmiger Stimme Predigten des Kirchenvaters Gregor von Nazianz vorlas.

Theodora Hyperborea ging am Schlafzimmer des Kaisers vorbei und betrat das Zimmer von Kaiserin Theodora, um ihr mitzuteilen, daß die Sebaste im Sterben lag. Kaiserin Theodora hörte einem Eunuchen zu, der ihr auf Heller und Pfennig vorrechnete, wieviel Geld sie in der vergangenen Woche ausgegeben hatte. Die Kaiserin machte sich nicht einmal die Mühe zu nicken: Sie hatte die Geliebte des Kaisers nie leiden können und das auch immer offen gezeigt.

Theodora Hyperborea warf einen Blick auf die drahtige, zähe Gestalt. Kaiserin Theodora war zwei Jahre jünger als ihre Schwester Zoe und würde wahrscheinlich länger leben als die verdorrte Zoe oder der von Krankheit gepeinigte Konstantin Monomachos. Aber das interessierte Theodora Hyperborea nicht im geringsten. Alles, was mit dem Heiligen Palast zu tun hatte, langweilte sie unendlich.

Eine Sänfte erwartete Theodora Hyperborea im Augustaion, wie sie sie seit fünf Jahren erwartet hatte. Im Halyspalast bediente der Eunuch Nifon Theodora so wie früher, Euprepia kam ihr entgegen und fragte nach Neuigkeiten aus dem Palast.

»Skleraina stirbt heute.«

»Das ist bedauerlich. Sie hat mehr Verstand als Kaiser und Kaiserinnen zusammengenommen.«

Äußerlich wirkte der Halyspalast ebenso wie früher, aber die Wärme war weg. Die Schwiegermutter Irene Monomachina war vor einem halben Jahr gestorben: Sie war nur verwundert von ihrem Ruhebett aufgestanden und dann tot zu Boden gestürzt.

Das Kloster war leer. Durch Maria Sklerainas Würde war die Familie Skleros immer mächtiger geworden. Sie hatte keine Verwendung für den bescheidenen Palast und sein kleines Kloster. Der heilige Jüngling Himeros hatte sich aufgemacht, um nach Kappadokien zu wandern.

Irgendwo im Osten gab es einen Jungen, den Theodora Hyperborea Leon Skleros geboren hatte. Theodora wußte nur, daß er Georgios hieß. Wenn ihr manchmal der Junge in den Sinn kam, dachte sie schnell an etwas anderes, meistens an ihren zweiten Sohn Juvalos, der im Halyspalast unter Anleitung des Philosophen Palladios lernte.

Theodora Hyperborea ging zu ihrem Sohn, so wie sie es immer tat, wenn sie vom Hof zurückkehrte. Palladios bemühte sich, neben der üblichen Theologie, der griechischen Literatur, der Musik und Rhetorik dem Jungen auch ein wenig Philosophie, Mathematik, Geometrie und Sternenkunde beizubringen.

Mit sechs Jahren war Juvalos so groß wie ein Zehnjähriger, ein außergewöhnlich schönes Kind und von ruhigem Wesen. Sein Haar war goldrot. Die grauen Augen betrachteten unter dichten Wimpern hervor die Welt neugierig, aber nachdenklich. Palladios hatte seinen Schüler gern, schüttelte aber der Mutter gegenüber den Kopf.

»Klug ist er, Kyria Theodora, und zäh, wenn er auch nicht besonders schnell lernt. Diese Langsamkeit liegt daran, daß er an nichts anderem als an Mathematik interessiert ist. Er sagt, daß nur die Mathematik bei der Kriegführung von Nutzen sei.«

»Vielleicht versuchst du ihm zuviel beizubringen«, äußerte Theodora vorsichtig. Palladios war ein berühmter Lehrer, für den es in der Metropole genügend Schüler gab. Theodora zahlte ihm einen schwindelerregend hohen Preis. Die Methoden eines solchen Lehrers tadelte man nicht.

»Je früher mit der Lehre begonnen wird, desto besser prägt sie sich dem jungen Gedächtnis ein«, sagte Palladios schroff. »Der Junge muß immer von allem ein bißchen lernen. Die Lehre ist wie eine Speerspitze, die in die Leere seines Gedächtnisses eindringt. Je tiefer die Spitze der Lehre eindringt, desto breiter wird sie und desto mehr Wissen kann der Junge sich aneignen.«

Das klang vernünftig. Theodora konnte nur noch seufzen.

»Wenn er nicht aufmerksam genug ist, mußt du ihn öfter auspeitschen, Lehrer.«

Palladios ließ sich natürlich nicht selbst dazu herab, seinen Schüler zu schlagen. Das besorgte statt seiner der Waräger Hyypiä der Farblose. Von dem Farblosen akzeptierte Juvalos die Prügel, aber von niemand anderem.

Hyypiä der Farblose war ein Mann, den Juvalos respektierte und dem er gehorchte. Der Waräger sollte den Jungen in der Kunst des Kämpfens unterweisen. Juvalos hatte ein kleines Schwert und einen

Schild bekommen, als er vier Jahre alt wurde. Danach verging kein Tag ohne Schwertkampfübungen. Dem Schwert folgte eine kleine Streitaxt, dieser ein Speer, und dann verlangte der Farblose für Juvalos ein Panzerhemd.

»Der Junge muß von klein auf lernen, zusätzliches Gewicht mit sich herumzutragen. Das Hemd muß ein Viertel von Juvalos' eigenem Gewicht haben.«

»Unter dem Panzerhemd wird der Junge völlig ermatten!«

»Er braucht auch einen Helm«, fuhr der Farblose eigensinnig fort. »Er muß sich an den Helm gewöhnen, so als wäre es sein Haar.«

»Wenn er doch einen Vater hätte, mit dem du über diese Dinge sprechen könntest, Farbloser«, seufzte Theodora. »Ich verstehe nichts von der Wissenschaft des Kämpfens. Ich wünschte, aus ihm würde ein Gelehrter bei Hofe.«

Der Waräger warf Theodora einen langen Blick zu.

»Aus Juvalos wird niemals ein Höfling – so wie auch aus seinem Vater nicht. Und aus Juvalos wird auch kein Gelehrter, wenn auch das Wissen des Philosophen Palladios ihm bei der Kriegsplanung noch nützlich sein kann. Dein Sohn hat den Körper und den Geist eines mächtigen Kriegers, Kyria. Was hast du anderes erwartet?«

Hyypiä der Farblose ging zu Palladios und bat den Philosophen in seinem jämmerlichen Griechisch, er möge Juvalos von den großen Kriegshelden des Altertums erzählen. Palladios ersetzte das Komponieren durch Achilles und die Astronomie durch Alexander den Großen. Juvalos wurde ein eifriger Schüler.

Theodora wußte, daß sie den Jungen in die Schule hätte schicken müssen. Dort wäre Juvalos unter Kameraden; ein wesentlicher Teil der Erziehung eines Jünglings bestand in den Agouroi, den jungen Kameraden, mit denen man lernte, ganze Tage mit Waffenübungen verbrachte, auf die Jagd ging und zweifellos auch in die Freudenhäuser. Aber für Theodora war der Gedanke, sich auch nur für die Zeit eines Schultages von dem Jungen zu trennen, entsetzlich. Sie fürchtete auch, daß die anderen Jungen Juvalos wegen seines Aussehens verspotten würden: Der blonde und stämmige Juvalos unterschied sich von den zierlichen Griechen wie ein Bär von einem Reh.

Theodora beklagte sich bei Hyypiä dem Farblosen über ihre Ängste. Der Waräger sagte, daß Juvalos sogar einem Dutzend Griechen gegenüber sehr wohl seinen Mann stehen würde. Aber boshafte Kränkungen und Verachtung konnte man nicht mit den Fäusten zum Verstummen bringen.

»Du kannst den Jungen nicht sein ganzes Leben lang behüten«, bemerkte der Farblose. »Für Juvalos ist es das beste, wenn er sich daran gewöhnt, daß er wie ein Waräger aussieht. Daran ist nichts Ungewöhnliches, denn seine Mutter ist eine Königstochter aus dem Norden.«

Aber Theodora fand, daß Juvalos noch zu klein war für die Schule. Ihre Furcht wirkte lächerlich, wenn sie den Jungen zusammen mit dem Farblosen in voller Ausrüstung beim Schwertkampf sah.

Hyypiä der Farblose lehrte Juvalos die Kampfbefehle auf schwedisch und auf griechisch. Er sprach oft mit Juvalos finnisch und erklärte ihm, irgendwann einmal könne ihr Leben davon abhängen, daß sie sich verständigen könnten, ohne daß jemand ihre Worte verstand. Juvalos wuchs dreisprachig auf, ohne daß er das irgendwie seltsam fand. In Konstantinopel wurden mehr Sprachen gesprochen als der Mensch zählen konnte.

Jewdokija von Pskow begleitete Prinzessin Anna Jaroslawna aus der Bibliothek durch die Gänge und Innenhöfe in den Löwensaal. Jewdokija bemerkte, daß der Heilige Palast verkommen war, die Gebäude leerstanden und ihre Fresken in Stücken herunterfielen. In den Fußbodenmosaiken fehlten Steinchen, und niemand hatte sie ergänzt. Die Seidenvorhänge waren zerrissen, und so hatte man sie hängen lassen. Ein ganzes großes Küchengebäude war verlassen und vollständig ausgeraubt. Im Palast gab es weder Zucht noch Ordnung.

Jewdokija von Pskow hätte lieber in dem kleinen Mangana-Palast an der Spitze der Halbinsel von Konstantinopel oder in dem luxuriösen und bequemen Blachernen-Palast am Goldenen Horn neben der Großen Mauer gewohnt. Aber Kaiserin Zoe wollte nicht aus dem Heiligen Palast ausziehen, und Kaiser Konstantin Monomachos, der vielleicht nach Mangana und in die Nähe der Baustelle seines Klosters gewollt hätte, war zu träge, um Zoe unter Druck zu setzen. So lebten alle weiter in dem Wirrwarr und Durcheinander des Heiligen Palastes.

Prinzessin Anna Jaroslawna war ebenso überrascht wie Jewdokija von Pskow, als der Befehl des Kaisers kam. Prinzessin Anna hatte schon fast sich selbst vergessen. Nach dem Tod des Mönchs Oswin hatte sie, zufrieden mit ihrem Leben, auch weiterhin die Bibliothek der Kaiserin durchstöbert, und es war ihr gar nicht in den Sinn gekommen, daß irgendwann einmal eine Veränderung eintreten könnte. Sie war neunzehn Jahre alt. Nach griechischer Sitte hätte man sie schon vor fünf Jahren verheiraten müssen.

Nach dem Angriff der Kiewer Flotte wollte Anna Jaroslawna nicht mehr an ihre Kindheit in Nowgorod und Kiew denken. Sie fühlte sich als Griechin. Sie hätte sich gar nicht an ihre Mutter, Fürstin Ingegerd, und ihren Vater, Großfürst Jaroslaw, erinnert, wenn nicht Jewdokija von Pskow sie gezwungen hätte, Briefe nach Kiew zu schreiben. Mit Jewdokija sprach sie russisch und schrieb auch auf russisch an ihre Eltern. Jewdokija von Pskow hatte oft genörgelt.

»Es sieht so aus, als wollte der Kaiser dir keinen Ehemann verschaffen.«

»Ich würde gern ins Kloster gehen«, sagte Anna Jaroslawna zerstreut.

Jewdokija tat, als verstand sie nicht. Wenn die Fürstin ins Kloster ginge, müßte die Aufseherin ihrer Herrin folgen. Jewdokija von Pskow verspürte keinerlei Lust, sich unter den Nonnen zu begraben.

»Wir müssen nach Kiew zurückkehren, und Großfürst Jaroslaw muß dich selbst verheiraten.«

Prinzessin Anna Jaroslawna widersetzte sich heftig dem bloßen Gedanken, nach Kiew zurückzukehren.

Im Löwensaal saßen die Kaiserinnen Zoe und Theodora auf ihrem Thron, und zwischen ihnen saß Konstantin Monomachos. Der Kaiser war wieder gesund, zu gesund, wie Jewdokija von Pskow fand, denn nach dem Tod von Skleraina hatte er sich Hals über Kopf in eine vierzehnjährige Alanenprinzessin verliebt, die er jetzt sinnlos verwöhnte.

Theodora Hyperborea stand hinter dem Thron von Kaiserin Zoe. Jewdokija von Pskow schnaufte mißmutig, als sie die Prinzessin aus dem Norden sah. Auf irgendeine Weise war diese Frau, die eigentlich nichts Besonderes war, nur die Witwe eines unbedeutenden Höflings aus der Familie Skleros, zur wichtigsten Hofdame der

Kaiserinnen aufgestiegen. Jewdokija mußte zugeben, daß Theodora Hyperborea erfolgreich, entschieden und vertrauenswürdig war. Aber sie war auch kalt und abweisend.

Im Löwensaal empfing man wieder einmal ausländische Gesandte. Die Goldlöwen brüllten und die mechanischen Vögel sangen. Die Glocken klingelten, und die Hörner tuteten.

Jewdokija von Pskow war überrascht, als sie die Gesandten erblickte. Zwei von ihnen waren fränkische Bischöfe, und der dritte war der Nowgoroder Priester Hilarion, den Jewdokija von Pskow noch aus der goldenen Zeit ihres Lebens im Fürstenpalast von Nowgorod kannte. Jewdokija von Pskow begriff, warum diese Kirchenmänner hier waren. Jemand hatte sich endlich an Anna Jaroslawna erinnert.

Konstantin Monomachos war wohlwollend wie immer. Er rief Anna Jaroslawna vor den Thron. Früher wäre so etwas nicht möglich gewesen, aber heutzutage wunderte sich kaum noch jemand über die zwanglosen Sitten des Basileus.

»Prinzessin, dein Vater hat für dich eine Ehe arrangiert. Diese frommen Herren sind hier, um dich zu deinem künftigen Ehemann zu begleiten.«

Anna Jaroslawna war vor dem Kaiser in die Prostration gesunken.

»Dem Priester Hilarion hast du als Kind gelauscht.«

Der freundlichen Stimme des Kaisers hörte man an, daß er nach besten Kräften versuchte, den bevorstehenden Schlag abzumildern.

»Bischof Roger von Soissons und Bischof Gauthier von Meaux werden dir auf der Reise nach Westen Beistand leisten.«

Anna Jaroslawna hob das von einem Schleier bedeckte Gesicht.

»Basileus? Nach Westen?«

»Du wirst Heinrich, den König der Franken, heiraten.«

Ein Stöhnen des Mitleids ging durch den Löwensaal. Die fränkischen Bischöfe wurden rot vor Kränkung.

Kalte Schauer liefen Jewdokija von Pskow über den Rücken. Den König der Franken! Nichts war den Griechen so zuwider wie die Franken, ihr dummstolzer Hochmut, ihr lautstarkes Gehabe, ihre seltsamen religiösen Sitten und ihr barbarisches Benehmen.

Anna Jaroslawna neigte den Kopf. Sie hätte sich widersetzen können, wenn Großfürst Jaroslaw sie mit einem Ungläubigen oder einem Heiden verheiratet hätte. Aber die Franken waren Christen. Und ein König war immer ein König, und sei es auch ein fränkischer.

Jewdokija von Pskow meinte, in Ohnmacht zu fallen, als ihr aufging, daß sie ihrer Herrin ins Land der Franken würde folgen müssen.

Sekretarios Michael Psellos, dessen Macht größer war als sein formaler Rang bei Hofe, beriet mit Theodora Hyperborea, der Hofdame der Kaiserinnen, über Prinzessin Anna Jaroslawnas Reise. Wieder einmal war Theodora dankbar für den Schleier, der ihren Gesichtsausdruck verbarg, wenn sie ihn nicht zu beherrschen vermochte.

»Die junge Prinzessin muß eine Begleiterin haben«, sagte der Sekretarios. »Drei Priester geben Würde, aber man braucht auch eine Frau: eine vornehme Frau, nicht zu jung, aber auch nicht altersschwach; eine Frau, deren Stellung unwidersprochen ist, am besten königlicher Herkunft und am besten eine Witwe. Und am allerbesten wäre natürlich eine Frau, die die junge Prinzessin schon kennt und der sie vertraut.«

Theodora Hyperborea sagte nichts. Sie überlegte fieberhaft. Michael Psellos wußte das und ließ ihr Zeit.

»Natürlich möchte keine vornehme römische Frau ins Land der Franken gehen, und vermutlich würde sie mit ihnen auch nicht zurechtkommen. Wir brauchen eine Frau, die sich nicht allzu sehr von ihnen unterscheidet – eine kluge Frau mit starkem Willen. Allein schon der Umgang mit den fränkischen Bischöfen verlangt Klugheit und Entschiedenheit.«

Theodora wußte, daß Michael Psellos ihr schmeichelte. Andererseits meinte der Sekretarios das, was er über Theodora sagte, auch wirklich. Theodoras besonderes Aussehen, ihr guter Ruf, ihre Verschwiegenheit und Zurückgezogenheit unterschieden sie von den anderen Hofdamen und ließen sie zugleich vor ihnen rangieren.

Theodora dachte zuallererst an Juvalos so wie immer. Eines Tages würde die Familie Skleros sich vielleicht seiner erinnern. Sie würde Theodora den Jungen wegnehmen, und Theodora würde das nicht verhindern können. Wenn aber Juvalos im Land der Franken war, würden die Skleros' ihn niemals bekommen. Er würde immer Theodora gehören.

Das entschied die Sache. Theodora Hyperborea bewegte sich gerade so viel, daß Michael Psellos begriff, jetzt könnten die Beratungen beginnen.

Großfürst Jaroslaw hatte seiner Tochter eine Aussteuer geschickt, die des Großfürsten würdig war. Die Begleittruppe war stark, und man hatte die besten Krieger der Drushina dafür ausgewählt, denn sie sollten einen kostbaren Besitz schützen, Geldtruhen und königliche Frauen sowie Kirchenmänner. Außerdem würde der Kaiser anderthalb Hundertschaften unter den Befehl eines erfahrenen Offiziers stellen.

Theodora Hyperborea sollte für ihre Mühen reichlich entschädigt werden. Wenn sie im Frankenreich ankäme, würde sie eine reiche Frau sein. Sie könnte selbst entscheiden, was sie dann tun wollte: Sie könnte in jenem Land ins Kloster gehen, oder sie könnte den König bitten, ihr einen Ehemann zu verschaffen, oder sie könnte nach Konstantinopel zurückkehren. In Konstantinopel könnte sie sich ins Kloster zurückziehen, heiraten oder wie bisher im Halyspalast und als Hofdame der Kaiserinnen leben. Nur wenige Frauen, wenn überhaupt irgendeine, konnten in dieser Weise über ihr eigenes Leben bestimmen.

Theodora nickte. Michael Psellos war ein Redner, aber ein kluger Redner.

»Ich reise.«

Michael Psellos seufzte wie nach einer schweren Arbeit.

»Es wird das beste sein, wenn ihr über die Via Pelegrina durch Europa reist. Zur See könnte die Reise angenehmer sein, aber die Gefahr, die von Seeräubern und Sarazenen ausgeht, ist so groß, daß ich die Seereise nicht empfehle.«

Keiner von beiden sprach aus, was sie dachten: Die Seereise wäre sowohl schneller als auch bequemer gewesen, aber das Mittelmeer wurde von Seeräubern beherrscht, weil Kaiser Konstantin Monomachos es zugelassen hatte, daß die Flotte des Reiches durch Feuer vernichtet wurde.

NEUNTES BUCH

1046–1047

37. Kapitel

1046

»Comes, hier gibt es außer uns noch andere Leute«, sagte der alte Waräger leise zu dem Anführer der Begleitmannschaft.

»Ich weiß. Bleib zurück und geh zu den Frauen.«

Heraklios Synadenos spürte die aufmerksamen Augen um sich herum. Er war kein Feigling, aber das Bewußtsein, daß der Feind jede seiner Bewegungen verfolgte, machte ihn nervös. Comes Heraklios hatte in Sizilien gekämpft und war dabei gewesen, als der makedonische Rebellenführer Dolianos niederworfen wurde. Heraklios Synadenos war ein geübter Krieger und hatte dieses Gefühl auch früher schon erlebt, vor zehn Jahren hier in den bewaldeten Bergen Bulgariens. Er wußte, wer ihn beobachtete, und das machte ihn noch nervöser.

Heraklios Synadenos war einige Jahre lang Befehlshaber im Grenzgebiet des östlichen, ewig unruhigen Militärbezirks Melitene gewesen. Die Grenztruppen, die Akritai, waren selbständige Einheiten, deren Krieger an Wachsamkeit und Partisanenkrieg gewöhnt waren. Dieser Partisanenkrieg wurde nicht mit disziplinierten Armeen an eigens ausgewählten Plätzen geführt, sondern im Schutz von Bergen, Pässen und Wäldern. Diese Erfahrung war für Heraklios Synadenos von großem Nutzen gewesen, als er in den europäischen Teil des Reiches in den Militärbezirk Paristrion versetzt wurde. Paristrion bewachte die Nordgrenze des Reiches, den Fluß Ister, den die Slawen Tonava nannten.

Einmal hatten die heidnischen Petschenegen die Donau überschritten und waren auf byzantinisches Gebiet vorgedrungen. Man hatte sie besiegt und ohne Augen, Ohren und Nasen zurückgeschickt als Warnung für andere Waghalsige. Der Kaiser nahm manchmal Petschenegen in seine Garde auf, aber sie mußten als Bittsteller kommen, nicht als Räuber.

Der Waräger warf über die Schulter einen Blick in den Wald.

»Die Petschenegen sind wieder über den großen Fluß gekommen.«

Heraklios Synadenos spürte sie um sich herum, spürte die Pfeile, die von gespannten Bögen auf seinen Rücken zielten. Die Petschenegen konnte man im Wald nicht erwischen. Die einzige Art, sie zu vernichten, war, sie angreifen zu lassen. Unter anderen Umständen hätte Heraklios Synadenos die Petschenegen mit Freuden hervorgelockt. Jetzt aber hatte er zu wenig Männer, zu viele Frauen und Priester und einen Troß, so groß wie eine Stadt. Die Petschenegen waren das Letzte, was er auf diesem schwierigen Weg gebrauchen konnte.

Alles war von Anfang an nicht so gelaufen, wie es sollte. Der Kaiser hatte eine starke Abteilung als Begleitschutz für die Kiewer Prinzessin zugesagt; hinzu kamen die Männer der Drushina von Großfürst Jaroslaw, in den Steppenkriegen gestählte Krieger, die den Priester aus Kiew und die fränkischen Bischöfe nach Konstantinopel gebracht hatten. Aber natürlich wurde nichts davon verwirklicht. Der Befehlshaber der Drushina sagte, er habe nicht den Befehl, ins Land der Franken zu ziehen. Er ließ die Bischöfe und die Prinzessin stehen und wandte sich zurück nach Kiew.

Michael Psellos, der Sekretarios des Basileus, der großzügig versprochen hatte, Männer sowohl aus der Leibwache des Kaisers als auch aus den Garden zu stellen, nahm seine Zusage zurück. Der Kaiser konnte es sich nicht leisten, dreihundert Mann als Begleitung irgendeiner Barbarenprinzessin zu entsenden. Auch keine zweihundert, aber Heraklios Synadenos sollte Titel und Lohn eines Comes, des Anführers einer Truppe von zweihundert Mann, bekommen. Hundert Mann waren völlig ausreichend, denn die Bischöfe hatten ja noch ihre Franken dabei.

Zu guter Letzt bekam Heraklios Synadenos fünfzig Mann. Außerdem gab es die dreißig Franken sowie zehn Waräger, die in Frau Theodora Hyperboreas Dienst standen. So verfügte Comes Heraklios über armselige neunzig Mann, welche die drei Priester und ihre Diener, die drei vornehmen Frauen und ihre Dienerinnen sowie Dutzende von Zugpferden und Troßknechten zu beschützen hatten.

Es war keineswegs sicher, daß die Franken der Bischöfe dem römischen Comes gehorchen würden. Heraklios Synadenos hatte schon mehrmals mit dem Anführer der Franken Reginard de Marais einen bösen Streit gehabt. Der Franke benahm sich so, als wäre er besser und vornehmer als Heraklios Synadenos. Das zeugte von einer phantastischen Dummheit und Starrköpfigkeit bei einem Mann, dessen Verstand und Sitten jämmerlicher waren als die eines römischen Bauern.

Die Franken waren ein zügelloser Haufen, der nichts vom Kriegführen verstand. Sie stürmten mit gefällter Lanze direkt auf ihren Gegner los. War der Feind leichter, gewannen sie, war er schwerer, unterlagen sie.

Heraklios Synadenos hatte sich gefreut, als er endlich in der Garde des Kaisers dienen durfte, noch dazu in einer ihrer Eliteeinheiten. Die Synadenos' waren eine gute Familie; eigentlich hätte Heraklios schon längst in die Elitetruppen eintreten müssen. Aber es hatte in der Vergangenheit in seiner Abteilung einige ungute Vorfälle gegeben. Zu viele Krieger waren zu Tode geprügelt und zu viele ehrbare Bauersfrauen geschändet worden, und einmal war ein Kloster samt Nonnen und allem Inventar ausgeraubt worden ...

In Konstantinopel hatte Heraklios seine gierige Karriere fortgesetzt. Das blieb den durchtriebenen Hofbeamten und auch der Familie Synadenos nicht verborgen, die nicht wollten, daß ein stümperhafter Räuber ihren Ruf verdarb.

Jetzt war Heraklios Synadenos kaum etwas Besseres als ein Troßknecht. Er, der eine Grenzgarnison befehligt hatte, war nichts als ein Comes, der Anführer von zweihundert Mann ohne zweihundert Mann, der eine Schar kreischender Weiber und Priester über die Berge des Balkans schleppte.

Das Tempo des Zuges war zermürbend, zehn-, höchstens fünfzehntausend Passus am Tag. Nicht genug damit, daß die vornehmen Frauen langsam ritten und ab und zu Ruhepausen brauchten. Außer den Packpferden gab es im Zug auch noch vier Lastwagen, und es war eine qualvolle Arbeit, sie die Bergpässe hinauf- und heil wieder hinunterzuschaffen. Comes Heraklios war an das Tempo militärischer Truppenabteilungen gewöhnt, das auf den guten Wegen der Militärbezirke Kleinasiens ein ganz anderes war. Das Fußvolk kam am Tag dreißigtausend Passus voran, wenn Eile geboten war, die Reiterei fast doppelt soviel, und ein Bote, für den in geringen Abständen ein Pferd zum Wechseln bereit stand, konnte an einem Tag sogar hunderttausend Passus zurücklegen.

Heraklios Synadenos wußte, daß er mit seiner Schar ins Frankenland abkommandiert worden war, weil man ihn loswerden wollte. Andererseits – auch der Lohn war verlockend.

Theodora Hyperborea wischte die Schweißperlen auf ihrer Oberlippe mit dem Schleier ab. Im Wald herrschte glühende Hitze, da kein Lüftchen wehte. Theodora trug eine leichte Dalmatika aus Leinen und einen dünnen Wollumhang.

Über sie war ein leichter, seidener Schleier gebreitet, der sie vom Scheitel bis zu den Spitzen der Seidenschuhe verhüllte, so daß von ihr nur die Hände zu sehen waren, welche die Zügel hielten. Unter dem Schleier war es so heiß wie in einem Zelt. Prinzessin Anna Jaroslawna war ebenso verschleiert. Bei den Dienerinnen kam es nicht darauf an, sie waren kein vornehmer Besitz, den man vor den Blicken der Männer schützen mußte. Jewdokija von Pskow fand, daß sie zu alt war, um an einem so heißen Tag unter Unbequemlichkeit zu leiden.

Die Via Pelegrina, der Pilgerweg, war eine Spur über die Berge, die von unzähligen Füßen ausgetreten worden war, quer über die Ebenen und die Flußtäler entlang. An einigen Stellen war der Weg geebnet, und an feuchte Stellen hatte man Kies gefahren. In der Nähe von Städten war er auch oft gepflastert.

Die Via Pelegrina zweigte in Chrysopolis am Ufer des Marmarameers von der nach Westen führenden Via Egnatia ab. Sie führte durch die Militärbezirke Makedonien und Bulgarien nach Nordwesten in Richtung Sirmium und Ister. Sie verlief den Ister entlang durch Ungarn und von dort ins Land der Deutschen, deren König die Stirn hatte, sich Kaiser zu nennen. Die Via Pelegrina war erst seit drei Jahrzehnten in Gebrauch. Der Weg war eröffnet worden, nachdem Kaiser Basileios Bulgarentöter das Reich Bulgarien vernichtet und Byzanz angegliedert hatte.

An der Spitze des Zuges ritt eine Vorhut von vier Männern. Danach folgte der Anführer des Zuges Heraklios Synadenos und ein Teil seiner Fußtruppen. Hinter dem Anführer ritten Bischof Roger und Bischof Gauthier mit ihren Franken. Nach den Franken kamen die vornehmen Frauen, der Knabe Juvalos und der Priester Hilarion, die von den zehn von Hyypiä dem Farblosen ausgewählten Warägern bewacht wurden. Zuletzt folgte der Troß mit Dienerinnen und Knechten, begleitet von Reitern. Die ganze Reisegesellschaft zog sich wie ein langes Band den Pilgerweg entlang.

Je tiefer der Zug in den Wald vordrang, desto seltsamer wurde es Theodora Hyperborea zumute. Der Wald umschloß sie mit seinem weichen, grünen Dämmerlicht wie ein sicherer Urleib. Sie wurde sanft auf dem Pferderücken gewiegt, ohne jene ständige Unruhe und Bedrängung, die das lärmende Gedränge der Stadt in ihr erzeugt hatte.

Theodora rief Juvalos neben sich und erzählte ihm die Geschichte von einem kleinen Mädchen, das einsam und vergessen auf einem großen Gut lebte. Bald stellte sich heraus, daß das Mädchen große Gaben hatte: Es konnte Blut stillen, und es konnte Nebel erzeugen, in dem der Feind sich verirrte. Von da an war das kleine Mädchen auf dem Gut eine wichtige Person. Man erzog es zu einer Zauberin, das die großen Ursprungszauber weitergeben sollte. Zuletzt brachten das Mädchen und der Zauberer sich selbst dem großen Naturgeist, der Bärin Hongotar, als Opfer dar und glitten in die sanften Wasser des Totenreiches hinüber.

»Dort leben sie ewig. Sie beraten ihre Familie und ihren Stamm in Zeiten der Verfolgung und Not.«

Juvalos hörte aufmerksam zu. Er stellte Fragen, die Theodora Hyperborea beantworten konnte. Sie wußte nicht, wie die Geschichte entstanden war. Sie kam aus ihrem Inneren heraus wie ein Echo, das lange nach dem ursprünglichen Ruf wiederkehrt.

Theodora Hyperboreas Stimme wurde allmählich leiser. Von vorn hörte man das unverständliche Schimpfen der Franken.

»Farbloser«, sagte Theodora nahezu flüsternd, »im Wald sind Männer. Warum kommen sie nicht hervor?«

»Frau Theodora, es sind Petschenegen. Sie wandern schon lange neben uns her.«

Theodora Hyperborea waren die Petschenegen wohlbekannt. Wegen dieses wilden Steppenvolks war die Reise den Dnjepr hinunter so gefährlich. Meistens griffen sie bei den Stromschnellen an, bei denen die Waren über Land transportiert werden mußten.

»Was wollen sie?«

»Unsere Frauen und unseren Schatz.«

»Warum haben sie nicht schon angegriffen? Warum verjagt Heraklios Synadenos sie nicht?«

»Es ist sicherlich eine kleine Schar, welche die Donau überquert hat, um zu räubern. Comes Heraklios kann im Grunde nichts gegen sie ausrichten, solange sie nicht zuerst angreifen. Es hat keinen Sinn, sie zu verfolgen. Nach den Onoguren sind sie die besten Reiter der Welt.«

Theodora Hyperborea warf unruhige Blicke auf den Wald. Sie fürchtete nicht um sich selbst. Das Leben war ihr ebenso gleichgültig wie das Sterben. Es gab nichts, was sie erwartete, und den Tod Jaropolks des Nachdenklichen konnte sie nicht sühnen. Aber sie mußte am Leben bleiben, um für Juvalos zu sorgen.

»Farbloser. Stell dem Jungen zwei Männer zur Seite.«

»Dann sind Prinzessin Anna und du der Gefahr zu sehr ausgesetzt.«

»Du hast gehört, was ich befohlen habe.«

Theodora hätte Anna Jaroslawna oder jeden beliebigen anderen eigenhändig getötet, wenn Juvalos' Sicherheit es erfordert hätte. Der Junge versuchte sich zu widersetzen, als er von vier Reitern in die Mitte genommen wurde. Theodora verpaßte ihm eine Ohrfeige.

»Tu, was ich dir sage!«

Der Junge maulte, gehorchte aber. Hyypiä der Farblose sprach in scharfem Ton.

»Juvalos, wir befinden uns in einer Kampfsituation. Dann gehorcht man Befehlen sofort. Das kann über das Leben vieler Männer entscheiden. Helm auf. Den Schild an den Arm. Zieh dein Schwert.«

Juvalos' Schild hing ihm auf dem Rücken in einer Schildschlaufe, die ihm bis über die Brust reichte. Der Junge nahm den Schild nach vorn.

»Ich bitte um Verzeihung, Frau Mutter.«

Theodoras Augen brannten vor Angst und vor Stolz, als der Junge den Helm vom Sattelknauf löste, den Arm in den Griff seines kleinen Schildes schob und das Schwert aus der Scheide zog. Er ritt mit geradem Rücken und ließ den Blick endlos umherwandern, so wie Hyypiä der Farblose es ihn gelehrt hatte: ein Kind, das sich unter den Augen der Mutter in einen Krieger verwandelte.

»Frau Theodora«, sagte Hyypiä der Farblose mit tiefer Stimme. »Beruhige dich. Juvalos kann noch niemanden verteidigen, nicht einmal sich selbst, aber seine Möglichkeiten zu fliehen sind besser als die eines völlig untrainierten Knaben.«

Im selben Augenblick wurde es im Wald um sie herum lebendig. Die Petschenegen, mehrere Dutzend Männer, kamen lautlos hervor und umringten mit gespannten Bogen die Bischöfe, die Franken und die Frauen.

Heraklios Synadenos fluchte, als er hinter sich die überraschten Ausrufe hörte. Was glaubten die Truppen von Paristion eigentlich auszurichten, wenn sie nicht einmal ein Häuflein Petschenegen daran hindern konnten, ins Land einzudringen?

Kein Stöhnen, keine Todesschreie. Die Petschenegen wollten keinen Kampf. Sie wollten nur rauben, was leicht zu erbeuten war.

Heraklios Synadenos zügelte sein Pferd. Seine Fußtruppen waren stehengeblieben. Weiter vorn auf dem Weg zeigte sich eine Gruppe, die nichts Gutes verhieß. Dutzende von Petschenegen zielten auf die Mitte des Zuges. Heraklios Synadenos grinste schadenfroh, als er die angeberischen Franken hilflos sah. Sie waren gut ausgerüstet, aber aus so unmittelbarer Nähe abgeschossen würde ein Pfeil der Petschenegen jedes Panzerhemd durchschlagen. Während die Reiter sich näherten, hatte Heraklios Synadenos Gelegenheit, eine Menge Einzelheiten zu beobachten: Dies waren keine streunenden Räuber, sondern wohlhabende Krieger. Ihre Bewaffnung war gut: außer dem Bogen eine Eisenkeule mit vier Stacheln, ein Säbel und ein Speer. Die Petschenegen liebten luxuriösen Schmuck und prächtige Kleider. Diese hier gleißten von Gold und farbigen Steinen, und das galt auch für das Pferdegeschirr. Die teuren Lederpanzer waren mit Metallnieten verziert. Bunte Bänder säumten die Lederumhänge, und auf dem Helm des Anführers prangte ein Federbusch.

Heraklios Synadenos hielt Ausschau nach dem Wimpel der Horde. Das Volk der Petschenegen war in dreizehn Horden unterteilt, von denen die Iadbertim-Horde, die Krieger des Glänzenden Weißen Heldentums, traditionell die führende Position einnahm.

Ein Hordenwimpel war nicht zu sehen. Das gab Heraklios Synadenos zu denken. Die Petschenegen waren ein überaus stolzes Volk. Sie wollten, daß ihre Opfer wußten, wer sie besiegt hatte.

Waren diese Krieger Rebellen, die nicht zu ihrer Horde zurückkehren konnten? Dann würden sie keine Sklaven nehmen, die ihnen nur lästig wurden, sondern kaltblütig den ganzen Zug morden, um die Ladung an sich zu bringen.

Vierzig Krieger waren zu sehen. Comes Heraklios ließ sich durch diese Zahl nicht täuschen. Wahrscheinlich war noch einmal dieselbe Anzahl im Wald verborgen. Die Lage war schlimmer, als Comes Heraklios angenommen hatte. Die Franken hatten keinen Platz für ihren vernichtenden Angriff, und Fußtruppen konnten der Reiterei niemals ordentlichen Widerstand leisten. Andererseits war die Stelle auch für die Petschenegen ungünstig: Sie waren Steppenkrieger und keine Waldpartisanen.

Heraklios Synadenos war in der byzantinischen Armee ausgebildet worden. Ein Byzantiner kämpfte niemals, wenn das Ziel auch auf andere Weise erreicht werden konnte. Zunächst mußte man feilschen. Auch mit einem übermächtigen Gegner konnte man verhandeln, wenn man schlau genug war. Jeder beliebige Handel war günstiger als das Leben eines für viel Geld ausgebildeten Kriegers.

Das größte Problem würde es sein, die verrückten Franken im Zaum zu halten. Schon jetzt hechelten sie vor Kampfeslust wie Jagdhunde an der Leine. Einer ihrer Bischöfe war ein junger Mann und ebenso kriegerisch wie jeder andere Ritter.

Heraklios Synadenos ritt ruhig zu dem Anführer der Gruppe hin. Er war unschwer zu erkennen; der Unterschied zwischen den vornehmen Petschenegen und den gewöhnlichen Kriegern war unübersehbar. Der Anführer war ein dunkelhäutiger Mann mit einer scharfen Adlernase und einem schwarzen Bart.

»Kangar«, grüßte Heraklios Synadenos höflich, als handelte es sich um einen langerwarteten Gast, »gibt es in deiner Gesellschaft jemanden, der griechisch spricht?«

Der Petschenege war auf die Frage vorbereitet. Er gab ein Zeichen mit dem Kopf, und ein magerer Mann kam hervorgeritten, unbewaffnet und nach Sklavenart mit einem braunen Gewand bekleidet.

Heraklios Synadenos hörte, wie der Priester Hilarion mitleidig stöhnte. Der Mann war ein Mönch, der aus irgendeinem Kloster entführt worden war und den man jetzt als Dolmetscher verwendete. Vor den großen Siegen von Basileios Bulgarentöter hatten die

Barbarenvölker ganze Klöster ausgeraubt und die Nonnen zu ihrem Vergnügen in ihre Zelte geschleppt. Da Heraklios Synadenos dasselbe im fernen Georgien getan hatte, konnte er sie nicht gut tadeln; die Petschenegen brauchten nicht einmal Gottes Strafe zu fürchten, denn sie waren Heiden.

»Ich bin Comes Heraklios Synadenos, der Anführer einer Zweihundertschaft. Wie heißt dein Herr?«

»Comes, er heißt Kegen Beltscherssohn.«

»Ich sehe bei euch kein Hordenzeichen.«

»Ihr Stamm hat sich von der Horde getrennt. Sie werden hart bedrängt, und sie wollen über die Donau setzen und sich im byzantinischen Reich niederlassen.«

Kegen Beltscherssohn fuhr den Priester an.

»Wir sprechen zuviel miteinander. Er fragt, wer diese blonden Männer sind.«

»Kangar Kegen, das sind Waräger aus der kaiserlichen Garde, von der du sicherlich gehört hast, und die dort sind westliche Franken.«

»Er möchte wissen, wer die Frauen sind, die von so vielen Rekken begleitet werden.«

Heraklios Synadenos bemerkte, daß mindestens zwei Pfeile direkt auf seinen Hals zielten. Für einen Handel war das keine günstige Ausgangsposition.

»Die Frauen sind vornehme Prinzessinnen. Sie stehen unter dem Schutz des Basileus. Wir bringen die Tochter des Großfürsten Jaroslaw von Kiew als Ehefrau zum König der Franken.«

»Er sagt, er habe noch nie vom König der Franken gehört. Er will die Frauen sehen.«

Die Stimme des Mönchs war ängstlich. Der Petschenege sah sich das Entsetzen der Griechen hochmütig an. Die Franken lärmten, weil sie nicht verstanden, wovon gesprochen wurde. Ihr Dolmetscher, ein italienischer Mönch, übersetzte es ihnen. Sie begannen zu brüllen und zu schnauben. Der Petschenege wies seine Männer an, ihre Bögen auf die Frauen zu richten.

»Er fragt, welche Bedeutung der Zug noch hat, wenn die Frauen sterben.«

Kein Dummkopf, dieser Kegen Beltscherssohn, dachte Heraklios Synadenos. Jetzt war es Zeit, ein Angebot zu machen.

»Kangar Kegen, der Basileus möchte dich mit einem Geschenk erfreuen.«

Der Mönchsklave schüttelte den Kopf.

»Comes, wenn er die Frauen sehen will, dann sieht er sie sich an, und wenn er jeden Krieger einzeln umbringen müßte. Glaub mir.«

Heraklios Synadenos glaubte ihm.

»Frau Theodora. Prinzessin. Rührt euch nicht. Euch geschieht nichts. Farbloser, halte deine Waräger ruhig. Dolmetscher, sag den Franken, daß ich eigenhändig denjenigen umbringe, der an sein Schwert greift. Hier bestimme ich, und ich erledige diese Sache.«

Der Petschenege hob mit der Spitze seines Speers den Schleier von Anna Jaroslawnas Gesicht. Die Prinzessin sah Kegen mit ihren kurzsichtigen Augen zerstreut an. Auf ihrem alltäglichen Gesicht lag keine Furcht. Die im Schutz des Palastes aufgewachsene Prinzessin begriff nicht, in welch großer Gefahr sie alle schwebten.

Heraklios Synadenos war froh darüber, daß Prinzessin Anna Jaroslawna nicht schön war und trotz ihrer Jugend auch nicht besonders begehrenswert. Er hatte während der ganzen Reise die Gesichter der beiden Frauen nicht zu sehen bekommen und auch keiner seiner Männer, von den Franken ganz zu schweigen. Heraklios Synadenos hätte eine römische Frau lieber den Petschenegen als den Franken gegeben, einen so tiefen Abscheu hegte er gegenüber den Franken.

Kegen Beltscherssohn sagte nichts. Er lüftete den Schleier der zweiten Frau.

Heraklios Synadenos war ebenso begierig, das Gesicht der Frau zu sehen, wie der Petschenege. Dafür hatte er seine Gründe.

Unter dem Schleier kam ein kleines, dreieckiges Gesicht zum Vorschein, hohe Wangenknochen und ein breiter Mund mit weichen Lippen. Die Haut der Frau schimmerte wie Elfenbein, und aus dieser Weiße strahlten himmelblaue Augen unter blonden Augenbrauen. Ein langer Hals trug den anmutigen Kopf. Die feine Leinendalmatika verbarg den schlanken Körper und die hohen Brüste nicht. Die Frau blickte den Petschenegen hochmütig an. Sie zog den blauen Wollumhang schützend vor sich, aber der Petschenege riß ihn mit seinem Speer beiseite.

Kegen Beltscherssohn tat einen anerkennenden Ausruf. Ein sehnsüchtiges Seufzen entrang sich der Brust der petschenegischen ebenso wie der griechischen Krieger.

»Wer ist das?« gab der Mönchsklave die Frage seines Herrn wieder.

»Sie ist die vornehme Witwe Theodora Hyperborea, und ihr Vater ist König im fernen Nordland. Sie begleitet die Kiewer Prinzessin.«

Der Petschenege musterte die Frau in einer Weise, die keinen Zweifel an seinen Absichten ließ.

»Kangar Kegen, Frau Theodora stammt aus königlicher Familie und ist entsprechend zu behandeln«, fügte Heraklios Synadenos scharf hinzu.

Kegen Beltscherssohn knurrte.

»Comes, er will, daß die Frau ihr Haar löst.«

Auch Heraklios Synadenos wollte Frau Theodoras Haare sehen. Eigentlich war das Erscheinen der Petschenegen ein unverhofftes Glück. Comes Heraklios war überzeugt, daß die Barbaren bestechlich waren. Falls man sie aus der Horde ausgestoßen hatte, brauchten sie Silber und Waffen dringlicher als Frauen. Heraklios Synadenos sagte zu Frau Theodora rasch, bevor die Franken das Ausmaß der Kränkung erfassen konnten: »Kyria, es ist das beste, wenn du tust, was er will.«

Theodora Hyperborea hob die Hand und zog ihre Haarnadel heraus. Die Haare fielen wie goldener Schaum auf sie hinab. Die Männer brüllten: die Petschenegen vor Entzücken und die Franken vor Ärger und Entzücken. Bald würde nichts mehr die Hitzköpfe aus dem Westen zurückhalten.

»Mönch, frag deinen Herrn, was er will. Frag schnell, denn gleich gibt es ein Blutbad.«

»Comes«, flüsterte der Mönch mit zitternder Stimme, »jetzt will er die Brüste der Frau sehen.«

Heraklios Synadenos verstummte. Entweder war der Petschenege vor Begierde von Sinnen, oder er wollte bis auf den letzten Mann kämpfen.

Kegen Beltscherssohn erklärte dem Dolmetscher etwas mit seinen tiefen Kehllauten.

»Comes, Kangar Kegen will keinen Streit mit dem Kaiser. Er will die Frau kaufen. Er sagt, der Zug darf ziehen, auch die Prinzessin und der Troß, aber die blonde Frau will er haben. Er ist bereit, für die Frau mit Gold zu bezahlen.«

Heraklios Synadenos überlegte schnell. Ihm fiel Michael Psellos, der Sekretarios des Kaisers ein, dessen Hände und Gesicht weich waren, der aber ein Gehirn, hart wie Flintstein, hatte.

»Bring die Prinzessin sicher nach Paris zum König der Franken. Heirate dann Frau Theodora. Sie hat einen größeren Schatz, als du jemals zusammenrauben kannst. Jeder Barbarenfürst im Westen nimmt einen in Byzanz geschulten Krieger in seine Dienste. Theodora Hyperborea ist von königlicher Herkunft. Wenn du mit ihr Söhne zeugst, sind es die Enkelkinder eines Königs.«

Heraklios Synadenos hatte begriffen, daß dies eine ausgezeichnete Art war, einem Offizier einen zusätzlichen Lohn zu zahlen, ohne daß der Kaiser seine Truhen zu öffnen brauchte. Ihm war das recht, wenn nur die Frau nicht uralt war.

»Die Frau ist jung«, hatte Michael Psellos ihn beruhigt, »Mitte zwanzig und in der Blüte ihrer Schönheit.«

Heraklios Synadenos hatte nicht erwarten können, daß Theodora Hyperborea so blendend schön war. Eine dumme Sache, aber Heraklios Synadenos hatte nicht die Absicht, ihretwegen und auch keiner anderen Frau wegen zu sterben. Lieber wurde er reich: Wenn er Frau Theodora jetzt verkaufen würde, bekäme er ihren Schatz und außerdem eine ansehnliche Menge Gold von dem Petschenegen, der kaum seine Hände von der Frau lassen konnte, nicht einmal, solange er noch im Sattel saß.

Seine eigenen Männer würden Heraklios Synadenos ohne zu fragen gehorchen. Schwierigkeiten würde es vielleicht machen, die Sache den Bischöfen und den Franken auseinanderzusetzen, aber es ging ja nur um eine Hofdame der Prinzessin Anna. Sie waren für die Prinzessin verantwortlich, Heraklios Synadenos für die Begleiterin.

Die Waräger würden allerdings so wüten, daß man sie töten müßte – das durften die Franken besorgen. Ebenso mußte man wahrscheinlich den kleinen Sohn der Frau töten, falls der von der Sache etwas verstand.

Den Sohn könnte er auch zusammen mit Frau Theodora verkaufen. Was die Petschenegen mit dem Jungen machen würden, wäre ihre Sache. Sie würden ihn entweder selbst verwenden oder ihn als

Sklaven verkaufen. Die Araber zahlten einen hohen Preis für blonde kleine Jungen. Juvalos war ein bezauberndes Kind mit seinen rotgoldenen Locken und seinen grauen Augen.

Alle diese Gedanken fuhren Heraklios Synadenos durch den Kopf, bevor er den Mund auftat, um als Preis für Frau Theodora möglichst viel Gold auszuhandeln.

»Mutter! Mutter!«

Das Wort war fremd, aber alle verstanden es. Der kleine Junge, der zwischen vier Warägern geritten war, trieb sein Pferd an, schlüpfte zwischen den überraschten Männern hindurch und warf sich zwischen Theodora Hyperborea und den Petschenegen. Kegen Beltscherssohn starrte das Kind verblüfft an. Der Junge hob sein Schwert, warf sich im Sattel nach vorn und hieb auf die Brust des Petschenegen ein. Das kleine Schwert konnte den Lederpanzer nicht durchdringen. Der Junge hob das Schwert erneut und richtete den Hieb gegen das Gesicht des Petschenegen.

Kegen Beltscherssohn lachte bewundernd über den Heldenmut des Kindes, hob aber zugleich seinen Säbel, um es zu töten.

»Bronzevogel! Schwan, du Gottesvogel!«

Die Stimme war so schrill, daß sie in den Ohren gellte. Kegen Beltscherssohn sah zur Seite. Die blonde Frau schrie so, wie Frauen um ihre Kinder schreien. Der Petschenege hörte um sich herum entsetzte Aufschreie.

Die Pferde schnaubten wild, stampften und wieherten. Vom Boden, vom Himmel, aus dem Wald wälzte sich gelber, giftiger Nebel heran, umgab den Zug, ertränkte die Petschenegen und reizte die Kehlen der Menschen.

Die Augen der goldhaarigen Frau funkelten blau aus dem Nebel.

»Geh«, sagte die Frau mit tiefer Stimme. »Geh.«

Kegen Beltscherssohn zweifelte keinen Augenblick daran, daß vor ihm eine Hexe stand, eine mächtige Zauberin, die Nebel und mit ihm Geister herbeirufen konnte. Die Hexe hatte sich in eine begehrenswerte Frau verwandelt, um ihn und seine Männer zu vernichten. Er konnte nur seinem Schicksal danken, daß die Sache herausgekommen war, bevor er ganz in ihre Gewalt geraten war. Der Petschenege rief seinen Männern etwas zu, wandte sein Pferd und ritt in den Wald, so schnell er konnte.

Der ganze Zug befand sich in heillosem Durcheinander. Die Fußsoldaten drängten sich hierhin und dorthin, um im Nebel ihre Offiziere zu suchen. Die Franken gingen gegen alles und jeden vor, bis sie begriffen, daß sie aufeinander und auf Bäume einschlugen. Die Troßknechte krochen in den Schutz des Waldes. Nur die Waräger, die den vornehmen Frauen zunächst standen, behielten untereinander Tuchfühlung und umstanden mit der Streitaxt in der Faust Prinzessin Anna und Frau Theodora. Hyypiä der Farblose hing am Zügel von Juvalos' Pferd, das sich aufbäumte.

»Frau Theodora!«

Heraklios Synadenos' Stimme klang erstickt aus dem Nebel.

»Die Petschenegen sind fort.«

Heraklios Synadenos sah gerade noch Theodora Hyperboreas Gesicht in dem sich auflösenden Nebel, bevor die Frau langsam den Schleier über sich zog. Ihr Gesicht war ausdruckslos, als hätte die Frau in ihr eigenes Innerstes geblickt.

38. Kapitel

1046

»Wir müssen die Via Pelegrina verlassen und den Ister entlang nach Norden gehen«, sagte Heraklios Synadenos bei einer Beratung, bald nachdem die Reisegesellschaft mit Flößen die Drau überquert hatte. »Wir müssen dem Westufer des Flusses bis zum großen Knie folgen, wo der Ister sich nach Westen wendet. Dort liegt Strigonium.«

Reginard de Marais sah die Griechen mißtrauisch an.

»Von einem solchen Ort hab' ich noch nie gehört.«

Heraklios Synadenos lächelte auf eine Art, die Reginard mit den Zähnen knirschen ließ.

»Es gibt viele Orte auf der Welt, von denen du noch nie gehört hast, Ritter. Strigonium ist die Stadt, wo der Erzbischof von Ungarn wohnt. Die Onoguren selbst nennen sie Esztergom. In der Stadt gibt es eine Burg. Die werden die Heiden kaum erobert haben.«

Reginard de Marais ärgerte sich maßlos darüber, daß der griechische Comes so viele Dinge wußte, von denen er selbst keine Ahnung hatte. Er hatte nicht einmal daran gedacht, sich darüber zu informieren.

Reginard wußte, daß sie, wenn sie auf der Via Pelegrina nur weit genug vorrückten, in das deutsche Kaiserreich kommen würden. Das gehörte zum Westen und war fast ebenso ein Land wie Frankreich. Dort wären sie vor den griechischen Ränken in Sicherheit. Sie mußten sich nur gegen all die Krieger verteidigen, die die Braut des Königs von Frankreich und ihre Schätze rauben wollten. Das konnte Reginard de Marais. Das hatte er sein ganzes Leben lang getan.

»Den Ister entlang gibt es viele Siedlungen. Die Onoguren haben sich in den früheren römischen Städten angesiedelt.« Heraklios Synadenos sah den Ritter Reginard an, als taxierte er dessen Mut.

»Die Onoguren sind ein wildes und kriegerisches Volk. Es wird das beste sein, wenn du deine Franken im Schutz meiner Männer beläßt, Ritter.«

Reginard de Marais meinte, ihm platzten die Adern im Gehirn. Er mußte fortgehen, um diesem widerwärtigen Griechen nicht an die Gurgel zu springen.

Heraklios Synadenos hatte schon in den Grenzgarnisonen von Sirmium alle möglichen Erkundigungen über die Ungarn eingezogen. Comes Heraklios kam mit den griechischen Grenzsoldaten ausgezeichnet zurecht, obwohl sie zumeist den Eindruck machten, als gehörten sie zu einem ganzen anderen Volk, hauptsächlich zu den Slawen.

»In Byzanz ist das Bewachen der Grenze überall gleich. Das Reich kämpft gegen die Barbaren im Militärbezirk Sirmium im Westen ebenso wie im Militärbezirk Iberia im Osten.«

Der Gesichtsausdruck von Heraklios Synadenos ließ keinen Zweifel daran, daß Ritter Reginard auch zu den Barbaren gehörte. Aber es war schwierig, dem Griechen scharf genug zu antworten, weil jedes Gespräch mit Hilfe eines Dolmetschers geführt wurde.

Reginard de Marais konnte sich das Reich nicht vorstellen, in dem eine Grenze bewacht wurde, die von Italien bis zum Kaukasus reichte. In Frankreich bewachte jeder Graf und Herzog sein eigenes Gebiet. Tat er das nicht, kam sein Nachbar und nahm es ihm weg.

An der Drau endeten das byzantinische Reich, der Militärbezirk Sirmium und die griechische Ordnung. Noch vor zehn Jahren hätte jenseits des Flusses die Ordnung der Ungarn begonnen, denn damals regierte der strenge König Stefan das Land mit fester Hand. Jetzt aber herrschten im Land Aufruhr und Chaos.

Obwohl die Griechen falsch und feige waren, herrschte in ihrem Reich eine hervorragende Disziplin. Der erste Teil der Reise bis an die Drau war, abgesehen von dem Überfall der Petschenegen, ruhig verlaufen. Der Zug bewegte sich die Via Pelegrina entlang von einer Stadt zur anderen. Heraklios Synadenos zeigte einem Beamten den Brief des Kaisers. Sofort fand sich für alle ein Nachtquartier und etwas zu essen, für den Troß wurde gesorgt, und es wurde nichts gestohlen.

Reginard de Marais konnte sich gar nicht vorstellen, daß er in Frankreich einen Brief von König Heinrich vorweisen und ein

Nachtquartier verlangen könnte. Man würde ihn in Stücke hauen, wenn er zu seinem Schutz nicht einen Trupp Soldaten bei sich hätte, der stark genug war. Aber dieses demütige Gehabe vor dem Kaiser war nur ein Beweis für den sklavischen Charakter der Griechen.

In vielen Städten gab es riesige, aus Stein errichtete Hallen, in die der Zug direkt hineinritt. Um den großen Innenhof herum lagen Gästezimmer, in denen die vornehmen Reisenden übernachteten. Auch die kostbarste Handelskarawane war in einem solchen Gebäude vor Angriffen geschützt; es war stärker befestigt als irgendeine Aula oder ein Donjon in Frankreich. Reginard de Marais hatte in seinem Leben noch keine so gewaltig großen Herbergen gesehen – aber er hatte auch keine Karawanen mit Hunderten von Kaufleuten gesehen. Und so war das in einem Reich, in dem es nicht einmal ordentliche Räuber gab.

In der Stadt Nisch auf dem Gebiet des ehemaligen Bulgariens, das jetzt zu Byzanz gehörte, war der Geleitzug der Braut des französischen Königs mit einer anderen großen Militärtruppe zusammengetroffen. Mit dieser Truppe reiste der Erzbischof von Ohrid. Reginard hatte seinen Franken Kampfbereitschaft befohlen. Aber die Griechen grüßten einander, plauderten wie die besten Freunde, verbeugten sich und gingen weiter, jeder in seiner Richtung. Immerhin führte der griechische Erzbischof kistenweise Kostbarkeiten mit sich und die Kiewer Prinzessin auch. Es erschien Reginard de Marais schier unglaublich, daß keiner der beiden Konvois es gewagt hatte, den anderen auszurauben. Beide waren etwa gleich stark; ein solcher Kampf hätte den Stoff für die Geschichten geliefert, die man zu Hause hätte erzählen können. Aber auch dieser Vorfall zeugte nur von der Weichlichkeit der Griechen.

»Ich wäre in Soissons geblieben, wenn ich gewußt hätte, in welche Gefahr diese Reise mich bringen würde.«

Roger, Bischof von Soissons, hatte sich beklagt, seitdem er den ersten Schritt aus seinem Bischofsgut nach Osten getan hatte. Reginard de Marais hatte sich so an das Genörgel des alten Herrn gewöhnt, daß er kaum noch darauf hörte. Er fand, Bischof Roger gehörte zu derselben Kategorie wie die vornehmen Frauen: ein kompliziertes Bündel, das man verteidigen und außerdem auch noch höflich behandeln mußte.

»Der Märtyrertod ist die liebste Hoffnung eines geistlichen Mannes, Dominus«, zischte Gauthier von Meaux, der andere Bischof der Gesellschaft, dem alten Mann ärgerlich zu. »In dieser Gegend herrscht kein Mangel an Märtyrerkronen.«

Doch jetzt war auch Bischof Gauthier von Meaux in Sorge: Der Märtyrertod wurde immer wahrscheinlicher, je weiter die Gesellschaft ins Land der Ungarn vorstieß. Bischof Gauthier ärgerte sich, weil er nicht wußte, ob er sich in einem heidnischen Land oder in einem christlichen Reich befand.

»Wenn man sicher sein könnte, daß alle Ungarn Heiden sind, dann gäbe es kein Problem. Wir würden jeden totschlagen, den wir sehen, und wären in Sicherheit.«

Reginard de Marais schloß sich von Herzen den Worten des Bischofs an.

»Aber bei diesen Ungarn gibt es zu gleichen Teilen Heiden und Christen. Woher soll man wissen, wer was ist, bevor es zu spät ist? Ich bin ein Mann der Kirche. Ich will keine Christen töten, zumal nicht jetzt, wo sie offenbar ohnehin Schwierigkeiten haben.«

Es war unmöglich, den Ungarn anzusehen, wer Christ, wer Heide war. Alle waren herrisch, gut gekleidet und sprachen eine unverständliche Sprache.

»Wir können doch nicht in die Königsstadt gehen, wenn der König der Ungarn vom Thron gestürzt worden ist«, überlegte Bischof Gauthier. »Die Stadt heißt Alba Regia. Die Ungarn selber nennen sie Fehérvár. Dort herrschen vielleicht die Heiden, obwohl ich von den Griechen gehört habe, daß die Stadt schwer einzunehmen sei, weil sie inmitten von Sumpfland liegt. Wir müssen den Erzbischof suchen und ihn um Rat fragen.«

Reginard fragte sich im stillen, ob Bischof Gauthier sich wohl an der Feigheit der Griechen angesteckt habe. Der Bischof war doch ein junger Mann und konnte seinen Speer und das Schwert führen wie jeder beliebige Krieger von edler Herkunft. Gauthier ritt in voller Ausrüstung, und nur das goldene Kreuz, das seinen Helm zierte, zeigte seine Bischofswürde an. Im Stillen rechnete Reginard de Marais den Bischof Gauthier zu seinen Männern. Dominus Gauthier hatte am Kampf und an Frauen ebenso sein Gefallen wie Reginards Krieger. Außerdem bemerkte Reginard, daß der Bischof fleißig die Gesellschaftsdame von Prinzessin Anna beäugte, deren Schönheit der Petschenege Kegen Beltscherssohn auf dem Weg über des Balkangebirge entschleiert hatte.

Bischof Gauthier hatte gefragt, ob Frau Theodora die lateinische Liturgie hören wolle, die in den französischen Kirchen üblich war. Theodora Hyperborea hatte das bejaht.

»Sicherlich möchte auch Prinzessin Anna gern die Sitten ihres künftigen Reiches kennenlernen. Auch für den Priester Hilarion ist es gut, über diese Dinge Bescheid zu wissen.«

Bischof Gauthier hielt eine Lektion für die Frauen und den russischen Priester, der den Bischof wie den erbärmlichsten Heiden behandelte. In den Kirchen der Franken wurde die Messe in lateinischer Sprache gehalten. Das konnte nach Ansicht von Vater Hilarion keine rechtgläubige Zeremonie sein.

Der Bischof erklärte, daß die Frauen in Frankreich ihr Gesicht nicht mit einem Schleier bedeckten, nicht einmal die Königin. Das erschütterte Anna. Es gab nicht viele Männer, die ihr Gesicht gesehen hatten. Im byzantinischen Reich respektierten die Männer eine Frau, die verschleiert ging. Aber Frau Theodora lachte und nahm ihren Schleier ab. Sie stammte aus dem Norden, und auch dort trug man keinen Schleier. Seitdem hatte Bischof Gauthier die Schönheit der Frau andächtiger bewundert als die Malereien seiner Kirche, und bei diesem Blick konnte man sich nicht irren. Frau Theodora lächelte geheimnisvoll. Reginard de Marais vermutetete, daß die gnädige Frau den Bischof bald auf sich nehmen würde.

Reginard de Marais wunderte sich, warum Frau Theodora unter ihrem Schleier aufregender gewesen war als mit offenem Gesicht. Reginard wußte, daß ein einfacher Ritter wie er keinerlei Chancen hatte, sich um eine so hochstehende Frau zu bemühen. Aber der Schleier hatte ihm irgendwie das Recht gegeben, Frau Theodora wenigstens in Gedanken zu besitzen.

Das Gesicht von Comes Heraklios Synadenos verzog sich vor Wut, als Theodora Hyperborea den Schleier ablegte. Nicht, daß er nicht Stirn, Augen und Lippen der Frau ebenso gierig mit den Augen verschlungen hätte wie Gauthier von Meaux. Aber in seinem Ärger lag noch etwas anderes als der Zorn über die Mißachtung der griechischen Sitten. Frau Theodora war das Eigentum von Heraklios Synadenos.

Im Reich der Ungarn herrschte ein großes Durcheinander: König Peter Orseolo war vom Thron gestürzt worden, und die Heiden waren dabei, wieder Boden vom Christentum zurückzugewinnen. Peter Orseolo, ursprünglich Venezianer und ein Schwestersohn des verstorbenen Königs Stefan, war schon zweimal König der Ungarn gewesen.

Dieser Peter Orseolo war ein Mann, der ein besonderes Talent hatte, sich mit allen möglichen Leuten zu überwerfen. Er zerstritt sich mit König Stefans Witwe Gisela, indem er ihre Witwengüter konfiszierte. Königin Gisela war so deutschfreundlich, daß die ungarischen Edelleute sie verabscheuten.

Als Peter Orseolo auf Einladung seines Onkels König Stefan aus Venedig als Kronerbe nach Ungarn kam, erwartete ihn dort der Erzfeind seiner Familie: der einflußreiche Bischof Gerardus von Csanád.

Bischof Gerardus war auch ein Venezianer. Er hatte seinerzeit zusammen mit anderen Kirchenmännern die Dogenfamilie der Orseolos aus Venedig vertrieben. Bischof Gerardus und König Peter Orseolo waren also Blutsfeinde seit Anbeginn. Der König griff die Kirche an wie ein Falke, und der Bischof begann im selben Augenblick gegen den König zu intrigieren.

Die ungarische Aristokratie verabscheute Peter Orseolo, der ein Ausländer und Tyrann war. Eigentlich setzt Peter Orseolo die Arbeit des großen Königs Stefan fort: Er organisierte die Verwaltung des Landes und stellte die gelockerte Disziplin wieder her. Doch das, was die Anführer der Ungarn in ihrem grenzenlosen Stolz von einem Sproß ihrer Herrscherfamilie, den Árpáden, hinnahmen, das duldeten sie von einem venezianischen Eindringling noch lange nicht.

So hatte Peter Orseolo die Königinwitwe, die Kirche und die Aristokraten erzürnt. Zwischenzeitlich hatte er das Reich an König Aba verloren, es aber mit Hilfe des deutschen Kaisers zurückerobert. Zum Dank hatte Peter Orseolo Ungarn dem Heiligen Römischen Reich deutscher Nation unterworfen.

Die Ungarn, ein stolzes und kampfeslustiges Volk, schätzten die deutschen Herren überhaupt nicht. Sie hatten sich zu einem Aufstand erhoben, und diese Rebellion machten die Griechen sich zunutze. Comes Heraklios Synadenos erklärte jedem adligen Ungarn ausführlich, daß der Kaiser von Byzanz der einzige wahre Kaiser sei und daß die Ungarn den König der Deutschen keineswegs über sich zu dulden brauchten. Die Griechen freuten sich über den Aufstand, obwohl auch Heiden daran beteiligt waren. So verringerte sich sowohl der Einfluß der Venezianer als auch der der Deutschen.

Reginard de Marais hatte es gelernt, die Ungarn höflich zu behandeln; im Grunde genommen lagen sie, die sich selbst Magyaren nannten, ihm mehr als die Griechen. Die Ungarn waren heldenhaft und leidenschaftlich, bereit, auch die geringste Kränkung zu rächen, und sie liebten den Kampf. Außerdem waren sie gute Reiter und versteckten ihre Frauen nicht hinter einem Schleier. Reginard fand, sie waren fast wie Franken, abgesehen davon, daß sie im Kampf keinen Speer verwendeten. Andererseits konnten ihre Reiter den Bogen beim Reiten abschießen.

Das wichtigste war, daß die Ungarn verstanden, was Ehre bedeutete. Davon hatten die Griechen keine Ahnung.

All dies hatte Bischof Gauthier von Meaux mit Hilfe des Dolmetschers von Heraklios Synadenos erfahren. Von sich aus hatte der griechische Comes nichts erzählt, aber vor der Autorität des Bischofs Gauthier hatte er sich beugen und sein Wissen preisgeben müssen.

Reginard de Marais fand die Lage besorgniserregend. Er konnte sich mit niemand anderem beraten als mit Gauthier von Meaux. Der Zug bewegte sich durch fremdes Land, wobei das einzige Orientierungsmerkmal die zur Rechten fließende Donau, deren steile Hänge und Sumpfländer waren.

»Niemand weiß, wieviel Tagereisen es bis zu den einzelnen Ortschaften sind.«

»Aber immerhin gibt es einen Weg«, beruhigte Gauthier den Ritter. »Ein Weg führt letztlich immer irgendwohin. Das Land ist reich, und man kann hier so viel Lebensmittel kaufen, wie man nur will.«

»Es gibt im Reich keinen König. Die heidnischen Horden haben sich gegen die Christen erhoben. Den Gerüchten zufolge haben sie Bischöfe und Priester und deutsche Grafen umgebracht. Wie soll ich mit so wenigen Männern dich, Dominus, Bischof Roger und die Frauen beschützen?«

»Wir müssen auf Gott vertrauen«, mißbilligte der Bischof die

Sorge des Ritters. »Ritter Reginard, da in diesem Land niemand französisch spricht, müssen wir einen ungarischen Priester finden, der Latein spricht.«

Theodora Hyperborea ließ sich vom Wind das Gesicht kühlen. Ende September war die Hitze fast ebenso erstickend wie im Sommer.

»Werde ich denn niemals wieder an einen Ort kommen, an dem die Sommer frisch sind und es im Winter Schnee gibt?«

Der Waräger Hyypiä der Farblose lächelte mitfühlend.

»In Finnland plätschern die kühlen Wasser, und Nebel steigt über den nächtlichen Sümpfen.«

Frau Theodora wunderte sich, wie ein solcher Gedanke ihr überhaupt in den Sinn kommen konnte. In letzter Zeit war sie sich selbst fremd. Die Wanderung durch die großen Wälder hatte sie unruhig gemacht; es war doch wohl kein Geist in sie gefahren und hatte ihren hochmütigen und wohlkontrollierten Sinn verwirrt?

Das Gelände war uneben, der Weg anstrengend, und alle hatten Durst. Hier und dort sah man am Ufer der Donau Siedlungen mit einer kleinen Kirche, irgendwo standen noch die Mauern alter römischer Militärlager. Juvalos bat den Waräger Hyypiä den Farblosen um Wasser aus seinem Lägel.

»Heute kommen wir nach Buda und können uns dort bei der Donaufähre ausruhen«, sagte Hyypiä der Farblose, während er dem Jungen zu trinken gab. »Wir errichten ein ordentliches Lager und bleiben ein paar Tage.«

»Farbloser, bitte den Dolmetscher zu Hilfe und kauf von den Magyaren so ein Zelt, in dem sie den Sommer verbringen.«

Theodora hatte in diesen Zelten unterwegs viele Male übernachtet. Die Zelte der vornehmen Magyaren waren luxuriöse Bauwerke, in denen die Räume durch Vorhänge abgeteilt waren. Die Magyaren wohnten den Sommer über verstreut bei ihren Pferden und ihrem Vieh in den Zelten und zogen zum Winter in die Dörfer und Städte in ihre kleinen Lehmhäuser.

»Das mache ich, Frau Theodora, wenn nur jemand bereit ist, eins zu verkaufen.«

Theodora sah den Waräger verwundert an. Wie könnte es sein, daß ein Magyare sich weigerte, sogar sein Kind als Sklaven an eine vornehme griechische Frau zu verkaufen, die fast hundert Mann und einen Schatz bei sich hatte, der viele Truhen füllte?

»Biete genügend. Wenn du im Guten keins bekommst, nimm es mit Gewalt, aber bezahle. Es hat keinen Sinn, einen Streit anzuzetteln.«

Mehrmals war versucht worden, den Zug zu berauben, aber man hatte die Räuber ohne viel Mühe in die Flucht geschlagen. Dabei hatte Theodora Hyperborea zum erstenmal den berühmten Angriff der Franken gesehen. Die Reiter im Panzerhemd waren mit gefällter Lanze vorgeprescht, Knie an Knie wie eine durchgehende Mauer auf den Gegner los. Die Franken legten die eigene und die Kraft des Pferdes in den Stoß ihrer Lanzen; nichts konnte sich dem vernichtenden Schlag dieser Front widersetzen. Das Fußvolk wurde niedergetrampelt, aber die magyarischen Reiter konnten ihr Pferd fast auf der Stelle wenden und schafften es, der Front zu entkommen.

Einen wirklichen Widerstand hatte der Zug noch nicht erlebt. Der ungarische Priester, den Bischof Gauthier in die Gesellschaft aufgenommen hatte, erzählte, daß der Aufstand am grausamsten in den südöstlichen Teilen des Landes, jenseits der Donau, tobte. Dort hatten die heidnischen Magyaren, die Bäume und Steine verehrten, Christen geopfert, indem sie sie in Quellen ertränkten.

»In Uppsala werden die Menschenopfer gehenkt, was wohl ein rascheres Verfahren ist, aber vielleicht haben diese Magyaren keine Eile«, sagte Hyypiä der Farblose in der Sprache des Nordens zu seinen Männern, als er von den Opfern der Magyaren hörte, und fügte dann auf finnisch für Frau Theodora und Juvalos hinzu: »Und bei uns in Finnland werden die Opfer mit der Keule im Sumpf erschlagen, was für das Opfer sicherlich die leidvollste Methode ist.«

Juvalos hörte so interessiert zu, wie ein neugieriger Siebenjähriger es nur vermag, aber Frau Theodora schauderte es. Sie erinnerte sich dunkel an ein Opfer: Da war eine große Kiefer, ein Knacken im Walde, und blutige Fetzen... aber ein Sumpf war da nicht.

»Was geht hier vor?«

Heraklios Synadenos betrachtete mißtrauisch das Budaer Fährufer, das voller Menschen und Pferde zu sein schien. Der Abend begann zu dunkeln, die Speere des Geleitzugs starrten schwarz gegen die Abendröte. Der Festungsberg ragte steil über dem Ufer der Donau auf. Die Magyaren hatten an der Fähranlegestelle zwischen den Zelten unzählige Feuer entzündet.

Der Dolmetscher, ein griechischer Mönch, den Comes Heraklios aus einem kleinen Kloster in der Nähe des Übergangs über die Drau mitgenommen hatte, schüttelte den Kopf.

»Comes, ich habe den Eindruck, daß die Menschen fliehen. Das Ufer auf der Pester Seite ist noch voller. Sie kommen von dort. Von Osten wälzt sich ein so großes Heer heran, daß die Menschen ihm nicht entkommen können.«

»Geh mal fragen, Bruder Filotheos, so lange noch jemand zwischen uns und der Armee ist. Ich führe den Zug weiter weg vom Ufer und sorge für ein ordentliches Lager.«

Comes Heraklios wandte sich ab, um mit dem Manglavites Andronikos zu sprechen, der Befehle erwartete.

»Wir haben mit den Streitigkeiten der Onoguren nichts zu tun, aber wenn hier eine große Armee vorbeikommt, dann überrollt sie auch uns. Verdopple die Wachen, eine solche Menschenmenge besteht zu einem Zehntel immer aus Dieben. Keine Armee überschreitet einen Fluß von der Größe des Ister bei Nacht. Wir ziehen am frühen Morgen weiter.«

Das Lager wurde ein gehöriges Stück vom Ufer entfernt und in einigem Abstand zu der Straße errichtet, die von Norden von Esztergom her und von Südwesten aus Richtung Fehérvár zu der Stelle führte, von der man die Donau überqueren konnte. Die Grundlage der Straße war ein uralter, von den Römern erbauter Militärweg, der letztlich die Befestigungen des großen Grenzflusses des antiken Reiches mit Aquileia am Ufer des Mittelmeers verband.

»Comes, hör mal.«

Bruder Filotheos kam erst, als das Lager schon stand und die Frauen ins Zelt geleitet waren.

»Von Osten her rückt eine gewaltige Schar von Magyaren heran.«

Der Mönch war so verängstigt, daß er auf den Lippen kaute.

»Heiden, Comes Heraklios! Ihr Anführer ist Vata, der grausamste von allen! Ein Lumpenchrist!«

»Wie nahe sind die Truppen?«

»Sie kommen gerade an!«

Heraklios Synadenos zuckte die Achseln. Der Mönch faselte vor Angst irgend etwas. Am anderen Flußufer, in der Ebene von Pest, gab es Gebäude, aber dort waren keine Zelte eines großen Heeres oder Lagerfeuer zu sehen. Die Überquerung der Donau erforderte ordentliche Vorbereitungen; in Byzanz hätte man dafür zuerst eine Aufklärungsabteilung ausgesandt und danach Sicherheitstruppen, welche die Flußüberquerung überwachen sollten, dann die Bautruppen und als nächstes die Versorgungstruppen. Die Armee selbst bewegte sich nach dieser Vorbereitung rasch und leicht.

Die Magyaren waren natürlich keine ebenso genialen Soldaten wie die Römer, aber Heraklios Synadenos wußte viel über sie und hatte entsprechende Hochachtung vor ihnen. Die Magyaren bewegten sich auch in großen Scharen erstaunlich schnell in ihrem gewaltigen, fast leeren Land.

Einen Augenblick lang überlegte Heraklios Synadenos, ob er das Lager nicht doch weiter vor oder weiter zurück verlegen sollte, fort aus der allzu großen Nähe zum Fährufer. Dann stellte er sich vor, wie die Bischöfe murren und die Frauen jammern und die Franken protestieren würden. In der Nacht würde der Zug kaum vorankommen.

Heraklios Synadenos legte sich schlafen. Er war unruhig und befahl seinem Sklaven, eine Sklavin von den Dienerinnen zu holen, die im Troß mitreisten. Die Frau wurde in Heraklios' Zelt gebracht, der Comes befriedigte sein Verlangen und schickte die Sklavin fort. Der Schlaf kam bald.

Am Pester Ufer des großen Flusses wurde während der Nacht ein Lagerfeuer nach dem anderen entzündet. Boote und Flöße sammelten sich im Hafen von Pest, bereit, die Krieger gleich bei Morgengrauen überzusetzen.

Aus der uralten Römerfestung von Pest beobachteten mißtrauische Augen die Truppen, die angeritten kamen. Der Magyarenführer Taksony hatte die Pester Festung vor hundert Jahren an die islamitischen Bulgaren verkauft. Das war ein guter Vertrag gewesen: Die Bulgaren schützten den nach Osten führenden alten Handelsweg und zahlten Taksony und seinen Nachkommen Steuern ohne zu murren. Dabei lebten die Bulgaren in einer ewigen Angst, die alle Reichen ständig begleitet. Das plötzliche Erscheinen einer großen Armee im Hafen von Pest bewirkte, daß sie sich in die Moschee drängten, die eine jahrhundertealte christliche Kapelle war.

Die nächtliche Armee scherte sich nicht um das kleine Sarazenendorf. Die magyarischen Truppen ruhten sich aus und stärkten sich vor der Flußüberschreitung. In der Nacht bewegten sich die Truppen für gewöhnlich nicht, aber diesmal waren die Dämonen des Hasses und der Finsternis die Verbündeten der Reiter.

Die Wächter, die Heraklios Synadenos aufgestellt hatte, sahen die neuen Feuer nicht. Sie umrundeten nur das Lager. Niemand hatte ihnen befohlen, bis zum Ufer zu gehen.

39. Kapitel

1046

»Frau Theodora! Wach auf!« Die Stimme des Warägers war so voller Angst, daß Theodora schon senkrecht saß, noch bevor sie ihre Augen ordentlich aufbekam. Hyypiä der Farblose stand mit der Streitaxt in der Hand im Zelt der Frauen. In Byzanz hätte er wegen dieser Unverschämtheit sein Leben oder seine Augen verloren.

»Juvalos?« fragte Frau Theodora als erstes. Sie zog sich in aller Eile ohne die Hilfe einer Sklavin ihre Leinentunika über. Jewdokija von Pskow und Anna Jaroslawna griffen nach ihren Kleidern, stumm vor Überraschung.

»In voller Ausrüstung unter dem Schutz der Waräger. Frau Theodora, ich weiß nicht, was hier vor sich geht. Seit dem frühen Morgen setzen Truppen über den Fluß.«

»Welche Truppen?«

Der Waräger zuckte die Achseln.

»Heiden mit ihrem Anführer Vata. Ihr Krieg geht uns nichts an, aber keine Frau ist inmitten einer tausendköpfigen Armee in Sicherheit. Ich werde euch so weit fort bringen wie möglich. Im Süden gibt es einen bewaldeten Berg. Wir versuchen, dorthin zu kommen. Die Magyaren sind Reiter, sie werden kaum im Wald kämpfen.«

»Wo ist Heraklios Synadenos?«

»Er berät sich mit den lateinischen Bischöfen. Am Morgen sind hier einige magyarische Bischöfe vorbeigekommen. Die Lateiner meinen, daß die Bischöfe unter den Heiden in Gefahr seien.«

»Aufgabe dieses Zuges ist es, die Braut des fränkischen Königs zu schützen«, sagte Theodora zornig. Die Angst ließ sie frösteln: Wenn Heraklios Synadenos oder die verrückten Franken sich in die Angelegenheiten der Magyaren einmischten, würde Juvalos ohne Schutz bleiben.

»Farbloser, du bleibst bei der Prinzessin und Jewdokija von

Pskow. Ich gehe mit Heraklios Synadenos und werde mit den Bischöfen reden.«

Zu Theodoras Verblüffung schüttelte der Farblose den Kopf.

»Die Waräger werden die Frauen und Juvalos in den Wald begleiten. Ich folge dir, wohin du auch gehst, Herrin.«

Im Zelt der fränkischen Bischöfe stellte sich heraus, daß Heraklios Synadenos mehr um die Ladung als um die Frauen und Bischöfe besorgt war; eine wandernde Heertruppe hatte stets mehr Interesse an der Ladung als an Bischöfen, und die Frauen konnte man leicht verstecken. Ein Grieche wollte ohnehin jeder möglichen Armee aus dem Wege gehen und sich an keiner Auseinandersetzung beteiligen.

»Die byzantinischen Soldaten würden vielleicht eure Bischofskreuze respektieren, aber die Magyaren werden über euch hinwegreiten, noch bevor ihr den Namen Gottes aussprechen könnt.«

Die Bischöfe wiederum wollten, daß Comes Heraklios mit seinen Truppen die ungarischen Bischöfe beschützte, die unterwegs waren, um den magyarischen Ankömmling zu empfangen, der nach der Macht strebte. Die Bischöfe der Magyaren unter Führung von Bischof Gerardus von Csanád hatten Verwandte des großen Königs Stefan ins Land gerufen, damit sie den frei gewordenen Thron besetzten.

»In diesem Land muß ein christlicher König den Thron einnehmen. Unsere Pflicht ist es, dafür zu sorgen. Wir müssen Bischof Gerardus unterstützen.«

Der Franke Reginard de Marais lief dunkelrot an.

»Ich habe dreißig Krieger. Die können einen christlichen Bischof besser schützen als fünfzig griechische irrgläubige Feiglinge!«

»Euer Gerardus hat gerade den christlichen König Peter Orseolo gestürzt. Vielleicht will er selbst König werden. Da er ein Venezianer ist, ist er ebenso machtgierig wie der Papst!«

Die Männer schrien durcheinander, und die Dolmetscher versuchten, die schlimmsten Kränkungen abzumildern. Das Durcheinander war vollkommen.

»Eure Pflicht ist es, euch um Prinzessin Anna und ihren Schatz zu kümmern«, sagte Frau Theodora hochmütig von der Tür her. »Ihr alle, die Priester ebenso wie die Krieger, seid hier nur wegen dieser einen einzigen Aufgabe.«

Als sie die Worte des Dolmetschers vernahmen, wandten sich sowohl die Bischöfe als auch die Anführer der Soldaten verblüfft Theodora Hyperborea zu. Das Zelt der Krieger war kein Aufenthaltsort für eine Frau – auch wenn hinter ihr ein Waräger mit kalten Augen und einer Streitaxt in der Faust stand.

»Es ist wichtiger, für das Reich Gottes zu sorgen«, schnarrte Bischof Roger von Soissons.

Comes Heraklios Synadenos hob plötzlich den Kopf.

»Horcht. Sie kommen.«

Ein Donnern erfüllte die Luft, als tausend Mann ihre Rösser bestiegen. Es schien, als bebte die Erde unter dem Dröhnen der Hufe.

»Aus dem Wege!«

Hyypiä der Farblose schnappte sich Frau Theodora auf den linken Arm und sprang aus dem Zelt.

Die Welt bestand aus Getöse und Klirren und Geschrei; ein Keuchen stieg die Abhänge des Hügels hinan wie eine Flut, schwoll an, kam näher. Hyypiä der Farblose schleppte die erschlaffte Frau höher hinauf, fort vom Kampfgetümmel, suchte Steinhaufen und Baumwurzeln, hinter denen man sich verbergen konnte. Vor ihnen in der Tiefe strömte die blaue Donau, links im Tal das rote Blut. Der Kampf tobte überall, wohin das Auge des Warägers auch schaute. Vom Berg aus erkannte man das andere Flußufer; auch dort wurde gekämpft. Das erschien seltsam – war in den frühen Morgenstunden ein anderes Heer der Armee, die den Fluß überquert hatte, in den Rücken gefallen?

Der Farblose wußte nicht, wer dort kämpfte. Er hatte nicht die Absicht, sich überrennen zu lassen. Der einzige Fluchtweg verlief nach oben. Das gefiel dem Farblosen nicht. Vom Gipfel des Berges würde man nur noch bergab gehen können, und der Farblose wußte nicht, was sie jenseits des Berges erwartete.

Es war schwierig, Frau Theodora zu tragen. Der Farblose begriff nicht, was der Frau fehlte. Sie war halb bewußtlos und klagte, aber es war keine Verletzung an ihr zu erkennen, und sie hatte keine Schmerzen, obgleich der Farblose sie mehrmals danach gefragt hatte.

Ein Dickicht von bemoosten Steinen und umgestürzten Baumstämmen bot einen gewissen Schutz. Der Farblose legte Frau Theodora in eine Höhle von Steinen und kroch selbst hinterher. Er befühlte Frau Theodora die Stirn. Offenbar hatte sie kein Fieber, flüsterte aber wie im Fieberwahn. Der Farblose hörte, daß sie einen Bronzevogel rief, aber im übrigen wurde er aus ihren Worten nicht schlau.

Der Farblose schob Theodora seinen Umhang zusammengelegt unter Kopf und Schultern. Die Haare fielen ihr offen über die Schultern und reichten bis zur Taille. Der Farblose strich sie ihr aus dem Gesicht und überlegte dabei wieder, wer die Frau sein mochte. Jedenfalls nicht Olaf Schoßkönigs Tochter Thorgerd. In ihrem halb bewußtlosen Zustand sprach Frau Theodora die Sprache der Finnen.

Aber in Konstantinopel hatte der mächtige Waräger Eirik der Starke die Frau als Königstochter bezeichnet. Dabei behauptete er, Theodoras Ziehbruder zu sein. Entweder log einer von ihnen – oder alle beide. Frau Theodora befand sich anscheinend in der Gewalt Eiriks des Starken, in vielerlei Weise. Hyypiä der Farblose hatte nicht vergessen, in welchem Zustand er Frau Theodora vor drei Jahren in den Halyspalast gebracht hatte an dem Tag, da der Angriff der Kiewer an den Seemauern Konstantinopels gescheitert war. Hyypiä der Farblose hatte längst erkannt, wer der Vater von Juvalos Grauauge war.

Der Waräger kauerte sich mit der Streitaxt in der Hand in die Höhlung über Frau Theodora. Von hier würde man nicht fliehen können, aber das Versteck war fast unsichtbar. Von dieser Stelle aus konnte man nicht mehr nach links ins Tal sehen, nur geradeaus zum Ufer und schräg nach rechts. Der Kampf auf der Pester Ebene dauerte anscheinend an, aber er hatte sich vom Ufer entfernt. Eine der beiden Seiten war dabei, den Gegner zu besiegen. Den Farblosen interessierte das nur insofern, als die Heiden, falls sie gesiegt haben sollten, sich dem christlichen Zug gegenüber nicht besonders wohlwollend verhalten würden. Der Farblose, der lange in Byzanz gedient hatte, vertraute auf die Kraft, die vom Namen des Kaisers ausging: Auch der wildeste Magyare würde es sich zweimal überlegen, ob er eine Verwandte des Kaisers und deren Diener umbrachte.

Von unten hörte man gedämpften Lärm, der von anderer Art war als das Kampfestosen: Geschrei und Gelächter. Ein Trupp Männer, nicht sehr groß, aber gut ausgerüstet, kletterte weiter rechts den

Hang hinauf. Ihr Aufstieg wirkte ganz leicht, und der Farblose begriff, daß dort ein Pfad zur Spitze des Berges führte. Die Männer sahen eigentümlich aus: Der Kopf war bis auf ein schwarzes Haarbüschel kahl geschoren. Sie zogen einen kleinen Wagen mit sich, auf dem etwas festgebunden war. Der Farblose konnte die Männer und den Wagen nicht deutlich erkennen, aber die Last schien ein Mensch zu sein.

Die Sonne leuchtete auf Seidenfetzen und rotem Blut. Der Farblose erkannte, daß die Männer Magyaren waren und das auf dem Wagen festgebundene Opfer ein Kirchenmann, vielleicht einer jener Bischöfe, den die Griechen nicht hatten schützen wollen. Bedeutete dies, daß die Heiden gesiegt hatten?

Die Magyaren hatten eine Stelle erreicht, die nach ihrem Geschmack war. Laut erschallte ihr Gelächter, als sie dem Wagen mit aller Kraft einen Stoß gaben und ihn den Berg hinunterstürzten. Der Farblose beobachtete seinen Fall; er sprang und überschlug sich, bis er in Stücke brach. Der Priester flog wie eine Puppe mit flatterndem Umhang durch die Luft und schlug auf einem Stein in Ufernähe auf.

Die Magyaren stürmten mit Geschrei den Berg hinab, wobei sie übereinander stolperten. Der erste Mann, der bei dem Priester ankam, hob seinen Speer und stieß ihn dem Priester in die Brust. Ein anderer schlug den Kopf des schlaffen Körpers gegen den Stein.

Hyypiä der Farblose folgte nachdenklich dem Geschehen. Die Wut der Magyaren war grenzenlos; wenn sie die ganze Zeit von ihrer Raserei beherrscht wurden, würden sie kaum den großen Kampf gewinnen können. In rasender Wut konnte man eine Sippe, ein Dorf oder eine Stadt vernichten, aber kein Reich erobern.

Hyypiä der Farblose trug Frau Theodora den Abhang hinunter. Im Tal herrschte Stille, auf dem Schlachtfeld von vorhin schien Ordnung einzukehren. Der Farblose hätte Frau Theodora gern über Nacht in dem Versteck gelassen, denn eine siegreiche Armee war nicht ungefährlicher als eine, die den Kampf erwartete. Aber den Waräger trieb die Sorge um Juvalos und die eigenen Männer. Frau Theodora hatte in ihrem Fieberwahn nach Juvalos gefragt. Jetzt war sie bei Bewußtsein und würde bald allein auf die Suche nach ihrem Sohn gehen.

Der Farblose bewegte sich lautlos voran und achtete auf Krieger, die durch den Wald streiften. Er wußte, daß diese die gefährlichsten waren. Außer Rand und Band und vor Angst schändeten und töteten sie alles, was ihnen in die Quere kam.

Dennoch wurde der Farblose überrascht, oder eigentlich überraschte er einige Krieger, die einem schwierig zu tragenden Verwundeten halfen. Man hatte den Mann offenbar aus dem Kampf heraus und beiseite getragen. Seine Ausrüstung zeigte, daß er ein vornehmer Mann war. Aus der Fürsorge der Krieger konnte man schließen, daß er ein Anführer war.

Hyypiä der Farblose blieb ebenso überrascht stehen wie die Magyaren. Alle standen einen Augenblick lang wie versteinert da und schätzten ab, wie gefährlich das Gegenüber war. Die Magyaren beruhigten sich sofort: Ein Mann und eine Frau stellten keinerlei Bedrohung dar.

Der Farblose stellte Frau Theodora auf die Beine und griff nach seiner Streitaxt, die an ihrem Platz auf der rechten Schulter in ihrer ledernen Trageschlaufe hing. Die Bewegungen des Farblosen waren langsam und ruhig. Er wollte die Gegenseite nicht reizen. Nicht alle waren Magyaren: Sie hatten unterschiedliche Ausrüstungen.

Frau Theodora stand unbeweglich neben dem Farblosen, hochmütig wie eine Königin, ohne auch nur die geringste Furcht zu zeigen. Sie war eine vornehme Frau und sah auch so aus, wenn auch ihr Kleid fleckig und zerrissen war und die glänzenden Haare ihr in wildem Durcheinander über die Brüste bis zur Taille fielen.

Die Krieger setzten sich in Bewegung. Der Farblose vermutete, daß sie versuchen würden, ihn und Frau Theodora einzukreisen. Es bestand keinerlei Hoffnung, dies hier zu überleben, aber er würde einige Krieger mit sich ins Totenreich nehmen, und zuletzt würde er Frau Theodora töten. Es war mit der Ehre eines Warägers nicht zu vereinbaren, daß er eine Frau, für die er die Verantwortung trug, den Kriegern zum Schänden überließ.

Der verwundete Mann sagte etwas in einer fremden Sprache. Frau Theodora fuhr zusammen. Sie antwortete dem verletzten Anführer in derselben Sprache. Der Anführer hob die Hand, und alle hielten in ihrer Bewegung inne. Der Farblose sah sich mißtrauisch um.

»Frau Theodora, welche Sprache spricht er?«

»Russisch«, antwortete Theodora verwundert. »Die Sprache der Kiewer.«

»Sag ihm, daß zwei seiner Männer sterben, bevor sie mich bekommen, und davor kann ich auch dich noch töten, so daß sie kein Vergnügen an dir haben werden.«

Frau Theodora übersetzte das. Auf dem Gesicht des Anführers breitete sich ein respektvolles Lächeln aus.

»Er sagt, er wisse, daß du ein Waräger bist und dein Wort hältst. Er sagt auch, daß er uns nichts Böses tun will.«

»Dann soll er seine Männer zurückrufen«, sagte der Farblose schroff. »Falls er uns täuschen will, dann kann ich so schnell springen, daß er vor mir stirbt.«

Der Anführer bedeutete seinen Männern, zu ihm zu kommen. Langsam ließ der Farblose die Streitaxt sinken. Frau Theodora wirkte besorgt.

»Seine Wunde ist verbunden, blutet aber immer noch.«

»Wie kannst du das wissen, Frau Theodora?«

»Ich weiß es«, murmelte Theodora. »Mir wird schwach. Hilf mir näher zu ihm hin.«

Dem Farblosen gefiel dieser Befehl überhaupt nicht, aber er gehorchte. Er behielt die Krieger im Auge, aber sie machten keine verdächtigen Bewegungen. Frau Theodora sagte etwas zu dem Verwundeten. Dieser wirkte erstaunt, und Frau Theodora fuhr ihn an. Der Mann befahl seinen Kriegern zu helfen. Er wurde rücklings zu Boden gelegt, und einer der Männer hob seine Tunika und das Panzerhemd an.

Die Wunde war an der Hüfte. Sie war notdürftig mit einem dunklen Stück Wollstoff verbunden. Die rote Farbe war auf dem Stoff nicht zu erkennen, aber der Stoff war ganz naß. Er wurde entfernt, und eine Wunde, die von der Hüfte bis zur Hinterseite des Schenkels reichte, wurde sichtbar. Sie stammte von einem Speer, sah schlimm aus und blutete heftig, war aber nicht tödlich.

Frau Theodora kniete neben dem liegenden Mann nieder. Der Farblose stellte sich schützend hinter sie. Frau Theodora hielt suchend ihre Hände über die Wunde. Sie wirkte unsicher und schloß die Augen.

»Wasservogel, Bronzevogel, hilf mir, Schwan, du Gottesvogel.«

Der Farblose hörte die geflüsterten Worte, und aus irgendeinem

Grund liefen ihm kalte Schauer den Rücken herunter. In den Worten lag ein mächtiger Zauber, obwohl sie kaum lauter als ein Atemzug waren. Der Farblose spürte, wie eine schwindelerregende Kraft ihn berührte, nicht drohend, sondern nur anwesend.

Die Wunde hörte auf zu bluten. Frau Theodora streckte die Hand aus. Jemand reichte ihr einen Stoffetzen, mit dem sie die Wunde vorsichtig säuberte. Sie war blutlos und weiß wie ein Schnitt im Fleisch eines Toten. Frau Theodora lehnte sich erschöpft zurück gegen die Knie des Warägers.

Hyypiä der Farblose seufzte tief. Er verstand jetzt viel von dem, was ihn lange beschäftigt hatte, auch den Nebel auf dem heißen Gebirgsweg.

Theodora Hyperborea spürte, wie aus der Erschöpfung heraus neue Kraft in ihr hochstieg. Während des Kampfes war ihr Geist eine einzige Wunde von erstickender Qual gewesen. Aber die Verletzung des fremden Kriegers, die eine einzige, deutlich sichtbare, hatte ihre Gedanken geklärt. Sie wußte genau, was zu tun war, wie sie den Bronzevogel rufen und die Kraft durch sich hindurch strömen lassen mußte. Sie begriff, daß das Anrufen des Bronzevogels ihre Ahnen im Totenreich weckte, und sie gaben ihrer Tochter diese Fähigkeit. Alles war klar und einfach.

Theodora Hyperborea hatte die Gabe des Blutstillens. Das war nicht ihr Verdienst, und sie konnte nicht aus eigenem Willen darauf verzichten. Sie mußte sie dann benutzen, wenn es nötig war, und sie hatte nicht das Recht zu entscheiden, wer die Hilfe bekam und wer nicht.

Größere Angst machte Theodora eine andere, unübersehbare Fähigkeit. Sie war auf dem Gebirgsweg auf dem Balkan hervorgebrochen. Dieser Vorfall war zu gefährlich, als daß Theodora ihn in Gedanken erörtern wollte: Wenn eine gewaltige Angst sich in einen sichtbaren Stoff verwandelte, dann gefror einem das Herz im Leibe.

Theodora verspürte einen rebellischen Ärger, weil die Ahnen ihr eine solche Last aufgebürdet hatten. Sie wollte sich nicht in die Angelegenheiten anderer einmischen, weder im Schlechten noch im Guten. Sie hatte das Gefühl, ständig in Gefahr zu sein, weil sie allein und anders war. Theodora hatte weder Stamm noch Familie, zu denen ein Mensch gehörte wie das Glied an einen Körper. Ihre Andersartigkeit war ohnehin schon so groß, daß sie sich unaufhörlich anstrengen mußte, um die Verbindung zur lebenden Welt aufrechtzuerhalten. Durch das Blutstillen wurde Theodora noch fremder und bedrohter. Das bedeutete, daß Juvalos immer schutzloser wurde.

Der verwundete Edelmann ruhte auf seinem Umhang, während seine Männer verwundert die blutlose Wunde verbanden.

»Gosposha, wer bist du? Ich sehe, daß du eine vornehme Frau bist. Warum sprichst du die Sprache der Kiewer? Und wie hast du meine Wunde geheilt? Bist du eine Hexe?«

Die Augen des Mannes drückten Verwunderung aus und waren vor Schmerzen umflort. Er war etwas älter als Theodora, ein schlanker und starker Krieger. Sein Gesicht war scharf geschnitten und verwegen wie das Gesicht eines Adlers. Bart, Schnurrbart und Haare waren rabenschwarz. Trotz seiner Spannkraft wirkte der Mann zierlich. Er war ein Magyare, obwohl er russisch sprach.

»Gospodin, ich weiß nicht, wer du bist. Du bist kein Slawe, und ich habe dich in der Halle von Großfürst Jaroslaw in Kiew nicht gesehen.«

Theodora hatte das Empfinden, daß sie dringend einen Schleier brauchte. Der Mann musterte sie allzu eindringlich, und nicht einmal der Schmerz erstickte sein Interesse. Theodora zog ihre Haare vor das Gesicht mit derselben Geste, mit der sie den Schleier gerichtet hätte. Auch wenn er am Boden lag, gelang es dem Mann doch, das Haupt so zu neigen, daß es wie eine ehrerbietige Verbeugung wirkte.

»Du stammst aus dem Norden, denn du sprichst mit dem Waräger in seiner Sprache«, sagte der Mann erfreut. »Und deshalb bist du auch eine Zauberin.«

Theodora schwieg hochmütig.

»Gosposha, ich kam vor acht Jahren an den Hof von Großfürst Jaroslaw, und du warst damals nicht dort. Ich würde mich an dich erinnern, wenn du dort gewesen wärest.«

Die Stimme des Mannes war so voller aufrichtiger Bewunderung, daß Theodora hinter ihren Haaren lächeln mußte.

»Ich war im Jahr zuvor nach Konstantinopel gereist. Ich bin Theodora Hyperborea, eine schwedische Königstochter und Witwe des griechischen Adligen Leon Skleros. Ich bin hier, um Anna, die Tochter von Großfürst Jaroslaw, ins Land der Franken zu begleiten. Unser Konvoi geriet in den Krieg der Magyaren. Den hat jetzt wohl jemand gewonnen, denn es ist still.«

»Das war eigentlich kein Krieg«, sagte der vornehme Mann und bedeutete seinen Männern, ihm auf die Beine zu helfen. »Nur eine Züchtigung. Und die haben mein Bruder Andreas und ich gewonnen.«

Im Stehen war der Mann einen Kopf größer als Theodora. Er konnte nicht ohne Hilfe stehen, und gehen konnte er überhaupt nicht. Am Helm und am Schwertgürtel hatte der Mann Goldnieten, und sein Umhang war zobelverbrämt. Sicherlich königlicher Herkunft, dieser Bruder von Andreas.

»Ich bin Levente«, sagte er. »Mein Vater war Fürst Vászoly, der Vetter von König Stefan. Stefan ließ meinen Vater blenden und flüssiges Blei in seine Ohren gießen. König Stefan war nämlich ein frommer Christ und wollte seinen Verwandten nicht töten.«

Die Stimme des Mannes war gelassen. Nur bodenloser Haß konnte eine solche Kälte erzeugen.

»Ich floh mit meinen Brüdern Andreas und Béla aus dem Land. Béla blieb in Polen, Andreas und ich gingen nach Kiew in den Dienst von Großfürst Jaroslaw.«

»Und jetzt seid ihr zurückgekommen?«

Theodora wollte wissen, was sie zu erwarten hatte. Prinzessin Anna würden die Magyaren nichts tun, wenn sie einst in Kiew Zuflucht gefunden hatten. Wenn aber die Heiden gesiegt hatten, wie würde es dann dem christlichen Zug ergehen? Der Mann war Heide. Wäre er ein Christ gewesen, hätte er Gott für seine Errettung gedankt und nicht von Zauberei gesprochen.

»Mein Bruder Andreas will König werden. Er ist Christ, und er hat eine vornehme Frau.«

Fürst Levente grinste. Man konnte unmöglich wissen, ob er aus Abscheu, Amüsiertheit oder vor Schmerzen grinste.

»Großfürst Jaroslaw war so weitsichtig, daß er seine Tochter Anastasia mit meinem Bruder verheiratete.«

»Prinzessin Anna Jaroslawna ist also deine Schwägerin?« sagte Theodora erfreut. »Und Vata? Von einem heidnischen Anführer dieses Namens habe ich im Lager sprechen hören.«

»Vata?« Der Fürst zuckte die Achseln und stöhnte vor Schmerzen. »Vata durfte unseren Kampf kämpfen und dann sterben. Wir haben keine Verwendung für Räuberhauptleute, und kein Heide wird mehr die Magyaren regieren.«

»Nicht einmal du, Fürst?«

Der Mann lächelte schief. Er verleugnete sein Heidentum nicht.

»Ich will das ja gar nicht, Gosposha. Ich habe mir Großfürst Jaroslaw angesehen; er tut nichts anderes, als Vermögen anzuhäufen, in der Kirche zu beten und Gesetze zu erlassen. Ein langweiliges Geschäft, aber es paßt zu meinem Bruder Andreas.«

»Ungarn wird wieder ein christliches Reich?«

»Ja«, sagte Fürst Levente. »Obwohl wir in diesem Kampf wohl einige Bischöfe eingebüßt haben.«

Theodora runzelte die Stirn. Der Farblose hatte etwas erzählt.

»Mein Waräger hat gesagt, daß mindestens einer den Berg hinabgeworfen worden ist.«

»Vom Kelenbérc? Kann der Waräger sagen, wie er aussah?«

Theodora übersetzte.

»Ein kleiner Mann mit prachtvollem Umhang, wenn auch ein wenig zerrissen.«

»Dann war es Gellért von Csanád.« Fürst Levente wirkte nicht sehr betrübt. »Ein energischer Mann; so einer, der sich in jedermanns Angelegenheiten einmischt und alles besser weiß. Er war es, der uns aus Kiew zurück nach Ungarn gerufen hat. Gellért ist jetzt ein Märtyrer. Ist es nicht das, was die Christen am allermeisten wollen?«

»Sie behaupten, daß sie es wollen«, sagte Theodora unwillkürlich. Sie spürte eine seltsame Verwandtschaft mit diesem Mann, der es geschafft hatte, dem Christentum jahrelang zu widerstehen. Und das Christentum war auch in der Halle von Kiew allgegenwärtig.

Fürst Levente blickte Theodora scharf an und versuchte, einen Blick hinter die blonden Haare zu werfen.

»Sie behaupten es, Gosposha? Behauptest du es nicht, Tochter des Nordens?«

Theodora biß sich auf die Lippen. Wie hatte sie so unvorsichtig sein können, sie, die es gewöhnt war, sogar jeden ihrer Atemzüge zu kontrollieren?

»Fürst Levente.«

Einer der Männer des Fürsten berührte seinen Herrn leicht an der Schulter.

»Fürst, du mußt ins Zelt kommen und dich hinlegen.«

»Und ich möchte sehen, wie es unserem Zug ergangen ist«, sagte Theodora und meinte: Ist mein Sohn unverletzt?

Fürst Leventes Männer hoben den Verletzten auf eine Bahre, die aus Stangen und darüber gebreiteten Umhängen gefertigt worden war. Hyypiä der Farblose stützte Theodora, als sie vom Kelenbérc hinab in Richtung der Budaer Fähranlegestelle gingen.

40. Kapitel

1046

Juvalos Grauauge war nicht nur unverletzt. Er sprang immer noch aufgeregt und kampfbegeistert herum.

»Als die ersten Verwundeten gebracht wurden, hat der Junge sich übergeben. Dann wollte er in den Kampf.«

Die Waräger, die mit ihrem Leben Juvalos geschützt hatten, waren stolz auf Juvalos' Temperament und Mut. Theodora Hyperborea war erschreckt und wütend.

»Ihr hättet ihn weiter fort führen sollen! Er war zu nahe am Kampfgeschehen – es hätte wer weiß was passieren können!«

»Frau Theodora, der Junge wollte durch das Kampfgetümmel hindurch zu dir, um dich beschützen zu können«, sagte einer der Waräger mißbilligend. »Er war deinetwegen außer sich vor Sorge.«

Theodora kniete nieder und schloß Juvalos in ihre Arme. Sie konnte die Tränen der Erleichterung nicht zurückhalten. Sie heulte laut, und das war Juvalos äußerst peinlich.

»Kyria«, die Dienerinnen umringten Theodora ängstlich, »komm dich anziehen. Du wirst im Zelt von Prinzessin Anna erwartet.«

Theodora stand auf. Sie mußte natürlich Prinzessin Anna folgen, wenn diese ihre Schwester begrüßen ging, die sie neun Jahre lang nicht gesehen hatte.

»Juvalos, komm.«

Juvalos Grauauge kniete plötzlich vor seiner Mutter nieder.

»Nein, Frau Mutter. Mein Platz ist nicht mehr im Zelt der Frauen.«

Theodora blieb der Mund offen stehen. Sie hob die Hand, um den Jungen zu schlagen. Juvalos rührte sich nicht.

Hyypiä der Farblose legte Juvalos seine Hand auf die Schulter.

»Frau Theodora, der Junge hat recht. Er hat die Schlacht gesehen. Er hat Waffen, und er kann und will sie gebrauchen. Juvalos gehört unter die Männer.«

Wieder strömten Theodora Tränen aus den Augen.

»Juvalos ist noch ein Kind!«

»Herrin«, sagte Hyypiä der Farblose in der Sprache der Finnen. »Jeder Tag, den der Junge mit dir und nicht mit Kampfübungen verbringt, verringert seine Überlebenschancen beim nächsten Scharmützel.«

Der Waräger hatte recht. Juvalos war ein Edelmann, und ein solcher hatte keine andere Aufgabe, als Krieg zu führen. Wenn er das nicht konnte, war sein Leben sehr kurz.

König Andreas' Zelt war wie ein Palast. Theodora Hyperborea sah sich erstaunt um; zum Glück hatte sie ihren Schleier, unter dem ihre Verwunderung nicht sichtbar wurde. Den Boden des Zelts bedeckten weiche, farbige Florteppiche. Das Zelt war durch prächtig gemusterte Vorhänge in mehrere Räume unterteilt. Die Kissen waren so groß wie Stühle, nachgebend und bequem. Purpurrot, lasurblau, achatgrün, Gold, Silber und Bronze; das runde Zelt glänzte wie eine große Krone.

Königin Anastasia saß auf Kissen mit goldenen Troddeln und erwartete ihre Schwester. Bei ihr waren weitere Frauen, alle außer einer in Kiewer Sarafane gekleidet. Eine der Frauen war älter als die anderen und eindeutig eine Magyarin: Sie hatte eine stolze Adlernase, und unter den grauen Haaren blitzten schwarze Augen. Sie trug eine einfache Kutte, wie ein Nonnengewand. Neben der Frau stand ein kleines, vielleicht fünfjähriges Mädchen, ein schwarzer Lockenkopf.

Noch eine Frau war in der Gruppe, die sich von den andern unterschied: eine junge Frau mit hellbraunen Haaren und grauen Augen. Theodora vermutete, daß es eine Warägerin war, und begrüßte sie in der Sprache des Nordens. Die Frau lächelte schüchtern, verstand aber nicht; vielleicht war es eine Deutsche. Neben der Frau saß eine Amme und hielt einen gewickelten Säugling an der Brust, den die Frau ab und zu auf den Arm nahm. Die Frau wirkte ängstlich und schicksalsergeben und sprach mit niemandem.

Anastasia Jaroslawna war so dick geworden, daß sie in ihrem roten Seidensarafan wie ein rotbäckiger Apfel wirkte. Ihren Kopf zierte ein hoher Kokoschnik, dessen Bogen am Rand mit Perlen verziert und mit farbigen Steinen besetzt war. Anastasia war eine braunhaarige, kräftige Frauensperson mit rundem Gesicht. Die Königin hatte ihre Gesichtshaut mit Kreidepaste hellgeschminkt, ihre Wangen gelbrot gefärbt, die Augenbrauen zu schmalen Bögen gezupft, ihre Augen mit ägyptischer Schminke dunkel umrandet und sich die Lider malachitgrün gefärbt. So sah sie zumindest nicht farblos und alltäglich aus wie ihre Schwester.

»Schwester!« Königin Anastasia erhob sich von den Kissen. Anna Jaroslawna, eher mager als schlank, empfindsam und scheu, versank in der Umarmung ihrer üppigen Schwester. »Gut hat unser Väterchen die Dinge arrangiert. Drei Königinnen!«

»Drei?« fragte Anna schwach. Ihre an Bücherstaub gewöhnte Nase lief im Dunst der schweren Riechwasser. Anna Jaroslawna tat Theodora Hyperborea leid, aber so war es ihr immer gegangen, und Mitleid war zu nichts nütze.

»Jelisaweta hat den norwegischen Waräger geheiratet. Jetzt ist der Waräger König von Norwegen.«

Theodora fuhr zusammen. Harald der Norweger hatte also das verwirklicht, was er angekündigt hatte: Jelisaweta geheiratet und sich die norwegische Krone aufgesetzt. Nach beidem hatte er zehn Jahre lang gierig und zäh getrachtet.

Harald der Norweger war vor drei Jahren von Konstantinopel nach Norden gezogen, nachdem die Griechen die tausend Kiewer Monoxylen im Bosporus abgewehrt hatten. Mit ihm war auch Eirik der Starke gegangen. Vielleicht war der Rote Waräger seinem Gefährten nach Norwegen gefolgt. Daran durfte sie nicht denken.

Während Anastasia die neuesten Nachrichten daherplapperte, ging Theodora Hyperborea und setzte sich neben die braunhaarige Frau. Sie wußte nicht, warum die Frau sie anzog, vielleicht nur deshalb, weil sie die einzigen blonden Personen im ganzen Zelt waren.

Theodora bewunderte den Säugling auf russisch. Die Frau antwortete steif, nach Worten suchend.

»Sie heißt Margareta und ist eine englische Prinzessin.«

Theodora hatte eine vage Vorstellung davon, daß England eine Insel der Barbaren irgendwo an den westlichen Grenzen des Erdkreises war. In Byzanz hatte sie niemals von diesem Ort reden hören. In ihrer Kindheit, im großen Haus des Thorshofs, hatte man von einer Insel erzählt, auf der die Menschen bis an die Knöchel im Silber wateten.

»Die Prinzessin ist ziemlich weit von England fort. Wer bist du?«

»Ich bin Agatha. Mein Vater Markgraf Liudulf ist der Halbbruder von Kaiser Heinrich.«

»Diese Prinzessin ist ja wohl kaum aus dem Nichts geboren?« lächelte Theodora. Gräfin Agatha war eine Frau, die durch Unterdrückung demütig gemacht worden war und die sich dankbar jedem zuneigte, der sich für sie interessierte.

Agathas Augen wurden leer, schweiften verwirrt über die prachtvollen Stoffe des Zelts.

»Vor zwei Jahren wurde ich nach Osten geschickt... an den Hof des Großfürsten Jaroslaw nach Kiew. Dort heiratete ich Prinz Edward. Ich war ein Geschenk des Kaisers an den Großfürsten. Ich bin das Siegel der Freundschaft zwischen dem deutschen Kaiser und dem englischen König und dem Großfürsten von Kiew.«

Man hörte Agathas Worten an, daß sie eine auswendig gelernte Erklärung wiederholte. Einen Augenblick lang verspürte Theodora Mitgefühl für das einfältige, ängstliche Mädchen. Man hatte sie von heute auf morgen in eine fremde Welt verpflanzt, in der eine fremde Sprache gesprochen wurde. Man hatte sie mit einem unbekannten Mann verheiratet, der ihr kein Wort sagen konnte. Aber das Mitgefühl war Verschwendung; alle vornehmen Mädchen erwartete dasselbe Schicksal.

»Ich erinnere mich, die englischen Prinzen in der Halle von Kiew gesehen zu haben. Ich glaube, der ältere war nicht gesund. Ist er dein Mann?«

»Edmund? Nein, der ist an Schwindsucht gestorben«, sagte Agatha leichthin. »Das ist in der englischen Familie Cerdingai so üblich. Edward ist jünger und König Andreas' Freund; sie haben zusammen in der Drushina des Großfürten gegen die Petschenegen gekämpft. Deshalb sind wir alle nach Ungarn gekommen.«

»Ich bin die Schwester von Fürstin Ingegerd«, sagte Theodora. »Die letzten neun Jahre habe ich in Konstantinopel gelebt.«

»Du bist die griechische Prinzessin, die Fürst Leventes Wunde geheilt hat«, seufzte Agatha bewundernd. »Alle sprechen von dir. Ich wußte nicht, daß du aus dem Norden stammst.«

Neben ihnen auf den Kissen ruhte ein ganz dunkles, junges Mädchen, fast noch ein Kind. Die schwarzen Locken fielen ihr wie ein Mantel über die Schultern, und hellfarbige Glasperlen klirrten in Ketten an ihren Wangen. Ihre blitzenden schwarzen Augen starrten Theodora Hyperborea haßerfüllt an. Theodora runzelte die Brauen. Das war eine Regung, für die Kaiserin Zoe Theodora oft gescholten hatte; die Kaiserin hatte ihre glatte Haut deshalb bewahrt, weil sie ihr Gesicht nicht bewegt hatte, außer um bei öffentlichen Veranstaltungen zu lächeln.

»Was hat sie?« fragte Theodora Agatha verwundert.

Gräfin Agatha, die überglücklich darüber war, daß jemand mit ihr sprach, zuckte die Achseln.

»Das ist Sarolta. Ihr Vater ist Ispán, bei den Magyaren eine Art Graf. Sarolta ist die Geliebte von Fürst Levente.«

»Sie müßte mir doch dankbar sein.«

»Vielleicht ist sie eifersüchtig, ich weiß es nicht. Ich kann kein Wort von der Sprache der Magyaren – obwohl ich die nun wohl lernen muß.«

»Thorgerd, man sagt, daß du jetzt Theodora heißt. Wie würdig und vornehm du geworden bist. So als wärst du in einem griechischen Palast geboren.«

Königin Anastasia begrüßte Theodora Hyperborea wie eine Schwester und vergoß Tränen, als sie Jewdokija von Pskow umarmte. Auch Jewdokija von Pskow weinte.

»Mein Liebling, meine kleine Blume! Du warst demütig und gehorsam. Deine Schwester Jelisaweta ist in ihrer Brunst dem Waräger nachgelaufen, und Anna hat sich im Terem versteckt. Aber du hast immer getan, was man dir befahl. Und jetzt, wie dick und blühend du doch bist!«

Nach langer Zeit wandte Theodora Hyperborea sich Jewdokija von Pskow so zu, daß sie sie wirklich sah. Die bohnenstangenartige Jewdokija war immer noch sauer und mürrisch. Theodora gingen ihre unerwarteten Tränen nahe. Jewdokija von Pskow hatte alles verloren. Vor Theodoras Augen tauchte die langsame Drehbewegung Jaropolks des Nachdenklichen auf, als Theodora ihn im Palast von Mytilene erdrosselte. Auch daran durfte sie nicht denken. Sie hatte das um Juvalos' willen tun müssen. Und sie würde es wieder tun, wenn es nötig sein sollte.

Königin Anastasia ging im Zelt herum. Der Saum des Sarafans wallte um sie herum wie ein wogendes Meer von roten Blumen.

»Meine Tochter Adelheid! Seht mal, ist meine kleine Puppe nicht süß? Krasivaja kukla maja!« Die Königin küßte das schwarzgelockte kleine Mädchen und schnappte sich dann einen zweijährigen Jungen. Trotz ihrer Beleibtheit bewegte sie sich flink, gleichsam kullernd zwischen Teppichen und Vorhängen, so daß der Sarafan sich manchmal mit den Stoffen des Zelts zu verheddern schien. »Der kleine György! Ein entzückendes Kind!«

»Du hast deinem Herrn einen Erben geschenkt?« fragte Jewdokija von Pskow bewundernd.

Die Königin lachte.

»Nein, einen lebenden Sohn hab ich noch nicht geboren, sie sterben einer nach dem andern, aber das gelingt mir schon noch! Mein König gebraucht seinen Speer im Bett ebenso fleißig wie im Kampf. Dieses Kind hat Fetinia geboren.«

Die Königin wies unbekümmert auf eine Frau, die auf einem Polster ruhte, den Sarafan sorgfältig um sich herum in Falten gelegt. Die Frau war eine junge, dunkeläugige Schönheit mit verzogenem Mund. Sie sagte nichts, nickte nicht, stand nicht auf und verbeugte sich nicht, wenn man sie ansah.

Theodora Hyperborea sah die Königin verblüfft an. War Anastasia so gutmütig oder so dumm, daß sie die Frau in ihrem eigenen Zelt wohnen ließ und ihr erlaubte, sich unehrerbietig zu verhalten? Fetinia hatte einen Sohn geboren! Das würde nicht gut enden. Wenn Anastasia klug wäre, würde sie für den Jungen einen Unfall arrangieren und die Frau vergiften. So würden es die Griechen machen.

Zufällig begegnete Theodora dem Blick der grauhaarigen Frau.

»Königin Anastasia«, sagte Theodora leise und nickte in Richtung der alten Frau. Sie sprachen alle miteinander russisch.

Die Königin lächelte entschuldigend.

»Meine Schwiegermutter Emöke, die Mutter von König Andreas. Sie ist gerade erst aus dem Kloster zu uns gekommen.«

Theodora kniete vor der alten Frau nieder. Sie witterte genau, wo die Macht lag: Emöke war Witwe, sie war betagt, einfach gekleidet und sprach nicht die Sprache der Frauen im Zelt, aber in diesem Zelt hatte sie die Macht.

König Andreas hörte eher auf seine Mutter als auf seine plappernde Gemahlin. Diese Frau würde es verstehen, Fetinia und ihren Sohn Anastasia aus dem Weg zu räumen. Und sie würde es auch tun: Es war nur natürlich, daß der König eine Nebenfrau hatte, aber die Frau mußte ihren Platz kennen.

In Emökes Wesen lagen derselbe Stolz und dieselbe Unbekümmertheit wie auch in Fürst Levente. Theodora wußte sofort, daß die Frau Heidin war, auch wenn sie viele Jahre im Kloster eingesperrt gewesen war. Eine erstaunliche Widerstandskraft haben diese Magyaren; sie hatten ihr ursprüngliches Heidentum bewahrt, der eine in Kiew, wo fast jedes zweite Gebäude eine Kirche war, und die andere, umgeben von ständigen Gebeten und Messen. Wie respekteinflößend war der Haß, der den Menschen eine solche Kraft gab!

»Dolmetscher!« kommandierte Theodora. Hinter Emöke trat eine alte Frau vor und begann in russischer Sprache ängstlich auf Theodora einzureden.

»Ich bin ihre Sklavin, Gosposha, jahrelang haben diese gottlosen Heiden und Irrgläubigen mich gequält ...«

»Es interessiert mich nicht, was du bist«, sagte Theodora kalt. Die Frau verhielt sich widerlich kriecherisch. »Erzähl deiner Herrin, wer ich bin.«

»Fürstin.« Die Frau verneigte sich vor Emöke und sprach die Sprache der Magyaren, die in Theodoras Ohren bekannt, aber doch fremd klang. Sie hatte das Gefühl, sie müßte verstehen, was die Frau sagte, aber sie konnte kein einziges verständliches Wort heraushören.

»Gosposha«, sagte die Frau verlegen, »Fürstin Emöke fragt, ob du die Hexe bist, die die Wunde ihres Sohnes Levente geheilt hat. Ich bitte für ihre Worte um Verzeihung, Gosposha. Sie ist eine Barbarin, und ihr Sohn ist ein noch schrecklicherer Barbar und Heide ...«

»Sag ihr«, unterbrach Theodora sie, »daß ich nur den Blutstrom gestillt habe, aber die Wunde ist immer noch gefährlich, falls innere Organe verletzt worden sind. Wenn du etwas anderes sagst, lasse ich dich so auspeitschen, daß deine Rippen zum Vorschein kommen.«

Die Frau schlug das Kreuz und sah Theodora angstvoll an.

»Erbarm dich, Theotokos«, murmelte die Frau. »Verzeih, Herrin, ich kenne nicht die Sitten der Edelleute.«

»Übersetze«, schnauzte Theodora sie an, und im selben Augenblick gab es Lärm an der Türöffnung des Zelts. Herein trat ein bewaffneter Krieger, der sich suchend umsah. Die Frauen starrten ihn ungeniert an, taxierten seine Schultern und die Schenkel unter dem kurzen Reitkleid. Prinzessin Anna Jaroslawna und Theodora Hyperborea zogen den Schleier vor das Gesicht, die übrigen Frauen kokettierten eher vor dem Mann.

Er sagte etwas in der Sprache der Magyaren. Die meisten Frauen waren Russinnen; sie kicherten nur als Antwort. Aber Fürstin Emöke zupfte heftig an der Dolmetscherin.

»Gosposha, dieser Mann fragt nach dir. Fürst Levente hat ihn geschickt. Ein vornehmer Krieger ist schwer verwundet. Fürst Levente bittet dich, ihm zu helfen. Deine Hilfe soll nicht unbelohnt bleiben.«

»Wenn die Wunde des Mannes immer noch blutet, wird er bald sterben.«

Theodora Hyperborea erhob sich von dem Kissen – das gelang ihr nicht so anmutig, wie sie es gewollt hatte. Wenn sie länger in diesem Land der Zelte bleiben sollten, dann müßte Theodora die geschmeidigen Bewegungen auf den Kissen üben. Bei den Magyarenfrauen ging das ganz von selbst, sie waren von klein auf an die Zelte gewöhnt. Ein Mensch, der sein Leben lang auf Bänken und Stühlen gesessen hatte, mußte sich mit Hilfe der Hände hochstemmen, und das war durchaus nicht würdevoll.

Hyypiä der Farblose wartete mit vier Warägern an der Öffnung des Königinnenzelts.

»Der Anführer der Drushina von König Andreas hat eine Wunde bekommen, die nicht aufhört zu bluten«, erklärte der Farblose. »Der König hat eine Kiewer Drushina, anderthalbtausend Mann. Das ist die Mitgift von Großfürst Jaroslaw für seine Tochter Anastasia.«

»Wo ist dieser Mann?«

»In seinem Zelt, Herrin. Ich begleite dich dorthin. Fürst Levente hat auch einen Begleittrupp geschickt.« Der Farblose wies säuerlich auf ein Dutzend Magyarenkrieger, die neben dem Zelt der

Königin standen. »Als wären deine eigenen Waräger nicht in der Lage, dich zu beschützen.«

Der Schleier verbarg Theodoras Lächeln.

»Vielleicht ist es im Lager der Magyaren am sichersten, daß Magyaren die Waräger begleiten.«

»Vielleicht denkt Fürst Levente, daß die Disziplin in seinem Lager schlecht ist, und darin hat er ganz recht«, sagte der Farblose mißlaunig. »Diese Barbaren haben keine Vorstellung davon, wie man ein richtiges Lager aufschlägt.«

»Heraklios Synadenos wird es ihnen beibringen«, lachte Theodora. »Du mußt dich an die Sitten der Barbaren gewöhnen, Farbloser. Von jetzt an werden wir auf keine anderen Leute mehr stoßen. Wenn man die Sache recht bedenkt, sind wir auch Barbaren, du und ich.«

Sie gingen zwischen den Zelten der Magyarenkrieger hindurch. Fürst Levente hatte gewußt, was er tat, als er seinen Männern befahl, Theodora Hyperborea zu begleiten. Weder Theodora noch die Waräger verstanden, was die Krieger ihnen nachriefen, aber die magyarische Wache verstand es. Ihr Anführer brachte den Lärm mit einigen scharfen Worten zum Verstummen. Den Warägern hätten diese Krieger nicht gehorcht, im Gegenteil, sie hätten zum Vergnügen eine Prügelei angezettelt.

Das Zelt des Anführers der Drushina war von karger Schlichtheit, verglichen mit den Zelten der Magyaren. Darum herum stand ein Trupp besorgter Waräger. Der Farblose brummte zufrieden.

»Der Befehlshaber der Drushina ist bestimmt ein Waräger.«

Die Männer betrachteten mit Befremden die verschleierte, in blaue Seide gekleidete griechische Frau, deren Gang und Kleidung ihre hohe Position verrieten.

»Ist das die Heilerin? Eine griechische Zauberin, sie wird den Anführer verhexen.«

»Den Griechen kann man nicht trauen, und noch weniger ihren Frauen. Sollen wir es wagen, sie zum Anführer zu lassen?«

»Schön ist sie anscheinend, obwohl man das Gesicht nicht sieht. Diese Brüste würde ich schon gern drücken.«

»Der Anführer ist nicht einmal in der Lage, sie zu beschlafen«, bedauerte jemand. »Und sie sieht überhaupt nicht aus wie eine Heilerin. Jagen wir sie fort.«

Hyypiä der Farblose brüllte die Waräger wütend an.

»Schnauze, ihr Tölpel!«

Theodora Hyperborea lachte hinter ihrem Schleier so, daß ihr das Wasser aus den Augen lief.

»Frau Theodora ist die Tochter von Olaf Schoßkönig! Eine vornehme schwedische Frau! Hütet eure Zunge, ihr Dummköpfe!«

In seiner Scham und Verwirrung machte der Farblose eine überraschende Geste: Um Theodoras schwedische Herkunft zu beweisen, zog er ihr den Schleier vom Gesicht. Die hellen, tränenüberströmten Wangen und die himmelblauen Augen ließen die Waräger zusammenfahren. Alle verneigten sich, jemand biß sich auf die Lippen, ein anderer murmelte eine Bitte um Verzeihung.

Der Farblose war von seiner eigenen Tat und Theodoras Tränen so erschüttert, daß er die Frau rasch ins Zelt hinein zog.

»Herrin, ich weiß nicht, was in mich gefahren ist... ich habe mich so über ihr Gerede geärgert. Weine nicht, Herrin.«

Aber Theodora Hyperborea hörte nicht auf den Farblosen. Ihr Blick haftete an dem auf Fellen liegenden Mann.

»Nein! Nein!«

Im Dämmerlicht des Zelts glühten Haar und Bart des Mannes rot. Der Mann war nackt. Brust und Bauch bedeckten rotgelockte Haare. Er war so groß, daß er das ganze Zelt zu füllen schien.

»Nein.«

Theodora wandte sich ab, um fortzugehen.

»Herrin, überleg es dir.« Die Stimme des Farblosen war voller Angst. »Du kannst ihn nicht sterben lassen.«

Theodora strahlte die Kälte verschneiter Täler aus.

»Doch, ich kann.«

»Herrin, er hat dich vor dem Feuertod gerettet.«

Theodora preßte die Lippen zusammen.

»Er ist der Vater deines Sohnes«, sagte der Farblose leise. Theodora stöhnte leise.

»Er hat mich verletzt. Er hat mich geschändet.«

»Du hättest schreien können«, fauchte der Farblose mit tiefer Stimme. »Ich war zehn Schritte entfernt.«

Theodora wiegte den Kopf. Aber die Entscheidung glitt ihr aus den Händen. Eine zwingende Forderung vereinnahmte sie. Die Kraft der Ahnen nahm ihren Geist in Besitz.

»Bronzevogel. Bronzevogel.«

Nur ein Flüstern, ein fernes Seufzen. Theodora kniete neben Eirik dem Starken nieder und streichelte mit ihren Händen den Körper des Mannes.

Die Wunde erstreckte sich von der linken Schulter über die Brust hinab bis zur rechten Seite der Hüfte. Einen kleineren Mann hätte sie getötet. Eirik der Starke war nur dank seiner Größe und Zähigkeit noch am Leben. Er war bewußtlos; man hatte ihn offenbar zum Sterben auf die Felle gelegt, weil niemand gegen eine so entsetzliche Wunde etwas ausrichten konnte.

Theodora spürte im Geist nicht den hemmungslos wütenden Tod so wie während des Kampfes am Kelenbérc. Eher war es ein Gefühl des Verschmachtens, einer unendlichen Müdigkeit. Theodora führte ihre Hände die Wunde entlang, ohne sie zu berühren.

»Wasservogel, Bronzevogel, hilf mir, Schwan, du Gottesvogel.«

Es schwindelte Theodora, und der Farblose griff von hinten nach ihren Schultern, um sie zu stützen. Theodora befand sich auf unbegreifliche Weise zwischen zwei Orten: Aus den wässrigen Höhlen des Totenreichs strömte Kraft durch sie hindurch in das Zelt in Buda, in den schlaffen Körper des Roten Warägers.

»Die Wunde ist blutlos«, flüsterte Hyypiä der Farblose. »Herrin, du hast ihn geheilt.«

Theodora schüttelte den Kopf.

»Dies ist erst der Anfang«, keuchte sie. »Die Wunde muß genäht werden. Schicke jemanden, der mein Nähkästchen aus dem Zelt von Prinzessin Anna holt. Und aus meiner Truhe sollen sie ein Leinenhemd nehmen. Schnell.«

Theodora nähte die Wunde mit einem Seidenfaden und engen Stichen eilig zusammen, bevor die Ränder sich zusammenzogen. Sie hatte Eirik dem Starken die roten Brusthaare um die Wunde herum abgeschnitten und die Wunde mit Ungarnwein gewaschen. Mit der linken Hand drückte sie die Wundränder zusammen, mit der rechten nähte sie. Sie preßte gereizt die Zähne zusammen, während sie die feine, spitze Eisennadel durch die Haut stach, nicht wegen Eirik, sondern weil es ihr um die Nadel leid tat. Die Nadel war aus feinstem Stahl, teuer und selten. Sie wurde stumpf durch das Nähen von Haut. Man würde sie schärfen müssen, und dabei würde sie wieder ein wenig mehr abgenutzt. Aber die Haut Eiriks des Starken konnte man nicht mit einer Knochennadel nähen.

Von draußen drangen die Gespräche der Waräger ins Zelt. Die Stimmen waren gedämpft; die Männer waren so verlegen und erschrocken, daß sie kaum zu flüstern wagten, während Theodora es hören konnte. Im Zelt standen zwei Waräger, die Wasser und Wein, Binden und Decken für den Verletzten gebracht hatten. Viele waren gekommen und hatten nach Eiriks Befinden gefragt. König Andreas und Fürst Levente hatten Botschaften gesandt. Theodora Hyperborea begriff, daß Eirik der Starke ein mächtiger Mann war, der Befehlshaber von anderthalbtausend Kriegern und Vertrauter des Königs.

Bei ihrer angestrengten Haltung begann Theodora der Rücken zu schmerzen. Sie holte tief Luft und streckte sich.

Eirik der Starke war erwacht. Mit müden und verhangenen Augen betrachtete er Theodora. Schwäche und Schmerzen hatten sein Gesicht tief einfallen lassen. Er bewegte die Lippen, sie waren trokken und aufgesprungen.

»Farbloser, gib ihm Wasser.«

Der Farblose kniete neben Eirik dem Starken hin, hob seinen Kopf mit dem Arm an und gab ihm vorsichtig aus einem Silberbecher zu trinken, der sich unter Eiriks Sachen gefunden hatte.

»Terhen.«

Der Seufzer huschte durch das Zelt wie ein vorbeifliegender Vogel. Hyypiä der Farblose hob den Kopf und starrte mit aufgerissenen Augen Theodora an: Er fürchtete, Theodora würde etwas Gemeines sagen oder tun.

Aber Theodora sah im Gesicht des Roten Warägers die grauen Augen ihres Sohnes Juvalos; Juvalos' hilflose und vertrauensvolle Augen, wenn er krank mit Fieber darniederlag und auf den Trost der Mutter wartete.

»Du lebst«, sagte Theodora weich, »erstaunlicherweise. Schlaf jetzt, starker Eirik. Für dich wird gesorgt werden.«

41. Kapitel

1046

»Die Magyaren glauben, daß all die Menschen, die sie getötet haben, in der anderen Welt ihre Diener sind.«

»Praktisch«, kommentierte Theodora Hyperborea zerstreut.

»Ihre Heerführer Bulcsu, Lehel und Súr verloren eine große Schlacht und gerieten in die Gefangenschaft des deutschen Kaisers. Alle drei wurden am Osttor der Stadt Ratisbona gehenkt. Aber vor seinem Tod bat Lehel, noch einmal in sein stolzes Horn blasen zu dürfen. Das wurde ihm gewährt. Er nahm das Horn hervor und schlug damit den deutschen Kaiser tot. Auf diese Weise bekam er im Totenreich einen vornehmen Diener.«

»Man sollte meinen, daß ein Kaiser kein besonders geschickter Diener ist.«

»Warum haben wohl die Asen nicht an so etwas gedacht?« überlegte der Farblose, während er neben Juvalos Grauauge herritt.

Der Junge war in voller Ausrüstung. Frau Theodora hatte dem Farblosen befohlen, seinen Helm zu einem Schmied zu bringen, damit er daran einen Nasenschutz anbrachte. Theodora hoffte, der Nasenschutz werde das Gesicht des Jungen verbergen. Jetzt, wo Eirik der Starke auf einer Bahre in demselben Zug getragen wurde, wenn auch einige Hundert Männer weiter vorn, konnte jedermann die Ähnlichkeit zwischen dem Roten Waräger und Juvalos bemerken.

Mehr als die Verwunderung und das Mißtrauen Fremder machte Eirik der Starke Theodora Angst. Der Waräger wußte nicht, daß er ein Kind hatte. Theodora hatte fest beschlossen, den Jungen vor Eirik dem Starken zu verbergen: Es konnte passieren, daß der Mann Juvalos für sich forderte, ja, ihn sogar entführte. Besser wäre es, wenn der Rote Waräge an seiner Wunde stürbe. Theodora zwang sich, an den Tod von Jaropolk dem Nachdenklichen zu denken: Röcheln, Schaum, Schleim. Theodora hatte einen Menschen getötet. Sie würde das um Juvalos' willen wieder tun können. Aber sie wußte nicht, ob sie Eirik den Starken würde töten können.

Der gewaltige Konvoi erstreckte sich vor und hinter ihr, soweit das Auge reichte. Sicherlich war die Spitze schon in Fehérvár, während das Ende sich in Buda erst für den Aufbruch rüstete. Immer mehr Menschen schlossen sich dem Konvoi an; sie wollten nach Fehérvár, um König Andreas' und Königin Anastasias Krönung mitzuerleben. Anders als die Griechen hielten die Magyaren das Reisen für einen angenehmen Zeitvertreib. Tagelanges Reiten ermüdete sie nicht, und sie fanden es auch nicht unbequem, im Zelt zu wohnen. Die Reise von der Donaufährstelle in die Königstadt Fehérvár dauerte fünf Tage oder mehr, weil Frauen, Wagen und ein gewaltiger Troß mitgeführt wurden.

Die Magyaren verhielten sich freundlich gegenüber Anna Jaroslawnas Geleitzug, weil er jetzt unter dem Schutz des Königs stand. Besonders interessierten sie sich für die Waräger, die sie für Krieger hielten, die ihnen nahezu ebenbürtig waren, obwohl die Waräger zu Fuß kämpften, was nach Ansicht der Magyaren kein richtiges Kämpfen war. Die fränkischen Bischöfe und Reginard de Marais hatten sich mit dem magyarischen König Andreas verbündet; Bischof Gauthier von Meaux und die fränkischen Ritter hatten heldenhaft gegen die Heiden gekämpft, während Heraklios Synadenos nach Art der Griechen seine Männer geschont hatte und abseits geblieben war. Jetzt waren die Griechen Gegenstand des allgemeinen Spotts.

Die Frechheit, mit dem die Barbaren nach dem trachteten, was Heraklios Synadenos' zustand, vermehrte nur dessen kalte Wut. Es war schon schlimm genug, daß Theodora Hyperborea, deren Körper und Schatz ihm gewissermaßen schon gehörte, täglich ihren Ziehbruder pflegte. Der Waräger Eirik der Starke, den Comes Heraklios noch nie gesehen hatte, genoß einen gewaltigen Ruf. Er war jedoch nur ein Söldner der Barbaren und stand unermeßlich tief unter der griechischen Edelfrau – ungefährlich, aber ärgerlich.

Fürst Levente dagegen war der Bruder des Königs, ein Erbe des Geschlechts der Árpáden. Seine Abstammung machte es durchaus möglich, daß er anstrebte, die Schwester der Gemahlin Jaroslaws des Weisen zur Frau zu bekommen. Jeden Tag wurde für Theodora Hyperborea ein kleines Geschenk abgegeben: Wein, Handschuhe oder ein Federbusch für den Kopf ihres Pferdes. Fürst Levente ritt, gestützt von einem Krieger, mit seinem Bruder, dem König, und dem englischen Prinzen. Er hatte Schmerzen, aber nach Art der Magyaren verheimlichte er sein Leiden.

Heraklios Synadenos verfolgte wie eine Gewitterwolke Theodora Hyperboreas Gesten und Worte. Comes Heraklios wußte nicht, was er tun sollte: Theodora Hyperborea war ihm versprochen worden, aber sie wußte nichts davon. Theodora hatte keinen Vormund. Comes Heraklios erschrak richtig, als ihm klar wurde, daß Theodora Hyperborea möglicherweise selbst über ihre Angelegenheiten entschied.

Wenn andererseits die Frau niemanden hatte, der ihr befehlen konnte, dann hatte sie auch keinen Beschützer. Wer würde für Theodora Hyperborea gegen Heraklios Synadenos sein Schwert erheben? Frau Theodora hatte ihre Waräger, aber es waren nur wenige, und ohne einen vornehmen Krieger als Anführer würden sie Comes Heraklios keinen wirklichen Widerstand entgegensetzen können.

Der Waräger Hyypiä der Farblose war an Frau Theodoras Gedanken ebenso interessiert wie der griechische Comes. Der alte Waräger hatte sein Leben mit dieser Frau und ihrem Sohn verbunden; nicht, weil die Frau vornehm und reich war, und auch nicht, weil sie zu seinem Volk gehörte und seine Sprache sprach, und nicht einmal deshalb, weil Frau Theodora die schönste Frau war, die er je gesehen hatte.

Hyypiä der Farblose hatte seine Herrin wegen ihrer geheimen Macht gewählt. Frau Theodora beherrschte das Wissen der Bewohner des Totenreichs, ohne das selbst zu wissen. Erst auf dieser endlosen Reise, unter dem Einfluß der Geister, die verborgen in den Wäldern, Bergen und Flüssen lebten, hatte Frau Theodora allmählich begonnen, ihre Fähigkeiten zu nutzen.

»Dies ist ein erstaunlich reiches Land«, sagte der Farblose zu Juvalos Grauauge im Plauderton. Die Worte waren jedoch für die Mutter des Jungen bestimmt. »Reicher als das Byzanz des Kaisers.«

»Das kann nicht sein«, behauptete Juvalos. Er hatte sein Leben in Konstantinopel verbracht, und danach konnte ihn nichts mehr beeindrucken.

»Hier gibt es mehr Nahrungsmittel als irgendwo sonst auf der Welt. Wir haben gewaltige Ströme überquert, die voller Fische sind. Die Eichenwälder wimmeln von Wild: Wildschweine, Auerochsen, Damhirsche. Auf den Weiden gibt es mehr Vieh, als ein Mensch im Verlauf seines Lebens zählen kann, Rinder und Schafe. Die Pferde der Magyaren sind die besten der Welt. Auch Salz haben sie, soviel sie nur wollen, große Salzbergwerke.«

Juvalos waren Vieh und Salz egal, aber die Jagd und die Pferde interessierten ihn.

»Die Magyaren haben dieses Land für ein Pferd gekauft.«

»Sie sind schlau und kühn«, lobte Hyypiä der Farblose. »Fast so wie die Waräger, aber sie sind schlechtere Seefahrer.«

»Als die Magyaren über die Donau nach Pannonien kommen wollten, sandte ihr Anführer Árpád dem König von Pannonien als Geschenk ein weißes Pferd mit goldenem Sattel und goldenem Zaumzeug. Als Gegengeschenk erbat Árpád nur eine Handvoll Erde, ein Grasbüschel und einen Schlauch mit Donauwasser. Die bekam er und sagte dann, daß der König von Pannonien ihm sein Land verkauft habe. Dann griff Árpád das Lager des Königs an und tötete alle seine Männer.«

»Ein kluger Handel«, nickte der Farblose. »Derjenige, der viele Krieger hinter sich hat, verliert beim Handeln meistens nicht.«

Ein Weilchen ritten sie schweigend nebeneinander her. Um sie herum entstand immer dann ein leerer Raum, wenn sie sich miteinander in der Sprache der Finnen unterhielten. Frau Theodora ritt im Seitensattel, der wie ein kleiner Stuhl war. Ihr Pferd war ein geschulter Paßgänger. Der Renner war ein sicheres Roß für eine Frau; sein Gang war angenehm schaukelnd und strengte seine Reiterin auch auf weiten Reisen nicht an.

»Herrin«, sagte der Farblose dann leise, »in diesem Land läßt es sich gut leben.«

Theodora wandte nicht einmal den Kopf.

»Wir sind unterwegs ins Land der Franken. Ich lasse Anna Jaroslawna nicht im Stich. Ich habe versprochen, sie zum König der Franken zu bringen, und das tue ich auch.«

Hyypiä der Farblose begleitete Frau Theodora jeden Abend ins Zelt des Befehlshabers der Drushina. Sie öffnete den Verband Eiriks des Starken, untersuchte die Wunde und legte ihm frische Verbände an. Die Wunde heilte gut, aber Eirik hatte viel Blut verloren und war deshalb zu schwach zum Reiten. Auf einem Karren konnte man ihn wegen des Gerumpels nicht transportieren. Um ihn auf einer Bahre zu tragen, wurden acht Männer benötigt, die in kurzen Abständen abgelöst wurden. Hinter der Bahre folgte das Pferd Eiriks des Starken, ein Tier von schwerem Körperbau, das einzige in der ganzen Armee, das stark genug war, den Roten Waräger in voller Ausrüstung zu tragen.

Theodora vermied es, Eirik den Starken anzusehen, wenn sie die Wunde reinigte und verband. Meistens befand Eirik sich im Fieberwahn, aber manchmal spürte Theodora seinen Blick auf ihrem Gesicht; sie konnte keinen Schleier tragen, weil er im Wege war. Die Arbeit war ihr auch sonst fremd. In Nowgorod war die Krankenpflege Sache der Dienerinnen, und den vornehmen Frauen von Konstantinopel hatte man die Aufgaben eines Feldschers nicht beigebracht.

Theodora wußte selbst nicht, warum sie die niederen und unangenehmen Arbeiten einer Sklavin verrichtete. Vielleicht hoffte sie, die Zeichen des Todes auf dem Gesicht des Warägers zu sehen. Vielleicht zwang ihre Angst sie, Eirik den Starken zu bewachen. Vielleicht wartete sie auf eine Gelegenheit, den Waräger zu töten. Vielleicht wollte sie den Mann nackt sehen, um in ihrem Körper eine demütigende, aber lustvolle Begierde zu verspüren. Vielleicht wollte sie seine schweren Glieder und die lockigen Körperhaare berühren, um in der Nacht feuerrote Träume zu haben.

Theodora verriet mit keiner Miene, daß Eirik der Starke anders war als jeder andere Krieger. Bis sie eines Abends spürte, wie der Farblose hinter ihr erstarrte, und wie einen leichten Hauch die Worte Eiriks des Starken hörte: »Verzeihung. Verzeih mir. Erbarm dich meiner, Geliebte.«

Theodora stand auf, ließ die halbverbundene Wunde sein und ging hinaus, noch ehe der Farblose sie daran hindern konnte.

Draußen wartete die russische Dolmetscherin aus dem Zelt von Königin Anastasia.

»Gosposha, Fürstin Emöke bittet dich, nach ihrem Sohn zu sehen.«

Fürst Levente war auf Kissen gebettet, die mit grünem Stoff bedeckt waren. Die schöne Sarolta saß am Kopfende auf ihren Knien und Emöke daneben.

»Theodora«, grüßte Fürstin Emöke und nickte zu ihrem Sohn hinüber.

»Die Wunde hat sich geschlossen, aber der Fürst ist nicht so genesen, wie es sein sollte«, übersetzte die Dolmetscherin.

Theodora kniete neben dem Mann nieder, zog sein Gewand hoch bis über die Hüfte und legte ihre Hand auf die Wunde. Sarolta schnaubte wütend. Theodora kümmerte sich nicht darum; sie strich vorsichtig über die Haut um die Wunde herum und spürte, wie der Mann sich anspannte. Die Wunde wirkte äußerlich sauber, aber die Haut war heiß.

»Ich weiß nicht, was mit der Wunde ist«, sagte Theodora. »Ich bin keine Heilerin. Ich kann nur das Blut stillen. In seinem Inneren ist etwas gerissen. Dagegen kann ich nichts tun.«

»Theodora.« Fürst Leventes Augen waren trocken und fiebrig und seine Stimme nur ein heiseres Flüstern. Die Dolmetscherin übersetzte. »Du hast deine eigenen Geister gerufen damals, als du den Blutstrom stilltest. Kannst du das nicht noch einmal tun?«

»Ich habe den Schwan angerufen. Das ist mein Totemvogel.«

Leventes angespanntes Gesicht entspannte sich zu einem Lächeln.

»Der heilige Vogel meiner Familie ist Turul, der Adler. Adler und Schwan…«

»Aber ich bin keine Zauberin«, sagte Theodora, und im selben Moment kamen ihr Tausende von Versen in den Sinn. Sie kannte die Ursprungszauber, konnte sie aber nicht anwenden. »Ich selbst bin nichts. Die Kraft kommt durch mich hindurch, auch wenn ich es gar nicht will.«

»Du bist eine Schamanin, Theodora.« Fürst Leventes schwarze Augen funkelten wild. »Du beschwörst die Geister der Toten, um deinen Stamm zu schützen. Auch die Magyaren haben Geisterbeschwörer.«

Theodora schüttelte den Kopf. Sie wollte nicht über diese Dinge sprechen, nicht einmal mit Heiden, das war gefährlich. Aber tief in ihrem Innern spürte sie Sehnsucht und Einsamkeit und das Bedürfnis, wenigstens einmal mit jemandem die Fremdheit zu teilen, die sie von den anderen Menschen trennte und eine so verzweifelt fremde Wanderin aus ihr machte.

»Als ich ein Kind war...« sagte Theodora leise, »als ich ein Kind war, wurde ich von einem großen Zauberer unterrichtet. Ich besuchte die Toten meiner Familie im Totenreich. Sie halfen mir, wenn ich sie darum bat. Aber mit all dem war Schluß, als ich unter die Christen geriet. Ihr Gott ist so stark. Ich konnte meine Toten nicht mehr suchen.«

Das Totenreich der Magyaren konnte nicht genauso sein wie das der Finnen. Die Magyaren waren Reiter der Steppen, Brüder des Windes und der Ebene. Die Finnen waren einsame Wanderer der Wälder. Das Wissen ihrer Vorväter war von völlig anderer Art, der eine konnte den anderen nicht kennen. Theodora zog sich unmerklich zurück, ihr Gesicht wurde verschlossen, und sie verwandelte sich wieder in die vornehme griechische Frau.

»Du bist eine Heidin, Gosposha«, flüsterte die Dolmetscherin entsetzt.

»Fejedelem«, brach es aus der schwarzlockigen Sarolta zornig hervor. Sie richtete ihre Worte an Levente, der müde den Kopf schüttelte. Die Dolmetscherin sah Theodora schadenfroh an.

»Die Magyarenfrau sagt, daß du Fürst Levente krankgehext hast.«

Theodora zuckte die Achseln.

»Sarolta gehört zum Stamm Tatun so wie auch Fürstin Emöke. Das ist ein großer und mächtiger Stamm. Es ist nicht gut, mit ihm verfeindet zu sein.«

Die Frau wollte ein Geschenk, um Sarolta zu begütigen. Theodora verneigte sich vor Emöke und verließ das Zelt. Es bedrückte sie jedoch eine unbestimmte Furcht, obwohl es lächerlich war, sich um den Zorn eines eifersüchtigen Mädchens zu kümmern.

Am nächsten Tag bestieg Eirik der Starke sein Pferd. Er, der um ein Drittel größer und breiter war als die Magyaren, bot ein großartiges Bild. Sein Körper war bis zu den Schenkeln mit Eisen gepanzert, und das war auch sein Pferd. An seinem Helm befand sich ein mit Gold plattierter Schutz wie eine Maske, und darunter waren nur die große Nase und massenhaft rote Barthaare zu sehen.

Eirik der Starke war ein reitendes Waffenlager: Am Gürtel trug er einen Dolch und an der Hüfte ein Schwert, am Sattel hing die übliche Streitaxt der Waräger und eine Streitkeule mit Eisenkopf, die Eirik der Starke vor Jahren einem getöteten Petschenegen abgenommen und für brauchbar befunden hatte. Außerdem hatte der Waräger einen Speer, und auf dem Rücken hing ihm ein runder Schild. Sobald er die länglichen Schilde der Franken gesehen hatte, wollte er einen solchen kaufen: Der schützte den Reiter besser als der runde Schild der Waräger. Nur einen Bogen hatte Eirik der Starke nicht; der Bogen war für ihn eine Jagdwaffe, und außerdem fand er nicht leicht einen Bogen, der für ihn groß und stark genug war.

Die Magyaren wunderten sich gutmütig über den Reiter, der wie ein Ungeheuer wirkte. Er war wie der Held aus einer uralten Geschichte, unnatürlich groß, schweigsam und eindrucksvoll.

Am Abend wurde Frau Theodora nicht geholt, um die Wunde Eiriks des Starken zu pflegen. Das war auch gut, denn Theodora lag blaß und erschöpft in ihrem Zelt.

Königin Anastasia bat ihre Schwester und deren Hofdamen in den königlichen Wagen, der von acht Pferden gezogen wurde. Anastasia, Emöke und Sarolta saßen auf den Kissen wie in einem Palast; ihre Körper paßten sich dem Gerumpel des Wagens an, so daß es aussah, als würden sie nur angenehm geschaukelt. Theodora dagegen wurde hin und hergeworfen und schwankte so, daß sich ihr fast der Magen umdrehte. Wahrscheinlich war das die Strafe dafür, daß sie es nicht vermocht hatte, Fürst Levente zu heilen. Theodora war das egal; bevor der Tag sich zum Abend neigte, hätte sie sogar Gift aus der Hand Saroltas getrunken, wenn sie überhaupt irgend etwas hätte schlucken können. Anna Jaroslawna sagte, sie würde eher auf allen Vieren nach Fehérvár kriechen als noch einmal auf den Wagen zwischen die Kissen zu steigen.

Königin Anastasia wunderte sich. Der Wagen war doch so bequem. Sie war von Kiew über die Karpaten bis hierher damit gefahren. Theodora sah Anastasia mit anderen Augen an. Die Schlaffheit hatte auch ihre Vorteile: Der Körper wurde nicht allzusehr durchgeschüttelt.

42. Kapitel

1046

Die Via Pelegrina, der Pilgerweg, führte durch die Stadt Fehérvár. Fehérvár war die alte Stadt Alba Regia, die Kreuzung der Wege Pannoniens. In dieser Stadt, die im Südosten von Sumpfland umgeben und von Mauern geschützt war, ragten uralte Ruinen auf: Die römische Stadt Gorsium hatte an dieser günstigen Stelle bis zum Angriff der Hunnen in Blüte gestanden. Jetzt wurden die Steine der Kirchenruinen und Sarkophage für den Bau von Fehérvár verwendet.

Fehérvár war ein lebhafter Handelsflecken, durch den sich ein gleichmäßiger Strom von Pilgern ergoß, die nach Jerusalem wollten. Der Name der Stadt, Weiße Burg, wurde dem Wanderer verständlich, wenn er schon von weitem die an der höchsten Stelle königlich aufragende, blendend weiße Kirche sah.

Die weiße Basilika war nicht die heiligste Kirche der Stadt, obwohl sie an Stattlichkeit nicht ihresgleichen fand. Nordwestlich von der Basilika, mitten in der Stadt und neben dem Königspalast, stand an einem sanften Abhang die um Jahrzehnte ältere Kirche des Heiligen Petrus, ein bescheidenes, viereckiges Gebäude mit je einem Chor an allen vier Seiten. Die geringe Größe, die Dunkelheit und Schmucklosigkeit gaben der kleinen Kirche einen Hauch von Heiligkeit. Es war Großfürst Géza, der die Kirche hatte erbauen lassen und der die Magyaren in der vierten Generation nach Árpád regiert hatte. Dort lag Géza auch begraben.

Árpád war der Stammesführer gewesen, der anderthalb Jahrhunderte zuvor die Magyaren über die Karpaten in die Große Tiefebene geführt hatte. Vorher hatten die Magyaren in dem Land zwischen den mächtigen Strömen Don und der unteren Donau gewohnt, das sie Etelköz nannten. Aber die Petschenegen überquerten den Don gerade, als die magyarischen Krieger an der Donau gegen die Bulgaren kämpften, und vertrieben das Volk der Magyaren von den Steppen.

Was anfangs nach einem Unglück ausgesehen hatte, erwies sich als ein unvergleichlicher Gewinn. Auf der Flucht vor den Petschenegen trafen die Magyaren auf ein Land, in dem der Reichtum nur darauf wartete, in Besitz genommen zu werden. Von allem gab es in Hülle und Fülle, angefangen von Wolle und Käse bis zu Gold und Silber. Nichts fehlte dem Land der Magyaren außer Feinden. Aber auch die konnte man haben. Die Krieger waren unruhig: Vor ihnen öffnete sich bis hin zum westlichen Meer ein neues Land, in dem man leicht Sklaven ebenso wie Güter rauben konnte. Sklaven bestellten das Land und züchteten Vieh, während die magyarischen Krieger wie eine tödliche Welle über Europa hinwegspülten.

Zu jenen Zeiten wurde die christliche Welt im Westen von den Normannen und im Osten von den Magyaren bedroht, und inbrünstig erschallten die Gebete: »Schütze uns vor dem Wüten der Normannen, oh Herr! Schütze uns vor den Pfeilen der Magyaren, oh Herr!«

Die Missionskirche, die es nach der Märtyrerkrone verlangte, und die Krieger des Heiligen Römischen Reiches Deutscher Nation taten ihr Bestes als Gehilfen des Herrn: Die Deutschen geboten den Raubzügen Einhalt, und einzeln wandernde Missionare bekehrten das magyarische Königshaus zum Christentum.

Großfürst Géza war der erste christliche Herrscher der Magyaren. Gézas Sohn hieß Vajk, aber als er König wurde, nahm er den Namen des Protomärtyrers Stefan an.

Dieser Stefan war ein frommer und harter Mann: Er taufte die Magyaren ebenso gnadenlos wie der norwegische König Olaf der Dicke die Norweger. Stefan bestimmte, daß immer zehn Dörfer gemeinsam eine Kirche zu bauen und einen Priester zu ernähren hatten. So geschah es, wenn auch oftmals zähneknirschend. Die Norweger waren ein eigensinnigeres Völkchen als die Magyaren. Sie bauten kaum Kirchen, und zuguterletzt brachten sie Olaf den Dikken um, während Stefan in seinem Bett an Altersschwäche starb.

So wie Olaf begann man auch Stefan für einen heiligen Mann zu halten. Gott fand jedoch, daß an Stefan irgend etwas so war, wie es nicht sein sollte, denn Kronprinz Imre, ein vielversprechender junger Mann, kam bei einem Jagdunfall ums Leben. Jetzt saß Andreas, der Sohn von Stefans heidnischem Vetter, auf dem Thron in Stefans Krönungskirche.

Stefan hatte man in der Königskirche von Fehérvár neben den Insignien seiner Macht begraben. In der Kirche zeigte man den Pilgern die rechte Hand von König Stefan, mit der er um Christi Barmherzigkeit willen Almosen verteilt hatte. Der Anblick der Hand des Königs gab den Gläubigen einen Vorgeschmack auf die unzähligen Reliquien Konstantinopels. Neben diesen Reliquien zu beten, gab ihnen Kraft für die schwerste Wegstrecke, hin zum Heiligen Grab.

Die Kirche von Fehérvár war ein gewaltiges Gebäude, vergleichbar mit der Nea Basilika von Konstantinopel. König Stefan hatte sie als Krönungskirche errichten lassen. Achttausend Menschen fanden darin Platz, um Gott und den König der Magyaren zu lobpreisen. Dort wurden König Andreas und seine Königin Anastasia gekrönt. Seinerzeit war dort auch der entmachtete König Peter Orseolo gekrönt worden, der jetzt über den Marmorboden des Mittelschiffs der Kirche vor den Mittelaltar geschleift und zu Füßen des Königspaares auf das Gesicht geworfen wurde.

Ein erschüttertes Stöhnen ging durch die Kirche: Der ehemalige König bot einen grauenhaften Anblick, denn seine Augen waren ungeschickt ausgestochen worden, und gelber Eiter floß daraus über sein angeschwollenes Gesicht. Der Mann war einst von kräftiger Statur gewesen. Jetzt hing die Haut um seinen mageren, gepeinigten Körper wie ein Sack. Das Elend des Königs, der seine Macht verloren hatte, bildete einen erschütternden Gegensatz zu dem Glanz, dem Marmor, den Mosaiken, den goldenen Gegenständen und Seidenvorhängen der Fehérvárer Basilika.

König Andreas berührte mit der Spitze seines Schuhs, der mit farbigen Steinen geschmückt war, das fiebrig zitternde Menschenwrack.

»Willkommen zur Krönung, Verwandter.«

Peter Orseolo stützte sich auf die Hände. Seine Fesseln knirschten und klirrten entsetzlich. Er schwankte einen Augenblick, nahe daran umzufallen, und richtete sich dann unter großer Anstrengung auf.

»Ist es wahr, daß Gellért von Csanád getötet worden ist?«

»Die Heiden haben ihn auf dem Kelenbérc ermordet.«

Der Gefangene stimmte ein schauriges Gelächter an.

»Die Nachricht stimmt mich fröhlich, Vetter. Wenn Gellért tot ist, kann ich auch sterben.«

»Du wirst auch sterben, Peter Orseolo«, sagte König Andreas gemessen. »Der Unterschied besteht nur darin, daß Bischof Gellért im Himmel die Märtyrerkrone trägt, du aber in der Hölle verfaulen wirst. Schafft ihn fort.«

Man packte Peter Orseolo. Während er fortgeschleift wurde, schrie er so laut, daß die Steinpfeiler widerhallten: »Ich werde in der Hölle zusammen mit deinem Bruder Levente verfaulen!«

Ungerührt sah König Andreas dem Geblendeten nach. Der König war ein starker Mann, von den Kriegsübungen eisern gestählt. Er hatte ein ebensolches Habichtsgesicht wie seine Mutter Emöke und sein Bruder Levente, aber während Levente heftig und jähzornig war, war König Andreas kalt und besonnen.

»So wird es denjenigen ergehen, die sich mir widersetzen«, sagte König Andreas mit tiefer Stimme, so daß seine Worte in jedem Winkel der Kirche zu hören waren. »Und mein Bruder Levente entgeht der Hölle, weil er eine vornehme griechische Frau heiratet, die ein Liebling von Kaiserin Zoe ist. Das Christentum der Griechen ist das älteste der Welt, wie wir wissen. Diese Frau wird meinen Bruder vom Heidentum abbringen.«

Comes Heraklios Synadenos stand im Mittelschiff der Kirche links in der Nähe des Königs. Neben ihm stand ein Mönch, der ihm König Andreas' Worte nach und nach übersetzte.

Heraklios Synadenos verlor die Fassung, was einem Griechen selten passiert. Die Unverfrorenheit der Barbaren schien kein Maß zu kennen. Dieser halbwilde Magyarenkönig begriff überhaupt nicht, daß er Untertan des Kaisers von Byzanz war.

»Eine solche Ehe ist unmöglich«, sagte Heraklios Synadenos und trat vor den König. Der Mönch trippelte hinter ihm her und übersetzte ängstlich. »Die vornehme griechische Frau, von der du sprichst, König Andreas, kannst du nicht nach deinem Ermessen verheiraten. Kaiser Konstantin Monomachos hat sie als Begleiterin seiner Verwandten, der Prinzessin Anna, ins Land der Franken gesandt.«

Die fränkischen Bischöfe und Reginard de Marais waren aufmerksam geworden, als Comes Heraklios sich vorgedrängt hatte. Sie hörten bekannte Namen, erhoben Geschrei und verlangten nach einem Dolmetscher.

König Andreas' kluge schwarze Augen musterten Heraklios Synadenos. Comes Heraklios erbebte nicht unter diesem Blick; er wußte, daß er aus vornehmerer Familie stammte als irgendein Barbarenfürst. Als Vertreter des Kaisers nahm er außerdem eine höhere Position ein als jeder sonst außerhalb des byzantinischen Reiches. Das einzige Problem bestand darin, daß die Barbaren zu schlicht waren, um das zu begreifen.

»Fürst Levente will die Frau, und er bekommt sie auch«, sagte König Andreas kurz.

Als die königliche Prozession die Kirche in Richtung der Festung Fehérvár verließ, kam ihr ein Herold entgegen. Fürst Levente hatte nach Fieber und Schmerzen das Bewußtsein verloren und war soeben gestorben: In dem Augenblick, als Peter Orseolo ihn mit sich in die Hölle gewünscht hatte.

König Andreas brach in lautes Wehklagen aus. Levente war in Böhmen, Polen und Kiew sein Gefährte gewesen. Der jüngste Bruder Béla hatte die Tochter des Königs von Polen geheiratet und war in Polen geblieben; um so mehr hatten Levente und Andreas aneinander gehangen.

Für einen Heiden konnte man keine Seelenmesse lesen. Für ihn konnte man weder beten noch Kerzen anzünden. König Andreas ging auf die Jagd. Er stellte sich vor, daß Levente als Windhauch neben ihm herritt. Sein Pferd war weiß, Zaumzeug und Sattel von Gold.

Die Magyaren wohnten bis weit in den Herbst hinein in ihren gemütlichen Zelten. Sie zogen erst in ihre Häuser, als der Winter kam, und kehrten im zeitigen Frühjahr so bald wie möglich in die Zelte zurück. Die meisten von König Andreas' Ispánen und auch der größte Teil der anderen vornehmen Diener, die bei der Krönungsprozession dabei waren, quartierten sich mit ihrem Gefolge in Zelten außerhalb von Fehérvár ein. Die aus Flechtwerk und Lehm errichteten Häuser der Stadt waren außerhalb der Mauer von einer Zeltstadt umgeben. An deren Rand standen wie ein Ring noch die Zelte der Soldaten, wo nur der Boden trocken genug war, um sie aufzuschlagen. In diesem Dorf, das aus Tausenden von Zelten bestand, wohnten als eine eigene Gruppe die Mitglieder des kaiserlichen byzantinischen Geleitzuges: Prinzessin Anna Jaroslawna und ihre Frauen, die griechischen Krieger, die fränkischen Bischöfe und Ritter sowie Frau Theodoras Waräger.

Theodora Hyperborea befand sich allein in Anna Jaroslawnas Zelt. Hinter dem Vorhang tummelten sich zwei Sklavinnen, aber für Theodora waren sie nicht vorhanden. Sie versuchte, durch Schlafen einen quälenden Kopfschmerz loszuwerden, während die anderen in der Kirche waren.

In letzter Zeit hatte Theodora geradezu Angst bekommen vor den Kirchen, obwohl sie sich in all den Jahren in Konstantinopel gegenüber den Gottesdiensten eine ähnliche Einstellung zu eigen gemacht hatte wie gegenüber den Veranstaltungen im Hippodrom. Die Priester, der Kirchengesang, das Räucherwerk, die Gebete und Ikonen hatten sie schon seit Jahren nicht mehr so bedrängt wie als Kind in Aldeigjuborg und in Nowgorod. Aber je besser sie verstand, daß sie eine Vermittlerin der Kräfte des Totenreichs war, desto unruhiger machten sie die Kirchen. Außerdem wurde in den Kirchen der Magyaren im allgemeinen die lateinische Liturgie befolgt, von der sie nichts verstand; die fremden Worte und Zeremonien peinigten Theodora. Sie hatte das Empfinden, damit nicht so zurechtzukommen, wie mit dem griechischsprachigen Gottesdienst, dem sie gleichgültig zu folgen vermochte.

Der Kopfschmerz war so stark, daß sie die Augen auch dann nicht öffnete, als sie hörte, daß jemand durch die Zelttür eintrat. Sie fuhr erst zusammen, als ihr ein Dolch gegen den Hals gedrückt wurde.

Saroltas Gesicht war häßlich verzerrt. Die Dolmetscherin stand neben dem Mädchen und grinste.

»Ruf nicht nach deinen Warägern, wenn du nicht willst, daß ich dir die Kehle durchschneide, Gosposha«, sagte die Dolmetscherin. »Fürst Levente ist gestorben.«

Theodora lag ganz still da. Sie versuchte, sich zu beruhigen. Kalte Feuchtigkeit kroch um sie herum.

»Ich habe nichts mit Levente und seinem Tod zu tun.«

»Sarolta glaubt dir nicht.«

»Was will sie? Ich kann den Toten nicht wieder zum Leben erwecken.«

»Gosposha, Sarolta will, daß du so leidest wie sie. Du hast keinen Geliebten, das haben wir herausbekommen. Aber du hast einen Sohn.«

Theodoras Augen weiteten sich, und Sarolta lächelte boshaft. Es wurde immer kälter, und das Zeltdach verschwand allmählich im Nebel.

»Dein Sohn wird getötet werden, Gosposha, aber du weißt nicht, wann. Vielleicht heute, vielleicht morgen, vielleicht erst in einem Monat. Aber er stirbt. Und deine Waräger können ihn nicht beschützen. Du darfst am Leben bleiben – damit du solche Trauer erlebst wie Sarolta.«

Theodora erstarrte zu Eis. Kalter Nebel wallte im Zelt. Hinter dem Vorhang hörte man die überraschten Ausrufe der Sklavinnen.

»Seht euch um«, flüsterte Theodora. Die Augen der Bewohner des Totenreichs sahen durch ihre Augen Sarolta an, und sie konnte es nicht verhindern. »Seht euch um und überlegt euch, was mit euch passiert, wenn mein Zorn euch trifft.«

Sarolta wich zurück.

»Hexe. Dämonin. Boszorkány.«

Die Dolmetscherin schlug im Nebel das Kreuz. Sie packte Sarolta und zerrte das Mädchen aus dem Zelt ins Freie.

Kalter Schweiß klebte Theodora auf der Haut. Sie versuchte aufzustehen, hatte aber nicht die Kraft.

»Farbloser!«

Die Stimme war schwach, aber die Sklavinnen hörten sie und rannten, um den Waräger zu holen. Der Farblose kam sofort und blieb wie vor einer Mauer stehen, als er den Nebel sah.

»Herrin.« Die Stimme des Farblosen klang erschreckt. »Hier ist kein Mensch. Niemand bedroht dich.«

Theodora lag schweigend da, den Mund leicht geöffnet, und atmete oberflächlich.

»Herrin, du mußt den Nebel auflösen. Jemand könnte ihn sehen. Wie wird es uns dann ergehen?«

»Ich kann nichts daran ändern«, die Stimme war eher ein Gedanke als ein Flüstern in dem feuchtkalten Zelt. »Sie wollen Juvalos töten.«

Ohne ein Wort zu sagen, wandte der Farblose sich um und ging hinaus. Theodora lag still da, und ihr wurde immer kälter. Im Zelt wurde es finster. Seine Wände wurden zu grünen Zweigen, zu Nadelbaumzweigen, zu Moos. Theodora lag in einem Waldweiher, eiskaltes, schwarzes Wasser umgab sie, und sie wußte, daß sie nie wieder an die Oberfläche, in Wärme und Licht, aufsteigen würde.

Keuchend vor Angst stand der Farblose im Zelt des Anführers der Drushina. Klugerweise vermied er es, den schlafenden Waräger zu berühren.

»Eirik! Eirik der Starke! Wach auf!«

Der Rote Waräger fuhr hoch und griff nach seinem Schwert.

»Ein Angriff?«

»Herr, komm mit. Frau Theodora ...«

Eirik der Starke stand schon da, befestigte sein Schwert am Gürtel, ohne sich um sein Panzerhemd zu kümmern, und ergriff seine Streitaxt.

»Ist sie bedroht?«

»Frau Theodora hat Nebel gemacht, und er will nicht weichen ... Ich wußte nicht, was ich tun sollte ... Du bist ihr Ziehbruder, starker Eirik, und weißt alles über sie. Hilf.«

Der Rote Waräger stürmte mit großen Schritten, den Farblosen im Schlepptau, hinaus. Die Zeltstadt war nahezu leer. Die Menschen waren in die Kirche gegangen, um zwei Könige zu sehen, von denen der eine in Fesseln lag.

Eirik der Starke verschwand im Nebel des Zelts wie ein Wikingerschiff auf dem dunstigen Meer. Er kniete neben Theodoras Polstern nieder, verzog vor Schmerz, den ihm die Wunde bereitete, das Gesicht und zog die blasse Frau in seine Arme. Er drückte Theodora an sich, wärmte mit seinen großen Händen ihre kalten Arme und küßte Wärme in ihre weißen Wangen und Lippen.

»Terhen. Terhen. Hab keine Angst. Komm zurück.«

Der Farblose wachte vor dem Vorhang, der die Türöffnung bedeckte. Die Sklavinnen flüsterten hinter den Vorhängen im Nebenraum. Man hörte Klirren und Rascheln; der Farblose vermutete, daß die Sklavinnen außer sich waren vor Schreck.

Eirik der Starke wiegte Theodora in seinen Armen wie ein Kind. Er sang etwas mit brummender Stimme; der Farblose erkannte die schwingende Melodie, in deren Takt man die Hängewiege pendeln ließ und große Runen sang. Die Worte kannte der Waräger nicht, aber er summte, und das klang ziemlich schrecklich. Aber sein Gesang beruhigte Frau Theodora. Ihr Kopf sank allmählich an die Brust Eiriks des Starken, und ihr Körper entspannte sich in der warmen Umarmung.

Das häßliche Gesicht Eiriks des Starken verzog sich vor Rührung.

»Terhen. Du brauchst keine Angst zu haben.«

Theodora riß die Augen auf.

»Eirik. Warum bist du hier? Farbloser!«

»Sei nicht böse. Du hast dich vor irgend etwas erschreckt, und der Nebel wollte sich überhaupt nicht auflösen. Der Farblose hat mich geholt. Wer hätte denn deiner Ansicht nach Beschwörungen über dir ausführen sollen? Ein Bischof?«

»Nebel? Ist er wieder aufgestiegen?« Theodora preßte die Hand gegen die Stirn.

»Wovor hattest du Angst, mein Herz?«

Theodora begann plötzlich in Eiriks Schoß zu toben. Eirik verstand ihre Angst nicht und hielt sie ordentlich fest.

»Beruhige dich. Ich beschütze dich.«

Aber der Farblose verstand es besser. Zu seinem Schrecken sah er, daß die Luft wieder zu zittern begann.

»Herrin! Frau Theodora, du mußt es erzählen!«

Eirik der Starke sah verblüfft von der sich wild aufbäumenden Theodora zu dem alten Waräger. Von der Tür her hörte man leichte Schritte.

»Mutter! Frau Mutter, ist der Farblose hier?«

Alle drei wandten sich um, als der Türvorhang beiseite gezogen wurde. Eirik der Starke ließ Theodora los. Langsam erhob er sich im Zelt zu seiner riesigen Größe.

Juvalos Grauauge kam herein in seinem blauen Jagdkleid, in der Hand den Bogen und auf dem Rücken den Köcher mit Pfeilen. Seine rotgoldenen Locken hingen als wirre Masse über den Nacken herunter, und sein Gesicht war schmutzig. Die grauen Augen richteten sich erstaunt auf das Gesicht Eiriks des Starken, sein Mund öffnete und schloß sich wieder. Schweigend stand der Junge vor dem Waräger.

Einen Augenblick lang sagte niemand etwas. Dann rührte sich der Farblose.

»Juvalos, begrüße den Gast deiner Mutter.«

Der Junge fuhr zusammen und verbeugte sich.

»Ich bin Juvalos Skleros, Herr, aus dem Halyspalast in der Davidstraße.«

Eirik der Starke bückte sich aus seinen Höhen zu dem Jungen hinab.

»Und ich bin Eirik der Starke aus Uppland.«

»Du bist der Rote Waräger. Ich habe von dir gehört«, sagte der Junge höflich. »Der Farblose hat mir von deinen Schlachten erzählt.«

Der Farblose blickte auf das maskenhafte Gesicht Frau Theodoras, während Eirik der Starke und Juvalos über die Bögen der Magyaren plauderten. Theodora starrte Vater und Sohn mit Entsetzen im Blick an. Der Farblose rechnete damit, daß der Nebel jeden Augenblick wieder aufsteigen würde.

»Juvalos, lauf voraus und leg deine Ausrüstung an. Heute üben wir, wie man mit dem Schild umgeht.«

Der Farblose wagte nicht, Eirik den Starken und Frau Theodora alleine zu lassen. Der Junge war eifrig wie immer, wenn es um Waffenübungen ging, und stürmte hinaus. Dort erwarteten ihn zwei Waräger; auf Geheiß von Frau Theodora bewegte er sich niemals allein.

»Warum hast du es mir nicht erzählt?« fragte Eirik der Starke mit furchterregender Ruhe, als Juvalos gegangen war. »Hast du gedacht, es würde mir egal sein?«

Theodora schluchzte auf, und der Farblose erbebte. Er konnte es nicht ertragen, Frau Theodora weinen zu sehen, absolut nicht.

»Ich hatte Angst, du würdest mir den Jungen wegnehmen.«

»Wie könnte ich so etwas tun?« Die tiefe Stimme Eiriks des Starken zitterte. »Ich bin kein Ungeheuer, auch wenn ich so aussehe.«

»Vielleicht bist du es doch«, sagte Frau Theodora heftig, und der Farblose spannte sich innerlich an.

»Ich bitte dich um Verzeihung für das, was ich dir damals angetan habe«, sagte der Rote Waräger und ergriff Theodoras Hand. »Ich war damals außer mir.«

»Du hast mich geschändet.«

Der Farblose fletschte die Zähne. Er mußte dazwischengehen, damit Frau Theodora nicht ganz Pannonien mit Nebel erfüllte.

»Herr«, sagte der Farblose, »Sarolta vom Tatun-Stamm beschuldigt Frau Theodora der Hexerei im Zusammenhang mit dem Tod von Fürst Levente. Sie hat gedroht, Juvalos zu töten.«

»Eirik der Starke ist nicht dein Herr«, warf Frau Theodora blitzschnell ein. »Denk daran, wer dir deinen Lohn zahlt, Farbloser.«

Eirik der Starke sah den Waräger nachdenklich an.

»Wenn Sarolta ihre Familie davon überzeugt hat, daß es um Hexerei geht, braucht der Junge wirklich Schutz. Aber das glaube ich nicht.«

»Dir ist es egal, ob ein ganzer Magyarenstamm sich anschickt, deinen Sohn zu ermorden«, sagte Theodora verbittert.

»Es wäre mir nicht egal, wenn es wirklich so wäre«, antwortete Eirik beruhigend. »Ich bin nur vernünftig. Drohungen sind im allgemeinen leeres Gerede.«

»Wir Waräger sind nicht viele an Zahl«, sagte der Farblose besorgt. »Wir müssen auch Frau Theodora schützen. Der Junge ist viel schwerer zu bewachen, er ist wild und ein tollkühner Reiter. Den Griechen traue ich nicht, und den Franken ist es egal.«

»Ich habe auf Bitten von Großfürst Jaroslaw eingewilligt, Anführer der Drushina von König Andreas zu werden«, überlegte Eirik der Starke laut. »Schon in Kiew habe ich beschlossen, daß ich vom Land der Magyaren nach Norden gehe mit den Männern, die zurück nach Svetiod wollen. Ich hatte gedacht, von Savaria den Bernsteinweg zur Ostseeküste zu nehmen. Aber Pläne lassen sich leicht ändern. Ich folge euch so lange, bis der Junge wirklich in Sicherheit ist. Ich kann von Passau oder erst von Ratisbona aus nach Norden gehen.«

Comes Heraklios Synadenos sah ein, daß er Theodora Hyperborea vom Willen des Kaisers erzählen mußte. Er wollte nicht, daß die Barbarenfürsten seine Pläne durchkreuzten. Er würde sich die Frau schon jetzt nehmen; je mehr er Theodoras Gesicht, die zu einem Knoten gekämmten Haare und die von den Warägern bewachten Schatztruhen betrachtete, desto heftiger wuchsen seine Begierde und seine Nervosität. Es konnte ja jederzeit passieren, daß ein unbeherrschter Magyare die blonde Prinzessin raubte. Je schneller sie von Pannonien fort und nach Westen kämen, desto besser.

Nach der Kirche begab sich Heraklios Synadenos zum Zelt der Prinzessin Anna Jaroslawna. Schon an der Tür wußte er, daß irgend etwas im Gange war. Aus dem Zelt wehte ihm eine seltsame, feuchte Kälte entgegen.

Der Grieche war ein vorsichtiger Mann; das Reich hatte nicht deshalb sechshundert Jahre lang inmitten einer Flut von Barbaren überlebt, weil man Hals über Kopf dem Unbekannten entgegengestürmt war. Comes Heraklios hob lautlos den äußersten Vorhang der Zelttür an. Er trat leise seitlich in eine Abteilung, die vom Raum der vornehmen Frauen durch einen bunten Stoff abgetrennt war. Darin hockten zwei Sklavinnen. Heraklios bedeutete ihnen zu schweigen; sie waren Makedonierinnen und wußten aus Erfahrung, daß es das beste war, einem Krieger zu gehorchen.

Heraklios Synadenos schlich neben den Vorhang und schob ihn ein wenig beiseite. Er runzelte die Stirn. Frau Theodora war krank. Der rothaarige, grobschlächtig-häßliche Waräger hielt sie im Arm. Heraklios Synadenos verstand, daß dies Frau Theodoras Ziehbruder sein mußte, der Anführer der Kiewer Drushina, von dem man sich bewundernde und amüsante Geschichten erzählte. Frau Theodoras Leibwächter stand mit dem Rücken zu Comes Heraklios. Im Zelt war es kalt wie bei feuchtem Winterwetter.

Jemand kam herein. Es war Frau Theodoras rothaariger Sohn, den Heraklios Synadenos gern an die Petschenegen verkauft hätte. Den Griechen erfüllte ein so schneidender Neid und Haß, daß er, der sonst so gleichgültig war, sich nicht erinnern konnte, jemals ein so starkes Gefühl erlebt zu haben.

Es konnte keinen Zweifel daran geben, daß dort Vater und Sohn einander gegenüberstanden. Juvalos Grauauge war groß für sein Alter, in seinen Haaren verband sich das Gold von Frau Theodoras Haar mit dem Rot von Eirik dem Starken, seine Augen waren schmal und eisengrau wie die seines Vaters, und seine Augenbrauen waren rötlich und buschig. Auch die Haltung des Jungen war dieselbe wie die des Warägers, selbstbewußt, aber entspannt und gutmütig.

Heraklios Synadenos' Mund preßte sich zu einem Strich zusammen. Frau Theodora hatte gehurt, mit dem Waräger geschlafen so wie viele griechische Edelfrauen. Die anderen Frauen waren Heraklios Synadenos gleichgültig; er wollte diese, und irgendwie machte das Wissen um die Lasterhaftigkeit von Frau Theodora sie noch begehrenswerter. Aber ganz so leicht würde es für Comes Heraklios offenbar nicht sein, die Frau und ihren Schatz zu bekommen. Es machte Heraklios Synadenos Spaß, an die Schwierigkeiten zu denken. Die endlose Wanderung die Donau entlang war langweilig. Eine Intrige brachte Abwechslung.

43. Kapitel

1046

Die fränkischen Bischöfe Gauthier von Meaux und Roger von Soissons hatten es allmählich eilig. Sie waren seit über einem Jahr auf Reisen. Es wäre dumm, bei der Rückkehr einen neuen Mann auf dem eigenen Bischofssitz vorzufinden.

Der Zug begann seine Wanderung über die Via Pelegrina in Richtung Arabona, das die Magyaren Győr nannten. Die Wegstrecke führte durch den gebirgigen Bakonywald. Er galt als gefährlich und schwierig zu durchqueren. Die Wälder bargen Räuber und noch schlimmere Wesen: böse Dämonen. Der bergige Weg bedeutete ein endloses aufwärts Ziehen und abwärts Bremsen. Als der Konvoi zu dieser schwierigen Wegstrecke aufbrach, freuten sich die fränkischen Bischöfe und Reginard de Marais zu hören, daß der Befehlshaber der Kiewer Drushina, Eirik der Starke, sich mit seinen Warägern dem Zug bis nach Ratisbona, oder, wie sie sagten, Regensburg, anschließen würde.

»Ein frommer Mann«, sagte Roger von Soissons billigend, als Eirik der Starke die Bischöfe und den Priester Hilarion am Morgen des Reisetages bat, die Krieger zu segnen.

»Bruder, denk daran, daß er ein Normanne ist, und die sind Ungeheuer und Heiden von Grund auf, alle, wie sie da sind«, warnte Roger von Meaux.

»Aber sie sind leidenschaftlichere Kämpfer als die Griechen«, bemerkte Reginard de Marais. »Kühn und grausam wie die Teufel.«

»Das wissen wir«, sagten die Bischöfe verbittert. Die wilden Horden der Normannen hatten Frankreich und England zweihundert Jahre lang heimgesucht, bevor man es geschafft hatte, daß sie sich ein wenig mäßigten. Auch dann hatten sie sich erst beruhigt, als sie von beiden Reichen einen Teil bekommen und in England einen dänischen König eingesetzt hatten.

Comes Heraklios Synadenos hatte nichts gegen die Waräger. Im Bakonywald wurde jeder Mann gebraucht. Die Waräger würden zwar bald ihren Anführer verlieren, aber dann würde der Umgang mit ihnen leichter sein. Heraklios Synadenos vermutete, daß es über kurz oder lang zu einem offenen Streit mit den fränkischen Rittern kommen würde. Die Waräger, die im Luxus von Konstantinopel gelebt hatten, würden sich natürlich auf die Seite der Griechen stellen.

Heraklios Synadenos hatte sich bemüht, zum Roten Waräger ein kameradschaftliches Verhältnis herzustellen. Das war nicht schwierig, denn beide besaßen Kriegserfahrung aus der am strengsten geschulten und am besten versorgten Armee der Welt. Allerdings hegte Eirik der Starke Zweifel an der Überlegenheit der byzantinischen Armee: Er behauptete, daß die Armee nicht mehr zuverlässig sei, seitdem über die Hälfte der Soldaten Söldner waren. Die Zahl der Bauernsoldaten verringerte sich ständig.

»Zucht und Ordnung sind es, die die Schlacht gewinnen, nicht Treue und Zuneigung«, sagte Heraklios Synadenos. »Und zu wissen, daß Aussicht auf gute Raubbeute besteht, ist nicht von Nachteil.«

Der Waräger nickte zustimmend, denn er war überraschend gutmütig und dumm, wenn man bedachte, welch hohe Position er einnahm. Heraklios Synadenos hatte sich angewöhnt, mit Eirik dem Starken zu plaudern und Wein zu trinken. Zwar trank der Waräger Bier und sagte nicht viel, aber die Begegnungen dienten den Absichten des Comes Heraklios. Der Abend endete für gewöhnlich damit, daß der Comes für sie beide je eine Frau holen ließ. Während sie sich mit den Frauen vergnügten, verging die Zeit, bis Wein und Bier die Krieger gegen Morgen in den Schlaf sinken ließen.

In dem waldigen Gebirge waren die Nächte Ende Oktober schon recht kalt. Von einem Abend zum anderen wurde es immer angenehmer, sich zum Bechern ins Zelt zurückzuziehen. Bald würde man die Pelze aus den Truhen hervorholen müssen. Im Winter zu reisen, würde einerseits bequem sein, wenn der Boden gefroren und das Vorwärtskommen leichter war, andererseits jedoch schwierig, denn es war kalt, und die Dunkelheit brach früh herein. Da aber die Bischöfe das Tempo des Zuges und die Dauer der Wanderung bestimmten, zerbrach Comes Heraklios sich nicht den Kopf über die Verhältnisse. Man zog weiter, so weit man kam, zwölftausend Passus pro Tag war eine gute Strecke, und Heraklios Synadenos wartete auf einen passenden Augenblick.

»Comes. Vater Hilarion will dich sprechen.«

Heraklios Synadenos fauchte wütend. Er wirkte betrunken, hatte aber einen klaren Kopf. Eirik der Starke wirkte berauscht und war es auch.

Vater Hilarion bat den Comes Heraklios oft, sich mit ihm zu unterhalten. Heraklios Synadenos war der einzige Mensch, mit dem er überhaupt sprechen konnte: Comes Heraklios war Grieche und ein Mann. Vater Hilarion fühlte sich immer einsamer in dem Land, wo die Messe auf Latein gehalten wurde. Bei den fränkischen Bischöfen konnte er seine Seelenpein nicht abladen und natürlich auch nicht bei den Frauen.

Heraklios Synadenos sah nach dem Becher Eiriks des Starken. Es war ein silbernes, mit Gravuren verziertes hohes Trinkgefäß, das eine beträchtliche, für die Bedürfnisse Eiriks des Starken allerdings nicht ausreichende Menge Bier faßte. Dann dachte er, daß es vielleicht sogar besser war, daß er sich mit dem Priester unterhielt. Kaum jemand würde den Verdacht hegen, daß Eirik der Starke durch Gift gestorben war; die Menschen starben leicht an plötzlichen Leibschmerzen.

Eirik der Starke wollte nicht allein bleiben. Er stand auf und stapfte mit dem Becher in der Hand aus dem Zelt der Griechen hinaus. Er wollte Theodora keineswegs stören. Er würde nur ein wenig mit Juvalos plaudern, nichts weiter. Und gleichzeitig seine Augen an den Linien von Theodoras Wangen und am Anblick ihrer Ohrläppchen weiden, die unter dem schweren Haargeflecht hervorsahen, das Theodoras Kopf umgab.

Theodora schickte Juvalos, von dem Farblosen begleitet, gerade zur Nacht in das Zelt der Waräger, als Eirik der Starke aus der Finsternis hervorgetaumelt kam wie ein dunkles Gespenst mit einem überschwappenden Bierbecher in der Hand. Der Farblose räusperte sich.

»Herr, geh mit mir und Juvalos. Der Junge möchte von deinen Abenteuern in den Steppen und in Sizilien hören.«

Eirik der Starke lächelte Juvalos glückselig zu.

»Natürlich komme ich. Ich will nur deiner Mutter eine gesegnete Nacht wünschen«, sagte er gutmütig, verneigte sich vor Theodora und gestikulierte gleichzeitig mit seinem Becher, so daß er ihn fast ganz umkippte.

»Dummer Eirik«, sagte Theodora zornig. Eirik der Starke fand, daß das sehr angenehm klang. »Laß deinen Becher nicht fallen. Du hast genug getrunken.«

Theodora nahm ihm den Becher aus der Hand.

»Geh schon mit deinen ewigen Kriegsgeschichten ins Männerzelt«, sagte Theodora. Sie konnte sich eines Lächelns nicht erwehren, als Juvalos die Arme ausstreckte, um den schwankenden Waräger zu stützen. Es sah so aus, als hätte der Junge versucht, die Kirche Hagia Sophia aufrecht zu halten.

Theodora wandte sich um und ging zurück in Anna Jaroslawnas Zelt. Da sie durstig war, trank sie im Gehen den Rest von dem Bier Eiriks des Starken und dachte, sie müsse daran denken, dem Waräger den Becher zurückzugeben.

Jewdokija von Pskow erwachte von einem eigenartigen Geräusch. Es war kein Klagen und kein Stöhnen; es war das Röcheln eines nach Luft ringenden Menschen, das sich zu schneidendem Jammern steigerte.

»Licht!«

Man brachte Reisefeuer: einen kleinen, eisernen Kessel, in dem immer Glut schwelte. Jewdokija öffnete die Truhe und gab der Sklavin eine kostbare Kerze. Solche Kerzen wurden nur beim Gottesdienst verwendet, doch jetzt konnte es sein, daß man an einem Totenbett wachen mußte, und das war dasselbe.

Aus der Dunkelheit war Anna Jaroslawnas erschrockene Stimme zu hören. Jewdokija von Pskow seufzte erleichtert. Fürstin Anna war also gesund. Das war das wichtigste. Die anderen konnten ruhig sterben. Aber als Jewdokija sich bückte, um Theodora Hyperborea anzusehen, während eine Sklavin die Kerze hochhielt, wurde sie von Ekel und Mitleid geschüttelt.

Theodora wand sich mit schmerzverzerrtem Gesicht in einer widerlichen Lache von Erbrochenem und Ausscheidungen. Jewdokija von Pskow sah sie einen Augenblick ganz still an. Dann befahl sie den Sklavinnen, Wasser und Bier und Lappen zu holen.

Eine lange und dunkle Nacht wachten sie bei Theodora, Anna Jaroslawna, Jewdokija von Pskow und die beiden makedonischen Sklavinnen. Zuerst dachte Jewdokija, daß die arme Frau unmöglich diese Krämpfe überleben könnte, die ihren Körper auf unnatürliche Weise zucken ließen. Die Sklavinnen bemühten sich, Frau Theodora irgendwie sauberzuhalten. Man holte Juvalos Grauauge aus dem Warägerzelt ans Sterbebett seiner Mutter. Der entsetzte Junge weinte verzweifelt. Sein Weinen weckte auch diejenigen, die noch nicht von Frau Theodoras Schreien erwacht waren. Viele Menschen versammelten sich um das Zelt herum.

Eirik der Starke kam ins Zelt gestürmt, warf die widerstrebenden Sklavinnen beiseite und sank neben Theodora auf die Knie. Jewdokija von Pskow blieb der Mund offenstehen. Sie sah die beiden in grenzenloser Qual nebeneinander, instinktiv sich aneinanderklammernd: den Roten Waräger und Juvalos Grauauge. Jewdokijas schroffe Stimme wurde weich vor Kummer.

»Geht raus. Betet. Waräger, führ den Jungen fort. Besser, wenn er es nicht mit ansieht ... es kann noch schlimmer werden.«

Die Sklavinnen massierten Theodoras erkaltende Arme und Beine. Alle Kohlebecken, die sich nur fanden, wurden ins Zelt gebracht, so daß es schweißtreibend warm wurde. Anna Jaroslawna betete und wischte Theodora das zu einer Grimasse verzogene Gesicht. Jewdokija von Pskow flößte Theodora mit dem Löffel abwechselnd Wasser und Bier ein. Theodora schluckte, übergab sich bisweilen, aber in den Morgenstunden gelang es Jewdokija, daß Theodoras gepeinigter Körper mehr und mehr Flüssigkeit bei sich behielt. Die Krämpfe ließen nach. Bei Sonnenaufgang lag Theodora zitternd im Fieberwahn. Im Zelt herrschte brütende Hitze, und es stank ekelerregend.

Jewdokija von Pskow zog den Türvorhang beiseite und trat müde ins Licht. Sie war überrascht, die knieenden Männer zu sehen, und winkte dann Vater Hilarion.

»Du kannst danken, Vater.«

Der Rote Waräger sprang auf. Jewdokija von Pskow hatte das Gefühl, der Mann werde gleich auf sie niederstürzen.

»Im Augenblick ist die Gefahr vorüber.«

Der Waräger ergriff Jewodikijas Hand und küßte sie demütig. Jewdokija von Pskow erinnerte sich daran, wie Eirik der Starke ein unbeholfener Bursche gewesen war, der in der Halle von Nowgorod gegen die Menschen prallte und alles umwarf. Ein schlichtes, gutmütiges Monster, über das alle lachten und das alle gern hatten, bis auf Jewdokija natürlich, die niemanden gern hatte. Damals konnte sie es sich noch leisten, die Menschen zu verachten. Jetzt dagegen mußte sie sich sogar mit der Kochsklavin gut stellen, um ihr Essen zu bekommen.

»Im Namen des Weißen Christus, Jewdokija von Pskow, wenn ich dir irgendwann zu Diensten sein kann ...«

Jewdokija schnaufte abwehrend.

»Spar dir deine Worte, Waräger. Hier gibt es noch viel zu tun. Theodora wird noch viele Wochen lang nicht mit dem Konvoi reisen können.«

»Welche schreckliche Krankheit ist das denn?«

Jewdokija von Pskow sah Eirik den Starken lange an. Sie wog ihre Worte genau ab. Sie sprachen russisch. Obwohl beide Griechisch konnten, schien ihnen, der Aufseherin des Terem und dem Krieger der Drushina, das Russische die natürliche Sprache für ihr Gespräch zu sein.

»Waräger, du bist der Ziehbruder der Königstochter. Und du bist noch mehr, zumindest bist du mehr gewesen; das sehe ich, wenn ich Juvalos anschaue. Du bist der Mensch, den man als Theodoras Verwandten betrachten kann. Höre also: Nicht eine Krankheit hat Theodora an die Schwelle des Todes gebracht, sondern Gift. Ich habe das in der Frauenabteilung des Heiligen Palastes gesehen, nicht oft, aber oft genug, um es zu wissen. Wenn man eine Nebenbuhlerin oder einen Menschen, der zuviel wußte, beseitigen wollte, dann ließ man ihn an einer Magenkrankheit sterben.«

»Wie hat Frau Theodora das Gift bekommen?«

»Wer weiß. Ich weiß nicht, was sie getrunken oder gegessen hat, und man kann sie jetzt auch nicht fragen. Sie hat jedoch nur sehr wenig bekommen, denn sie wird genesen.«

Plötzlich blieben die Augen des Warägers an Juvalos haften. Der Junge war beim Beten erschöpft eingeschlafen. Vater Hilarion hatte Juvalos' Kopf in seinen Schoß gebettet und den Körper mit seiner Kutte zugedeckt.

»Gosposha Jewdokija, das Gift war für Juvalos bestimmt.«

»Ein Handlanger von Sarolta? Sollten die Magyaren Gift verwenden?«

Eirik der Starke überlegte.

»Nein … Sie sind keine Giftmörder. Und ich habe nie daran geglaubt, daß die Drohung von Fürst Leventes Geliebter ernst zu nehmen war.«

»Gift ist eine Waffe der Griechen«, sagte Jewdokija von Pskow. »In diesem Zug gibt es fünzig Griechen.«

»Aber nur einer hat Zutritt zu Frau Theodora.«

»Waräger, du mußt Theodora irgendwohin bringen, wo sie sich erholen kann.«

»Auf diese Weise bekomme ich sie aus dem Zug heraus.«

»In irgendein Kloster. Theodoras Genesung braucht Zeit.«

»Ich nehme Frau Theodora, Juvalos und die Waräger«, entschied Eirik der Starke. »Ihre Sachen können im Troß bleiben. So komme ich schnell voran, wenn Frau Theodora wieder gesund ist. Der Zug bewegt sich so langsam, daß ich ihn vor Regensburg einhole.«

»Ich muß Anna Jaroslawna folgen. Theodora hat keine Gesellschafterin. Aber das macht wohl nichts«, sagte Jewdokija von Pskow säuerlich. »Eure Sünde ist schon getan, und Theodora ist zu krank, als daß du jetzt mit ihr schlafen könntest, Waräger.«

»Für mich wäre es leichter, sie zu nehmen, wenn sie krank ist«, murmelte Eirik der Starke. »In gesundem Zustand ist sie zu schwierig.«

Jewdokija von Pskow sah den riesigen Recken verdutzt an.

»Unverschämter Kerl. Ich war schon immer der Meinung, daß der Ruf der Waräger übertrieben ist.«

Veszprém war die Stadt zweier Herrscher, des Bischofs und der Königin. Die Kathedrale des Heiligen Michaels mit dem Bischof stand schon damals hoch oben auf dem Stadtberg, als der schlaue König Stefan die Idee hatte, den Papst um die Krone zu bitten, damit er nicht den Basileus von Byzanz oder den Kaiser des Heiligen Römischen Reichs deutscher Nation darum bitten mußte und sich so keinem von beiden als Untertan zu unterwerfen brauchte.

Die Königin hatte Veszprém als Morgengabe bekommen. Da Stefans Königin Gisela frömmer war als die meisten Bischöfe, troff jeder Stein in der Stadt Veszprém vor Heiligkeit. Und die Göttlichkeit wurde durch das Kloster von Veszprém, in dem die Königinwitwe Gisela unendlich viele Altardecken für die Kirchen Ungarns stickte, nur noch vermehrt.

Königin Gisela, Tochter Heinrichs des Zänkers von Bayern, war bald siebzig Jahre alt und furchterregender, als ihr boshafter Vater es jemals gewesen war. Die Königinwitwe bemäntelte ihre Unduldsamkeit mit Frömmigkeit, so daß ihre Feinde – von denen es unter den Magyaren nicht wenige gab – im Grunde als Feinde Gottes abgestempelt wurden.

In ihrer Göttlichkeit hätte es die Königin gern gesehen, wenn König Stefans Hof Latein, die Gottessprache, gesprochen hätte. Heimlich wartete sie darauf, daß die griechische Kirche das Griechische ihrer Liturgie gegen das Lateinische austauschte. Aus Konstantinopel kamen nach Ungarn Mönche und Gelehrte und Bücher in griechischer Sprache; mit griechischen Nomismata wurden in Ungarn Kirchen und Klöster gegründet, in denen die Liturgie auf griechisch gesungen wurde. König Stefan war an der Gründung des Nonnenklosters von Veszprém beteiligt, wo die griechische Regel galt und wo es auch griechische Nonnen gab.

Der mächtige Kaiser Basileos Bulgarentöter hatte seinerzeit König Stefan hoch geschätzt. König Stefan hätte sich mit den Bulgaren verbünden und seine wilden Magyaren Kaiser Basileos nach Bulgarien auf den Hals schicken können. Aber Stefan hatte sich herausgehalten. Als Lohn für seine Weisheit hatte er vom Kaiser der Geschenke wertvollstes erhalten: ein Stückchen vom Heiligen Kreuz Christi. Prinz Imre, König Stefans und Königin Giselas Sohn, hatte die Reliquie auf der Brust getragen. Diese hatte aber das Wildschwein nicht daran hindern können, den Prinzen zu zerfleischen. Das Stückchen vom Heiligen Kreuz wurde jetzt im Kloster von Veszprém aufbewahrt.

Wegen des Andenkens an ihren Mann und ihren Sohn hatte Königin Gisela das Gefühl, sie müßte die Griechen begünstigen, obwohl sie deren Sitten nicht mochte. Die Königinwitwe war nicht sonderlich erfreut, als man ihr erzählte, daß eine vornehme griechische Frau im Kloster Zuflucht suchte, um sich von einer Krankheit zu erholen.

Noch abweisender wurde die Königin, als sich herausstellte, daß die Frau keine anderen Frauen zur Gesellschaft hatte als eine Sklavin, und auch das war eine Griechin. Begleiter der Frau war ein Waräger aus Kiew – gegen die Waräger hatte die Königinwitwe nichts, denn König Stefan hatte eine Leibwache aus Warägern gehabt, ebenso wie der griechische König. Königin Gisela war bereit, mit dem Waräger und seinem Dolmetscher zu sprechen.

Der Waräger verhielt sich so ehrerbietig und war offensichtlich ein so frommer Mann – er küßte der Statue der Heiligen Jungfrau im Gästehaus des Klosters den Fuß zum Dank für die Genesung seiner Herrin –, daß die Königinwitwe etwas milder gestimmt wurde. Der Waräger erzählte, daß die Frau eigentlich keine Griechin sei, sondern die Tochter eines hyperboräischen Königs, und ihr Schwager sei der Märtyrerkönig Olaf von Norwegen, der als Heiliger galt.

Wenn in Königin Giselas Welt etwas ebenso wichtig war wie der Dienst an Christus, dann war es königliches Blut.

»Domina Theodora soll hier gesundgepflegt werden. Wir werden zu ihrem heiligen Verwandten Juvalos beten, damit er ihr hilft«, sagte die Königinwitwe gnädig. »Du, Waräger, kannst mit deinen Männern in der Stadt wohnen. Die Dienerin von Domina Theodora kann die notwendigen Botschaften überbringen.«

So kam Theodora Hyperborea, die Hexe, Heidin und Mörderin, ins Kloster. Anfangs war sie zu krank, um irgend etwas zu verstehen. Sie lag auf dem schmalen Bett in einem dämmerigen Zimmer, durch dessen kleines Fenster es ständig zog. Jemand kam in kurzen Abständen, um sie zu füttern. Meistens schlief sie.

Theodora träumte merkwürdige Dinge: Wald, Wald. Eine große Kiefer, darin vom Wetter gebleichte Tierschädel. In einem lief hurtig eine kleine Maus umher. Dann wieder war alles voller Blut, auch sie selbst. Aber kurz darauf stand sie im Sumpf und zog an einem gelben Haarbüschel, das über Sumpfbülten gebreitet war. Die Haare blieben ihr in der Hand. Von irgendwo streckten sich Hände aus, um zu würgen. Das Opfer war jemand anderes, eine schöne, goldhaarige Frau, die sie liebte... Theodora erwachte von ihrem eigenen Weinen. Das klang seltsam in ihren Ohren: als hätte ein Kind geweint.

Neben ihr war ein Murmeln zu hören. Dort kniete eine alte Frau, hinter der zwei weitere standen. Sie sahen aus wie Gespenster. Theodora verstand: Das waren Nonnen. Man hatte sie ins Kloster gesperrt! Hier herrschte der Gott der Christen. Der Heidin würde es schlecht ergehen. Theodora begann zu schreien. Die Nonnen beruhigten sie. Jemand schloß ärgerlich die Fensterluke. Es war so neblig, daß man auch innen kaum die Hand vor Augen sah.

Wieder schlief Theodora. Zu ihr kam dieselbe Frau, die in dem Alptraum gewürgt worden war. Jetzt aber lächelte die Frau freundlich. Von ihr strahlte Licht aus. Auf den blonden Haaren trug sie eine Krone. Als die Frau die Hand ausstreckte und Theodora berührte, kam Friede über die Erschöpfte. Theodora wußte, daß die Frau die Jungfrau Maria war, die Mutter des Weißen Christus. Im Traum hatte Theodora keine Angst vor ihr.

Erst nach dem Erwachen begriff Theodora, daß sie in der Gewalt der Christen war, und sie rief sich Zaubersprüche ins Gedächtnis. Sie konnte sich aber kaum an irgendwelche erinnen und schlief wieder ein. Vor dem Einschlafen hoffte sie, noch einmal zu träumen, daß die Jungfrau Maria zu ihr kam. Aber sie träumte nur von zerfetztem, blutigem Moos.

Im Verlauf der Tage begriff Theodora, daß die alte Frau eine Edelfrau war. Die anderen verneigten sich vor ihr wie vor einer Königin. Die Frau sprach zu Theodora freundlich in einer fremden Sprache. Sie versuchten es auch mit anderen Sprachen, und Theodora flüsterte auf griechisch, daß sie fort wolle. Panik begann am Rande ihres Bewußtseins zu lauern. Sie ergriff die Hand der alten Frau und bat heftig darum, Eirik den Starken zu holen. Und Juvalos – wo war der Junge? Theodora begann zu weinen.

»Juvalos«, sagte die alte Frau ehrerbietig und schlug das Kreuz. Daraus entnahm Theodora, daß Juvalos Grauauge in Sicherheit war. Gleich darauf führte eine Nonne die griechische Sklavin herein.

»Such Eirik den Starken«, flüsterte Theodora, »sag ihm, daß ich hier fort muß.«

»Kyria, du mußt dich erholen. Der Waräger sagt, du kannst hier so lange bleiben, wie es nötig ist.«

»Geh«, jammerte Theodora, »sag ihm, daß ich hier Angst habe.«

Aber Theodora wußte nicht, ob sie vor den Christen oder vor ihren eigenen Träumen Angst hatte – oder vor der schmerzhaften Sehnsucht, die die Jungfrau Maria in ihr hinterlassen hatte.

Der Bakonywald im Winter… Von Veszprém nach Györ führte ein Reitpfad, selten benutzt, schlecht markiert und schneeverweht. Die Pferde wateten schwer und unter großer Anstrengung, ihr Atem dampfte in der Frostluft. Die Reiter hockten auf ihren Tieren, in Pelze vermummt, wie verschneite Bündel, die Gesichter mit Kapuzen und Tüchern vor dem Wind schützend. In der Mitte der Reiterschlange stapfte ein großes Roß mit zwei Gestalten auf dem Rükken: ein in einen Wolfspelz gekleideter Mann, der eine ganz in Decken gewickelte Frau hielt.

Hinter den Bäumen verborgen folgten ihnen aufmerksame Augen: Im Bakonywald lebten entflohene Sklaven und Heiden, die es nicht ertrugen, daß der König den alten Stämmen die Macht abgenommen hatte. Es waren ihrer viele: Gruppen von Dutzenden von Männern, die sich auch untereinander bekämpften, zumeist aber Reisende ausraubten.

Der Räuberhauptmann, der die Möglichkeiten eines Überfalls abschätzte, bemerkte bald eine Reihe von Umständen, die seine Faust mit dem Wurfspieß lähmte. In dem Zug von dreißig Personen gab es nur zwei Frauen. Die übrigen waren Männer, und zwar nicht irgendwelche Männer, sondern gestählte Krieger. Einen Troß gab es nicht. Jeder trug seine wenigen Ausrüstungsgegenstände in den Satteltaschen bei sich; der Zug wollte also schnell vorwärts kommen, und das gelang ihm auch. Es gab nichts anderes zu rauben als zwei Frauen, einen Jungen, den man vielleicht würde verkaufen können, den Proviant des Zuges und die Waffen. Der Späher erkannte bald, daß die Waffen, die man immer brauchen konnte, seine Gruppe teuer zu stehen kommen würden. Die meisten Männer des Zuges trugen eine Warägerstreitaxt, eine den Magyaren fremde Waffe. Das beste war es, die Waräger den Wölfen zu überlassen.

Aus dem Schutz des Waldes heraus wurde beobachtet, wie die Männer das Lager aufschlugen. Das geschah schnell und wirkungsvoll. Die Männer schnitten Nadelzweige ab und errichteten darauf ein kleines Zelt, in das der riesige Waräger, der Anführer der Truppe, die eine der beiden Frauen trug. Aus dem Gepäck holte man fünf eiserne, zerlegbare Dreifüße, die in der Nähe des Zelts aufgestellt wurden. In jeden Dreifuß hängte man einen Kessel, der mit trockenem Brennstoff gefüllt war. Die Feuer wurden mit dem Reisefeuer eines Kriegers angezündet. Danach wurde über den Kessel ein weiterer Kessel in den Dreifuß gehängt; darin ließ man Schnee schmelzen und fügte etliche Handvoll Mehl hinzu. So bekam jeder Reisende eine heiße Mahlzeit, ohne daß Holz gesucht und im verschneiten Wald Feuer angezündet zu werden brauchte.

Neben dem ersten Zelt wurden zwischen den Bäumen einige weitere Zelte für die Männer errichtet. Die Pferde stellte man in mehreren Kreisen um die Zelte herum auf. Etliche Männer entnahmen ihrem Gepäck eine Fackel und gingen im äußeren Kreis des Lagers auf Wachposten. Weder Wölfe noch Räuber waren für diese Männer eine unbekannte Bedrohung. Alles geschah wie gewohnt, ohne daß der Anführer irgendwelche besonderen Befehle erteilt hätte. Dieses Lager konnte man auch in der Nacht nicht überraschen; auch der gierige Räuberhauptmann war froh, daß er sich mit diesem Zug auf kein Scharmützel eingelassen hatte.

Nachdem er gegessen und dem Farblosen befohlen hatte, sich um Juvalos zu kümmern, bückte sich Eirik der Starke und betrat das niedrige Zelt. Er mußte sich auf die Knie niederlassen, um hineinzupassen. Eirik schickte die Sklavin fort, die Frau Theodora Essen gebracht hatte. Einer der Männer würde die Frau unter sich nehmen und für die Nacht bei sich behalten. Die Frau würde sich von den dreißig Männern denjenigen aussuchen können, der ihr am besten gefiel: Jeder würde in einer solchen Nacht für einen warmen Frauenkörper dankbar sein und gut zahlen.

»Keine Schlägereien!« rief der Waräger hinter der Sklavin her.

Eirik der Starke hatte nicht vor, die Frau zu nehmen, neben der er diese Nacht verbringen würde. Er würde nur das tun, was kein anderer tun konnte: Theodora bei klirrendem Frost am Leben erhalten. Die Wärme der Sklavin würde dafür nicht ausreichen, und ein anderer Mann kam nicht in Frage. Abgesehen davon, daß sie nicht vornehm genug waren, um Frau Theodora zu wärmen, hätte Eirik der Starke es nicht geduldet, daß irgend jemand die Frau berührte.

Der Waräger verneigte sich vor Theodora. Sie lag zitternd in ihren Decken. Ihre Augen waren geschlossen, die Lider bläulich und die Lippen weiß.

»Theodora. Hab keine Angst.«

Die Lippen der Frau bewegten sich. Sie waren allzu nahe; Eirik der Starke fluchte still vor sich hin und zog sich ein wenig zurück.

Dies hier würde nicht leicht werden. Er zog seine wollene Tunika und das Hemd aus. Er löste die Bänder der Beinwickel und die Gürtelschnur der Hosenstrümpfe. Dann hob er vorsichtig die Decken von der zitternden Theodora, legte sich nackt neben sie, zog die Decken über sie beide und breitete darüber noch seinen Wolfspelz. Er zog Theodora in seine Arme, so daß ihr Rücken an seiner Brust lag. Die Frau war so ausgemergelt, daß sie sich in der Umarmung des Mannes kaum anders anfühlte als eine Schwalbe.

Eirik der Starke sah mit offenen Augen in die Dunkelheit des Zeltes. Er sah ein sonnengebräuntes, mit Schrammen übersätes kleines Mädchen im Wald am Bjelojesee, umschwirrt von Tausenden von Mücken. Die Haare des Mädchens waren ein zottiges Büschel verwelkten Grases, voller Schmutz, ihre Augen blau und kühn, ihr Lächeln warm und ihr zarter Körper zäh wie ein Nesselstengel.

Die frische Gesichtsfarbe hatte sich in einen sorgsam geschützten, weißen Teint verwandelt. Der goldene Kranz der Haare war zu einer Frisur gekämmt, die mit Perlschnüren und Silberfäden zusammengehalten wurde. Die himmelblauen Augen waren mit dunkler ägyptischer Augenschminke umrandet. Die Kühnheit war zu Hochmut geworden, die Wärme zu abweisender Kühle und die Zähigkeit zur Härte des Steins.

Aber im Innern des Steins war immer noch Eiriks Terhen, verborgen vor dem Bösen und der Angst. Wie sie nun auch sein mochte, die griechische Edelfrau Theodora, sie war Eiriks des Starken Schicksal und würde es immer bleiben.

Eirik fand, daß er mehr Glück gehabt hatte als die meisten anderen. Das verdankte er dem Weißen Christus: Das Schicksal, das anfangs wegen Eiriks Häßlichkeit so jämmerlich zu sein schien, hatte sich zum Guten gewandt, sobald er angefangen hatte, Christus zu dienen.

Daß Eirik der Starke Glück hatte, zeigte sich in allem: Er hatte als Krieger einen legendären Ruf erlangt, ohne ein einziges Glied zu verlieren, er hatte eine bedeutende Stellung errungen, und um seinen Schatz zu transportieren, bedurfte es vieler Lastpferde. Aber für sein größtes Glück hielt Eirik der Starke seine Liebe zu Theodora Hyperborea. Eine solche Leidenschaft war respektabel; sie war ebenso erhaben und bedingungslos wie die Machtgier, die Harald den Harten von Norwegen verzehrte. Eirik der Starke würde nach seiner Rückkehr in den Norden bei einem Skalden ein Lied über seine Liebe in Auftrag geben.

Eirik preßte seine bärtige Wange gegen Theodoras Kopf. Er schlang seine Schenkel um Theodoras Hüften und genoß es, den schwachen Widerstand der Frau zu spüren. Eirik wünschte sich Theodora heftig zu eigen, er wollte sie mit so großer Sicherheit umgeben, daß Theodora aus ihrer steinernen Hülle heraustreten konnte. Aber im Haus von Perama in Konstantinopel hatte Eirik der Starke begriffen, daß Theodora sich niemandem ergeben würde.

Diese Erkenntnis machte Eirik den Starken selig vor Glück. Theodora gehörte nur ihm allein; unerreichbar, aber dennoch war sie sein. Eirik der Starke wußte alles über Theodora, wußte mehr von ihr als sie selbst. In Gedanken nahm der Rote Waräger Theodora überallhin mit, wohin er auch ging. Selbst wenn er sie niemals wiedersähe, würde ihm das nichts ausmachen: Theodora war in jedem Fall sein bis zum letzten Tag seines Lebens.

Die Finger Eiriks des Starken streichelten im Dunkeln Theodoras Gesicht, die hohen Wangenknochen, die gerade Nase, den Bogen der Brauen, die erregende Weichheit des Mundes. Theodora wandte den Kopf näher zu ihm. Diese Bewegung ließ die in Eiriks Lenden lauernde Brunst hoch auflodern. Er drückte seine Hand auf Theodoras Brust, faßte nach der Brustwarze und streichelte sie mit dem Daumen. Er preßte seine Lippen auf Theodoras Hals und biß zu, bis die Frau einen Klagelaut ausstieß. Mit den Lippen liebkoste der Mann die Bißstelle.

Theodoras Hinterteil drückte sich so weich und zwingend gegen Eiriks Organ, daß der Mann die Luft anhielt. Er legte seine Hände Theodora um die Taille, packte mit beiden Fäusten die Hüftknochen und drang von hinten in die Frau ein. Er schlang seine Schenkel und Arme um Theodora. Die Frau war ganz in ihm, und er war in ihr. Theodora wimmerte in Eiriks Armen vor Lust, versuchte, den Mann mit den Händen zu fassen, preßte Eiriks behaarte Arme und rieb ihre Wangen daran.

Eirik stammelte keuchend Worte der Liebe, verehrungsvolle Gebete an Theodora, während er sich wilder und wilder um die Frau herum bewegte. Seine Hand bewegte sich zärtlich zu Theodoras lockigem Dreieck und weiter hinunter. Er streichelte sie vorsichtig, und kühner, als Theodora noch mehr schluchzte. Sie waren in der

Dunkelheit und ineinander wie in einer Berghöhle. Theodora versteifte sich klagend in Eiriks Armen. Eirik der Starke hörte auf, seine Kraft zu zügeln. Die Lust schleuderte ihn in einer gewaltigen Explosion bis an die Grenze seines Bewußtseins. Der Mund lief ihm voller Wasser, und in seinen Krämpfen preßte er Theodora so heftig, daß sie zornig zischte.

Keuchend und verschwitzt lagen sie unter den Decken. Eirik hatte Durst, aber er wagte nicht aufzustehen, damit die kalte Luft nicht an Theodoras Körper kam. Eirik der Starke fühlte sich entspannt und zufrieden. Theodora nahm von ihm, was sie wollte, ließ sich belustigen und verehren und versprach keinerlei Gegengabe. Der Dienst an Theodora war für Eirik den Starken die Verwirklichung eines unausweichlichen Schicksals. Das war sein Los, und er hielt es keineswegs für schlecht.

44. Kapitel

1047

Die Bischofsstadt Passau lag hoch oben am Steilufer der Donau an einer Stelle, an der von Süden der Inn und von Norden die Ilz in die Donau mündeten. In Passau gab es eine Bischofskirche: Das war ein geeigneter Rastplatz für Pilger. Dort ließ sich auch der Geleitzug nieder, der die Kiewer Fürstin nach Paris brachte.

In der Stadt gab es Gasthäuser, aber dort wollte man die griechischen Soldaten nicht bedienen. Die Städter starrten die Griechen neugierig an. In die Verwunderung mischte sich schauderndes Entsetzen, das noch zunahm, wenn die Leute erkannten, daß zu dem Geleitzug auch Waräger, gefürchtete Normannen, gehörten. Die Geschichten über die Vernichtungswut und die Grausamkeiten der Normannen hatten sich von Westen bis an die Grenzen von Bayern verbreitet. Ob solche Männer überhaupt Christen waren, die Griechen und Waräger, die keine menschliche Sprache sprachen – selbst ihre Priester konnten kein Latein und sich deshalb auch nicht mit Bischof Engilbert verständigen.

Die fränkischen Bischöfe Roger von Soissons und Gauthier von Meaux sprachen dafür umso mehr. Sie befanden sich endlich in sicheren, bekannten Verhältnissen. Bischof Engilbert bekam von Kiews goldenen Kuppeln und von der slawischen Liturgie zu hören. Man erzählte ihm von Kaiserin Zoe und der Hagia Sophia und dem trägen byzantinischen Luxus und der griechischen Liturgie.

Bischof Engilbert glaubte vielleicht nicht sehr viel von dem, was er hörte: Die Geschichten von Gasthäusern, so groß wie Kirchen, von den mit Steinen gepflasterten Straßen und Statuen, die wie Menschen aussahen, waren solche, mit denen Reisende versuchten, ihre Zuhörer zu blenden. Aber er glaubte es, als man ihn warnte, die Griechen seien ein betrügerisches Volk, das man besser nicht in die Stadt hineinlassen sollte.

Prinzessin Anna Jaroslawna und ihre Hofdamen durften sich im Gästehaus des Bischofspalastes einquartieren. Ritter Reginard de Marais und seine Männer mußten sich in der Passauer Festung ein Plätzchen suchen. Die Griechen beließ man mit ihren Zelten am Ostufer des Inn. Es war Ende Januar und außergewöhnlich kalt. Die Donau lag unter einer Eisdecke, und die böhmischen Wälder sandten hungrige Wolfsrudel über den Fluß.

Comes Heraklios Synadenos hatte das Ganze gründlich satt. Die Verhältnisse waren eine Zumutung. Die Barbaren hatten keine Ahnung davon, was eine Straße war: Während man in Byzanz in nahezu jeden Winkel des Reiches über eine ebene, befestigte, oft auch mit Steinen gepflasterte Straße gelangen konnte, galten hier Kuhpfade als Straßen. Und von Gasthäusern, in denen ein so bescheidener Konvoi wie dieser hätte übernachten können, gab es keine Spur. Das Essen war fürchterlich, der Wein noch schrecklicher, die Menschen schmutzig, die Häuser elende Hütten, die Paläste lächerlich, die Kirchen häßlich, und die Messen darin wurden in lateinischer Sprache gehalten. Über allem lag abstoßender Geiz oder regelrechte Armut.

Heraklios Synadenos beschloß, in die zivilisierte Welt zurückzukehren. Prinzessin Anna Jaroslawna wollte Königin der Franken werden; sollte sie also mit den Franken reisen. Ihr Schicksal interessierte Heraklios Synadenos nicht im geringsten.

Der Beschluß zurückzukehren fiel ihm umso leichter, als Frau Theodora Hyperborea offenbar gestorben war. Ihren Schatz hatte Heraklios Synadenos in seinem Besitz. Danach würde niemand fragen. Comes Heraklios hatte die Frau durch einen Irrtum verloren. Das Gift war an die falsche Person geraten. Das geschah manchmal, aber der Schatz der Frau würde groß genug sein, daß Heraklios Synadenos sich fünfzig andere, wenn auch nicht ebenso begehrenswerte Frauen beschaffen konnte.

»Andronikos. Befiehl den Männern, sich fertigzumachen zum Aufbruch.«

Der Manglavites hob auf römische Art die Faust an die Stirn.

»Nach Osten, Comes?«

»Ja, und möge Gott diese Gegend verwüsten, die er ohnehin schon verflucht hat.«

Ein aufgeregter Soldat kam durch die Zelttür hereingestürmt.

»Comes! Die Waräger kommen!«

Heraklios Synadenos stand langsam auf. Dies waren die Waräger, die mit Eirik dem Starken in Veszprém geblieben waren. Vielleicht kamen sie als Freunde... aber das Reich hatte jahrhundertelang die Oberhand über seine Feinde behalten, indem es sich immer auf das Schlimmste gefaßt gemacht hatte.

»Andronikos. Die Männer zum Kampf bereit.«

»Comes... glaubst du, sie greifen uns an? Warum? Sind die Waräger nicht Untertanen des Basileus?«

Heraklios Synadenos sah seinen Untergebenen kalt an. Der Mann hatte die Sitten der Barbaren angenommen. Ein römischer Unteroffizier gehorchte, ohne zu fragen. Andronikos stand stramm und verließ das Zelt, während er Befehle brüllte.

Heraklios Synadenos befahl seinem Sklaven, ihm die Ausrüstung anzulegen. Dreißig Waräger in der Abteilung Eiriks des Starken und zehn bei den Griechen, insgesamt vierzig Waräger. Comes Heraklios selbst hatte fünfzig Mann, also die Übermacht. Es sollte demnach keinen Grund zur Besorgnis geben. Tatsächlich aber würde ein Teil der Männer nicht kämpfen: Die alanischen Söldner würden wohl schreien und den Säbel schwenken, jedoch ihre Haut zu retten suchen.

Dann war es auch noch fraglich, was die Franken tun würden. Die deutschen Barbaren, Bischof Engilberts Krieger, würden sich heraushalten, falls sie nicht ebenso verrückt waren wie die Franken, die aus reinem Vergnügen kämpften.

Heraklios Synadenos wußte nicht, warum er sich so sicher war, daß die Waräger als Feinde kamen. Andronikos hatte recht: Die Waräger waren von Natur aus Verbündete der Römer. Vielleicht verzerrte Heraklios' eigene Schuld die Dinge. Er hatte jedoch seinen Entschluß gefaßt: Falls Frau Theodora am Leben war und sich bei den Warägern befand, würde er die Frau jetzt nehmen und sich auf den Rückweg machen. Falls Frau Theodora tot war, würde ihr Ziehbruder – und Liebhaber – Eirik der Starke Frau Theodoras Schatz für sich fordern. Darauf würde Heraklios Synadenos aber nicht verzichten.

Die Waräger, besonders Eirik der Starke, mußten auf jeden Fall vernichtet werden. Falls sie als Freunde kämen, würde man sie leichter in die Falle locken können. Keinen einzigen durfte man am Leben lassen. Die Waräger waren rachsüchtige Barbaren; sie würden vielleicht die Franken gegen die Römer aufhetzen. Beide, Waräger und Franken, würde Heraklios Synadenos nicht besiegen können.

Wichtig war es, die Ankömmlinge und die Waräger im Lager voneinander getrennt zu halten. Heraklios Synadenos trat in voller Ausrüstung, in Ringpanzerhemd und Beinschützern, mit dem Helm auf dem Kopf und dem Schwert am Gürtel, aus seinem Zelt. Er warf sich den Pelzumhang über. Man mußte sich vor der Kälte hüten. Ein Mann, der klamm war vor Kälte, bewegte sich nur langsam. Die Waräger hatten unter diesen Verhältnissen einen besonderen Vorteil: Sie waren an Schnee und schneidend kalten Wind gewöhnt.

Comes Heraklios winkte Andronikos zu sich. Man mußte die Männer unauffällig so aufstellen, daß sie sich zwischen den beiden Warägergruppen befanden.

Die Warägerabteilung kam ins Lager geritten, eine beschneite, pelzvermummte, bis an die Zähne bewaffnete Truppe. Heraklios Synadenos stand vor seinem Zelt und wartete. Eirik der Starke ritt als Dritter. Seine Gestalt hob sich deutlich von den anderen ab. Vor sich hielt er eine in einen Zobelpelz gehüllte Frau.

Unheilverkündend verengten sich Heraklios Synadenos' Augen zu einem schmalen Spalt. Das Gebaren des Besitzers war unverkennbar, als Eirik der Starke die Frau in die Arme eines bereitstehenden Warägers legte. Heraklios Synadenos biß die Zähne zusammen: Es geschah nicht selten, daß der Besitzer einer Frau wechselte. Seine Lenden krampften sich zusammen, wenn er sich vorstellte, daß der Rote Waräger auf der langen Reise die Donau entlang bis nach Bayern Theodora Nacht für Nacht umarmt hatte.

Heraklios Synadenos hatte kaum einen Gedanken an Eirik den Starken verschwendet. Der Mann war ein Söldner unter zahllosen anderen. Jetzt wurde ihm klar, daß Eirik den Starken zu töten für ihn die größte Freude sein würde, die er seit langem erlebt hatte. Zum Töten des Warägers gehörte es, mit Frau Theodora zu schlafen. Der Kampf versprach Heraklios Synadenos einen nie gekannten Genuß.

Unter den ankommenden Warägern ging nahezu unmerklich eine Veränderung vor sich: eine Anspannung, ein Heben der Waffen. Sie hatten Comes Heraklios, seine Ausrüstung, seine Haltung, seine Erwartung gesehen. Ein Berufskrieger erkannte, wann vor ihm ein Feind stand, auch wenn dieser kein drohendes Geschrei ausstieß. Die Gespräche der Waräger, die eher an das Brummen von Tieren erinnerten, verstummten.

Eirik der Starke befahl seinen Männern abzusitzen. Er winkte, und einige Waräger führten Frau Theodora und Juvalos beiseite. Der Junge widersetzte sich, gehorchte aber, als der Rote Waräger böse wurde.

Eirik der Starke ging mit großen Schritten auf Heraklios Synadenos zu. Er lächelte sein sanftes Lächeln. Einen Augenblick lang glaubte Comes Heraklios, daß der Waräger tatsächlich zu dumm sei, um die Gefahr zu erkennen. Dann sah er die eisengrauen, kalten Augen und wußte, daß Eirik der Starke niemals der simple Kerl gewesen war, als den Comes Heraklios ihn verachtet hatte. Das freute Heraklios Synadenos: Einen Dummkopf zu töten wäre zu leicht gewesen.

»Du bist angelangt, Waräger«, begrüßte Heraklios Synadenos den Mann. »Wie geht es Frau Theodora?«

»Sie ist noch schwach, wird aber mit Gottes Hilfe genesen.«

»Gut. Es wäre traurig, sie zu verlieren, denn sie ist mir versprochen worden.«

Eirik der Starke schüttelte bedauernd den Kopf.

»Aus solchen Versprechungen erwachsen nur Unannehmlichkeiten.«

»Du hast recht, Waräger. In diesem Fall erwachsen die Unannehmlichkeiten dir, denn du hast dich an meinem Eigentum vergriffen. Es wäre besser gewesen, wenn du das Gift getrunken und es nicht der Frau zu trinken gegeben hättest.«

»Ein ärgerlicher Irrtum«, räumte der Waräger zahm ein.

»Aber zum Glück korrigierbar«, sagte Heraklios Synadenos und öffnete seine Mantelfibel.

»Man soll nie die Hoffnung verlieren«, warf Eirik der Starke hin. Der Wolfspelz glitt von seinen Schultern und legte das Panzerhemd frei.

Schon hatte Heraklios Synadenos seinen Schild am Arm. Eirik der Starke hatte seinen Schild weggegeben, als er Frau Theodora aus dem Sattel hob. Ein Waräger reichte ihm seinen; allen war jetzt klar, daß ein Zweikampf bevorstand.

Manglavites Andronikos stand, ein wenig verwirrt, abseits. War es nicht darum gegangen, alle Waräger anzugreifen? Warum hatte ein so kaltblütiger Mann wie Comes Heraklios sich zu einem Zweikampf hinreißen lassen? Der Waräger hatte nicht einmal etwas Kränkendes zu ihm gesagt. Andronikos war das allerdings schon recht. Wenn Heraklios Synadenos siegte, würden sie gemeinsam nach Osten zurückkehren. Wenn Comes Heraklios unterlag, würde Andronikos die Männer über die Via Pelegrina nach Konstantinopel führen und Heraklios Synadenos' Schatz behalten.

Comes Heraklios' Schwert fuhr zischend aus der Scheide.

Eirik der Starke griff nicht nach seinem eigenen. Er hob seine Streitaxt, trat rasch einen Schritt zur Seite, wich dem Schlag des Griechen aus und schwenkte seine Streitaxt in einem tödlichen Bogen von rechts nach links. Heraklios Synadenos begriff noch, daß der Waräger, der ihm immer so plump erschienen war, zu schnell war; die Streitaxt sauste am Schlüsselbein auf seine Schulter nieder. Hals und Kopf von Heraklios Synadenos lösten sich fast völlig vom Rumpf, hingen ihm auf die Brust hinab, und sein Körper fiel langsam in den Schnee. Ein Blutstrahl färbte den Wandstoff des Zeltes rot.

»Das hat nicht lange gedauert.«

Eirik der Starke wischte seine Streitaxt im Schnee ab und gab sie seinem Diener, damit er sie an den Sattelknauf hängte. Er wandte sich um, verbeugte sich vor dem Toten und schlug das Kreuz. »Seine Männer mögen ihren Anführer christlich begraben. Farbloser, was zögerst du? Die Pferde müssen versorgt werden.«

Reginard de Marais kam, von den Wächtern alarmiert, mit seinen Franken ins Lager der Griechen geritten. Alles wirkte ruhig, im Lager herrschte wie gewohnt die gute, griechische Ordnung. Der Rote Waräger und der Manglavites der Griechen erwarteten ihn zusammen mit einem italienischen Dolmetscher. Reginard de Marais hatte einen Bericht von einem Zweikampf gehört, bei dem nur ein einziger Schlag gefallen war. Er machte sich nicht die Mühe, seine Freude über den Tod von Heraklios Synadenos zu verhehlen. Der

Grieche hatte alles getan, um sich den Franken zum Feind zu machen, und hatte es geschafft.

»Und die Männer von Comes Heraklios? Wer wird sie jetzt führen?« Ritter Reginard hatte keine Lust, sich unzuverlässige Krieger aufzuhalsen, die seine Sprache nicht verstanden und nicht so kämpfen konnten wie er.

Der Dolmetscher erklärte, daß Manglavites Andronikos die Männer zurück nach Konstantinopel führen wollte. Zwar war ihre Aufgabe noch nicht ausgeführt: Prinzessin Anna Jaroslawna war dem Bett des fränkischen Königs noch nicht einmal nahe. Aber Andronikos konnte es nicht verantworten, die Griechen immer tiefer ins Land der Barbaren hineinzuführen.

»Ich bin nicht sicher, ob sie mir überhaupt alle gehorchen würden, Herr«, erklärte Andronikos. »Die Römer gehorchen mir natürlich, aber es kann passieren, daß die Alanen anfangen zu räubern, wenn der Anführer kein Offizier ist. Richtung Byzanz werden sie schon in geordneter Formation reisen.«

Reginard de Marais war mit dieser Nachricht zufrieden, aber ihn beschäftigten die Gefahren, die das Zusammenschmelzen des Geleitzuges heraufbeschwor. Eirik der Starke wollte mit seinen Warägern nach Norden. So verblieben im Zug nur die dreißig Franken von Ritter Reginard und die zehn Waräger von Frau Theodora. Zu wenig in einem Land, in dem das Schwert das einzige wirkliche Gesetz war.

»Ritter, Comes Heraklios hatte einen Schatz bei sich. Damit kannst du dir Männer kaufen, die so kämpfen können, wie in diesem Land gekämpft wird«, schlug Eirik der Starke vor.

Beide, der Waräger und der Ritter, sahen, wie Andronikos zusammenzuckte. Eirik der Starke lächelte freundlich.

»Du bekommst genug Nomismata, damit du deine Männer verpflegen kannst, Manglavites. Wenn du einen größeren Anteil willst, mußt du darum kämpfen«, sagte der Waräger auf griechisch zu Andronikos. Der Manglavites verbeugte sich.

»Jedenfalls nicht mit dir, Waräger.«

»Ein weiser Beschluß. Ritter Reginard, ich bitte dich, Frau Theodora, ihren Sohn und ihre Dienerin zu Prinzessin Anna Jaroslawna in den Bischofspalast zu begleiten. Ich werde morgen früh mit meinen Männern versuchen, die Donau zu überschreiten.

Zur Nacht kommt strenger Frost; das Eis ist morgens am stärksten.«

»Das ist gefährlich«, zweifelte Reginard.

»Was wäre nicht gefährlich?« fragte der Waräger, und Reginard de Marais sah auf seinem breiten Gesicht einen fremden Ausdruck: schicksalsergebene Trauer.

Worum es ging, verstand der Ritter erst, als der Waräger sich anschickte, die in einen Pelzumhang gehüllte Frau Theodora vor ihn in den Sattel zu heben. Eirik der Starke hielt die Frau, die sich in einem erschöpften Erstarrungszustand befand, wie eine kostbare Reliquie in den Armen. Das häßliche Gesicht des Warägers verzog sich zum Weinen; Tränen rannen ihm aus den Augen, als er seine Lippen Frau Theodora auf die Stirn drückte. Reginard de Marais wurde von Mitgefühl zerrissen: Hatte er nicht auf den Gebirgspfaden des Balkan dieselbe verzweifelte Sehnsucht verspürt?

»Sag dem Waräger«, wandte Reginard de Marais sich plötzlich an den Dolmetscher, »daß ich jetzt gehen kann. Ich komme morgen wieder – wenn er fort ist.«

Eirik der Starke schüttelte den Kopf und legte dem Ritter Frau Theodora in die Arme.

»Herr, der Waräger dankt dir, aber er sagt, dies sei sein Schicksal«, übersetzte der Dolmetscher.

»Seltsame Rede von einem Christen«, bemerkte Reginard de Marais.

Eirik der Starke wandte sich um, zog Juvalos in seine Arme, drückte den Jungen einen Augenblick an seine Brust und hob ihn dann in einen leeren Sattel. Frau Theodoras Waräger grüßten ihn, als sie an ihm vorbeiritten.

Eirik der Starke ging in sein Zelt, sank auf sein Schlaffell, schloß die schmerzenden Augen und wartete auf den Tod. Niemand kam ihn stören, und man brachte ihm nicht einmal Essen, das die Waräger in ihren Reisekesseln zubereiteten. Statt des Todes kam ins Zelt eisige Kälte gekrochen, die allmählich auch den gewaltigen Körper Eiriks des Starken zittern ließ. Eirik seufzte, zog den Wolfspelz über sich und schlief ein.

Das Gästehaus des Bischofs Engilbert von Passau war ein niedriges Gebäude aus Balken und verräuchert wie der Terem von Nowgorod. Jewdokija von Pskow fühlte sich heimisch, während sie die Truhen öffnete und Anna Jaroslawnas Haarbürste und die Ölflasche herausnahm.

Prinzessin Anna war nicht zufrieden. Es verging kein Tag, an dem sie nicht darüber getrauert hätte, daß sie von Konstantinopel fortgegangen war. Sie vermißte schmerzlich die Bibliothek der Frauenabteilung im Heiligen Palast. Je weiter sie ins Land der Barbaren vordrangen, desto ärmer und elender wurde alles. Das schlimmste war, daß niemand Griechisch sprach.

Beide Frauen schrien vor Schreck auf, als an der Tür ein Krieger im Panzerhemd erschien mit einer Frau auf den Armen, die bewußtlos zu sein schien. Das war eines von den Dingen, die Anna Jaroslawna ebenso wie Jewdokija von Pskow an den Sitten der Barbaren ärgerten. Die Männer bewegten sich, wie sie wollten und wo sie wollten; es gab eigentlich überhaupt keinen Bereich, der ihnen verboten war. Die Frauen waren ebenso dreist, bewegten sich überall unter den Männern mit unbedecktem Gesicht und ohne jeden Anstand.

Der Franke sagte etwas in einer groben Sprache, stapfte über den Fußboden und legte die Frau auf ein Bett. Jewdokija von Pskow sah, daß es Theodora Hyperborea war; mit blauen Lidern und abgemagert, aber am Leben. Der Franke stand neben dem Bett und glotzte, bis Jewdokija von Pskow ihn beiseiteschob.

»Verschwinde schon, Mann! Dein Platz ist nicht neben dem Bett einer vornehmen Frau! Diese Tölpel verstehen überhaupt nichts.«

Sie befahl den Sklavinnen, Wein zu bringen. Theodora wurde gewärmt, man massierte ihr die Glieder und sprach Gebete für sie. Und zu guter Letzt bekamen die Frauen vom Kloster und von der Königinwitwe Gisela zu hören.

»Von Györ an sind wir euren Spuren gefolgt.«

»Wo ist Juvalos?« fragte Jewdokija von Pskow vorsichtig.

»Bei Hyypiä dem Farblosen in der Obhut der Waräger.«

»Und sein Vater?«

Theodora sah die alte Frau kalt an.

»Juvalos Skleros' Vater ist tot, wie du weißt.«

»Ach so. Wo ist dann Eirik der Starke?«

»Er ist nach Norden gegangen«, erwiderte Theodora ausdruckslos.

»Und du bist nicht mit ihm gegangen?«

Theodora war aufrichtig erstaunt.

»Warum hätte ich das tun sollen? Um als Frau eines Söldners zu leben? Um neben einer Feuergrube in einem Lehmhaus zu wohnen? Ich kann doch nicht einmal Essen kochen.«

»Eirik der Starke ist ein vermögender Mann. Er könnte dich so ernähren, wie du es willst.«

»Aber nicht in einem Königspalast«, sagte Theodora Hyperborea hochmütig.

ZEHNTES BUCH

1047–1048

45. Kapitel

1047

Theodora Hyperborea ließ hinter ihrem Schleier die Blicke über die Aula des Pariser Königspalastes schweifen. Eine hoffnungslose Niedergeschlagenheit legte sich wie ein grauer Mantel über sie. Theodora dachte an Konstantinopel, die Mosaikfußböden und Marmorsäulen, die Innenhöfe und Springbrunnen, die Bäder und Küchen, die ihr unbequem und verkommen erschienen waren, und hätte am liebsten laut geweint. Selbst die Hallen der Sklaven im Heiligen Palast waren luxuriös neben der königlichen Armut von Paris.

Anna Jaroslawna saß neben ihrem Mann, dem König, auf einem Podest mit hilflos entblößtem Gesicht, so daß auch der gemeinste Krieger sie begaffen konnte. Theodora, die links von der Königin stand, sah auf Annas Gesicht den Ausdruck blanken Entsetzens. Obwohl Anna Jaroslawna auf byzantinische Weise gelernt hatte, sich zu beherrschen, war sie doch noch zu jung, um sich fast in eine Statue verwandeln zu können, so wie die sechs Jahre ältere Theodora.

Als französische Königin hieß Anna Jaroslawna Agnes. Ihr Mann König Heinrich war siebzehn Jahre älter als sie, reizbar, mißtrauisch und empfindlich, was seine Ehre betraf. Man hatte der Braut sofort erklärt, warum diese Ehe geschlossen worden war. Der Grund waren nicht Macht und Ruf Jaroslaws des Weisen von Kiew, sondern der Wunsch der Kirche, das Leben der Laien zu beherrschen; da die wichtigste Handlung eines Mannes seine Eheschließung war, regelte die Kirche die Wahl der Ehegattin.

»Um Inzucht zu vermeiden, sind Ehen zwischen Verwandten bis in die siebte Generation verboten. Alle Königshäuser Europas befinden sich schon innerhalb der verbotenen Grade. Ich bin ein kinderloser Mann. Die Franken brauchen einen Kronerben. Ich bin ge zwungen, die Tochter irgendeines Barbarenfürsten zur Frau zu nehmen, um Kinder zu zeugen, die sowohl von königlichem Geblüt als auch vor Gott tauglich sind.«

Die Worte über die Barbaren erschreckten Anna Jaroslawna.

»Ich spreche und schreibe Russisch und Griechisch. Ich habe die Bibliothek des Heiligen Palastes durchgelesen. Ich kenne die Geschichte und die Philosophie. Und ich bin recht gut in der Mathematik«, sagte die Königin später verwundert zu Theodora. »Wie kann ich eine Barbarin sein? Sind nicht gerade die Franken Barbaren? Kein einziger von ihnen spricht Griechisch.«

»Sie wissen es nicht«, entgegnete Theodora kühl. »Ein Barbare ist immer glücklich, weil er nicht weiß, daß er ein Barbare ist. Wenn er es weiß, hört er auf, einer zu sein.«

Am Hof des Königs von Frankreich konnten nicht einmal alle Priester lesen, geschweige denn schreiben. Die Bischöfe und die gelehrtesten Priester sprachen Latein. Die Laien – die Ritter und ihre Frauen – konnten nicht lesen und auch nicht ihren Namen schreiben.

Theodora Hyperborea, die sich nichts aus Lesen machte, fand eher den Mangel an kultivierten Sitten, Anstand und Respekt erschütternd, der die Lebensart der Franken zu bestimmen schien. Sie saßen in Gegenwart des Königs, Männer und Frauen durcheinander, riefen dem König ohne Erlaubnis etwas zu und redeten miteinander. Sie warfen die Speisereste den Hunden, Katzen und Ratten zu, die sich am Fußboden balgten, stritten, pikten einander mit den Eßmessern und tranken sinnlos viel Wein.

Theodora kannte die Sprache der Franken nur schlecht, obwohl sie sie während der ganzen langen Reise von Passau über Regensburg, Speyer, Metz und Reims bis nach Paris gelernt hatte. Sie begriff aber, daß die Franken roh und unhöflich waren. Sie machten sich nicht die Mühe, ihre unangenehmen Gedanken zu verbergen, sondern brüllten alles heraus; ein Grieche hätte leise gelächelt und seinen Gegner elegant vernichtet.

Die Empfänge des Kaisers, die wohl vorbereiteten Feierlichkeiten, die Zeremonialschritte, die ehrerbietigen Begrüßungen! Hagia Basileia! Theodora bekam Tränen in die Augen, wenn sie an den goldenen Baum und die mechanischen Vögel darin dachte, die sie für lächerliches Spielzeug gehalten hatte. Am meisten vermißte sie die Ruhe der Frauenabteilung; einen Ort, an den die Frauen sich vor dem Geprahle der Männer und ihren betrunkenen Annäherungsversuchen zurückziehen konnten.

Anna Jaroslawna und ihre griechischen Hofdamen hatten bald erkannt, daß der König der Franken etwas ganz anderes war als der römische Kaiser. Der König der Franken war einer der führenden Männer des Frankenlandes, und nicht einmal der mächtigste. Um sein Gebiet herum gab es eine Menge gieriger Grafen und Herzöge, die ihm Stück für Stück sein Land wegnahmen, so daß König Heinrich zuletzt ärmer war als manche seiner Vasallen. Der König mußte von Ort zu Ort ziehen, um wenigstens eine anständige Mahlzeit für seinen Hofstaat zu bekommen. Anna Jaroslawnas Schatztruhen, das Kiewer Gold und Silber, wurden hier bitter benötigt.

König Heinrich war es gewöhnt, seine Vasallen gegeneinander aufzuhetzen; während Grafen und Herzöge sich gegenseitig aufrieben, meinte der König, in Ruhe zusehen zu können und vielleicht hier und da eine Burg zu gewinnen. Aber auch diese Sitte erwies sich schließlich als verhängnisvoll.

In der Nachbarschaft verblieben zwei Großvasallen, die den König und Paris in einem Stück hätten schlucken können. Im Süden lauerten die Grafen von Anjou: Die ganze Grafschaft war eine effektive und unermüdliche Kriegsmaschine. Im Westen warteten die Herzöge der Normandie: die gierigen, praktischen und kaltblütigen Nachkommen der Normannen. König Heinrich unterstützte mal den einen und mal den anderen, um zu verhindern, daß die Ungeheuer sich miteinander verbündeten.

König Heinrich hielt sich über die Absichten seiner Nachbarn auf dem laufenden, indem er im Lager des Feindes ein eigenes Ohr unterhielt. Ein solches Ohr zu beschaffen war weder leicht noch billig. Da er kein Geld hatte, mußte er andere Mittel einsetzen. Zusammen mit seiner neuen Königin hatte König Heinrich ein unvergleichliches Lockmittel wie ein Gottesgeschenk bekommen. War nicht gerade der König der Franken, Erbe der Macht Karls des Großen, der Vorkämpfer für das Christentum nördlich der Alpen gewesen?

Roger le Morne Ernaudi, der Herr von Meilhan, warf den abgenagten Lammknochen über die Schulter hinter sich und hörte den Lärm, als die Tiere sich darum balgten. Der Bauch des Herrn von

Meilhan war gefüllt mit dem Essen des Königs, in seinen Kopf war der Wein des Königs gestiegen – und bald würde er die Frau in den Armen halten, die der König ihm geschenkt hatte. Roger Ernaudi war so zufrieden, wie sein düsterer Beiname le Morne, der Finstere, es erlaubte.

Roger le Morne sah sich voller Verachtung in der Aula des Königs um. Sire Roger war Normanne, ein Vasall des Herzogs der Normandie Wilhelms des Bastards, und seine Vorstellung von Luxus war der große Wohnturm von Rouen.

Im Königspalast der Pariser Ile de la Cité gab es die Aula, die man an die Stadtmauer angebaut hatte, eine längliche Halle, die fünfundzwanzig Schritt lang und fünfzehn Schritt breit war. Außer der Aula gehörten zum Palast das Wohngebäude des Hofes und eine Kapelle sowie die Ställe und Vorratslager. Aber neben dem Palast seiner Hauptstadt einen Donjon, einen Verteidigungsturm, zu bauen, konnte der König sich nicht leisten. Heinrich Capet war der gekrönte König der Franken, aber die Zaubersprüche der Bischöfe machten aus ihm keinen Führer und Krieger, wie Wilhelm von der Normandie es war. Wenn ein Mann sich nicht behaupten konnte, verlor er sein Vermögen, und wenn er noch so sehr der Gesalbte des Herrn war.

Roger le Morne respektierte und fürchtete Wilhelm den Bastard von der Normandie. Dennoch konnte er dem Bestechungsgeschenk, das der König von Frankreich ihm angeboten hatte, nicht widerstehen. Roger le Morne Ernaudi würde dem König von Frankreich alles erzählen, was er über die Aktivitäten seines Herzogs wußte. Falls ein Krieg ausbrach, würde er seine Burg vor den Männern des Herzogs verschließen. Als Gegenleistung würde Heinrich von Frankreich ihm eine Ehefrau geben, wie kein einziger Ritter in der Normandie, in Anjou, in Poitou, in der Champagne, ja in ganz Frankreich und nicht einmal in Aquitanien sie besaß.

Roger le Morne wußte, daß er sich einer fürchterlichen Gefahr aussetzte. Herzog Wilhelm war trotz seiner Jugend schlau, rasch und gnadenlos und würde den Verrat nicht verzeihen. Doch die Verlockung war übermächtig. Seine Alternativen waren die byzantinische Prinzessin oder der Tod; nur ein Feigling, in dessen Adern Milch floß, verzichtete auf ein solches Spiel. Der Herr von Meilhan war falsch, gierig und roh, aber ein Feigling war er nicht.

Die Frau stand hinter der Königin. Sie war nicht bereit, der Sitte der Franken gemäß am Tisch zu sitzen – mit keiner Geste ließ sie ihren Abscheu erkennen, aber jedermann verstand, daß die Gerüche, die Tischsitten und die Frivolität der Franken ihr zuwider waren. Das verschleierte Gesicht der Frau, ihr geheimnisvolles Schweigen, ihr regloser Hochmut und die fremden, luxuriösen Kleider erzeugten das Bild von einer überirdisch vornehmen, unvergleichlich herrlichen und erstrebenswerten Belohnung, für die ein Mann mit Freuden sein Leben gab.

Roger le Morne hatte freilich nur vor, auf seine Ehre zu verzichten, indem er seinen Lehnsherrn betrog. Manche fanden, daß die Ehre teurer war als das Leben: Das Leben solcher Dummköpfe war im allgemeinen dann auch kurz. Die viele Male verkaufte Ehre des Herrn von Meilhan war ein geringer Preis für den unvergleichlichen Genuß, den er durch diese Frau erlangen würde.

Roger le Mornes Tischnachbarin bemerkte, wen der Ritter anstarrte.

»Sire de Meilhan, du bist von dem Geheimnis genauso verzaubert wie die anderen Männer.«

Die Frau war eine jener armen Witwen von edler Abstammung, die ihre Verwandten zur Königin in Dienst schickten, um sie loszuwerden. Eine Witwe an den Hof zu schicken, kam billiger als das Kloster – Nonnenkloster gab es nur wenige, und sie verlangten zum Unterhalt einer Frau ein Landgut. Die Witwe war eine dralle Frau mit Lachmund, zufrieden mit ihrem Leben von einer Mahlzeit zur anderen, froh über jeden Tag, an dem sich ein Mann fand, der sie streichelte, und unwillig, an das Alter zu denken, da sie niemandem mehr taugen würde.

»Frau, hast du schon das Gesicht der griechischen Prinzessin gesehen?«

Die Frau neigte den Kopf.

»Ja, das habe ich. Ich sage dir, Roger le Morne, daß, wenn sie jetzt den Schleier abnähme, alle Männer in dieser Aula bis hin zum ältesten Priester sich auf sie stürzen würden.«

Der Herr von Meilhan seufzte erfreut. Die griechische Prinzessin hatte ein blauseidenes, langes Unterkleid an, dessen Saum ein kom pliziertes Silbermuster zierte. Darüber trug sie eine grüne Seidentunika. Sie war über und über mit blauen Vögeln bestickt, deren Augen grüne Steine waren. Der Wollumhang war mit einer goldenen Fibel auf der rechten Schulter befestigt. Er war blau und ganz mit silbernen Blumen bestickt. Die schweren, goldblonden Haare waren hochgenommen, und ein mit grünen Achaten verzierter Stirnreif hielt sie zusammen. Über die Schläfen der Frau hingen Silberketten herunter. Ein feiner weißer Schleier verbarg ihr Gesicht und hing ihr bis auf die Schultern herab; dahinter konnte man vielleicht den langen Hals, den Mund und die Schatten der Augen erkennen, aber sonst nichts.

»Die griechische Frau hat einen Sohn«, sagte die gesprächige Witwe, bemüht, bei dem Herrn von Meilhan wenigstens für diesen einen Abend Fuß zu fassen. »Einen so schönen Jungen, daß diejenigen in dieser Aula, die sich nichts aus Frauen machen, sonst was dafür geben würden, um ihn zu bekommen.«

»Wie alt ist der Junge?«

»Ach, er ist noch ein Kind, sieben oder acht Jahre alt, aber groß.« Die Hand der Witwe schob sich auf den Schenkel von Roger le Morne. Der Mann war ohnehin schon erregt und würde doch die griechische Prinzessin nicht in sein Bett bekommen. Auch eine geringere Frauensperson war ihm als Ersatz recht. »Dame Theodora hat blaue Augen, aber der Junge hat graue. Ich hatte gedacht, die Griechen seien dunkel. Aber Theodora Hyperborea ist die Tochter eines nordländischen Königs.«

Roger le Morne verspürte die Gier des Besitzens in seinen Lenden wie das Lodern von Flammen. Er würde den Körper pressen dürfen, in dem königliches Blut floß, würde seinen Samen in den königlichen Leib ergießen können... Roger le Morne Ernaudis schwere Lider senkten sich über die dunklen Augen, um die nackte Gier zu verdecken. Er ergriff die wagemutige Hand seiner Tischnachbarin und preßte sie um sein Organ zusammen.

Mit vor Entzücken flirrendem Blick sah die Witwe Herrn von Meilhans dunkles Gesicht, die hohe Stirn, die zusammengewachsenen Augenbrauen und die Nase an, die scharf und gefährlich war wie der Schnabel eines Habichts. Der schmallippige Mund war zu einem begehrlichen Strich zusammengepreßt. Roger le Morne war Normanne; die Normannen verabscheuten Bärte und rasierten sich das Kinn glatt, aber Sire Roger hatte einen so starken Bartwuchs, daß auf seinem Kinn und seinen Wangen ständig ein dunkler Schatten lag.

Die griechische Prinzessin war keine Griechin, gleichwohl aber eine Prinzessin. Noch besser: Die Frau war die Schwester des Königs von Schweden. Eine solche Ehefrau würde dem Herrn von Meilhan in der Normandie zur Ehre gereichen. Seit dem Tod von Rollo, dem mächtigsten der Normannen, war mehr als ein Jahrhundert vergangen, und die Sprache des Nordens wurde in der Normandie seit Jahrzehnten nicht mehr gesprochen, aber die Normannen wurden immer noch hoch geschätzt.

Anna Jaroslawna weinte leise, demütig und untröstlich.

»Du mußt so weit fort, Theodora. Hier ist es einsam und trostlos.«

»Du hast doch Jewdokija von Pskow.«

Ein seltsam widersprüchliches Gefühl regte sich in Theodora Hyperborea jedesmal, wenn sie Jewdokija von Pskow sah. Sie hatte Jewdokijas Sohn getötet. Jewdokija hatte ihr das Leben gerettet. Diese beiden Tatsachen sollten eigentlich nichts miteinander zu tun haben; dennoch hatten sie es, aber die Verbindung war vage, und Theodora begriff sie nicht. Sie hatte das Empfinden, Jewdokija von Pskow etwas schuldig zu sein. Das machte Theodora reizbar, und sie wollte die alte Hofdame loswerden.

Theodora hätte sich gern eingeredet, daß sie so gnädig in die von König Heinrich vorgeschlagene Ehe eingewilligt hatte, um von Jewdokija von Pskow fortzukommen. In Wirklichkeit hatte Theodora keine andere Wahl. Sie war allein und konnte die Ehe, die der König geplant hatte, nicht verweigern, da sie keinen einzigen männlichen Verwandten besaß, der sie hätte schützen können. Der König konnte sie jedem beliebigen seiner Günstlinge zur Belohnung schenken. Theodora hatte keinen Zufluchtsort, wenn der König sie vom Hof vertrieb. Kein Kloster würde sie gegen den Willen des Königs aufnehmen. Der König konnte sich ihren Schatz aneignen, und niemand würde ihn für sie zurückholen.

Theodora war in die Lage gekommen, die sie immer gefürchtet hatte: Sie konnte keinen Einfluß nehmen auf das, was mit ihr geschah.

Das war ein unerträglicher Gedanke. Besser war es, sich vorzustellen, daß dies ihr eigener Wille war. Theodora würde Jewdokija von Pskow loswerden. Sie würde einen eigenen Palast bekommen, über den sie herrschen konnte. Juvalos bekäme einen Stiefvater, der ihn die fränkische Kriegskunst lehren würde. Hyypiä der Farblose würde sein Auskommen als Krieger ihres Ehemannes finden.

»Der Mann, den mein Herr König für dich als Ehemann erwählt hat, ist nicht vornehm genug«, klagte Anna Jaroslawna. »Kein Herzog und kein Graf – ich verstehe nicht, warum der König dich einem gewöhnlichen Burgherrn gibt, der noch dazu Vasall des Herzogs der Normandie ist.«

Theodora war derselben Meinung, aber es hätte ihre Würde verletzt, das zuzugeben. Sie ärgerte sich sogar darüber, daß sie, eine königliche Prinzessin, mit einem gewöhnlichen Ritter verheiratet wurde. Sie hatte Erkundigungen über Roger de Meilhans Vermögen eingezogen: Es war nicht bedeutend. Aber andererseits war der Mann bekannt als unbesiegbarer Krieger und Truppenführer.

»Sire Roger de Meilhan ist für König Heinrich sicherlich ein wichtiger Verbündeter. Seine Mutter ist eine entfernte Verwandte des Herzogs der Normandie. Außerdem«, fügte Theodora hinzu, »macht die Ehe mit mir ihn zu einem vornehmen Mann.«

Jewdokija von Pskow verstand es, eine verblüffende Menge an Informationen bei den Frauen des Palastes einzuholen. Vor ihr hatten sie nicht so eine Scheu wie vor den vornehmen Frauen. Jewdokija war nur eine alte Frau, vor der man über alles reden konnte.

»Bei den Franken ist es üblich, daß man seine Töchter mit Männern verheiratet, die dem Rang nach unter ihnen stehen, und für die Söhne eine vornehme Frau zu suchen. Auf diese Weise hat jede Familie höher- und niedrigerstehende Schwager. Meistens lassen sie die jüngeren Brüder überhaupt nicht heiraten, damit das Erbe nicht zerfällt. In diesem Land gibt es viele unverheiratete Ritter.«

»Roger le Morne hat einen großen Ruf als Krieger«, ermutigte Anna Jaroslawna Theodora. Die zuckte die Achseln. Der byzantinische Beamtenadel maß der Soldatenehre keinen Wert bei, und diese Denkweise hatte Theodora in Konstantinopel übernommen.

»Roger le Morne hatte eine Frau«, bemerkte Jewdokija von

Pskow. »Aber Sire Roger hat sie verstoßen, als der König ihm dich versprach.«

Theodora hatte Roger le Morne in der Aula des Königs gesehen. Er war ein starker Krieger, aggressiv wie ein Raubvogel und außergewöhnlich gutaussehend. Theodora hatte auch gesehen, wie der Mann sie gemustert hatte. Einer Frau, die am Hof von Konstantinopel in die Lehre gegangen war, würde es keine Schwierigkeiten bereiten, Roger von Meilhan zu beherrschen.

»Zieht ihr die Haare nach hinten! Vielleicht verbirgt sie darunter einen Makel.«

Die Frauen nahmen Theodora Hyperboreas dickes, weizenblondes Haar und hoben es hoch. Am Hals der Braut hob sich dunkel ein kleines Vogelamulett gegen die zarte Haut ab. Die Männer, die sich in der Hochzeitskammer zusammendrängten, heulten ihre trunkene Begierde nach dem nackten, weißen Körper, den ovalen Brüsten, den braunroten Brustwarzen, dem runden Bauch und dem hellbraunen Dreieck heraus.

»Sie ist tatsächlich nicht mehr ganz jung«, bemerkte eine der Frauen giftig.

»Dreht sie um!« befahl der König, der Brautführer, mit erstickter Stimme. Die Frauen drehten Dame Theodora wie einen Tanzbären herum, und die Männer bewunderten ihren Rücken und das Hinterteil.

Roger le Morne Ernaudi knurrte vor Wut, aber er konnte den wesentlichen Teil der Hochzeitszeremonien, die Prüfung der Ehegatten, nicht abbrechen. Auch er war untersucht worden, man hatte seine ehrenhaften Narben registriert und gesehen, daß er die Ehe würde vollziehen können, wenn er sich nur erst der Braut zuwenden konnte.

Aber die Prüfung der Braut dauerte länger als gewöhnlich: Schließlich bekam man nicht bei jeder Hochzeit die Schönheit einer griechischen Prinzessin zu sehen. Das Vergnügen gewann eine boshafte Delikatesse dadurch, daß die griechische Frau sich bei dem ganzen Spaß hochmütig und übellaunig verhielt: Sie zahlte die Grobheiten nicht mit derselben Münze zurück, kicherte nicht, wurde nicht rot, verhielt sich nicht so wie eine richtige fränkische Braut. Die Königin hatte vorgeschlagen, Dame Theodora überhaupt nicht zu prüfen. Die Frau war Witwe und hatte sich insofern schon einmal als makellos erwiesen. Da man aber die Griechen als betrügerisch kannte, wurde der Bitte nicht entsprochen.

Das Ehebett hatte den bischöflichen Segen bekommen. Viele sahen diesen Segen mit scheelen Augen an, denn die Kirche sollte mit der Ehe nichts zu tun haben.

»Ein böses Omen, daß ein Priester die Schlafkammer betreten darf.«

»Bald sitzt der Bischof am Bettrand und schreibt vor, wie Mann und Frau miteinander leben sollen.«

»Bald wird die Kirche bestimmen, wer deine legalen Kinder und die Erben deines Vermögens sind.«

Der Kopf wurde einem klar vor lauter Schreck, wenn man daran dachte. Dann würde die Kirche bald über alles bestimmen. Macht, Vermögen und Stellung wurden vererbt. Bisher konnte ein Mann selbst bestimmen, welcher seiner Söhne, von den legitimen und den illegitimen, Burg und Lehen erben durfte.

»Wenn die Kirche hätte entscheiden können, wäre Wilhelm der Bastard niemals Herzog der Normandie geworden.«

»Und da hätte die Kirche ganz recht gehabt. Der Bastard hat uns viel geschadet, und damit ist noch lange nicht Schluß.«

Aus Respekt vor der vornehmen Gesellschafterin seiner Frau hatte König Heinrich dem Brautpaar die königliche Kammer überlassen. Das war ein höhlenartiger, fensterloser Raum im inneren Teil des Wohngebäudes des Königspalastes auf der Ile de la Cité. Im Vorraum schliefen die Leibwächter und die Dienerinnen der Königin.

Nachdem die Tür sich geschlossen hatte, erleuchtete nur noch eine dicke Nachtkerze, die auf dem Dorn eines hohen Kerzenständers steckte, das Zimmer. Einen Augenblick lang war es ganz still; dann brüllte Roger le Morne auf und stürzte sich auf die bewegungslos daliegende nackte Frau. Er packte die Brüste, biß und drückte sie, saugte an den Brustwarzen und drückte seinen Daumen in ihren Nabel, er schob ihr seine Pranke zwischen die Beine, betatschte und befingerte sie und ächzte nahe am Explodieren. Der Körper der Frau war gerade so weich, kühl und entrückt wie er es sich vorgestellt hatte, vornehm weiß und glatt wie Samt.

Dann drang Roger von Meilhan etwas Seltsames ins Bewußtsein.

»Hör auf! Hör sofort auf, du Tölpel!«

Dem Ritter Roger le Morne blieb der Mund offen stehen. Die Frau widersetzte sich! Seine eigene Frau widersetzte sich ihm! Der Herr von Meilhan war es nach Art der Vornehmen gewohnt, sich eine Frau zu nehmen, wenn er eine brauchte; den Samen auf den Boden fallen zu lassen, war Sünde. Auf Reisen schlief Roger de Meilhan mit der Frau oder der Tochter eines Leibeigenen auf dem Feld oder auf dem Hof, wie es sich gerade traf. Wenn er als Gast auf der Burg eines mächtigen Vasallen war, gab man ihm zur Nacht irgendeine Dienerin. War er bei einem weniger bedeutenden Herrn, nahm er die Schwester oder sonst eine Verwandte des Hausherrn in sein Bett. Zu Hause in der Burg Meilhan standen ihm alle Frauen, angefangen von Frau Albreda bis hin zum Gänsemädchen, zur Verfügung.

Keine Frau verweigerte sich einem vornehmen Herrn. Nur Frau und Töchter eines besiegten Feindes hatten das Recht, sich zu wehren, wenn der Sieger sie schändete; der Widerstand steigerte in einer solchen Situation den Genuß des Sieges und gehörte zur Sache.

»Ach, du bist zu stolz, um dich dem Krieger im Guten zu ergeben, Prinzessin? Ist für dich nur ein königlicher Bolzen gut genug?«

Roger le Morne brüllte, daß die Kammer widerhallte. In den Ärger mischte sich Angst. Roger le Morne Ernaudi war ein gewöhnlicher normannischer Ritter. In den Augen der Prinzessin war er ein Nichts; er mußte die Frau unterwerfen, oder sie würde ihn unterwerfen.

Roger von Meilhan hob die Hand und schlug die Frau ins Gesicht und auf die Brüste, jedoch nicht mit der Faust, denn er wollte keine Knochen zerbrechen und nicht die Schönheit der Frau ruinieren. Von morgen an würde sie keinen Schleier mehr tragen: Alle sollten sehen, welch schöne Frau Roger de Meilhan aus der Hand des Königs empfangen hatte. Einige blaue Flecke im Gesicht würden auch zeigen, wer die Frau beherrschte.

»Mach die Beine breit, Prinzessin!«

Die Frau rührte sich nicht. Roger schlug ihr in den Bauch, packte ihre Knie und schob sich siegreich hinein, so als spießte er einen Gegner im Kampf auf. Er ließ sich auf die Frau herunterfallen, um sie unter sich festzunageln.

Unnatürliches Entsetzen umgab Roger le Morne, so als hätte er sich in kaltes Wasser gestürzt. Der Körper der Frau war kühl und feucht, leblos schlaff. Die Leinenlaken waren widerlich ledern. Die Luft roch plötzlich nach nebligem Sumpf. Die Frau hatte die Augen offen. Daraus sahen Roger le Morne schreckliche Wesen an, und Geister aus den Tiefen der Wälder taxierten düster seine heimliche Schwäche.

»Tu das nie wieder, Mann.«

Die Stimme der Frau war tief und ruhig und umso bedrohlicher, als sie weder schrie noch flehte. Roger le Morne glitt aus ihr heraus und kauerte sich vor Angst auf dem Bett zusammen. Er griff nach seinem Organ; es war klein, kalt und hilflos. Roger de Meilhan wimmerte mit hoher Stimme wie ein junger Hund.

Theodora Hyperborea hörte sich das Gejammer des Mannes an. Sie betastete ihr Gesicht. Auf den Wangen würde sie blaue Flecke bekommen. Auf der Haut waren die Spuren der Fäuste und Zähne ihres Ehemannes. Theodora hätte sich niemals vorstellen können, daß ihr vornehmer, wohlgepflegter Körper sich einer solchen Tortur würde aussetzen müssen ... bis auf ein längst vergangenes Mal.

Theodora schlief nicht mit Männern. Dieses Vergnügen hatte sie sich untersagt. Einen Mann, überhaupt einen Menschen, so nahe an sich heranzulassen, war gefährlich. Sie mußte wählen zwischen Sicherheit und Genuß; für Theodora war Sicherheit der größte Genuß.

Theodora genoß die heimliche Begierde der Wachmänner der Vigla und die offene Beutegier der Höflinge, dachte aber gar nicht daran, sich einem von ihnen auszuliefern. Als der Petschenege Kegen auf dem Gebirgsweg des Balkan ihr Gesicht entblößte, hatte sie heftiges Verlangen gespürt, und der Petschenege hatte das verstanden. Aber die Gefahr, die Juvalos drohte, hatte alles andere außer der Angst überdeckt.

Auf eine geheimnisvolle und schändliche Weise hatte Theodora es genossen, was Roger de Meilhan mit ihr gemacht hatte. Aber die Angst war größer gewesen als der Genuß, und deshalb war Nebel aufgekommen.

Wieder lag Theodora im Wasser. Aber sie war nicht allein, und das Wasser war nicht eiskalt; bei ihr waren die Toten in den freundlichen Höhlen, die Vorväter standen ihr bei. Ein wohliges Gefühl der Sicherheit breitete sich in Theodoras schmerzendem Körper aus. Keine Angst, niemals Angst haben. Die Toten waren immer in der Nähe. Je besser Theodora ihren Platz zwischen den Unterirdischen und den Oberirdischen verstand, desto bereitwilliger kamen ihr die Vorfahren zu Hilfe. Roger le Morne Ernaudi von Meilhan stellte keine Gefahr dar: Er war hart, machtgierig und falsch, aber nicht gefährlich für Theodora.

Eirik der Starke hatte Theodora vor langer Zeit grausam behandelt, vor vielen Jahren in Perama ... Aber Eirik würde Theodora niemals schlagen, Eirik würde sie niemals verletzen, nicht einmal in Berserkerwut. Eirik der Starke würde sein Leben geben für Theodora. Über Eirik dem Starken würde kein Nebel aufsteigen, und Eirik würde sich nicht unfähig abwenden. Theodora würde ihn niemals wiedersehen, aber es gab ihr ein Gefühl von Sicherheit, daran zu denken, daß es Eirik gab. Er war der einzige Mensch, dem Theodora vollkommen vertrauen konnte. Plötzlich begriff Theodora, was das bedeutete. Sie wandte sich um und starrte durch die Bettvorhänge in das bescheidene Leuchten der Nachtkerze. Sie schaute in die zitternde Flamme, aufs äußerste erstaunt über ihre eigene Blindheit und Dummheit.

Roger le Morne streckte aus der Dunkelheit des Betts seine Hand aus. Die Berührung des Mannes war vorsichtig und tastend. Die Hand legte sich auf ihren Schenkel, wartete. Theodora spürte das Verlangen des Mannes: Es war so unerträglich stark, daß der Mann bereit war, den fremden Geistern zu trotzen, um Theodora zu bekommen. Zu trotzen oder sich zu unterwerfen, ganz wie Theodora es wollte. Theodora erlaubte der Hand gnädig, an ihrem Platz zu bleiben.

Roger le Morne kam neben sie gekrochen. Er kniete sich hin und drückte der Frau seine Stirn auf die Brust – wie in der Prostration zu Füßen des Kaiserthrons. Theodora erinnerte sich, daß Ritter Roger nicht der einzige Mann war, der sich so vor ihr verneigt hatte. Sie spürte in ihrem Körper den brünstigen Wunsch des Mannes, sich zu unterwerfen. Sie wartete, und sogleich begann der Mann sich zu winden und zu flehen, so wie sie es vorausgeahnt hatte. Theodora wandte sich plötzlich um und schlug Ritter Roger auf die Wange, so daß die Ringe ihm eine Wunde ins Kinn rissen. Der Mann klagte vor Lust. Im Dämmerlicht lächelte Theodora kalt: Es war besser, wenn diejenige Person, die hier schlug, Theodora war als Roger le Morne Ernaudi.

46. Kapitel

1048

Der Zug setzte bei der Furt über den Risle. Furten waren gefährliche Stellen. Roger le Morne schickte von den achtzig Männern des Zuges vierzig als Vorhut hinüber. Mit ihnen ritt auch Juvalos Grauauge, gefolgt von seinem Leibwächter Hyypiä dem Farblosen. Zurück blieben zwanzig Mann als Nachhut. Troß und Dienerinnen setzten über den Fluß, beaufsichtigt von den Troßknechten und fünf Mann. Dann kam der kostbarste Teil des Zuges, Domina Theodora, beschützt von Ritter Roger und fünfzehn Mann. Zuletzt preschte die Nachhut über den Fluß, daß es nur so spritzte. Die Reise ging weiter das Risletal entlang in Richtung Stadt und Burg.

»Meilhan!«

Frau Theodora sah unter ihrem Schleier auf. Sie konnte in dem Flußtal nichts erkennen. Dann sah man ein helles Steingebäude, das offenbar eine Kirche war.

Die Stadt war von einer Palisade umgeben. Die Burg erhob sich oberhalb davon auf einem hohen Randfelsen des Tals: ein viereckiger Turm auf einem Hügel, der von einer Steinmauer umgeben war. Das untere Geschoß des Donjon war aus Stein, die beiden oberen bestanden aus Balken.

Die Stadt verdiente kaum die Bezeichnung Dorf, aber Domina Theodora sagte nichts; was hätte sie auch sagen sollen. Diese Welt war anders als die, aus der Theodora kam. Sie wurde nicht besser, indem man sie bemäkelte.

In Meilhan gab es einige Händler, Sattler, Böttcher, Gerber und Maurer; einen Waffenschmied gab es in der Burg. Die Stadt war entstanden, um den Bedarf der Burg zu decken. Sie war so oft niedergebrannt worden, daß niemand mehr wußte, wie oft. Wenn die Einwohner sahen, daß ein Reiter auf das Stadttor zu geritten kam, rafften sie ihre Kinder, Schweine und Ziegen und stürzten in den

Schutz der Burg, denn ein galoppierendes Pferd brachte niemals gute Nachrichten.

Ritter Roger le Morne konnte nicht in die Burg flüchten. Einige Menschen hatten manchmal im nahen Kloster Schutz gesucht, aber das kleine Kloster Saint Ivo konnte nicht einmal seine eigenen Mönche schützen, geschweige denn die Städter. Roger le Morne Ernaudi scheute sich nicht, den Abt des Klosters an den Handgelenken über dem Feuer aufzuhängen, wenn er den Verdacht hegte, daß das Kloster einen Bürger versteckte, der sein letztes Geld oder seine junge Tochter dem Zugriff des Ritters entziehen wollte.

Alles, was sich in der Burg, in der Stadt und im Kloster sowie auf den umliegenden Ländereien befand, gehörte Roger le Morne, und kein Mönch, kein Priester, Bischof oder Gott brachte ihn dazu, darauf zu verzichten. Der einzige, der Roger le Morne beeinflussen konnte, war Herzog Wilhelm der Bastard von der Normandie, und deshalb betrog Ritter Roger seinen Herzog.

Roger le Morne Ernaudi herrschte praktisch über Leben und Tod der Menschen seines Gebiets. Mit dem blanken Schwert in der Hand sprach er Recht: Er war Ankläger, Richter und oft auch Henker. Er befehligte in seiner Burg die Lanzen von zehn Rittern und hundert Schwerter. Die freien Männer des Gebiets waren verpflichtet, bei Feldzügen mit ihren Bogen und Speeren als Fußvolk zu kämpfen. Roger le Morne von Meilhan hatte wenig Freunde und viele Feinde. Nach der neuen Ehe hatte er noch mehr Feinde.

»Sei willkommen in Meilhan, Frau.«

In Ritter Rogers Stimme lag Stolz, der Theodora Hyperborea zum Lachen gebracht hätte, wäre nicht der Anblick von Burg Meilhan so erschütternd gewesen. Sie ritten mit donnernden Hufen über die Zugbrücke. Darunter befand sich ein trockener Wallgraben, in dem die Abfälle der Burg Gestank verbreiteten. Meilhan war auf einem Steilhang des Risle erbaut, der nicht genug Wasser für den Wallgraben führte. Auch der Brunnen der Burg trocknete bisweilen aus; das war der schwächste Punkt der Verteidigung.

Ein Vorfahre von Roger de Meilhan, an dessen Namen sich niemand erinnerte, hatte seinen steinernen Gutshof so gebaut, daß er das Risletal von oben beherrschte. Die Aula war ein niedriges, langgestrecktes Hallenhaus. Einige Jahrzehnte später hatte man auf die Aula eine zweite Etage gesetzt. Ritter Rogers Großvater, der mächtige Krieger Ernaud, dessen Namen alle seine Nachkommen trugen, hatte das Gut zu einer Burg umgebaut. Um die Aula herum wurde Erde aufgeschüttet, bis sie unter einem großen Hügel verschwand. Auf diesem Hügel wurde ein Verteidigungsturm, der Donjon, errichtet, und die beiden Etagen der Aula wurden zu Vorratslagern und Gefängnissen.

Hyypiä der Farblose und Juvalos ritten direkt hinter Frau Theodora und Roger de Meilhan. Theodora hörte, wie sie sich in der Sprache der Nordländer unterhielten; anscheinend fand der Farblose, daß der Donjon von Meilhan recht gut zu verteidigen sein würde, wenn man nur die oberen, aus Holz gebauten Stockwerke durch Stein ersetzte. Juvalos, den die Kriegskunst mehr interessierte als alles andere, hörte aufmerksam zu.

»Wohnen die Burgleute im Donjon?«

Frau Theodora grauste es. Diese Möglichkeit war ihr auch gerade eingefallen.

»Alle zusammen? Die Krieger und die Frauen? Mich wundert nichts mehr an den Sitten der Franken.«

»Nein, Herrin«, antwortete eine neue Stimme auf schwedisch. »Nur die Krieger wohnen im Turm. Die Familie des Ritters wohnt im Domus im Hof der Burg.«

Überrascht sah Theodora hinab. Ein großer, blonder Mann in einem Schuppenpanzer reckte sich, um ihr aus dem Sattel zu helfen. Aus dem Gesicht des Mannes leuchteten Neugier und Bewunderung.

»Ich bin Thorgaut, der Burgkommandant von Meilhan.«

»Ein Normanne?« freute sich Hyypiä der Farblose.

»Meine Mutter stammte aus dem östlichen Götaland und mein Vater aus Gotland. Meine Kindheit hab ich in Burs verbracht.«

Roger le Morne brüllte. Die Mauern hallten wider, jedes Gespräch verstummte, jede Bewegung hielt inne.

»Tritt zurück, Thorgaut!«

Der Gotländer neigte still den Kopf und trat beiseite neben Juvalos' Pferd. Roger le Morne saß ab und kam, um Domina Theodora aus dem Sattel zu heben. Allen wurde klar, daß kein anderer als der Ritter die gnädige Frau berühren durfte.

Der Burghof war unsauber: Mist von den Tieren, Stroh, Gras, Abfälle. Gänse und Hühner liefen umher.

»Herr.« Theodora zeigte Ritter Roger ihre blauen Seidenschuhe. »Setz mich nicht in diesen Dreck. Dein Hof ist schmutzig.«

Roger le Morne trug seine in einen Zobelumhang gehüllte Frau quer über den Burghof in den Domus, ein niedriges Haus mit Strohdach, dessen Giebelwand Teil der Donjonmauer war. Im Domus von Meilhan gab es eine langgestreckte Aula, zwölf Schritt lang und fünf Schritt breit. Von der Rückwand der Aula gingen mit Vorhängen abgeteilte Kammern und Vorkammern für die Familie ab; die Diener schliefen auf dem Steinfußboden der Aula. Eine Kapelle war mit dem Domus verbunden, aber die Kochstube befand sich in einem anderen Gebäude, in das man durch einen holzgezimmerten Gang gelangte.

Roger le Morne Ernaudi setzte die gnädige Frau auf dem Boden ab, wandte sich um und schnauzte seinen Hofmeister an, der mit der übrigen Familie an der Tür der Aula kniete. Sogleich fegte ein Besen über den Burghof, die Peitsche sauste auf die Rücken der Sklaven hernieder, und Heulen und Klagen stieg zum winterlichen Himmel auf. Der Herr von Meilhan war heimgekehrt.

»Ritter, deine Kinder.«

Ein kleiner, magerer Priester führte zwei Kinder herbei: Der Junge war genauso alt wie Juvalos und das Mädchen einige Jahre jünger. Beide hatten schwarzes Haar und blaue Augen: fränkisches und normannisches Erbe. Die Kinder knieten vor dem Vater nieder. Roger le Morne schleuderte das Mädchen fort, und der Priester nahm sie eilig beiseite. Ritter Roger zog den Jungen, der schlank und blaß war, auf die Füße. Der Junge trug einen Schuppenpanzer. Ein kleines Schwert hing in einem Tragriemen, der über die Schulter reichte.

»Odo, begrüße die gnädige Frau.«

Der Junge beugte vor Frau Theodora das Knie.

»Domina.«

Theodora nickte. Sie hatte ihren Mann nicht gefragt, ob er Kinder habe, und Ritter Roger hatte es nicht erzählt. Theodora überlegte, was die Existenz des Jungen für die Kinder bedeutete, die Roger de Meilhan möglicherweise mit ihr selbst zeugen würde: Ob man sie enterben und verstoßen würde, wie es bei den Franken üblich war?

Odos Blick fiel auf Juvalos, der hinter Theodora stand. Ein blaues Aufleuchten, und Juvalos erwiderte den Blick des Jungen mit einem breiten Lächeln. Odos ernster Gesichtsausdruck hellte sich auf. Er wandte sich fragend an seinen Vater.

»Dein Stiefbruder«, knurrte Roger le Morne. »Ein griechischer Graf.«

Der Junge schnaufte verwundert.

»Herr, darf ich meinem Bruder die Ställe zeigen?«

Roger le Mornes dunkle Augen schauten unwirsch auf Juvalos.

»Tu, was du willst. Juvalos wird bei dir wohnen.«

»Und mein Waräger Hyypiä der Farblose wird bei Juvalos wohnen.«

Frau Theodoras Stimme war scharf, und ein paar Dutzend Köpfe wandten sich ihr zu und starrten sie entsetzt an. Die Klügsten schlüpften in die Nischen, die sie sich schon ausgeguckt hatten, und diejenigen, die das nicht schafften, versuchten, sich unsichtbar zu machen. Die Wut des Roger le Morne beschränkte sich niemals nur auf einen einzigen Menschen. Man hatte auf Meilhan viele Tage gesehen, an denen der Ritter seine Frau verprügelte, und dann bekamen außer der Domina auch die Dienerinnen ihren Teil ab. Manchmal mußten auch die Wachleute, deren Aufgabe es war, die Frauen ständig zu überwachen, ihre Haut hinhalten.

Hyypiä der Farblose war auf der Hut. Beide Fäuste griffen nach dem Schaft der wichtigsten Waffe, der Streitaxt. Der Farblose hatte seine Anweisungen für den Fall, daß Frau Theodoras oder Juvalos' Leben bedroht würde. Frau Theodora hatte es ihm erklärt: Der Farblose hatte Juvalos unter Einsatz seines Lebens zu verteidigen. Falls die Situation hoffnungslos war, sollte er Frau Theodora zurücklassen und mit dem Jungen fliehen.

Roger le Morne Ernaudi zuckte die Achseln.

»Mir ist es egal, wer bei den Kindern schläft. Und Thorgaut bekommt Gesellschaft an deinem Normannen, Frau.«

»Deine Tochter«, sagte Theodora, ohne sich beirren zu lassen. »Wie heißt sie?«

Roger le Morne sah den Priester fragend an.

»Du weißt doch solche Sachen, Vater.«

»Domina, sie heißt Adela und ist drei Jahre alt.«

»Herr, darf das kleine Mädchen mir Gesellschaft leisten?«

»Mir ist es egal, was mit ihr geschieht.«

»Adela«, sagte der Priester, »knickse vor deiner Frau Mutter.«

Die Kleine kam, kniete nieder und küßte den Rocksaum der Burgherrin. Ihr Gesicht war starr vor Angst. Domina Theodora lächelte gnädig. Sie war bereit, die Kinder des Ritters freundlich zu behandeln, da Juvalos sie anscheinend mochte. Wenn es anders gewesen wäre, hätte sie die Kinder aus ihrem Gesichtskreis verbannt und sich nicht im geringsten um ihr Schicksal gekümmert.

Der Burgpriester von Meilhan hieß Thiedo. Er war ein entfernter Verwandter von Ritter Roger: der Tochtersohn eines unehelichen Sohnes des mächtigen Ernaudi. Vater Thiedo war ein einfacher und demütiger Mann, barfuß, schmutzig und langsam beim Sprechen. Die neue Herrin von Meilhan machte ihm noch mehr Angst als Roger le Morne Ernaudi.

Sire Rogers Sünden kannte Vater Thiedo, auch die allerschrecklichsten: Er wußte, wie Roger le Morne die Burg des Mannes seiner Schwester erobert, seinen Schwager getötet und seine beiden kleinen Schwestersöhne auf die Felsen hinabgestürzt hatte, so daß sie zerschmettert wurden. Diese Sünde hatte der Bischof von Rouen im Namen Gottes vergeben, denn Roger le Morne hatte bereut und eine Pilgerfahrt nach Santiago de Compostela gemacht. Das war lange her; er hatte neue Sünden begangen und ebenso bereut, denn Roger le Morne genoß die Reue ebensosehr wie die Missetat.

Aber die Sünden der Männer waren leicht: Friedensbruch, Hurerei, Diebstahl, Kirchenschändung. Die Frauen waren kompliziert und deshalb schlimmere Sünderinnen. Ihre Verbrechen waren so vage und rätselhaft, daß man sie gar nicht immer als Sünden erkannte. Leise und heimlich lebten die Frauen in ihren Kammern ein dämmeriges Leben, das man unmöglich durchschauen konnte. Die Kirche konnte ihre Sünden nicht aufzählen, weil es ihr unmöglich war zu begreifen, was die Frauen wollten und wozu sie fähig waren. Die einzige Möglichkeit war, sie aufmerksam zu bewachen und damit keinen Augenblick nachzulassen.

Mit seinem langsamen Verstand erkannte Thiedo, daß die neue Herrin von Meilhan noch fremder war als die Frauen allgemein. Er wußte nicht, worin Domina Theodoras Andersartigkeit, ihre absolute Fremdheit bestand.

Die Frau war Griechin, aber eigentlich nicht, sondern stammte aus dem Norden, aus dem die Vorväter der Normannen gekommen waren. Sie war sehr fein, besser als alle anderen in Meilhan, aber eigentlich nicht, denn sie konnte nicht lesen. Vater Thiedo konnte das, wenn auch schlecht. Sie war reich, ihr Schatz füllte eine ganze Kammer in der Aula von Meilhan, und ihre Truhen, Vorhänge, Pelze, Kerzenständer und Gefäße waren der Stolz der Burg. Aber eigentlich war sie nicht reich, denn sie brachte kein Land mit in die Ehe.

Die Frau war schön, aber nur wenige durften das sehen, denn sie bedeckte ihr Gesicht auch dann, wenn in der Burg Gäste waren, und es hätte dem Hausherrn zur Ehre gereicht, den Gästen die Herrlichkeit der Frau zu zeigen. Sie war tugendhaft, aber gerade die Tatsache, daß sie sich hinter dem Schleier versteckte, machte die jungen Männer der Burg verrückt. Sie waren zu jedem Wahnsinn bereit, nur um das Gesicht der griechischen Prinzessin zu sehen. Die zu Gast weilenden Ritter vergaßen fast das Trinken bei ihrem Versuch, das Geheimnis zu lüften.

Ritter Roger le Morne war zufrieden und verbot seiner Frau nicht, den Schleier zu tragen. Er hatte verstanden, daß das Verborgene verlockender war als das Enthüllte. Die Macht des Burgherrn fußte außer auf seinem Ruf als Krieger, dem Verteilen von Geschenken und einem schön gedeckten Tisch auch auf der Existenz seiner Frau, die jeder begehrte, aber niemand bekam.

Domina Theodora war fromm. Sie schenkte der Kirche von Meilhan eine seidene Altardecke und einen silbernen Oblatenteller. Sie ging zur Messe, bekreuzigte sich, verneigte sich vor dem Bischof und behandelte Vater Thiedo freundlicher als Ritter Roger. Aber sie hatte die griechische Liturgie gelernt und verehrte die griechischen Heiligen. Ganz schlimm war, als sie einmal den Burgleuten erzählte, daß in Kiew die Liturgie in der Sprache des Volkes gesungen wurde, so daß die Menschen auch ohne Erklärung verstanden, was in der Kirche gesagt wurde.

Und dann war da noch etwas, was allen eine Gänsehaut bescherte und die Seele zu Eis erstarren ließ. Manchmal sah man ein Flimmern um Domina Theodora herum. Wenn man genauer hinschaute, war nichts zu sehen. Der Priester meinte, er habe sich etwas eingebildet, weil die Domina aus einem fremden Land stammte.

Vater Thiedo bemerkte, daß auch Roger le Morne seine Frau ansah, und da wußte er, daß Dame Theodora keine gewöhnliche Frau war. Roger le Mornes Gesichtsausdruck war eine erschütternde Mischung aus Haß, Begierde und Unterwerfung. Vater Thiedo konnte nicht verstehen, wie ein so harter und kalter Mann sich einer Frau anders als durch die Kraft der Zauberei unterwerfen konnte.

Jetzt konnte Vater Thiedo nicht an Domina Theodoras ungewöhnliche Eigenschaften denken.

»Domina. Im Namen Gottes, folge mir.«

Theodora sah von ihrer Näharbeit auf. Der Priester sah verängstigt aus; das war keineswegs selten, denn Schmerz und Angst gab es auf Meilhan und in seiner Umgebung überreichlich. Hinter der Verängstigung wurde Entsetzen erkennbar. Theodora steckte ohne Eile ihre Nadel in die Näharbeit und erhob sich. Sie bewegte sich immer ruhig und würdevoll und sprach mit leiser Stimme. Sie hatte das Gefühl, ihren Verstand bewahren zu können, wenn sie sich jeden Augenblick selbst von außen betrachtete wie einen fremden Menschen. Sie, wer auch immer sie sein mochte, war dann unerreichbar und unverwundbar. Auf diese Weise konnte sie Juvalos beschützen, bis der Junge alleine in der Welt zurechtkam.

»Priester, wohin führst du mich?«

»In den Donjon, Domina. Komm rasch.«

Theodora hob unter dem Schleier die Brauen. Sie war während dieser Monate kein einziges Mal im Donjon von Meilhan gewesen. Das war der letzte Ort, an den eine Frau in der Burg sich zu Friedenszeiten begab. In Kriegszeiten dagegen war sie gezwungen, dort Schutz zu suchen.

Im Donjon wohnten die Krieger: die Ritter des Burgherrn, seine Gefährten von Jugend an. Es waren die jüngeren Söhne aus adligen Familien, die keine Möglichkeit hatten, sich eine Frau und Land zu verschaffen, wenn nicht Roger le Morne ihnen beides schenkte. Sie aßen Roger le Mornes Brot, und sie waren ihm zu unbedingter Treue verpflichtet. Ihr größter Wunsch war es, daß Ritter Roger sie mit einer seiner unehelichen Töchter verheiratete und ihnen eine einer kleinen Holzburgen gab, in denen sie dann herrschen konnten; auf eine eheliche Tochter des Burgherrn konnten sie sich keine Hoffnung machen.

Im Donjon wohnten auch die Knappen der Ritter, die Knaben und Burschen aus anderen Burgen, die im Gebrauch der Waffen unterwiesen wurden. Darunter waren auch Juvalos und Odo, die noch zu jung waren, um als Knappen in eine fremde Burg geschickt zu werden.

Der Eingang des Donjons lag in der ersten Etage. Dorthin mußte man eine feste Leiter emporsteigen. Diese Leiter konnte eingezogen werden, falls der Feind angriff. Die von Eichenträgern gestützte große Halle des Donjon war leer. Roger le Morne war mit seinen Männern draußen. Sie ritten eine Kavalkade, eine Vernichtungsrunde um seine Ländereien: Sie peitschten die Leibeigenen aus und schändeten deren Frauen, damit sie immer in Furcht vor der von der Burg drohenden Gefahr lebten.

Der Priester Thiedo ging voraus in eine Ecke und stieg eine Wendeltreppe hinab in das Untergeschoß des Donjons. Hier war das Waffenlager, reichhaltig und wohlgeordnet. An der Wand brannte eine Fackel, weil jemand im Lager gewesen war und man nach der Kavalkade die Waffen dorthin zurückbringen würde. Neben der brennenden Fackel gab es in einem Gestell noch weitere, die nicht brannten. Vater Thiedo nahm eine davon, zündete sie an und ging zu einer Luke neben der Wand.

»Domina, hilf mir.«

Gemeinsam hoben sie die Luke an. Theodora konnte sich überhaupt nicht erinnern, jemals eine so grobe Arbeit verrichtet zu haben. Aber Vater Thiedos entschiedenes Gesicht verschloß ihr den Mund.

Durch die Luke gelangten sie in den aufgeschütteten Erdwall, die unterirdische Etage. Auch sie war ein Lager, finster und voller Pfähle und Tonnen. Vater Thiedo fand im Fußboden eine weitere Luke. Dadurch kamen sie über eine Leiter nach unten, und Theodora zischte böse, weil sie fürchtete, daß ihr Kleid schmutzig würde.

Im untersten Geschoß herrschte ein bekannter Geruch, der dumpfe Duft nach Erde. Im Fußboden gab es Gruben, über denen Deckel lagen. Theodora vermutete, daß es Getreidesilos waren.

»Komm, Domina.« Vater Thiedo nahm Theodora bei der Hand. Theodora riß ihre Hand los. Gleichzeitig hörte sie Rascheln und Pfeifen aus der Dunkelheit.

»Was ist das?«

»Ratten.« Vater Thiedo schwenkte seine Fackel, und die grauen Gestalten flitzten davon. Theodora ekelte sich furchtbar. Sie wollte fort von diesem entsetzlichen Ort, aber die Neugier, die größer war als ihr Ekel, zwang sie, dem Priester zu folgen.

Vater Thiedo führte Theodora zur Rückwand des Raumes. Dort lag in der Ecke auf verfaulten Säcken und modrigem Stroh ein verschmachtender Mensch, den man gerade noch als Frau erkennen konnte. Die Augen des Wesens waren offen. Zuerst hielt Theodora die Frau für tot, aber dann blinzelte sie mit den Augen, die das Licht nicht gewohnt waren.

»Wer ist das?«

Vater Thiedo schlug mitleidig das Kreuz über der Frau.

»Das ist Albreda von Albas. Sie war die Ehefrau von Ritter Roger vor dir, Domina.«

Theodora überkam eine solche Schwäche, daß sie sich gegen den Priester lehnen mußte.

»Ich dachte, man hätte sie nach Hause geschickt ... oder ins Kloster.«

»Hätte denn Roger le Morne auf ihre Mitgift verzichtet?«

»Unternehmen denn ihre Verwandten nichts?«

»Doch, das werden sie wohl, wenn sie dazu kommen. Die Herren von Albas haben vorher noch zwei andere Kriege zu führen. Aber früher oder später kommen sie nach Meilhan. Ritter Roger weiß das. Aber für Domina Albreda ist alles zu spät.«

Theodora bückte sich, zitternd vor Ekel, nach dem erbärmlichen Wesen. Der Gestank war grauenhaft. In ihrem verwöhnten Leben hätte Theodora nie gedacht, daß es etwas Derartiges geben könnte. Natürlich war es auch in Konstantinopel so; hatte doch der Kaiser sein Gefängnis. Es kam einem nur nicht in den Sinn, wenn man sich in raschelnder Seide über die Marmorböden der Innenhöfe bewegte.

»Man muß sie nach oben holen und waschen und füttern.«

»Sie wird bald sterben, Domina. Ich habe versucht, für sie zu sorgen; Ritter Roger wollte sie nicht sofort töten. Obwohl das barmherziger gewesen wäre ... Ich habe dich hierhergeholt, Domina Theodora, weil Dame Albreda die letzte Ölung bekommen muß und sie das Recht hat, vor dem Tod ihre Kinder zu segnen.«

»Hol Thorgaut, er ist nicht mit dem Ritter auf Kavalkade gegangen. Hol auch den Farblosen, er übt mit Juvalos und Odo im Stallhof. Befiehl meinen Frauen, ein Bad und ein Bett zu richten. Laß die Fackel hier. Ich bleibe bei der armen Frau sitzen.«

Priester Thiedo wandte sich zum Gehen.

»Domina, begreifst du, daß dein eigenes Leben jetzt in Gefahr ist?«

»Roger le Morne kann mir nichts anhaben«, sagte Theodora und bemerkte das Erschrecken auf dem Gesicht des Priesters. »Und mein Leben hat keine Bedeutung, wenn ich mich nicht der letzten Augenblicke einer Unglücklichen erbarmen kann.«

Der Priester ging, und Theodora hockte sich neben der Frau nieder. Sie ergriff die klauenartige Hand, streichelte über die schmutzige, aufgesprungene Haut und die langgewachsenen, gekrümmten Nägel. Sie öffnete den Mund, und ihr kam ein weiches, wiegendes Lied von den Lippen, ein Wiegenlied für ein Kind oder für einen sterbenden Menschen.

Theodora empfand eine wundersame Liebe, wie sie sie noch nie verspürt hatte. Ein tief aus ihrer Seele aufsteigendes Mitleid schob die kalten und berechnenden Gedanken beiseite; die verwirrende Berührung eines menschlichen Wesens, das kaum noch bei Verstand war und dessen Leben erlosch. Das Gesicht der Frau, das fast zu einem Totenschädel zusammengeschrumpft war, die stummen Lippen und die tiefliegenden Augen ließen in Theodora eine Quelle des Mitgefühls, fremd und lieblich, sprudeln. Sie genoß begierig diese Wärme, die ihrem Innern entströmte. Das Eis in ihr brach durch die Glut des Leidens und wurde zu Schmelzwasser, und sie küßte sanft das Gesicht der Sterbenden.

Albreda von Albas lag auf ihrem Sterbebett in der Aula des Domus von Meilhan, so als wäre sie immer noch die Herrin der Burg. Für sie war ein Bett aufgeschlagen worden, und aus Domina Theodoras Truhen hatte man die feinsten Laken und Decken geholt. Ihr gekrümmter Körper war gewaschen worden, obwohl ihr das Schmerzen bereitet hatte. Man hatte Albreda ein Leinenhemd angezogen, und um ihren kahlen Kopf zu bedecken, hatte man ihr Domina Theodoras weißen Seidenschleier umgebunden.

Aus dem Kloster Saint Ivo hatte man den Abt und die armen Mönche gerufen, damit sie heilige Lieder sangen. Ihre Stimmen bebten vor Angst, so daß der Gesang kaum zu hören war. Die Kinder Odo und Adela hatten ihre Mutter zum Abschied geküßt. Odo und Juvalos knieten neben dem Bett und hinter ihnen Domina Theodora mit der kleinen Adela. Der Farblose stand neben der Wand und Thorgaut an der Tür der Aula. Vater Thiedo gab der Sterbenden die letzte Ölung.

Domina Theodora hatte das Gesinde in die Aula beordert, damit sie ihrer Herrin die Ehre erwiesen. Die Menschen knieten möglichst nahe bei der Tür, jeder bereit zu fliehen, denn dies bedeutete für viele das Todesurteil, wenn Roger le Morne in die Burg zurückkehrte und hörte, was geschehen war. Die Mönche hatten sich trotz ihrer Angst gefügt, und Vater Thiedo dachte an nichts anderes als an seine Pflicht. Aufgabe der Priester und Mönche war es, stets gegen das Böse zu kämpfen; wenn sie bei ihrer Arbeit ums Leben kamen, war das der Wille Gottes.

Domina Theodora drückte das kleine Mädchen an sich. Sie sah die goldroten Locken ihres Sohnes Juvalos an und dachte daran, welch entsetzlicher Gefahr sie doch den einzigen Menschen ausgesetzt hatte, den sie liebte. Aber sie liebte auch die skelettartige Frau, die kraftlos auf dem Bett lag. Diese Erkenntnis entzündete eine so gewaltige Freude in ihr, daß es fast schmerzte. Unwillkürlich schrie sie auf, und Juvalos wandte den Kopf, um seine Mutter anzusehen.

Domina Theodora sah in dem Jungen die Kühnheit und das Mitgefühl, das sie sich selbst immer versagt hatte. Juvalos lächelte entschieden: Er war neun Jahre alt und wußte, was zu erwarten war. Theodora erwiderte das Lächeln. Tränen flossen ihr als reinigender Strom aus den Augen. Vorsichtig schob sie den Schleier beiseite, damit alle ihr Gesicht sahen: ihr Lächeln, ihre Angst und ihr Weinen.

Der Farblose trat einen Schritt vor.

»Herrin, was soll ich tun? Willst du, daß ich dich töte, bevor dein Mann Hand an dich legen kann? Es gibt keinerlei Möglichkeit zu fliehen.«

Bei aller Andacht war Theodora von den praktischen Überlegungen des alten Warägers doch aufrichtig amüsiert.

»Töte Juvalos, falls es nötig wird. Ich will nicht, daß er den Quälereien von Roger le Morne ausgesetzt ist.«

Der Farblose knurrte.

»Domina«, sagte Thorgaut von der Tür her. »Der Hausherr ist im Anmarsch.«

Vom Hof ertönte betrunkenes Geschrei und Gelächter, als die von Wein und Gewalt berauschten Männer über die Zugbrüke geritten kamen.

Domina Theodora reichte Juvalos die kleine Adela in die Arme. Das Mädchen verstand nichts von dem, was geschah, sie hatte ihre Mutter vergessen und wunderte sich nur darüber, wie ernst die Menschen waren. Domina Theodora ging zur Tür der Aula.

»Tretet mit Ehrerbietung in das Gemach des Todes.«

Die Männer, die einen Leibeigenen aufspießten wie ein Wildschwein und kleine Kinder in die Flammen warfen, hatten unendliche Angst vor dem Tod, wenn er ihnen als feierliches, geordnetes Ereignis begegnete. Es bestand immer die Gefahr, daß ein Toter, dessen letzte Augenblicke gestört worden waren, wieder und wiederkehrte, um von denjenigen den letzten Dienst zu verlangen, die ihn darum betrogen hatten.

Die Knappen nahmen den Rittern die Ausrüstungen schon im Hof ab. Zu einem Sterbenden trat man nicht in Waffen.

»Wer?« fragte Roger le Morne und runzelte die Stirn. »Odo?«

Der Sohn und Erbe des Ritters war der einzige Mensch, der würdig war, öffentlich in der Aula zu sterben. Aber er war noch ein Kind und leicht zu ersetzen; für ihn arrangierte man kein Sterbebett.

»Deine Frau, Roger de Meilhan«, sagte Domina Theodora, wandte sich um und ging voraus in die Aula.

Roger le Morne ging mit großen Schritten zum Sterbebett. Er sah ein entsetzliches Wesen, trat zurück und brüllte. Das heisere Lied der Mönche wurde leiser. Man hörte nur die eintönige Stimme Vater Thiedos, der das Totengebet sprach.

»Schweig, du erbärmlicher Mensch! Schweig, Schuldiger!«

Die Stimme entrang sich Theodora tief und gnadenlos. Ritter Roger hob die Arme, um sich zu schützen. Er sah seiner Frau in die Augen und sank langsam auf die Knie.

»Bereue, im Namen Gottes. Bereue, was du dieser armen Frau angetan hast. Schäme dich vor ihren verwaisten Kindern!«

Roger le Morne Ernaudi sank zusammengekrümmt zu Boden. Er begann zu stöhnen und schlug sich mit verzerrtem Gesicht an die Brust.

»Ich bin schuldig!«

Ritter Roger hob die Hände und raufte sich die Haare. Er schlug mit dem Kopf gegen den Boden, und die Steine der Aula röteten sich von seinem Blut.

»Ich bin schuldig!«

Theodora Hyperborea starrte verblüfft auf die gegenüberliegende Wand. Sie hörte nicht das Geschrei ihres Mannes. Sie wunderte sich über sich selbst: Aus ihren Augen sahen die Toten, und auf den Lippen führte sie den Namen Gottes, und sie lebte immer noch.

47. Kapitel

1048

»Sexiens!«

Die Sommersonne ließ die kleine Glasmalerei der Kirche von Meilhan edelsteinklar aufleuchten. Die Glasmalerei stellte Christus am Kreuz dar: Der Herr von Meilhan, Roger le Morne Ernaudi, hatte es der Kirche geschenkt, nachdem er mit seinem Schwert dem Priester die Nase abgeschlagen hatte, als der von ihm verlangte, er solle die silberne Abendmahlsweinkanne der Kirche in Ruhe lassen.

»Septiens!«

Die Peitsche klatschte Roger le Morne Ernaudi auf den nackten Rücken. Der Ritter ächzte; sein Organ glühte heiß, und jeder Schlag steigerte seine Brunst, die er nicht befriedigen konnte. Aber genau das war der Sinn der Bestrafung, und Ritter Roger beklagte sich nicht.

»Octiens!«

Die Einwohner von Meilhan – das Stadtvolk und die Diener, Knappen, Ritter der Burg und die edlen Frauen, die Mönche des Klosters und der Abt, der unter Ritter Roger viel gelitten hatte – beobachteten seufzend und bewundernd die Qualen ihres Herrn. Roger le Morne bereute für sie alle. Ebenso wie seine Sünden allen seinen Leuten zum Verderben gereichten, so brachte auch seine Reue Segen über die Felder und in die Kammern der Kaufleute. Gottes Strafe und Vergebung betraf alle, aber nur einer war vornehm genug, daß ihm in der Kirche eine öffentliche Auspeitschung zuteil werden konnte.

»Decem!«

Im Leben des Roger le Morne wechselten Verbrechen und Anfälle von Frömmigkeit einander ab. Jetzt hatte der Ritter beschlossen gründlicher als jemals zuvor zu bereuen. Er wollte eine Pilgerreise zum Heiligen Grab machen. Er war doch nicht geringer als der grauenerregende Graf Fulk Nerra von Anjou. Ritter Rogers Verbrechen wog nicht weniger schwer: Fulk Nerra hatte seine Frau auf dem Scheiterhaufen verbrannt, und Roger le Morne hatte die Seine verhungern lassen. Fulk Nerra hatte zwischen seinen Sünden viermal Jerusalem besucht. Roger le Morne würde, so der Herr es ihm vergönnte, dasselbe schaffen.

Die Sache beunruhigte die Burg, die Stadt und das Kloster. So schrecklich die Gegenwart Roger le Mornes auch war, noch schrecklicher war seine lange Abwesenheit. Es war, als hätte das von Roger beherrschte Lehen seinen Vater und seinen Schutz verloren: Wer würde jetzt die Kinder beschützen und bestrafen?

Nach zwanzig Schlägen legte Vater Thiedo die Peitsche beiseite und machte das Kreuzeszeichen über dem knieenden Ritter. Roger le Morne stand auf, zeigte dem Kirchvolk seinen streifigen Rücken und trat an die Seite des Altars, um die Pilgerkleidung anzulegen. Alle sahen seine Erregung unter dem Lendentuch, und er war stolz, daß er sie zeigen konnte. Von nun an bis hin nach Jerusalem würde Ritter Roger keine Erleichterung für seine Begierde bekommen: Eine Frau konnte er auf seinem Büßerweg nicht berühren, und sich selbst zu befriedigen war eine so schreckliche Sünde, daß sogar Roger le Morne davor zurückschreckte.

Domina Theodora stand mit entblößtem Gesicht seitlich vom Altar. Sie war in ihre griechischen Gewänder gekleidet. Die Haare schimmerten im Dämmer, und die kleinen Ketten beiderseits des Gesichts klirrten jedesmal, wenn sie den Kopf bewegte, und die farbigen Steine der Ketten funkelten. Der Ehemann sah seine Frau mit trockenem Mund an, hin und hergerissen von Schmerz und Schönheit, so daß es ihm schier unerträglich schien, als die Hände der Knappen ihn berührten. Er mußte Domina Theodoras Bett und ihren Körper zurücklassen – für wen?

Was würde eine vornehme Frau tun, deren Mann monatelang, vielleicht sogar Jahre, abwesend war? Albreda von Albas tat nichts, und Roger le Morne Ernaudi dachte auf seinen Kriegszügen nicht einmal an sie. Aber Theodora Hyperborea war unberechenbar. Ritter Roger hatte vorgehabt, von Herzog Wilhelm dem Bastard einen Vormund für Meilhan zu verlangen: einen Ritter von edlem Geblüt, der die Burg verteidigen und die Frauen des Pilgers während dessen Abwesenheit bewachen sollte. Der Herzog war verpflichtet, seinem Vasallen einen solchen als Hilfe zu senden.

Dann aber befiel ihn nagender Zweifel: Wer würde den Wächter bewachen? Jeder Edelmann würde versuchen, Domina Theodora zu verführen. Roger le Morne beschloß, keinen einzigen vornehmen Ritter in der Burg zurückzulassen. Er zwang sich zu glauben, daß Meilhan nicht bedroht war, auch wenn es dort nur den Burgkommandanten und die gewöhnlichen Krieger gab. Wilhelm der Bastard sorgte in der Normandie für eiserne Disziplin, so daß die unruhigen Herren keinen Privatkrieg führen konnten. Die Burg eines Pilgers zu erobern war ein schweres Verbrechen, in das der Herzog sich mit harter Hand einmischen würde: Der Eroberer würde seine eigene Burg verlieren.

Aber man konnte die Burg nicht ganz ohne Ritter lassen, das würde der Herzog nicht akzeptieren. Schließlich setzte Roger le Morne als provisorischen Herrn von Meilhan den Onkel seines Vaters Ritter Robert ein. Robert war altersschwach und nahezu taub. Er würde den Burgkommandanten Thorgaut nicht stören und nicht versuchen, mit Domina Theodora zu schlafen, aber Herzog Wilhelm würde er recht sein. Wilhelm der Bastard hatte Robert niemals gesehen.

Die wirklichen Befehle würde Domina Theodora geben; sie war so vornehm, daß Thorgaut und die Krieger ihr gehorchen würden, obwohl sie eine Frau war. Ritter Roger hatte Thorgaut an das erinnert, was geschehen würde, falls Domina Theodora an der Demut der Männer etwas auszusetzen haben sollte. Roger le Morne hatte einen Baum, eine große Eiche inmitten von Feldern, und so gelegen, daß er sowohl von der Burg als auch von der Stadt aus zu sehen war. An diesen Baum würden diejenigen kommen, die der Ritter nicht mochte. Derjenige, dem der Ritter erlauben würde, an dem Baum schnell zu sterben, konnte sich glücklich schätzen; viele brauchten dafür Tage, und ihr Gejammer schallte über die Felder.

Das Hemd, das Roger le Mornes streifigen Rücken bedeckte, war aus Seide. Die Hosenstrümpfe waren aus feinem Leinen, die Bänder und Schuhe aus rotem Leder. Über das Hemd wurde ihm eine Seidentunika gezogen, die Domina Theodora genäht hatte, und darüber ein silberglänzender, polierter Schuppenpanzer. Obwohl

Ritter Roger le Morne Ernaudi ein Büßer war, begab er sich keineswegs in den Lumpen des gewöhnlichen Volkes auf die Via Pelegrina. Er war ein Edelmann und sah auch so aus: Er machte die Pilgerfahrt zu Pferde, begleitet von einem Dutzend Rittern, Knappen und Lastpferden sowie Knechten. Es war eine teure Reise, denn der Herr war verpflichtet, für die Verpflegung seiner Begleiter und für das Pferdefutter aufzukommen.

Zuletzt wurde dem Herrn von Meilhan der Helm aufgesetzt. Dessen Nasenschützer und Augenbogen waren mit Bronze umrandet, und am unteren Rand war ein Ventail, ein Hals und Nacken schützendes Netz, angebracht.

Roger le Morne verließ die Kirche. An der Tür reichte man ihm Schwert und Schild. Der Priester segnete die Waffen des Ritters. Die Waffen durfte der Pilger nur zur Selbstverteidigung und gegen die ungläubigen Sarazenen benutzen. Vor der Kirche hielten die Knechte Roger le Mornes Pferde: ein Reisepferd, das den Ritter nach Jerusalem tragen würde, und ein anderes, auf dem er gegen die Ungläubigen kämpfen würde.

Hinter dem Ritter gingen sein Sohn Odo und sein Stiefsohn Juvalos. Beide trugen Panzer und Helm ebenso wie der Ritter, und beide hatten gleichartige Waffen. Die Jungen sollten mit Roger le Morne nach Rouen reisen und dort am Hof des Herzogs bleiben, um die Kriegskunst zu erlernen. Sie würden dort gleichermaßen Gäste wie Geiseln Wilhelms des Bastards sein; besonders kostbar war Odo, denn er war der einzige Sohn und Erbe von Meilhan.

Die Knaben knieten vor Domina Theodora nieder, um ihren Segen zu empfangen. Die vornehme Frau weinte bitterlich, hinter ihr schluchzten ihre Frauen, und auch die Frauen aus der Stadt schneuzten sich. Ihren Sohn liebte jede Frau, aber nur wenige liebten ihren Mann; viele Frauen verabschiedeten ihren Mann mit Freuden, aber jede trauerte beim Abschied von ihrem Sohn, denn wenn er einmal gegangen war, kehrte er nie wieder als derselbe zurück, wenn er überhaupt zurückkehrte.

Domina Theodora küßte die Jungen und legte ihnen die Hand aufs Haupt. Zu ihrem eigenen Sohn sprach sie in einer seltsamen Sprache, und ihr Gesicht verzog sich vor Schmerz. Der Knabe legte seine Hand in die Hände der Mutter, wie um ihr Treue zu schwören. Aber obwohl auch er weinte, lag in seinem Wesen doch die

Ungeduld des Aufbruchs. Neben den Jungen stand ihr Leibwächter, ein farblos blonder Normanne, der ihnen in den großen Wohnturm von Rouen folgte.

Ritter Roger le Morne bückte sich, um seine Frau zu küssen. Das war kein kühler Friedenskuß. Es war die letzte Erinnerung daran, wem Domina Theodora gehörte, und zugleich eine Warnung.

Der Priester von Meilhan hob das Kruzifix. Roger le Morne, sein Sohn, sein Knappe und seine Ritter knieten vor der Kirche nieder. Der Priester schlug über ihnen das Kreuz.

»Dominus vobiscum, servitori Dei. Gott sei mit euch, ihr Gottesdiener.«

Die Männer stiegen in den Sattel. Speerspitzen, Helme und Panzer funkelten in der Sonne. Die hellfarbigen Reitkleider flatterten in dem milden Wind. Als erster setzte sich Roger le Morne Ernaudi in Bewegung. Statt einer Lanze hielt er mit der rechten Hand ein auf den Sattel gestütztes hohes, hölzernes Kreuz. Hinter dem Ritter her ritten mit strahlendem Gesicht seine Söhne in Richtung Männlichkeit und Welt.

Der frühe Abend des Hochsommers ruhte golden über Meilhan. Domina Theodora saß träge in der Wärme der Sonne vor dem Domus. Es war fast still: Die Geräusche waren Geräusche des Friedens, und es waren ihrer weniger als gewöhnlich. Theodora hatte den meisten Burgbewohnern erlaubt, zum Mittsommerfest zu gehen, wenn sie nur vor dem Kompletorium zurückkehrten, denn dann wurde die Burg geschlossen. In der Burg befanden sich nur wenige Wächter, der alte Ritter Robert und natürlich die Edelfrauen, die niemals ohne Bewachung die Burg verlassen durften.

Theodora stand auf und ging gelangweilt zum Bollwerk. Die Zugbrücke war unten, damit die Menschen kommen und gehen konnten. Zur Nacht würde man sie hochziehen. Theodora ging hinein. Die Aula lag dunkel und still. Aus der Wandkammer war ein mattes Murmeln zu hören: Das Kindermädchen erzählte dort der im Halbschlaf schnaufenden kleinen Adela die fürchterliche Geschichte von Alboin, dem König der Langobarden, von Königin Rosamunde und einer silbernen Schale, die aus dem Schädel des Vaters der Königin gemacht worden war.

»Wo sind denn alle?« fragte Theodora verwundert. Für gewöhn

lich kamen die Frauen der Burg – Ritter Rogers Basen und uneheliche Töchter und die Schwestern und Töchter seiner Burghauptleute, die meistens seine Nebenfrauen waren – um diese Zeit auf den Hof heraus, um im letzten Licht des Tages zu plaudern und zu nähen.

»Domina«, die Stimme des Kindermädchens war ängstlich, »sie sind gegangen.«

»Gegangen? Ohne Erlaubnis... Ohne Bewachung? Wohin?«

»Der Sommer...«, flüsterte das Mädchen. Sie erwartete eine Ohrfeige, aber Domina Theodora wandte sich um und eilte hinaus.

Der Sommer. Die schweren Düfte und der von weither kommende Ruf. Über die Zugbrücke auf den Weg, der in die Stadt hinabführte! Vom Weg ab in die Felder, in die Freiheit! Ohne Leibwächter, ohne Dienerin.

Als erwachsener Mensch war Theodora noch niemals allein draußen spazierengegangen.

Hinter den Feldern lockte der Wald dunkel und geheimnisvoll. Theodora ging wie im Traum durch den Weizen. Das Seidenkleid streichelte ihr die Haut. Die Hände hoben sich, um die Nadeln aus den Haaren zu lösen. Das Haar fiel herunter und bedeckte Theodora bis zur Taille wie ein Schleier. Berauscht von der Freude der Freiheit wirbelte sie zwischen den Halmen über das Feld. Die Haare umwehten sie wie ein goldener Strudel.

Theodora wanderte geradewegs in die Umarmung des Waldes hinein. Sein Zauber war unwiderstehlich. Die Franken hatten Angst, durch den Wald zu gehen, denn er war keineswegs leer. Hier wohnten zusammen mit den Tieren diejenigen, die nicht unter der Ordnung Gottes und des Burgherrn leben wollten: geflohene Leibeigene, entlaufene Ehefrauen, aus dem Kloster entwichene Mönche, Gottesnarren und wilde Bruderschaften, die vom Stehlen lebten.

Theodora ging mit halbgeschlossenen Augen vorwärts. Sie genoß die Düfte und die Geräusche des Abends. Irgendwo huschte ein Schatten, der vor ihr herging. Sie hob die Hände, öffnete sich einen Pfad und glitt wie ein Gespenst von Baum zu Baum. Um sie herum schwebte leichter Dunst, und Theodora lachte entzückt. Sie hatte keine Angst; dies mußte ein Gruß der Toten sein, lieblicher Nebel.

Vorn flackerte Feuerschein. Theodora stolperte über einen großen Stein. Es war ein steinerner Sarg, passend für einen Toten. Der steinerne Deckel war gewölbt, und ein undeutliches Bild war darin eingemeißelt. Theodora legte die Hand auf den Sarg und spürte die Vergangenheit, dasselbe Uralte, das sie an der Opferstätte von Rodarve auf Gotland gespürt hatte.

Das Licht war rot und klar, es kam von einem Lagerfeuer, das auf einer Lichtung brannte. Menschen taumelten um das Feuer, sie sangen eine tiefe, rhythmische Melodie und lachten zwischendurch. Auf der Lichtung befanden sich in einer Reihe weitere ebensolche Steinsärge. Einige Deckel waren blutig, und daneben lagen die Überreste geopferter Hähne. Der Blutgeruch mischte sich mit dem Geruch von Wein und Brunst, das Knistern des Feuers und der Gesang der Menschen mit dem stillen Atem des unermeßlichen Waldes.

Theodora trat in den Kreis herein. Jemand reichte ihr Wein in einer Tonschale, eine Frau zog sie mit sich in das Treiben um das Lagerfeuer herum. Theodora tanzte und trank, der Saum ihres Kleides wurde am Boden schmutzig und ihr Haar zottelig, als die Männer sie umarmten und ihr die Haare beiseite schoben, um sie auf den Mund zu küssen. Theodora lachte und umarmte alle, Frauen wie Männer. Sie bemerkte, daß einige in Lumpen gingen, andere in Wolle und Leinen; sie liebte alle und freute sich über die Fülle des Sommers und die Fruchtbarkeit des Körpers.

Die Nacht war pechschwarz, das Lagerfeuer erlosch, der Wein wirkte einschläfernd, das Tanzen ermüdend. Theodora schwankte trunken aus dem Kreis heraus. Sie wollte in die Burg gehen, aber sie hatte keine Ahnung, wo die lag. Neben ihr erschien ein großer, blonder Mann, den sie unter ihren Haaren hervor undeutlich wahrgenommen hatte. Der Mann hatte sie während des Tanzes nicht angerührt. Jetzt kam er neben Theodora, als böte er sich der schwankenden Frau als Stütze an. Sein Körper war lodernd heiß, aber er streckte nicht die Hand nach Theodora aus.

Theodora fuhr zusammen. Sie war schutzlos, ohne Begleitung, eine leichte Beute für jedermann. Dann sah sie, wer der Mann war, und drückte sich erleichtert an die breite Brust. Der Mann stieß einen Jubelschrei aus, nahm Theodora auf die Arme und schritt mit ihr in das Dunkel des Waldes hinein.

Theodora legte die Stirn gegen die Schulter ihres Trägers und schloß die Augen. Sie seufzte weich, als der Mann sie auf den Boden legte. Sie war zu müde, um sich auszuziehen, und war es außerdem nicht gewöhnt, sich ohne die Hilfe einer Dienerin auszukleiden. Sie ließ es zu, daß der Mann ihr das Kleid und das Hemd über den Kopf zog; das geschah so vorsichtig und respektvoll, daß der feine Stoff nicht zerriß.

Die Hände des Mannes, die von den Zügeln und vom Griff des Schwertes hart geworden waren, berührten sanft, sich ihrer Grobheit schämend, Theodoras Haut. Theodora streckte ihre weißen Arme aus und zog den Mann an sich. Die mächtigen Muskeln zitterten, als der Mann versuchte, seine Leidenschaft zu zügeln, um den zarten Gliedern der Frau nicht weh zu tun. Theodora ließ ihre Hand auf die Hüfte des Mannes und die Haardecke auf seinen Lenden gleiten. Sie fand das pulsierende Glied, streichelte es und berührte ungeduldig die Hoden.

Die Vögel zwitscherten der aufgehenden Sonne entgegen. Theodora seufzte im Schlaf. Ihr tat der Kopf weh. Plötzlich entsann sie sich, warum er schmerzte, und öffnete erschreckt die Augen.

Theodora war mit dem Umhang des Kriegers zugedeckt. Dessen grobe Wolle kratzte ihre zarte Haut. In dem Umhang hing ein fremder männlicher Geruch.

Der Tag brach an. Der Mann stand mit dem Rücken zu Theodora, lehnte sich gegen sein blankes Schwert und bewachte ihren Schlaf. Theodora schloß wieder die Augen. Sie dachte an die Zärtlichkeit des Mannes und an den Umhang, der über sie gebreitet war. Sicherlich hatte der Krieger unzählige Frauen vergewaltigt, ohne jemals daran zu denken, wie weh er ihnen tat. Theodora wußte nicht, was als nächstes geschehen würde. Sie war dem Mann vollkommen ausgeliefert: Niemand wußte, wo sie war. Der Krieger könnte sie töten und ihren Körper verstecken, und niemand würde es je erfahren.

Aber der Mann hatte Theodora mit seinem Umhang zugedeckt und beschützte sie vor den Raubtieren und vor noch Schlimmerem: vor den Horden der Geächteten.

»Thorgaut«, sagte Theodora leise.

Der Mann wandte sich um. Die blauen Augen sahen Theodora besorgt an.

»Domina. Gut, daß du aufgewacht bist. Wir müssen sofort in die

Burg gehen. Ich kann dich allein nicht gegen eine Gefahr verteidigen. Willst du, daß ich dir beim Anziehen helfe?«

Theodora sah, daß ihr Hemd und ihr Kleid sorgfältig über Äste gehängt waren. Sie dachte an ihren eigenen Waräger, den Farblosen, und ein Lächeln leuchtete in ihren Augen auf. Ob Heidentum, Frivolität, Lebensgefahr ... was auch geschah, ein Normanne dachte immer praktisch.

»Ich glaube, ich schaffe das selbst«, sagte Theodora zögernd. Sie hatte sich kaum je allein angezogen. Aber das Hemd und das Kleid und die Lederschuhe waren keine komplizierten Festkleider. Theodora zog sie mühelos an. Thorgaut stand schamhaft abgewandt da.

»Es ist das beste, wenn du meinen Umhang umlegst, Domina. Es ist noch kühl.«

Der Burgkommandant schien wie selbstverständlich die Richtung zu wissen, in die sie gehen mußten. Theodora ging hinter ihm her, aber in dem eigentümlich hellen Wald auf dem Heimweg stolperte sie leichter als in dem dunklen Wald auf ihrer Flucht. Thorgaut bot Theodora zögernd seine Hand an. Theodora ergriff sie und fragte außer Atem auf schwedisch: »Thorgaut, bist du Heide?«

Der Mann wandte sich ihr halb zu. Theodora hatte nie ein Interesse daran gehabt, sich den Burgkommandanten von Meilhan genauer anzusehen. Jetzt sah sie, daß er in den Augenwinkeln Falten hatte. Thorgaut war älter, als Theodora gedacht hatte, wenn sie sich überhaupt Gedanken über das Alter des Burgkommandanten gemacht hatte.

»Ich bin Gotländer. Die Inselbewohner sind Heiden. Ich bin zwar getauft worden, aber erst als Erwachsener. Aus solchen werden niemals richtige Christen.«

Theodora nickte schweigend. Sie wunderte sich selbst, wie sie im christlichen Nowgorod und in Kiew und in Byzanz und im Land der Franken ungetauft hatte überleben können. Man sah ihr nicht an, daß sie ungetauft war, und nicht einmal ein anderer Heide witterte das. Das wußte nur ein einziger Mensch, und dieses Wissen war bei Eirik dem Starken gut aufgehoben. Eigentlich war Theodora stolz darauf, daß sie ihr ganzes Leben lang Heidin gewesen war – sie schätzte, daß sie fünfundzwanzig oder dreißig Jahre gelebt hatte, so ungefähr. Ihr Alter konnte sie nicht genau wissen, denn sie hatte sich zwischendurch in Thorgerd verwandelt, und die war älter als Terhen, und sie hatte beider Alter vergessen.

»Thorgaut, von wo bist du als Burgkommandant nach Meilhan gekommen?«

»Aus England. Als Jüngling war ich in der Leibwache des großen Königs Knut als Huscarl, aber das wurde mir langweilig. Ritter Roger suchte als Verteidiger seiner Burg Männer, die zu Fuß kämpfen konnten. Das können die Normannen. Bei einer Belagerung kann man mit fränkischen Reitern nichts anfangen, weder auf der einen noch auf der anderen Seite.«

Sie wanderten durch den Wald, wo bei Sonnenaufgang seltsame Wesen erwachten. Theodora sah, wie in Lumpen gehüllte, skelettartige Gestalten sich aus dem Boden gruben, auf die Knie fielen und unverständliche Worte flüsterten. Theodora scheute vor ihnen zurück, aber Thorgaut schubste sie gleichmütig beiseite.

»Wer sind diese Leute? Warum leben sie im Wald?«

»Es sind Einsiedler«, sagte Thorgaut verächtlich. »Christen. Sie dienen ihrem Gott, indem sie Hungers sterben. Die Stadtbewohner bringen ihnen manchmal Nahrung um ihres Seelenheils willen, aber im allgemeinen leben sie von Eicheln und Insekten.«

Sie kamen zum Rand des Feldes. Die Burg war deutlich zu sehen, und Thorgaut fluchte.

»Sie haben die Zugbrücke unten gelassen!«

»Und wenn dort nun ein Feind ist?« fragte Theodora. Dies war eine Männersache, die sie nicht verstand, die sie aber lernen mußte, um die Burg halten zu können, während Roger le Morne auf Reisen war.

»Ein Feind würde die Brücke nicht unten lassen.«

Theodora mußte sich über unzählige Dinge informieren. Sie war nicht mehr die verwöhnte Kyria des Halyspalastes. Sie war eine fränkische Burgherrin, und ihr Beschützer war abwesend. Sie mußte Meilhan führen und schützen können, wenn sie nicht im Bett eines starken Beutejägers landen wollte.

Der Weizen war kalt und naß vom Tau, unangenehm durch Theodoras dünnes Kleid hindurch. Ihre Schuhe wurden naß, und es fiel ihr schwer, durch das Getreide zu stapfen. Wie hatte das am Abend zuvor so bezaubernd sein können?

»Domina, erlaubst du, daß ich dich trage?« fragte Thorgaut. »Du wirst naß und frierst.«

Der Burgkommandant selbst wurde naß bis zur Taille, schien das aber gar nicht zu bemerken. In der Ferne rechts war Roger le Mornes Todesbaum zu sehen.

»Domina, du müßtest mich aufhängen lassen«, sagte Thorgaut. »Ich habe die Burg dem Feind ausgeliefert. Und ich habe dich angerührt.«

»In der Burg ist kein Feind. Deine Pflicht ist es weiterhin, sie nach den Anweisungen von Ritter Roger zu verteidigen.«

»Die Zugbrücke hoch!«

Die wütende Stimme des Burgkommandanten weckte die betrunkenen Männer, die ein trister Morgen erwartete. Alle stürzten zur Winde in der Hoffnung, daß den beiden schnellsten die Peitsche erspart bleiben würde.

Domina Theodora ging durch die Aula und merkte sich, wer von den Frauen drinnen schlief. Nicht sehr viele. Theodora setzte sich in ihren Stuhl vor der Aula. Sie saß unbeweglich, in Gedanken versunken, bis zur Prima. Den erwachenden Frauen befahl sie, ihr etwas zu essen zu bringen. Dann saß sie wieder da bis zur Tertia. Vom Hof des Stalls her hörte man ein Stöhnen, wenn die Peitsche den Knappen auf den Rücken sauste.

Bis zur Tertia warteten die Frauen, die sich aus der Burg entfernt hatten, und die Krieger, die ihrer eigenen Wege gegangen waren, vor der Zugbrücke auf den Eintritt in die Burg. Das Peitschenknallen und das Geheul, die aus dem Innern der Festung zu hören waren, gaben ihnen einen Vorgeschmack von dem, was ihnen bevorstand. Die finstere Stille der Wartenden wurde auch nicht gebrochen, als man die Brücke herunterließ. Die Menschen, die gefeiert hatten, schleppten sich mit hängendem Kopf in die Burg.

»Drei Schläge für die Sklaven. Vier für die freien Frauen. Fünf für die Edelleute.«

Eine der Edelfrauen widersprach.

»Ein Sklave kann nichts für seine Natur, und auch das Volk nicht viel«, sagte Domina Theodora kalt. »Ein Mensch von Adel kennt seine Pflicht. Sechs Schläge für dich, weil du nicht schweigen kannst, wenn es nötig ist.«

Nach der Züchtigung rief Theodora den Priester und den Burgkommandanten zu sich.

»Die obersten Stockwerke des Donjons sind aus Holz. Ich denke, die können leicht in Flammen aufgehen.«

»Das ist die ewige Gefahr, Domina.«

»Deshalb werden sie abgerissen und aus Stein gebaut. Die Arbeit muß fertig sein, wenn Ritter Roger vom Heiligen Grab zurückkehrt.«

»Domina«, stotterte Priester Thiedo. »Das ist teuer. Die Steine müssen gekauft werden. Dem Meister muß man Lohn zahlen.«

»Ganz recht. Meilhan kann sich das leisten. Wir zahlen mit Nomismata, Priester, mit meiner Mitgift. Schreib die Bestellung für den Steinbruch und lies sie mir dann vor. Du, Burgkommandant, besorgst den Meister, der die Arbeit plant und durchführt.«

Die Männer verbeugten sich und gingen. Domina Theodora lächelte bei sich ein zufriedenes, überraschtes Lächeln. Dann nähte sie, und nach dem Abendessen spielte sie mit der kleinen Adela. Vater Thiedo las in der Kapelle das Kompletorium; anwesend waren dort die reuigen Frauen, der alte Ritter Robert, die besseren Bediensteten von Meilhan wie der Hofmeister und der Mundschenk sowie der Burgkommandant Thorgaut.

Nach dem Kompletorium zog sich Domina Theodora in ihre Kammer zurück, wo das Ehebett des Burgherren stand. Während der Abwesenheit von Ritter Roger wartete die eine oder andere seiner Verwandten auf die Einladung, neben der Herrin in dem bequemen Bett zu schlafen.

»Gisla«, befahl Domina Theodora. »Hilf mir beim Ausziehen.«

Gisla war eine von Roger le Mornes unehelichen Töchtern, die er vor langer Zeit mit der Schwester eines Burgkommandanten gezeugt hatte, als Roger le Morne noch fast ein Knabe war. Gisla erwartete nicht mehr, mit einem geringen Vasallen verheiratet zu werden; sie war eine Sklavin von Meilhan. Sie konnte die Burg nicht verlassen, ihr Lebensunterhalt lag in den Händen von Ritter Roger oder eher noch von Domina Theodora, und sie hatte keine besonderen Fähigkeiten, die sie wertvoll gemacht hätten. Man bot sie den Rittern, die in der Burg zu Besuch weilten, zu ihrem Vergnügen an; sie war etwas besser als eine gewöhnliche Dienerin und insofern eine Höflichkeit gegenüber dem Gast. Sie hatte einige Kinder geboren, die sogleich gestorben waren. Gisla würde niemals die Ehre haben, mit der Herrin in dem großen Bett zu schlafen.

Gisla kämmte der Herrin die Haare und begann, sie für die Nacht zu flechten.

»Laß sie offen.«

Domina Theodora setzte sich nackt ins Bett zwischen die duftenden Leinenlaken.

»Hol Thorgaut.«

Der Mann kam fragend und hoffnungsvoll.

»Gisla, mach die Tür zu«, befahl Domina Theodora. Während Gisla die Tür zwischen der Schlafkammer und der Vorkammer schloß, sah sie, wie der Burgkommandant seinen Schwertgürtel öffnete.

Seit der Abreise von Roger le Morne Ernaudi waren zwanzig Tage vergangen. Er war bis Verdun gekommen. Die Burg Meilhan stellte sich auf die Zeit der Domina Theodora ein.

ELFTES BUCH

1054–1056

48. Kapitel

1054

Es war beißend kalt, der Boden war gefroren, und im Januar hatte es ein wenig geschneit, so daß die Steilhänge des Risle weiß über dem Flußtal aufragten. Roger le Morne Ernaudi bibberte unter seinem dicken Wollgewand, dem Panzerhemd und dem Reiseumhang. Kein Wunder, daß soviele Krieger aus der Normandie nach Sizilien zogen; dort gab es Griechen und Sarazenen und betrügerische Lombarden, aber dort brauchte man wenigstens nicht zu frieren.

Ritter Rogers Augen hielten Ausschau nach Burg und Stadt Meilhan. Er war fast sechs Jahre fort gewesen: Vielleicht existierten beide nicht mehr.

Seine Pilgerfahrt konnte als gelungen gelten. Roger le Morne warf einen Blick zurück auf seinen Troß, der sich als langes Band den Weg am Fluß entlang wand. Viele verloren auf einer Pilgerfahrt ihren Besitz; Roger le Morne hatte zwei gewonnen.

Ritter Roger war in Jerusalem am Fieber erkrankt. Die Mönche des Heiligen Grabes hatten ihn gepflegt. Er hatte monatelang schwach, dem Tode nah, darniedergelegen. Das war sicherlich verdienstvoll. Roger le Morne hatte in Jerusalem mehr als ein Jahr verbracht. Einen Teil seiner Ritter hatte er zurück in die Normandie geschickt. Vielleicht nahmen sie an, daß er gestorben war, aber er war genesen und hatte alles mögliche gründlich bereut. Er hatte viele Stunden täglich in der Kirche des Heiligen Grabes gebetet, da er nun einmal in Jerusalem war. Durch diese Frömmigkeit würde der Ritter Vergebung für viele künftige Sünden erlangen.

Schließlich gingen ihm das Geld und der Schmuck aus und auch alles andere, was er hätte verkaufen können. Die Männer hatten nur noch ihre Waffen und ihre Pferde.

»Wir müssen zurück«, sagte Roger le Morne nachdenklich.

»und auf der Rückreise müssen wir zusammenrauben, was wir essen wollen, denn wir können es nicht kaufen.«

»Wir dürfen die Waffen nur zu unserer Verteidigung und gegen die Sarazenen einsetzen.«

»In Griechenland, Ungarn und Deutschland gibt es nicht nennenswert viele Sarazenen, die wir berauben könnten, jedenfalls nicht so viele, daß wir von der Beute leben könnten.«

»Kann man das Rauben als Selbstverteidigung ansehen, wenn wir uns nicht bereichern, sondern einfach am Leben erhalten wollen?«

Das Problem löste sich in befriedigender Weise, als ein Pilger, ein an der Schwindsucht sterbender Ritter, Roger le Morne riet, nach Süditalien und Sizilien zu gehen. Der Normanne Robert Guiscard hatte dort umfangreiche Lehen erobert und ein unglaubliches Vermögen angehäuft. Wenn ein Normanne dazu imstande war, warum dann nicht auch ein zweiter?

Roger le Morne Ernaudi war dazu imstande. Er trat bei Rainulf, dem Grafen von Aversa, in Dienst, kämpfte mit Macht und raffte mit noch mehr Macht Beute zusammen. In Apulien und Sizilien gab es mehr Gold und Silber als irgendwo sonst außerhalb von Byzanz. Manche behaupteten, Norditalien, die Lombardei, sei noch reicher. Aber dort auf Raubzüge zu gehen hatte keinen Sinn, denn in der Lombardei konnte es geschehen, daß man unversehens eine Schwertspitze des deutschen Kaisers zu spüren bekam.

Roger le Morne war dabei, als Bari erobert wurde. Dort fiel ihm neben reichlich Silber auch die schönste Frau in die Hände, die er je gesehen hatte. Es war die junge uneheliche Tochter des griechischen Stadtoberhaupts, und sie hatte weiße Haut, dunkle Augen und schwarze Locken. Ihr Name war Helena, und sie war von so blendender Schönheit, daß Roger le Morne, wenn er sie an seine Kampfgefährten verkaufte, fast ebensoviel verdiente wie bei der Eroberung von Bari. Viele hätten das Mädchen am liebsten ganz für sich gekauft, aber Ritter Roger behielt sie; mit Hilfe der griechischen Sklavin wollte er die griechische Prinzessin demütigen.

Im vorangegangenen Sommer hatte Roger le Morne in Civitate gekämpft. Auch das war eine siegreiche Schlacht gewesen, hatte aber Ritter Roger arge Gewissensbisse bereitet, denn der Gegner war kein Geringerer als Papst Leo IX. gewesen. Es ziemte sich wohl nicht für einen Mann, auf seiner Pilgerreise gegen den Papst zu kämpfen. Alle Mühen der Jerusalemreise konnten vergeblich sein. Der Herr von Meilhan beschloß, nach Hause zurückzukehren.

Vor Verwunderung klappte Roger le Morne der Kiefer herunter. Sein hölzerner Donjon hatte sich während seiner Abwesenheit in einen steinernen verwandelt. Was, wenn nicht dies, war ein Zeichen für Gottes Gunst?

Ritter Rogers Gefolge ritt durch das Tor der Stadt Meilhan ein. Die Nachricht von der Rückkehr des Burgherrn verbreitete sich wie eine Flutwelle in den Gassen. Die Menschen ließen ihre Arbeit liegen und stürzten herbei, um den prachtvoll gekleideten Zug zu bestaunen. Roger le Morne hatte bei seiner Abreise zehn Ritter, einige Knappen und Verpflegung für mehrere Monate bei sich gehabt; bei seiner Rückkehr brachte er ein Vielfaches an Männern und einen kostbaren Troß in seine Burg mit. Die Leute jubelten vor Freude. Von einem solchen Reichtum würde unweigerlich ein Teil in die Truhen der Städter fließen.

Hinter Roger le Morne Ernaudi ritt sein Stiefsohn Juvalos Grauauge, den man den griechischen Graf nannte. Man erkannte den Jüngling sofort, obwohl er doppelt so groß war wie bei seiner Abreise, größer als Ritter Roger, der auch nicht gerade klein war. Das Haar wallte dem Burschen in goldroten Locken in den Nacken, und die Haut seiner Wangen zu beiden Seiten des Nasenschutzes war hell. Seine Augen strahlten gutgelaunt unter dem Rand des Helms, und sein Mund verzog sich leicht zu einem Lächeln, wenn die Mädchen ihm zuzwinkerten. Hinter dem Jüngling ritt sein Leibwächter, ein schon betagter Krieger, den man den Farblosen nannte, weil seine Haare mausgrau und seine Augen hell wie Wasser waren.

Roger le Morne sah, wie die Leute Juvalos aus reiner Freude zuwinkten, und die Zufriedenheit, die er beim Anblick der in Blüte stehenden Stadt und Burg empfunden hatte, verwandelte sich in boshaften Groll. Sein Sohn Odo hätte von den Städtern gefeiert werden sollen und nicht sein Stiefsohn, der wie ein Normanne aussah.

Ritter Roger hatte Odo in Rouen beim Herzog lassen müssen. Der Junge war eine Geisel, auch wenn er sich im großen Wohnturm von Rouen wohlfühlte und Wilhelm den Bastard grenzenlos bewunderte. Das Mißtrauen, das immer in Ritter Rogers Bewußtsein lauerte, fuhr seinen Giftstachel aus: Der Stiefsohn hatte doch wohl nicht vor, die Position seines Stiefbruders zu erobern? Frau Theodora würde ihren Sohn in allem unterstützen. Gemeinsam könnten sie durchaus Odo verdrängen, der Juvalos so sehr liebte, daß er seine Tränen nicht hatte zurückhalten können, als Ritter Roger Juvalos in Rouen abholte. Diese Erinnerung fügte dem Gebräu aus Mißtrauen und Neid noch eine bittere Würze hinzu.

Die Zugbrücke war unten, und die Männer standen im Burghof, um den Hausherrn zu begrüßen. Die Knechte stürzten herbei und hängten sich an die Zügel von Ritter Rogers Pferd. Der saß ab; seine Blicke schweiften über den Hof, den Domus und den Donjon, bereit zu tadeln und den Befehl zum Auspeitschen zu geben.

Burgkommandant Thorgaut stand vor dem Ritter.

»Sire, die Männer sind gesund, und im Herzogtum herrscht Frieden.«

»Willst du damit sagen, daß hier kein einziges Mal gekämpft worden ist, während ich fort war?« fragte Roger le Morne verwundert. »Die Männer sind schlaffe Faulpelze geworden!«

»Es ist einige Male versucht worden, die Burg zu erobern«, sagte der Burgkommandant ruhig, »aber wir konnten die Angreifer zurückschlagen. Einmal kamen uns die Truppen von Herzog Wilhelm zu Hilfe. Ritter Robert kann dir mehr davon berichten.«

»Robert? Lebt er immer noch?«

»Er ist taub und fast blind, aber am Leben. Sonst hätte der Herzog einen eigenen Mann für die Burg ernannt.«

»Und Domina Theodora?«

Thorgaut trat zurück und verneigte sich. Die Burgherrin erschien in der Tür des Domus. Roger le Morne holte tief Luft, und so wie einst schnürte die Bezauberung ihm die Kehle zu.

Sechs Jahre, und Frau Theodoras Wangenknochen traten ein wenig schärfer hervor; in den Augenwinkeln waren feine Linien zu erkennen, und die Nasenspitze war schmaler geworden. Im übrigen war Frau Theodora ebenso fein und entrückt wie früher, ihr unerträglicher Hochmut ebenso begehrenswert und ihre luxuriöse Kleidung und der fremde Schmuck ebenso aufregend. Nichts hatte sich verändert: Nach sechs Jahren auf der Flucht begriff Roger le Morne verbittert, daß er die Frau ebenso bitter begehrte wie im Hochzeitsbett.

»Herr. Du bist gesund zurückgekehrt – und reich.« Domina Theodora neigte das Haupt wie vor einem Gast. Dann fiel ihr Blick auf den Burschen, der hinter dem Ritter aufragte wie ein Turm. Ein wunderbares Lächeln breitete sich auf ihrem Gesicht aus, so anmutig und zärtlich, daß Roger le Morne finster auf Rache sann.

»Juvalos! Mein lieber Sohn!«

Der Jüngling beugte vor seiner Mutter das Knie. Domina Theodora bückte sich, nahm das Gesicht des Burschen zwischen die Hände und küßte ihn auf den Mund.

»Friede sei mit dir, mein Sohn.«

Juvalos Grauauge lachte. Sein Lachen erschallte tief und warm zwischen den Mauern und brachte die Menschen zum Lächeln.

»Frau Mutter, ich bin ein Krieger.«

Der ganze Zug war im Burghof angekommen. Eine junge Frau wimmerte erbärmlich. Sie saß hinter einem Krieger im Sattel, wand sich vor Schmerzen und versuchte, sich am Gürtel des Kriegers festzuhalten, um nicht herunterzufallen.

»Sire.« Man hörte der Stimme des Mannes die Angst an, weil er seinen Herrn ohne Erlaubnis anredete. »Diese Frau ist sehr krank.«

Die Frau war die schöne Helena von Bari. Sie hatte sich zusammengekrümmt und hielt sich den Leib. Ärgerlich sah Roger le Morne die Frau an. Die Kebsfrau sollte ihrem Herrn eine Freude sein und ihm keinen Verdruß bereiten.

Helena di Bari stöhnte auf griechisch. Ihr Blut lief dem Pferd die Flanken herab. Unruhig sahen die Männer einander an. Dies war eine schlimme Sache, eine Frauensache. Der Krieger, hinter dem Helena sich wand, war weiß im Gesicht.

Domina Theodora trat zu der Frau hin. Sie gab dem zunächst stehenden Krieger ein Zeichen.

»Mann, heb die Frau herunter.«

Der Mann blickte zur Seite, streckte die Arme aus und faßte Helena di Bari um die Taille. Er setzte sie auf den Boden und ließ sie los wie ein Stück glühende Kohle. Eine rote Blutspur zog sich vom Rücken des Pferdes bis zum Boden.

Helena schwankte und wäre gestürzt, wenn Domina Theodora sie nicht gehalten hätte. Domina Theodora sagte etwas auf griechisch zu ihr. Das wunderschöne, tränenüberströmte Gesicht hob sich, und zur Erschütterung aller schlang die Sklavin der Burgherrin die Arme um den Hals. Hofmeister Bernuin stürmte mit der Peitsche in der Hand vor.

»Bernuin«, sagte Domina Theodora scharf, »sag meinen Frauen, sie sollen ein Bett zurechtmachen. Das Mädchen hat eine Fehlgeburt. Helft ihr hinein.«

Die Männer sahen den Ritter hilflos an, aber Roger le Morne tat so, als hätte er den ganzen Vorfall nicht bemerkt. Juvalos Grauauge starrte mit weit aufgerissenen Augen die Kebsfrau seines Stiefvaters an. Domina Theodora stützte Helena von der einen Seite, Hofmeister Bernuin von der anderen, als sie sich langsam in den Domus von Meilhan hineinschleppte.

»Betet«, sagte Priester Thiedo dumpf, »denn ein Mensch, der durch Fehlgeburt zugrunde geht, ist nicht getauft und kann unruhig werden.«

Roger le Morne Ernaudi knirschte mit den Zähnen. Er fauchte vor Wut, und die Männer zogen sich vorsichtig von ihm zurück. Roger le Morne sah über die Mauer hinweg zum Todesbaum hin. Er hatte keine Blätter, denn es war Februar, und an seinen Ästen baumelten keine grauenerregenden Früchte. Die Disziplin hatte sich gelockert. Es war an der Zeit, daß der Hausherr die alten Sitten wiederherstellte.

Seine Frau erteilte Befehle, als wäre ihr Mann gar nicht da. Sie mußte eine Lehre bekommen. Roger le Morne wußte, wie er Domina Theodora am meisten wehtun konnte. Zugleich erkannte er, wie gut es war, daß er seinen Sohn Odo nicht nach Meilhan mitgebracht hatte.

Juvalos Grauauge wälzte sich auf dem Stroh am Fußboden der großen Halle des Donjons. Er konnte nicht schlafen, der Ort war ihm fremd, und er sehnte sich nach Odo und seinem Plätzchen im großen Wohnturm von Rouen. Sie hatten neben der Wand geschlafen, Odo und er. Odo, der Jüngere und Kleinere, lag neben der Wand, Juvalos, ihn schützend, vor ihm.

In der nächtlichen Halle von Rouen schlichen zweibeinige Wölfe herum und suchten nach Beute. Wenn der Junge allein war, fiel es ihm schwer, Bestechungen und Drohungen zu widerstehen, zumal wenn der Sodomit eine vornehme Stellung innehatte. Solche Männer sandten ihre Diener aus in die Halle des großen Wohnturms, an deren Fußboden die auszubildenden Jungen schliefen. Juvalos war begehrt wegen seiner Hellhäutigkeit und Schönheit, aber er war groß für sein Alter und bereit, sich zu behaupten. Die Ängstlichkeit, die Odo in Meilhan eingebleut worden war, hatte sich zu starker Zähigkeit und unberechenbarem Eigensinn gewandelt.

Domina Theodora hatte ihren Waräger, den Farblosen, Juvalos als Leibwächter mitgegeben. Die gnädige Frau wußte nicht, daß die Jungen nur einander hatten und allein zurechtkommen mußten, denn es wurden kein Leibwächter oder Gesellschafter geduldet. Der Farblose wohnte mit den Kriegern des Herzogs zusammen und kämpfte in dessen Kriegen. Er durfte Juvalos treffen, wenn es in der Ausbildung der Jungen einen Augenblick Pause gab. Soweit er das beurteilen konnte, kam Juvalos gut zurecht. Der Junge war so stark, daß man ihn selten angriff, und so gutmütig, daß man ihn nicht ärgern mochte. Der Farblose wußte nicht, was er getan hätte, wenn es anders gewesen wäre. Rouen war ein großer Ort, immer voller Menschen, von eigenen Leuten des Herzogs und vornehmen Gästen. Das Schicksal eines einzelnen Jungen hatte dort keine Bedeutung, wenn er nicht der Erbe eines großen Lehens oder der Liebling eines mächtigen Herrn war.

Sie waren Blutsbrüder, Juvalos Grauauge und Odo von Meilhan. Sie schlugen sich füreinander, pflegten sich gegenseitig ihre Wunden, nahmen die Prügel auf sich, die für den anderen bestimmt waren, damit er verschont blieb. Von Anfang an unterstützten sie sich gegenseitig in der Welt des großen Turms von Rouen. Zunächst hatten sie den Eindruck, als herrschte dort nur ein blindes, gewalttätiges Chaos, aber das ordnete sich allmählich zu Disziplin und Regelmäßigkeit, die Sicherheit bot. Die Ausbildung war äußerst hart, und nicht alle standen sie durch. Manch einer kam ums Leben, ein anderer wurde zum Krüppel, jemand entwich in den Wald, ein vierter lebte eine Weile, von den anderen gequält, und hängte sich schließlich zum Abscheu aller anderen auf.

Alle Tage Fechten, Reiten und Gebrauch der Lanze von früh bis spät, während die Sergeanten Flüche brüllten und die adligen Jünglinge nach Herzenslust mit den Füßen traktierten. Ziel der Ausbildung war es, Seele und Körper des Jungen so eisern zu stählen, daß er ohne Angst sogar allein die Front des Feindes anzugreifen wagte.

Abends mußten Herzog Wilhelm der Bastard, Herzogin Mathilde und ihre Gäste bei Tisch bedient werden: böse oder verführerische Worte, Ohrfeigen und Betatschen, Willkür und Lehren.

Nachts in der Dunkelheit der Halle gab es Wein und rohe Reden, Prügeleien und Ringkämpfe, bei denen es nur noch ein Schritt bis zum Akt war. Es gab schüchterne Liebe, feste Freundschaft, Treue und Bewunderung. Und über allem lag der Schatten Herzog Wilhelms, des stolzesten Kriegers im Frankenland, den die Jungen wie einen Gott verehrten.

Herzog Wilhelm, der sich für alles interessierte, war auch daran interessiert, daß Juvalos griechisch sprach. Er wollte den Jungen sprechen hören und fragte seine Bischöfe und Priester, ob jemand ihn verstand. Aber niemand war dazu in der Lage. Viele waren auf einer Pilgerfahrt in griechischen Ländern gewesen, aber sie interessierten sich nicht für die Sprache, die die Menschen auf dem Weg zum Heiligen Grab sprachen.

Nur der Herzog fand es bemerkenswert, daß Juvalos Grauauge griechisch lesen und schreiben konnte. Diese Künste hatte Juvalos als Kind in Konstantinopel gelernt, wo ihn der Philosoph Palladios unterrichtet hatte. Allerdings hatte Juvalos für diese Fertigkeiten keine weitere Verwendung gehabt. Aber wenn man einmal lesen gelernt hatte, vergaß man das nie wieder. Wenn man eine Sprache lesen konnte, dann konnte man auch eine andere lesen, wenn man nur die Buchstaben lernte. Die griechischen und lateinischen Buchstaben waren verschieden, aber Juvalos lernte schnell Latein lesen. Er war jedoch am Lesen nicht interessiert und ließ sich nicht überreden, obwohl sogar der Bischof von Rouen ihn in den Dienst der Kirche locken wollte.

Wieder drehte Juvalos sich vorsichtig um. In der Halle des Donjons von Meilhan war es eng, und der Junge wollte die anderen Schläfer nicht wecken. Seine Sehnsucht nach Odo war so groß, daß er am liebsten geweint hätte. Er dachte an andere Dinge: an seine Mutter, die die schönste Frau der Welt war, aber so vornehm und geheimnisvoll, daß Juvalos es nicht wagte, sie ohne Aufforderung anzusprechen. Dann dachte er an seinen Stiefvater: Roger le Morne haßte seinen Stiefsohn, aber Juvalos Grauauge konnte nicht verstehen, warum.

Auf der Reise von Rouen nach Meilhan hatte Juvalos Grauauge nach besten Kräften versucht zu zeigen, daß er zuverlässig war. Er war zur Rechten von Ritter Roger geritten, hatte ihm geschickt seine Ausrüstung angelegt und abgenommen, ihn tadellos bedient, sein Knie vor ihm gebeugt und versucht, die wunderschöne Kebsfrau des Ritters, Helena di Bari, nicht zu bemerken. Helena fixierte ihn, aber er war es gewöhnt, daß die Mädchen ihn ansahen. In den Herbergen von Rouen, die die Knappen gruppenweise besuchten und wo sie ihre Münzen umschichtig zusammenlegten, damit wenigstens einer von ihnen eine Frau bekam, gab Juvalos Grauauge sich mit Streicheln zufrieden, das nichts kostete.

Juvalos runzelte in der Dunkelheit die Stirn. Er dachte an die Reise, und ihn überkam ein ungutes Gefühl. Unter den sizilianischen Franken des Roger le Morne Ernaudi gab es zwei besonders unangenehme Männer, Warin und Bardo, die von den anderen Männern gemieden wurden. Immer krakeelten sie herum und suchten Streit. Sie vergewaltigten die Frauen der freien Bauern und zahlten nicht für ihr Vergnügen, so wie ein anständiger Mann es tat. Aber ihnen waren auch junge Knaben recht; Juvalos erkannte das an der Art, wie die Männer ihn betrachteten. Er hatte das auch früher schon erlebt und mochte es nicht. Instinktiv suchte er die Nähe des Farblosen, obwohl heute schon schwer zu sagen war, wer wen verteidigte.

Warin hatte Juvalos einmal die Hand auf das Hinterteil gelegt. Das war empörend, nicht so sehr wegen Warins Begierde, sondern weil er dem gewöhnlichen Volk entstammte und Juvalos Grauauge von vornehmer Herkunft war. Juvalos hatte eine Warnung gezischt, und Warin hatte mit seinen verfaulten Zähnen gelacht und war fortgegangen.

Juvalos seufzte und schloß die Augen. Das beste war es, an nichts zu denken. Die Sehnsucht hielt einen nur wach.

Juvalos erwachte davon, daß ihm eine Kapuze über den Kopf gezogen wurde, die ihm den Atem benahm. Er versuchte sich aufzurichten und mit den Füßen zu strampeln, aber jemand saß auf ihm drauf und fesselte ihm Arme und Beine, während ihm zugleich der

Stoff so auf das Gesicht gepreßt wurde, daß er fast erstickte. Er wurde auf den Bauch gedreht, verspürte am Hinterkopf einen dumpfen Schmerz und sackte kraftlos zusammen.

Hände wanderten über Juvalos' Körper, zogen ihm die Hosenstrümpfe vom Leib und befingerten ihn. Sein Kopf war nahe daran zu zerspringen, und er verspürte Brechreiz. Wenn er sich in seine Kapuze hinein übergäbe, würde er an seinem eigenen Erbrochenen ersticken. Er versuchte, sich auf den Bauch zu drehen, damit die Übelkeit nachließ. Es war dunkel, und der muffige Geruch drang sogar durch die Kapuze hindurch. Juvalos kannte die Stimmen, aber er war zu schwach, um sich um irgend etwas anderes Gedanken zu machen als um seinen Kopf. Warin und Bardo. Wie konnten sie es wagen?

Ein plötzlicher Lärm schlug Juvalos wie eine Keule auf das Gehirn. Er hörte eine zornige Stimme; das war der Farblose. Undeutlich begriff er, daß der alte Waräger allein gegen zwei starke Normannen kämpfte. Nach allem mußten die Männer sowohl den Farblosen als auch Juvalos töten. Juvalos versuchte aufzustehen, um dem Farblosen zu helfen, aber seine Arme und Beine waren gefesselt. Trotz seiner Übelkeit war ihm klar, daß der Farblose bei all seiner Erfahrung den Angriff der beiden jüngeren Krieger nicht lange würde abwehren können. Juvalos versuchte, sich in Richtung der Stimmen zu wälzen, um sich wenigstens dadurch in den Kampf einzumischen, daß er den Angreifern an die Beine ging.

Da ertönte eine neue Stimme in der Finsternis. Juvalos begriff, daß um ihn herum ein wilder Kampf tobte. Er wußte nicht, wo sie waren, aber der Raum lag sicherlich im Innern eines Gebäudes, vielleicht unter der Erde, da kein anderes Geräusch zu hören war als der Kampfeslärm.

Das Stöhnen, Röcheln und das dumpfe Krachen waren ihm vertraute Geräusche; Juvalos hatte schon viele Kämpfe als Knappe mitgemacht. Männer fielen und starben, von einem Schwert durchbohrt. Juvalos betete rasch und inbrünstig, daß diese Geräusche nicht von dem Farblosen ausgehen mochten.

Jemand beugte sich über Juvalos und löste die Kapuze. Er bemerkte, daß es nicht völlig dunkel war. Eine Fackel erleuchtete den Raum, in dem es anscheinend Fässer und Säcke gab.

»Herr, ist mit dir alles in Ordnung?«

Es war Thorgaut, der Burgkommandandt von Meilhan.

»Der Farblose?«

»Er ist außer Atem, aber er hat seinen Mann getötet«, lächelte Thorgaut trocken. Der Farblose stand am Rande des Lichtkreises und stützte sich auf sein Schwert. Thorgaut reichte Juvalos seine Kleider. Warin und Bardo lagen am Boden in ihrem Blut.

»Wieso bist du hier, Thorgaut?«

»Meine Sache ist es zu wissen, was in der Burg vor sich geht.«

»Die da haben versucht...« Vor Ärger bekam Juvalos nicht mehr heraus.

»Herr, sie hatten noch etwas anderes vor, als dich zu schänden. Dies ist keine einfache Sache. Es wird das beste sein, ihre Kadaver hier zu verstecken.«

»Wo sind wir?«

»In der Erdaufschüttung von Meilhan, in der untersten Etage des Donjons.«

Juvalos hielt sich den Kopf.

»Ich verstehe überhaupt nichts.«

»Herr, ich begreife dafür umso mehr, und der Farblose auch«, sagte Thorgaut. »Morgen früh sprechen wir mit Domina Theodora. Sie ist die einzige, die helfen kann.«

49. Kapitel

1054

Ritter Roger le Morne Ernaudi hatte sich einige Tage nach seiner Rückkehr mit seinen Männern auf eine Kavalkade begeben. Die Leibeigenen waren allzu dick und zufrieden; sie hatten ihre Schätze irgendwo versteckt. Das Unternehmen versprach viel Vergnügen, wenn man die geizigen Männer nach ihren Geheimnissen befragte. Niemand war so eigensinnig wie ein Bauer, wenn er seinen Besitz schützte; kein gestählter Krieger ertrug solche Foltern wie ein Bauer.

Bei dieser Gelegenheit wollte Roger auch seinen kleinen Burgen einen Besuch abstatten und seine Burgkommandanten daran erinnern, wer in Meilhan das Sagen hatte. Sie waren an den Befehl einer Frau gewöhnt und frech geworden. Roger le Mornes Aufbruch wurde mit ebensolchem Eifer herbeigesehnt, wie man vor einigen Tagen seine Ankunft begrüßt hatte. Der Todesbaum trug schon Frucht, und Ritter Roger hatte das Schwert des Rechts hierhin und dorthin sausen lassen, ohne sein Objekt besonders auszuwählen.

Domina Theodora saß in der Aula am Feuer, in ihren gestickten Wollumhang gehüllt. Im Zimmer war es trotz des Feuers kühl. Domina Theodora hatte nach der Tertia die mit Vorhängen abgeteilten Seitenkammern der Aula inspiziert, wo die Frauen mit dampfendem Atem webten und nähten.

»Frau Mutter.«

Juvalos Grauauge verneigte sich vor Domina Theodora. Hinter ihm stand der Farblose und ein wenig abseits wartete der Burgkommandant Thorgaut. Domina Theodora neigte fragend das Haupt, als sie den Ausdruck auf den Gesichtern der Männer gewahr wurde.

Juvalos erzählte seiner Mutter, was in der Nacht geschehen war. Domina Theodora erbleichte und wankte in ihrem Stuhl. Noch bevor Juvalos seine Mutter stützen konnte, stand der Burgkommandant neben ihr und hielt sie bei den Schultern. Trotz seiner Kopfschmerzen warf Juvalos einen raschen, prüfenden Blick auf den Mann. Ein gewöhnlicher Krieger berührte eine vornehme Frau nicht auf diese Weise. Es sei denn, er…

Plötzlich verstand Juvalos, daß Thorgaut Domina Theodoras Liebhaber war. Das war furchtbar gefährlich. Seine vornehme Mutter hatte sich einen Burgkommandanten als Geliebten genommen! Aber natürlich war das die einzige Möglichkeit. Wer in der ganzen Normandie wäre denn für seine Mutter als Liebhaber in Frage gekommen? Es war besser, sich einen einfachen Krieger ins Bett zu nehmen als einen Grafen, der versuchen würde, Domina Theodora zu bevormunden.

»Herrin«, sagte Thorgaut in seinem steifen Schwedisch, »wie sollten zwei gemeine Krieger es wagen, den Sohn der Burgherrin zu schänden? Einen vornehmen Jüngling? Sie würden am Todesbaum hängen, sobald Juvalos von ihrer Tat berichtet haben würde.«

»Juvalos hätte nichts berichten können«, knurrte der Farblose. »Juvalos wäre gestorben und verschwunden.«

»Man würde ihn suchen. Man würde die Männer verdächtigen. Sie würden es nicht wagen.«

»Sie haben einen mächtigen Beschützer«, sagte Domina Theodora.

»Herrin«, in Thorgauts Stimme lag eine Bitte um Verzeihung, »Juvalos muß fort. Hier ist er keinen Augenblick mehr in Sicherheit.«

Domina Theodora schloß die Augen. Ihr Gesicht war unbeweglich, klar und heilig wie das Gesicht der Madonna in der Kirche.

»Niemand von uns vermag Juvalos vor Ritter Roger zu beschützen. Der Ritter wird ihn im ganzen Herzogtum jagen. Juvalos muß die Normandie verlassen.«

Juvalos fuhr zusammen.

»Frau Mutter… ich bin nicht zum Ritter geschlagen worden. Außerhalb der Normandie bin ich ein Nichts, ein Landstreicher. Ich bin zu jung, um als Soldritter in fremde Dienste zu treten, und zu vornehm, um mich als Knecht zu verdingen.«

»Mein Sohn, komm her.«

Juvalos kniete vor seiner Mutter nieder. Domina Theodora nahm seine Hände in die Ihren.

»Juvalos, du mußt zu deinem Vater gehen.«

Der Farblose trat näher.

»Herrin …«

»Es ist Zeit, es ihm zu sagen. Er muß fort, und vielleicht sehe ich ihn niemals wieder. Ich kann meinen Sohn nicht mit einer Lüge fortschicken.«

Juvalos war die Kehle wie zugeschnürt. Er wußte, was seine Mutter ihm sagen wollte; er hatte es schon vor langer Zeit erraten.

»Frau Mutter, mein Vater ist kein griechischer Adliger.«

»Kein griechischer, aber doch ein Adliger.«

»Ich bin der Sohn Eiriks des Starken. Nicht wahr, Frau Mutter?«

Domina Theodora nickte.

»Mein Mann Leon Skleros hatte sich gleich nach unserer Ankunft in Konstantinopel ins Kloster zurückgezogen. Eirik der Starke, mein lieber Freund und Ziehbruder, rettete mich aus der Feuersbrunst. So kam das, Juvalos.«

»Ich habe das schon vor langer Zeit in Ungarn begriffen. Du lagst krank im Kloster von Veszprém, Frau Mutter. Wir wohnten zusammen im Zelt, und Eirik der Starke sorgte für mich wie für einen Sohn. Zuerst hab ich mir nur gewünscht, ich hätte solch einen Vater«, sagte Juvalos, und in seiner Stimme lag Sehnsucht. »Dann begriff ich, daß er mein Vater sein mußte, weil wir uns so ähnlich sahen.«

Jemand prustete vor Lachen. Auch Domina Theodora lächelte. Thorgaut, der Eirik den Starken niemals gesehen hatte, sah sie verwundert an.

»Mein lieber Sohn, Eirik der Starke ist wahrscheinlich der häßlichste Mensch auf der Welt, und du bist der schönste Jüngling auf der Welt. Davon abgesehen, seht ihr euch sehr ähnlich.«

»Frau Mutter«, Juvalos Grauauge küßte Domina Theodora die Hand, »ich freue mich.«

»Der Farblose geht mit dir. Ich gebe euch soviel Silber, wie ihr unbemerkt transportieren könnt. Ihr müßt nach Norden gehen, nach Dänemark. Dort herrscht König Sven. Er ist ein guter Freund von König Anund von Schweden, von ihm bekommt ihr Hilfe, so daß ihr nach Uppland kommt. Das Zuhause deines Vaters ist der

Thorshof von Vätö in Uppland, Juvalos. Der Vater deines Vaters war der Oberrichter Thorstein der Mächtige. Geh auf den Thorshof. Dort erfährst du, wo du deinen Vater findest. Er könnte in Norwegen sein, im Dienst von König Harald dem Harten, denn sie sind Blutsbrüder.«

»Herrin, wie wird es dir ergehen?« fragte der Farblose leise.

»Mir wird es überhaupt nicht ergehen«, sagte Domina Theodora ruhig. »Ihr müßt sofort aufbrechen. Man wird Warin und Bardo vermissen. Ihre Leichen werden bald gefunden. Roger le Morne kann jeden Augenblick zurückkehren. Ihr müßt schon möglichst weit fort sein, wenn er bemerkt, daß Juvalos geflohen ist.«

Thorgaut räusperte sich.

»Die Zugbrücke ist unten. In der Burg befinden sich nur wenige Krieger, die meisten sind auf der Kavalkade. Ich lasse die Pferde satteln. Alles muß ganz normal wirken.«

Theodora Hyperborea stand auf der Mauer. Sie blickte nach Westen, zum Wald hinüber, wohin Juvalos und der Farblose reiten würden, damit sich ihre Spuren möglichst bald verloren. Sie hörte den Ruf des Wachmanns und drehte sich um. Im Süden sah sie ein helles Funkeln: Die Sonnenstrahlen trafen auf Lanzen und Helme.

»Reitet los! Sofort!«

Der Farblose und Juvalos plauderten mit Thorgaut im Stallhof und beluden gemächlich ihre Pferde, so als wollten sie auf einen Besuch in die Nachbarburg. Als sie Domina Theodoras Ruf vernahmen, sprangen beide in den Sattel. Thorgaut zog eilig Juvalos' Mantelsack fest.

»Der Ritter kehrt zurück!« rief Domina Theodora auf schwedisch von der Mauer. »Von Süden! Reitet los!«

Juvalos gab seinem Roß die Sporen und donnerte über die Zugbrücke, während die Wachmänner verwundert dreinschauten. Der Farblose galoppierte dem Jüngling nach. Kurz vor dem Tor drehte er sich um und rief zur Mauer hinauf: »Herrin! Dunst! Laß Nebel aufkommen, damit wir geschützt sind!«

Bis zum Waldrand war es eine tüchtige Strecke. Erdklumpen flogen unter den Hufen der Pferde auf. Theodora sah nach Süden Roger le Morne hatte bemerkt, daß in der Burg etwas Ungewöhn liches vor sich ging. Er hatte seinen Kriegern Galopp befohlen. Die Front rückte dröhnend über die kahlen Felder näher.

Theodora preßte die Hände zur Faust.

»Wasservogel, Bronzevogel, hilf mir, Schwan, du Gottesvogel!«

Ihre Hand hob sich an den Hals und griff nach dem kleinen Amulett.

»Bronzevogel, Bronzevogel!«

Schon konnte man die Umhänge der sich heranwälzenden Schar erkennen. Roger le Morne deutete mit seiner geharnischten Hand auf die Fliehenden. Die Front änderte ihre Richtung.

Theodora schrie laut in ihrer Angst.

»Zauberer, mein Väterchen! Unterirdischer Vater, komm!«

Die Luft begann zu vibrieren.

»Komm zu Hilfe, treue Sippe, hundert Tote, kommt zuhauf!«

Erst geriet der Waldrand aus der Sicht, dann verschwanden Juvalos und der Farblose im Nebel. Gelber, stickiger Nebel wallte über den Feldern. Er stieg nicht vom Boden auf und senkte sich nicht von oben herunter. Er verdichtete sich aus der Luft, schwebte als Schleier und in Windungen über der Burg Meilhan und hüllte die Reiter ein wie ein nasser Mantel.

Im nächsten Augenblick sah man nur noch gelbgrauen Dunst. Die Leute von Meilhan kamen aus Vieh- und Pferdeställen, aus Domus und Donjon, um sich über das eigenartige Wetter zu wundern. Der Burghof verschwand, die Menschen tappten zu den Wänden der Gebäude hin, sie hatten die Orientierung verloren.

Stimmen ertönten, Pferdegewieher, Rufe und Flüche von Männern, dumpfe Stöße und Geklirr. Es klang, als würde irgendwo gekämpft.

»Die Zugbrücke! Die Zugbrücke hoch!«

Thorgauts Gebrüll klang seltsam erstickt. Der Burgkommandant mußte die Burg schließen, obwohl er wußte, daß der Burgherr dort draußen war. Aber dort konnten auch andere sein; der Nebel war voller geisterhafter Stimmen.

Theodora Hyperborea kauerte auf der Mauer, in sich zusammengesunken. Ihre Hände preßten das Amulett, ihre Augen waren geschlossen, und sie hatte ein Lächeln auf den Lippen.

Theodora jagte, schreiend wie ein Habicht, durch die Kammern des Totenreichs, besessen von einer wilden Freude. Eine Kraft breitete ihre Flügel aus auf diesem dämmerigen Weg, und unten wogte durchsichtiges Wasser. Sie bog von einem Gang in den anderen ein, von Höhle zu Höhle, sicher in ihrem Flug. Zum ersten Mal hatte sie den Nebel in voller Absicht gerufen, und er hatte ihr gehorcht und ihren Sohn gerettet. Dank sei dem Stamm, Dank den toten Verwandten!

Der Zauberer schwebte in seiner Kammer, so klein wie eine Raupe in ihrer Puppe. Um ihn herum wuchsen graue Fäden. Er schien ruhig zu schlafen, öffnete aber die Augen, als Theodora ihn rief. Theodora sank neben ihm zusammen und schlief ein. Es war so still und so vollkommen friedlich. Die Zeit gab es nicht; das war eine große Erleichterung. Was ihr an der Denkweise der Christen am meisten Angst machte war, daß die Zeit nicht ein Kreislauf von Jahreszeiten war, sondern daß sie irgendwann begonnen hatte und irgendwann auch enden würde.

Jenseits des Wallgrabens brüllte Roger le Morne vor Wut. Der Nebel war so dicht, daß man die Mauern nicht sah, aber er kannte natürlich seinen eigenen Wallgraben und ganz besonders dessen Gestank.

»Sire, wie kann ich sicher sein, daß du es bist?« Thorgauts Stimme drang fremd durch den Nebel.

Roger le Morne sagte dem Burgkommandanten, was er tun würde, wenn die Zugbrücke nicht sofort heruntergelassen würde. Das war glaubhaft; die Winde begann zu knarren, und die Brücke senkte sich dröhnend.

Im Burghof sah man die Hand vor Augen nicht.

»Was geht hier vor sich?« Roger le Mornes Gebrüll wurde vom Nebel verschluckt. Seine Ritter um ihn herum saßen ab und hielten die unruhigen Pferde am Zügel.

»Sire, ich weiß es nicht«, sagte Thorgaut verwundert. »Plötzlich kam Nebel auf. Ich mußte die Brücke hochziehen, denn nichts war zu sehen, obwohl der Wachmann mir noch mitteilte, daß du im Anrücken warst, Herr.«

Thorgaut hatte genau so gehandelt, wie er handeln mußte. Das milderte Roger le Mornes Ärger deshalb nicht, weil seine Männer im Nebel zusammengestoßen waren, einander verletzt und sich auf den heimischen Feldern verirrt hatten.

»Jemand hat die Burg verlassen, als wir kamen. Wer war das?«

»Knappe Juvalos und sein Leibwächter«, erwiderte Thorgaut. »Sie ritten zur Burg hinaus, bevor der Nebel aufkam.«

»Wohin?«

»Ich weiß es nicht, Sire. Hätte ich sie daran hindern sollen?« Thorgauts Stimme klang besorgt.

Roger le Morne knurrte. Irgend etwas war von Grund auf verkehrt, aber er begriff nicht, was geschehen war. Juvalos Grauauge war am Leben. War er geflohen?

»Sire! Sire!«

Irgendwo ertönte ein entsetzter Schrei. Roger le Morne fuhr im Nebel herum.

»Zwei Leichen! Zwei Männer sind erschlagen worden! Warin und Bardo.«

Roger le Morne fluchte. Alles war durcheinander. Wie hatte ein einzelner Bursche zwei erfahrene Krieger töten können? Oder auch der Alte, sein Leibwächter?

»Juvalos hat meine Krieger ermordet!« brüllte Roger le Morne. »Wir müssen ihn einholen! Der Bursche wird noch an meinem Baum hängen!«

»Er wird kaum daran hängen, Roger le Morne«, sagte eine kühle Stimme aus dem Nebel.

Jäh wandte Ritter Roger sich um. Domina Theodora trat aus dem Dunst hervor wie ein Gespenst, lautlos, auch die hellen Kleider an ihr waren wie Dunst.

»Du bist hierfür verantwortlich, Frau«, schnauzte Roger le Morne wütend.

»Für den Nebel, Herr?« fragte Domina Theodora höflich.

»Du verwöhnst deinen Sohn… und willst, daß er der Erbe von Meilhan wird!«

»Meilhan ist sowohl mir als auch Juvalos gleichgültig. Aber ich will nicht, daß mein Sohn zum Spielzeug deiner Sodomiten wird, Roger le Morne.«

Ritter Rogers Schrei stieg tief aus dem unstillbaren Haß empor, von dem der verbitterte Ritter ohne auch nur einen Augenblick der Erlösung besessen war. Das Schwert fuhr zischend aus der Scheide und schlug nach der Frau. Es schnitt in Fleisch, und Roger le Morne wurde mit Blut bespritzt.

Thorgaut trug keinen Panzer, als er sich schützend vor Frau Theodora warf. Das Schwert zerschnitt ihm die Brust, so daß die Rippen freilagen.

Thorgauts großer Körper krachte zu Boden und riß Domina Theodora mit. Roger le Morne stand über ihnen, starr vor Verblüffung. Die Ritter des Burgkommandanten ringsum ächzten überrascht.

Domina Theodora erhob sich auf die Knie, beugte sich über den blutenden Thorgaut und legte ruhig ihre Hand auf die Wunde.

»Wasservogel, Bronzevogel, hilf mir, Schwan, du Gottesvogel.«

Das Flüstern in einer seltsamen Sprache ließ die staunenden Zuschauer erbeben.

»Seht doch.«

Das Blut hörte auf, aus der Wunde des Burgkommandanten zu sprudeln. Domina Theodora strich mit der Hand über Thorgauts Brust. Die Gehänge ihres Stirnreifs klirrten leise über dem Gotländer.

»Bei Gott, du hast seltsames Wetter hier auf deiner Burg, Roger le Morne.«

Eine muntere Stimme erklang hinter dem Burgherrn. Roger le Morne wandte sich erschreckt um. Die Zugbrücke war unten, die Krieger waren mit dem Schicksal des Burgkommandanten beschäftigt. Jedermann konnte in Meilhan eintreten wie in eine Kirche, und so geschah es auch. Im Dunst erkannte man Gestalten, Reiter.

Roger le Morne hob sein blutiges Schwert.

»Laß sein, Ritter. Ich bringe dir eine Botschaft vom Herzog. Mi ist allerdings unklar, wie du deine Burg bewachst.«

Der Fremde saß ab und mit ihm seine Männer. Ritter Roger Krieger waren auf der Hut, die Hand am Schwertgriff.

»Ich bin Helias Bertrani. Ich komme direkt aus Rouen. Der Her zog ruft zum Krieg. Heinrich von Frankreich und Geoffrey Marte von Anjou haben Evreux angegriffen.«

Roger le Morne Ernaudi ließ sein Schwert sinken. Er war noc zu berauscht, um zu sprechen. Helias Bertrani, einer der Soldritte von Wilhelm dem Bastard, sah sich interessiert auf dem Burgh um, dessen Gebäude in dem sich auflösenden Dunst erkennba wurden.

»Eine Prügelei, oder? Du hast deinen Mann gezüchtigt, oder? Ziemlich stark.«

Ritter Helias' Blick fiel auf Domina Theodora. Seine Augen weiteten sich, und er verneigte sich ehrerbietig.

»Die griechische Prinzessin, oder? Ich habe von dir gehört, Domina. Die Geschichten können deine Schönheit nicht beschreiben. Noch dazu bist du eine Blutstillerin, oder? Ich gratuliere dir, Roger le Morne. Eine schöne und nützliche Ehefrau. Finden meine Männer in deinem Donjon Platz, oder soll ich ihnen befehlen, die Zelte aufzuschlagen? Morgen müssen wir los, so lautet der Befehl des Herzogs.«

Roger le Morne knirschte mit den Zähnen, als Ritter Helias mit seinen Bemerkungen fortfuhr. Der Burgkommandant, der sich um die Einquartierung der Männer des Ritters hätte kümmern müssen, lag mit weißem Gesicht und offener Brust am Boden. Die Burgherrin, die den Gast hätte hineinführen und ihm ein Bad, Speisen und Wein hätte anbieten sollen, versorgte die Wunde des Burgkommandanten. Jedermann konnte nach Belieben in die Burg hinein oder sie verlassen. Der Stiefsohn war geflohen, und zwei erfahrene Krieger waren getötet worden.

»Wach auf, Mann«, sagte Ritter Helias ermutigend. »Morgen ziehen wir in einen ordentlichen Krieg.«

50. Kapitel

1056

Theodora Hyperborea schob Adelas Arm von ihrer Brust herunter. Das Kind fuhr im Schlaf zusammen. Theodora wandte dem Mädchen den Rücken zu und versuchte, wieder einzuschlafen. Ihr Körper sagte ihr, daß die Prima nahe war. Es war ein dunkler Herbstmorgen, an dem niemand erwachen wollte.

Theodora schlief in der Seitenkammer der Aula im Ehebett, aber Roger le Morne nicht. Theodora nahm Adela immer dann zu sich, wenn Ritter Roger zu einer seiner Nebenfrauen ging, was, wie Theodora fand, nicht oft genug geschah. Roger le Morne versuchte immer noch, mit seiner Frau ein Kind zu zeugen. Er wußte nichts von dem in Essig getauchten Wollbausch, den Theodora sich immer dann einsetzte, wenn Ritter Roger ins Ehebett kam. Da die Nebenfrauen des Ritters alljährlich ihre Bastarde austrugen, nahm Roger le Morne an, daß seine Frau nach der griechischen Ehe unfruchtbar geworden war.

Ritter Roger wußte auch nichts von dem verstorbenen kleinen Kind, einem Knaben, das neun Monate, nachdem Ritter Roger nach Jerusalem gezogen war, geboren worden war. Das Kind war im Alter von einem Jahr an Durchfall gestorben, so wie es den kleinen Kindern zu ergehen pflegte. Es war in der Kapelle des Kloster Saint Ivo unter dem Fußboden beigesetzt worden, wo die früheren Herren von Meilhan ruhten. Dieses Kind hatte freilich nichts mi der Familie Ernaudi zu tun: Es hatte die blonden Haare und blaue Augen seiner Mutter – und des Burgkommandanten Thorgau Niemand hatte dem Herrn von Meilhan von dem Jungen erzähl Ritter Roger pflegte den Überbringer schlechter Nachrichten zu bestrafen, und wer erinnerte sich schon an ein vor langer Zeit versto benes kleines Kind?

Von dem verstorbenen Kind schweiften Theodoras Gedanken z

den lebenden Kindern. Irgendwo in Byzanz lebte Georgios Skleros, ein knapp zwanzigjähriger Jüngling, der seine Mutter niemals gesehen hatte. Für Theodora war das eine allzu fernliegende Sache, als daß sie sich mit ihr hätte beschäftigen mögen. Sie dachte an Juvalos, und ihre Bedrängnis ließ nach. Seit der Abreise von Juvalos Grauauge waren zweieinhalb Jahre vergangen. Sie hatte nichts von dem Jungen gehört; das bedeutete, daß er zumindest aus der Normandie heraus und weiter fort gekommen war, denn wenn ihm etwas passiert wäre, dann wären die Nachrichten nach Meilhan gelangt. Theodora dachte an Juvalos und Eirik den Starken, und ihr wurde froh zumute.

Adela murmelte etwas im Schlaf. Theodora berührte sie beruhigend. Sie bekam einen seidig glatten Zopf zu fassen.

Adela war elf Jahre alt. Man hätte längst über eine Ehe beraten müssen, aber Roger le Morne Ernaudi versank zwischen den Ausbrüchen gewalttätiger Aktivität in schlaffe Untätigkeit. Er raffte sich nicht einmal auf, um für seinen Sohn und Erben Odo eine Braut zu suchen, was unbedingt seine Pflicht gewesen wäre. Theodora wußte, daß für beide Kinder von Meilhan mehrere Angebote gekommen waren, aber Roger le Morne hielt auch einen höflichen Vorschlag für eine heimliche Intrige, deren Ziel es war, ihm Meilhan wegzunehmen.

»Herr, Herzog Wilhelm hat Odo zum Ritter geschlagen. Er muß heiraten und das Geschlecht Ernaudi fortsetzen. Es ist niemand anders da. Wenn Odo im Kampf getötet wird, fällt Meilhan an den Herzog zurück.«

Roger le Morne grunzte ärgerlich. Sosehr er auch Herzog Wilhelm den Bastard haßte, noch mehr fürchtete er, daß Odo ihn von Meilhan verjagen könnte. Wenn Odo Ritter geworden war, mußte Roger le Morne seinen Sohn als einen erwachsenen Mann betrachten. Dann fiel ihm ein, daß er Odos Mutter hatte verhungern lassen. Der Junge hatte Grund zur Rache; Odo von Meilhan würde nicht der erste Sohn sein, der sich gegen seinen Vater auflehnte. Nein, Roger le Morne würde seinen Sohn nicht freiwillig nach Hause rufen.

Theodora gähnte, aber sie fand keinen Schlaf mehr. Bald würde Vater Thiedo in der Kapelle die Prima lesen.

Theodora hatte sich daran gewöhnt, den Andachten beizuwohnen, regelmäßig zur Messe zu gehen, das Abendmahl zu nehmen und bei der Elevation niederzuknien. Sie betete gemeinsam mit den Christen und segnete die Menschen im Namen Gottes. Manchmal fragte sich Theodora verwundert, wie das Leben wohl ohne Kirche, Priester und Gebete wäre. Unmöglich, dachte sie und erschrak, denn ein Teil von ihr fühlte sich immer fester mit der Jungfrau Maria und Christus verbunden, ohne daß sie etwas dagegen tun konnte.

Die Jungfrau Maria bekam in Theodoras Vorstellung die Gesichtszüge von Irene Monomachina. Sie bemerkte, daß sie in ihrem Kummer für ihre tote Schwiegermutter betete, und erschrak: Die Gebete einer Heidin konnten der Seele der Toten Schaden zufügen. Obwohl Theodora eine erwachsene Frau Mitte dreißig und Burgherrin war, wünschte sie sich immer noch eine ältere Frau als Ratgeberin und Freundin. In Meilhan war sie allein, isoliert durch ihre eigene Vornehmheit. Wenn Theodora in Rouen und in den Nachbarburgen Besuche machte, lernte sie die adligen Frauen der Franken kennen. Sie war zu fremd, als daß sie sich mit ihnen hätte anfreunden können: eine griechische Prinzessin, die man bewunderte, der man aber keinen Klatsch erzählte.

Theodora setzte sich im Bett auf. Die weichen Haare hatten sich aus der Flechte gelöst und fielen ihr über die Schultern. Die Nachtkerze war erloschen. Wenn doch Roger le Morne einwilligen würde, Odo und Adela zu verloben; auf diese Weise würde man Verwandte bekommen, Odos Schwiegereltern, die Vettern und Basen seiner Frau und andere. Theodora rief nach einer Bediensteten aus dem Vorraum. Jemand brachte eine blakende Lampe.

Theodora ließ sich ein Leinenhemd und eine blauseidene Dalmatika überziehen. Sie trug immer noch hauptsächlich die Kleider, die sie seinerzeit aus Byzanz mitgebracht hatte. Davon hatte sie eine große Menge, und gut gepflegt hielten die feinen Stoffe von einer Generation zur nächsten. Theodora wollte all ihre Kleider und ihren Schmuck testamentarisch Adela vermachen. Odos Frau würde den Nachlaß von Albreda bekommen. Den konnte man freilich nicht mit Theodoras Seiden- und Silberbrokatstoffen vergleichen. Heute sollte Adela das Lüften der Kleider überwachen, nachdem sie die Arbeit in der Webkammer in Gang gebracht hatte.

Theodora winkte der Dienerin.

»Du kannst mir die Haare in der Aula kämmen. Dort ist besseres Licht.«

Da wurde Alarm gegeben.

Domina Theodora hörte das entsetzte Geschrei des Wächters. Sie stürzte durch die Tür der Aula in den Burghof. Schreiende Männer kamen halbnackt aus dem Donjon gerannt. Etliche von ihnen waren nur durch Helm und Waffen geschützt.

»Sie kommen über die Mauer! Sie kommen!«

Der Morgen war noch grau, das Durcheinander unvorstellbar. Burgkommandant Thorgaut kam, nur im Hemd, auf den Hof gehinkt, in der einen Hand sein entblößtes Schwert und in der anderen den runden Schild des Fußkämpfers. Thorgauts Körper war krumm, seitdem Roger le Morne ihm die Brust gespalten hatte. Dennoch war er ein machtvoller Schwertkämpfer, wenn er auch schneller ermüdete als früher.

»Wo ist Ritter Roger?«

Domina Theodora zischte die Dienerin an: »Geh den Ritter wekken, er schläft mit Helena.«

Domina Theodora hatte gehört, wie der betrunkene Mann Helena di Bari am frühen Abend bedrängte, bevor sie selbst sich zur Ruhe begab.

»Auf die Mauern!«

Die Soldritter von Meilhan eilten hinauf. Einige hatten gerade noch ihr Panzerhemd anlegen können, andere waren gefährlich nackt. Dann kam Ritter Roger le Morne Ernaudi, taumelte verschlafen und verkatert, hinter sich einen verzweifelten Knappen, der versuchte, Ritter Roger dazu zu bewegen, daß er sich bückte, damit er ihm das Panzerhemd überziehen konnte.

»Sire«, sagte Thorgaut eilig. »Ein Sturmangriff. Sie sind aus dem Wald über die Felder direkt in den Wallgraben und auf die Mauern gekommen.«

»Wer?« Roger le Mornes zum Instinkt geschulte Kriegskunst erwachte. »Keine Belagerung?«

Bestürzt blickte der Ritter zu den Mauern hinauf, auf denen Männer die Angreifer abwehrten.

»Girard von Albas«, sagte der Burgkommandant. »Er hat sein Kommen lange hinausgezögert, aber jetzt ist er da.«

Roger le Morne nickte finster. Frau Albredas Bruder hatte Ritter Rogers Pilgerreise nach Jerusalem abgewartet, weil er einen Pilger nicht angreifen konnte. Er hatte gewartet, solange Wilhelm der Bastard seinen Krieg gegen Frankreich führte, weil er einen Vasallen seines Lehnsherrn nicht mitten im Krieg töten konnte. Und er hatte gewartet, bis seine eigene Ernte eingebracht war und auch die von Meilhan, so daß er genug zu rauben hatte. Dann erst hatte er sich mit seinen Männern auf den Weg gemacht und beschlossen, gleich bis ans Ziel zu reiten.

»Girard hat meine Dörfer nicht ausgeraubt«, sagte Ritter Roger.

»Nein, Sire«, räumte Thorgaut ein. »Er ist gekommen, um dich zu töten.«

»Und er hat die Erlaubnis dafür«, murmelte Roger le Morne. »Sonst würde er nicht den Frieden des Herzogs brechen. Dies wird ein harter Kampf.«

Roger le Morne stieg auf die niedrige Mauer. Sein Knappe warf das Panzerhemd zu Boden und rannte ihm nach. Domina Theodora berührte das Panzerhemd mit dem Fuß und überlegte, ob Ritter Roger absichtlich ungeschützt in den Kampf gegangen war. Falls Herzog Wilhelm hinter dem Angriff stand, hatte Roger le Morne nicht viel Hoffnung, selbst wenn er Albas' Sturmangriff abwehren würde.

Roger le Morne Ernaudi hatte zwei Herren gedient. Der Ritter hatte Nachrichten über die Pläne des Herzogs an den König der Franken weitergegeben. Aber er hatte auch an der Seite des Herzogs der Normandie gegen den König gekämpft. Im Versuch, beider Freund zu sein, hatte er beide verraten.

Der Lärm schwoll gewaltig an und ebbte dann zu einem Ächzen ab. Die Männer riefen den Knappen zu, sie sollten die Kleider und Panzerhemden auf die Mauer bringen. Der Sturmangriff war abgewehrt, aber bald würde ein neuer kommen.

»Domina!« Zwei Ritter kamen eilig herbei. »Roger le Morne ist verwundet. Komm.«

Die Männer halfen Domina Theodora auf die Mauer hinauf Ritter Roger lag auf dem nackten Stein. In seiner Lende klaffte eine Wunde.

»Frau, bring das Blut zum Stehen.«

Domina Theodora stand da und rührte sich nicht.

»Theodora! Hilf mir… Ich muß noch kämpfen.«

»Du hast versucht, meinen Sohn zu töten«, sagte die Frau schließlich gnadenlos.

»Es gibt keine Sünde, die ich nicht begangen hätte«, ächzte der Mann. »Aber von dir hätte ich eine höhere Gesinnung erwartet.«

Theodora hörte nicht. In ihr brandete eine vernichtende Flut. Es war unmöglich, sie einzudämmen, sie riß das Leben mit sich fort. Theodora fiel neben Roger le Morne auf die Knie.

»Mein Mann, ich kann nichts tun. Du mußt sterben.«

»Holt Vater Thiedo«, befahl einer der Ritter. »Der Burgherr muß die letzte Ölung bekommen.«

Roger le Morne Ernaudi war bewußtlos, als der Priester kam. Er starb, bevor das heilige Öl an seine Haut gekommen war.

Die Männer bekreuzigten sich, spähten über die Mauern und tasteten nach ihren Waffen.

»Domina.« Der älteste Soldritter, der zwanzig Jahre lang an der Seite von Roger le Morne gekämpft hatte, wandte sich um und verbeugte sich. »Und jetzt?«

Domina Theodora sah Roger le Mornes toten Körper nachdenkich an. Sie war in unbestimmter Weise verärgert darüber, daß der Tod des Mannes so rasch und leicht gewesen war.

»Der Herr von Albas ist hier, um sich zu rächen. Das hat er jetzt getan. Sollten wir ihm nicht mitteilen, daß Ritter Roger gefallen st?«

»Alarm! Sie kommen!«

»Domina! Von der Mauer herunter!«

Domina Theodora wurde beiseitegeschoben, so daß sie in den Burghof hinunterfiel. Der Sturz war nicht tief, aber Theodora chlug sich den Kopf und blieb wie ein lebloses Bündel am Boden egen.

Diesmal kamen die Angreifer über die Mauer. Nur die Ritter ämpften um ihrer Ehre willen. Die gewöhnlichen Krieger hatten eine Lust, ihr Leben zu opfern, nachdem der Burgherr gefallen ar.

Die Männer wüteten im Blutrausch auf dem Hof, bevor die Zugrücke heruntergelassen wurde und Girard von Albas in Meilhan nzog. Domina Theodora lag immer noch im Burghof. Ihr Liebhaer Thorgaut lag zum letzten Mal auf ihr, eine Lanze im Rücken, nd schützte seine Herrin mit dem eigenen Körper.

Ritter Girard stand mit gespreizten Beinen im Burghof von Meilhan und sprach das Recht des Siegers. Von den Soldrittern waren nach der Eroberung noch vier am Leben gewesen. Man hatte sie auf das Dach des Donjons geschleift und von dort auf die Steine des Hofes hinabgestürzt. Einer war nicht sofort gestorben; Ritter Girard stieß ihm seinen Dolch ins Auge.

Die Frauen hatte man aus ihren Verstecken in den Burghof geholt. Einige waren schon geschändet worden. Mit erstickter Stimme beklagten sie ihre Verletzungen. Domina Theodora stand vor den Frauen und hielt Adela bei der Hand. Das Kind war zum Glück verschont geblieben, weil es an einer Säule des großen Bettes so hoch geklettert war, daß niemand dorthin geschaut hatte. Lange wäre sie dort nicht unbeschadet geblieben, aber die Ankunft Ritter Girards in der Burg hatte der sinnlosen Gewalt ein Ende gesetzt.

Girard de Albas musterte Domina Theodora mit aufrichtiger Neugier. Die Frau trug ein schmutziges Seidenkleid, und ihre Haare fielen ihr wie ein blonder Vorhang bis auf die Taille herunter. Ih Gesicht war fleckig, und sie hatte Blut an den Händen.

»Die griechische Prinzessin«, sagte Girard verwundert. »Du bis nicht mehr jung, aber dennoch bist du schöner, als ich es je geglaub hätte. Was soll ich mit dir tun? Du hast in Meilhan gegessen, wäh rend meine Schwester vor Hunger verschmachtete. Soll ich dic selbst nehmen und dich dann meinen Männern überlassen?«

Priester Thiedo stand neben den Frauen. Ein dummer Prieste der in seinem Kampf gegen das Böse nur kläglichen Erfolg gehab hatte, denn Roger le Mornes Bosheit war übermächtig gewese Aber das, was er tun konnte, das tat er.

»Sire«, sagte der Priester, und Ritter Girard hörte zu, denn er wa ein frommer Mann und widersetzte sich nicht gern den Priester »Es war das Verdienst von Domina Theodora, daß deine Schweste Albreda die Beichte ablegen und die letzte Ölung erhalten konnt bevor sie diese Welt verlassen mußte. Domina Theodora hat ihr e genes Leben um Dame Albredas willen aufs Spiel gesetzt. Das kan ich bezeugen, denn ich selbst habe deiner Schwester die Absolutio erteilt und ihr die letzte Ölung gegeben.«

Ärgerlich legte Girard de Albas seine Stirn in Falten. Er begehr die Frau bereits, aber nach dem Bericht des Priesters konnte er s natürlich nicht mit Gewalt nehmen. Dann sah der Ritter an d

Wand des Domus eine dunkle Frau, die ebenso schön war wie die griechische Prinzessin, aber jung. Er lächelte gnädig.

»Eine so fromme Frau wird natürlich nicht geschändet.«

»Ritter«, sagte Domina Theodora und schob das schwarzlockige kleine Mädchen vor. »Dies ist Adela, die Tochter deiner Schwester Albreda. Deine eigene Schwesterstochter.«

Girard de Albas winkte mit der Hand.

»Sie steht unter meinem Schutz. Ihr wird nichts Böses geschehen.«

»Herr«, fuhr die Frau fort, »läßt du deinen Schwestersohn Odo, den Erben von Meilhan, holen? Er ist in Rouen.«

Ritter Girard biß sich nachdenklich auf die Lippe. Onkel und Nichte waren natürliche Verbündete in der harten Welt, in der ein Mann so viele zuverlässige Verwandte brauchte wie nur möglich. Girard könnte versuchen, Meilhan zu behalten, aber Herzog Wilhelm würde das kaum billigen.

»Odo von Meilhan ist zum Ritter geschlagen worden«, sagte Domina Theodora. »Er ist vom Herzog ausgebildet worden und sowohl dem Herzog als auch dir in Treue ergeben.«

»Ein Bote geht nach Rouen«, sagte Girard de Albas ungeduldig. Er wies mit der Hand auf Helena von Bari. »Diese Frau gehört mir. Mit den anderen könnt ihr machen, was ihr wollt, aber sie müssen morgen imstande sein zu arbeiten.«

Nach vier Tagen verlief das Leben in Meilhan so, als wäre nichts geschehen, abgesehen davon, daß es mehr Wundverbände zu waschen gab als sonst. Auf die gewöhnlichen Krieger erstreckte sich die Rache nicht: Sie hatten einen neuen Herrn und hofften, daß er freigebiger sein würde als der vorherige. Die Frauen kurierten ihre Blessuren mit eigenen Salben, weinten gemeinsam in ihren Kammern und beteten zur heiligen Jungfrau, daß auf die Schändung keine Schwangerschaft folgen möge. Die Toten wurden christlich auf dem Kirchhof bestattet, dafür sorgte Girard de Albas in aller Strenge. Burgen wurden dann und wann erobert; Meilhan war noch gut davongekommen, da die Burg nicht niedergebrannt worden war.

Kyria, wie wird es mir ergehen?«

Domina Theodora seufzte. Helena di Bari war ebenso schön wie ie Helena, deren Gesicht tausend Schiffe ausgesandt hatte, um

Troja zu erobern. Ebenso wie der antiken Helena hatte die Schönheit auch Helena di Bari Schmerz und Unheil gebracht.

»Ritter Girard scheint von dir entzückt zu sein.«

»Das waren auch hundert andere. Und ich kann ihm keinen Sohn gebären.«

Sie saßen in einer Seitenkammer der Aula und nähten. Jungfer Adela sortierte ihnen die Fäden. Helena di Bari verstand sich auf die griechische Art des Stickens, das eleganter und komplizierter war als die Handarbeiten der Frankenfrauen. Domina Theodora setzte sich dann und wann an eine Näharbeit, obwohl sie keine so geschickte Stickerin war wie Helena. Aber Theodora sprach gern griechisch mit Helena. Die vertraute Sprache zu sprechen, ließ ihre angespannten Gedanken für ein Weilchen zur Ruhe kommen. Nach Juvalos' und des Farblosen Flucht war da nur Thorgaut gewesen, mit dem sie schwedisch sprechen konnte, und jetzt gab es niemanden mehr.

Helena di Bari war seit der Fehlgeburt bei ihrer Ankunft in Meilhan unfruchtbar. Sie war eine von Roger le Mornes Kebsfrauen gewesen, praktisch seine Sklavin. Ohne die Hilfe von Domina Theodora wäre sie sicherlich schon tot gewesen. Sie beherrschte nicht die Sprache der Franken, kannte nicht deren Sitten, gebar ihrem Herrn keinen Sohn, der ihr ein gewisses Lebensrecht gegeben hätte, und war nicht einmal auf dieselbe Weise gläubig wie die Franken. Am meisten sehnte Helena sich nach der griechischen Kirche; sie nahm an, daß Domina Theodora griechischen Glaubens war, und nach Art der Griechen sprach sie viel von der Religion. Sie erzählte daß der Papst über den Patriarchen von Konstantinopel den Bann verhängt habe. Darüber war in Italien viel gesprochen worden damals, als Roger le Morne sich auf die Heimreise machte.

Domina Theodora war mehr an praktischen Dingen interessiert

»Du mußt irgend etwas können, was die anderen nicht können Nur so kannst du dich selbst ernähren, wenn die Männer dich nicht mehr begehrenswert finden. Niemand wird dich heiraten, weil man aus dir eine Hure gemacht hat und weil du keine Kinder bekommst Du kannst sticken, Helena. Das beste ist also, wenn du das Sticken übst.«

Domina Theodora dachte daran, daß ihre eigene Stellung nicht viel besser war als die von Helena di Bari. Der junge Odo würd sich in Meilhan als Herr niederlassen. Girard von Albas würde für seinen Schwestersohn eine Ehe arrangieren. Die neue Burgherrin würde die Stiefmutter ihres Mannes nicht gern unter demselben Dach sehen. Die reichen Witwen pflegte man ins Kloster zu schikken. Aber Domina Theodora wollte nicht ins Kloster.

Aus der Aula hörte man die lauten Reden und das Gelächter von Männern. Auch nach den neun Jahren, die sie im Frankenland gelebt hatte, schrak Domina Theodora noch manchmal zusammen wegen der barbarische Nähe, die zwischen Männern und Frauen herrschte. In Konstantinopel lebten Männer und Frauen des Adels ein getrenntes Leben. Hier dagegen befand man sich in ein und demselben Raum, vielleicht durch einen Vorhang getrennt, aber die Franken respektierten selbst den Vorhang nicht. So auch jetzt nicht.

Girard de Albas zog den Stoff zurück, der die Fensterkammer von der Aula trennte.

»Domina, hier ist dein Stiefsohn.«

Odo de Meilhan sah seinem Vater verblüffend ähnlich, war schlank, sehnig und dunkel und hatte ein Habichtsgesicht. Aber unter seinen zusammengewachsenen Brauen leuchteten tiefblaue Augen, ebensolche, wie Adela sie hatte.

»Frau Mutter.« Ritter Odo verneigte sich. »Dein Sohn Juvalos, mein Blutsbruder, hat über England eine Botschaft nach Rouen geschickt. Er ist in Norwegen und steht bei König Harald dem Harten in Dienst. Die Botschaft ist vor einem Jahr abgesandt worden, aber erst jetzt in Rouen eingetroffen.«

Domina Theodora schluchzte plötzlich auf, ein einziges Mal, so als wäre ihr das Herz zersprungen.

»Mögest du ein gutes Leben haben dafür, daß du mir diese Nachricht überbracht hast, mein Sohn.«

Aber Odo de Meilhan starrte mit offenem Mund an seiner Stiefmutter vorbei auf die Frau, die am Stickrahmen stand. Helena di Bari hob die bebenden Lider und sah darunter hervor den jungen Ritter an. Odo versuchte, etwas zu sagen, aber das Entzücken machte ihn stumm. Girard de Albas lächelte breit.

»Wunderschön, nicht wahr? Sie ist Griechin, dein Vater hat sie auf Bari geraubt. Nach der Eroberung gehörte sie mir, aber ich gebe sie dir gern. Was tut ein Onkel nicht alles für seinen Schwestersohn.«

ZWÖLFTES BUCH

1057–1058

51. Kapitel

1057

Am Totenbett der Jewdokija von Pskow brannten teure Wachskerzen. Priester Hilarion, uralt, tatterig und ebenso sauertöpfisch wie Jewdokija von Pskow, stand auf der einen Seite des Bettes. Den lateinischen Priester hatte man beiseite geschoben. Vater Hilarion wollte sich immer noch nicht das fremdsprachige Geplapper anhören.

Auf der anderen Seite des Bettes kniete Anna Jaroslawna von Kiew, die nun als französische Königin Agnes genannt wurde. Domina Theodora Hyperborea, die griechische Prinzessin, hatte sich über das Bett gebeugt und hielt die magere Hand der Hofdame.

»Jewdokija, Vater Hilarion ...«

»Theodora, du warst immer ein hochmütiger und unangenehmer Mensch«, schnarrte Jewdokija von Pskow auf ihrem Bett. »Ich weiß, daß in deinem Herzen eine große Pein wohnt und daß diese Pein mit mir zu tun hat. Sonst wärst du auf dem Pilgerweg nicht so freundlich zu mir gewesen.«

»Ein Mensch, der im Sterben liegt, bekennt seine Sünden«, tadelte Priester Hilarion. »Dies ist kein Markt, auf den jeder kommen kann, um irgendwelche alten Geschichten herauszuschreien.«

»Kümmere dich nicht um ihn«, fauchte Jewdokija von Pskow. Sie sprachen alle russisch. Theodoras Russisch war langsam und suchend, denn sie hatte es jahrelang nicht mehr gesprochen. »Priester, du kommst schon noch an die Reihe.«

»Jewdokija, erbarm dich meiner. Ich habe deinen Sohn Jaropolk getötet.«

Die alte Frau drückte ihre Finger so heftig in Theodoras Handfläche, daß sich ihre scharfen Nägel in Theodoras Fleisch gruben. Dann ließ der Griff nach, die Kräfte der Greisin waren am Ende.

»Wo?«

»In Mytilene. Er hat versucht, Juvalos zu töten. Er hatte erkannt daß Juvalos nicht das Kind von Leon Skleros sein konnte. Er war verrückt geworden, Jewdokija.«

»Du brauchst nicht um Vergebung zu bitten, Mädchen«, flüsterte Jewdokija von Pskow. »Jaropolk hat mich verlassen, als er mit deinem Mann ins Kloster ging. Sein Tod war mir gleichgültig.«

»Jewdokija!« weinte Theodora laut. »Verzeih mir!«

Anna Jaroslawna hob den Kopf. »Jetzt ist die Stunde deines Todes gekommen, Jewdokija von Pskow. Was du jetzt nicht tust, kannst du nie mehr tun.«

»Ich weiß«, sagte Jewdokija von Pskow und wandte sich ab.

Theodora weinte erschöpft in Anna Jaroslawnas Armen. Es gab keine Verzeihung, und was hätte sie auch für eine Bedeutung gehabt? Die Tat war vollbracht, daran war nichts zu ändern. Theodora mußte sie bis an ihr Lebensende mit sich herumtragen. Es war dumm gewesen, sich einzubilden, Jewdokija von Pskow hätte sie davon erlösen können.

»Wahrhaftig, Jewdokija war ein schwieriger und unleidlicher Mensch«, sagte Anna Jaroslawna, »aber sie war der einzige Mensch, mit dem ich russisch und griechisch sprechen konnte. Als die Nachricht vom Tode meines Vaters Fürst Jaroslaw kam, habe ich drei Tage lang mit ihr geweint. Aber jetzt bist du ja da, Theodora. Du wirst wohl kaum in die Normandie zurückkehren wollen. Erwartet dich dort irgend jemand?«

Theodora schüttelte den Kopf. Kein Mensch erwartete sie, nirgendwo. Aus ihr würde eine der Witwen des Hofstaats der Königin werden, dieser undefinierbaren Schar von Frauen, die mit dem Hof von Burg zu Burg reisten und versuchten, sich einmal am Tag den Bauch vollzuschlagen, einen ordentlichen Weinrausch und einen Mann ins Bett zu bekommen. Wenn sie Glück hatte, gab der König ihr eine kleine Mitgift und verheiratete sie mit einem seiner Soldritter.

Nein, dachte Theodora. Dann schon lieber ins Kloster. Aber das war für eine Heidin unmöglich.

»Theodora«, sagte die Königin, »ich habe ein Problem, bei dem du mir helfen kannst.«

Edward Atheling, der Kronerbe von England, war ein engelsgleich schöner Mann. Es hatte schimmernd helle Haut, seine langen Lokken waren wie gesponnenes Gold und seine Augen strahlend blau. So sahen die Männer des englischen Königsgeschlechts Cerdingai aus. Traditionell waren sie bildschön, alterten jung und starben, noch bevor sie fünfzig Winter gesehen hatten. Edward Atheling war noch keine vierzig, aber auf seinen Wangen brannte das Rot, welches ankündigte, daß er an der Schwindsucht sterben würde.

Edward Athelings Frau, Gräfin Agatha, war fülliger geworden, seitdem Theodora Hyperborea sie in dem magyarischen Zelt im ungarischen Buda nahe der Donaufährstelle gesehen hatte. Sie hatte noch zwei Kinder geboren. Die kleine Margarete hatte jetzt eine Schwester namens Cristiana und einen Bruder namens Edgar. Margarete war zwar nicht mehr klein, sondern ein junges Fräulein von zwölf Jahren, blond wie die Cerdingais und zielstrebiger als ihre hilflose Mutter.

»König Eduard der Bekenner hat uns nach England gerufen«, erklärte Gräfin Agatha in der Königinnenkammer des Palastes auf der Ile de la Cité. »Eduard der Bekenner hat keinen Erben, und da er wie ein Mönch lebt, wird er auch keinen bekommen. Mein Mann wird König von England und mein Sohn Edgar Thronerbe.«

Edward Atheling war nicht so zuversichtlich wie seine Frau.

»England ist ein geteiltes Reich«, beklagte sich der Prinz bei dem französischen König, als er beim Abendessen in der Aula des Palastes auf der Ile de la Cité neben dem König saß. »Das halbe Land ist im Besitz der Engländer; die sind ein maßvolles, gebildetes Volk Die andere Hälfte liegt in der Hand der Dänen. Die lassen sich unmöglich beherrschen. Und in jedem Winkel gibt es Normannen, die mein Vetter Eduard der Bekenner übermäßig begünstigt.«

Königin Agnes saß auf der anderen Seite des Königs und neben ihr Gräfin Agatha. Theodora Hyperborea stand hinter der Königin. Sie hatte ihre prächtigsten, blaugrün schillernden Gewänder angelegt und ihr Gesicht hinter einem Schleier verborgen. Die Schläfengehänge schaukelten leise, und ein lieblicher Duft umgab die griechische Prinzessein. Sie wirkte königlicher als alle anderen in der Aula.

Edward Atheling konnte weder englisch noch französisch. Ein deutscher Priester übersetzte seine Worte in die Sprache der Franken. Mit seiner Frau und den Kindern sprach Edward Atheling die Sprache der Magyaren; die ganze Familie hatte sich daran gewöhnt, da zwei der Kinder in Ungarn geboren worden waren. Gräfin Agatha sprach mit Anna Jaroslawna russisch; mit Anastasia, der Königin von Ungarn, hatte sie immer russisch gesprochen, weil es am dortigen Hof viele Hofdamen aus Kiew gab. Anna Jaroslawna sagte dann und wann zu Domina Theodora etwas auf griechisch, weil sie nicht wollte, daß die anderen es verstanden. Das Sprachknäuel erschien unentwirrbar. König Heinrich, der leicht nervös wurde, wirkte angestrengt.

»Ich bin keineswegs von England begeistert. Ich wäre lieber bei meinem Verwandten Kaiser Heinrich in Deutschland geblieben«, erklärte Edward Atheling, und der Dolmetscher übersetzte es. »Aber Bischof Aldred von Worcester hat mir mitgeteilt, daß es meine Pflicht gegenüber dem Reich und meinen Verwandten sei, diese Last auf mich zu nehmen.«

»Gräfin Agatha braucht in England eine Gesellschafterin, die der Frankensprache mächtig ist«, bemerkte Anna Jaroslawna. »Die Sprache am Hofe Eduards des Bekenners ist Französisch.«

Die Königin wandte sich zur Seite, um gleichzeitig zu ihrem Mann und Domina Theodora zu sprechen.

»Zum Glück haben wir eine Frau von edler Herkunft, die wir an den englischen Hof senden können. Domina Theodora, würdest du Gräfin Agatha nach Winchester begleiten, so wie du mich vor zehn Jahren nach Paris begleitet hast?«

Wie bei den englischen Adligen üblich, hatte Harald, der Earl von Wessex, ein Haus in London. Es lag in Southwark, südlich der Themse in der Nähe der London Bridge und der alten Festung, die errichtet worden war, um den von Süden auf die Brücke führenden Weg, die Watling Street, zu schützen.

Englands Kronerbe Edward Atheling zog mit seinem Gefolge über die Watling Street in sein Reich ein. Die Reisegesellschaft war nur langsam vorangekommen: Nach der Überquerung des Kanals hatte sich der kranke Atheling viele Tage lang ausruhen müssen. Der Zug war in Canterbury gerade passend am siebenundzwanzigsten Mai eingetroffen. An diesem Tag feierte man das Andenken an den Heiligen Augustinus, den ersten Bischof von Canterbury.

Edward Atheling war dankbar, daß er seine Reise aus einem so frommen Grund unterbrechen konnte. Er hatte immer weniger und weniger Lust, ans Ziel zu kommen. Aus den Reden des Erzbischofs von Canterbury, Stigand, hatte er entnommen, daß er lediglich ein Stein auf dem Spielbrett Earl Haralds von Wessex war. In England herrschte nicht der König, so wie Edward Atheling geglaubt hatte.

Earl Harald von Wessex, dessen Schwester Edith mit dem König verheiratet war, hatte alle Macht in seinen Händen vereinigt und gebrauchte sie entschlossen und kompetent. Das Problem bestand darin, daß König Eduard der Bekenner siech war. Der König hatte keine Kinder, und der fromme Narr würde auch niemals welche zustande bringen. Earl Harald würde den nützlichen Schild verlieren, hinter dem er herrschen konnte. Der Earl brauchte einen neuen Schild; zu diesem Zweck hatte man Edward Atheling nach England gelockt.

Erzbischof Stigand, einer von Haralds Männern, sandte von Canterbury eine Nachricht nach London. Als Athelings prächtiger Zug zu der Wegkreuzung kam, von welcher der Weg nach Winchester abzweigte, kam ihm ein ehrerbietiger Herold von edler Abkunft entgegen.

»Gnädiger Herr, der Earl von Wessex läßt dich in sein Haus bitten, damit du dich von den Strapazen der Reise erholst.«

Der Bote sprach englisch. Er wiederholte seine Worte in der Sprache der Franken. Ein deutscher Priester übersetzte die Einladung ins Deutsche.

Der Prinz zauderte. Er war müde und fiebrig und wollte nichts anderes als im Dunkeln liegen. Aber es war seine Pflicht, nach Winchester zu eilen, um den König zu treffen, der ihn ins Land gerufen hatte.

»Edgar hustet«, sagte Gräfin Agatha mit schicksalsschwangerer Stimme. Das entschied die Sache. Der sechsjährige Edgar, ein schmächtiges Kind, war der allerletzte Sproß des jahrhundertealten Geschlechts der Cerdingai, den man keiner Gefahr aussetzen durfte.

»Zum Hause meines Herrn ist es nicht weit«, sagte der Bote aufmunternd. So zog die Gesellschaft weiter nach Norden, anstatt nach Südwesten auf den Weg nach Winchester abzubiegen. Earl Haralds Haus war eine hohe, strohgedeckte Halle, die in respektvollem Abstand von einigen Dutzend Wirtschaftsgebäuden umgeben war. Vor dem Haus floß die Themse, und am Ufer gab es einen Steg und einen Verladeplatz. Auf der anderen Seite des Flusses sah man die Stadt London mit ihren Anlegern und Uferspeichern. Links ragte die St. Paul's Kirche auf, die unvergleichlich größer war als alle anderen Gebäude der Stadt. Der von Süden kommende Weg führte über eine hölzerne Brücke in die Stadt. Beide Enden der Brücke wurden durch Tortürme geschützt. Brustwehren aus Balken säumten die Brücke, von der aus man einen über den Fluß kommenden Angreifer mit Pfeilen beschießen konnte.

Beim Hause des Earls von Wessex und um die Gebäude des Hofes herum gab es mehr Krieger, als die Wanderer auf ihrer ganzen Reise von Dover nach London gesehen hatten. Diese hier sahen anders aus als die fränkischen Krieger, Fußvolk mit Lanzen und Lederharnischen.

»Lady Eadgifu erwartet euch in der Halle«, sagte der Bote höflich. Geschickt lenkte er den Troß und die Diener der Gesellschaft in Gebäude an verschiedenen Enden des Hofes. Der Gutskommandant übernahm es, sich um die begleitenden Krieger zu kümmern. Noch bevor Edward Atheling bemerkte, daß irgend etwas geschehen war, stand er auf der Hofstelle nur noch in der Gesellschaft seiner Familie, des deutschen Priesters Vater Eppo und der vornehmen griechischen Gesellschafterin seiner Frau. Ohne eine einzige Drohgebärde war es dem Engländer gelungen, den Kronerben verteidigungsunfähig zu machen.

Earl Haralds Halle war dreischiffig. Der mittlere Raum war eine Aula ebenso wie in den Häusern der Franken. An den Seiten befanden sich mit Bretterwänden und Vorhängen abgeteilte Kammern. Im Mittelboden der Aula war eine längliche Feuergrube, in der ein gastfreundliches Zentralfeuer brannte, obwohl es schon Ende Mai war. Die Aula wirkte warm und freundlich, denn die Vorhänge waren in hellen Farben gehalten, und die Bänke waren mit gemusterten Stoffen bedeckt. Die Eichenpfähle, die das Dach trugen, die Bänke und der Stuhl des Earls waren rot und grün gestrichen, und der Fußboden war mit Blumen und Blättern bestreut.

Edward Atheling war müde und seufzte vor Behagen, als er die Halle sah, die Ruhe und Bequemlichkeit versprach. Er seufzte noch einmal, als er die Gutsherrin sah, die bereitstand, die Gäste zu empfangen.

»Ich bin Eadgifu Pulchra«, sagte die Frau und verneigte sich vor dem Prinzen. »Der Earl kommt bald. Ich habe nach ihm geschickt. Erlaubt, daß ich euch inzwischen Gastfreundschaft erweise.«

Die Frau war hochgewachsen und von königlicher Schönheit, sie hatte einen hohen Busen und einen besonders langen und weißen Hals. Eadgifu Pulchras blonde Haare waren geflochten und auf dem Kopf aufgetürmt, so daß ihr Hals frei blieb. Sie hatte dunkelblaue Augen und schimmernd helle Haut. Sie war keine junge Frau, über dreißig. Sie würde auch noch als Greisin schön sein. So frisch ihre Farben auch waren, ihre Schönheit lag in den feinen Zügen und in ihrem würdevollen Wesen.

Eadgifu Pulchra sprach die Sprache der Franken. Der Priester übersetzte, und Gräfin Agatha begann sofort das besorgniserregende Krankheitsbild des kleinen Edgar zu erläutern. Lady Eadgifu schien mit einem einzigen Blick zu erfassen, welcher Art Frau Gräfin Agatha war; sie rief eine runde, gutmütige Frauensperson herbei, die die jüngeren Kinder der Athelings in ihre Obhut nahm. Prinzessin Margarete, die Zwölfjährige, stand wie angewurzelt neben ihrem Vater. Sie hatte keineswegs die Absicht, sich noch den Kindern zurechnen zu lassen.

»Earl Harald hofft, daß ihr euch in London als seine Gäste lange wohlfühlt«, sagte Eadgifu Pulchra höflich. »Hier gibt es viele heilige Orte, die man einfach verehren muß. Du kannst am Grab deines Großvaters König Ethelred in der St. Paul's Kirche beten, Prinz.«

Edward Atheling begriff in seinem vom Fieber geläuterten Sinn, daß er sich in London genau so lange wohlfühlen mußte, wie der Earl von Wessex es wollte, denn er befand sich in dessen Gewalt.

Theodora Hyperborea, die griechische Prinzessin, stand in der Wärme eines Sommermorgens vor dem Hause des Earls von Wessex und wunderte sich. Die Hausleute gingen bei ihren Hantierungen hin und her. Sie verneigten sich und knicksten vor der vornehmen Frau, lächelten und boten ihr ihre Hilfe an. Domina Theodora sagte in der Sprache der Normannen, daß sie keine Hilfe benötige. Die Menschen verstanden die Worte, nickten freudig und fuhren mit ihrer Arbeit fort. Es war wie ein Märchen: die freundliche Gelassenheit, die in diesem Land Sitte zu sein schien.

Die Reise von Dover nach London war ebenso angenehm gewe

sen wie jede beliebige Reise im byzantinischen Reich. Auch die Straße war in gutem Zustand, wenn auch verfallen; der Führer sagte, daß die Römer sie vor Jahrhunderten gebaut hätten, so wie sämtliche großen Straßen in England. Alles war anders als in der Normandie und in den Gebieten des französischen Königs. In den zehn Jahren in der Normandie hatte Domina Theodora sich daran gewöhnt, daß vornehme Leute einen Geleitzug mit Dutzenden von Kriegern brauchten und daß jeder Entgegenkommende ein Feind war, wenn er nichts anderes signalisierte.

Die Normandie war das Land der Burgen; zwischen den Burgen zogen die Militärabteilungen durch das Land, und die Leibeigenen versteckten sich sofort, sobald sie nur eine Lanze erblickten. Eine vornehme Frau entfernte sich selten von zu Hause. Die Burgen waren Lagerhäuser, in denen die Frauen der Familie aufbewahrt wurden, bis sie als Braut in eine andere Familie überwechselten. In den Burgen lebte man sehr luxuriös, aß aufwendig bereitete Speisen, trank gute Weine, kleidete sich fein, sang und spielte. Aber hinter der Zugbrücke lauerte die Welt der zügellosen Gewalt, in der nur bewaffnete Männer etwas zu suchen hatten.

In England gab es keine Burgen, nur kleine Holzbefestigungen, die Burh hießen und sämtlich dem König gehörten. Sie waren seinerzeit gegen die Normannen errichtet worden, aber als die Normannen ihren eigenen König Knut auf den englischen Thron bekommen hatten, waren die Burh-Befestigungen unnötig geworden. Die englischen Bauern waren größtenteils freie Männer. Sie kamen gar nicht darauf, sich in Erdgruben zu verstecken, wenn Athelings Konvoi vorüberzog.

Earl Harald von Wessex war der mächtigste Mann des Reiches; er herrschte für den König so, wie sein Vater Earl Godwin es vor ihm getan hatte. Aber das Gut des Earls war von keiner Palisade umgeben, ganz zu schweigen von einer Steinmauer, und natürlich gehörte weder eine Erdaufschüttung noch ein Donjon dazu.

»Die Engländer müssen verrückt sein«, sagte Domina Theodora laut zu sich selbst und schüttelte den Kopf, so daß der Schläfenschmuck mit dem Vogelgesang um die Wette klang.

»Ich zweifle wirklich an meinem Verstand, wenn ich eine griechische Frau auf meinem Hof die Sprache der Normannen sprechen höre«, sagte eine Stimme hinter Domina Theodora.

Theodora wandte sich erschreckt um, weil sie so unvorsichtig war, allein, ohne Leibwächter, an einer Stelle zu stehen, die für jedermann mit bösen Absichten zugänglich war.

Der Mann war hochaufgeschossen, blond und grauäugig. Seine Haare reichten nach angelsächsischer Art bis auf die Schultern herunter, und er hatte einen kurzen Bart. Er war ungewohnt, aber prachtvoll mit einem blauen, bestickten Gewand und einem blauen, mit Silberfuchs verbrämten Umhang bekleidet, der auf der rechten Schulter von einer großen, runden Silberfibel gehalten wurde.

»Wir haben in diesem Land drei Jahrzehnte leidlichen Friedens erlebt, Lady«, sagte der Mann. »In England werden keine Privatkriege geführt. Dafür sorge ich.«

Domina Theodora erkannte, daß vor ihr Earl Harald Godwineson von Wessex, der Schwager von König Eduard dem Bekenner, stand. Earl Harald war zur Hälfte Däne; deshalb war seine Art zu sprechen ihr so vertraut.

»Herr, in Byzanz vertraut man nicht so fest auf das Glück wie in England«, sagte Domina Theodora, sich verneigend. »Und dort ganz besonders nicht«, fügte sie nachdenklich hinzu. »Die Griechen vertrauen auf Gott und auf die Söldner.«

»In England«, versetzte Earl Harald und lächelte so strahlend, daß Domina Theodora blinzelte, »vertraut man auf den Kanal und auf die Dänen. Die Hälfte des Landes gehört den Dänen. Und das werden sie kaum kampflos hergeben.«

»Wer würde denn kommen und es haben wollen?«

Earl Harald sah Domina Theodora bewundernd an, aber in den grauen Augen blitzte überlegende Berechnung auf.

»Wenn du aus dem Frankenland kommst, dann weißt du sehr wohl, wer dort diese Insel begehrt.«

»Ich komme aus der Normandie«, sagte Domina Theodora absichtlich deutlich. »Aber ich bin keine Normannin. Herzog Wilhelm der Bastard trachtet nach dem englischen Thron. Mich interessiert das nicht. Ich gehöre zum Gefolge von Edward Atheling. Er bildet sich zumindest ein, der nächste König von England zu sein. Obwohl es sein kann, daß er ganz woanders ist, wenn der Thron frei wird.«

»Griechische Prinzessin«, sagte der Earl von Wessex weich

»Man hat mir von dir erzählt. Aber warum sprichst du die Sprache der Normannen?«

»Ich bin Schwedin«, sagte Theodora ruhig. Sie hielt sich für die Tochter des Königs von Schweden, obwohl sie keine Königstochter und nicht einmal Schwedin war. Aber eine Prinzessin war sie seit mindestens fünfundzwanzig Jahren, und daran glaubte sie schon selbst.

Edward Atheling blickte entsetzt auf das vor ihm schäumende Bierhorn. Earl Harald lachte über seine Miene.

»Die Angelsachsen trinken Bier, Prinz. Es ist das beste, du gewöhnst dich daran.«

Eadgifu Pulchra bedeutete einem Diener, Wein zu bringen.

»Im Hause des Earls von Wessex gibt es auch besten Wein aus Bordeaux«, sagte Lady Eadgifu ein wenig scharf.

Gräfin Agatha warf Eadgifu Pulchra einen dankbaren Blick zu. Sie wußte nicht, was sie von der angelsächsischen Frau halten sollte; erst an diesem Morgen hatte es sich heraugestellt, daß Eadgifu Pulchra mit Earl Harald nicht verheiratet war, obwohl sie ihm vier Söhne geboren hatte und seit fünfzehn Jahren mit ihm lebte. Aber Nebenfrau blieb Nebenfrau; Gräfin Agatha hatte am Morgen im Gespräch mit Theodora über dieses Problem lamentiert.

»Warum kann der Earl diese Frau nicht heiraten? Sie ist von vornehmer Herkunft, vermögend und fruchtbar.«

»Ich glaube«, sagte Theodora langsam, »daß der Earl von Wessex sich frei hält für den Fall, daß er eine königliche Frau bekommt.«

»Wozu brauchte er die denn?«

Theodora schwieg. Gräfin Agatha war eine Frau, die gerade eben begriff, in welchem Land sie sich befand. Es hatte keinen Sinn, ihr Earl Haralds Überlegungen auseinanderzusetzen. Edward Atheling hatte diese schon durchschaut und seine Beschlüsse gefaßt.

»Warum hab ich mich nur von Bischof Aldred und meinem Verwandten, dem Kaiser, zu diesem Irrwitz überreden lassen? In Ungarn war ich ein mächtiger Mann, ein Freund des Königs, und dort hatte ich Zeit, mich in die Bücher zu vertiefen. Hier bin ich die Marionette des Earls von Wessex, mit deren Hilfe er dann die Herrschaft ausüben will, wenn mein Vetter Eduard der Bekenner stirbt.«

»Prinz«, sagte Theodora Hyperborea bedauernd, »du brauchst keinerlei Zusagen zu machen. Reise zu deinem königlichen Vetter nach Winchester und sage ihm, daß du ein ruhiges Leben führen möchtest. Du hast reichlich Vermögen: Kauf dir Land. Mag der König einen anderen Erben für sich finden. Freiwillige scheint es übergenug zu geben.«

Das beruhigte Atheling, der Fieber und schlimme Hustenanfälle hatte.

»Es ist ja wahr, daß der König einen energischen und fähigen Erben hat. Der Herzog von der Normandie Wilhelm der Bastard ist der Sohn seines Vetters. Domina Theodora, du bist dem Bastard aus der Normandie begegnet. Taugt er zum Herrscher?«

Theodora Hyperborea hob die Brauen.

»Ein Mann, der die Normannen im Zaum zu halten vermag, bekommt auch die Dänen an die Kandare.«

»Die Dänen«, seufzte der Prinz. »Die hätte ich fast vergessen. Wilhelm der Bastard entstammt derselben Wurzel. Soll doch er sich mit den Dänen anlegen.«

»Und Edgar? Wird er gar nicht König?« fragte Gräfin Agatha enttäuscht.

»Das Leben ist außerhalb der Macht besser und ruhiger.«

»Und sicherlich auch länger«, sagte Domina Theodora leise.

»Ich werde jedenfalls Königin«, sagte Prinzessin Margarete entschieden.

Edward Atheling schob das Bierhorn beiseite und sah Earl Harald fest an.

»Schwager«, sagte der Prinz höflich, »ich habe eingesehen, daß ich mich in England auf dem Holzwege befinde. Ich tauge nicht zum König. Du wärst ein besserer König als ich.«

Der Earl fuhr so zusammen, daß der Tisch wackelte. Theodora Hyperborea stand ihrer Gewohnheit gemäß hinter Gräfin Agatha. Sie beobachtete, wie die Hand des Earls sich so um das Trinkhorn zusammenkrampfte, daß seine Knöchel weiß wurden.

»Atheling, das Reich braucht dich.«

»Du brauchst mich, Earl«, lächelte Edward Atheling müde. »D

könntest in meinem Namen herrschen, denn ich weiß nichts von den Sitten der Angelsachsen. Ich kann nicht, Earl Harald, ich kann nicht und ich will nicht. Morgen gehe ich nach Winchester, um meinem Vetter, dem König, meinen Entschluß mitzuteilen. Er wird einen neuen Nachfolger für sich bestimmen.«

»Du irrst, Atheling, denn du kennst die englischen Sitten nicht«, sagte der Earl schroff. »In England wird die Königsmacht nicht vererbt. In England wird der König gewählt, zumeist zwar aus der Familie Cerdingai, aber man hat auch andere auf dem Thron gesehen, wie du weißt. In England wird der König vom Witenagemot gewählt. Und ich bestimme, wen der Witenagemot wählt.«

»Dann kannst du dich ja selbst wählen lassen«, sagte Edward Atheling würdevoll.

In der Nacht erwachte Edward Atheling von Bauchschmerzen. Sein geschwächter Körper zitterte und wand sich in Krämpfen. Die entsetzte Gräfin Agatha rief den deutschen Priester. Vater Eppo warf nur einen Blick auf den Prinzen und ließ nach dessen Kindern, Earl Harald und weiteren Priestern schicken. Er begann sofort mit der letzten Ölung, und das war gut so, denn vor dem letzten Segen bekam Edward Atheling einen Blutsturz und starb in den Armen seiner Frau.

Edward Atheling kam in dasselbe Grab in der St. Paul's Kirche wie sein Großvater König Ethelred der Unberatene, noch bevor Edward dazu gekommen war, auch nur ein einziges Mal dort zu beten. Der Leichenzug setzte sich beim Haus des Earls von Wessex in Bewegung, da der Verstorbene in England keine anderen Verwandten hatte als Eduard den Bekenner, der sich weiterhin in Winchester ufhielt. Athelings Leichnam war in dunklen Stoff gehüllt und auf ine Bahre gelegt, über die ein Stoff mit Kreuzmuster gebreitet war. Vier Adlige trugen die Bahre, und vier Ausrufer bahnten dem Zug einen Weg über die Brücke und durch die Stadt. Earl Harald war der Hauptbegleiter. Die Londoner interessierten sich mehr für den mächtigen Earl als für die Leiche des unbekannten Prinzen.

Gräfin Agatha stand wie gelähmt in der Aula des Earlshauses, nachdem der Leichenzug sich in Richtung der St. Paul's Kirche in Bewegung gesetzt hatte. Eadgifu Pulchra war freundlich, aber nicht so freundlich wie bei der Ankunft der Athelings in ihrem Hause.

»Du wirst mir verzeihen, Gräfin, aber ich habe zu tun. Ich muß ins Webhaus und nachsehen, wie die Stoffe vorangekommen sind«, sagte sie und ließ die verstörte Witwe in der Aula stehen.

Gräfin Agatha hatte niemals in ihrem Leben irgend etwas entschieden, nicht einmal, was sie an diesem Tag anziehen würde. Sie war dazu erzogen worden, Gott und ihrem Mann zu dienen. Jetzt war nur noch Gott übrig, und Gräfin Agatha bekam von ihm keinerlei Ratschläge. Der deutsche Priester, Vater Eppo, hatte sich zurückgezogen, um für die Seele des Toten zu beten. Theodora Hyperborea ergriff die Hand der Gräfin.

»Meine Freundin, wir müssen entscheiden, was wir tun. Hier können wir nicht bleiben. Eadgifu Pulchras Verhalten zeigt, daß wir hier nicht mehr willkommen sind. Man hat für uns keine Verwendung mehr.«

»Das glaubt sie«, sagte Prinzessin Margarete.

»Edgar ist der wahre Kronerbe von England«, flüsterte Gräfin Agatha. Domina Theodora blickte auf den Sechsjährigen, der mit erschrockenen Augen neben seiner Mutter stand.

»Der Earl von Wessex wird den Witenagemot nie und nimmer ein Kind zum König wählen lassen. Er wird sich die Krone selbst aufsetzen, und Wilhelm der Bastard von der Normandie muß sich seinen Weg zum Thron freikämpfen.«

Gräfin Agatha begann zu weinen.

»Ich arme Witwe! Meine Kinder sind verloren. Wir sind in einem fremden Land. Niemand sorgt für uns.«

»Wir reisen nach Winchester zum König, so wie wir es vorhatten«, sagte Domina Theodora sanft. Sie wunderte sich über ihre eigene Geduld, denn sie ärgerte sich furchtbar über die Unfähigkeit der Gräfin Agatha.

»Warum sollte er sich um meine armen Waisen kümmern?« heulte die Witwe.

»Der König ist berühmt für seine Frömmigkeit. Er ist der Schwager und ein lieber Freund deines Vetters, des deutschen Kaisers. Er wird gut zu uns sein.«

»Frau Mutter«, sagte Prinzessin Margarete fest, »die ganze Welt wird sich um uns kümmern, denn wir haben das Heilige Kreuz.«

Sogleich klärte sich das Gesicht der Gräfin auf. Prinzessin Margarete öffnete einen Lederbeutel, der einen in einen Wollstoff gewickelten Gegenstand enthielt. Die Wolle umschloß ein Seidentuch. Daraus kam eine kleine goldene Dose zum Vorschein, in deren Deckel ein Kreuz aus schwarzem Ebenholz eingelassen war. In der Dose befand sich ein Stückchen vom Kreuz Christi, ein Teil von dem Stück, das Basileos Bulgarentöter dem Magyarenkönig Stefan geschenkt hatte. Gräfin Agatha, die Prinzessinnen Margarete und Cristiana und der kleine Edgar bekreuzigten sich und küßten die Dose. Margarete reichte die Dose Domina Theodora.

»Dir ist diese Kostbarkeit sicherlich besonders lieb, weil sie ein Geschenk deines Verwandten, des Kaisers von Byzanz, ist.«

Domina Theodora küßte die Dose, ohne die Annahme der Athelings, sie sei eine Verwandte des Kaisers, zu korrigieren. Sie hatten sich das selbst ausgedacht; niemand erlitt dadurch Schaden, im Gegenteil. Theodora hatte angesichts der Dose nicht das Gefühl, etwas Uraltes vor sich zu haben, wie sie es in Rodarve auf Gotland und im Wald von Meilhan erlebt hatte. Wenn das Holzstück tatsächlich vom Kreuz Christi stammte, mußte es sehr alt sein.

»König Eduard hat eine Frau, wenn sie auch nicht Königin ist. Bei den Angelsachsen gibt es anscheinend überhaupt keine Königin. Lady Edith nimmt uns gern am Hof auf, Gräfin.«

»Und das umso lieber, wenn sie sieht, was wir in unseren Truhen haben«, sagte Prinzessin Margarete wissend. Theodora sah die Prinzessin anerkennend an; anders als die übrige Familie war Margarete energisch und entschlossen.

Edward Atheling war nicht als armer Mann in das Land seiner Vorfahren gekommen. Im Troß des Konvois befanden sich Tonnen voller Seidenstoffe und Pelze, Gewürze und Arzneien, deren Wert mit Gold aufzuwiegen war. Und auch Gold war dabei, Gefäße und Schmuck, feine Arbeiten magyarischer Goldschmiede; es gab griechische Gegenstände aus Silber, Nomismata und slawische heilige Schriften zwischen Deckeln aus Elfenbein.

»In den Truhen ist meine Mitgift«, sagte Prinzessin Margarete. »Damit bekomme ich einen König zum Mann.«

52. Kapitel

1058

Die Kirche war klein, kaum größer als eine Stube, aus Balken errichtet und mit einem Grasdach. Sie lag in der Nähe des Themseufers an einer Stelle, an der sich früher ein Wassertor befunden hatte. Jetzt lag die uralte Mauer in Trümmern; ihre Steine waren auch zum Bau der Kirche verwendet worden. An der Stelle des Wassertors gab es Fischhändler, Speicher und Anleger, wo solche Schiffe festmachten, die unter der London-Brücke durchfahren konnten. An diesen Anlegern machten die Normannen ihre Schiffe fest; sogar bei Hochwasser konnten sie unter der Brücke durchfahren, da ihr Mast umgelegt werden konnte.

Ein Priester in einer erbärmlichen Kutte schrie eine Ziege an, die vom Gras auf dem Dach der Kirche fraß. Das Heiligtum war geradezu lächerlich, wenn man es mit den unermeßlichen Mauern der dahinter aufragenden Paulskirche verglich. Dennoch blieb Theodora Hyperborea so plötzlich stehen, daß der hinter ihr gehende Huscarl beinahe gegen sie geprallt wäre.

»Margarete, warte mal. Vater, wem ist deine kleine Kirche geweiht?«

Der barfüßige Priester, der niemals etwas am Bischofssitz zu tun haben würde, verneigte sich vor der vornehmen Frau.

»Dies ist die Kirche des Heiligen Olafs von Norwegen, Lady. Die norwegischen Händler kommen hierher, wenn sie in London sind.«

Domina Theodora trat in die Kirche ein. Innen war sie nicht so armselig wie außen: An den Wänden hingen Stoffe, über dem Altar gab es feine Wollvorhänge, die zur Seite gezogen waren, und die heiligen Gefäße waren aus Silber. In der Kirche hielt sich nur ein einziger Mensch auf, ein alter Mann mit Bart, brauner Haut und weißem Haar. Seine Kleider dufteten nach Meer, und es hatte eher den Anschein, daß er sich dort ausruhte als daß er eine Andacht hielt.

»Hör auf, die Frau anzustarren, Alterchen«, sagte Theodoras Huscarl streng.

Der Mann richtete einen ebenso neugierigen Blick auf den Huscarl. Solche Männer sah man in London selten außerhalb der Gefolgschaft des Königs, wohin sie auch gehörten. Jahrzehntelang waren dänische Krieger mit ihren Streitäxten die Leibwächter des Königs von England gewesen. Domina Theodora ließ sich von dem Leibwächter eher um der Würde als um der Sicherheit willen begleiten; die junge Margarete war immerhin eine königliche Prinzessin und Domina Theodora eine Verwandte des Kaisers von Byzanz. Margarete fand, daß ein gewöhnlicher Diener für sie nicht gut genug war, und sie setzte stets ihren Willen durch. Domina Theodora wollte nicht ausprobieren, ob es stimmte, was behauptet wurde: daß sich in London eine vornehme Frau allein ohne Gefahr bewegen konnte.

»Ist das die Königin, daß du hinter ihr hergehst, Mann?« fragte der Alte.

Domina Theodora erkannte die vertraute Sprache, und ihre Augen wurden – seltsamerweise – feucht.

»Bist du aus Uppland, Fremder?«

»Woher stammst du selbst, Königin, da du fast wie die Uppländer sprichst?«

Domina Theodora lachte. Prinzessin Margarete sah sie mißbilligend, und der Huscarl, der ihre Worte verstanden hatte, verdutzt an.

»Ich war die Ziehtochter des Oberrichters Thorsteins des Mächtigen vom Thorshof. Wie geht es in Uppland?«

»So wie früher, die Leute sind Heiden und opfern für Odin.«

»Abgesehen von dir?«

»Abgesehen von mir, wenn ich in London bin. Hier gibt es keinen Odinstempel.«

»Du kommst in den zweitbesten?« fragte Theodora wehmütig. Es war schön, die vertraute Sprache zu hören. Genau so sprach – hatte damals, vor zehn Jahren, Eirik der Starke gesprochen, als Theodora ihn zum letztenmal in Passau am steilen Uferhang der Donau gesehen hatte.

»Olaf der Dicke war ein großer Krieger, obwohl er ein Christ war. Und heilig ist er bestimmt, da sein Bruder Harald der Harte, der wildeste und schrecklichste der Könige, in Nidaros eine ganze Kirche erbaut hat, in dem Olafs Leichnam aufbewahrt wird. König Harald würde so etwas nicht tun, wenn es nicht um Tatsachen ginge.«

»Und in Svetiod? Sind die Leute noch auf Ostfahrt gegangen?«

Der Greis schüttelte den Kopf.

»Nicht mehr seit Ingvar dem Weitgereisten, und seine Fahrt hat ein schlimmes Ende genommen. König Emund denkt nur an seine Priester. Vom Logen fahren keine langen Schiffe mehr nach Osten.«

»König Emund?«

»Emund der Alte. Er ist der letzte Sohn von Olaf Schoßkönig, und mit ihm wird das Geschlecht der Ynglinge aussterben, denn Emund der Alte hat nur eine Tochter.«

»Holmfrid?« fragte Theodora schwach.

»Ganz recht, Holmfrid. Sie ist mit Jarl Stenkil von Westgötaland verheiratet, so daß Svetiod als nächstes wohl einen westgötaländischen König bekommt.«

Domina Theodora hörte in ihren Ohren fernes Lachen und kindisches Kreischen – Holmfrid und ihre Puppe ...

»Lady, bist du krank? Du bist ganz blaß«, fragte der Huscarl mit besorgter Stimme.

Theodora machte eine abwehrende Gebärde. Sie entnahm dem in ihrem weiten Ärmel verborgenen Lederbeutel eine Silbermünze und legte sie auf den Altar – das erste Geschenk, das sie der Kirche freiwillig machte. Der Priester bekam runde Augen.

»Für Olaf den Heiligen, Vater«, sagte Domina Theodora. »Ich habe ihn mit eigenen Augen gesehen, als er noch Olaf der Dicke war.«

Theodora trat aus der grasgedeckten Kirche auf die Straße hinaus. Sie war auf unerklärliche Weise niedergeschlagen.

Prinzessin Margarete, ein dreizehnjähriges Fräulein und schon größer als Theodora, wartete schon ungeduldig.

»Du verschwendest deine Zeit in einer unbedeutenden Kirche Domina.«

»Die Kirche mag unbedeutend sein, aber Olaf der Dicke war ein eindrucksvoller Mann«, sagte Domina Theodora, fast gekränkt.

Sie wanderten aus dem Fischgeruch des Ufers hinauf zur St Paul's Kirche. Dieser Teil Londons war eine belebte und wohlha bende Gegend, während im Nordosten um das Flüßchen Walbrook herum zumeist Sumpfland und leere Grundstücke lagen, auf denen die Städter ihr Vieh grasen ließen. Auf den Straßen wimmelte viel Volks, die Leute waren in die Stadt gekommen, um zu sehen, wie König Eduard der Bekenner zu Pfingsten in der Paulskirche seine Krone trug. Gleichzeitig trieb man Handel; den vornehmen Frauen wurden Handschuhe und Schleier und allerlei Trödel angeboten, während sie an den Buden vorbeigingen. Die Menschen waren fröhlich und sorglos. Den Angelsachsen fehlte die hitzköpfige Natur, die die Normannen zu so energischen, aber auch schwierigen Nachbarn machte.

Prinzessin Margarete zeigte ihre Frömmigkeit lieber an einem Ort, der besser zu ihrem königlichen Blut paßte. Sie trat als erste in die einsame Dunkelheit der St. Paul's Kirche, bekreuzigte sich und lenkte ihre Schritte direkt zu den Gräbern ihres Ahnen König Ethelreds des Unberatenen und ihres Vaters Edward Atheling. Der Huscarl blieb bei der Eingangstür der Kirche stehen, um dort herumzulungern und sich mit allerlei Leuten zu unterhalten, die nur irgend bereit waren, ein Wort über das Wetter oder ein anderes interessantes Thema zu wechseln; in England war es so friedlich, daß den Kriegern allmählich der Gesprächsstoff ausging, wenn sie nicht über Frauen sprachen.

Auf einem Seitenaltar stand ein silberner, üppig mit Karneolen und Perlen verzierter Schrein, in dem die Gebeine Bischof Erkenwalds, des teuersten Heiligen der Paulskirche, aufbewahrt wurden. Theodora Hyperborea blieb vor dem Altar stehen und kniete nieder, weil sie nicht stehen mochte. In der Kirche herrschte der übliche Lärm, da die Priester an den Nebenaltären die Messe hielten, die Kaufleute um die Preise stritten, die Menschen plauderten und die Hunde bellten. Die bunten Wollvorhänge, die an die Wände und auch quer in die Kirche gehängt waren, dämpften die Geräusche zu einem gleichmäßigen Brausen ab.

Die Wandmauern der Kirche waren so dick, daß sie noch zu Pfingsten die Winterkälte atmeten und bis zum nächsten Winter nicht ordentlich durchgewärmt wurden. Die kleinen Fenster waren mit Glasmalereien bedeckt und filterten das Licht, so daß nur wenige Strahlen auf den Steinfußboden fielen. Als Gegengewicht zu den kalten Mauern war die Kirche innen so bunt wie die Kaufmannsbuden der Cheapside. Altardecken, Meßbücher mit elfenbeinernen Deckeln, silberne Kerzenständer, goldene Abendmahlskelche, hohe Grabmale – von außen war die Kirche massiv wie eine Burg, innen prächtig wie ein Königspalast.

Domina Theodora schloß im Halbdunkel die Augen. Sie versuchte den seltsamen Kummer zu ergründen, der sie in der ärmlichen Kirche Olafs des Heiligen ergriffen hatte. Sie schaute in sich hinein. Dort war tote und ausgedörrte Wüste, leer, matt und ohne Leben. Sie erschrak. War ihr Leben jetzt gelebt, und wenn ja, wofür? Das war eine furchtbare Frage, die nur ein Mensch ohne Familie und ohne Heimat stellen konnte. Der Schmerz war so schneidend, daß Theodora sich abwandte. Sie öffnete die Augen, und vor ihr stand der silberne Reliquienschrein. Der Schrein löste in ihr keinerlei Empfindungen aus, weder Andacht noch Frieden.

Theodora sank zurück in ihre innere Dunkelheit. Sie hatte weder Familie noch Stamm, für die sie gelebt hätte, so, wie die Menschen lebten. Es gab keinen einzigen Menschen, der sie gebraucht, auf sie gewartet oder ihren Tod betrauert hätte. Theodora war so allein, wie ein Mensch nur sein konnte. Und sie hatte nicht einmal einen Glauben: keine Messe und kein heiliges Abendmahl, keine Gebete und keine Kerzen, keine Beichte und keine Absolution, keine Heiligen und keine Jungfrau Maria, keinen Gott und auch nicht dessen Sohn. Welch fürchterliche Armut! Theodora kauerte sich am Fußboden der Kirche zu einem Bündel zusammen, als sie ihre völlige Isolation von der Gemeinschaft der Menschen erkannte.

Der Zauberer … Die Toten der Unterwelt? Der Bronzevogel?

Ihr Hand hob sich zum Hals und fand das kleine Amulett. Wasservogel, Bronzevogel, hilf mir, Schwan, du Gottesvogel … Ein schwaches Flüstern von ferne, in der Tiefe der Höhlen. Jemand aus dem nassen Totenreich versuchte, zu Theodora Kontakt aufzunehmen. Die Stimme verschwand … War das Theodora selbst, rief sie sich selbst? Oder wollte der Zauberer sie bei sich haben? Sie für immer bei sich haben? Der Eintritt in das Totenreich war keineswegs so einfach, wie Theodora sich das eingeredet hatte. Die dümpelnden Toten, die stillen Gestalten in der sanften Schaukel des Totenreiches… Dort konnten sie endlich verborgen sein vor de

Göttern und den Menschen, in wunschloser Ruhe. Aber wenn Theodora auch den Glauben nicht hatte, so hatte sie doch die Hoffnung; allerdings wußte sie nicht, was sie hoffte... Darüber mußte sie sich noch klarwerden.

Jemand berührte Theodora an der Schulter. Der Huscarl war in die Kirche hereingekommen.

»Domina, ich muß gegen Abend in Whitehall zum Dienst erscheinen. Die Leibwache ist so klein, daß es auffällt, wenn ein Mann fehlt.«

Aus dem Seitenschiff eilte ein verärgerter Priester herbei und rüffelte den Mann, weil er seine Streitaxt nicht an der Tür der Kirche zurückgelassen hatte. Der Huscarl warf einen Blick auf die Axt, die in einer Lederschlaufe an seinem rechten Handgelenk hing, und zuckte die Achseln.

Sie gingen durch das Ludgate-Tor hinaus und über den Fluß Fleet zum Strand, dem Uferweg. Prinzessin Margarete und Domina Theodora gingen nebeneinander und der gelangweilte Huscarl hinter ihnen her. Prinzessin Margarete freute sich, weil sie in der Ladenstraße von Cheapside nichts gekauft hatte. Sie hatte um kleine, silberne Schuhschnallen gefeilscht, aber den Preis nicht nach ihrer Vorstellung herunterhandeln können, und jetzt fühlte sie sich so zufrieden, als hätte sie das Geld, das sie nicht ausgegeben hatte, geschenkt bekommen.

Prinzessin Margarete war nicht nur sparsam; sie war in der Haushaltung so über die Maßen penibel, daß sie nicht gern Geschenke annahm, weil die ja Gegengeschenke erforderten. Der Kirche und den Armen dagegen gab sie Almosen, sogar mehr, als sie sich leisten konnte.

»Almosen zu geben ist kein bedeutungsloser Austausch von Geschenken«, belehrte die Prinzessin ihre immer besorgte Mutter. »Dadurch, daß der Mensch Almosen gibt, wird er wahrhaft reich, weil sie der unsterblichen Seele zum Nutzen gereichen.«

Die Frühlingssonne wärmte die Menschen, die den Strand entlangwanderten. Domina Theodora war im stillen verärgert über die Unbekümmertheit der Angelsachsen. Hier gingen sie zu Fuß, die königliche Prinzessin und die byzantinische Adlige, beide mit unverschleiertem Gesicht und mit nur einem einzigen Mann zu ihrem Schutz, auch er zu Fuß und lediglich mit einer Streitaxt bewaffnet. Der Weg nach Westminster zum Königshof war weit; einen so weiten Weg hatte Domina Theodora in Byzanz oder in der Normandie niemals zu Fuß zurückgelegt. In Byzanz hätte sie ihre Würde verloren, in der Normandie ihr Leben oder zumindest ihre Tugend. Das Gehen hob außerdem den Unterschied zwischen Vornehm und Gering auf; es war unziemlich, daß die Stiefel des Kaufmanns denselben Boden traten wie die königlichen Lederschuhe.

Prinzessin Margarete machte es nichts aus, zu Fuß zu gehen. Sie sah sich neugierig um, bewunderte die Güter der Vornehmen und der Bischöfe am Ufer der Themse, lächelte den Entgegenkommenden breit zu und brachte schließlich auch die hochmütige Domina Theodora und den übellaunigen Huscarl zum Lachen. Dennoch war Domina Theodora gereizt, als sie endlich in Whitehall im Schatten der mächtigen Baugerüste der Westminster Abbey eintrafen. Es war so gekommen, wie sie befürchtet hatte: Sie war verschwitzt – das war schlecht für die Seidenkleider –, die Sohlen der weichen Lederschuhe waren abgenutzt, und von den unter den Schleier gekämmten Haaren hatten sich unordentliche Strähnen gelöst und waren auf Wangen und Rücken gefallen. Kleine Dinge machten sie nervös, wenn ihr schwer und traurig zumute war.

König Eduard der Bekenner mochte London nicht, die Stadt, di dem Herrscher des Landes nicht immer so treu gewesen war, wi sie hätte sein sollen. Der König fühlte sich auch im alten Königspa last von London nicht wohl. Der war primitiv und ungemütlic und lag zu nahe bei den Kaufleuten von Cheapside. Die Kaufleut waren selbstsichere und weltliche Männer und zeigten dem König daß sie ihre Angelegenheiten auch ohne ihn regeln konnten. Sollte sie sich also um ihre Stadt kümmern; Eduard der Bekenner ließ a der Mündung des Flusses Tyburn auf einer Sumpfinsel westlich vo London einen neuen Palast und für die St. Paul's Kirche eine Kon kurrentin bauen.

Das kleine Kloster von Westminster gewann ungeheuer an Anse hen. Eduard der Bekenner wünschte, daß seine eigene Kirche an di großen Steinkathedralen der Normandie erinnerte. Der Bau de Westminster Abbey kostete Jahre, aber sowohl Gott als auch de König hatten Zeit.

Ein- bis zweimal im Jahr kontrollierte Eduard der Bekenner das Wachsen seiner Kirche. Im übrigen fühlte er sich am wohlsten in denjenigen seiner Güter, von denen er leicht in gute Jagdwälder gelangte. Denn außer Gott hatte Eduard der Bekenner nur ein einziges Hobby: die Jagd. Er führte keine Kriege und herrschte nicht über das Reich, er verstand nichts von der Buchführung der Priester und von der Rechtsprechung, er machte sich nichts aus weiblicher Schönheit und auch nichts aus Silbermünzen. Eduard der Bekenner war ein jagender Mönch, schön und vorzeitig gealtert wie alle aus dem Geschlecht der Cerdingai, egozentrisch und nach Art simpler Menschen maßlos eigensinnig, wenn er sich etwas in den Kopf gesetzt hatte. Domina Theodora gähnte heimlich. Sie stickte mit Prinzessin Margarete an einem Banküberwurf mit einem komplizierten byzantinischen Muster. Die Angelsachsen bewunderten schöne Handarbeiten; überhaupt liebten sie alles Verschnörkelte und Verzierte. Die Frauen der Athelings waren ausgezeichnete Stickerinnen. Da sie eine große Menge neuer orientalischer Muster kannten, waren sie am Hof Eduards des Bekenners wohl gelitten. Gräfin Agathas Nadel bewegte sich schneller als ihre Gedanken, was bei Hofe nichts schadete, ebensowenig wie ihre und der Prinzessinnen übermäßige Frömmigkeit.

»Unsere griechische Prinzessin ist gelangweilt«, bemerkte Lady Edith spitz. »Vielleicht ist unsere Gesellschaft ihr zu grob.«

Theodora lächelte mit umflortem Blick und schüttelte den Kopf. Der Hof Eduards des Bekenners war nicht gröber als jeder andere Normannenhof. König Eduard hatte seine Jugend im Exil in der Normandie verlebt und liebte die Sitten der Normannen. Zur Verblüffung der Angelsachsen hatte er diese mit über den Kanal gebracht, und nicht nur die Sitten, sondern auch seine Sprache und seine Freunde, an die er unbekümmert Land und Geld verteilte. König Eduard der Bekenner hielt die Angelsachsen für altmodisch und bäurisch im Vergleich zu den eleganten Normannen. Er konnte Englisch, sprach aber lieber Französisch.

Am englischen Hof wurden Lieder der Normannen gesungen und heroische Geschichten von Karl dem Großen und seinen Paladinen erzählt. Die normannischen Günstlinge des Königs dienerten und schmeichelten sowohl den Hofdamen als auch einander in einer Weise, die die Angelsachsen erschütterte: Das war eine neue Art des Benehmens, die Courtoisie. Die Angelsachsen hielten dergleichen Getue für eines Kriegers unwürdig. Es hatte jedoch keinen Zweck, die Normannen deshalb zu verspotten. Trotz ihrer Höflichkeit waren die Normannenritter erfolgreiche und mörderische Kämpfer. Und die Courtoisie hinderte sie nicht daran, ihre Frauen zu verprügeln und sich bei dem geringsten Streit gegenseitig abzustechen.

Theodora Hyperborea konnte nicht wie die Angelsachsen beleidigt oder wie die Normannen stolz auf ihr höfliches Benehmen sein. In Konstantinopel war sie mit einer ganz anderen Art von feinen Manieren vertraut geworden. Während der zehn Jahre in der Normandie hatte sie sich wieder an rohe Sitten gewöhnt, denn die Courtoisie war nur am Hof üblich; in so kleine Burgen wie Meilhan drang sie nicht vor.

Der Hofstaat Eduards des Bekenners war von Winchester nach London gekommen, um Pfingsten zu feiern. Der König hatte sich seinen Untertanen mit der Krone auf dem Haupt und dem Zepter in der Hand gezeigt. Man hatte geistlichen und weltlichen Geschichten gelauscht, über den Earl von Wessex und den Erzbischof von Canterbury gelästert und in London teure und unnötige Sachen gekauft.

»Lady«, Domina Theodora lächelte die Gemahlin des Königs mit einem griechischen Lächeln an, hinter dem sich wer weiß was verbergen konnte, »ich bin nicht des Hofes überdrüssig, sondern meiner selbst.«

Lady Edith war die Schwester von Earl Harald. Ihr Vater Earl Godwine hatte seine junge Tochter gewaltsam mit König Eduard verheiratet, wohl wissend, daß seine Tochter auf diese Weise verurteilt sein würde, das Leben einer Nonne zu führen – Lady Edith hatte tatsächlich zwei Jahre im Kloster verbracht, als ihr Vater und ihr Bruder in Ungnade gefallen waren. Lady Edith ähnelte mehr ihrem Ehemann als ihrem Bruder: Sie war träge, dümmlich, fromm und langsam.

»Dann mußt du dich an die Heiligen wenden.«

»Darüber wollte ich auch mit dir sprechen«, sagte Domina Theodora plötzlich. Jetzt wußte sie, was sie wollte. »Lady Edith, ich möchte mich an einen ruhigen Ort zurückziehen, um zu meditieren.«

Lady Edith sah Theodora scheel an. Theodora wußte nicht, warım die Gemahlin des Königs sie nicht mochte: Vielleicht war sie eiersüchtig auf die Atheling-Frauen, die sich immer noch auf Theoora stützen mußten, obwohl sie die Sprache der Franken schon inigermaßen gelernt hatten. Oder vielleicht hatte Lady Edith etvas gegen Theodoras Griechentum. Die Nachricht von den Reibeeien zwischen dem Papst und dem Patriarchen war bis nach Engand gedrungen. Theodora sprach nicht von der griechischen iturgie und besuchte zusammen mit den anderen die lateinische Aesse, um kein Mißtrauen zu erzeugen. Aber sie stach allzu sehr on den anderen ab: Ihre Kleider und ihr Schmuck erregten Neid, ıan wunderte sich über ihre Art, sich die Augen zu schminken, nd ihre Selbstbeherrschung galt als Hochmut – was sie ja auch var.

»Lady Edith, könntest du mir ein kleines Nonnenkloster nennen, ı dessen Nähe ich wohnen könnte? Es sollte fernab von allem lieen. Je bescheidener das Kloster, desto besser. Nonne möchte ich icht werden, aber eine alleinstehende Frau kann unmöglich woaners leben als in Verbindung mit einem Kloster.«

»Willst du den König um Unterhalt bitten?« fragte Lady Edith ıißtrauisch.

»Ich habe meinen eigenen Schatz«, versetzte Domina Theodora uhig. Lady Edith hätte das wissen müssen, denn Theodora kam elbst für die Kosten auf, die sie am Hof verursachte. Vielleicht var auch das aufreizend: Sie brauchte sich für ihr Essen nicht zu emütigen.

Lady Ediths Augen wurden schmal.

»Ich weiß ein geeignetes Kloster, wenn es dir wirklich um Armut nd Einsamkeit geht, Domina Theodora.«

Theodora Hyperborea war selbst von ihrer Bitte überrascht und ereute sie fast schon wieder. Aber dann dachte sie an die große eere in sich. Sie wußte, daß die sich nicht durch Musik und Gechichten, durch Schmuck oder Stickereien füllen lassen würde.

»Lady, sag mir den Namen des Klosters.«

»Kloster der Heiligen Werburga«, sagte Lady Edith. »Es liegt in Vildham bei Chester; die Watling Street entlang nach Westen und ann nach Norden. Ein noch unbedeutenderer Ort für dich fällt ıir nicht ein.«

»Sieh mal. Ehrwürdige Mutter, schau mal auf den Weg.«

Die Nonne war zu alt, um zu rufen. Sie keuchte nur. Hinter ihr sah man Krieger und Pferde und Wagen.

Priorin Sehild streckte ihren gekrümmten Rücken. Der Herr sandte Unkraut in den Kräutergarten, um die, die an ihn glaubten, zu prüfen; manchmal wünschte sich Sehild, der Herr möge mit dem Unkraut ebenso geizen wie mit allem anderen.

Die Heilige Werburga war vor dreihundert Jahren die Äbtissin des Klosters Ely gewesen. Nicht alle Äbtissinnen waren Heilige, aber Werburga war die Tochter des Königs von Mercia – königliches Blut neigte dazu, sich in heiliges zu verwandeln – und eine energische Frau. Sie hatte mehrere Klöster gegründet. Vor hundert Jahren hatte man ihre Reliquien von Hanbury nach Chester vor den Normannen in Sicherheit gebracht.

Die Mutter der Großmutter von Priorin Sehild hatte dieses kleine Kloster der Heiligen Werburga auf den Ländereien ihres Heimatguts Wildham gegründet. Wildham war immer noch der bedeutendste – und nahezu einzige – Donator des Klosters. Die Nonnen, sechs an der Zahl, waren betagte Witwen, etliche von ihnen Verwandte von Wildham. Das Kloster der Heiligen Werburga von Wildham gehörte nicht zu denjenigen, in die große Familien ihre mit glänzenden Aussteuern versehenen Töchter schickten.

Alfric, der Herr von Wildham, unterstützte das Kloster als Gegengabe dafür, daß die Nonnen regelmäßig für die Seele seines verschwundenen Bruders Gilbert beteten. Priorin Sehild, Alfrics Schwester, war noch nicht geboren damals, als Gilbert von Wildham von zu Hause fortgelaufen war. Alfric war ein kleiner Junge gewesen und in den Teich gefallen; Gilbert war darüber so erschrocken, daß er geflohen war, und seitdem hatte man nichts mehr von ihm gehört. Alfric, ein frommer Mann, trauerte um das Schicksal seines Bruders: Er fühlte sich irgendwie mitschuldig und versuchte, das mit Hilfe der Heiligen Werburga zu sühnen.

Ohne den unbekannten Gilbert hätte Alfric das Kloster nicht unterhalten, und ohne das Getreide, das Fleisch und die Wolle von Alfric wäre es gänzlich verkümmert. Das bißchen Käse, daß die vor Altersschwäche zitternden Nonnen von ihren paar mageren Kühen gewannen, reichte nicht einmal für sie selbst. Priorin Sehild war ihrem unbekannten Stiefbruder Gilbert dankbar.

»Ist dies das Kloster der Heiligen Werburga?«

Der Frager war ein behelmter Soldat, respektgebietend mit seinem Speer und dem Schild. Priorin Sehild meinte nicht anders, als daß Gott wieder die Plage der Normannen auf die englische Insel gesandt hatte.

»Herr, wir sind arme Nonnen, alte und kranke Frauen. Bei uns gibt es nichts zu rauben.«

»Darin kann man sich gar nicht täuschen, ehrwürdige Mutter«, sagte der Mann und musterte die sich hierhin und dorthin neigenden Gebäude des Klosters. »Ich bringe euch einen Gast.«

Die Priorin wurde so nervös, daß sie zu zittern begann. Ein solcher Geleitzug brachte keine demütige Pilgerin – wer würde schon n das Kloster kommen, wo doch die Gebeine der Heiligen Werburga in Chester aufbewahrt wurden?

»Herr, wir können keinen Gast versorgen ... Wir haben kein Gästehaus... und auch sonst nichts. Ein Mißverständnis ... Wir haben nicht einmal genug zu essen«, schluchzte die Priorin.

»Gerade deshalb«, sagte der Krieger trocken, »gerade deshalb bekommt ihr einen Gast. Domina Theodora, wir sind da.«

Priorin Sehild ächzte und starrte mit offenem Mund die erstaunlichste Frau an, die sie je gesehen hatte.

Die goldblonden Haare der vornehmen Frau waren auf dem Kopf zu einem Knoten geschnatzt. Ein durchsichtiger, feiner Schleier bedeckte sie. Um die Stirn trug die Frau einen silbernen, mit Perlen und blauen Steinen verzierten Reif, von dem Silberketten auf die Wangen herunterbaumelten. Ihre Haut war sahnehell, die Augen himmelblau und umrahmt von einer dunkelbraunen Linie. Über die Schultern lag der Frau ein blauwollener Umhang, der mit glänzendem schwarzen Pelz gefüttert war. Seitlich blitzte unter dem Umhang blaue, mit Silberfäden bestickte Seide. Unter dem Rocksaum sahen kleine Seidenschuhe mit silbernen Schnallen hervor.

Priorin Sehild hätte nicht überraschter sein können, wenn die Heilige Jungfrau aus dem Himmel in ihren Kräutergarten hinabgestiegen wäre. Sie erschrak, als der Krieger der Frau vom Pferd half und diese vor ihr im Staub niederkniete.

»Ehrwürdige Mutter, gib mir eine Wohnstatt neben deinem Kloster.«

Priorin Sehild wußte nicht, wie sie die Frau ansprechen sollte. Es war ihr schrecklich unangenehm zu stehen, während eine so vornehme Frau kniete, aber ebenso verrückt wäre es gewesen, neben der Frau hinzuknien und ihr etwas zuzuflüstern.

»Lady, ich habe keine Hütte ...«

»Meine Männer werden ein Häuschen bauen, bevor sie zurückreiten.«

Die Krieger bauten nichts. Der Anführer des Begleittrupps ließ seine Männer Balken und Stroh und Bauleute herbeischaffen; all das wurde in Wildham gekauft. Drei Tage später duckte sich neben dem Tor des Klosters der Heiligen Werburga eine Hütte, obendrauf ein Strohdach und innen eine Feuergrube.

Während der Bauzeit wohnte Domina Theodora in einem Zelt Sie vereinbarte mit den Nonnen, daß sie mit ihnen zusammen speisen würde, bezahlte ihr Essen mit Silber und schenkte dem Kloster Töpfe und Pfannen, Schüsseln und Becher. Die Priorin schüttelte den Kopf ob all dieser Wunder.

»Lady, du hast Truhen voller Schätze. Erzähle niemandem davon.«

»Möchtest du, daß ich sie dem Kloster schenke, Mutter?«

»Nein, nein«, wehrte die Priorin entsetzt ab. »Wir wollen arm sein. Reichtum wäre unser Verderben. Versteck deine Truhen.«

Domina Theodora nickte.

»Die Männer können die Truhen in der Erde vergraben, bevor sie gehen.«

»Hast du keine Angst, daß sie dich ausrauben?«

»Ich bezahle sie gut. Sie kehren zu König Eduard dem Bekenner zurück; sie dienen lieber dem König, als alles wegen etwas Tand aufs Spiel zu setzen.«

»Ich verstehe nicht, wie sie das Gebäude so schnell fertigbekommen haben«, sagte die Priorin wehmütig und blickte auf das vor Altersschwäche fast zusammenfallende Dormitorium des Klosters.

»Normannen errichten in einem Monat eine ganze Burg«, lächelte die gnädige Frau. »Drei Tage an einer Hütte herumzustümpern ist eine lange Zeit.«

Domina Theodora wirkte sehr selbstbewußt und vertraut mit den Sitten der Welt. Sie war freundlich und freigebig, aber die Priorin spürte an ihr eine seltsame Fremdheit. Sie verstand nicht, wa um eine so vornehme Frau einen so abgelegenen Ort gesucht hatte, und wagte nicht, danach zu fragen. Sie wußte nicht einmal, ob Domina Theodora verheiratet oder vielleicht Witwe war. Hinter der scheinbaren Demut der Frau gab es eine Mauer des Stolzes, die jede Nähe zurückwies.

Am ersten Morgen kam Domina Theodora aus der Hütte, in der sie allein ohne Gesellschafterin oder Dienerin lebte. Sie trug eine braune Kutte und um die Taille einen Ledergürtel, der von einer schweren Schnalle heruntergezogen wurde.

»Ehrwürdige Mutter, was kann ich tun?«

Priorin Sehild sah die weißen Hände und die nackten Füße der Frau mitleidig an.

»Der Herr hat es für gut befunden, uns mit Unkraut heimzusuchen. Du kannst den Kräutergarten jäten.«

53. Kapitel

1058

Theodora Hyperborea sammelte vom Tisch einige Käsekrümel und steckte sie in den Mund. Sie hatte beißenden Hunger. Sie hatte jetzt fast immer Hunger, was höchst merkwürdig war, denn sie hatte sich eigentlich nie etwas aus Essen gemacht. Inmitten der feinsten Delikatessen im Halyspalast hatte sie kaum gewußt, was sie da zu sich nahm. Das Essen diente dazu, den Menschen am Leben zu erhalten; Theodora war es egal, wie es schmeckte, wenn es nur nicht ausgesprochen bitter oder verdorben war. Aber im Kloster der Heiligen Werburga schmeckte jedes Essen gut, und es gab zu wenig davon.

Da Ninianstag war, erzählte Priorin Sehild während der Mahlzeit vom Heiligen Ninian, der die wilden Pikten in Schottland in den fernen Zeiten des Römischen Reiches hatte bekehren lassen. Im Kloster gab es kein einziges Buch, und keine der Nonnen hätte ein solches lesen können. Aber jede von ihnen kannte eine ungeheure Menge von Heiligenlegenden auswendig und erzählte sie, wenn sie an der Reihe war. Auch Domina Theodora erzählte alles, was sie von den griechischen Heiligen in Erinnerung hatte. Die Nonnen waren entzückt, von neuen Heiligen, Wundertaten und Leiden zu hören. Was Theodora nicht mehr wußte, erfand sie selbst hinzu, weil die Zuhörerschaft so dankbar war.

Zu Theodoras Schätzen gehörte ein Menologion, ein Heiligenkalender, in griechischer Sprache. Dessen Deckel waren aus Elfenbein, in das die Bilder des Heiligen Georg und der vier Evangeliste eingraviert waren. Aber da nicht einmal Theodora das Buch lese konnte, lag es auf dem Altar der kleinen Lehmkirche des Kloster und wurde ebenso verehrt wie die anderen heiligen Gegenstände.

Domina Theodora betrachtete ihre Hände und verzog den Mund Ihre weiße Haut war braungebrannt. Sie war voller kleiner Narbe und Schrunden. Die Nägel waren kurzgeschnitten, die Ringe in ein

Dose gelegt. Drei Monate lang hatte Theodora sich nicht in ihrem silbernen Spiegel betrachtet. Zweifellos war ihre Gesichtshaut gebräunt. Die Haare waren zu einem dicken Zopf auf dem Rücken geflochten. Die blaue Seide hatte sie gegen braune Wolle getauscht. Das gestopfte und in kaltem Wasser weichgewaschene Kleid hing ihr wie ein Sack von den Schultern über die hohen Brüste hinab.

Theodoras Beine waren nackt und aufgesprungen, ihre Sohlen verhornt. Ihre träge Schlankheit hatte sich in Spannkraft verwandelt. In den ersten Wochen war Theodora abends besinnungslos vor Müdigkeit auf ihren Strohsack gesunken und morgens davon erwacht, daß ihr der ganze Körper schmerzte; es war unglaublich, wieviele Stellen einem Menschen gleichzeitig wehtun konnten. Aber die Schmerzen gingen vorüber, und ihre Kräfte nahmen zu. Theodora war von den Frauen im Kloster die jüngste. Mit der Zeit fielen ihr die schwersten Arbeiten zu. Die alten Nonnen ließen ihre eigene Arbeit liegen, standen da und wehklagten, während die vornehme Frau Wasser und Kohlen schleppte.

Die Zeit, die nicht mit den endlosen Verrichtungen des alltäglichen Lebens verging, verbrachten die Nonnen in der armseligen Kapelle des Klosters. Domina Theodora verbrachte alle Andachten gemeinsam mit ihnen, von der Prima bis zum Kompletorium. Anfangs war sie zu müde, um in den frühesten Morgenstunden zur Laudes-Messe aufzustehen, aber nach einigen Wochen erschien sie auch dort. Der alte Priester, der auch von den Brosamen am Tisch der Nonnen lebte, konnte sich während der Messe kaum aufrechthalten. Er ruhte sich zwischendurch aus, und die Nonnen warteten, einige nickten auch für einen Augenblick ein, und dann erfüllte geruhsames Schnarchen die Kapelle.

Domina Theodora fand in der harten Arbeit und dem einfachen Leben eine milde Befriedigung. Sie war meistens zu müde, um an irgend etwas zu denken. In der Kapelle öffnete sie ihr Herz: Still und bescheiden trat die Jungfrau Maria ein, ohne goldglänzende Mosaiken, ohne Bienenwachskerzen und ohne die besten Meßsänger des Reiches. Theodora empfing die Jungfrau ebenso schlicht: sie gab sich ihr gegenüber so, wie sie war, ohne Versprechungen, ohne Reue. Mit der Jungfrau kamen Vater und Sohn, und mit Theodora kamen die Toten. Sie alle mußten miteinander auskommen, und sie kamen miteinander aus, denn Theodora brauchte sie alle und verstand es, jedem von ihnen einen Platz zu geben. Sonst hätte sie den Verstand verloren.

Domina Theodora schüttelte die Haare, die sich aus der Flechte gelöst hatten, von den Augen, hob den Kopf und horchte. Die anderen waren zu alt, um das Dröhnen zu hören. Ein vertrautes Geräusch, das Donnern der Hufe eines galoppierenden Pferdes, und das bedeutete niemals etwas Gutes. Theodora stand ruhig auf, sah nachdenklich die Nonnen und den Priester an, der nach der Mahlzeit in einen zufriedenen Dämmerzustand gefallen war.

»Ehrwürdige Mutter«, sagte Theodora vorsichtig. »Hörst du nichts?«

Die Priorin fuhr aus ihrem Halbschlaf auf.

»Was denn? Was?«

»Komm mit hinaus, Mutter.«

Der Bote kam aus Richtung Chester. Er mochte kaum sein Pferd anhalten, sah aber ein, daß das kleine Kloster gewarnt werden mußte.

»Flieht! Die Normannen kommen! Lange Schiffe liegen in der Bucht von Mersey.«

»Beruhige dich, Mann«, sagte Domina Theodora würdevoll. Der Mann verbeugte sich aus dem Sattel vor der Frau mit der abgewetzten Kutte, dem halb aufgelösten Zopf und der königlichen Haltung. »Erzähle, was du weißt.«

»Der norwegische König hat seinen Sohn Magnus geschickt, um England zu plündern.«

»Dieser Magnus ist vielleicht zehn Jahre alt«, sagte Domina Theodora trocken, »und kaum ein erfahrener Anführer. Was weiter?«

»Die Waliser haben sich erhoben.«

»Das tun sie doch immer, wie man hört.«

»Alfgar, der Earl von Mercia, unterstützt sie.«

»Mercia, Wales und die Normannen zusammengenommen, das klingt schlimm«, bemerkte Domina Theodora.

»Und Earl Harald von Wessex ist fort: in Rom auf einer Pilgerfahrt«, fügte der Bote ängstlich hinzu.

»Mann, kümmere du dich um die Angelegenheiten des Reiches

dann kümmern wir uns um das Kloster«, forderte Domina Theodora den Boten auf, und der gab seinem Pferd die Sporen.

Priorin Sehild lief zum Kloster.

»Wenn die Normannen erst in der Bucht von Mersey sind, erfahren die anderen das auch dann noch rechtzeitig, wenn du langsam gehst, Mutter«, sagte Domina Theodora. »Wir müssen überlegen, wo wir in Sicherheit sind.«

Im Refektorium – wenn denn die niedrige Kochstube des Klosters der Heiligen Werburga einen so hochtrabenden Namen verdiente – war eine Schar wildentschlossener Altchen beisammen, die gar nicht daran dachte, ihr Kloster im Stich zu lassen.

»Vater Thurstans Pflicht ist es, die heiligen Abendmahlsgefäße in Sicherheit zu bringen«, sagten die Nonnen entschieden. »Aber wir verlassen unsere Kapelle nicht.«

Priorin Sehild stellte sich auf die Seite ihrer Herde. Vater Thurstan wurde mit einem Bündel losgeschickt, in dem des Klosters zinnerne Abendmahlsweinkanne, der kunstvoll aus Holz geschnitzte Hostienteller, ein hölzernes Gefäß für das heilige Öl und Domina Theodoras Menologion verschnürt waren. Der Priester machte sich mit seinen Schätzen wankend auf den Weg nach Süden. Es war zweifelhaft, ob er bis zur nächsten Wegbiegung kommen würde, ohne endgültig zusammenzubrechen.

»Wir beten in der Kapelle, bis die Normannen kommen«, sagte Priorin Sehild.

Domina Theodora schüttelte den Kopf. Es war abwegig zu behaupten, daß die Normannen die Nonnen vergewaltigen und als Sklavinnen entführen würden. Kein Normanne würde sich mit ihnen belasten, nicht einmal für Geld.

»Sie werden euch umbringen«, warnte Domina Theodora. »Sie werden euch totschlagen und das Kloster niederbrennen. Laßt uns zusammen fortgehen.«

»Meine Tochter«, sagte Priorin Sehild freundlich. »Du bist noch jung. An dir werden diese wilden Männer Gefallen finden. Du mußt fliehen. Wir haben unser Leben gelebt: Es hat nur noch Wert, wenn wir es für den Herrn hingeben.«

»Ich verstehe nicht, wie es Gott zur Ehre gereichen soll, daß ihr euch abschlachten laßt wie die Lämmer«, sagte Domina Theodora nervös.

»Gottes Ehre kann niemand vergrößern oder verringern«, berichtigte die Priorin. »Unser ist die Ehre.«

Theodora konnte das nicht begreifen, aber sie wußte, daß sie die armen alten Frauen im Augenblick der Vernichtung nicht alleinlassen konnte.

»Es sei, wie ihr wollt. Aber wenn ich für Gott sterben soll, dann soll es in aller Pracht geschehen.«

Ärgerlich nahm Theodora einen hölzernen Spaten und begann nebem dem schattigen Misthaufen zu graben, dort, wo König Eduards Männer ihre Truhen vergraben hatten. Die Nonnen schnatterten begeistert um sie herum; der bevorstehende Märtyrertod war das Aufregendste, was sie jemals erlebt hatten.

Am Nachmittag war die Kapelle mit Domina Theodoras kostbaren Kleidern, ihrem Schmuck und ihren Gefäßen geschmückt. In den silbernen Kerzenständern brannten Wachskerzen, und die Luft in der Kapelle mit dem Fußboden aus Erde duftete lieblich nach Räucherwerk. Priorin Sehild betrachtete erstaunt das Funkeln und die Farben.

»So sieht sicherlich die Hagia Sophia aus«, sagte sie demütig-andachtsvoll in Erinnerung an Domina Theodoras Erzählungen von der größten Kirche der Christenheit.

»So ungefähr«, stimmte Domina Theodora zu. »Ein wenig größer, aber die Idee ist dieselbe.«

Der Tag verging, und der Abend kam. Die Nonnen waren unruhig, nicht so sehr wegen der Gefahr, sondern weil die üblichen Andachten wegen der Abwesenheit des Priesters nicht stattfanden Theodora war wütend, weil die Wachskerzen herunterbrannten bevor die Normannen kamen, um ihr Vernichtungswerk zu tun.

Die Nonnen warteten in der Kapelle, nickten ein, fuhren hoch als die Zeit der Laudes kam, und schlummerten verwirrt wieder ein. Die Kerzen erloschen, aber der wunderbare Duft erfüllte die Kapelle noch am anderen Morgen bei Sonnenaufgang. Domina Theodora trat aus der Kapelle und reckte sich.

»Vielleicht kommen sie gar nicht«, sagte sie zu Priorin Sehild, die hinter ihr blinzelte.

»Ave Maria!« schrie Priorin Sehild gellend, und der Waldrand begann zu leben.

Dutzende von Männern mit Helm, Schild, Speer und Streitax

kamen aus dem Wald heraus. Die Männer waren ebenso überrascht, das kleine Kloster zu erblicken, wie Domina Theodora, die Männer zu sehen. Dann brummten zwei der Männer, die am nächsten herangekommen waren, vor Freude und kamen mit großen Schritten auf die schöne blonde Frau zu.

Priorin Sehild hob ein hölzernes Kruzifix und stürzte sich von Domina Theodoras Seite der Gefahr entgegen.

»Zurück, ihr Teufel! Laßt das Gotteshaus in Frieden!«

»Aus dem Weg, Alte. Uns interessiert nicht die Hütte, sondern die Frau.«

Die Männer hatten es nicht besonders eilig, und sie waren nicht betrunken. Die Nonnen drängten sich im Halbschlaf in der Tür der Kapelle, jammerten und bekreuzigten sich. Einer der Männer spuckte verächtlich in ihre Richtung.

»Alte Weiber.«

Der Mann kam auf Theodora zu und grinste anerkennend. Der Nasenschutz seines Helms war zerbrochen, er hatte keinen anderen Harnisch als ein Lederwams, und seine breiten Pluderhosen waren von derselben Art, wie die Normannen auf dem Ostweg sie trugen.

»Aber an der hier hab ich noch meinen Spaß.«

Am Waldrand erschien eine hochgewachsene Gestalt, einen Kopf größer als die anderen Normannen. Die goldroten, unter dem Helm hervorquellenden Locken leuchteten auf, wenn die Sonne darauf schien.

»Juvalos!«

»Miserere nobis!«

Priorin Sehild schlug den Normannen mit dem Bildnis des Gekreuzigten ins Gesicht. Der Mann hieb der Priorin krachend seine Faust vor die Brust, und die Nonne fiel auf den staubigen Boden des Hofes wie ein Stein.

»Juvalos!«

Theodora hatte einen Dolch in der Hand. Sie sprang vor die am Boden liegende Schwester Sehild und führte einen bösen Hieb von unten nach oben aus. Er traf den Mann in die Achsel, gerade als der seine Streitaxt hob, um Mutter Sehild den Garaus zu machen. In Theodoras Kopf hallten die Höhlen des Totenreiches. Ein Schrei drang von fern durch den Klang in ihren Ohren hindurch. »Mutter! Frau Mutter!«

Die Streitaxt fiel aus der kraftlosen Faust zu Boden. Die Luft zitterte um Theodora herum und verdichtete sich zu einer Nebelwand. Theodora sah das bestürzte Gesicht des Angreifers; dann verschwand es im Dunst.

»Ave Maria, gratia plena«, betete Theodora vor Schreck. »Liebe Jungfrau, ich wollte keinen Nebel machen!«

Die zitternden Stimmen der Nonnen, die mit schriller Stimme beteten, drangen durch den Nebel.

»Mutter!«

»Benedicta tu in mulieribus«, weinte Theodora. »Geh weg!« schrie sie den Nebel an. »Geh weg! Veni, Domine!«

Dann donnerte aus Erde und Himmel eine gewaltige Stimme.

»Terhen! Terhen! Hab keine Angst!«

Theodora verschluckte ihre Klage. Ihre Augen starrrten erschüttert in den Dunst. Nur ein einziger Mensch kannte ihren wahren Namen.

»Terhen! Beruhige dich! Ich komme zu dir!«

Der blutige Dolch fiel der Frau aus der Hand. Ihre Hand hob sich zur Brust und preßte das Amulett.

»Wasservogel, Bronzevogel …«

Theodora begann in Finsternis zu versinken.

Eirik der Starke tauchte aus dem Nebel auf, nahm Theodora au die Arme wie ein Kind, wiegte sie, an seine Brust gedrückt, un brummte rauhe Worte der Zärtlichkeit. Die grauen Gebäude de Klosters, die erstarrten, auf der Stelle verharrenden Männer, di bleichen Gesichter der Nonnen traten allmählich aus dem Nebe hervor.

Gegenüber von Eirik dem Starken stand ein junger Mann, eben so groß und breitschultrig, streckte vorsichtig die Hand aus un berührte Theodora an der Wange.

»Mutter.«

Eirik der Starke stand vor der Kapelle und hielt Theodora in de Armen. Neben ihm stand ein alter Normanne, grau wie das Wass des Meeres an einem Wintertag.

»Wo kann ich die gnädige Frau hinlegen?«

Die Nonnen piepsten erschreckt, und man wurde aus ihren Wo ten nicht schlau. Juvalos kniete neben der auf dem Hof liegende Nonne nieder.

»Dies ist wahrscheinlich ihre Vorsteherin. Hoffentlich hat Thorbjörn sie nicht getötet.«

Thorbjörn hielt sich verlegen die blutige Achselhöhle.

»Es braucht einen stärkeren Mann, als ich es bin, um diese Weiber umzulegen«, sagte er sauer.

Die totgeglaubte Nonne stürzte sich plötzlich auf das Bein Eiriks des Starken, schlang die Arme darum, rüttelte daran, um Eirik zu Fall zu bringen, und schlug schließlich ihre Zähne in Eiriks Beinwickel. Eirik brüllte auf und schwankte, die Nonne hustete, den Mund voller Beinwickelleder, und Juvalos versuchte, sie von seinem Vater loszureißen.

»Vergewaltiger«, ächzte die Nonne in Juvalos' Griff.

»Ehrwürdige Mutter«, knurrte Eirik der Starke, »ich bin ein Christ, mein Sohn ist ein Christ, und diese Frau ist meine Gemahlin.«

Die Nonne hörte auf zu strampeln.

»Sprichst du die Wahrheit, Mann?«

»Juvalos, nimm deinen Helm ab.«

Der junge Mann nahm den Helm ab, auf dessen Nasenschutz ein goldenes Kreuz prangte – eine Kriegsbeute aus irgendeinem Bischofsgut.

»Sieh her, Nonne«, sagte Eirik der Starke.

Die Augen des jungen Mannes waren grau und die Augenbrauen so dichte Büsche wie die seines Vaters, aber auch der kurzgelockte Bart konnte die hohen Wangenknochen, die gerade Nase und den breiten, hochmütigen Mund nicht verbergen, die sich in Domina Theodoras bewußtlosem Gesicht wiederholten.

»Siehst du, ehrwürdige Mutter? Ich bin gekommen, um meine Frau zu holen.«

Die Nonne schlug das Kreuz.

»Ich bin Schwester Sehild und die Priorin des Klosters der Heiligen Werburga. Wir haben euch erwartet… Aber wir dachten, ihr kommt mit bösen Absichten.«

Juvalos Grauauges Blick wanderte über die Klostergebäude und blieb an den Nonnen hängen.

»Gott segne dich dafür, Priorin, daß du versucht hast, meine Mutter gegen den Dummkopf Thorbjörn zu verteidigen. Aber ich verstehe nicht, warum ihr Angst vor den Normannen habt. Einen so elenden Räuber gibt es gar nicht, daß er euretwegen seine Zeit verschwenden würde.«

Priorin Sehild wirkte gekränkt.

»Die Kapelle ist innen sehr schön«, versetzte sie. »Fast so wie die berühmte Kirche der Hagia Sofia in der Königsstadt der Griechen. Das hat Domina Theodora selbst gesagt.«

Eirik der Starke nickte ernst.

»Ihr braucht keine Angst mehr zu haben. Magnus Haraldsson hat seine Männer zurückgerufen, oder, besser gesagt, die Männer sind mit ihm fortgefahren. Ich möchte Frau Theodora an einen etwas angenehmeren Ort bringen. Farbloser, ich brauche deinen Umhang, um Frau Theodora damit zuzudecken, falls sie nichts besseres anzuziehen hat.«

»Sie hat ein eigenes Haus«, sagte die Priorin stolz. »Das ist in drei Tagen für sie gebaut worden.«

»Und so sieht es auch aus«, sagte Eirik der Starke, während er finster versuchte, sich in die niedrige Hütte von Domina Theodora hineinzuzwängen. Er paßte nicht durch die Türöffnung: Juvalos ging zuerst hinein, Eirik der Starke reichte dem Jüngling Theodora und kam dann hinterher. Als die beiden großen Männer in Domina Theodoras Stube standen, war dort kaum noch Platz, um sich umzudrehen.

»Warum wohnt meine Mutter in einem solchen Loch?« Mar hörte Juvalos' Stimme den Abscheu an. Er war es gewöhnt, sich seine Mutter immer als Adelsfrau vorzustellen, feiner und stolzer al irgend jemand sonst.

Priorin Sehild schaute durch die Tür herein.

»Frau Theodora will Nonne werden.«

Eirik der Starke, der Rote Waräger, meinte zu ersticken.

»Nonne?«

Eirik der Starke hatte Theodora auf den Strohsack gelegt. De Sack raschelte, und Eirik der Starke blickte hinunter. Theodora Augen fixierten ihn, tief und blau wie Quellen.

»Hinaus allesamt. Sofort. Junge, du kümmerst dich um die Männer, sieh zu, daß sie ihren eigenen Proviant essen und nicht die Fa stenrüben der Nonnen. Farbloser, du hältst Wache. Nieman kommt hierher, bevor ich es erlaube.«

Juvalos streckte den Rücken und stieß sich den Kopf an de

Decke. In der Stube war sonst niemand, der hätte hinausgehen können.

Die Priorin lispelte von der Tür her.

»Die Domina ist erschüttert. Sie braucht Pflege …«

»Ich werde sie heilen«, versicherte Eirik der Starke. »Auch von ihren Fieberphantasien.«

Der Rote Waräger war nicht mehr so rot wie früher. In seinem Bart und an seinen Schläfen zeigte sich Grau, und seine Augenbrauen waren ganz grau geworden. Die Haut war endlich gebräunt, und nirgends gab es eine verbrannte oder sich schälende Stelle: Die Nordseesonne und das Funkeln der Wellen hatten bewirkt, was die Sonne von Sizilien nicht geschafft hatte.

Eirik der Starke sah, daß Theodora in ihrer elenden Kutte zitterte. Er versuchte, sein Panzerhemd abzulegen, stieß sich aber Kopf und Arme an der Decke. Er steckte den Oberkörper aus der Türöffnung, die Arme gerade vorgestreckt.

»Farbloser!« Der alte Waräger ergriff das Panzerhemd an Nakken und Taille und zog es Eirik dem Starken wie eine Schale geschickt aus. Eirik kniete neben dem Strohsack nieder und nahm Theodora in die Arme.

»Warum hast du so armselige Kleider an? Hat man dir deinen Schatz geraubt? Wollen sie dich zwingen, Nonne zu werden? Ich töte jedes Weib, das dich gekränkt hat.«

Theodora schüttelte stumm den Kopf. Sie hob die Hand, um den Bart zu berühren, in dem zwischen dem Rot silberne Strähnen leuchteten.

Eine rauhe Hand strich Theodora die Haare aus dem Gesicht. »Bei allen heiligen Gebeinen, du wirst immer noch schöner, während ich immer häßlicher werde. Dein Haar ist wie die Sonne des Nordlands.«

Theodora lächelte und erbebte. Tränen flossen ihr aus den Augenwinkeln die Schläfen hinab. Eirik der Starke bückte sich und küßte die Tränen so vorsichtig fort, als hätte er es mit kostbarem Glas zu tun.

»Theodora?«

Die Frau streckte die Arme aus und schlang sie um den stämmigen Nacken. Eirik legte sie hin, streckte sich neben ihr aus und streichelte ihr liebevoll Hals und Schultern. Die Halsöffnung der Kutte hinderte ihn am weiteren Vordringen.

»Hast du noch andere Kleider?«

Theodora nickte. Der Stoff, der jahrzehntelang an den Nonnen ausgeleiert worden und vom Waschen dünn geworden war, riß demütig, als die Hand des Normannen daran zerrte. Theodora fuhr zusammen und machte eine kleine Geste des Widerstands.

»Hab keine Angst. Hab keine Angst«, sagte Eirik eilig. »Ich liebe dich. Ich liebe dich seit dreißig Jahren. Weißt du noch? Du hast auf dem Tavastländer Ochsenweg wie ein Hasenjunges in meinem Umhang gehockt. Seit damals liebe ich dich. Wie könnte ich irgend etwas tun, was dich verletzt?«

Theodora beruhigte sich. Eirik der Starke preßte seine Lippen in die Furche zwischen ihren Brüsten. Mit der anderen Hand drückte er die weiche Brust an seine bärtige Wange.

»Ich werde dich nie wieder aus den Augen lassen. Ich kann nicht ohne dich leben. Ich wäre fast gestorben vor Sehnsucht, noch bevor ich damals in Passau auch nur über die Donau gesetzt hatte. Es fehlte nicht viel, und ich wäre umgekehrt, um dich und Juvalos zu entführen. Aber du hättest es nicht gewollt ... Ich war immer viel zu demütig dir gegenüber. Wie ein Sklave bin ich dir zu Füßen gekrochen und habe Kunststücke gemacht wie ein dressierter Bär, damit du mich überhaupt eines Blickes würdigtest.«

Eirik erhitzte sich an seinen eigenen Worten und drückte Theodora gnadenlos. »Du bist eine hochmütige und unzuverlässige Frau, Terhen. Ich habe versucht, gegen dich anzukämpfen. Aber das hilft nichts – nicht einmal nach zehn Jahren. Ich begehre selbst deinen kleinen Zeh so fürchterlich, daß es mich krank macht.«

Theodora preßte die Hände gegen die roten Brusthaare.

»Starker Eirik, du hast jetzt wahrscheinlich mehr gesagt als in vielen Jahren. Jetzt ist es Zeit zu handeln.«

Eirik lag, den Kopf in Theodoras Achselhöhle, und keuchte.

»Jetzt mußt du warten, Frau, bis du dich windest vor Begierde und dann darfst du mich anflehen, so wie ich dich angefleht habe.«

»Wollen mal sehen«, sagte Theodora und ließ ihre Hand abwärts gleiten, »wer zuerst fleht.«

Sie versuchten, sich gegenseitig an Stolz zu übertreffen, und fühlten sich wohl bei diesem Wettbewerb. Priester Thurstan kam in zwischen mit seinen heiligen Schätzen zurückgewankt und hielt in der erbärmlichen Kapelle, die sich überraschend in ein Paradies verwandelt hatte, die Mittagsandacht.

»A furore normannorum libera nos, Domine! Schütze uns vor dem Wüten der Normannen, o Herr!« betete Vater Thurstan ohne zu bemerken, daß in seiner Gemeinde mehrere blonde, blauäugige Norweger knieten.

»Als Nonne?« fragte Eirik der Starke zweifelnd. Er hielt Theodora im Arm und drückte ihr kleine Küsse auf den Scheitel.

Theodora wandte Eirik das Gesicht zu, betrachtete die Sturmbrechernase, das große, viereckige Gesicht, die helle, fast unsichtbar gewordene Narbe von der Schleppstelle an der Vytegra und den roten Kranz der Haare. Sie verspürte ein so grenzenloses Glück, daß es in der Gestalt von Tränen überlief, und weinte schluchzend an Eiriks Brust.

»Geliebte, mein Goldvögelchen ... Möchtest du Nonne werden? Bist du Christin geworden?« Eirik war erschrocken. »Ich kann dich nicht entführen, wenn du ins Kloster willst ... Gut, wenn du Christin geworden bist, aber vorhin warst du keine Spur von enthaltsam.«

»Sei schon still, Mann«, lachte Theodora zwischen Schluchzern. »Eine Christin bin ich nicht geworden, aber ich folge dir, und sei es ins Land der Bjarmen. Egal, wohin, Eirik, in das elendste Zelt und sogar unter den freien Himmel, wenn ich nur bei dir sein darf.«

»Bist du jetzt mein, Terhen?« fragte Eirik der Starke langsam. »Für immer und ganz?«

»Für immer und ganz«, versicherte Theodora. »Wenn ich nicht zuvor Hungers sterbe.«

»Wahrhaftig.« Eirik fuhr auf. »Die Essenszeit ist vorüber. Farboser! Bring Frau Theodora Kleider.«

»Woher, Herr?« fragte der alte Waräger ausdruckslos.

»Meine Kleider dienen als Schmuck der Kapelle. Hol sie von dort«, kicherte Theodora. Eirik drückte sie heftig.

»Lach noch einmal. Ich habe dich so selten lachen hören.«

Juvalos Grauauge war zufrieden, als er seine Mutter wieder im Seidenkleid sah. Domina Theodora strahlte vor Freude und Stolz, als sie aus ihrer Stube trat. Ihr Mann und ihr Sohn warteten im Hof des kleinen Klosters stolz wie Kiefern des Nordlands. Priorin Sehild neben ihnen wirkte wie ein Floh.

»Jetzt«, sagte die Priorin triumphierend, »jetzt müssen wir dem Herrn für diesen wundersamen Zufall danken.«

Eirik der Starke wirkte überrascht.

»Wir müssen dem Heiligen Olaf danken«, sagte Domina Theodora. »In seiner Kirche in London hab ich begriffen, daß ich nicht mehr das eitle Leben des Hofes führen kann. Geleitet vom Heiligen Olaf bin ich in dein Kloster gekommen, ehrwürdige Mutter.«

Vater Thurstan sprach die Dankgebete. Juvalos Grauauge wirkte ungeduldig, aber sein Vater brachte ihn zum Schweigen, indem er die Hand hob.

»Theodora, wir müssen los. Ich lasse das Schiff nicht gern für mehrere Tage in der Bucht von Mersey in der Obhut nur einer kleinen Wachmannschaft.«

»Ich packe meine Kleider zusammen, aber die anderen Sachen überlasse ich dem Kloster. Ihr beide könnt anfangen zu graben.«

Domina Theodora führte die verdutzten Männer zum Misthaufen.

»Die Truhe mit den Kleidern haben wir schon ausgegraben, um damit die Kirche zu schmücken. Grabt tiefer, dann findet ihr bald eine eisenbeschlagene Truhe.«

Vater und Sohn verzogen in dem Gestank des Misthaufens das Gesicht und gruben. Es fand sich eine Truhe voller byzantinischer Goldnomismata.

»Meine Mitgift«, sagte Domina Theodora. »Etwas spät, aber spät ist ja auch unsere Ehe.«

Für den Weg zum Ufer der Bucht von Mersey brauchten sie einige Stunden. Am Ufer lag nur ein einziges Schiff.

»König Harald der Harte hat seinen Sohn geschickt, um das Reich zu erobern«, bemerkte Eirik der Starke. »Aber die Norweger wollten nicht das Reich, sondern Raubbeute. Es gab Streit, und nun sind sie alle fort.«

»Wie seltsam«, sagte Theodora andächtig, »daß ihr, du und Juvalos, gerade an diese Stelle gekommen seid, so nahe dem Kloster der Heiligen Werburga.«

Eirik der Starke grinste.

»Da ist keine andere Fügung im Spiel als Eigensinn. Ich mocht das der Priorin nicht sagen. Es hätte sie traurig gestimmt. Wir sind gekommen, um dich zu holen, Juvalos und ich. Wir wußten genau, wo du warst.«

Theodora blieb stehen und starrte Eirik an. Der lachte.

»Du bist wunderbar, Prinzessin.«

Theodora trug ihr blauseidenes Kleid, den silbernen Stirnreif und den teuren Zobelumhang, denn sie hatte keine anderen Kleider und konnte den Nonnen nicht ihre Kutten wegnehmen – jede hatte nur ihre eigene. Aber unter dem seidenen Rocksaum sahen die nackten, staubigen Zehen hervor. Theodora wollte sich ihre Schuhe nicht auf dem Fußweg durch den Wald verderben.

»Die Nachricht, daß du Witwe geworden warst, gelangte mit der Zeit von der Normandie nach Norden, die Verbindungen sind ja lebhaft. In Rouen erfuhren wir, daß du in England warst, und in London sagte man uns, daß du in der Nähe von Chester als Einsiedlerin in einer Höhle lebst.«

»Ihr seid gekommen, um mich zu suchen?« fragte Theodora langsam.

»Ich wäre schon damals losgezogen, als Juvalos nach Norwegen kam und von deinem Mann erzählte. Aber Juvalos sagte, daß du Roger le Morne nur verlassen würdest, wenn man dich entführte, und dazu war er nicht bereit. Dann kehrte irgendein Mann, der beim Herzog in Dienst gewesen war, aus Rouen nach Norwegen zurück und erzählte, daß die byzantinische Prinzessin jetzt Witwe ei. Wir segelten sofort los.«

Eine unbändige Freude schnürte Theodora die Kehle zu. Sollte ie ausgerechnet jetzt all die Tränen weinen, die sie im Lauf der Jahe nicht hatte weinen können? Sie hatte also doch irgendwohin ehört, die ganze Zeit, ohne das aber selbst zu wissen.

DREIZEHNTES BUCH

1058–1059

54. Kapitel

1058

Nidaros in der Mündung des Nid war der wichtigste Ort in Trøndelag. Dort war immer der norwegische König gewählt worden. Besonders wichtig wurde Nidaros, als man begann, den Leichnam Olafs des Heiligen in der Holzkirche des Heiligen Klemens aufzubewahren, die von Olaf Tryggvesson, dem ersten christlichen König Norwegens, erbaut worden war. Magnus, der Sohn Olafs des Heiligen und seiner Nebenfrau Alfhild, ließ für die Reliquien seines Vaters oberhalb der Stadt aus Stein die Olafskirche errichten. König Magnus starb jedoch – gerade zur rechten Zeit, denn Harald der Harte hätte im Land nicht lange zwei Könige geduldet, obwohl Magnus der Sohn seines heiligen Bruders war – und so blieb die Olafskirche unvollendet.

König Harald der Harte, dem nichts gut genug war, was andere gemacht hatten, ließ eine eigene Kirche errichten. Sie war natürlich fester als irgend ein anderes Gebäude im Nordland. Er nannte sie Marienkirche und überführte dorthin den vergoldeten Sarg Olafs des Heiligen. Die kraftstrotzenden Helden Norwegens wunderten sich ein wenig, warum Harald der Harte seine Kirche der Jungfrau weihte.

»Unwissende Tölpel«, schalt König Harald die Fragenden, und manch einer knirschte mit den Zähnen, aber nur wenige wagten es, auch nur das Gesicht zu verziehen, »der griechische Kaiser, dem ich erfolgreich gedient habe, verehrt besonders die Theotokos. Das bedeutet Gottesgebärerin. Ist der König von Norwegen schlechter als der Kaiser von Byzanz?«

Die Kirche seines Neffen Magnus ließ Harald allerdings fertig mauern, wenn auch nicht so fest wie seine eigene, und nannte sie Kirche des Heiligen Gregorius.

Oberhalb der Marienkirche lag das Königshaus, das König M

gnus hatte erbauen lassen. Das war ein großes Hallenhaus, gedeckt mit Reetbündeln, und an seinen Giebeln funkelten goldene Drachenköpfe. Die Pfeiler, die das Dach trugen, waren dekorativ geschnitzt und bemalt, das Mittelfeuer am Fußboden loderte stattlich wie ein Frühlingsfeuer. Auf den Vorhangsstoffen ruderten lange Schiffe mit Schilden an den Flanken, gefallene Helden kamen in Walhalla an, und Odin ritt auf seinem Pferd Sleipnir, so als hätte man noch nie etwas vom Weißen Christus gehört.

In diesem Haus trank König Harald der Harte mit seinen beiden Frauen Bier und lauschte den Lobliedern auf sich selbst. Am besten gefiel ihm das Lied des Skalden Tjodolf, in dem erzählt wurde, daß die stolzen Männer so saßen und standen, wie der Herrscher es befahl, und daß sich nicht leicht jemand fand, der dagegen aufbegehrt hätte. Auf die Priester hörte er dann, wenn sie von den Kämpfen Olafs des Heiligen erzählten und davon, wie heldenhaft der junge Harald in Stiklestad für Gott und seinen Bruder gekämpft hatte.

König Harald der Harte freute sich, wenn er vor seinen Männern Macht und Freigebigkeit zeigen konnte – die Ehre des Königs erforlerte es, ständig Geschenke zu verteilen. So begrüßte er herzlich Eiik den Starken, seinen Blutsbruder aus den Zeiten von Konstantinopel.

»Du hast deine Frau gefunden, Starker Eirik, und offensichtlich st sie nicht häßlicher geworden, seitdem ich sie zuletzt gesehen hae.«

»Wenn auch der Recke in jungen Jahren ein starker Kämpfer ist, o zeigen doch erst die Jahre seine wirkliche Macht«, erwiderte Eiik der Starke. »Ebenso ist das Mädchen in der Jugend anmutig, ber erst die Jahre zeigen, ob sie wirklich schön wird.«

Der König, Mitte Vierzig, war sichtlich erfreut, denn wen, wenn icht ihn selbst, hätte Eirik der Starke gemeint haben können?

»Auch dein Sohn ist gewachsen und schöner geworden als du, bwohl das nicht viel besagt«, sinnierte der König, während er Jualos Grauauge musterte. »Du hast jetzt Frau und Sohn, Ruhm und hre, ein Schiff und Truhen voller Silber, Starker Eirik. Du hast mir eu gedient. Du hast mir das Leben gerettet, als ich noch ein Nichts ar, und niemand sich meinetwegen in Gefahr begeben hat. Desalb ist es richtig, daß ich dir in Norwegen Land gebe, damit du dich hier niederläßt und nicht über eine Rückkehr nach Schweden nachdenkst.«

Eirik der Starke nickte, auf dem Gesicht sein übliches freundliches Lächeln.

»Ich werde das bedenken, König.«

Königin Ellesiv, ursprünglich Jelisaweta, die Tochter des Großfürsten Jaroslaws des Weisen von Kiew, rief Frau Theodora zu sich. Die Königin und ihre Frauen bewunderten Theodoras griechische Kleider und Schmuckstücke.

»Es wäre schön zu wissen, wie es meinen Schwestern Anastasia und Anna geht«, sagte Königin Ellesiv. Sie war von verschrecktem Wesen, scheu und wehleidig. »Sie brauchen jedenfalls nicht mit einem unchristlichen Mann zu leben.«

»Anastasia habe ich vor zwölf Jahren in Ungarn gesehen, und da war sie fröhlich und mollig«, sagte Theodora. »Deine Schwester Anna hab ich vor zwei Jahren gesehen. Sie hatte einen kleinen Sohn, und anscheinend fühlte sie sich wohl als französische Königin.«

»Und ihre Männer? Wir alle haben einen König geheiratet, aber nur mir hat das Schicksal einen lüsternen Waräger beschert.«

Frau Theodora sah sich Königin Ellesiv genauer an, und Mitleid mit ihr überkam sie.

»Der ungarische König Andreas ist ein kluger Mann und behandelt seine Frau gut. König Heinrich von Frankreich ist ein übellauniger Herr, aber deine Schwester Anna Jaroslawna ist eine kluge Frau und versteht es, ihren Mann zu nehmen.«

»Beide Könige haben nicht zwei Frauen so wie Harald der Harte«, sagte Königin Ellesiv verbittert.

»König Harald ist berühmt für seine Anständigkeit«, sagte Frau Theodora tröstend. »Es ist eine uralte Sitte der Könige des Nordlandes, legal zwei Frauen zu heiraten. Beide behandelt der König mit Ehrerbietung. Er rührt die Frauen seiner Männer nicht an und hält sich keine Liebhaberinnen.«

Die Blicke von Königin Ellesiv und Frau Theodora richteten sich auf die andere Seite des hohen Königsstuhls. Dort saß die zweite Frau von König Harald, Thora Thorbergsdotter aus der Familie der Arnessons. Thora war eine dralle Frau von fröhlichem Wesen mit blonden Zöpfen und lachendem Mund. Es war verständlich, daß der König sich in ihrer Gesellschaft wohler fühlte als in der der leicht weinenden und triefäugigen Ellesiv. Harald der Harte hatte Thora geheiratet, um die mächtige Familie Arnesson auf seine Seite zu ziehen, aber mit der Zeit hatte er an Thora großen Gefallen gefunden, die ihm zwei Söhne geboren hatte.

Dennoch war Ellesiv Königin und dem Rang nach die erste, war sie doch vornehmerer Herkunft als der König selbst. Als er noch in der Kiewer Drushina diente, war Harald sowohl von Ellesivs Schönheit als auch von ihrem königlichen Blut entzückt. Jetzt war nur noch das königliche Blut übrig, und auch das setzte sich nicht so fort, wie es hätte sein sollen.

»Jelisaweta Jaroslawna, du hast nur Töchter geboren«, sagte Theodora vorsichtig.

»Wie kann ich schwanger werden, wenn mein Mann sich nur bei Thora wohlfühlt«, murmelte Königin Ellesiv.

»Du mußt ihn in dein Bett zurückbekommen«, seufzte Frau Theodora. Sie sah schwierigen Zeiten entgegen.

»König Harald ist so von sich selbst und seiner Macht erfüllt, daß er allmählich sogar für seine Freunde gefährlich wird«, bemerkte Eirik der Starke in der Herberge zu seiner Frau Theodora. »Harald hat vieles getan, was ich nicht gutheißen kann. Ich hatte mir überlegt, nach Schweden auf meine Güter in Uppland zu gehen, noch bevor ich auszog, um dich zu suchen.«

»Ich folge dir, wohin du auch gehst, mein lieber Mann«, sagte Theodora, »aber am liebsten in eine Richtung, die mich möglichst weit von Königin Ellesiv weg führt. Meine Lage im Königsgut ist schwierig: Ellesiv kann unter Berufung auf die alten Zeiten meine Freundschaft verlangen, aber sie ist eine dumme und unfähige Frau, während Thora Thorbergsdotter sich gut als Gemahlin des Königs eignet. Ich möchte nicht zwischen ihnen stehen. Aber bevor wir segeln, möchte ich in der Marienkirche beten.«

»Liebste.« Eirik der Starke schlang seinen eisernen Arm um Theodora – er war in voller Ausrüstung, und das machte Theodora unruhig; es zeugte nicht von besonders großem Vertrauen zum König, der doch mit einem Bluteid Freundschaft geschworen hatte. Fragst du gar nicht, wohin wir gehen?«

Theodora hob das Gesicht.

»Mit dir, Eirik, kann ich den Rest meines Lebens sogar in einem Schiff auf den Wellen des Meeres verbringen, und es wird mir an nichts fehlen. Ich bin bereit, sobald du aufbrechen willst.«

Eirik der Starke nahm Theodora auf die Arme.

»Auch ich bin bereit«, sagte er, »aber nicht zum Segeln.«

»Eirik ... Jetzt ist hellichter Tag!«

»Dann bleibt in der Nacht noch umso mehr Zeit«, sagte Eirik der Starke ruhig und legte seine Frau auf das Bett der Herberge. Sie wohnten so wie vornehme Leute in einer eigenen Kammer hinter der Hauptstube. Eirik streckte sich aus.

»In Byzanz gab es alles, was der Mensch sich wünschen konnte, außer Betten, die lang genug sind«, seufzte er zufrieden. »Hier ist das Leben viel karger, aber man braucht mit seiner Frau nicht auf dem Fußboden zu schlafen.«

»Du hast dein Panzerhemd an«, versuchte es Theodora noch, obwohl ihre Finger schon heftig die Bänder der Hosenstrümpfe lösten. »Sollen wir den Farblosen bitten, dir beim Ausziehen zu helfen?«

»Meine Brunst ist von der Sorte, daß ich nichts mehr ausziehen werde«, grinste Eirik. »Wenn du auf mir sitzt, dann scheuert dich das Eisen nicht.«

Später sagte Theodora: »In der Normandie sagten die Priester, daß man sich im Hellen nicht paaren darf.«

Eirik der Starke war entsetzt.

»Wer soll denn den Sommer im Nordland ertragen, wenn es überhaupt nicht dunkel wird?«

»Beruhige dich, mein lieber Mann. Dafür ist dann im Winter umso mehr statthafte Zeit«, kicherte Theodora. Sie schob ihren Kopf zwischen Eiriks Kinn und Schulter, drückte ihr Gesicht gegen seinen Hals und spürte an der Wange das Pulsieren einer starken Ader.

»Du willst also den König verlassen, mein Vater?«

Sie gingen zusammen in die Marienkirche, um bei den Reliquien des Heiligen Olaf zu beten. Windfalke, das Schiff Eiriks des Starken, lag in Nidaros am Ufer. Der Mast des Schiffs war umgelegt und das Schiff war in seiner ganzen Länge mit Zeltplanen bedeckt

Eirik der Starke hatte seinen Männern gesagt, daß sie bereit sein müßten, schnell in See zu stechen. Juvalos Grauauge würde ihr Anführer sein; er wohnte im Schiff, und zur Nacht schlich sich Frau Theodoras Dienerin, eine auf den Orkney-Inseln gekaufte braunäugige Sklavin, zu ihm.

»König Harald der Harte ist der mächtigste König, der je im Nordland geherrscht hat. Er ist ein unbesiegbarer Kämpfer, kühn, verschlagen und klug, genau so, wie ein König sein muß. Aber er ist auch nachtragend, rachsüchtig und falsch. Ich kann es nicht gutheißen, daß er Einar Tambarskelve und seinen Sohn Eindride im Dunkeln hat umbringen lassen und daß er Kalv Arnesson in den Tod gelockt hat, obwohl er so tat, als herrsche Freundschaft zwischen ihnen. Je älter Harald wird, desto selbstherrlicher wird er. Früher oder später werden wir Streit bekommen. Das beste ist, wir gehen, solange das noch möglich ist.«

Juvalos wirkte besorgt.

»Hältst du mich für einen Feigling, mein Sohn?«

Juvalos hob abwehrend die Hand.

»Ich denke, daß du dich vielleicht irrst, Vater. König Harald hat dich immer begünstigt.«

»Dein Vater«, sagte Theodora scharf, »ist klüger, als du es jemals ein wirst.«

»Und das sagt die Frau, die mich ihr halbes Leben lang für chwachsinnig gehalten hat. Wenn ich mit deiner Mutter zum König gehe, versammelst du die Männer, Juvalos, nimmst den Farblon mit, auch wenn er sich widersetzt, und bringst das Schiff mit inen Schätzen durch den Öresund nach Sigtuna am Logen. Dort artest du auf uns, auf deine Mutter und mich. Wir kommen über en Kölen den Weg des Heiligen Olafs entlang nach Schweden. Venn wir bis zum Sommer nicht in Sigtuna sind, gehören das Schiff nd der Schatz dir.«

»Und wohin wollt ihr…« Juvalos Grauauge verstummte, denn es hörte sich nicht, nach den Angelegenheiten der Eltern zu fragen.

»Wir haben allerlei mit den Heiligen zu erledigen«, sagte Eirik er Starke.

In der Marienkirche erblickte Theodora Hyperborea als erstes ne zwei Mann hohe, silberne Statue des Gekreuzigten. Sie wurde uthormskruzifix genannt und war ein Geschenk von König Haralds des Harten Schwestersohn Guthorm an die Marienkirche. Er hatte in einer großen Schlacht den irischen König Margad besiegt, der ihn verraten hatte. Vor der Schlacht hatte Guthorm zu seinem heiligen Onkel König Olaf gebetet, und nach dem Sieg hatte er jeden zehnten Penning für den Heiligen Olaf bestimmt; es hatte so reichlich Silber gegeben, daß man daraus diesen prachtvollen Gegenstand gefertigt hatte.

Auch sonst war die Marienkirche innen ein Schatzkästchen. Nachdem die Normannen Christen geworden waren, hatten sie eifrig die Kirchen des Südens geplündert und dann ihre Beute Olaf dem Heiligen geopfert. In der Kirche gab es Statuen in hellen Farben, die meisten freilich angeschlagen, stille und ausdruckslose Ikonen, goldene und silberne Schreine, mit Edelsteinen verzierte Teller, Kannen und Kruzifixe. Gemusterte Vorhänge bedeckten die Wandmauern, und auch manch ein Segel befand sich darunter, das nach einer gefahrvollen Seereise zum Dank gespendet worden war.

Der Leichnam des Heiligen Olafs wurde auf dem Hauptaltar in einem goldenen Sarg aufbewahrt, der mit farbigen Steinen und Perlen geschmückt war. Einmal jährlich am neunundzwanzigsten Juli, dem Olafstag, wurde der Sarg geöffnet, und König Harald besichtigte ebenso wie vor ihm König Magnus den Leichnam – es hieß, er verwese überhaupt nicht – und schnitt dem Heiligen Haare und Nägel.

Vor dem Altar lag ein Florteppich mit hellem Muster, wie die Mauren in Spanien sie webten. In Frau Theodoras Kleidertruhe befand sich ein ähnlicher; auf der Schiffsreise von der Bucht von Mersey nach Nidaros hatte er Eirik dem Starken und Theodora als Schlafdecke gedient.

Juvalos Grauauge nahm ein Bündel aus Wollstoff hervor, öffnete es vorsichtig und stellte ein blauschimmerndes Trinkglas auf den Altar. Er verneigte und bekreuzigte sich und beugte vor dem Altar das Knie.

»Opfert ihr nicht, Vater und Mutter?«

»Wir opfern«, sagte Eirik der Starke, »aber nicht hier.«

Frau Theodora kniete an einem Seitenaltar vor dem Bildnis der Jungfrau Maria nieder. Das Bild war eine Ikone, von Osten hierher gebracht, steif und blaß. Aber Theodora brauchte kein Bild, um mit der Jungfrau zu sprechen. Das Herz wollte ihr schier zerspringen vor Dankbarkeit. Die Jungfrau – und hinter ihr Vater und Sohn, von denen Theodora nur eine vage Vorstellung besaß – hatte ihr Eirik und Juvalos gegeben. Für dieses Geschenk konnte sie nicht den Toten danken, denn sowohl Eirik als auch Juvalos Grauauge waren Christen.

Die Seereise von England nach Norwegen war für Theodora ein Übergang von der finsteren, angsterfüllten Höhle ihres eigenen Sinns hinaus in die Sonne der Liebe gewesen. Anfangs tappte Theodora herum, geblendet von dem lodernden Feuer, schwankte zwischen Freude und Zweifel, versetzte Eirik dem Starken kleine Spitzen, bezweifelte jedes Wort des Mannes, weinte und bat wieder um Verzeihung. Eirik war geduldig und ließ Theodora ihre Launen; auch dafür bestrafte Theodora ihn – Eirik war ein zu sanftmütiger Waschlappen ohne Mumm. Theodora reizte Eirik absichtlich, bis der die schluchzende und tobende Frau so fest in seine Arme schloß, daß sie sich nicht mehr rühren konnte. Nur der Farblose konnte Juvalos daran hindern, dazwischenzufahren. Immer wieder beruhigte sich Theodora und gewann die Überzeugung, daß Eirik imstande war, sie zu beschützen und ihre Launen, ihre Kälte und ihren Hochmut, die sie selbst fürchtete, in den Griff zu bekommen.

Es war unmöglich, der unerschütterlichen, alles ertragenden Liebe Eiriks des Starken lange zu widerstehen; es war unmöglich, die eigene starre Verzweiflung gegen die lichte Gutmütigkeit des anderen zu verteidigen. Von Theodora reckten sich Tausende kleiner Ranken nach Eiriks absolut zuverlässiger Sicherheit. Die zwanzig Jahre lang aufrechterhaltenen Verteidigungsmauern fielen von innen her.

Dieses Wunder, diese ihr tiefstes Inneres erfassende Erleichterung wurde Theodora nicht von den Unterirdischen, den toten Verwandten zuteil: Sie boten ihr in ihrer Mitte, als eine von ihnen, nur Ruhe, einen besinnungslosen, nassen Frieden. Aber Theodora wollte leben, wollte hoffen, wollte sich an ihrem stattlichen Sohn weiden und in ihren Händen die Kraft der Lenden ihres Mannes spüren.

»Ave Maria, gratia plena, benedicta tu in mulieribus«, betete Frau Theodora. »Gegrüßet seist du, Maria, voll der Gnade, gebenedeit bist du unter den Frauen.«

Norwegens König Harald der Harte war böse, und wenn er böse war, erschraken alle Menschen im Königshaus und verstummten, auch die Recken; alle außer Eirik dem Starken, der die Gefahr nicht zu begreifen schien.

»Herr König«, sagte Eirik der Starke freundlich, »ich habe dir gern gedient, solange ich dich respektieren konnte. Aber ich kann nicht einen König respektieren, der seine Gäste in einen dunklen Raum lockt und sie dann von seinen Männern umbringen läßt. Das hast du mit Einar Tambarskelve und seinem Sohn Eindride getan, obwohl sie nicht als Feinde zu dir kamen. Deshalb verlasse ich dich, König.«

Das Gesicht Haralds des Harten lief rot an, und seine Augen traten aus den Höhlen.

»Dennoch wünsche ich dir Erfolg, mein Blutsbruder Harald denn Norwegen hatte noch keinen besseren König und wird auc kaum einen bekommen.«

Eirik der Starke trat beiseite, um dem Zorn des Königs Raum z geben. Es konnte geschehen, daß Harald ihn mit seinem Spee durchbohrte oder seinen Männern befahl, ihn zu Boden zu schla gen; ganz leicht würde das freilich nicht werden. Aber Eirik wa überzeugt, daß der König bei seiner Rache nicht sein Wissen übe Theodoras Herkunft nutzen würde. Er würde sich kaum an Theo doras Geheimnis erinnern, und selbst wenn er sich daran erinnert würde er es für eine Auseinandersetzung unter Männern als zu un bedeutend erachten.

»Wenn du mir nicht das Leben gerettet hättest, Starker Eiri würde ich dich auf der Stelle töten«, knurrte König Harald. »Ab ich weiß, daß du ein schwachsinniger Mann bist, der oft nicht ve steht, was er sagt. Deshalb schenke ich dir dein Leben. Aber de Vermögen behalte ich, und ich verbanne dich für alle Zeiten a Norwegen.«

»Richtig, Herrscher«, sagte Eirik der Starke sanft. »Ich bitte di jedoch um die Erlaubnis, vor meiner Abreise in Stiklestad an d Stelle beten zu dürfen, wo wir zusammen gekämpft haben und w dein Bruder gefallen ist.«

Das konnte König Harald ihm nicht gut verwehren.

»Geh nach Stiklestad, aber laß dich danach nie wieder in Norw gen sehen.«

»Es ist so gekommen, wie ich es vorausgesehen hatte«, sagte Eirik der Starke zu Frau Theodora, als sie das Königshaus verließen. »Der König beschlagnahmt mein Vermögen. Viel bleibt ihm allerdings nicht. Wahrscheinlich habe ich meinen Löffel in der Herberge vergessen; den kann der König meinetwegen haben. Juvalos ist unterwegs nach Sigtuna, und wir haben nicht mehr, als wir selbst tragen können.»

Theodora Hyperborea, die byzantinische Prinzessin, war in ein braunes Wollkleid und einen Seehundsfellumhang mit Kapuze gekleidet. An den Füßen hatte sie leinene, geschnürte Beinwickel und dicke Lederstiefel. Sie trug einen Sack mit einer Mütze, Handschuhen, Brot und getrocknetem Fisch. Noch im vergangenen Frühjahr hätte sie ihr Bündel nicht weit tragen können, aber die Arbeit im Kloster der Heiligen Werburga hatte ihren Körper gekräftigt. Theodora schritt leicht aus im Vergleich zu Eirik dem Starken, der sich Ersatzkleider, Zeltstoff und Proviant auf seine mächtigen Schultern gebürdet hatte. Beide hatten einen Pilgerstab in der Hand. Eirik der Starke hatte auf sein Schwert verzichtet, aber die Streitaxt behielt er, obwohl sie nicht zu der Kleidung des Pilgers paßte.

»Auf den Fjälls gibt es Wölfe«, sagte Eirik, aber Theodora wuß-e, daß Wölfe kaum Menschen angriffen. Vielleicht nahm Eirik an, daß der König ihnen seine Jagdhunde hinterherhetzen würde.

Als Eirik der Starke und Frau Theodora zu den Uferanlegern von Nidaros kamen, verneigten sie sich vor der Marienkirche und chlugen das Kreuz. Die Entgegenkommenden baten sie um den Segen und bekreuzigten sich. Am Ufer bestiegen Eirik der Starke und Frau Theodora das Boot, das Eirik im voraus gemietet und bezahlt hatte. Der Besitzer des Bootes brachte sie über den Trondheim-Fjord nach Verdal zur Mündung des Flusses und setzte sie dort am Morgen des dritten Tages ab.

Das Wetter war kalt, klar und sonnig, und es waren auch andere ilger zu der Stelle unterwegs, an welcher der Heilige den Tod gefunden hatte. Auf der Wiese von Stiklestad war eine kleine Kapelle us Balken errichtet worden, genau dort, wo Olaf der Dicke gefalen war, aber nicht alle, die es gern wollten, paßten hinein.

Überall auf der Wiese knieten Menschen, viele weinten vor Kummer über die Schlechtigkeit der Bauern, weil diese den heiligen

Mann getötet hatten. Hier und dort entstanden kleine Prügeleien, wenn die Pilger aus dem Süden die Leute aus Tröndelag mit harten Worten wegen des Königsmords tadelten.

Eirik der Starke sah sich um; die Wiese war schön und im Sommer grün, aber jetzt im Herbst waren die Farben schon tot.

»Hier waren mehr Menschen damals, als ich diese Gegend zum letzten Mal sah. Und viel bösen Willen gab es damals auch hier«, sagte Eirik leise. »Man muß Christus lobpreisen, daß er es vermocht hat, einen so furchtbaren Haß in Liebe zu verwandeln.«

Eirik der Starke und Frau Theodora wurden in die Kapelle eingelassen, da sie offensichtlich von Adel waren. Beide beteten, und Eirik der Starke schenkte der Kapelle eine Platte aus Elfenbein mit einem goldenen Bild des Gekreuzigten darauf. Jemand erkannte Eirik den Starken und erzählte, daß er in Stiklestad auf seiten König Olafs gekämpft hatte. Sogleich ging ein Raunen durch das Volk. Die Menschen kamen zu Eirik und erbaten seinen Segen. Manche versuchten, ihm die Hände zu küssen, so als wäre er heilig, denn von den Kriegern, die den König in Stiklestad verteidigt hatten, waren nicht mehr viele am Leben. Eirik der Starke erschrak über so viel Aufmerksamkeit und sagte zu Frau Theodora, es sei das beste schnell fortzugehen.

Frau Theodora nickte. Sie war so blaß wie der Schnee, der auf die Fjälls gefallen war, und ihre Augen waren voller Schmerz.

»Meine Freundin, ich sehe, daß dich eine schlimme Sache quält«, sagte Eirik der Starke, nachdem sie zwei Stunden gewandert waren. »Möchtest du mir nicht davon erzählen?«

Frau Theodora schüttelte den Kopf und biß sich auf die Lippen. Wie hätte sie sagen können, daß ihre Gebete und ihr Dank nicht als Lästerung waren und daß sie den Heiligen Olaf geschändet hatte, indem sie in Stiklestad gekniet hatte. Auf Theodora Hyperboreer wartete schwere Rache. Sie war doch nicht getauft – sie war gar keine Christin.

Schnee … Wirbelnde Flocken, von oben nach unten und von unten nach oben schwebende Flaumfedern, auf dem Gesicht schmelzende Sterne … In den Tälern zusammengewehter Schnee, die Abhänge bedeckender Schnee, die Pfade verbergender Schnee …

Eirik der Starke und Frau Theodora kämpften sich vorwärts

durch die weiße wirbelnde Welt. Der Schnee war ganz plötzlich gekommen. Eirik hatte sich wegen des Schnees keine Sorgen gemacht; der herbstliche Schneesturm würde vorübergehen und der Schnee schmelzen. Es würde das beste sein, abzuwarten. Der Weg war ab und zu mit Steinhaufen gekennzeichnet, die man in dem Schneegestöber nicht erkennen konnte. Sich zu verirren, war eine wirkliche Gefahr.

Eirik der Starke blieb stehen, tippte Frau Theodora an und nahm den dichten Filzstoff für das Zelt, das Kleiderbündel und den restlichen Proviant vom Rücken. Theodora stand in dem Sturm reglos da wie eine Statue. Der teure Umhang aus Seehundsfell schützte sie vor dem Wind. Eirik baute aus den Ersatzkleidungsstücken und der großen Stoffbahn geschickt eine Lagerstatt. Er klopfte von Theodora den Schnee ab, schob die Frau in den gefalteten Stoff hinein und kroch selbst hinterher. Er zog den Stoff über sie und die Sachen. Auf diese Weise saßen sie wie in einem Zelt, das sie selbst trugen.

Eirik der Starke brach von dem dunklen, kräftigen Reisebrot für beide ein großes Stück ab. Und von dem getrockneten Fleisch schabte er kleine Stückchen ab, an denen sie lutschten. Allmählich bedeckte der Schnee den Stoff, das Licht darin wurde noch weniger. Theodoras Gesicht schimmerte im Dunkeln gespenstisch weiß.

»Wie geht es dir jetzt, meine Liebe?«

Theodoras Versuch zu lächeln drückte Eirik dem Starken das Herz ab. Aber er forderte Theodora nur auf, noch etwas zu essen.

»Proviant haben wir noch genug, selbst wenn wir zwei Tage warten müssen, bis der Sturm nachläßt.«

Das stimmte nicht, aber Eirik der Starke wußte, daß er einige Zeit ohne Nahrung auskommen würde, allerdings nicht lange. Da es kalt war und sie sich die ganze Zeit bewegten, mußten sie häufig essen.

Theodora schwand zusehends dahin. Ihre Wangen waren hohl, und die Augen schauten verzweifelt aus großen Höhlen. Sie bekam genug zu essen, und das Gehen ermüdete sie nicht. Eirik fand, daß sie sich langsam voranbewegten, und hatte Theodora längst ihr Bündel abgenommen. Nicht Theodoras Körper war entkräftet, sondern ihre Seele.

Eirik der Starke half Theodora, sich auszustrecken, und legte sich neben sie. Er zog sie fest in seine Arme und erschrak über die regungslose Kälte ihre Körpers. Es war, als glitte Theodora leise in die Unterwelt zu ihren Toten hinüber. Vielleicht forderten sie ihre Tochter für sich?

Es schauderte Eirik den Starken, und er sprach laut ein Ave Maria. Danach fühlte er sich sofort besser. Theodora schlief. Eirik überlegte, ob er es sich auch erlauben könne einzuschlafen und entschied, daß das nichts schaden konnte. Er hatte genug gegessen, und unter dem Zeltstoff im Schnee war es ziemlich warm. Später würde es vielleicht anders kommen: Es würde nicht genug Nahrung da sein, und es konte kälter werden. Dann würden sie nicht schlafen können, ohne sich in Todesgefahr zu begeben. Es war das beste, jetzt zu ruhen, wo es möglich war.

Eirik der Starke erwachte von der Stille. Das Heulen des Windes war verstummt. Eirik schwitzte fast; sicherlich hatte Tauwetter eingesetzt. Jetzt mußte man aufstehen, bevor alles im schmelzenden Schnee naß wurde.

Theodora schlief noch. Sie atmete kurz und leicht, zu leicht. Eirik weckte sie; das war nicht leicht, und Theodora wollte nichts essen, so daß Eirik sie schütteln und anschreien mußte. Theodora wirkte verwundert und gehorchte.

Eirik der Starke schlug den Stoff zurück und meinte, das Herz müsse ihm stehenbleiben. Draußen war nichts, nur weißer Dunst Überall undurchdringlicher Nebel. Eirik stand auf und streckte den Arm aus. Er konnte seine Hand nicht sehen.

Dies war die schlimmstmögliche Situation. Selbst starken Fros hätten sie ertragen. Der Nebel konnte tagelang anhalten. Eirik de Starke sah seine Frau nachdenklich an.

»Terhen, hast du diesen Nebel gemacht?«

Aber Theodoras Augen waren leer. Nein, sie wußte nichts vo dem Dunst. Vielleicht war er auf natürliche Weise entstanden, al das Wetter wärmer geworden war. Eines war sicher: Hier konnte sie nicht bleiben. Eirik spürte die Geister der Erde ringsherum, stil geduldig. Sie warteten auf die schwächer werdende Theodora.

Eirik der Starke preßte die Zähne zusammen, lud sich die Sache auf den Rücken und zog Theodora hoch.

»Bei dem Speer, den Tore Hund dem Heiligen Olaf in den Bauc

gestoßen hat«, schwur Eirik der Starke, »du gehst mit mir, Frau, und du wirst leben, wenn wir in Jämtland ankommen! Dies ist der Weg, den ich mit dem König zurückgelegt habe, und er beschützt uns in Gottes Namen. Amen.«

Sie gingen in das Nichts hinein; kaum, daß sie sahen, wohin sie hren Fuß setzten, und den nächsten Schritt schon gar nicht. Sie wanderten bergab; Eirik schätzte, daß sie schon in Jämtland waren, veil sie bereits über eine Woche unterwegs waren. Theodora blieb ald zurück, und Eirik erschrak, denn es fehlte nicht viel, und er ätte die Frau im Nebel verloren. Er nahm Theodora bei der Hand ind ließ sie nicht mehr los.

Theodora begann zu stolpern, und Eirik mußte sie hinter sich erziehen. Schließlich hörte Theodora ganz auf zu gehen. Sie setzte ich in den Schnee und zog den Kopf zwischen die Schultern.

Eirik der Starke bückte sich unter seiner Last.

»Sie holen dich! Terhen, laß nicht zu, daß sie dich holen! Teren …«

Theodora hob den Kopf, und Eirik sah, daß sie fortgleiten wolle. Entsetzt, aufbrummend wie ein erschrecktes Tier, nahm er seine rau in die Arme.

»Heiliger Olaf, ich habe für dich gekämpft, obwohl ich noch ein ind war. Rette du jetzt meine Liebste! Ich flehe dich an, heiliger önig …«

Eirik der Starke wankte vorwärts in dem nassen Schnee. Stehenleiben durfte er nicht; dann würden die Toten aus ihren nassen ammern kommen und nach Theodora greifen … Es gab nur Veiß, Schnee und Dunst, der Schwung zog ihn bergab, und Eirik ätte auch nicht die Kraft gehabt, aufwärts zu steigen. Er hatte keie Vorstellung von der Tageszeit, von der Richtung, von den Boenformen. Nach der Strecke, die sie ohne jedes Gefühl für die Zeit urückgelegt hatten, begann die doppelte Last, die Frau auf seinen rmen und die Sachen auf dem Rücken, sogar Eirik den Starken zu müden. Er blieb stehen, streifte mit einer Hand den Sack und die offrolle vom Rücken, ließ sie fallen und ging in den Nebel hinein.

Es wurde immer mühsamer, die Frau zu tragen. Eirik der Starke nk immer häufiger in die Knie und stand wieder auf. Die Anspanng ließ seinen Kopf vor Schmerz fast zerspringen. Er konnte neodora nicht ablegen. Wenn die Frau den Erdboden auch nur berührte, würde er sich unter ihr auftun und sie in seine Höhlen hinabziehen. Eirik der Starke hatte keine Angst um sich selbst. Sein Schutz war der Weiße Christus: Wenn er auf den Fjälls umkäme, würde Christus ihn zu sich nehmen.

Der Nebel war voll von ersticktem Flüstern. Eirik brüllte dagegen an und beschwor die Geister, in die Unterwelt zurückzukehren. Seine Beschwörungen verhallten kraftlos im Nebel.

Dann kamen die Visionen, verlockende Bilder von einem stummen kleinen Mädchen neben der Feuergrube des Thorshofs, von einem jungen Mädchen mit ernsten Augen in der Halle des Großfürsten von Nowgorod, von der verschleierten Adelsfrau, hinter deren Hochmut nur Eirik der Starke zu blicken vermochte.

Unterwegs am Ufer des Wolchow von Dobowik nach Gostino Pol je hinauf... Das kleine Mädchen reitet hinter dem Burschen au dem Pferd...

»Du bist nicht getauft.«

»Und ich werde auch nicht getauft.«

Eirik der Starke hielt inne. Ohne die Frau abzulegen, kniete er nie der, stützte Theodora mit der einen Hand und nahm mit der ande ren etwas nassen Schnee auf.

»Ich segne dich, Schnee, in Gottes Namen.«

Eirik der Starke drückte Theodora den Schnee auf die Stirn.

»Ich taufe dich, Theodora, Gottesgabe, im Namen des Vate und des Sohnes und des Heiligen Geistes. Amen. Pater noster q es in coelis ...«

Eirik sprach ein Vaterunser, ein Ave Maria und ein Credo. D konnte er auf latein. Mehr konnte er nicht tun. Eirik küßte The doras nasses Gesicht. Mühsam stand er auf und wußte, daß er ke weiteres Mal mehr würde aufstehen können.

Jetzt blieb ihnen nur noch der Tod – ohne Proviant und Schu würden sie die Nacht im Freien nicht überstehen, jedenfalls nic Theodora. Ohne zu überlegen, stolperte Eirik im Nebel weiter. S lange er sich bewegte, lebte er. Der weiße Nebel dauerte endlos a Eirik schüttelte den Kopf; vielleicht war er blind geworden – ab im Nebel war eine leise Regung, eine graue Gestalt zu erkenne Ein Wolf? Bewegten die Wölfe sich im Nebel? Wieder zeigte si die Gestalt, es war ein Mensch, und Eirik krächzte außer Atem, er solle warten.

Die Gestalt machte eine Handbewegung, und Eirik sah, daß es ein Krieger war, ein Mann mit Helm und Panzerhemd und einem Speer in der Hand. Der Mann ging voran; Eirik vermutete, daß er es nicht wagte, auf Kampfentfernung heranzukommen. Eirik hätte kaum wirklichen Widerstand leisten können, so atemlos war er, aber viele fürchteten seine enorme Körpergröße.

Dann war da im Nebel ein großer, dunkler Klotz zu erkennen – ein Gebäude. Eirik brummte glücklich. Sie waren also in Jämtland, und hier gab es Menschen. Unter dem Dachfirst des Hauses stieg Rauch auf.

»Ich danke dir, Fremder«, keuchte Eirik. »Ohne deine Hilfe wären wir des Todes gewesen.«

Der Krieger sagte nichts. Er wandte sich Eirik zu und nahm den Helm ab.

Eirik der Starke weinte laut auf und sank mit Theodora auf den Armen in die Knie. Er senkte demütig das Haupt, und Tränen rannen ihm in den Bart.

»Herr König ...«

Als Eirik der Starke den Kopf hob, war der Krieger verschwunden.

55. Kapitel

1059

Unter dem Firstbalken des Königsguts von Sigtuna schwebten Rauch, Kirchengesang und der Geruch des Todes. Die irdische Zeit König Emunds des Alten ging zu Ende. Er wurde mit allem Pomp zum Sterben geleitet, wie es dem Letzten aus dem Geschlecht der Ynglinge gebührte. Bischof Adalvard psalmodierte auf latein und Priester Wassili auf kirchenslawisch.

Vater Wassili wurde immer besorgter, obwohl seine Stimme klar und tragend war; im Gesang vermochte er noch sehr wohl den irrgläubigen Adalvard zu besiegen, der es wagte, sich Bischof zu nennen. Im übrigen aber standen die Dinge nicht gut.

Luka Shidjata, Bischof von Nowgorod, hatte den Priester Wassili vor zwanzig Jahren an den Hof des Königs von Schweden gesandt Wassili sollte den Heiden des Nordlands von Christus predigen Aber ebenso wichtig war es, daß er für Großfürst Jaroslaw von Kiew Nachrichten beschaffte. Priester Wassili traf sich eifrig mi Kaufleuten aus Nowgorod, die zu Beginn der Frühlingsperiod nach Sigtuna gesegelt kamen. Auch unter den schwedischen Schif fern hatte er seine Helfer, die Nachrichten ebenso transportierte wie Häute oder Eisen.

König war zunächst Anund, ein verschlagener und harter Mann fast ein Heide, der sich ohne Bedenken vom Goldenen Tempel i Uppsala den Fyris hinab direkt zur Kirche von Sigtuna rudern lie ohne sich zwischendurch auch nur zu reinigen. Gott hatte Anun gestraft: Der König konnte mit Königin Gunnhild keine Kind zeugen und auch nicht mit seinen Nebenfrauen.

Nach Anunds Tod war es leichter gewesen. König Emund der A te, ein unsympathischer Mann, aber ein rechtgläubiger Christ, w unter der Obhut der Familie seiner Mutter bei den Wenden erzoge worden und begünstigte die slawische Kirche. Er war selbst Slaw denn seine Mutter war eine wendische Fürstentochter, und sein Vater Olaf Schoßkönig war zur Hälfte Slawe.

König Emund wagte es freilich nicht, den Goldenen Tempel von Uppsala anzurühren. Er war ein feiger Mann, der es allen recht machen wollte: seinen heidnischen Kriegern und seinen Priestern, den Uppländern und den Westgötaländern, Harald von Norwegen und Sven von Dänemark. Aber tief im Innersten verachtete er alle die, denen er schmeichelte. König Emund der Alte respektierte nur einen einzigen Mann, Jaroslaw den Weisen von Kiew, und hielt deshalb die von Jaroslaw entsandten Priester in Ehren.

»Dona eis pacem! Gib ihm Frieden!« Die krächzende Stimme von Bischof Adalvard übertönte plötzlich Wassilis Gesang, und Wassili ließ seine Stimme tief aus der Brust erschallen. Jetzt waren die guten Zeiten vorbei. In der Zukunft zeichneten sich nur Sorgen und die Deutschen ab: Das war ein und dasselbe.

Bischof Osmund, dem König Emund am meisten vertraut hatte, stammte aus Danelag in England. So wie viele andere war Osmund auf Aufforderung von König Knut ausgezogen, um die Heiden zu bekehren. Es hatte ihn nach Polen verschlagen, wo er die Weihen als Missionsbischof bekommen hatte; später hatte er sich hartnäckig seinen Weg bis ins Innere Schwedens gebahnt. Osmund hatte einen kräftigen Körper, eine sonore Stimme und einen eisernen Willen; sonst hätte er auf seinem Weg durch Värend und Småland nicht überlebt.

Bischof Osmund verabscheute die deutschen Priester, ganz besonders die Sendboten des Hamburger Erzbischofs Adalbert. Dem war es recht, daß König Emund die östliche Liturgie bevorzugte. Bald hatte der mächtige Bischof Emund den Alten in der Hand. Priester Wassili brauchte nur gute Nachrichten nach Nowgorod zu senden, die dann weiter nach Kiew übermittelt wurden.

Alles war gut, abgesehen davon, daß Vater Wassili das ewige Milchschlabbern der Schweden nicht ausstehen konnte. Die Schweden tranken Sauermilch und aßen Dickmilch, die mit Fettkraut und Engelwurz gewürzt war. Zur Abwechslung verschlangen sie das Rind, das ihnen all die Milch geliefert hatte. Priester Wassili, der in seiner Jugend als Hauptnahrung Brot gegessen hatte, konnte sich auch als alter Mann nicht an die Milchspeisen gewöhnen. Sie verursachten ihm Niedergeschlagenheit und Bauchschmerzen.

Aber es standen ihm Prüfungen bevor, die noch schlimmer waren als Sauermilch. Vor zwei Jahren war im Tempel von Uppsala das schwedische Nationalopfer zelebriert worden. König Emund hatte das Opfer vollzogen, weil es ihn das Reich gekostet hätte, wenn er sich verweigert hätte. Aber er hatte es mit offensichlichem Widerwillen getan. Die führenden Männer Schwedens hatten endlich einmal ihre Zwistigkeiten vergessen und ihren erbärmlichen König gezwungen, Bischof Osmund zu vertreiben; der Bischof war nach England zurückgekehrt. Auf eine freie Stelle kam immer irgend jemand. Osmunds Stelle nahm der aus Hamburg entsandte Bischof Adalvard ein.

Bischof Adalvard war ein Kirchenmann von genau der Sorte, die dem Priester Wassili zuwider war. Adalvard war schmächtig, von demütigem Wesen und schaute freundlich drein. Aber innerhalb weniger Monate hatte er die östlichen Priester aus der Kirche von Sigtuna vertrieben und an deren Stelle seine eigenen deutschen Priester plaziert. Adalvard überzeugte die führenden Männer Schwedens davon, daß der deutsche Kaiser mächtiger war als der Großfürst von Kiew und daß die lateinische Sprache Gottes Ohr wohlgefälliger war als die kirchenslawische. Im Handumdrehen machte der blasse, zischelnde Adalvard die Arbeit zunichte, die Osmund in Jahren geleistet hatte, und Priester Wassili konnte nicht begreifen, wie das geschah.

Da stand Bischof Adalvard nun schwankend und gebrechlich mit seinem Stab am Sterbebett des Königs. Hinter dem Bischof ragte wie ein Fels Jarl Stenkil von Westgötaland auf, ein großer Mann und so unerschütterlich, daß er wegen einer Kleinigkeit nicht einmal seinen Blick abwandte.

Wie kennzeichnend für den Starrsinn der Normannen, daß sie nicht einmal an einem Sterbebett bereit waren, das Knie zu beugen. Jarl Stenkil war der künftige König von Schweden, wenn dem Priester Wassili nicht noch ein besserer Kandidat einfiel. Die Bauern wählten am Stein von Mora einen König für das Land; es war üblich, einen Sohn des letzten Königs zu küren. Aber der einzige Sohn Emunds des Alten war auf einem Raubzug in Finnland gestorben, nachdem er aus einem von den Finnen vergifteten Brunnen getrunken hatte.

Neben Jarl Stenkil stand sein Wahltrumpf, König Emunds einzige Tochter Holmfrid. Eigentlich stand die Frau nicht, sondern bewegte sich die ganze Zeit, hüpfte, tat ein paar Schritte, zupfte an ihrem Kleid, ordnete ihren Schleier, schlug achtlos das Kreuz. Holmfrid war die Witwe des Oberrichters Thorsteins des Mächtigen und als Närrin bekannt, aber in ihren Adern floß das Blut der Ynglinge, und sie hatte Stenkil zwei Söhne geboren. Es war natürlich, den Schwiegersohn zu wählen, wenn nun einmal kein Sohn da war.

Wenn nicht...

»Jetzt muß Schweden sich wohl mit einem westgötaländischen König abfinden.«

Die Stimme klang verdrossen. Sie kam von jemandem, der hinter Wassili stand, und der Priester konnte den Sprecher nicht an der Stimme erkennen. Er wußte, daß es bei einer Königswahl immer Leute gab, die widersprachen.

»Der König von Schweden kommt seit Menschengedenken aus Uppland.«

Man mußte nur einen geeigneten Kandidaten finden. Unter den Lidern hervor ließ Priester Wassili seinen Blick durch die hohe Halle schweifen, hinter deren Feuergrube das Sterbelager aufgeschlagen war. In der Halle befand sich außer Holmfrid noch eine weitere Person, in deren Adern das Blut der Ynglinge floß: ein stattlicher Jüngling, geboren in Konstantinopel und aufgewachsen im östlichen Glauben. Er wäre Großfürst Jaroslaw angenehmer gewesen als Jarl Stenkil.

Olaf Eiriksson, den man Juvalos Grauauge nannte, hatte sich in den Hintergrund zurückgezogen, so als scheute er die Verwandtschaft mit dem sterbenden König. Juvalos Grauauge war ein hochgewachsener Mann, ebenso breitschultrig wie Jarl Stenkil, der sich für einen der stattlichsten Recken Schwedens hielt. Seine Haut war hell und jugendklar, sein Bart goldrot, und seine mit einem Lederriemchen zusammengebundenen Locken flossen ihm wie ein funkelnder Bach in den Nacken. Juvalos Grauauge war ruhig und freundlich, aber entrückt. Priester Wassili hatte einige Male mit ihm gesprochen und ihn nach Konstantinopel gefragt.

»Ich war ein kleiner Junge, als ich mit meiner Mutter von Konstantinopel fortging«, antwortete der junge Mann höflich. »Ich habe so gut wie keine Erinnerungen an die Stadt.«

»Aber du sprichst griechisch?«

»Auch das habe ich fast vergessen«, sagte Juvalos Grauauge zurückhaltend. »In der Normandie habe ich mit niemandem griechisch gesprochen. Hier in Schweden trifft man immer jemanden, der in der Warägergarde gedient hat und ein paar Worte kann.«

»Die Ikonen verehrst du aber?«

Juvalos verneigte und bekreuzigte sich.

»Natürlich.«

Juvalos Grauauge, der Tochtersohn von Olaf Schoßkönig, würde ein geeigneter König sein. Er war erst ein gutes halbes Jahr in Schweden und kannte die Sitten des Landes nicht. Er würde Wassilis Rat in Anspruch nehmen müssen. Er hatte keine besonderen Freunde, aber auch keine Feinde. Vor allem hatte Juvalos nichts mit den deutschen Priestern und dem Bistum Hamburg zu tun. Stenkil von Westgötaland, ein träger Mann, war ein Spielstein in den betrügerisch knochigen Fingern von Bischof Adalvard.

Juvalos Grauauge hatte ein Haus gemietet unterhalb der Kirche von Sigtuna und des Königshauses nahe am Ufer, von wo aus er sein Schiff Windfalke leicht im Auge behalten konnte. Das Haus gehörte einem Kaufmann, der bei den Großbauern des Nordens Eisen einkaufte. Der Kaufmann war den Winter über fort, aber am Tag des Heiligen Erasmus sollte das Haus wieder leer sein.

Juvalos hatte geplant, mit seinen Männern auf das Schiff zu ziehen, falls seine Eltern nicht bis zu dem vereinbarten Tag da sein sollten. Im Sommer wimmelte es in Sigtuna von Menschen, und es war unmöglich, eine Unterkunft zu finden. Aber Juvalos dachte keinen Augenblick daran, aus Sigtuna fortzusegeln, bevor er etwas von seinen Eltern gehört hatte. Falls sie zum Herbstbeginn nicht da sein sollten, würde Juvalos sie zusammen mit Hyypiä dem Farblo sen in ganz Jämtland und sogar in Norwegen suchen. Aber Juvalo war nicht beunruhigt; er konnte sich einfach nicht vorstellen, daß Eirik der Starke nicht käme, wenn er es einmal versprochen hatte.

Die Besatzung des Windfalken – insgesamt sechsunddreißig Mann: isländische, dänische, norwegische, schwedische und finni sche Abenteurer und Söldner – wohnte zusammen mit Juvalos in Hause und in dessen Nebengebäuden. Im Winter hatten sie beengt gelebt, aber die Seefahrer waren es gewohnt, auf kleinem Raum miteinander zu leben. Einige waren in andere Häuser von Sigtuna gezogen – es waren keineswegs alle Häuser bewohnt, aber in einigen wurden im Winter Waren für die sommerliche Segelperiode gefertigt.

Der Farblose, der alte Waräger, hatte ein wachsames Auge auf Juvalos beinahe wie eine Bärin auf ihr Junges. Das amüsierte Juvalos, aber es ärgerte ihn auch. Er vermied es jedoch, den alten Mann zu kränken, der ihn sein Leben lang beschützt hatte. Der Farblose wartete ungeduldig auf Eirik den Starken und Frau Theodora; er ging sogar in die Kirche von Sigtuna und betete für sie, obwohl Juvalos vermutete, daß er durch und durch Heide sei.

Juvalos' Wirtschaft wurde von Jofrid Gudfaststochter geführt, der Tochter eines Schmieds aus Sigtuna, die nachts Juvalos auch das Bett wärmte. Im Herbst hatte Juvalos sein Schiff auf den Stapel bekommen, seine Angelegenheiten geordnet und sich dann nach einer Frau umgesehen. Jofrid war behende, hatte flinke Hände, einen teilen Busen und war willig. Sie hatten ausgemacht, daß sie den Winter über bei Juvalos bleiben und Juvalos sie mit zwei Goldnomismata, silbernen Fibeln und einem blauen Seidenstoff entlohnen würde. »Die Bezahlung schließt ein, daß du nicht mit anderen Männern schläfst, Jofrid. Durch so etwas entsteht leicht Streit.«

»Das ist mir recht. Wenn ich von dir ein Kind bekomme, kann ich es behalten.«

»Ich muß jedoch das Recht haben, bei seiner Eheschließung ein Wörtchen mitzureden, denn in seinen Adern wird königliches Blut fließen.«

Beide waren mit dem Vertrag zufrieden. Juvalos hatte es gut, und ine Männer bekamen ordentliches schwedisches Essen; er geizte cht mit der Bezahlung, obwohl manch einer sie für zu hoch hielt. frid freute sich über den üppigen Lohn, der ihren Wert steigerte. e hoffte auch, schwanger zu werden. Sie konnte mit einer sehr rteilhaften Ehe rechnen, wenn sie ein Kind als Beweis ihrer uchtbarkeit und eine Goldmünze als Mitgift besaß.

Juvalos saß am Tisch und aß auf dem Rost gebratenen Fisch und ot. Er kaufte Getreide von den götaländischen Kaufleuten, die es ch Norden brachten, um es gegen Eisen aus Bergslagen einzutaunen. Jofrid konnte besser Käse bereiten als Brot backen, aber Julos pflegte sich nicht zu beklagen.

Der Priester kam lautlos herein, so als wäre er durch die geschlossene Tür hindurchgegangen. Juvalos stand auf und verneigte sich.

»Vater, nimm Platz an meinem Tisch.«

»Du bist ein frommer Mann, da du Brot und Fisch ißt so wie der Meister.«

Juvalos lächelte verlegen.

»Hier geht es nicht um Frömmigkeit. Ich bin nicht wie die Hiesigen an die fetten Milchspeisen gewöhnt. Ich kann auch nicht so viel Fleisch essen. Deshalb kaufe ich Getreide, und meine Wirtschafterin backt mir jeden Tag Brot.«

Priester Wassili mümmelte selig das Brot mit den Zähnen, die ihm noch geblieben waren.

»König Emund ist gestorben«, sagte er dann.

Juvalos schlug das Kreuz. Ihn regte die Nachricht nicht weiter auf. Er empfand keinerlei Verwandtschaft mit dem alten Mann. Im stillen wunderte er sich, warum der Priester kam und ihm das erzählte. Man hatte Juvalos Grauauge von klein auf beigebracht, Kirchenmännern gegenüber höflich zu sein, aber Priester Wassili stand er in keiner Weise nahe.

»Das Land braucht einen neuen König.«

Juvalos Grauauge biß vom Brot ab.

»Mein Verwandter Stenkil dürfte bereit sein.«

»Es gibt auch Leute, die keinen Westgötaländer zum König wählen wollen. In Stenkil fließt kein Tropfen Ynglinge-Blut. Einige planen, einen anderen Kandidaten auf den Stein von Mora zu heben.«

Juvalos erstarrte. Er begriff sofort, was der Priester meinte. Mit solchen Plänen wollte er nichts zu tun haben.

Die Tür klappte. Juvalos Grauauge sprang zur Wand und ergriff sein Schwert. Der Farblose war schon neben ihm.

»Jofrid nach hinten! Die Männer zu den Waffen!«

»So rauh werden in diesem Haus die Pilger empfangen?«

»Vater!«

Obwohl das Haus des Kaufmanns nicht klein war, wirkte es wie ein Stübchen, als die zwei großen Männer einander umarmten, auf den Rücken klopften, die Haare zausten und miteinander herumtollten wie die Bären.

»Gleich stürzt die Decke ein«, sagte eine kühle Stimme.

»Frau Mutter!« Juvalos löste sich von seinem Vater, beugte das Knie vor seiner Mutter und küßte Frau Theodora die Hand.

»Liegt das Schiff im Wasser?« fragte Eirik der Starke. Juvalos Grauauge nickte und berichtete von der Fahrt durch den Öresund zum Logen; das Wetter war wunderbar gewesen, der Wind gut, und die Fahrt hatte nur zwei Wochen gedauert. Gleichzeitig nötigte Juvalos seine Eltern zum Essen, bat Jofrid, Bier zu holen, und erkundigte sich nach der Wanderung von Vater und Mutter über den Kölen.

»Meine Ausrüstung? Du hast sie doch in Ordnung gehalten?«

Juvalos wies auf die Wand der Stube. Panzerhemd, Schwert, Speer, Keule, Dolch und Schild Eiriks des Starken hingen an der Wand, so sorgfältig gefettet, daß keine Spur von Rost sie hatte angreifen können.

»Der Farblose hat sie jede Woche geprüft.«

Allein das Panzerhemd kostete so viel wie der Ertrag eines mittleren Hofes, und das Schwert war aus maurischem Stahl. Eirik der Starke nickte anerkennend.

»Warum hast du zum Schwert gegriffen, als wir die Stube betraten, Juvalos?«

Frau Theodora saß in ihrem braunen Reisekleid am Tisch. Die Haare waren auf dem Kopf zu einem blonden Seil geschlungen, ein feiner Schleier bedeckte sie, und einige Strähnen ringelten sich um den langen Hals. Frau Theodora war sonnengebräunt, und ihre Augen strahlten blau wie Saphire in dem hellbraunen Gesicht.

Jofrid hatte einen Bierkrug vor die Frau hingestellt, und Juvalos grinste.

»Frau, wir haben auch Wein. Siehst du nicht, daß meine Mutter es nicht gewöhnt ist, Bier zu trinken?«

Eirik dem Starken war das Bier schon recht. Er wischte sich den Schaum vom Bart und sah wohlwollend auf den Priester, der kein Wort gesagt hatte. Vater Wassili starrte zurück. Er konnte seine Verblüffung nicht verbergen, die von der unermeßlichen Größe und Häßlichkeit Eiriks des Starken und Frau Theodoras vornehmer Schönheit herrührte.

»Du hast an deinem Tisch einen Priester und in der Hand das

Schwert, mein Sohn«, sprach Eirik der Starke. »Keine ganz gewöhnliche Art, in der Stadt Sigtuna den Nachmittag zu verbringen.«

»Ich bin Vater Wassili«, bekam der Priester schließlich heraus. »Ich war der Priester König Emunds des Alten, aber nun ist er gestorben.«

»Der König ist gestorben?« Eirik der Starke war plötzlich auf der Hut.

»Eine Königswahl steht bevor«, sagte der Priester. »Ich bin hier, um deinen Sohn zu bitten, daß er König wird, Starker Eirik.«

Eirik wandte sich um.

»Juvalos, spricht dieser Tropf die Wahrheit?«

»Er hat das noch nicht gesagt, bevor du kamst, Vater.«

Eirik der Starke war aufgesprungen.

»Juvalos, laß dein Schwert hier. Ist Stenkil noch im Königshaus? Wir müssen sofort dorthin gehen, und das ohne Waffen. Stenkils Männer können jeden Augenblick hier sein. Dann fließt viel Blut, und wir können nicht siegen.«

»Weshalb eine solche Eile?« fragte der Priester verwundert.

»Priester, deine Sache ist es, Christus zu dienen, und nicht, Könige zu machen. Stenkil mag vielleicht schlapp wirken, aber glaube niemals nur deinen Augen. Theodora, wir gehen, und ich hoffe, daß wir nicht zu spät kommen. Die Männer sollen hier warten. Niemand darf uns folgen. Nichts darf bedrohlich wirken.«

Frau Theodora nickte. Als die Tür sich hinter den Männern geschlossen hatte, stand sie vom Tisch auf.

»Farbloser, das Schiff muß segelfertig gemacht werden. Hol die Mannschaft aus der Stadt. Alle müssen bereit sein, sofort abzureisen, wenn der Hausherr und Juvalos von Jarl Stenkil zurückkommen.«

Die Frau wandte sich an Jofrid.

»Du und ich, wir fangen an zu packen«, sagte sie freundlich. »Als mein Mann letzthin einen König besuchte, wurde er aus dem Land vertrieben.«

Jarl Stenkil von Westgötaland saß auf dem Stuhl seines Schwiegervaters wie ein König. König Emund der Alte sollte in der Kirche von Husaby neben seinem Vater Olaf Schoßkönig begraben we den. Der Trauerzug sollte sich am anderen Morgen in Bewegung setzen.

»Du trachtest also nicht danach, dir die Krone auf dein schönes Haupt zu setzen, Junge«, sagte Jarl Stenkil langsam. Seine blauen Augen wirkten nahezu verschlafen, aber Juvalos war aufgeregt.

»Mein Vater und ich unterstützen deine Wahl zum König, Jarl«, sagte Juvalos Grauauge entschieden.

»An den Verstand deines Vaters glaube ich, denn wir kennen uns gut. Aber die jungen Männer sind Hitzköpfe und beruhigen sich erst, wenn sie einige Finger oder ein Ohr oder einen anderen Körperteil verloren haben. Warum solltest du klüger sein als die Burschen sonst?«

»Warum sollte ich König werden wollen?«

»Jeder will König werden.«

Juvalos Grauauge schnaubte mit aufrichtiger Verachtung.

»Im Gut zu Gericht sitzen, mit den Priestern herumquaken, die Predigten der Greise über längst vergangene Heldentaten anhören... Ich würde mich zu Tode langweilen.«

Die älteren Männer gaben sich keine Mühe, ihr mitleidiges Lächeln zu verbergen.

»Mein Blutsbruder Harald der Harte würde dir wohl allerlei Kurzweil bereiten, so wie er es mit König Anund und König Emund gemacht hat«, grinste Eirik der Starke.

»Ja... Man marschiert eine Woche hin, sieht den Feind, stimmt ein wildes Geschrei an, haut mit den Schwertern auf Schilde ein und marschiert zurück. Wenn man auch kämpft, so ist es doch ein so unerhebliches Vergnügen, daß es die Mühen des langen Marches nicht aufwiegt.«

»Und oft«, beklagte Eirik der Starke, »oft kann der König selbst gar nicht am Kampf teilnehmen, sondern muß seine Truppen führen.«

»Da siehst du es, Vater«, sagte Juvalos erfreut. »Ich will lieber über die Meere und großen Flüsse segeln.«

»Ich glaube dir«, sagte Jarl Stenkil. »Ich glaube dir, daß du nicht König werden willst, Juvalos Grauauge.«

»Aber da es immer Intriganten gibt, die unschuldige Jünglinge für ihre Zwecke einzuspannen wissen, wird es wohl das beste sein, daß wir Svetiod für einige Zeit verlassen«, schlug Eirik der Starke vor. »Zumindest so lange, bis die Königswahl vorbei ist.«

»Ich habe immer gesagt, daß du kein dummer Mann bist, Starker Eirik, auch wenn du so aussiehst«, sagte Jarl Stenkil bewundernd.

Eirik der Starke erhob sich.

»Ich danke dir, Jarl, sowohl für dein Vertrauen als auch für dein gutes Bier.«

»Auf der langen Seereise braucht man viel Bier«, überlegte der Jarl. »Sigurd, laß vier Tonnen vom besten Bier aus meinem Keller in das Schiff Eiriks des Starken schaffen. Aber tu es bald, denn der Rote Waräger sticht noch vor morgen abend in See.«

»Deine Mutter und ich haben uns überlegt, daß wir uns in Uppland auf meinen Erbgütern niederlassen«, sagte Eirik der Starke, als sie unter dem Drachenkopf des Königsguts hinaus in den Frühlingsabend traten.

Neben dem Königshaus stand die dunkelgeteerte Stabkirche von Sigtuna. Von dort hörte man den Vespergesang der Priester. Eirik der Starke lenkte seine Schritte in die Kirche, und Juvalos folgte ihm. Drinnen kniete Eirik der Starke nieder, richtete seinen Blick auf das Kruzifix und versank sogleich im Gebet, das ein geringeres Ereignis als ein Kirchenbrand kaum hätte unterbrechen können. Juvalos Grauauge wunderte sich immer über das klare, geradlinige Denken seines Vaters: Was Eirik der Starke tat, das tat er immer mit Hingabe und gründlich, so als gäbe es keine Konflikte und Alternativen. Das war die Stärke seines Vaters; war es auch seine Schwäche?

»Aber jetzt, wo man aus dir mit Gewalt einen Königsproß gemacht hat, muß man sich die Dinge überlegen«, setzte Eirik der Starke draußen das durch das Gebet unterbrochene Gespräch fort. »Was möchtest du tun, mein Sohn?«

»Ich will mir Nowgorod und Kiew ansehen, und dann will ich in die Warägergarde des Kaisers eintreten.«

»Einem jungen Menschen steht es wohl an, die Welt zu sehen«, stimmte Eirik der Starke zu. »Ich werde den Priester bitten, einen Brief zu schreiben, den du dem Akolythos übergeben kannst. Für dich ist es bestimmt nicht von Schaden, daß dein Vater in der Warägergarde als Offizier gedient hat.«

»Nach Osten?« Frau Theodora spielte im Hause des Eisenhändlers nachdenklich mit dem Weinglas. In das Glas waren Blumenmuster eingeschliffen, es war ein in Silber gefaßter, unermeßlich kostbarer Gegenstand. Zu Juvalos' Entsetzen handhabte Frau Theodora es wie einen Zinnbecher. Sicherlich war die vornehme Frau in Konstantinopel so an Glas gewöhnt gewesen, daß sie dessen Wert nicht kannte.

»In diesem Fall«, die himmelblauen Augen der gnädigen Frau richteten sich fest auf Juvalos, »könnten wir mein Heimathaus Arantila am Aurajoki besuchen.«

Juvalos hörte, wie Eirik der Starke tief durchatmete.

»Theodora.« Die Stimme des Mannes hatte einen warnenden Unterton.

Der Farblose, der auf der Bank gedöst hatte, stand lautlos auf und stellte sich neben Frau Theodora. Juvalos begriff mit Schrekken, daß der alte Waräger sich anschickte, Frau Theodora vor ihm zu schützen.

»Wie kann ich Christin sein und zugleich meinen Sohn belügen?«

Juvalos Grauauge sah verwirrt von einem zum anderen. Eirik der Starke war jetzt ruhig. Er faßte Frau Theodora bei der Hand, und da bemerkte Juvalos, daß die Hand seiner Mutter zitterte.

»Ja. Vielleicht ist es das beste, alles zu erzählen. Er hat kein Interesse an der Krone. Das erleichtert die Sache.«

Juvalos wartete.

»In dir fließt kein königliches Blut, mein Sohn«, sagte Frau Theodora. Juvalos machte sich Gedanken über die Schönheit seiner Mutter, die einen Mann immer noch dazu brachte zu blinzeln. Er überlegte, warum er an die Mutter immer als an Frau Theodora dachte, an seinen Vater aber nur als an den Vater. Dann ging ihm auf, was Frau Theodora gesagt hatte.

»Ich bin nicht die Tochter von Olaf Schoßkönig. Du bist kein Nachkomme der Ynglinge.«

In der Stube war es still. Die Männer waren dabei, das Schiff zu beladen, und Jofrid war bei ihnen, um für den Proviant zu sorgen.

»Wer bist du dann? Aus welcher Familie?« flüsterte Juvalos Grauauge. Seine Stimme hob sich. »Wer bin ich?«

»Ich bin eine finnische Zauberin und Nebelmacherin und Blutstillerin. Mein Name ist Terhen, und ich stamme aus Finnland, aus Arantila am Aurafluß«, sagte Frau Theodora freundlich. »Du bist mein und Eiriks des Starken Sohn, gezeugt im Halyspalast in Konstantinopel und geboren auf der Insel Mytilene.«

Juvalos starrte seine Mutter wortlos an.

»Lange Zeit warst du auch der einzige Mensch, den ich lieben konnte, mein Sohn«, sagte Frau Theodora leise. »Jetzt hat die Heilige Jungfrau mir die Gabe der Demut gegeben, so daß ich die Liebe deines Vaters erkannt habe und sie erwidern kann.«

In diesem Augenblick fiel Juvalos' erschüttert umherirrender Blick auf den Farblosen, der hinter Frau Theodora und Eirik dem Starken stand. Der Kummer, den Juvalos erblickte, war nackt und herzzerreißend. Juvalos mußte sich abwenden, um den alten Mann nicht zu beschämen. Zugleich hatte er sich wieder im Griff.

Wie viele seltsame Dinge es doch gab, auf die Juvalos eine Antwort nicht suchen wollte oder zu suchen wagte. Die Sprache der Finnen, die Frau Theodora seit Kindertagen mit ihm gesprochen hatte... Natürlich sang eine Mutter ihrem Kind in der eigenen Sprache vor. Aus den Winkeln seiner Erinnerung erstand vor ihm ein sommerheißes Bild, ein Gebirgsweg, der Hieb eines Petschenegenschwerts – und giftig gelber Dunst. Und ein andermal rettete der Dunst Frau Theodoras Sohn, als er mit dem Farblosen um sein Leben ritt, auf der Flucht aus Meilhan in der Normandie.

»Eine Zauberin?« fragte Juvalos zweifelnd.

»Mein Sohn, du sollst auch wissen, daß ich mein ganzes Leben lang Heidin war.«

Eirik der Starke stand hinter seiner Frau. Frau Theodoras Schul ter verschwand gänzlich in der gewaltigen Pranke des Mannes. Ei riks schmale graue Augen betrachteten aufmerksam Juvalos' Mie nenspiel.

»Ich stille fließendes Blut, weile im Totenreich, mache Nebel.«

»Bist du dann nicht noch... Bist du jetzt Christin, Frau Mutter? fragte Juvalos die Frau, die wie berauscht war.

»Ich bin Christin, denn dein Vater hat mich auf den Fjälls ge tauft. Die Jungfrau Maria liebe ich ebensosehr wie den Zaubere von Vanaja, der mich die Ursprungszauber gelehrt hat. Ich ve misse meine toten Verwandten, denn nach meinem Tod komme ich nicht zu ihnen in die Höhlen des Totenreiches. Aber im Himmel gibt es viele Heilige. Bestimmt werde ich mich dort wohl fühlen.«

Juvalos dachte nach über das, was er gehört hatte. Zauberer und Unterirdische waren ihm fremd. An Odin und Thor kam man im Nordland nicht vorbei. Juvalos war von Kindheit an in der christlichen Welt aufgewachsen und konnte keine andere Welt für wirklich halten. Christus und die Mutter Gottes kämpften gegen die bösen Geister und Dämonen und siegten immer. Gut, daß auch die Frau Mutter sich auf die Seite des Siegers gestellt hatte.

»Wie ist denn aus dir eine schwedische Prinzessin geworden, Mutter?«

War es jetzt leichter, Mutter zu sagen als vorher?

Frau Theodora lächelte blaß.

»Das hat sich dein Vater ausgedacht. Thorgerd ertrank im Sturm auf dem Bjelojesee. Eirik hat allen gesagt, ich sei die Königstochter, damit man mich nicht als Sklavin verkaufte. Später war es unmöglich, das zu widerrufen. Und ich gewöhnte mich daran, die Königstochter zu sein. Zuletzt hab ich fast vergessen ...«

Juvalos grinste plötzlich.

»Es wird sicherlich nichts schaden, wenn wir das nicht der ganzen Welt verkünden. Auch ich hab mich daran gewöhnt, königlicher Herkunft zu sein.«

Frau Theodora lachte. Das klang wunderbar; Juvalos hatte das Gefühl, vor Liebe dahinzuschmelzen. Als er seinen Vater ansah, lachte auch der.

»Vater, du wirkst wie ein sanftes Lamm. Wie ist das möglich? Du bist ein wilder Krieger – ich habe dich im Kampf gesehen. Gibt es noch mehr Geheimnisse? Wer bist du?«

»Ich bin ich. Ich bin der, den du siehst. Im Krieg bin ich vielleicht etwas anderes, denn List ist ein Teil der Kriegskunst. Für dich bin ich immer ein und derselbe und echt.«

»Du stellst dich dumm«, sagte Frau Theodora tadelnd. »Du machst, daß die Menschen dich für schwachsinnig halten.«

Eirik der Starke schüttelte seine rote, mit Grau gemischte Mähne.

»Für dumm halten mich diejenigen, die nicht begreifen, daß Einfachheit Weisheit ist.«

»Ich bin so alt, daß ich fast schon ein Gott bin«, brummte Vallittu von Arantila. »Ich könnte vielleicht ein Gott sein, wenn ich nicht rechtgläubiger Moslem wäre.«

»Unglückliches Land. Nicht nur Heiden und Tieranbeter«, seufzte Gilbert von Wildham, »sondern auch ein irrgläubiger Sarazene, das Schlimmste von allem.«

Vallittu lächelte zufrieden. Der Auraﬂuß strömte vor ihnen glatt und blau dahin wie ein mit Färber-Waid gefärbter Stoff. Die Hitze war so drückend, daß selbst die Hummeln nicht fliegen mochten. Die alten Männer saßen am Steilufer im Sonnenschein, in ihre Umhänge gehüllt, die Pelzmützen auf dem Kopf und mit Wolltüchern, die ihnen die knochigen Beine wärmten. Nach Vater Gilberts unsicheren Berechnungen war heute der Tag des Heiligen Erasmus. Der Priester hatte in seinem Speicher die Messe gehalten. Vallittu war seine Gemeinde.

»Allah ist groß.« Mit diesen Worten ärgerte Vallittu den Priester, so wie er es vierzig Jahre lang jeden Tag getan hatte. »Und Mohammed ist sein Sohn.«

Vater Gilbert sah den alten Krieger mißtrauisch an. Dann weiteten sich seine Augen, er stützte sich mit den Händen ab und stemmte sich schwankend hoch.

»Sieh mal! Sieh, Sarazene!«

Den Auraﬂuß herauf kam ein langes Normannenschiff gesegelt, ein anmutiger Klipper mit geteerten Bordwänden. Der Drachenkopf war abgenommen, damit die Erdgeister nicht zürnten, das rotbraun gestreifte Segel blähte sich im Südwestwind, und Schilde in hellen Farben zierten die Bordränder. Das Segel wurde stromaufwärts durch Rudern unterstützt: Von den Rudern spritzten die Wassertropfen, so daß der Eindruck entstand, das Schiff näher sich in funkelndem Dunst.

Gilbert von Wildham schlug ein zitterndes Kreuz.

»Jetzt kommt es. Mein Taufkind Godgifu kommt zurück.«

»Das kann sonst jemand sein«, brummte Vallittu aufgeregt.

»Mit solchen Schiffen sind wir die große Wolga entlang gerudert, als ich im Dienst des Khans von Derbend stand...«

Über das Wasser schallte ein scharfes Kommando. Der Vordersteven des Schiffs nahm Kurs auf den Flußhafen von Arantila.

Nachwort

Das Bild von Europa im 11. Jahrhundert, wie dieses Buch es vermittelt, stützt sich weitgehend auf die Schriften aus dieser bzw. einer eng benachbarten Zeit. Die Historien, Chroniken, Legenden, Geschichten, Runen und Märchen des 11. und 12. Jahrhunderts berichten lebendig von dem, was die Menschen dachten und wie ie ihre Welt erlebten. Bei der Beschreibung der Verhältnisse im Norden habe ich auch die Sagas benutzt, obwohl sie erst zwei Jahrunderte später aufgezeichnet wurden.

Der Blickwinkel des Zeitgenossen konzentriert sich zumeist auf ie Macht, die Religion und den Klatsch. Die Schilderung des alläglichen Lebens, der Gesellschaftsstruktur, der Sippe und Familie eruht auf moderner historischer und archäologischer Forschung.

uropa, so wie wir es jetzt kennen, war im 11. Jahrhundert erst in ntstehung begriffen. Die neuen Staaten begannen allmählich und n schmerzhaften Prozessen Gestalt anzunehmen, während das hristentum von Süd nach Nord und von West nach Ost vordrang.

Das damalige Europa war ein reziprokes Bild des heutigen. Im sten erlebte das reiche, sichere, wohlorganisierte byzantinische eich seine höchste Blütezeit. Die Verwaltung war konzentriert nd effizient, die militärische Kraft gewaltig, das Bildungsniveau och, das geistige Leben reich. Die Mildtätigkeit, von Kirche und ivatpersonen reichlich praktiziert, funktionierte als eine Art soale Sicherung. Die Symptome des Niedergangs zeigten sich jeoch bereits als Schwäche der höchsten Gewalt und als Konflikt vischen Beamten und Militär. Nur gut zehn Jahre nach dem Ende eser Erzählung, im Jahr 1071, erlitt die Armee des Kaisers in der hlacht von Manzikert die entscheidende Niederlage. Die Türken oberten fast ganz Kleinasien.

Im Westen, auf den Ruinen des Karolingerreichs, herrschte das Chaos. Frankreich war in feudale Fürstentümer zerfallen, die einander bekämpften. Die Macht des Königs war praktisch bedeutungslos. Das Heilige Römische Reich deutscher Nation war der Machtfaktor in Westeuropa. Die Person des Kaisers hatte entscheidenden Einfluß auf die Stärke oder Schwäche des Reiches. Anders als in Byzanz war das 11. Jahrhundert im Deutschen Kaiserreich eine Zeit fähiger Kaiser.

England lebte unter dem Druck der Wikinger sein eigenes Leben. Einige Jahre nach dem Ende dieser Erzählung wurde das Inselreich in die Zwistigkeiten, von denen Frankreich zerrissen wurde, mit hineingezogen, als der Herzog der Normandie Wilhelm der Eroberer den englischen Thron bestieg. Im selben Jahr 1066, kurz vor der Schlacht von Hastings, fiel der norwegische König Harald der Harte, »der letzte Wikinger«, bei dem Versuch, die englische Krone für sich zu gewinnen.

Im 11. Jahrhundert belief sich die Einwohnerzahl Europas auf knapp vierzig Millionen Menschen, von denen die meisten in Südeuropa wohnten. Die Bevölkerung lebte von der Landwirtschaft. Städte gab es wenig, und sie waren klein. Konstantinopel war die größte Stadt Europas; sie hatte zu ihren besten Zeiten etwa eine halbe Million Einwohner. In Thessaloniki wohnten etwa hunderttausend Menschen. Keine westeuropäische Stadt hatte mehr als fünfzigtausend Einwohner.

In der zweiten Hälfte des ersten Jahrtausends lag der Schwerpunkt von Bevölkerung, Wirtschaft und Kultur in der islamischen Welt. Im 11. Jahrhundert begann der Umschwung: Die Bevölkerungszahl des christlichen Europas wuchs schneller als die der islamischen Welt. Der wirtschaftliche Aufschwung in der ersten Hälfte des 11. Jahrhunderts war so bedeutend, daß auch die Zeitgenossen ihn bemerkten.

Das 11. Jahrhundert war das gewalttätigste Jahrhundert des westeuropäischen Mittelalters. Da die Zentralmacht schwach war, lebten die Adligen so, wie es ihnen paßte. Das einzige wirkliche Gesetz war das Schwert. Nur die Kirche vermochte die Brutalität zu zügeln, und auch sie nur mühsam. Im 11. Jahrhundert setzte im B reich der westlichen Kirche eine große Reformbewegung ein, die die römisch-katholische Kirche allmählich zur bedeutendsten Kraft Europas machte.

Der endlose Kampf der Kirche gegen das »Böse« – Heidentum, Gewalt, Gier und Ausschweifung – verlangte ihr viele Opfer ab. Im 11. Jahrhundert war es relativ leicht, ein Heiliger zu werden.

Die formale Trennung von griechisch-katholischer und römisch-katholischer Kirche wurde im Jahr 1054 vollzogen. Die Zeitgenossen bemerkten damals kaum irgend etwas Auffälliges. Die Bedeutung dieses Schritts begriff man erst später.

Die Freiheit des Schriftstellers ist größer als die des Forschers. Ich habe mir diese Freiheit genommen, indem ich die Zeit nach den Bedürfnissen der Erzählung gebeugt habe. Prinzessin Anna Jaroslawna heiratete den König von Frankreich erst im Jahr 1050 und nicht 1047, wie es im Buch heißt. Die Erziehung Anna Jaroslawnas in Konstantinopel ist Phantasie der Autorin. Man weiß, daß sie schreiben konnte: In Dokumenten hat sich der Namenszug der Königin in kyrillischen Schriftzeichen erhalten. Anna Jaroslawna wurde im Jahr 1060 Witwe. Sie schloß eine zweite Ehe mit dem Grafen Raoul de Crespy von Valois.

In Byzanz starb Kaiserin Zoe im Jahr 1050 und Kaiser Konstantin Monomachos im Jahr 1055. Die Krone erbte Zoes Schwester Theodora, die vor ihrem Tod gerade noch neun Monate herrschte.

Der letzte Nachkomme der englischen Familie Cerdingai, Edgar Atheling, scheiterte bei seinen Versuchen, auf den englischen Thron zu kommen. Er unternahm einen Kreuzzug und starb in hohem Alter in England. Edgar Athelings Schwester Margarete heiratete den König von Schottland Malcolm Canmore. Sie ging als die Heilige Margarete von Schottland in die Geschichte ein.

Kaari Utrio

Glossar

Agnefit: alter Name von Stockholm
Asen: Götter der Wikinger
Akolythos: Befehlshaber der Warägergarde von Byzanz
Akroteria: Zackenkrone byzantinischer Frauen
Alanen: ein Steppenvolk, das nordöstlich vom Schwarzen Meer lebte
Aldeigjuborg: normannischer Name einer historischen Stadt am Südufer des Ladogasees, russischer Name Staraja Ladoga
Aula: Haupthalle eines Gebäudes

Badequast: Bund aus Birkenzweigen, mit denen man beim Bad in der Sauna den Körper bearbeitet
Baktrien: historische Landschaft im Nordosten des alten Iran
Balder: skandinavischer Kriegsgott
Bandon: byzantinische Truppeneinheit, tausend Mann
Bjarmen: Bewohner von Bjarmland (Gegend an der Südküste des Weißen Meers)
Bogatyr: slawischer Sagenheld
Bojaren: Angehörige der gehobenen Schicht der Gefolgschaft eines russischen Fürsten im mittelalterlichen Rußland
Boszorkány: (ungarisch) Hexe

Chasaren: altes Volk, Turkstamm, das nordwestlich des Kaspischen Meeres lebte
Chasarenmeer: Kaspisches Meer

Dalmatika: Kleid mit Ärmeln, das bis zu den Knöcheln reicht
Dame: vornehme Frau, Burgherrin
Danelag: Teil Englands, der im 9. Jahrhundert von den Dänen erobert wurde
Dirham: arabische Silbermünze
Domestikos: in Byzanz hoher militärischer Dienstgrad, General
Domina: vornehme Frau, Burgherrin
Dominus: Herr, hochrangiger Kirchenmann
Domus: Haus, Wohngebäude des Adels
Donjon: Hauptturm einer mittelalterlichen Burg in Frankreich
Dormitorium: Schlafsaal eines Klosters
Dromonen: große, schwere Kriegsschiffe mit je zwei übereinandergelegenen Reihen von Ruderern auf jeder Seite

Drungarios: Befehlshaber der Palastwache in Konstantinopel
Drushina: Gefolgschaft, Leibgarde eines Fürsten im östlichen Europa

Elevation: das Emporhebens des Kelches vor der Austeilung des Abendmahls
Eparch: Stadtkommandant von Konstantinopel

Familia: die Familie eines Adligen einschließlich Dienerschaft
Fejedelem: (ungarisch) Fürst
Fjäll: baumlose Hochfläche in Skandinavien
Franke: Westeuropäer
Frey: Gott des Lichts und der Fruchtbarkeit in der altnordischen Mythologie

Gästrikland: schwedische Provinz
Gospodin: (russisch) Herr
Gosposha: (russisch) Frau, Herrin
Gridniza: Haupthalle eines slawischen Gutshauses
Griechen: Fremdbezeichnung für die Byzantiner
Griwna: Kiewer Zahlungsmittel, Stück eines Silberrings, der vierhundert Gramm wog
Gusli: slawisches Zupfinstrument

Halys: Fluß, heute Kisil-Irmak
Hel: nordische Todesgöttin
Hetaireia: Gefolgschaft, Leibgarde des Kaisers von Byzanz
Hongotar: (finnisch) Bärin, Göttin in der finnischen Mythologie
Huscarl: dänischer Leibwächter des Königs von England
Hyperborea: aus dem fernen Norden
Hyypiä: (finnisch) Kauz

Igumen: (russisch) Abt eines orthodoxen Klosters
Ispán: (ungarisch) hochrangiger Gefolgsmann des ungarischen Königs
Ister: lateinischer Name der Donau
Itil: Stadt an der Wolga, heute Wolgograd
Jarl: Statthalter im mittelalterlichen Skandinavien

Kangar: Anführer, vornehmer Krieger (petschenegische Anrede)
Kokoschnik: hoher Kopfputz der slawischen Frauen
Komes: militärischer Dienstgrad in Byzanz, Anführer von zweihundert Männern
Kompletorium: Abendgebet
Kriwitschen: ostslawischer Volksstamm
Kyria: (griechisch) Frau, höfliche Anrede

Ledung: eine Art Wehrpflicht
Laudes: Morgengebet
Lateiner: Bezeichnung der Byzantiner für Menschen römisch-katholischen Glaubens

Logen: alter Name des Sees Mälaren in Schweden
Loke: böser skandinavischer Gott

Magyaren: Eigenbezeichnung der Ungarn
Manglavites: militärischer Dienstgrad in Byzanz, die Bedeutung schwankte
Mercia: eines der alten englischen Königreiche
Merja und Muroma: finnougrische Völker, Verwandte der Finnen am Oberlauf der Wolga, heute ausgestorben
Mese: Mittelstraße, eine der Hauptstraßen Konstantinopels, verlief in ost-westlicher Richtung
Mille passus: tausend Schritt, römisches Längenmaß, etwa 1500 Meter
Miserere nobis: (latein) Erbarme dich unser!

Nidaros: alter Name von Trondheim
Nisibis: Provinzhauptstadt von Mesopotamien, heute Nusaybin
Nomisma: byzantinische Goldmünze
Nona: Nachmittagsgebet

Obotriten: westslawischer Volksstamm in Mecklenburg
Odin: nordischer Hauptgott
Onoguren: Bezeichnung der Byzantiner für die Ungarn

Paladin: Angehöriger des Heldenkreises am Hof Karls des Großen
Palla: großes Tuch, das zur Kleidung der römischen Frauen gehörte
Pallium: mantelartiger Überwurf
Pamphylen: kleine Segelschiffe
Pannonien: römische Provinz zwischen Donau und Save
Peristyl: von Säulen umgebener Innenhof
Petschenegen: nomadisches Turkvolk, das nördlich des Schwarzen Meer lebte
Pikten: britische Stämme, Ureinwohner Schottlands
Poljaniza: Heldin slawischer Mythen, Kämpferin
Porphyrogenneta: geboren im Purpur, d. h. in dem mit rotem Stein ausgekleideten Geburtshaus des kaiserlichen Palastes von Konstantinopel, also: kaiserlicher Abstammung
Prima: Gebet bei Tagesanbruch

Ratisbona: lateinischer Name von Regensburg
Refektorium: Speiseraum eines Klosters
Römer: Eigenbezeichnung der Byzantiner
Rörek, russisch Rjurik: legendärer warägischer Staatsgründer Rußlands und Stammvater der russischen Dynastie der Rjurikiden

Sanktuarium: Altarraum, Zufluchtsort
Sarafan: ärmelloses Kleid der slawischen Frauen mit weitem Rockteil
Sarazene: Muslim
Särkland: Name der Normannen für den Fernen Osten

Savaria: lateinischer Name von Szombathely, Stadt in Ungarn
Sebaste: Anrede für eine hochgestellte Frau in Byzanz
Sexta: Mittagsgebet
Sima: skandinavisches Getränk, das im Mittelalter aus Wasser, Honig und Hopfen bereitet wurde
Sire: Lehnsherr, Burgherr
Sirmium: Stadt an der Save, die es heute nicht mehr gibt
Skomorochi: Sänger, Spielleute im alten Rußland
Spatharokandates: byzantinischer Militärgrad, Bedeutung schwankend
Strategos: oberster Beamter eines Militärbezirks in Byzanz
Stridonium: lateinischer Name von Esztergom, ungarische Stadt an der Donau
Svealand: Schweden
Svetiod: das alte Schweden

Tavastländer Ochsenweg: älteste prähistorische Landstraße Finnlands von Turku nach Hämeenlinna
Terem: russischer Palast, später dessen Frauenabteilung
Tertia: Morgengebet
Thor: nordischer Donnergott
Triklinium: Speiseraum
Tröndelag: Gebiet Trondheim in Norwegen
Tschuden: so nannten die Russen fremde, besonders finnischstämmige Nachbarvölker, u. a. die Esten
Tunika: Gewand mit Ärmeln, das bis an die Knie reichte
Tuonela: Totenreich in der finnischen Mythologie
Turkhauta: Dorf in Finnland

Ultima terra: Äußerster Norden
Ursprungszauber: Zaubersprüche, die den Ursprung einer Sache erklären, wichtiger Bestandteil der finnischen Mythologie

Varanger: Bezeichnung der Byzantiner für die Normannen
Vasall: Lehnsmann
Vesper: Gebet bei Sonnenuntergang
Veni, Domine: (latein) Komm, Herr!
…a: Visby
…gla: kaiserliche Palastgarde in Byzanz

Waräger: Bezeichnung der Slawen für die Normannen
Warägergarde: Leibgarde des Kaisers von Byzanz, die aus Normannen bestand, etwa sechstausend Mann
Wenden: slawische Völker südlich der Ostsee
Wepsen: finnischstämmiges Volk zwischen Ladoga- und Onegasee
Wetsche: Volksvertretung in Nowgorod
Witenagemot: Ältestenrat, Volksvertretung

Verwandschaftsbeziehungen der Königlichen Personen des Romans

Tafel 1

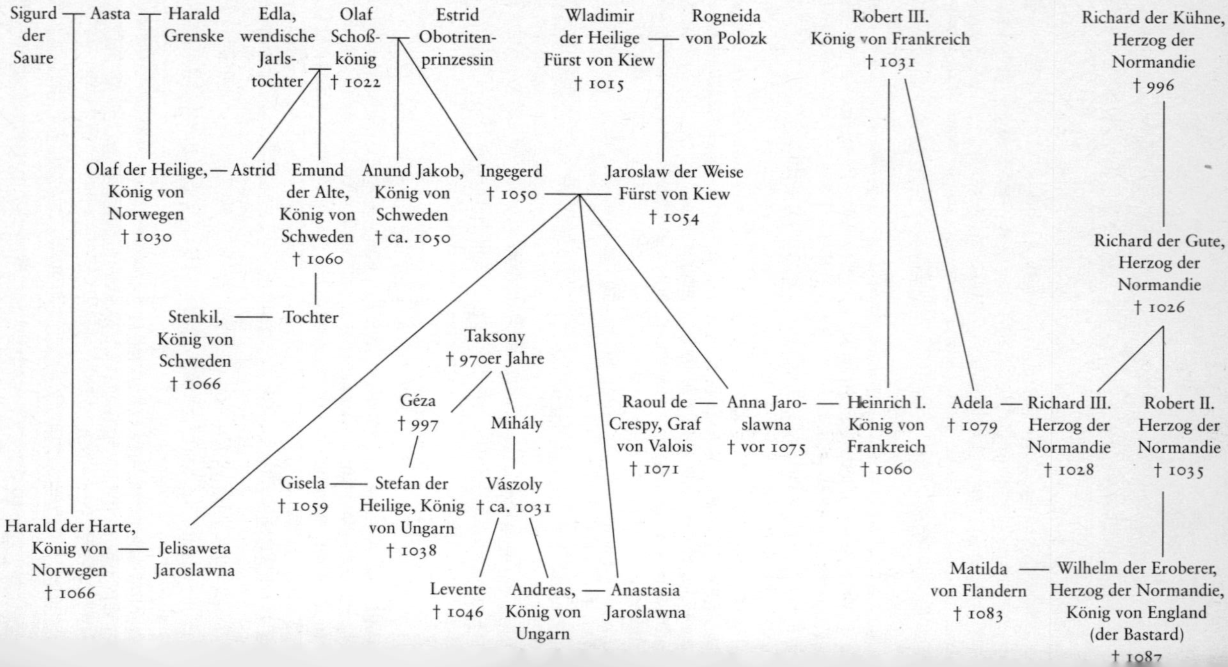

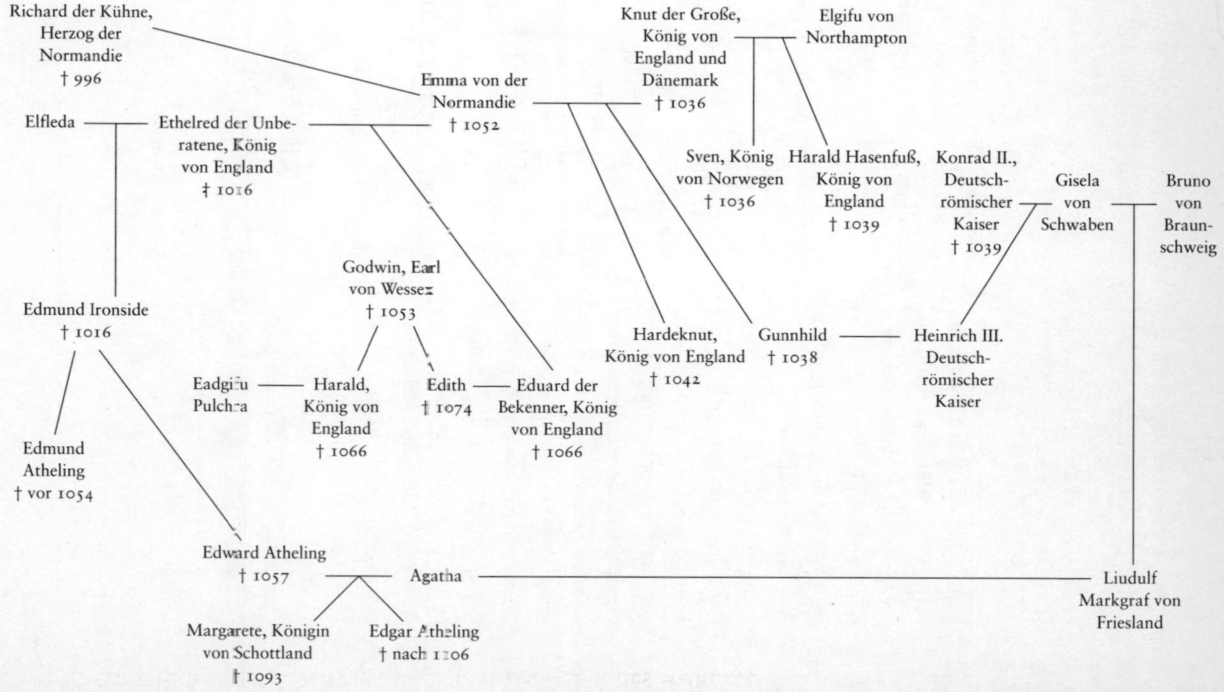

Richard der Kühne, Herzog der Normandie † 996
Knut der Große, König von England und Dänemark † 1036
Elgifu von Northampton
Emma von der Normandie † 1052
Elfleda
Ethelred der Unberatene, König von England † 1016
Sven, König von Norwegen † 1036
Harald Hasenfuß, König von England † 1039
Konrad II., Deutsch-römischer Kaiser † 1039
Gisela von Schwaben
Bruno von Braunschweig
Godwin, Earl von Wessex † 1053
Edmund Ironside † 1016
Hardeknut, König von England † 1042
Gunnhild † 1038
Heinrich III. Deutsch-römischer Kaiser
Eadgifu Pulchra
Harald, König von England † 1066
Edith † 1074
Eduard der Bekenner, König von England † 1066
Edmund Atheling † vor 1054
Edward Atheling † 1057
Agatha
Liudulf Markgraf von Friesland
Margarete, Königin von Schottland † 1093
Edgar Atheling † nach 1106

SERIE PIPER

Jan Guillou

Die Frauen von Götaland

Ein Roman aus der Zeit der Kreuzfahrer. Aus dem Schwedischen von Hans-Joachim Maass. 479 Seiten. SP 3380

Mitte des 12. Jahrhunderts in Schweden: Während im Heiligen Land die Kämpfe zwischen Kreuzrittern und Sarazenen toben, wächst der junge Schwede Arn in einem Kloster auf, wo er nicht nur die Heilige Schrift studiert, sondern auch in die Kunst des Schwertkampfes eingeführt wird. Schon bald kann er sich mit den Besten seines Landes messen. Als er unwissend eine Blutschande begeht, muß er dafür büßen: Arn wird für zwanzig Jahre als Tempelritter ins Heilige Land geschickt ... Ein historischer Roman voller Sinnlichkeit, Detailtreue und sprachlicher Finesse.

Der erste, in sich abgeschlossene Roman der großangelegten Trilogie um das abenteuerliche Leben des Arn Magnusson

Die Büßerin von Gudhem

Ein Roman aus der Zeit der Kreuz-
fahrer. Aus dem Schwedischen vo
Holger Wolandt. 479 Seiten. SP 3381

Im Heiligen Land stehen sic
die Kreuzfahrer und die Getre
en Saladins unversöhnlich g
genüber. Der Tempelritter A
Magnusson führt einen schei
bar aussichtslosen Kampf g
gen das übermächtige gegne
sche Heer. Längst hat er die ke
neswegs so edlen Beweggrün
seiner christlichen Mitstreit
durchschaut. Währenddess
wartet Cecilia im fernen Göt
land auf die Heimkehr ihres g
liebten Arn und ahnt nicht, d
dieser sich in Saladins Gefa
genschaft befindet ... Der zw
te, in sich abgeschlossene R
man der großartigen Trilo
um das abenteuerliche Leb
des Arn Magnusson.

»Selten habe ich historische R
mane gelesen, in denen r
Menschen so nahe gekomm
sind.«
Henning Mankell